dtv

Ägypten unter Ramses II. Das Land am Nil erlebt seine größte Blütezeit. Gottgleich regiert der »Sohn des Lichts« das Reich und läßt gewaltige Tempel und Paläste errichten, die alles Bisherige in den Schatten stellen. Nur eine seiner vielen Frauen darf neben ihm repräsentieren: Nefertari, die Große Königsgemahlin. Ihr zu Ehren soll sein hochgeschätzter Erster Baumeister Piay einen Tempel im Süden Ägyptens erbauen, ein steinernes Denkmal für die Ewigkeit. Und Ramses' Wunsch ist es, daß Merit-Amun, die älteste Tochter des Pharaonenpaars, Piays Arbeit vor Ort überwacht. Aus dieser Begegnung erwächst eine leidenschaftliche Liebe zwischen Piay und der Sonnentochter. Niemand darf jedoch davon erfahren, denn allein die Augen zu ihr zu erheben ist Gotteslästerung, wieviel mehr noch, sie zu berühren. Mit jedem Meißelschlag hämmert Piay ihren Namen in den Stein der königlichen Statuen von Abu Simbel, weiht ihn so im stillen der Geliebten. Doch Mißgunst und Intrigantentum herrschen unter den machtbesessenen Würdenträgern und Hohenpriestern ...

Siegfried Obermeier, geboren am 21. Januar 1936 in München, arbeitete als Redakteur und schrieb für Rundfunk, Zeitungen und Zeitschriften. Er ist einer der erfolgreichsten deutschen Autoren historischer Romane. Für sein Romanwerk wurde er mit der Littera-Medaille ausgezeichnet. Er lebt in Oberschleißheim bei München.

Siegfried Obermeier

… und baute ihr einen Tempel

Roman um Ramses II.

Deutscher Taschenbuch Verlag

Von Siegfried Obermeier
sind im Deutschen Taschenbuch Verlag erschienen:
Caligula (20353)
Die Geschichte des Judas (20500)

Ungekürzte Ausgabe
Juli 2002
Deutscher Taschenbuch Verlag GmbH & Co. KG,
München
www.dtv.de

Umschlagkonzept: Balk & Brumshagen
Umschlagfoto: © G. D. Orti/Corbis/Picture Press Life
Satz: KCS GmbH, Buchholz/Hamburg
Gesetzt aus der Aldus 9,5/11,25' (QuarkXPress)
Druck und Bindung: Druckerei C. H. Beck, Nördlingen
Gedruckt auf säurefreiem, chlorfrei gebleichtem Papier
Printed in Germany · ISBN 3-423-20542-3

Für Susanna

Erstes Buch

Piramesse-Meriamun, die lebhafte und glanzvolle Stadt im Norden des Landes Kemi, von seiner Majestät User-Maat-Re setep-en-Re Meri-Amun-Ramses vor über einem halben Jahrhundert im östlichen Nildelta gegründet, hatte vor einigen Tagen ihr Dankopfer an den Nilgott Hapi abgestattet, denn die Überschwemmung war pünktlich eingetroffen. Lachend und jubelnd hatten die Menschen Früchte, Brote, Blumen, geschlachtete Tauben und andere Opfergaben ins ansteigende Wasser geworfen, denn Hapi liebte solche Geschenke, und je mehr er davon bekam, desto höher ließ er den Nil schwellen.

Der Königspalast, das »Haus der Verehrung« nahm einen beträchtlichen Teil der Stadt ein – ja, er war eigentlich eine Stadt für sich mit den Häusern für König und Königin, dem Harem, den Prinzenhäusern, den Verwaltungsgebäuden, Kornkammern, Ställen, Dienerwohnungen, Gästehäusern, Gärten, Kapellen und was der König, der Gute Gott, sonst noch für seinen Haushalt benötigte.

Dieser hatte sich schon vor Jahren aus der Öffentlichkeit zurückgezogen, das bisher letzte und dreizehnte Sed-Fest hatte der Erbprinz Merenptah vollzogen, auch er schon ein alter Mann, der wohl inzwischen die Hoffnung aufgegeben hatte, jemals auf den Thron zu gelangen. Denn sein Vater, der Sohn der Sonne, Herr beider Länder, der Gute Gott und Mächtige Stier User-Maat-Re setep-en-Re Meri-Amun-Ramses, war unsterblich. Er selbst glaubte daran, seine Familie glaubte es, der Hof und das Land glaubten es. Kein einziger Mensch lebte noch in Kemi, der die ersten Regierungsjahre des Königs miterlebt hatte. Die Enkel und Urenkel seiner Hofbeamten bedienten ihn. Ramses hatte hundertzweiundsechzig Kinder mit fünf Haupt- und zahlreichen Nebenfrauen gezeugt, und die meisten von ihnen, darunter zwölf

Kronprinzen, hatte er bereits überlebt. Als er sein erstes Sed-Fest feierte, teilten die Götter ihm mit, daß sie seine Unsterblichkeit beschlossen hätten. Gott Ptah selbst sprach zu ihm: »Ich habe dich als König der Ewigkeit und als immerwährenden Herrscher eingesetzt. Ich habe deinen Leib aus Gold gebildet und deine Knochen aus Kupfer und deine Glieder aus Eisen. Ich gebe dir mein göttliches Amt, damit du die Krone der beiden Länder trägst ...«

Daraufhin hatte der König den Bau seines schon halbfertigen Grabs einstellen lassen, denn er brauchte es ja nicht mehr. Zwar hätte niemand es gewagt, dem Gewaltigen zu widersprechen, doch insgeheim dachte so mancher: Auch mit dir, mächtiger Ramses, werden die Götter keine Ausnahme machen, und eines Tages mußt du das Haus der Ewigkeit im Westen beziehen, ob du willst oder nicht. Die das dachten, wurden unsicher, als der König sein fünftes, sechstes, zehntes Sed-Fest feierte – im siebenundfünfzigsten Jahr seiner Herrschaft. Allmählich starben sie weg, die Zweifler, die Söhne nahmen ihren Platz ein, danach die Enkel. Und niemand mehr im ganzen Land Kemi konnte sich daran erinnern, daß es je einen anderen König gegeben hätte als den Guten Gott Ramses. Und so taten sie alle im Palast ihren Dienst, der Aufseher und Verwalter, die Wäscher, Perückenmacher, die Sänften- und Wedelträger, die Priester und Beamten, die Sklavinnen und Sklaven.

An diesem Tag im ersten Achet-Monat kündigte ein silbernes Dämmerlicht das Erscheinen des Re von seiner nächtlichen Fahrt.

Im Palast begann es sich zu regen, die »geheimen Räte des hohen Hauses« – die persönlichen Diener des Pharao – trafen alle Vorbereitungen für den Guten Gott, der bald aus seinem Horizont hervortreten würde, so, wie er es immer und schon seit unvordenklichen Zeiten getan hatte.

Doch der König verließ heute sein Lager nicht. Auch als Re schon hoch am Himmel stand, erging kein Befehl, und das längst bereitete Bad erkaltete wieder. Der Leibarzt und der Erbprinz traten an das Bett des Königs, der sie mit müden altersblinden Augen gleichgültig musterte. »Ich wünsche, in Ruhe gelassen zu werden, bis ich diesen Befehl widerrufe!«

Der Arzt verbeugte sich tief, der Kronprinz nickte und seufzte leise. Als sie draußen warteten, sagte der Arzt:

»Mir gefällt Seine Majestät nicht; diese plötzliche Schwäche ...«

Merenptah lachte bitter:

»Meinst du, mir gefällt es? Er wird mich auch noch überleben wie meine zwölf Brüder vor mir, aber der Palast wimmelt ja von Prinzen, die auf seinen und meinen Tod warten. Ich glaube, es sind noch zwanzig oder dreißig ...«

»Dein Vater liegt im Sterben, Hoheit«, sagte der Arzt ruhig.

Merenptah gab keine Antwort und ging an seine Geschäfte.

Als er wieder allein war, schloß der Pharao die Augen. Er fühlte keine Schmerzen, war weder hungrig noch durstig, doch er spürte das unregelmäßige Schlagen seines Herzens, das nur noch kläglich dahinstolperte, aussetzte und mühsam seinen Gang wiederaufnahm. Er wußte, daß er unsterblich war, Ptah selbst hatte es ihm eines Nachts verkündet. Er mußte jetzt Kräfte sammeln, um sein vierzehntes Sed-Fest zu feiern, das würde ihn erneuern und verjüngen.

Er sank in einen Dämmerschlaf und sofort – wie so oft in letzter Zeit – erschien der schakalköpfige Gott Anubis, beugte sich über sein Lager und griff sacht nach seinem Herzen. Ramses spürte den Aasgeruch aus dem Maul des Schakals und scheuchte ihn mit einigen Zauberworten fort. Dann füllten Gestalten den Raum, Götter und Menschen, denen er zulächelte, die er willkommen hieß. Seth, den viele haßten, weil er seinen Bruder Osiris getötet hatte, der Gott der Wüsten und Fremdländer – Ramses schätzte ihn und hatte ihm einen schönen Tempel errichtet. Die löwenköpfige Sachmet trat ein, schickte Seth hinaus; aus ihrem Rachen lohte Feuer, doch Ramses empfand keine Bedrohung, denn sie war auch die Göttin der Ärzte, von ihr ging Heilkraft aus. Hinter ihr tauchte die liebliche Bastet auf, schob Sachmet beiseite, hob ihre Hand mit dem fein klingenden Sistrum und begann zu tanzen. Ihr Katzenkopf blickte den König lächelnd an, sie schürzte ihr Kleid, zeigte ihre vollen Schenkel, hob es höher, bis die Scham entblößt war, öffnete ihr spitzzähniges Maul und ließ ein sinnverwirrendes Fauchen hören.

Ein wohliges Gefühl durchströmte ihn, doch Bastet ließ das Kleid fallen und entschwand seinen Blicken. Der Raum füllte sich mit einem feinen Nebel, und aus ihm tauchten zwei weibliche Gestalten empor – Ramses erschrak. Waren dies Isis und Nepthys, Gemahlin und Schwester des Osiris, die an seiner Leiche wachten? Er schloß die Augen, doch es half nichts, sein Blick drang durch die Lider, und nun sah er, daß es Isis und Nefertari waren, die lächelnd auf ihn niederblickten. Aus dem Nebel kamen weitere Frauen: Isis-nefert, Maa-neferu-Re, Bent-Anta, die Großen Königlichen Gemahlinnen, hinter ihnen drängten sich die Konkubinen, Hunderte, er hatte ihre Namen längst vergessen; sie alle hatten ihm Söhne und Töchter geboren, hatten seinen göttlichen Samen empfangen, doch geliebt, wirklich geliebt hatte er nur eine – Nefertari, das heißt »die Allerschönste«.

Er flüsterte ihren Namen, und wie durch einen Zauber verschwanden alle anderen. Da stand sie vor ihm, die Geliebte, die Einzige, die Allerschönste. Ihr hatte er den Tempel in Kusch erbaut und das herrliche Grab in Theben, sie hatte ihn nach Kadesch zur großen Schlacht begleitet, für sie hatte er den Sieg errungen, ihre Söhne und Töchter waren seine liebsten Kinder gewesen: Amani, der Erstgeborene, seine drei Brüder, die zwei Schwestern Merit-Amun und Henut. Merit aber hatte die ganze Schönheit ihrer Mutter geerbt, dazu Stolz und Willensstärke, von ihm, ihrem Vater. Und sie war das Sorgenkind gewesen.

Nefertari nickte lächelnd und trat näher an das Bett. Sie schien zu verstehen, was er dachte; sie hatten sich auch im Leben immer gut verstanden, einer hatte den anderen ergänzt. Als Nefertari starb, blieb eine Leere, die alle anderen Frauen nicht ausfüllen konnten. Nicht die stolze, boshafte und ehrgeizige Isis-nefert, auch nicht ihre sanfte Tochter Bent-Anta, die er im Alter zur Frau nahm und die jetzt seine Große Königliche Gemahlin war. Sie hatten Kinder gezeugt, deren Vater und Großvater er zugleich war.

»Alles mußte gewaltig sein in deinem Leben, mein süßer Gemahl – deine Paläste, deine Tempel, die Zahl deiner Frauen und Kinder, dein hohes Alter, deine Vergöttlichung, die dich anbetend vor deinem eigenen Ka zeigt ...«

Ja, dachte Ramses, du hast recht, meine Allerschönste, alles war gewaltig, und am gewaltigsten war meine Liebe zu dir. Ich habe getan, was kein ägyptischer König in über tausend Jahren unserer Geschichte tat – ich erbaute meiner Geliebten einen Tempel.

»Dafür danke ich dir, mein König. Ich möchte, daß du zu mir kommst, dich mit Osiris vereinigst und mit mir im Kreise der Götter und in ewiger Jugend die Tage im Westen genießt.«

Nefertari streckte ihre schlanken Arme aus, und Ramses erkannte deutlich das Armband mit dem Lapis-Skarabäen, sein Geschenk zur Geburt des ersten Sohnes. Sein allererstes Geschenk, ein goldenes Anch-zeichen, trug sie um den Hals. Eine ungeheure Sehnsucht ergriff ihn. Was bedeutete ihm, dem Uralten, noch der Thron, die Macht, der Harem, das tägliche, immer mühsamer werdende Einerlei? Aus dem strahlenden Horus war ein gebeugter Greis geworden, halb blind, fast kahl, mit lockeren Zähnen. Diener mußten ihn stützen, wenn er zu Tisch ging, Diener mußten ihn waschen, weil er zu kraftlos dazu war.

Wieder jung sein! Das Dasein genießen an der Seite Nefertaris – sie lächelte ihm aufmunternd zu und winkte. Aus dem Nebel trat Anubis, Nefertari nahm seine Hand und führte den Schakalköpfigen an das Lager. Sie beugte sich über ihn, küßte ihn auf die Lippen, während Anubis sanft das Herz des Königs aus der Brust nahm.

Da wußte der Pharao, daß er sterblich war, und er freute sich darüber.

1

Das ehrwürdige Abydos summte wie ein Wespennest. Sonst war die Stadt um die heiße Mittagszeit wie ausgestorben. Jeder Hund kroch in einen schattigen Winkel, und nicht einmal der strengste Herr schickte seine Sklaven hinaus vor die Tür.

Heute aber schien der Gluthauch des mächtigen Re niemand zu stören. Die Menschen liefen durcheinander, kleine und große Schiffe drängten sich unten am Hafen, und sie waren dabei, denen Platz zu machen, die man in Kürze erwartete.

Der dicke Bürgermeister saß in seinen Amtsräumen, der Schweiß strömte unter seiner etwas zerzausten Staatsperücke nur so hervor, und alle Augenblicke sprang ein kleiner, nackter Sklave hinzu und wischte das Gesicht seines Herrn trocken. Als er dies nun schon zum elften Mal tat, fegte ihn eine mächtige Ohrfeige in eine Ecke des Raumes.

»Ich halte das nicht mehr aus!« brüllte der dicke Kamose, »alle wollen etwas von mir, keiner tut, was ich sage, und der Gute Gott – Amun möge ihm Millionen Sed-Feste schenken – ist nur noch eineinhalb Tagesreisen entfernt! Und nichts ist vorbereitet, nichts geschehen! Ich werde Gift schlucken und als Osiris zu meinen Vätern gehen müssen.«

Wieder strömte der Schweiß über sein fettes Gesicht, und der kleine Sklave, hin- und hergerissen zwischen der Pflicht, seinem Herrn die Stirn zu trocknen, und der Angst vor der nächsten Ohrfeige, nahte sich furchtsam, hob die Hand mit dem Tuch, das ihm Kamose ungeduldig aus der Hand riß. Der Bürgermeister zog sich schnaufend die verfilzte Perücke vom Kopf und trocknete sein kurzgeschorenes, schweißfeuchtes Haar. Dann winkte er dem Schreiber.

»Wir dürfen uns jetzt nicht den Sinn verwirren lassen – prüfen wir noch einmal genau die Liste mit den Vorbereitungen.«

Der Amtsschreiber nickte geduldig und legte die Papyrusrolle auf den Tisch. Die beiden Würdenträger steckten die Köpfe zusammen und besprachen nochmals jeden einzelnen Punkt.

Waren ausreichende Vorräte an Wein, Öl, Korn, Früchten und Fleisch vorhanden? War der besonders kostbare Weihrauch aus den Vorratskammern des Tempels geholt? Hatten die Priester im Osiris-Tempel für reichlichen Blumenschmuck gesorgt? Hatten die faulen und unnützen Sklaven ihre stinkenden Körper gewaschen, damit ihr Geruch nicht die Nase des Erhabenen beleidigte?

Es gab so viel zu bedenken und zu bereden, daß der Bürgermeister und sein Schreiber an diesem Tag noch viele Stunden beieinandersaßen.

Die prunkvolle königliche Nilbarke, flankiert und begleitet von den Booten der Priester und Beamten, hatte vor einigen Stunden Memphis verlassen und bewegte sich jetzt vom ständig wehenden Nordwind getrieben, gemächlich nilaufwärts.

Der König des Landes Kemi, der Sohn der Sonne, der Gute Gott und Herr beider Länder, Men-Maat-Re Seti, Freund und Vertrauter der Götter, hatte sich in seinen Privatraum zurückgezogen. Er legte die Helmkrone und den schweren Schulterkragen ab – er tat es selbst, denn er wollte jetzt keine Diener um sich haben. In letzter Zeit fiel es ihm immer schwerer, angetan mit den Reichsinsignien, unbeweglich wie eine Götterstatue, von Weihrauch umwölkt auf seinem Thron zu sitzen, wie man es von ihm auch hier auf dem Schiff erwartete, wenn die königliche Flotte an größeren Orten vorbeifuhr. Auf dem Schiffsdeck war der erhöhte, goldfunkelnde Thron aufgebaut, und dort hatte der Pharao in erhabener Starre auszuhalten, bis die Stadt Memphis außer Sichtweite war.

Seti fühlte das nahende Alter, die vielen Kriegszüge hatten seinen Körper geschwächt, die Narben einiger schwerer Wunden machten ihm zusehends zu schaffen. Da war die Speerwunde aus einem der ersten Kriegszüge gegen das elende Chatti, die seine Schulter zeitweise fast unbeweglich machte. Szepter und Geißel, die Symbole der Pharaonenmacht, gekreuzt vor der Brust zu halten, wurde ihm mehr und mehr zur Qual. Der lange beschwerliche Feldzug ins ferne Naharina hatte ihm eine schwere Darmerkrankung eingetragen, und kaum war er genesen, traf ihn der

Pfeil eines Scharfschützen in den linken Oberschenkel. Der Feldarzt hatte es nicht gewagt, die göttlichen Glieder zu berühren, doch Seti stellte ihn vor die Wahl, seinen Kopf zu verlieren oder den Pfeil herauszuschneiden. Der Arzt machte es dann sehr geschickt und wurde auch belohnt. Doch die Wunde schwärte und eiterte wochenlang, bis sie sich endlich schloß. Das Bein aber blieb seitdem schwach, und wenn der Pharao mehr als hundert Schritte gehen mußte, begann er zu hinken. In diese Verlegenheit kam er allerdings kaum noch, so daß niemand seine Behinderung bemerkte.

Noch war er voll Lebenskraft, doch manchmal sehnte er sich nach der Ewigen Wohnung, die im westlichen Wüstental längst für ihn vorbereitet war. Es war schon verlockend, daran zu denken: Man sitzt im Kreis der Götter als Gleicher unter Gleichen, von Osiris gerechtfertigt und genießt ein ewiges, herrliches und schmerzloses Dasein jenseits aller Sorgen und Pflichten.

Der Pharao seufzte und richtete sich auf. Wenigstens war ein tüchtiger Erbprinz vorhanden, der einzige noch lebende Sohn der Großen Königlichen Gemahlin Tuja. Er war gesund, kräftig und klug, und Ptah hatte dem Pharao im Traum zu verstehen gegeben, daß er auf dieses Kind seine Hoffnung zu setzen hatte. Seitdem begleitete ihn dieser Sohn auf allen seinen Fahrten – das Volk sollte ihn sehen und kennenlernen.

Ramses war die Hoffnung des Landes Kemi, er sah ihm so ähnlich, wie ein Sohn dem Vater ähnlich sehen kann. Seine kräftig gekrümmte Nase, sein rundes, straffes Gesicht, die großen, wachen Augen, das feste Kinn – Ramses hatte all dies geerbt, wenn seinem Antlitz auch etwas Derbes anhaftete, das einem jungen Burschen gleichwohl gut anstand – ein Erbteil der Mutter. Zudem war der Kronprinz ein Riese, der schon jetzt mit seinen fast dreieinhalb Ellen alle überragte. Er beherrschte die wichtigsten Schriftzeichen, seine Befehle waren knapp und überlegt. Ein eigener kleiner Hofstaat vergötterte ihn, seine Sklavinnen beteten ihn an, Tücke und Willkür waren ihm noch fremd. Der Bursche war wie klares Wasser.

So dachte Pharao Seti über seinen Sohn, und wie alle Väter war er sehr stolz auf ihn. Diese Gedanken erweckten in ihm das Verlangen nach Ramses' Gegenwart. Der Klang der goldenen Handglocke war noch nicht verhallt, als die Bambustüre sich öffnete und das gebeugte kraushaarige Köpfchen einer kleinen Nubierin sichtbar wurde. Irgendein schwarzer Gaufürst hatte sie ihm mit seiner Tributzahlung übersandt. Sie war sehr geschickt und beherrschte verschiedene Griffe, um durch Streichen, Kneten und Pressen die Muskeln und Glieder zu lockern, und deshalb hatte der Pharao sie auf die Reise mitgenommen.

Nun war es der kleinen frechen Katze vor einigen Tagen gelungen, die göttliche Zeugungskraft des Königs in ihren Schoß zu locken, und Seti, der schon lange keinen Frauenkörper mehr genossen hatte, zeigte sich sehr gnädig. Er äußerte lobende Worte und ließ ihr einen goldenen Halskragen überreichen.

Jetzt also wollte die kleine Nubierin seine Gunst von neuem gewinnen und lauerte ständig vor seiner Tür. Die Wachen erlaubten es ihr, weil der König es duldete und öfter nach ihren heilenden Händen verlangte.

Der Pharao durchschaute sie und lächelte.

»Ich bin dir weiterhin gnädig gesinnt, meine schwarze Prinzessin, doch jetzt möchte ich lieber die Gesellschaft meines Sohnes genießen. Laß ihn also holen.«

Ob dieser müde alte Mann tatsächlich ein Gott ist? flog es der schwarzen Sklavin durch den Kopf. Zur Strafe schlug sie sich heftig auf beide Wangen. Was soll er denn sonst sein?! schalt sie sich in Gedanken selbst. Sein Wille bestimmte das Schicksal des Landes Kemi wie auch das der tributpflichtigen Länder. Wer so mächtig, ja allgewaltig war, stand weit, weit über den Menschen – wie die Götter.

Ramses trug einen knappen Lendenschurz und hielt noch den Bogen in der Hand, mit dem er auf Wasservögel geschossen hatte.

»Seth schenke dir einen schönen Tag, Majestät, lieber Vater.« Der Pharao winkte ab, sagte aber ehrerbietig:

»Die Wünsche Seths gehen wohl dahin, mich bald als Osiris begrüßen zu können. Mein Leib wird mir allmählich zur Last, sehnt sich nach dem ewigen Leben in der westlichen Wohnung.«

Ramses schüttelte heftig den Kopf.

»Das Land braucht dich noch, Majestät. Was soll ein kleiner

Junge auf dem Thron der beiden Länder, der kaum fünfzehn Nilschwellen erlebt hat? Da würden die Amonpriester in Theben sich die Hände reiben! Dem Osiris Haremhab wurde es nie verziehen, daß er die Residenz wieder nach Memphis verlegte. Sie schätzen einen König, der sich leiten und zügeln läßt – einen schwachen oder einen sehr jungen König.«

Seti lachte schallend.

»Du bist zwar jung, mein Söhnchen, aber schwach bist du nicht. Müßte ich heute noch nach Westen gehen, ich wüßte die Krone bei dir in guten Händen. Du darfst nur eines nicht vergessen: Es gibt Götter und Menschen, der König aber steht dazwischen – kein Mensch mehr, aber auch noch kein Gott – mögen seine Titel verkünden, was immer sie wollen. Der Pharao kann ohne das Volk nicht existieren und das Volk nicht ohne ihn. Die Zeiten ohne einen starken Herrscher waren schrecklich, dein Lehrer wird dir davon erzählt haben. Die Götter aber stehen über allem, und welchen Gott ein Mensch auch verehrt – in dem einen betet er alle an. Es stört also Hathor nicht, wenn du Isis verehrst, und Month wird nicht eifersüchtig, wenn du zu Ptah oder Osiris betest. Sie aber, die Götter, brauchen die Menschen mit ihren Opfergaben, ihrer Verehrung, ihren Gebeten. So fügt sich eins ins andere wie bei einem schön gebauten Haus. Der Bauer hat darin so gut seinen Platz wie der Erbfürst, der König und schließlich die Götter.«

Ramses hatte seinem Vater mit höflicher Aufmerksamkeit gelauscht, doch als er eine Pause machte, bat er ihn:

»Erzähle mir jetzt von den Taten unserer Vorfahren – von den Heldenprinzen Kamose und Ahmosis, von Amenhotep, der das elende Kusch besiegte, von ...«

Der Pharao freute sich über das Interesse seines Sohnes und erzählte bereitwillig von den Taten seiner Vorgänger. Dabei konnte er beobachten, daß Ramses mit Eifer und Würde seinen Berichten folgte. Manchmal zeigte sein junges, männliches Gesicht einen Zug von Wildheit, von Tatendurst und Entschlossenheit, der dem Pharao gefiel und ihm die Zukunftssorgen nahm.

Vor kurzem hatte Seti seinen Sohn zum Mitregenten ernannt und nun, da sie nach Theben und Abydos fuhren, sollten die Priester des Osiris und des Amun ihren künftigen König sehen.

2

Schon lange hatte die heilige Stadt Abydos keinen Pharao mehr gesehen. Hier war das Haupt des Gottes Osiris begraben gewesen, nachdem sein Bruder Seth ihn getötet und zerstückelt hatte. Abydos war eine Stadt der Gräber, doch in ihnen lagen nur selten Mumien. Meist waren es Scheingräber, die von Königen, Prinzen, hohen Beamten oder von wohlhabenden Leuten angelegt wurden, um wenigstens dem Namen nach an dem heiligen Ort bestattet zu sein. Abydos war dadurch groß und reich geworden und besaß eine Reihe gewaltiger Tempel, in deren Zentrum sich das Osireion erhob. Diese Tempel aber waren verfallen, der mehrmals begonnene Wiederaufbau war stehengeblieben, und fast schien es, als wären hier nicht nur die Pharaonen zum Schein begraben, auch der Wille zur Wiederherstellung der Tempel war nur Schein.

König Seti, der sich seit längerer Zeit dem Osiris so nahe fühlte wie keiner anderen Gottheit, hatte beschlossen, Abydos und seinen Tempeln wieder Glanz zu verleihen.

Und so war sie endlich da, die große Stunde, der erhabene Augenblick, da der Gute Gott zusammen mit dem Erbprinzen Ramses den heiligen Ort besuchte. So laut die Stadt in den letzten Stunden gewesen war, jetzt, da die königliche Barke sich näherte, herrschte weihevolle Stille.

Am Hafen warteten die Priester und Stadtbeamten, an ihrer Spitze Meri, Oberpriester des Osiris und der dicke, schwitzende Bürgermeister. Wie es der strengen Vorschrift entsprach, strahlten die kahlgeschorenen Priester vor Sauberkeit; ihre lilienweißen, hochgeschlossenen Kittel schauten unter dem Leopardenfell hervor, das wie ein Mantel ihre Körper umhüllte. Die Angehörigen der Amtsträger standen in zweiter Reihe – die Frauen und Kinder der Steuereinnehmer, Schreiber, Hafenverwalter, Gutsbesitzer und Priester.

Da! Alle horchten auf. Ein ferner Trompetenklang war zu hören, dazu dumpfer Trommelwirbel und das helle Gewimmer der Flöten. Die Töne kamen von dem Musikschiff, das bei solchen Anlässen der königlichen Flotte vorausfuhr, um die Majestät anzukündigen.

Die Musik wurde lauter und lauter und endete jäh, als das Boot am Hafen anlegte. Die Musiker, Sänger und Tänzerinnen stiegen aus, blickten hochmütig auf die Kleinstädter und stellten sich schnell und geschickt in die gewohnte und lange eingeübte Ordnung.

Dann kam die Königsbarke in Sicht, goldfunkelnd, ein kostbares Gefäß für den Guten Gott, den Herrn beider Länder.

Der Chorführer trat vor und begann einen Sprechgesang mit den Worten: »Höre Volk! Es naht der Vollkommene Gott, der Sohn Amun-Res, der Herr beider Länder, der Starke Stier, euer aller Vater und Herr, der König Men-Maat-Re Ptah-Meri-en-Seti im Glanz seiner Herrlichkeit!« Diese Worte hatte der Chorführer allein vorgetragen, jetzt fielen die Sänger ein:

»Guter Gott, der beide Länder, das der Binse und das der Biene, ernährt, daß die Speicher überfließen und das Fruchtland überschwemmt ist, denn unter deiner Herrschaft schwillt der Nil groß und mächtig. Thot schreibt für dich die Jubiläen neben dem Herrn des Alls, dem König der Götter. Du Erbe des größten der Götter, des Amun, des Stieres seiner Mutter, der dich geschaffen hat. Er gibt dir alle Länder durch die Kraft seines Armes. Du sitzt auf dem Thron des Re, und die Uräusschlange schützt dein Haupt, Men-Maat-Re Seti. Die Götter lassen dich über die Fremdvölker siegen, du, der die Menschen der Mitanni und Retenu, Naharina und Kusch niedergeworfen hat. Du göttlicher König, Vielgeliebter, Freund der Götter, der die beiden Länder beherrscht! Alle Menschen sind ergriffen von deiner Schönheit, die Truppen jubeln, deine Feinde erschauern.«

Dieser machtvolle Lobgesang setzte sich fort, bis die Prunkbarke anlegte, wo Seti in seinem Königsornat auf dem erhöhten Thron saß. Als kräftige, bis auf einen Lendenschurz nackte nubische Sklaven den Thron hochhoben, auf ihre Schultern luden und über feste Bohlen an Land schritten, fiel alles Volk zu Boden, sanken Priester, Bürgermeister, Sänger, Tänzer und alle anderen demütig in den Staub wie von der Sichel niedergemähte Halme. Keiner wagte, sein Gesicht zu erheben, jeder fürchtete den Blitz, der vom Anblick des Erhabenen ausgehen mußte. Hinter dem Thron des Pharao schritten hohe Beamte, in ihrer Mitte der Erbprinz

Ramses mit seiner golddurchwirkten Prunkperücke, um die Stirn das breite Goldband mit Geier und Kobra, Symbole der königlichen Schutzgottheiten Nechbet und Uto.

Für den Erbprinzen war es nichts Besonderes, hinter dem Thron oder an der Seite seines Vaters zu schreiten; er hatte es auf dieser Reise oft getan und würde es – mit Hilfe Ptahs – noch oft tun.

Als der Zeremonienmeister den Stadtvätern, Beamten und Priestern das Zeichen zum Erheben gab, blickten alle scheu auf den Pharao, der in göttlicher Ruhe und Erhabenheit Heka-Szepter und Peitsche vor der Brust kreuzte, während auf seinem Haupt die rote und weiße Doppelkrone in der Morgensonne leuchtete.

Ramses trat nun an die rechte Seite seines Vaters, der Wesir Nibamun an die linke. Er war nach dem König der erste Mann im Reich und führte auch den Titel »Erzieher der Königskinder«, was aber eher eine symbolische Bedeutung hatte, denn er hatte weder die verstorbenen Prinzen und Prinzessinnen erzogen noch den Erbprinzen Ramses, der den alten, gescheiten Mann aber schätzte und verehrte.

Da der König niemals in der Öffentlichkeit sprach, ergriff der Wesir mit kräftiger, geübter Stimme das Wort.

»Verehrte Priester des Osiris, geschätzte Stadtoberen, treue Diener unseres Königs! Seine Majestät erweist euch heute eine Ehre, die weniger uns Menschen als dem erhabenen Osiris gilt ...«

Er sprach noch viele schöne und klingende Worte, der alte Wesir, während der Pharao mit seinen schmerzenden Narben nur mühsam die starre göttliche Haltung bewahrte und Ramses seine großen, wachen Augen ein wenig über die demütig wartende Menge gleiten ließ.

In diesem Augenblick beschloß Osiris, das Schicksal des Erbprinzen in die ihm genehmen Bahnen zu lenken.

Hinter dem dicken Bürgermeister stand der reiche Gutsbesitzer Seneb, der schon viel für die Stadt und den Tempel getan hatte, neben ihm seine Frau Hatnufer und die dreizehnjährige Tochter Inet.

Der Kronprinz war dazu erzogen worden, bei solchen Gelegenheiten alle Anwesenden mit seinen Blicken zu erfreuen, doch nun vergaß er die guten Lehren, und sein Falkenblick verweilte lange bei den schrägen dunklen Augen der lieblichen Inet, die sofort den Kopf senkte. Sie wartete eine schickliche Zeit, und als sie annehmen konnte, der Prinz habe seinen Blick abgewandt, hob sie behutsam wieder die Augen. Da sah er sie noch immer an, und nun hielt sie dem Blick stand, ergab sich ihm, konnte nicht anders, er war der Jäger, sie die Beute.

Ramses, der schon einen eigenen Harem besaß und für den die körperliche Liebe bisher nicht mehr bedeutet hatte wie essen und trinken, fühlte sich von einem tiefen Entzücken durchdrungen. Dieses Mädchen war so schön, so jugendfrisch, so anmutig, als hätten Isis, Hathor und Bastet sich zu einer einzigen Person vereinigt.

Der in seiner Stellung selbstverständliche Gedanke, sie sofort seinem Harem einzugliedern, kam ihm gar nicht. Sie war etwas Besonderes, ein kostbares Kleinod. Wenn er sie mit seinen Haremsdamen verglich – willige dumme Tierchen, die auf einen Wink in sein Bett sprangen und die er vergaß, wenn er sie genossen hatte.

Doch die Prozession bewegte sich weiter, Ramses löste seinen magisch gebannten Blick, die schrägen, dunklen Augen verschwanden, doch sie hatten sich ihm eingebrannt – für immer.

Inet aber spürte eine süße Schwäche in den Beinen, wußte dieses unbekannte, doch keineswegs unangenehme Gefühl nicht zu deuten und überhörte zweimal eine Frage ihrer Mutter.

Helle Fanfarenstöße rissen sie aus ihren Gedanken. Langsam setzte sich der feierliche Zug zum Osiris-Tempel in Bewegung, angeführt von Sängern, Tänzern und Musikanten. Die jungen, fast nackten Tempeltänzerinnen begannen einen langsamen feierlichen Kulttanz, der für die Eingeweihten das Schicksal des Osiris wiedergab.

Osiris nämlich hatte von seinem Vater, dem Erdgott Geb, die Herrschaft über alles Irdische erhalten. Er gebot über Acker- und Weinbau und wurde der »Vollendete« genannt. Sein Bruder Seth, Herr des Südens, Gott der Fremdländer und der Wüsten, neidete ihm das Glück, lockte ihn in einen Sarg, den er fest verschloß und in den Nil warf. Isis, die Gemahlin des Osiris, zog trauernd durch das Land, um den Sarg aufzuspüren. Sie fand ihn am Fuß eines

Baumes, dessen Wurzeln ihn schon ganz umwachsen hatten. Noch ehe sie etwas unternehmen konnte, hatte der König von Byblos den Baum fällen lassen, um ihn als Pfeiler in seinem Palast zu verwenden. Als Isis ihre Göttlichkeit enthüllte, schenkte ihr der König den Pfeiler. Sie legte den Sarg frei, öffnete ihn, und es gelang ihr, durch Zauberkräfte vom toten Osiris ein Kind zu empfangen. Danach kehrte sie in die Heimat zurück und verbarg sich in den Sümpfen des Deltas. Doch Seth entdeckte sie, als er dort jagte, holte den toten Bruder aus dem Sarg und zerriß ihn in vierzehn Stücke, die er über das ganze Land verstreute. Isis machte sich sofort auf, die Teile zusammenzusuchen, die sie auch fand, doch den Penis hatte Seth in den Nil geworfen, wo ihn die Fische fraßen. Isis formte einen neuen Phallus, setzte die Teile des Körpers zusammen und salbte ihn mit kostbaren Ölen. Sie hatte so zum ersten Mal den Ritus der Einbalsamierung vollzogen, wobei ihr Anubis und andere Götter halfen. Osiris aber konnte nicht mehr auf die Oberwelt zurückkehren und wurde so der göttliche Totenrichter in der Unterwelt, während Isis ihren Sohn Horus gebar, den sie zum Rächer ihres Gatten erzog. Seth, der alte Widersacher, spürte Horus in den Sümpfen auf, nahm die Gestalt einer giftigen Schlange an und biß das Kind. Mit Hilfe des Sonnengottes Re wurde der Knabe geheilt, und Seth war für diesmal besiegt.

Die meisten Menschen verstanden diese tänzerisch vorgeführten göttlichen Ereignisse, doch ihr Verständnis blieb an der Oberfläche – für sie war es eine schöne, altehrwürdige Geschichte, sonst nichts.

Doch Erbprinz Ramses, der eine umfassende Bildung genossen hatte, wußte, daß diese Geschichte wesentlich mehr enthielt. So war Horus das Sinnbild des Pharao, den Re vor seinen Feinden schützte. Denn wenn dem König ein Leid geschah, könnte Seth triumphieren und würde das schöne Land Kemi in eine unfruchtbare Wüste verwandeln.

Der Pharao aber schien von dem allen unberührt. Hoch über den Köpfen der Priester und Beamten, der Tänzer und Sänger saß er unbeweglich auf seinem goldfunkelnden Thron, die weiß-rote Doppelkrone auf dem Haupt, bewacht von der feuerspeienden Schlange mit ihrem drohend aufgerichteten Goldhaupt. Zwei Wedelträger fächelten ihm Kühle zu, eine Reihe von Tempeldienern trug schwelende Weihrauchtöpfe und hüllte den Guten Gott in duftende Wolken.

Das Volk von Abydos fiel zu Boden, streckte die Arme vor und murmelte ehrfürchtig und anbetend:

»Guter Gott Men-Maat-Re Seti, Horus, geliebt von Maat, groß an Macht, schön an Jahren, mächtiger Stier, der die Herzen belebt, mögest du Millionen Sed-Feste feiern, lebe, sei heil und gesund!«

Inet ging zwischen ihrer Mutter Hatnufer und ihrem Vater Seneb in der Prozession mit; die beiden kleinen Brüder waren zu Hause geblieben. Sie konnte die Augen des jungen Horus, des Erbprinzen Ramses, nicht vergessen, ihr war, als sei dieser Falkenblick tief in ihrem Innern wie ein unsichtbarer Pfeil haftengeblieben, und so schritt sie ganz vorsichtig dahin, als sei sie schwanger und fürchtete, ihr Kind zu verlieren.

Der immer noch halbfertige Osiris-Tempel bot einen kläglichen Anblick. Die beiden Pylonen – aus Nilschlammziegeln erbaut – waren zur Hälfte eingestürzt, den Schutt hatte man notdürftig zur Seite geräumt. Aus dem weitgeöffneten Tor zogen die Osiris-Priester mit der Barke des Gottes der königlichen Prozession entgegen, die jetzt anhielt.

Der Pharao löste sich aus seiner Starre und stieg leise ächzend von seinem Thron herab. Die Priester verbeugten sich und streckten ihre Arme vor. Meri, der Oberpriester des Osiris, trat heran und sagte:

»Sei willkommen, du gewaltiger Sohn der Sonne, Herr beider Länder, Horus, geliebt von Maat!«

Zusammen mit den Priestern, einigen hohen Stadt- und Tempelbeamten schritt der Pharao in den Innenhof, wo sich das Allerheiligste erhob. Die kleine Osiris-Kapelle hatte man, so gut es ging, wiederhergestellt. Dorthin wurde nun das verhüllte Kultbild getragen; der König und Meri folgten ihm ins Dunkel des kleinen Tempels.

Draußen wurde inzwischen das zwei Tage dauernde Kultfest vorbereitet, an dem jedermann teilnehmen konnte, während die geheimen Mysterien im Innern des Tempels nur von den höchsten Priestern und dem Pharao vollzogen wurden.

Obwohl Ramses an allem teilnahm, hatte sein Herz keinen Anteil daran. Das Bild des Mädchens hatte sich ihm tief eingegraben. Er sehnte sich danach, sie wiederzusehen, wollte ihren Namen erfahren, sie sprechen, anfassen, küssen, umarmen ...

Wie ein Lauffeuer hatte sich inzwischen in der Stadt die Nachricht verbreitet, daß der Gute Gott Seti den Osiris-Tempel um ein Vielfaches größer neu errichten wollte mit gewaltigen Pylonen aus Stein, hohen Tempelmauern, weiten Säulenhallen und einem neugefertigten Kultbild aus purem Gold.

Freudig wie nie feierte das Volk die Mysterienspiele, die mit dem Auszug des Gottes begannen, den sein wilder Hund Upwaut in Gestalt eines Priesters mit Wolfsmaske begleitete. Das Spiel vom Tod des Osiris, seiner Bestattung und der Rache an seinen Feinden erstreckte sich über zwei Tage.

Inzwischen verhandelte der König mit den Priestern, ließ Baumeister, Steinmetzen und Maler holen, die ehrfürchtig die Befehle und Wünsche des Guten Gottes entgegennahmen.

Vor der Abreise war ein großes Fest geplant, zu dem der Pharao die Priester und Würdenträger der Stadt geladen hatte.

Dazu wurden ein großes Festzelt errichtet, erlesene Speisen bereitet, Musikanten, Tänzer und Akrobaten herbeigeholt.

Ramses hatte inzwischen Erkundigungen eingezogen, hatte die Namen des Mädchens und seiner Eltern herausgefunden und Befehl gegeben, die Familie einzuladen.

Seneb zählte zwar zum Provinzadel des Gebietes um Abydos, aber weder er noch seine Vorfahren hatten sich irgendwelche Verdienste erworben, um dem Pharao aufzufallen. Sein Gut war ein Lehen des Osiris-Tempels, dem er – wie sein Vater und Großvater – die festgesetzten Abgaben entrichtete. Gelegentlich hatte ein Familienmitglied ein Amt als Priester oder Verwalter am Tempel innegehabt, doch Seneb lebte mit seiner Familie sehr zurückgezogen und erschien nur selten in Abydos.

Als der königliche Bote seine Einladung überbrachte, meinte Seneb: »Kann da nicht eine Verwechslung vorliegen? Meine Familie ist Seiner Majestät gewiß nicht bekannt, ich wüßte also nicht, warum ...«

»Andere würden viel geben für eine solche Verwechslung,

mein Herr. Vielleicht hat ein Priester oder der Bürgermeister deinen Namen genannt. Du bist jedenfalls ausdrücklich mit Frau und Tochter geladen.«

Wie auf Wolken betrat Inet an der Hand ihrer Mutter das mit Standarten geschmückte und von der Leibtruppe bewachte Festzelt. Man wies ihnen einen Platz weit vorne an, wo der erhöhte Goldthron des Königs aufgebaut war. Der Thron war diesmal zweisitzig, denn der Gute Gott wollte Ramses als seinen Mitregenten vorstellen.

Fanfarenklänge ertönten, der Wesir und die Leibwache traten ein, die Trompeten schwiegen, die Häupter der Gäste beugten sich, und der Sonnensohn trat ein, begleitet von dem jungen Horusfalken. Beide trugen die blaugoldene Chepresch-Krone, denn die Doppelkrone war den großen öffentlichen Festen und den Staatsempfängen vorbehalten.

Der Wesir wies in seiner kurzen Ansprache darauf hin, daß der Gute Gott den Horusthron mit seinem Sohn Ramses von nun an teile und man dem jungen König nicht weniger Gehorsam schulde als dem alten.

König Seti hielt sich nur noch mit Mühe aufrecht. Die stundenlangen Feiern und Zeremonien der vergangenen Tage hatten seine Kräfte aufgezehrt. Er fühlte sich matt, krank und fiebrig, seine Kriegsnarben schmerzten, und alle Knochen taten ihm weh, ob er nun saß, ging oder stand.

Mit einer kaum wahrnehmbaren Bewegung winkte er den Wesir an seine Seite.

»Verkünde den Leuten, daß sich meine Majestät wegen dringender Staatsgeschäfte zurückzieht. Da Ramses nun auch die Krone trägt, genügt es, wenn er dem Fest vorsteht.«

Was der König geflüstert hatte, verkündete der Wesir den Gästen nun laut. Und Seti schleppte sich mit schmerzenden Gliedern hinaus, begleitet von den gemurmelten Segenssprüchen der Geladenen.

»Die Majestät lebe, sei heil und gesund! Möge der Gute Gott Millionen Sed-Feste feiern!«

Vermutlich werde ich kein einziges feiern, dachte der Pharao bitter, denn die Sed-Feste wurden – auch wenn manche Herrscher sich nicht daran gehalten hatten – erst nach dreißigjähriger Regierung angesetzt. Sie galten als Feste der Erneuerung, sollten den König verjüngen und ihm frische Kraft verleihen. Die mit der Geschichte des Landes befaßten Priester wußten zu erzählen, daß die frühen Könige nach dieser Frist vom Volk getötet wurden, damit ein junger, unverbrauchter Nachfolger den Thron einnehmen konnte. Mit der steigenden Macht der Herrscher war man von diesem Brauch abgekommen, und aus der Tötung war ein Fest geworden.

Nun, dachte Seti, während ihm Krone und Prunkkragen abgenommen wurden, ich habe mich in meinem Sohn verjüngt. Wenn ich nach Westen gehe, wird er da sein, in ihm erneuere ich mich. Dieser Gedanke tröstete und beruhigte den Pharao und versetzte ihn in gute Laune. Anstatt mit den Priestern ein zeremonielles Nachtmahl einzunehmen, würde er heute mit einer seiner Haremsfrauen speisen und mit ihr die Nacht verbringen. Vielleicht würden dann auch die Schmerzen vergehen.

Während im Festzelt Speisen und Getränke aufgetragen wurden, rief der Wesir einzelne Personen auf, die vor dem Thron erscheinen mußten, worauf sie nach einer vom Schreiber verlesenen Liste beschenkt oder ausgezeichnet wurden.

Da kam steifen und gehemmten Schritts der Oberste der Wüstenmiliz. Er hatte im Vorjahr eine berüchtigte Räuberbande vernichtet und wurde nun mit einer großen Goldenen Fliege ausgezeichnet. Der dicke Bürgermeister erhielt für sich und seine Frau Staatsgewänder mit Goldkragen und den Titel »Freund des Pharao«. Auch wenn es diesen Ehrennamen im ganzen Land tausendmal gab, so war der Bürgermeister so erschüttert von dieser Ehrung, daß er vernehmlich schluchzte. Außerdem wurden an verschiedene Personen Sonderzuteilungen von Land, Vieh, Korn, Wein, Öl und andere begehrte Dinge vergeben.

Als die Ehrenliste durch war und der Schreiber sie zusammenrollte, ließ Ramses noch die Namen des Gutsherrn Seneb, seiner Frau Hatnufer und der Tochter Inet aufrufen. Nur wenige kannten die zurückgezogen lebende Familie, und so erstarben die leisen Gespräche, und es herrschte gespannte Stille.

»Erhebe dich, Seneb«, sagte Ramses, »und sei im Namen des

erhabenen Osiris bedankt für die Unterstützung seiner Priester und die dem Tempel erwiesenen Wohltaten. Meine Majestät zeichnet dich dafür mit dem Gold-Osiris aus.«

Er winkte Seneb zu sich herauf und legte dem Niederknienden eine kostbare Fayencekette mit der fingerlangen Goldfigur des Osiris um. Hatnufer erhielt einen zierlichen, mit Skarabäen verzierten Goldkragen und Inet schließlich ein goldenes Anch-Amulett, das er dem vor Aufregung bleichen und zitternden Mädchen selbst um den Hals legte.

Nun sah er sie ganz nah, die schöne Inet. Ihre etwas schrägen, dunklen Augen hielt sie gesenkt, doch das feine Oval ihres lieblichen Gesichtes, den schlanken Hals und die kleinen, entzückend geformten Ohren rührten ihn auf seltsame Weise an. Wenn sie lächelte, erschienen winzige, kaum sichtbare Grübchen auf ihren runden Wangen, und Ramses wünschte, sie wollte oft für ihn lächeln.

Sein Hals wurde trocken, vor seinen Augen flimmerte es, und er mußte alle Kraft zusammennehmen, dieses Geschöpf nicht an sich zu reißen und ihr Gesicht, ihren Nacken, ihre Schultern, ihren ganzen herrlichen Leib mit Küssen zu bedecken.

»Höre Inet«, flüsterte er, »mir scheint dein Name falsch gewählt – ich würde dich Nefertari, die Allerschönste, nennen. Ich lade dich und deine Eltern in den königlichen Palast nach Memphis – sei dort mein Gast, und dann möge Bastet über uns bestimmen.«

»Ja, Majestät«, hörte er ihre leise, kaum vernehmbare Stimme.

Ramses hätte es nur ein Wort gekostet, und das Mädchen wäre ohne Umstände seinem Harem einverleibt worden, doch dafür war sie ihm zu schade. Ihr Schoß gehörte ihm, dem Herrn beider Länder, so, wie ihm alles von Nord bis Süd im Lande Kemi nach Recht und Gesetz gehörte, doch er wollte ihr Herz gewinnen.

3

Hätte man Piay gefragt, was seine früheste Erinnerung sei, so wäre es irgendeine Arbeit gewesen, die man ihm zuschob, begleitet von Prügeln, schmerzhaftem Ziehen an Ohren und Haaren, unflätigem Schimpfen und was man sonst noch einem Sklavenkind antun mochte. Von seinem Vater wußte er nur, daß er ein Kriegsgefangener aus Amurru war, der seine Mutter, eine Feldsklavin und Leibeigene des Osiris-Tempels, schwängerte. Sein Vater war ein hochgewachsener Mann, der sehr gut aussah und von den weiblichen Dienstleuten als Liebhaber überaus geschätzt war. Seinen fremdländischen Namen konnte hier niemand aussprechen, und so wurde er einfach Neferchai genannt, und das bedeutet »schön an Gestalt«. Der Name seiner Mutter war vergessen, Piay konnte ihn auch später nicht herausfinden. Die Eltern starben früh und hinterließen ihm nur seinen seltsamen unägyptischen Namen, für den ihn die anderen Kinder verspotteten und der ihm neue Prügel eintrug. Weiteren Spott und weitere Prügel bezog er wegen seiner schiefergrauen Augen, die ihm sein Vater vererbt hatte und die hier höchst ungewöhnlich waren. »Fischauge! Krötenauge!« riefen die anderen Kinder hinter ihm her, doch ihr Spott und ihre Abneigung erzeugten in Piay den Stolz, daß er anders war. Sie sind nur neidisch, tröstete er sich, weil ich etwas Besonderes bin.

Eines Tages war Piay groß genug, um zurückzuschlagen, was er freilich nur bei seinesgleichen tun durfte. Später, während seiner Lehrzeit beim Bildhauer Iramun, hieß es wieder, geduldig den Rücken hinzuhalten, denn hier durfte er nicht zurückschlagen. Doch Iramun war sparsam mit Schlägen und schenkte ihm eine Zuneigung, die er bisher nie erfahren hatte.

Wie aber konnte aus dem Sohn von Feldsklaven ein Lehrling bei dem tüchtigen Iramun werden?

Später erzählte man ihm, daß er schon zu Lebzeiten seiner Eltern, wenn sie während der Feldarbeit den Drei- oder Vierjährigen unter einen Busch in den Schatten setzten, aus der feuchten Erde Figürchen formte – Tiere, Menschen, Häuser und vieles andere. Auch als man ihn zur Arbeit heranzog, gab er diese Gewohnheit nicht auf; weder Schläge noch Schimpfworte hielten ihn davon ab.

Seine Eltern waren längst tot, da faßte Piay als etwa Zwölfjähriger den Mut, eine Reihe von Lehmfiguren zu formen, sie in der Sonne zu trocknen und in der Bildhauerwerkstatt beim großen Tempel vorzuweisen. Sein Glück war, daß nicht irgendein Gehilfe ihn als erster dort fand, sondern Iramun selbst, der gerade hinausging, um seine Blase zu entleeren.

»Und das hast du ganz allein gemacht?« fragte er mißtrauisch.

»Gib mir ein Stück Lehm, und ich mache es vor deinen Augen.«

»Werd bloß nicht frech, mein Bürschchen«, brummelte Iramun, nahm jede der Figuren in die Hand und betrachtete sie genau.

»In Stein oder Metall hast du noch nicht gearbeitet?«

»Nein, wie sollte ein Feldsklave das auch können?«

»Du arbeitest auf den Feldern des Osiris? Nun, für den erhabenen Gott wirst du auch hier tätig sein – nur auf andere Art. Wie heißt du?«

»Piay.«

»Na ja, es gibt Schlimmeres. Jedenfalls bleibst du gleich hier. Schlafen kannst du drüben im Vorratsraum, da ist Platz genug. Alles andere erledige ich.«

So kam es, daß aus dem vielgeprügelten Feldsklaven ein nur noch selten geprügelter Bildhauerlehrling wurde. Iramun teilte nur ganz gelegentlich Ohrfeigen oder Stockschläge aus, vor allem, wenn er, wie er sagte, die Dummheit und Unfähigkeit seiner Lehrbuben nicht mehr aushielt.

Doch er war ein anerkannter Meister seines Faches, und wen er nicht wegen mangelnder Begabung entließ, der hatte in den vier Jahren so viel gelernt, daß er selber als Meister gelten konnte.

Und noch eines schätzte Piay an seinem Meister: Iramun sprach bei den geringsten Anlässen seinen Tadel aus, ihm entging nicht der kleinste Fehler. Gefiel ihm aber etwas, dann scheute er sich nicht, ein warmes, ermunterndes Lob anzubringen, und für Piay gab es nach zwei Jahren fast nur noch Lobesworte.

Für den ehemaligen Feldsklaven begann damit ein neues Leben – und es war ein besseres Leben. Er, der bisher nackt auf den Feldern gearbeitet hatte, wurde nun mit einem Schurz bekleidet; er, der nur Roggenbrei, Brotfladen, Zwiebeln, Gemüse und an

Festtagen einige Früchte gegessen hatte, lernte nun Tafelfreuden kennen, wie er sie sich nicht einmal erträumt hatte. Die Tempelwerkstätten wurden von den Priestern mit Nahrung versorgt, und so gelangte ein Teil der geopferten Stiere, Kälber, Schafe, Gänse und Tauben auch an die Kunsthandwerker, für die es ganz selbstverständlich war, eine gebratene Gans oder eine Hammelkeule auch an Werktagen auf dem Tisch zu finden.

Was für Piay aber das Wichtigste war: Er konnte jetzt den ganzen Tag genau das tun, wofür er vorher Prügel und Schelte bezogen hatte, und er tat es mit Hingabe, Eifer und Talent. Schon nach zwei Jahren rückte er zum Meisterschüler Iramuns auf, durfte kleinere Aufträge selber ausführen, lernte den Bronzeguß, das Flachrelief, das Arbeiten mit Holz und wurde für einige Monate von einem Maler in seiner Kunst unterwiesen.

Für Iramun war Piay längst so etwas wie ein Sohn geworden. Von seinen eigenen Kindern hatte nur eine Tochter überlebt, und die war bereits verheiratet. So lebte Piay jetzt im Haus des Iramun, wurde von dessen Frau verwöhnt und fand nun als junger Mann, was ihm die Kindheit versagt hatte: Vater und Mutter, ein Zuhause.

Als der Gute Gott seinen Besuch in Abydos ankündigte und zu erkennen gab, daß er den Tempel größer und prächtiger wiederherstellen wolle, war es für Iramun selbstverständlich, seinen Ziehsohn und Meisterschüler zu dem Treffen mit dem König mitzunehmen.

So sahen sie gemeinsam den Guten Gott in seinem Goldglanz auf dem Horusthron, ihm zur Seite den Erbprinzen und Mitregenten Ramses, der mit seinen gut dreieinhalb Ellen Körperlänge alle – auch seinen Vater – überragte und auf Piay einen tieferen Eindruck machte als der Gute Gott Seti. Der König nämlich wirkte zerstreut, schien nicht bei der Sache, war müde und abgespannt, während Ramses nicht das kleinste entging. Immer wieder richtete er Fragen an die Vorsteher der Maler, Bildhauer und Steinmetzen, ließ sich die Pläne zeigen, besah die eilends angefertigten Modelle und gab zu erkennen, daß er als künftiger König kein bequemer Auftraggeber sein würde.

Auf dem Heimweg sagte Iramun zu ihm:

»Das ist das Beste, was uns zustoßen konnte, mein Sohn. Bei den Priestern wird immer ein wenig geknausert, weil sie abhängig sind von den Pilgern und den Festtagen. Ist aber Seine Majestät der Auftraggeber, dann fehlt es an nichts. Dem König gehört das ganze Land – jeder Stein, jeder Baum, jede Kornähre, jede Quelle, der Nil, die Tiere und Menschen, das alles haben ihm die Götter geschenkt, und er kann nach Belieben darüber verfügen. Er kann aus einem Feldsklaven einen Wesir machen und aus einem Soldaten einen General, das kostet ihn nur ein Wort. Den guten König erkennst du daran, daß er alles gerecht, mit Vernunft und Maßen tut, der schlechte – nun, beim schlechten König ist es eben umgekehrt.«

»Ist Seine Majestät ein guter König?«

Iramun nickte ernst.

»Der Gute Gott Seti hat Kemi von seinen Feinden befreit, hat die Grenzen und damit den Frieden gesichert. Wenn ein Land nicht mehr bedroht wird und seine Kraft nicht mit der Ernährung und dem Unterhalt von Soldaten vergeuden muß, stellt sich der Wohlstand von selber ein. Daß wir nicht schlecht leben, siehst du ja.«

Das mag für alle gelten, dachte Piay, doch für die Feldsklaven gilt es nicht. Aber er behielt seine Gedanken für sich. Diese elende Zeit war vorbei, und Piay hatte alle Brücken zu seiner Vergangenheit abgebrochen.

Während der durch viele Aufenthalte unterbrochenen Rückreise nach Memphis ging der Erbprinz Ramses durch ein Wechselbad der Gefühle. Kaum hatten sie Abydos verlassen, warf er sich vor, das Mädchen nicht gleich mitgenommen zu haben. Er schalt sich feige, dumm und schwach, weil er seine Königsrechte nicht sofort genutzt hatte. Am nächsten Morgen aber lobte er sich für seinen, wie es ihm schien, weisen Entschluß. Schließlich sollte Nefertari kein Kebsweib in irgendeinem Winkel des Harems werden, sondern seine Gemahlin. Damit hätte er den guten Seneb und seine Frau vor den Kopf gestoßen. Einen treuen und nützlichen Untertan soll man hegen und pflegen, hatte sein Vater oft gesagt.

Sie fuhren gerade durch ein besonders üppiges Fruchtland, wo jetzt, im ersten Monat der Erntezeit viele Landleute auf den

Äckern arbeiteten. Sie staunten mit offenen Mündern die königlichen Schiffe an, einige winkten, lachten, hüpften auf und ab, riefen Unverständliches. Der König saß bequem unter seinem Sonnensegel, einfach gekleidet, ohne ein Zeichen seines Ranges. Ihm zu Füßen hockte Ramses, auch er nur in einem kurzen Lendenschurz, und aß frische Trauben aus einem Silberteller.

»Da! Schau hinüber«, sagte Seti, »auf diesen Wurzeln ruht unser Land. Sie sind fleißig und genügsam, arbeiten das ganze Jahr hindurch, während die Priester nur zehren und nehmen – besonders die des Amun in Theben. Solange dort die Könige residierten, fühlten sie sich als die zweite Macht im Staat; ihr Besitz reichte von Kusch bis ins Delta. Daß der König der einzige Hohepriester in Kemi ist, wurde dabei ganz vergessen. Und sie sind noch immer unermeßlich reich, wenn auch nicht mehr so mächtig. Um sie ein wenig spüren zu lassen, wem sie ihre Macht verdanken, habe ich in Theben keinen neuen Hohenpriester ernannt und werde es nicht tun, solange ich lebe. Ich bin der Sonnensohn, mir gebührt die Macht, ich allein spreche mit Amun-Re, meinem göttlichen Vater, diese Priester sind nur Stellvertreter, Sklaven ...«

Der König hatte sich in Zorn geredet, griff hastig nach dem Becher und nahm einen tiefen Schluck.

»Beruhige dich, Vater. In der Thutmosidenzeit wurden sie verwöhnt und maßten sich Rechte an, die ihnen nicht zustehen. Sie sind es nicht wert, daß du dich erregst. Schließlich haben nicht wir die Residenz von Theben nach Memphis verlegt, sondern schon der in Osiris ruhende Pharao Haremhab, und das ist jetzt ein Menschenalter her.«

In den Blick des Prinzen kam etwas Wildes, als er hinzufügte:

»Diese Herren müssen wieder lernen, daß sie nichts weiter sind als Sklaven des Königs, der geruht hat, sie zu Dienern ihres Gottes zu machen. Ein Wort von dir, erhabene Majestät, und selbst der höchste Priester verschwindet in einem Wüstenbergwerk oder wird der niedrigste Gehilfe in einem kleinen Tempel an der Grenze. Das müssen sie wissen! Und sollten sie es vergessen haben, erinnern wir sie daran!«

Der Pharao lächelte.

»Jetzt bist auch du in Eifer geraten, mein Sohn. Sie sind unseren Zorn nicht wert, die Kahlköpfigen. Ich habe mir folgendes überlegt: Der ganze umfangreiche Besitz des Amun in Memphis soll unter die Verwaltung des Ptah-Tempels kommen. Ptah ist schließlich der Herr unserer Stadt und wurde schon als Schöpfergott verehrt, als Amun nichts weiter als ein Dorffetisch war. Durch die Macht seines Wortes hat Ptah die Welt erschaffen – Götter und Menschen –, er ist also auch der Schöpfer Amuns.«

»Das wird sie schwer treffen«, meinte Ramses, »gerade weil sich ihr Besitz über ganz Kemi erstreckt, haben sie überall ihre Hände mit im Spiel. Theben war ihr rechtes, Memphis ihr linkes Bein. Sie werden aufbegehren, wenn du ihnen einen Fuß abschneidest.«

»Sollen sie! Ich fürchte sie nicht! Nur schwache Könige fürchten die Priester, merk dir das, mein Sohn!«

Damit war der Keim zu einem Zwist gelegt, der im Leben des Kronprinzen noch eine tragische Rolle spielen würde. Denn so machtlos, wie König Seti sie gerne gesehen hätte, waren die Amun-Priester noch lange nicht.

In Memphis drängte sich viel Volk am Hafen, denn König und Kronprinz waren lange weg gewesen. König Seti verzichtete diesmal auf einen zeremoniellen Einzug und ließ sich in einer geschlossenen Sänfte zum Palast tragen. Ramses aber liebte prunkvolle Auftritte. Er legte Paradekleider und prächtigen Schmuck an, setzte die blaue Helmkrone auf und fuhr im zweirädrigen Streitwagen langsam und vom jubelnden Volk umringt zum Palastviertel.

Während dieser Fahrt faßte er ganz plötzlich den Entschluß, dies alles mit der schönen Nefertari zu teilen. Vielleicht nahmen ihre Eltern seine Einladung gar nicht ernst, hielten sie bloß für höfliche Form, die nichts bedeutete und zu nichts verpflichtete?

Kaum hatte er seine Mutter Tuja begrüßt und umarmt, seine beiden jüngeren Schwestern Tija und Hentmire geküßt und seiner Amme eine kurze Aufwartung gemacht, ließ er den Schreiber kommen und diktierte einen Brief an den Gutsbesitzer Seneb und seine Frau Hatnufer.

»Es grüßt euch meine Majestät User-Maat-Re setep-en-Re

Ramses und sendet euch in Eile den dringenden Wunsch, mit eurer Tochter Inet die Schönheiten meines königlichen Lebens zu teilen. Die Hälfte meines Herzens ist in Abydos geblieben, ich will sie aus der Hand von Inet-Nefertari zurückerhalten. Nehmt einen Schnellsegler, eilt, denn euer König ist in Gefahr, an seinem halben Herzen zugrunde zu gehen.«

Dann teilte er seinen Eltern den Entschluß mit. König Seti meinte:

»Du bist der Sohn meiner Hauptgemahlin, in dir strömt das göttliche Blut, jede gesunde und schöne Frau in Kemi wäre geeignet, dir legitime Nachkommen zu gebären. Daß du gut gewählt hast, setze ich voraus.«

Tuja, die Große Königliche Gemahlin, wollte es nach Frauenart schon genauer wissen. Ihr breites, etwas bäuerisches Gesicht strahlte Kraft und Klugheit aus. Sie hörte sich seinen ausführlichen Bericht an und meinte:

»Sie ist jung, man wird sie noch formen können. Es wird ja auch Zeit, daß du dich von deinen Kebsweibern ab- und einer richtigen Gemahlin zuwendest. Ich liebe Nefertari, weil du sie liebst, mein Sohn. Sie wird uns willkommen sein.«

Ramses hatte gewußt, daß seine Eltern ihm die Wahl einer Gemahlin freistellten, sie mußte nur gesund und aus gutem Hause sein. Nun würde er sich in Geduld fassen müssen, denn auch die Macht eines Königs konnte keine Entfernung kürzer, kein Schiff schneller machen. Um sich abzulenken, stürzte sich Ramses in Amtsgeschäfte, fuhr in die Wüste und jagte Antilopen, zeugte in seinem Harem drei Kinder, doch ohne große Freude, und half dem Wesir Nibamun auf Anordnung seines Vaters bei Rechtsgeschäften.

An den Wesir gelangten nur die begründeten Berufungsfälle, wo es um schwere Verbrechen und auch um schwere Strafen ging.

Der Wesir griff nach einer Schriftrolle.

»Was würdest du in diesem Fall tun, mein Prinz? Es geht um Meru, einen Sohn aus gutem Hause; sein Vater war dritter Vorlesepriester im Ptah-Tempel, einer seiner Brüder ist Offizier bei der Stadtmiliz. Als hätten ihm Sachmet und Sobek zugleich den Sinn verwirrt, hat dieser Meru immer nur das Falsche getan. Schon als

Junge hat er einem seiner Lehrer ein Auge ausgeschlagen, als dieser ihm einige Hiebe verabreichen wollte. Seine Eltern haben das mit viel Gold in Ordnung gebracht. Dann finden wir ihn als Anführer einer Räuberbande, die Mädchen entführt und vergewaltigt, Häuser und Gärten plündert und dergleichen mehr. Er wurde erwischt, zu hundert Stockhieben und zum Abschneiden der Nase verurteilt. Der danach verfügten Zwangsarbeit im Steinbruch entzog er sich durch Flucht. Es ist nun zu vermuten, daß er sich jahrelang bei Räuberbanden herumtrieb, jedenfalls wurde er vor kurzem von den Niu (Wüstenpolizei) beim Grabraub ertappt und festgenommen. Der Richter erkannte auf schweren Raub im Rückfall, und nun lautet das Urteil: Abhacken einer Hand und Abschneiden beider Ohren. Die Familie hat sich längst von ihm losgesagt, doch nun wendet er sich an mich, den Wesir, behauptet, die Räuberbande habe ihn als Sklaven gehalten und zum Mitmachen gezwungen. Was würdest du in diesem Fall tun, mein Prinz?«

»Aufgrund seines Vorlebens ist es nicht glaubhaft, daß er als Sklave diente. Hat man noch andere bei dem Grabraub gefaßt?«

»Nein. Zwei starben beim Kampf, die anderen konnten entfliehen, außer Meru, den ein Wurfholz der Wüstenmiliz niederstreckte.«

Ramses dachte eine Weile nach, während Nibamun ihm die Schriftrolle hinschob.

»Wenn du gestattest, überlasse ich dir den Fall. Entscheide nach deinem Belieben und bedenke: Solange ein Mensch lebt, kann er sich bessern.«

Ramses hätte für schweren Raub im Rückfall auch die Todesstrafe verhängen können, doch er dachte: Davon hat niemand etwas, er soll wenigstens einen Teil des von ihm verursachten Schadens wiedergutmachen. So verfügte er das Abschneiden beider Ohren und lebenslange Zwangsarbeit in einem Bergwerk. Das entsprach einer verzögerten Hinrichtung, denn die Arbeit in den berüchtigten Steinbrüchen und Bergwerken überlebte auch der kräftigste Mann kaum länger als zwei oder drei Jahre.

Meru, der gefesselt im Kerker saß, erfuhr von einem Richter sein Urteil.

Der fügte noch ironisch hinzu: »Jedenfalls kannst du stolz sein, denn Seine Majestät, der junge König Ramses, hat deine Strafe abgeändert. Hören kannst du auch ohne Ohren, aber zum Arbeiten brauchst du beide Hände. Und wie du sie brauchen wirst, verehrter Meru!«

Der stierte nur finster vor sich hin. Das entstellte, nasenlose Gesicht, die verschorften Wunden auf dem geschorenen Kopf, die von der Wüstensonne braungebrannten muskulösen Arme – der ganze Mann bot einen furchterregenden Anblick, der durch die Hand- und Fußfesseln kaum gemildert wurde. In sein verstocktes, gewalttätiges Hirn brannte sich der Name des Richters ein: Ramses. Wie viele Verbrecher sah er die Strafe nicht als notwendige Folge seiner Taten, sondern als grausame Ungerechtigkeit. Ramses hat dir beide Ohren genommen, Ramses hat dich in den Steinbruch geschickt! Ramses muß dafür büßen!

Der von den Göttern dem Land Kemi für alle Zeiten geschenkte Nordwind blähte die Segel des schmalen, schnellen Botenschiffes, das mit Befehlen und Verfügungen aus Memphis in die Städte des Südens unterwegs war. So kam der Brief des Erbprinzen verhältnismäßig rasch in die Hände der Eltern Inets, die von nun an Nefertari heißen wird. Wie Ramses vermutet hatte, war Seneb sich lange nicht schlüssig, ob die mündliche Einladung des jungen Königs ernst zu nehmen sei. Seine Frau meinte, ein Prinz sage nicht etwas nur so dahin, er sei es gewohnt, daß man seinen Worten aufmerksam lauschte und seine Befehle befolgte. Seneb aber gelangte zu der Ansicht, ein junger König lerne auf solchen Reisen derart viele Menschen kennen, und wenn ein Mädchen sein flüchtiges Gefallen errege, dann spreche er – um höflich zu sein – eine Einladung aus und habe sie am nächsten Tag vergessen. Schließlich sagte er zu Hatnufer: »Wenn es ernst gemeint war, wird noch etwas Schriftliches kommen.«

Und damit hatte er recht gehabt. Nun hielt er das königliche Schreiben in Händen. Er rief seine Familie und las den Inhalt vor. Die Worte des verliebten Erbprinzen hatten auf die drei Menschen eine unterschiedliche Wirkung.

Seneb fühlte sich zwar geehrt, aber kaum erfreut. Er liebte seine einzige Tochter und gönnte sie keinem anderen Mann. Natürlich hatte er gewußt, daß sie eines Tages das Haus verlassen würde, doch diesen Tag dachte er sich noch fern und rechnete auch damit, daß sie in Abydos bleiben würde. Nun aber pochte plötzlich ein junger König an seine Tür und forderte die Tochter. Ein Aufbegehren oder gar eine Ablehnung kamen nicht in Frage, und so würde Seneb das Unabänderliche hinnehmen und zu einer Reise nach Memphis – das er nicht kannte – nützen. Er hatte nicht vor, dort zu bleiben, denn er hing mit allen Fasern an Abydos, am Tempel, verehrte den Gott Osiris vor allen anderen, ja eigentlich als einzigen. Was bedeuteten im Grunde die paar Jahre irdischen Daseins? Sie waren ein Nichts, verglichen mit der Ewigkeit des jenseitigen Lebens; wer aber saß auf dem Stuhl des Totenrichters, ließ die Herzen wiegen, entschied über die Zukunft der Körperschatten Ka und Ba? Osiris! Osiris, der einzige, herrliche, erhabene Erlösergott, der sich für die Menschen und ihr Wohl geopfert hatte.

Die meisten Gedankengänge des versponnenen Seneb endeten bei Osiris. Seine Gemahlin Hatnufer, eine lebenstüchtige und dem Irdischen verhaftete Frau, behielt ihre Gedanken nicht für sich, sondern sprach sie laut aus.

»Ist Seine Majestät nicht süß? Die Hälfte seines Herzens ist in Abydos geblieben ... Ach Inet, du Glückliche, hast Ramses verliebt und ungeduldig gemacht. Seneb, stell dir das einmal vor: Wir werden die Großeltern von Prinzen und Prinzessinnen! Wir sind Gäste des Königs, werden von hohen Beamten bedient, verehrt, und Inet ist das Gefäß, in das der Sonnensohn seinen Samen gießt! Später werden wir in Memphis einen eigenen Palast bewohnen ...«

»Nein!« sagte der sonst eher sanfte Seneb hart, »nein, das werden wir nicht! Wir werden nach geraumer Zeit zurückkehren, ich lasse mein Gut und den Tempel nicht im Stich. Schlag dir das aus dem Kopf!«

Doch Hatnufer hörte kaum hin. In beredten Worten malte sie weiter eine schöne Zukunft aus und sah sich schon jeden Abend im Harem sitzen und mit der Großen Königlichen Gemahlin Tuja über die »Kinder« plaudern.

Inet war inzwischen hinaus in den Garten gegangen und setzte sich an den kleinen, von Tamarisken und Sykomoren beschatteten Lotosteich. Jetzt, da gekommen war, was sie im stillen erhofft hatte, ergriff eine unbestimmte Angst ihr Mädchenherz. Nun sollte sie einfach ihre Eltern, ihre kleinen Brüder, ihr Haus, ihre Stadt verlassen, um dieses stolzen jungen Mannes willen, dessen Falkenblick ihr tief ins Herz gedrungen war. Denn er besaß ja schon einen Harem, hatte mit gewiß schönen und liebeskundigen Frauen Kinder gezeugt – für ihn war sie vermutlich irgendeine Frau, die er heftig begehrte, ein paarmal umarmte und dann im Harem vergaß.

Inet stampfte so heftig mit dem Fuß, daß die Sperlinge aus den Büschen flogen. Sie umfaßte das goldene Anch-Amulett an ihrem Hals und drückte es. Nein, so mögen andere sein, er aber nicht. Die andere Hälfte seines Herzens sollte sie ihm wiederbringen, damit er nicht zugrunde gehe – so redet kein Prinz, der ein neues Kebsweib für seinen Harem sucht –, so redet ein ehrlich Verliebter, der junge Horusfalke Ramses, groß an Gestalt, stark und schön wie ein Gott! Und einen neuen Namen hatte sie jetzt auch, und er gefiel ihr über alle Maßen: Nefertari – die Schönste von allen, die Allerschönste. Dann mußte sie plötzlich weinen, die kleine Inet, die noch ein Kind war und so bald schon eine Frau werden sollte.

Der verrottete Tempel von Abydos wurde bis auf wenige Teile niedergerissen. Das Allerheiligste blieb vorerst stehen, und die Osiris-Priester taten, was sie seit Jahrhunderten getan hatten. Sie weckten den Gott, wuschen und kleideten ihn an, brachten ihm seine Mahlzeiten und bereiteten ihn des Abends für die Nacht vor. Von Zeit zu Zeit trugen sie sein Kultbild in die Isis-Kapelle, damit der Gott dort die Gesellschaft seiner Gemahlin genießen und sich mit ihr vereinigen konnte.

Da trotz der Abbruch- und Bauarbeiten täglich Pilger eintrafen, Feste und Umzüge stattfanden, ging es sehr lebhaft in der Stadt und beim Tempel zu.

Das Botenschiff aus Memphis hatte auch einige Baumeister mitgebracht, die nun mit den Aufsehern der Steinmetzen, Maler und Bildhauer die künftigen Arbeiten besprachen. Im Zentrum des neuen Tempels, unter dem Osireion, sollte für König Seti ein Scheingrab angelegt werden, wie auch sämtliche Säulen und

Wände mit Reliefs und Malereien geschmückt werden mußten, in deren Zentrum der König im Kreise der Götter stand.

Seine Majestät, Men-Maat-Re Ptah-Meri-en-Seti, der Gute Gott, Sohn der Sonne und Herr beider Länder, hatte ausdrücklich verfügt, daß es sein Tempel sein solle, und hatte auch einige ungewöhnliche Wünsche geäußert. So sollte ein Relief darstellen, wie der König vor dem Gott Sokar Weihrauch opfert, doch diese Gottheit wurde im Delta verehrt und war hier so gut wie unbekannt. Die Osiris-Priester schüttelten verstört die Köpfe, besonders als sie hörten, daß Sokar wie Osiris als Mumie dargestellt und auch im Norden mit Osiris gleichgesetzt wurde. Es gab einiges Hin und Her, der königliche Befehl konnte schließlich nicht übergangen werden, und so fand man den Ausweg, den Gott Sokar in Menschengestalt und mit Falkenkopf auftreten zu lassen.

Diese Arbeit wurde der Werkstätte des Iramun zugeteilt, und so beugten er und Piay ihre Köpfe über die Vorzeichnungen, die sie auf den Kalksteinblöcken ins Relief übertragen sollten.

»Eigentlich sieht er ja aus wie Gott Horus ...«, sagte Piay, doch Iramun meinte:

»Für die Ungebildeten schon, aber Horus trägt auf seinem Falkenhaupt in der Regel eine Krone und hat selten das Uas-Szepter in der Hand. Im übrigen steht sein Name auch im Schrifttext, da halte ich Irrtümer für ausgeschlossen. Übermorgen sollen weitere Steinblöcke geliefert werden.«

»Wir haben zu wenig Leute«, meinte Piay, »wenn der Tempel in vier bis fünf Jahren fertig sein soll, bräuchten wir dreimal so viele Steinmetzen und Bildhauer.«

Iramun richtete sich auf und rollte die Zeichnungen zusammen.

»Ich weiß, mein Sohn. Darum schlage ich folgendes vor. Ich habe schon mit dem Vorsteher gesprochen. Er wird uns zwei weitere Gehilfen zuteilen, und ich habe zur Bedingung gestellt, daß ich sie selber auswählen darf. Wir suchen uns zwei begabte Burschen, die wir während der Arbeit in den einfacheren Arbeiten ausbilden können. Ich glaube, damit wird es leichter gehen.«

»Wie du meinst, Vater.«

Iramun hatte Piay vor kurzem an Sohnes Statt angenommen,

und diesem fiel es nicht schwer, Vater zu sagen – einen anderen und besseren hatte er nicht gekannt.

»Ich möchte dich noch etwas fragen, Vater: Glaubst du, daß der König wirklich so freundschaftlich mit den Göttern verkehrt, wie wir es immer darstellen? Sie gehen mit ihm um wie mit ihresgleichen – es ist irgendwie seltsam ...«

Iramun blickte Piay abweisend an. »Warum willst du das wissen? Was geht das uns an – du kannst es glauben oder nicht. Es wäre besser, du glaubst daran ...«

»Seltsam ist es doch«, beharrte Piay.

»Wir werden nie genau wissen, was da oben vorgeht. Jedenfalls gehört dem Pharao das ganze Land, und ihm verdanken wir unsere schöne Arbeit, unser gutes Leben. Er hat diesen neuen Tempel in Auftrag gegeben, und so, wie es aussieht, werden wir noch – oder zumindest du – unter seinem Nachfolger daran arbeiten. Wie geht es übrigens mit deinem Schriftstudium?«

»Besser, seitdem mir der Vorlesepriester eine Rolle mit Schriftproben überlassen hat. Ich befasse mich jeden Abend damit, wenn ich nicht zu müde bin.«

Iramun, der zwar schon häufig Schriftzeichen in Stein gemeißelt hatte, wußte nicht immer, was sie bedeuteten, aber im Laufe seines Lebens hatte er viel gelernt, und er hielt es für unerläßlich, daß auch sein Sohn eine Ahnung davon hatte.

4

Der Strafgefangene Meru war in das Wüstental Rehenu verbracht worden. Dort wurde ein hartes, schwarzes Gestein gebrochen, das sich besonders für feingearbeitete Statuen eignete. Die schwarzen Felsen sträubten sich gegen ihre Auflösung, setzten den Bemühungen der Zwangsarbeiter erbitterten Widerstand entgegen. Im ersten Arbeitsgang mußten die mit Kreide markierten Blöcke aus dem Felsen geholt werden. Dazu mußten Löcher vorgebohrt und mit dem Spitzmeißel erweitert und vertieft werden. Das dauerte oft tagelang. Eine schwere und gefürchtete Arbeit war es auch, den

Block vom Untergrund zu lösen, denn dabei kam es nicht selten vor, daß so ein Ungetüm ins Rutschen kam und einen Mann zermalmte oder schwer verstümmelte. Einfacher war es dann, die herausgebrochenen Blöcke in verschiedene Größen zu zerteilen, die Unebenheiten abzutragen und für den Transport vorzubereiten.

Die Männer, die diese schwere Arbeit täglich zehn Stunden bei glühender Sonne verrichteten, waren durchwegs Strafgefangene; die Aufseher waren hoch entlohnte Sklaventreiber, die sich für eine gewisse Zeit freiwillig zu dieser Aufgabe gemeldet hatten. Sie mußten pro Monat eine Mindestzahl der roh behauenen Blöcke, teils in länglichen, teils in quadratischen Stücken liefern. Schafften sie diese Menge nicht, wurde ihr Verdienst entsprechend verringert. Waren es mehr, gab es hohe Prämien. Um die geforderte Mindestlieferung möglichst zu übertreffen, war den Sklavenhaltern jedes Mittel recht. In Abständen von zehn Tagen wurden Nahrungsmittel, neue Werkzeuge, Wein, Bier und Wasser geliefert, und jedesmal war ein Bündel daumendicker, knapp zwei Ellen langer Bambusstöcke dabei. Mit diesen Stöcken prügelten die Aufseher ihre Zwangsarbeiter zu Höchstleistungen. Meist genügte es schon, daß jemand für einen Augenblick beim Bohren, Hämmern oder Schleifen innehielt, um Atem zu schöpfen oder weil ihn einfach die Kraft verließ. Da sprang schon einer der verhaßten Unteraufseher herbei und hieb mit seinem Stock auf den Unglücklichen ein. Dabei mußten Hiebe auf die Arme vermieden werden, weil sonst die Weiterarbeit in Frage gestellt war. Dafür hagelte es Schläge auf Rücken, Schultern, Gesäß, Schenkel, Waden und nicht selten auf den Kopf, doch da bestand die Gefahr einer vorübergehenden Bewußtlosigkeit, und das mußten die Unteraufseher in der Regel mit dem eigenen Rücken büßen. Denn auch sie waren Strafgefangene, die man aus irgendeinem Grund begünstigte; vielleicht, weil ihre Familie regelmäßig die Aufseher bestach oder weil sie sich besonders für diese Aufgabe eigneten. Diese von der schweren Arbeit befreiten Unteraufseher hatten natürlich weit bessere Aussichten, ihre Strafzeit zu überleben, wenn auch nicht selten einer von hinterrücks erschlagen wurde.

Meru arbeitete nun fünf Monate in dem Steinbruch. Er bestand nur noch aus Sehnen, Haut und Knochen, war am ganzen

Körper schwarz gebrannt und sah beinahe aus wie eine Mumie nach siebzigtägigem Natronbad. Sein Gesicht hatte fast nichts Menschliches mehr, da Ohren und Nase fehlten und die Haut mit einer dichten Schicht des schwarzen Steinstaubes bedeckt war.

Nach drei Monaten hatte er seinen ersten Fluchtversuch unternommen, war aber schon nach wenigen Stunden mit Hilfe eigens ausgebildeter Bluthunde gefaßt worden. Er hatte drei Tage lang je hundert Hiebe mit dem Bambusrohr erhalten, und in dieser Zeit waren ihm Wasser und Nahrung entzogen worden. Danach war er nur mehr ein blutendes, nach Wasser schreiendes Bündel gewesen, das bei allen Göttern geschworen hatte, nie mehr wegzulaufen.

Schon einen Monat später hatte er zwei Mitgefangene zu einem neuen Fluchtversuch überredet. Da sie sich diesmal nach Osten – also in Richtung auf das Meer – gewandt hatten, womit niemand gerechnet hatte, war man ihrer erst am dritten Tag nach ihrer Flucht habhaft geworden – halb verdurstet und kaum noch fähig, ein paar Schritte zu tun.

Als Meru vor den Aufseher gebracht wurde, stand in dessen Augen fast so etwas wie Bewunderung.

»Du bist ein harter Bursche, Meru, aber du wirst erkannt haben, daß in dieser Gegend Flucht so gut wie Selbstmord ist. Da Prügel auf dich keinen besonderen Eindruck machen und wir in deinem Fall auch mit einem dritten Versuch rechnen müssen, aber andererseits deine Arbeitskraft benötigen, haben wir uns etwas Besonderes einfallen lassen.«

Der Aufseher winkte zwei Gehilfen herbei, die Meru fesselten, und dann trat der Lagerarzt herein. Dieser widerliche Trunkenbold mußte bei Unfällen Wunden ausbrennen und gebrochene Glieder schienen. Nun aber hatte er ein scharfes Messer in der Hand, und damit schnitt er mit seinen zittrigen Säuferhänden die Fersensehne an Merus linkem Fuß durch.

Der Aufseher grinste. »Tut nicht einmal besonders weh, was? Nicht der belanglose Schmerz ist deine Strafe, sondern die Folgen dieses Schnitts, der übrigens in drei Tagen verheilt sein wird. Du wirst weiterhin stehen und gehen können, mein Lieber, doch nie mehr springen oder laufen. Deine künftige Flucht müßtest du auf allen vieren unternehmen, doch davon rate ich ab.«

Merus Verzweiflung war so stark, daß er nach seiner Heilung versuchte, sich den Kopf am Felsen einzurennen. Da dies mißlang, hielt ihn künftig ein Unteraufseher am Strick. Doch Meru spürte von da an eine seltsame Veränderung. Dieser Aufseher prügelte ihn zwar, doch die Hiebe waren ohne Kraft und schmerzten kaum. Wenn er länger seine Arbeit unterbrach, dann schaute sein Bewacher weg, ließ ihm Zeit zum Ausruhen und rief dann laut:

»Du faules Schwein! Stinkendes Krokodilfutter, ich werde dir Beine machen!«

Meru konnte sich diese ungewöhnliche Behandlung nicht erklären, aber er schöpfte neue Hoffnung. Sollte sich seine Familie doch besonnen haben und diesen Aufseher für seine Nachsicht bezahlen?

In der kurzen Mittagspause, im Schatten eines überhängenden Felsens, wagte Meru eine vorsichtige Frage:

»Sind neue Richtlinien erlassen worden, Herr? Ich fühle mich besser behandelt als zuvor, vielleicht hat meine Familie …«

Der Unteraufseher blickte ihn ausdruckslos an. Er bewegte seinen Kopf nicht, als er sagte:

»Für deine Familie bist du tot, mach dir da keine Hoffnungen. Es geht um etwas anderes – du wirst bald Näheres erfahren.«

Meru mußte nicht lange warten. Schon am nächsten Tag flüsterte ihm sein Bewacher zu:

»Paß auf! Du machst eine Pause, ich verabreiche dir ein paar Hiebe, wovon einer dein rechtes Handgelenk trifft. Es wird im Nu anschwellen, und ich führe dich zum Aufseher und melde den Verdacht auf einen Knochenbruch. Wir gehen ins Krankenzelt, der Arzt wird tief schlafen, und wir haben Zeit für ein Gespräch.«

Meru war durch sein langes Verbrecherdasein vorsichtig und mißtrauisch geworden, doch er dachte alles gründlich durch und kam zu dem Entschluß, daß er nichts zu verlieren, aber alles zu gewinnen hatte. Er spielte also mit und fühlte eine unsinnige Hoffnung in sich aufsteigen.

Im Krankenzelt roch es nach Eiter und Verwesung, doch es herrschte gespenstische Stille.

»Die schlafen alle fest – ich habe ein wenig nachgeholfen. Leg dich jetzt nieder.«

Meru ließ sich in den stinkenden Strohhaufen fallen, und der Aufseher begann sogleich zu reden.

»Deine beiden Fluchtversuche, dein ungebrochener Mut und deine Entschlossenheit sind aufgefallen. Gewisse Leute sind zu der Ansicht gelangt, daß du anderswo nötiger gebraucht bist als hier. Hast du jemals vom Wüstenkönig Sobek gehört?«

Meru grinste, und das wirkte in seinem entstellten Gesicht furchterregend.

»Gehört schon, habe aber immer gezweifelt, daß es ihn gibt.«

»Es gibt ihn, Mann, es gibt ihn. Und der ist ständig auf der Suche nach guten Leuten. Doch er duldet nur Männer um sich, die endgültig, unabänderlich und für den Rest ihres Daseins mit der Möglichkeit eines – nun sagen wir einmal: anständigen Lebens gebrochen haben. Man hat dich lange beobachtet und ist zu der Ansicht gelangt, daß dies bei dir der Fall ist. Du bist ein Verbrecher aus Neigung, für deine Familie bist du längst tot, und nach einiger Zeit im Steinbruch wirst du es auch wirklich sein. Du weißt ja selbst, daß man hier nicht alt wird, und dann wirft man deinen Körper in die Wüste, wo ihn bald die Schakale fressen. Dein Ka wird ewig ruhelos umherirren, ewig und für alle Zeiten heimatlos. Dem scheußlichen Diesseits folgt also ein nicht weniger scheußliches Jenseits. Du hast jetzt die Möglichkeit, dein Schicksal zu wenden. Ich bin nur ein Verbindungsmann, gehöre nicht wirklich der »Familie« des Sobek an. Wenn du einverstanden bist, wirst du im Laufe der nächsten Tage einen dritten Fluchtversuch wagen, und ich schwöre dir bei Ptah und Osiris, dieser Versuch wird gelingen.«

»Davon bin ich nicht so überzeugt ...«

Der andere grinste.

»Doch, er wird. Du mußt nur genau tun, was ich dir sage. Ich werde jetzt deinen Arm schienen, der Arzt wird dich nicht weiter behelligen. Am Tag zuvor erhältst du Bescheid. Sie werden nachts kommen mit Pferden und Wagen. Von da an bist du in Sicherheit. Was dann geschieht, geht mich nichts an.«

»Gut«, sagte Meru entschlossen, »ich bin euer Mann. Und sollte es nur ein paar Tage Freiheit bedeuten, sie sind es mir wert!«

»Nicht ein paar Tage – dein ganzes Leben! Ich schwöre dir bei meinem unsterblichen Ka, daß noch keiner der Männer, die Sobek befreit hat, jemals wieder zur Zwangsarbeit zurückgekehrt ist.«

Und ich, dachte Meru haßerfüllt, schwöre bei allen Göttern, daß dieser Ramses seinen Urteilsspruch büßen wird – irgendwie, irgendwann.

Ramses wußte längst, wann das Schiff in Memphis anlegen würde, und bereitete Nefertari einen triumphalen Empfang. Die hochgewachsenen Männer der Palastgarde marschierten auf, ein Ptah- und ein Osiris-Priester – als Huldigung an Abydos –, der Bürgermeister und eine Abordnung hoher Beamter begleiteten Nefertari und ihre Eltern zum »Haus der Verehrung«, dem Königspalast, wo Ramses ihr auf einem Streitwagen entgegenkam. Er sprang vom Wagen, begrüßte Seneb, Hatnufer und Nefertari in ihren Sänften, verbot ihnen auszusteigen und führte den Zug an, bis die Tore der Palastmauern sich hinter ihnen geschlossen hatten.

Die königliche Wohnstätte war eine Stadt für sich und nahm gut ein Viertel von Memphis ein. Die »Weiße Mauer« hatte einst König Menes – er vereinigte als erster die beiden Landesteile – errichten lassen, und innerhalb dieser inzwischen um ein Vielfaches erweiterten Weißen Mauer erstreckte sich das Palastviertel mit seinen Häusern, Gärten, Ställen, Vorratskammern, bewohnt von weit über tausend Menschen, die – vom Wesir bis hinab zur Wäscherin – sich als »Geheime Räte des verehrungswürdigen Hauses« bezeichneten und im Rang weit über den Bürgern der Stadt standen.

»Bist du müde?« fragte Ramses besorgt, als er Nefertari ins Gästehaus führte.

»Nein«, sagte sie, »eine Schiffsreise ist ja nicht anstrengend. Man sitzt oder liegt auf dem Deck herum, sieht die Felder vorbeiziehen …« Fast erschreckt hielt sie inne. Ramses wird alles wissen, alles kennen, und ihr Bericht mußte ihn langweilen.

Doch Ramses betrachtete entzückt ihre Wangengrübchen und wünschte, mit ihr allein zu sein.

»Erfrischt euch und ruht euch aus. Wir sehen uns beim Nachtmahl, und da werden auch die Majestäten – meine verehrten Eltern – zugegen sein.«

»Ich habe dir etwas mitgebracht«, flüsterte Nefertari und drückte Ramses ein verschnürtes Päckchen in die Hand.

»Mach es auf, wenn du allein bist ...«

Der Erbprinz und Mitregent hatte einen eigenen kleinen Palast mit Hofstaat, Harem und einer zahlreichen Dienerschaft. Er lief in seine Gemächer, setzte sich ans Fenster und betrachtete das etwa taubeneigroße Päckchen von außen. Irgend etwas Hartes war in einen Streifen Papyrus eingewickelt. Behutsam knüpfte er den Wollfaden auf, entrollte den Streifen und fand ein schön gearbeitetes Herzamulett aus Lapis – doch es war nur ein halbes Herz. Auf dem Papyrus stand in ungelenken Schriftzeichen:

»Hier ist die andere Hälfte deines Herzens aus den Händen der Nefertari.«

Ramses drückte den kühlen Edelstein an die Lippen und legte ihn behutsam auf den Tisch. Dann riß er aus seinem Schurz ein Stückchen Leinenstoff, wickelte das halbe Herz hinein und umschnürte es mit dem Wollfaden. Er klatschte nach dem Diener und legte ihm das Päckchen in die Hand.

»Lauf zum Goldschmied und trage ihm auf, das da behutsam in Elektron zu fassen, damit man es um den Hals hängen kann. Bis heute abend muß es fertig sein!«

Ramses ging in seinen Schlafraum und warf sich auf sein großes, vergoldetes Bett, dessen vier Beine in Löwenpranken endeten.

»Nefertari, Nefertari ...«, flüsterte er und spürte, wie sehr er dieses Mädchen liebte und begehrte. Schon morgen mußten die Schreiber den Ehevertrag aufsetzen, und er schwor sich: Nefertari wird meine erste und einzige Gemahlin bleiben!

Das Nachtmahl im kleinen Speisesaal war nur für die Mitglieder der Königsfamilie bereitet. An dem einen Tischende saßen auf erhöhten thronartigen Stühlen König Seti mit seiner Gemahlin Tuja, am anderen Ende die neuen Familienmitglieder Seneb und Hatnufer. In der Mitte des Tisches saßen Ramses und Nefertari einander gegenüber – ein letztes Mal durch die Tafel getrennt, denn künftig sollten sie nebeneinander sitzen. Dazwischen hatten die Schwestern des Erbprinzen sowie enge Verwandte von König und Königin Platz genommen.

Der König schaute sich Nefertari genau an. Das Mädchen errötete, wurde dann plötzlich blaß und senkte den Kopf.

Seti lächelte freundlich.

»Wer so schön ist wie du, Nefertari, braucht den Kopf nicht zu senken. Du hast auch sonst allen Grund, dein Haupt aufrecht zu tragen. Du bist jetzt die Zweite Frau im Lande Kemi, und wenn ich oder Tuja unsere Ewigkeitswohnungen im Westen beziehen, bist du, meine Allerschönste, auch die Erste im Land. Kein Grund also, den Kopf hängen zu lassen! Dich, verehrter Seneb und dich, liebe Hatnufer, heiße ich innerhalb der Weißen Mauern willkommen. Ihr seid nun Glieder der königlichen Familie durch Nefertari, in der unser göttlicher Samen aufgehen möge zum Wohle des Landes Kemi und seiner Bewohner.«

Seneb bedankte sich in kurzen und wohlgesetzten Worten und war über die Entwicklung der Dinge sehr zufrieden. Nun war er sicher, daß seine Tochter nicht in einem Haremswinkel verschwinden würde, sondern zur Königlichen Gemahlin ausersehen war.

Hatnufer blickte Tuja an, die kraftvoll und würdig neben dem König thronte und ein wenig abwesend lächelte. Die Königin dachte an ihre eigene Hochzeit, denn auch sie stammte nur aus einer Offiziersfamilie. Seti hätte unter etlichen Prinzessinnen wählen können, denn er besaß einige Halbschwestern oder hätte sich zumindest ein Mädchen aus den Fürstenfamilien des Landes aussuchen können. Doch er zog sie, die kleine Offizierstochter, allen anderen vor. Ihre Eltern waren damals ebenso hochgeehrt und ein wenig verschüchtert an der Tafel von Setis Vater, des ersten Ramses, gesessen. Sie war nach Setis Thronbesteigung die Große Königliche Gemahlin geworden, und niemals hatte es eine andere gegeben, die er ihr vorgezogen hätte. Gerührt blickte sie die kleine Nefertari an und sagte:

»Auch ich saß einmal an dieser Tafel, jung und unerfahren wie du. Doch fürchte nichts, und wenn mein Sohn dich schlecht behandelt, dann komme ruhig zu mir, und ich werde ihm beibringen, wie man mit einer Gemahlin umgeht. Bei seinen vielen Kebsweibern lernt er ja ohnehin nichts Gescheites.«

Alle am Tisch lachten, nur Ramses und Nefertari nicht. Sie hatten die Worte der Königin nur von ferne vernommen, so sehr waren sie miteinander beschäftigt. Der Falkenblick des jungen Horus drang durch Nefertaris weitgeöffnete dunkle Augen tief in ihr Inneres, und wieder fühlte sie eine süße Schwäche in den Beinen und war froh, daß sie nicht stehen mußte. Ramses aber hätte seine Braut am liebsten gepackt, sie in sein Haus getragen, auf sein Prunkbett niedergelegt und dann ... Doch hier galt es, den Anstand zu wahren. Und so wies er lächelnd auf das halbe Herz, das er an einer dünnen Goldkette um seinen Hals trug; Nefertari erwiderte das Lächeln und faßte an ihr goldenes Anch, und wieder tanzten die Grübchen über ihre runden lieblichen Wangen.

Inzwischen hatte die Musik eingesetzt, Speisen und Getränke wurden aufgetragen. Auf Platten aus Gold, Silber und Elektron türmten sich Rinderkeulen, Spanferkel, Gänse und Tauben am Spieß, verschiedene Fische, dazu wurden Gurken, Melonen, Trauben, Feigen, Datteln und Granatäpfel aufgetragen. Neun verschiedene Brotsorten in zierlich geflochtenen und vergoldeten Körben kamen hinzu; Bier, Wein, Honigwasser, Milch und Fruchtsäfte standen in schimmernden Alabasterkrügen bereit. Der Duft erlesener Gewürze durchzog den Raum und mischte sich mit dem kräftigen Geruch des gebratenen Fleisches und dem zarten Aroma edler, alter Weine.

König Seti war ein ernster, pflichtbewußter Mann und hatte für laute, aufwendige Feste nichts übrig. An seinen Hof wurden nur selten Gaukler, Tänzer oder Zauberkünstler geladen, zumindest nicht auf sein Geheiß. Die Große Königliche Gemahlin Tuja war mit ihm eines Sinnes. Sie zog es vor, auf ihren Gütern Musterkulturen anzulegen oder ihre Rinder so lange mit fremden Rassen zu kreuzen, bis die Milcherträge weit über dem Üblichen lagen.

Ramses teilte diese Einstellung nicht. Er feierte gerne, liebte Musik, Tanz, Akrobaten und beklatschte wie ein begeistertes Kind die erstaunlichen Künste der Zauberer.

Da dies vor allem sein Fest war, hatte er das kunterbunte Volk der Gaukler in den kleinen Audienzsaal geladen, doch der Gute Gott und seine Gemahlin zogen sich vorher zurück. Seneb, dem ebenfalls nichts an solchen Darbietungen lag, hielt es für schicklich, dem Königspaar zu folgen, und er teilte dies der widerstrebenden Hatnufer mit einigen geflüsterten Worten mit.

Da das Verhalten des Königs Gesetz und Vorbild auch für die anderen war, blieb schließlich die Jugend unter sich.

Ramses ließ aus allen Teilen des Palastviertels die jungen Leute herbeiholen. Haremsmädchen, die ihm Kinder geboren hatten, Söhne hoher Beamter, mit denen zusammen er unterrichtet worden war, fremdländische Prinzen, die als königliche Geiseln am Hof zu Memphis erzogen wurden und schon nach wenigen Jahren eifrigere Ägypter waren als die Einheimischen, dazu junge Prinzen und Prinzessinnen, die auf irgendeine Art mit ihm verwandt waren.

Grinsend nahm Ramses auf dem Thron im kleinen Audienzsaal Platz, zog Nefertari auf den Sitz neben sich und rief mit Donnerstimme:

»Auf die Knie, Volk von Kemi, elende Sklaven meiner Majestät User-Maat-Re setep-en-Re, des Sohnes der Sonne und Herrn beider Länder!«

Lachend und kreischend ließen sich die jungen Leute auf die Knie fallen, streckten anbetend die Hände vor und riefen: »Horus, geliebt von Maat, groß an Macht, mächtiger Stier, der die Herzen belebt, Guter Gott – lebe, sei heil und gesund!«

»Das genügt!« rief Ramses, »auf mit euch, nehmt Platz, eßt, trinkt und genießt die Freuden, die der Pharao euch bereitet hat!«

Zu Nefertari gewandt, sagte er leise:

»Sie halten es für Spaß, doch es ist eine Übung für später. Sie werden mir gehorchen müssen wie Sklaven, alle – vom königlichen Prinzen bis hinab zum Türsteher. Alle! Aufs Wort!«

Sein Gesicht war erregt geworden, die Falkenaugen blitzten wie Dolche.

»Und ich?« fragte Nefertari, »werde auch ich dir aufs Wort gehorchen müssen?«

Sein Blick wurde weich, umfaßte und umhüllte die zukünftige Gemahlin mit all der Hingabe, Fürsorge und Liebe, deren ein junger Mann fähig ist.

»Nein«, sagte er, »du bist die einzige Ausnahme – dir werde ich gehorchen! Aufs Wort!«

Nefertari lachte leise; sie hatte schon zwei Becher Wein getrunken und alle Schüchternheit verloren.

Dann strömten sie herein, die Musikanten, Tänzer, Akrobaten und Gaukler mit Trommeln, Flöten, Sistren und Harfen, hüpfend, Salto schlagend, stellten sich vor Ramses und Nefertari auf, knieten nieder, riefen:

»Lebt, seid heil und gesund, ihr Majestäten!« und begannen die Vorführung mit jungen, fast nackten Tänzerinnen, die zum Klang von Trommeln und Sistren Räder schlugen, Pyramiden bauten, ihre Körper verbogen wie junge Katzen und dabei fröhlich lachten. Ihnen folgten die Akrobaten, Seiltänzer und Feuerschlucker, die an diesem heiligen Ort ihr Bestes boten und es mit ihren Künsten manchmal erreichten, daß es im ganzen Saal so still wurde wie in einem Haus der Ewigkeit.

Am Ende erschienen zwei Zauberer aus Mitanni in langer fremdartiger Kleidung und mit seltsamen Kopfbedeckungen.

Ramses, der inzwischen einen ganzen Krug Wein geleert hatte, sagte mit schwerer Zunge:

»Die mag ich am liebsten! Es muß herrlich sein, zaubern zu können, alles nach seinem Sinn und gegen die Natur zu verändern. Ich würde die ganze Welt umformen ...«

Beide Zauberer trugen ellenlange Stöcke in der Hand als sie den Saal betraten, und diese Stöcke warfen sie nun zu Boden. Sofort wurden daraus Schlangen, die drohend ihre Häupter erhoben und gefährlich zischelten. Mit einigen Handbewegungen verwandelten die Magier sie wieder in Stöcke, die sie ihren Gehilfen übergaben. Ein versiegelter Krug wurde hereingetragen. Der eine Zauberer klopfte dagegen, und es klang hohl. Er brach das Siegel, öffnete den Krug und stürzte ihn um – nichts kam heraus, der Krug schien leer. Dann hielt ihm der andere Magier einen Becher hin und fragte seine Zuschauer, was gewünscht sei.

»Wein!« riefen einige, andere »Milch! Bier! Wasser!«

Der bärtige Magier lächelte und sagte: »Alles der Reihe nach! Jeder Wunsch wird erfüllt.«

Er goß einen Becher nach dem anderen voll, und der Gehilfe reichte sie an die Zuschauer weiter. Diese bestätigten verblüfft, daß sie Wein, Bier, Milch und Wasser erhalten hätten.

Ramses klatschte begeistert in die Hände. »Das ist doch großartig! Einmalig!«

Als die Männer sich verbeugten, warf ihnen Ramses einige Deben puren Goldes zu. Er hatte inzwischen einen zweiten Krug angebrochen, seine Falkenaugen glänzten trunken, als er schwankend aufstand.

»Freunde, Brüder, Männer!« rief er laut, »jetzt wollen wir den Frauen einmal zeigen, daß auch wir geschickte Burschen sind. Zwar können wir keine Stöcke in Schlangen verwandeln, uns hat man anderes beigebracht. Wir werden jetzt mit dem Bogen um die Wette schießen!«

Einige riefen laut Beifall, die Palastwache brachte Bogen und gefüllte Köcher herein, und die Frage nach dem Ziel wurde laut.

»Ein Frauenhaar! Eine Fliege! Ein Kürbiskern!« wurde lachend vorgeschlagen, aber Ramses entschied:

»Holt einen Granatapfel!«

Als der Diener mit dem Apfel kam, mußte er sich auf Ramses' Geheiß an die Wand stellen, den Apfel auf die Hand legen und weit vom Körper wegstrecken.

»Wir wollten ja nur um die Wette schießen – wer tritt mit mir an? Menna? Parahotep? Nehesi?«

Die jungen Männer faßten es als Befehl auf, ließen sich Pfeil und Bogen reichen und traten an. Hentmire, die jüngere Schwester des Ramses, war an Nefertaris Seite getreten. Die vielleicht Zwölfjährige sagte vorwitzig:

»Jeder weiß natürlich, daß Ramses ein guter Bogenschütze ist, jeder weiß aber auch, daß Menna als der beste von ganz Memphis gilt.«

Sie lachte schnippisch.

»Daraus müßte man schließen, daß Menna gewinnt. Nun – du wirst dich wundern!«

Nehesi und Parahotep verfehlten den Apfel knapp, Mennas Pfeil aber streifte ihn, so daß er dem Diener aus der Hand fiel. Ramses lachte trunken.

»Nicht schlecht, Menna, nicht schlecht, aber auch nicht gut genug. Ich werde euch zeigen, was ein Treffer ist!«

Als Ramses den Bogen nahm, war es, als fiele die Trunkenheit von ihm ab. Sorgsam prüfte er den Pfeil, legte ihn auf den Bogen und spannte die Sehne mit aller Kraft. Der Pfeil fuhr mitten in den

Granatapfel, zerfetzte ihn und besprühte den Diener mit Saft und Kernen.

Jubelnder Beifall tobte durch den Saal.

»Heil dem Meisterschützen, heil Seiner Majestät, dem jungen Horus, der ewig leben möge!«

»Wir sind zwar noch nicht verheiratet, aber einen Kuß habe ich zur Belohnung verdient.«

Er beugte sich aus der Höhe seiner dreieinhalb Ellen zur zierlichen Nefertari herab, hob sie hoch und küßte sie auf beide Wangen.

»Morgen«, sagte er lachend, »morgen gibt es davon mehr.«

Die Nachricht von Nefertaris Ankunft hatte sich längst in ganz Memphis verbreitet. Die Stadt wußte, daß morgen der Hochzeitskontrakt unterzeichnet und das junge Paar dann zum Ptah-Tempel getragen wurde, wobei es sich dabei dem Volk zeigte.

Inzwischen war der Schnellsegler mit königlichen Erlassen und Verfügungen nach Süden unterwegs, und er beförderte auch ein Schreiben des Königs Seti an die Priester des Amun-Tempels in Theben, die in aller Form über die Eheschließung des Thronfolgers und Mitregenten Ramses unterrichtet wurden.

Bei Sonnenaufgang kündeten Fanfaren von den höchsten Türmen der Weißen Mauer, daß dies ein besonderer – ein Festtag sein würde. Die Arbeit ruhte, und bald strömte viel Volk am Prozessionsweg zum Ptah-Tempel zusammen.

Die Hochzeitszeremonie im Königspalast verlief sehr förmlich. Die Schreiber hatten den Kontrakt die Nacht über vorbereitet, der Wesir setzte das Königliche Siegel darunter, daneben Ramses sein eigenes. Was Nefertari betraf, so war verfügt worden, daß sie von nun an die Königliche Gemahlin des Erbprinzen sein würde und sich ihre Kinder vor allen anderen das Recht der Thronfolge erwarben. Dazu wurde ausdrücklich erwähnt, daß sie nach dem Heimgang von König Seti oder seiner Frau den Titel »Große Königliche Gemahlin« führen würde, den jetzt noch Tuja trug. Des weiteren war von einem eigenen Hofstaat und von allerlei Rechten und Pflichten die Rede. Nefertari hörte, was der Oberste Schreiber mit feierlicher Stimme verlas, doch sie nahm es nicht auf.

Zuletzt wurde das Dokument dem König Seti und seiner Gemahlin, den Eltern der Braut und schließlich dem jungen Paar vorgelegt.

Nefertaris Schreibkünste waren nicht sehr weit gediehen, doch es traf sie wie ein betäubender Schlag, als sie zum ersten Mal ihren Namen von der königlichen Kartusche umgeben sah. Nur Könige und Königinnen hatten ein Recht auf diesen »Königsring«, der die vom Pharao regierte Welt und zugleich den Sonnenumlauf versinnbildlichte, aber auch dem Königsnamen magischen Schutz verlieh.

Nefertari war damit zur heiligen Person geworden, dem Irdischen entrückt und den Göttern näher als den Menschen. Nicht, daß sie es in diesem Augenblick selbst so empfunden hätte, aber so verkündeten es die Priester dem Volk, und so war es seit vielen Jahrhunderten geheiligte Tradition.

Zur zweiten Tagesstunde traten Ramses und Nefertari an das »Erscheinungsfenster«, das kostbar mit Lapis, Malachit, Rosengranit und Gold eingefaßt war, und zeigten sich dem unten versammelten Hofstaat. Der Haushofmeister trat vor und pries Ramses, den jungen Horusfalken, den Herrn beider Länder und starken Stier, während er Nefertari anredete als »die Anmutvolle unter der Geierhaube, die sie auf ihrem Haupt trägt, deren Stimme alle, die sie hören, mit Freude erfüllt, die angenehm an Geist und süß in der Liebe ist und den Palast mit ihren Wohlgerüchen erfüllt«.

Ramses nickte mehrmals zu diesen Worten, die auf seine Gemahlin – wie er meinte – in vollem Maße zutrafen.

Wenig später bestiegen sie den tragbaren Doppelthron, der von zwölf baumlangen, kräftigen Nubiern auf die Schultern gehoben wurde. Den Zug führten hohe Hofbeamte mit dem Wesir Nibamun an. Hinter der Sänfte schritten die nächsten Verwandten, darunter Nefertaris Eltern, nicht jedoch König Seti mit seiner Gemahlin; denn die Augen des Volkes sollten auf Ramses, nicht auf ihn gerichtet sein. Nach dem gestrigen Festmahl litt der König wieder unter seiner alten Darmkrankheit. Sein Bauch war gespannt wie eine Trommel, und er hatte ständig einen üblen Geschmack im Mund. So stand er nur am Erscheinungsfenster und blickte der davonziehenden Prozession nach.

Ramses trug sein großes Festgewand mit knöchellangem Leinenrock, dem schweren Prunkkragen, Arm- und Halsketten, doch keine Krone, sondern die mit Goldbändern durchwirkte Königsperücke, auf der die funkelnde Uräusschlange drohend ihr Haupt erhob. Mit dem umgebundenen Zeremonialbart wirkte er fremd und hoheitsvoll zugleich auf Nefertari, die trotzig flüsterte: »Und doch ist er mein Gemahl!«

Szepter und Peitsche, die Insignien der Königsmacht, hielt er vor der Brust gekreuzt, sein Falkenblick war starr in die Ferne gerichtet.

Die junge Königin trug ebenfalls eine golddurchwirkte Perücke mit schulterlangem Haar, dazu das vom Hals bis zu den Füßen reichende, gefaltete und gestärkte Festgewand mit dem roten Gürtel, dessen breite Enden fast bis auf den Boden reichten.

Der Zeremonienmeister hatte ihr respektvoll, doch nachdrücklich eingeschärft, daß sie ihre Augen oder gar ihren Kopf niemals nach rechts oder links richten dürfte, solange sie auf dem Tragethron saß.

So könne sich das Volk einen Begriff von der Herrlichkeit der Götter machen, indem es zu seinen Königen aufschaue.

Unter Trommel- und Fanfarenklängen bewegte sich der Zug langsam nach Westen zum Ptah-Tempel. Das Volk fiel in den Staub und überschrie sich an Glückwünschen:

»Möget ihr tausend Sed-Feste feiern. Amun schenke euch hundert Söhne! Nefertari! Nefertari! Vor deiner Schönheit verwelken die Lotosblumen! Sei deiner Gemahlin ein starker Stier, du junger Horusfalke!«

So ging es fort, bis sie die Pylonen des riesigen Tempels erreichten, die Sänften verließen und zu Fuß den inneren Tempelhof betraten.

Huy, der alte würdige Hohepriester des Ptah, empfing das Königspaar mit einer tiefen Verbeugung. Hinter ihm stand die gesamte Priesterschaft des Schöpfergottes Ptah, glänzend vor Sauberkeit, kahlgeschoren, in blütenweißen Leinengewändern, die unter den Pantherfellen hervorschauten. Sie verneigten sich und traten beiseite. Vor dem Allerheiligsten stand die Götterbarke und auf ihr das fast lebensgroße goldene Kultbild des Ptah.

Ramses beugte sein Haupt, streckte anbetend die Arme vor, und die Priester sangen den Choral:

»Heil dir, Ptah! Du Schöpfer des Himmels und der Erde! Du hast die Götter, die Menschen, die Tiere und Pflanzen erschaffen, du bist der Ursprung alles Seins, bist allmächtig und allwissend. Du Herr der Wahrheit, du Oberster der Handwerker und Künste, du gnädiger Totenrichter, du großer Zauberer!«

Ptah war als Mumie dargestellt, er trug eine enganliegende Kappe, den langen, gekrümmten Götterbart, seine Hände umschlossen den Djed-Pfeiler, das Zeichen der Dauer und ewig sich erneuernden Fruchtbarkeit.

Nefertari fühlte einen heiligen Schauer vor diesem Götterbild, das große Ähnlichkeit mit dem Osiris ihrer Heimatstadt hatte.

Der Hohepriester Huy trat vor und sagte:

»Erhabene Majestäten! Der Gott Ptah wird nun seine Gemahlin Sachmet mit seinem Besuch erfreuen, so, wie ihr Majestäten heute das Hochzeitslager teilt, und wird damit euren Ehebund weihen und segnen.«

Die Priester hoben die Barke mit dem Kultbild hoch und schritten langsam zur Sachmet-Kapelle hinter dem Allerheiligsten.

Ramses legte seinen Arm um die zögernde Nefertari und betrat festen Schrittes zusammen mit Huy die Kapelle. Der fensterlose Raum war nur von zwei kleinen Fackeln erhellt, so daß Nefertari zuerst nur den goldenen Ptah erkennen konnte, den die Priester vor dem Thron der Sachmet abgestellt hatten. Die Priester sangen den Choral.

»Sachmet, du Gewaltige, geliebt von Ptah, Tochter des Re, Schützerin der Ordnung, Herrin des Krieges! Dein Atem ist wie Feuer, deine Pfeile durchdringen die Herzen, du Auge des Ra, du Zauberreiche, du Herrin der Heilkunst, siehe, dein Gemahl besucht dich – blicke gnädig auf deine Diener!«

Nefertaris Augen hatten sich an die Dunkelheit gewöhnt, und sie erblickte das furchterregende Bild der Sachmet aus schwarzem Stein. Die sitzende Göttin trug ein grimmiges Löwenhaupt, aus dem die eingelegten Onyxaugen kämpferisch blitzten. Auf ihrem Kopf funkelte eine Krone aus goldenen Uräusschlangen, die rechte Hand hielt das Anch-Zeichen.

Nach einem Opfermahl im Kreis der Priester ging es zurück zum Palast. Wieder gab es ein Festmahl – diesmal mit den hohen Hofbeamten –, es wurden Huldigungen und Glückwünsche ausgesprochen, und dann, endlich, war das junge Paar allein.

»Du wirst ein eigenes Haus bekommen, einen Hofstaat, Beamte, Diener – aber ich möchte, daß du die Nächte mit mir verbringst, auch wenn du tagsüber Pflichten hast, nachts sollst du mir gehören, nur mir!«

»Ich gehöre dir, Tag und Nacht«, sagte Nefertari und gab sich dem Blick seiner Falkenaugen hin, der ihr ins Innerste drang und ihren Leib mit süßer Schwäche erfüllte.

Behutsam löste Ramses Nefertaris breiten Goldkragen, hob die Perücke von ihrem Kopf und öffnete ihre hochgesteckten, ebenholzfarbenen Haare, die wie ein schimmernder schwarzer Schleier über Nacken und Schultern fielen. Geschickt wickelte er die rote Schärpe ab und half ihr schließlich aus dem gestärkten Leinenkleid, das sich widerspenstig zeigte, bis es endlich zerknittert am Boden lag.

Ramses trat einige Schritte zurück und betrachtete die etwas verschüchterte Nefertari, und es entzückte ihn, was er sah, ob es nun das liebliche Gesicht mit den schrägen, dunklen Augen und den runden, noch kindlichen Wangen war, die kleinen, festen Brüste mit den rosigen, schön geformten Warzen, die schon weiblich breiten Hüften, die wie von einem Bildhauer gemeißelten Schenkel, die kleinen, zarten Füße und dazu eine Haut wie Mandelmilch – alles an ihr war vollkommen.

Ramses legte hastig seinen Schurz und den Schmuck ab, und als er nackt war, sagte er lächelnd:

»Jetzt ist es an dir, meine Geliebte, mich genau zu betrachten. Alles, was du siehst, gehört dir – vom Scheitel bis zu den Fußsohlen.«

Ramses umarmte und küßte die zierliche Nefertari, zog sie auf das Prunkbett, glitt mit seinen Lippen sanft über ihre Schultern, ihre Brüste, über Bauch und Schenkel, streichelte behutsam ihren jungfräulichen Schoß, spürte, wie sie schneller atmete, die dunklen Augen schloß, sich an ihn drängte, seinen braunen muskulösen Oberkörper streichelte, seine breite Brust mit Küssen bedeckte und dabei ihr Geschenk, das halbe Lapisherz berührte. Seine Liebkosungen wurden härter, fordernder, seine Finger fanden eine Stelle an ihrem Schoß, die sie aufstöhnen ließ, sie spürte, wie ihr Leib sich dem Geliebten öffnete, wollte sich noch wehren dagegen, doch er hielt sie eisern umklammert, und so kam sie ihm entgegen, erschrak bei dem plötzlichen Schmerz – und dann füllte der Gott sie aus, war in ihr, bewegte sich rhythmisch, zuerst ganz langsam, und sie hörte sich keuchen: »Schneller! Schneller!« Doch er lachte nur und meinte: »Die Götter kennen keine Hast, ihre Zeit ist die Ewigkeit ...«

Sie hörte kaum, was er sagte, umfaßte mit beiden Händen sein Gesäß, spürte das leise Pochen der Lust, die stärker und stärker, die zur Welle, zur Woge wurde und dröhnend über ihr zusammenschlug.

»Das war schön«, sagte Nefertari leise, »ich mag das sehr, was du mit mir tust. Was empfindest du dabei?«

»Ich glaube, ich mag es auch«, sagte Ramses schmunzelnd, »das haben die Götter sehr klug eingerichtet: Weil es alle gerne tun, Mann wie Frau, ob bei Tag oder bei Nacht und zu jeder Jahreszeit, eben weil das so ist, sterben die Menschen nicht aus. Vielleicht haben auch wir heute neues Leben gezeugt.«

»Zur Sicherheit sollten wir es noch einmal versuchen«, schlug Nefertari vor, »meinst du nicht?«

Und Ramses, der vorsorglich für einige Tage seinen Harem gemieden hatte, meinte zuversichtlich:

»Wir werden es heute noch öfter versuchen!«

Wenige Tage später traf die Nachricht von der Vermählung des Erbprinzen auch in Theben ein. Der Zweite Prophet des Amun – einen Hohepriester gab es derzeit nicht – berief sofort eine dringende Ratsversammlung ein. Dazu erschienen der Dritte und Vierte Prophet, der Vermögensverwalter des Tempels, der Bürgermeister von Theben und noch einige wichtige Amtspersonen.

Thotmes, der Zweite Amun-Priester, führte den Vorsitz und begann sogleich zu reden.

»Erinnert ihr euch, meine Freunde, was der Gute Gott Seti – er lebe, sei heil und gesund – bei seinem letzten Besuch in Theben gesagt hat? Ihr wart ja fast alle dabei – er hat uns versichert, daß der Erbprinz bei der Wahl seiner ersten Frau vor allem ein Mädchen aus Theben in Betracht ziehen werde.«

Einige der Herren nickten bestätigend, und Thotmes fuhr fort:

»Und jetzt diese Nachricht! Ein Mädchen aus Abydos, dessen Vater in enger Beziehung zum Osiris-Tempel steht! Natürlich, der Gute Gott baut dort einen großen Tempel, während der Besitz des Amun in Memphis enteignet wird! Was bedeutet Amun-Re eigentlich noch in Kemi? Er wird gedemütigt, unterdrückt, andere werden ihm vorgezogen! Meine Freunde, wenn wir nicht als Sklaven oder Bettler enden wollen, müssen wir etwas dagegen unternehmen, und zwar möglichst bald!«

»Unternehmen?« fragte der Bürgermeister verwundert, »du wirst dich doch nicht gegen den Pharao stellen wollen? Schließlich ist er der einzige Hohepriester, und ihr seid seine Diener.«

»Auch du bist sein Diener! Der König kann dich noch heute ins Bergwerk schicken und seinen Bartstutzer zum Bürgermeister machen – bitte vergiß das nicht!«

»So geht es nicht, meine Freunde«, sagte begütigend der Vierte Amun-Priester, ein alter, dicker Mann, der ohne Ehrgeiz war, doch als sehr klug und besonnen galt. Alle hörten gerne seinen Rat, und so sagte er:

»Die Ehe ist vollzogen, da läßt sich nichts mehr daran ändern. Wir werden bei nächster Gelegenheit die Majestät an sein Versprechen erinnern, und so wird eben die zweite Frau des Erbprinzen aus Theben und aus unseren Kreisen kommen. Wir müssen lange und gründlich überlegen, wer dafür geeignet erscheint. Das Mädchen soll hübsch, klug und jung sein und muß fest zu Amun stehen.«

Thotmes lachte bitter.

»Das wird nicht leicht sein, mein Lieber. Dabei müssen wir immer noch die Möglichkeit bedenken, daß unser Mädchen in einem finsteren Winkel des Harems verschwindet, weil sie Ramses aus irgendeinem Grund nicht gefällt. Dann stehen wir wieder am Anfang.«

»Auch ich bin dafür, daß wir es versuchen, und ich hätte auch schon einen Vorschlag.«

Der Bürgermeister nannte den Namen seiner noch unverheirateten Tochter.

»Sie ist zwar erst zehn, doch sie ist klug, hübsch ...«

Thotmes schüttelte den Kopf.

»Ein Kind kann uns nicht helfen. Das Mädchen muß erwachsen sein, sich durchsetzen können und Amun völlig ergeben sein.«

Es wurden noch einige Namen genannt, doch jedesmal gab es Einwände, Bedenken, Hindernisse. Da fiel dem Dritten Propheten etwas ein.

»Hört einmal her, meine Freunde. Eine Tochter meines Bruders – er und seine Frau sind schon nach dem Westen gegangen – ist jetzt um die achtzehn Jahre alt, unverheiratet. Sie ist Sängerin des Amun, will es auch bleiben. Ein kluges, stolzes Mädchen, unserem erhabenen Gott zutiefst ergeben, von schöner Gestalt, doch wie gesagt, sie hat für die Ehe, für Männer überhaupt nicht viel übrig. Man müßte mit ihr reden, ihr die Wichtigkeit unserer Sache verdeutlichen. Ich könnte ja den Versuch machen. Sie müßte zu der Überzeugung gelangen, daß sie es für Amun-Re tut, daß es sozusagen ein Opfer ist ...«

Der Bürgermeister fragte erstaunt:

»Ein Opfer? Es soll ein Opfer sein, die Frau des Königs zu werden? Viele tausend Mädchen im Land würden sich für dieses ›Opfer‹ eine Hand abhacken lassen ...«

Der Dritte Prophet schüttelte den Kopf.

»Du verstehst das falsch. Für Bent-Amun, so heißt das Mädchen, würde es schon ein Opfer bedeuten. Sie hat von ihren Eltern ein reiches Erbe übernommen, versieht freudig ihren Tempeldienst, ist zufrieden mit ihrem Leben, will nichts anderes. Ein Leben im Harem – auch in dem des Königs – wäre für sie wie eine Strafe, um so mehr als in Memphis Amun-Re nicht viel gilt.«

Thotmes schlug auf den Tisch. »Eben darum geht es! Daß nämlich Amun in Memphis entmachtet wird, und wer ihn dort verehrt, nennt ihn den ›Amun von Memphis‹, als sei dies ein anderer Gott, als gäbe es ihn zweimal. Amuns Heimat ist nun einmal Theben, von hier ging seine Macht aus, noch lange nachdem die Königsresidenz nach Memphis verlegt wurde. Und dabei soll es bleiben. Der Amun von Theben ist im Lande Kemi der König der

Götter. Um dies zu bewahren oder um ein Gegengewicht zu bilden gegen den von Jahr zu Jahr stärker werdenden Einfluß des Ptah, muß der künftige König eine Frau haben, die ihm dies auf kluge und behutsame Art ins Gedächtnis ruft. So sind wir also wieder an diesem Punkt angelangt, und ich würde vorschlagen, unseren Plan dieser Bent-Amun behutsam nahezubringen.«

Alle waren froh, daß man wenigstens zu einem Entschluß gekommen war, und atmeten insgeheim auf. Doch niemand glaubte ernsthaft daran, daß das Ziel so schnell und nur auf diese Weise zu erreichen war.

Die Flucht des Strafgefangenen Meru aus dem Steinbruch ging so reibungslos vonstatten, als hielte Seth, der Gott der Wüsten und Oasen, seine mächtige Hand über das Unternehmen.

In Theben wurde haltgemacht. Einer der Fluchthelfer sagte:

»So, wie du aussiehst, ohne Nase und Ohren, kahlgeschoren und mit den frischen Spuren der Stockhiebe auf dem Rücken, kannst du nicht unter die Leute gehen. Die Stadtmiliz würde dich sofort festnehmen, und dein nächster Weg wäre der zum Galgen. Wir werden jetzt einige Veränderungen an dir vornehmen lassen, und niemand, nicht einmal du selbst, wirst dich wiedererkennen.«

So wurde Meru in einer geschlossenen Sänfte nach Westen in die Totenstadt gebracht, wo die Einbalsamierer ihr grausiges, wenn auch notwendiges Handwerk betrieben. Unter ihnen gab es Fachleute, die nur damit beschäftigt waren, den Leichen, die zuvor siebzig Tage in Natron gelegen hatten –, ein möglichst lebensähnliches Aussehen zu verleihen. Mit Schminke, Wachs, Leinenpfropfen, Stützhölzern und anderen Hilfsmitteln vollbrachten sie wahre Wunder.

Hier also fand sich Meru wieder, und der Leichenkünstler betrachtete ihn von allen Seiten. Schließlich meinte er:

»Die Haare wachsen wieder, die Prügelnarben werden verschwinden, doch Nase und Ohren werde ich dir anfertigen müssen. Ich sehe da keine großen Schwierigkeiten.«

Meru wurde in einer verborgenen Kammer untergebracht, während der Handwerker von Zeit zu Zeit Messungen an seinem Kopf vornahm, Farben mischte, Wachs knetete, bis er sagte:

»Es ist soweit, ich werde dich wieder in einen unversehrten Menschen verwandeln.«

Er zeigte Meru eine irdene Schüssel, in der zwei wundervoll geformte Ohren und eine Nase lagen, aus Wachs gefertigt und sorgsam eingefärbt. Die Ohren wurden mit einem besonderen Klebstoff am Kopf befestigt, ebenso die Nase, die haargenau in die gezackten Narben paßte. Über eine Stunde verbrachte der Künstler noch mit den schwierigen Schminkarbeiten, aber dann war auch nicht mehr die geringste Spur von etwas Unnatürlichem zu entdecken. Er holte einen Spiegel und ließ Meru hineinschauen. Dieser hatte sein Gesicht zuletzt erblickt, als er im Steinbruch beim Schleppen von zwei Wassereimern etwas verschnauft und dabei auf den Wasserspiegel geblickt hatte. Seither hatte er weder das Bedürfnis noch die Gelegenheit gehabt, seine nasenlose Fratze zu betrachten.

Als er nun in den Bronzespiegel blickte, schaute ihn daraus ein Fremder an.

»Das soll ich sein?« stammelte Meru fassungslos, »das ist ja, das ist ja ...«

Der Leichenhandwerker grinste stolz.

»Ja, mein Lieber, das ist ein neuer Mensch! Wenn du eine Perücke und gute Kleidung trägst, kannst du jederzeit unter die Leute gehen, und niemand wird dich besonders beachten. Du kannst sogar baden, wenn du Lust hast, das Wachs und der Kleber sind als völlig wasserfest erprobt.«

Zum ersten Mal seit langem regte sich in Merus verhärtetem und verdüstertem Gemüt so etwas wie Lebensfreude, auch wenn gleich sein nächster Gedanke war: Dieses neugewonnene Leben werde ich zu einer Rache nutzen, wie sie die Welt noch nicht gesehen hat. Auch wenn du bald Pharao sein wirst im Lande Kemi, erhabener Ramses, ich werde einen Weg finden, dich oder deine Familie zu treffen, und freudig werde ich dafür mit meinem Leben bezahlen.

Meru legte den Spiegel weg und sagte:

»Gute Arbeit, du Meister der Leichenschändung. Etwas Lebendiges kommt dir wohl selten unter die Hände?«

»Mich kannst du nicht beleidigen – deine Worte streichen wie

Wind an meinen Ohren – die übrigens echt sind – vorbei, und daß ich gute Arbeit leiste, weiß ich selber. Ich habe schon mehrere deinesgleichen unter den Händen gehabt, und ich sage dir eines: Im Grunde ist es doch Leichenarbeit, die ich an euch verrichte, denn früher oder später geht ihr alle den Weg zum Galgen oder auf den Scheiterhaufen. Ich habe ein schönes Haus, eine große Familie, und im Westen wartet eine geräumige Wohnung der Ewigkeit. Bei dir wird es dazu niemals kommen, und auf dein Ka warten schon die Dämonen der Unterwelt mit offenem Rachen. Kein schöner Gedanke, nicht wahr? Die neuen Ohren und die Nase aus Wachs sind nur ein kleiner Aufschub. Nun, der sei dir gegönnt – in einer Stunde wirst du übrigens abgeholt.«

Meru erwiderte nichts auf diese Worte und wartete vergeblich auf seinen ihm wohlvertrauten jähen Zorn, der schon manchem das Leben gekostet hatte. Doch nichts regte sich in seiner Brust, und was der andere ihm prophezeit hatte, schreckte ihn nicht. Das Leben des Meru fand hier auf Erden statt, und er würde es nützen und auskosten bis zum Grund. Mit lauter Stimme rief er den Handwerker herbei:

»He, du Leichenfledderer! Gibt's hier keine Mädchen? Ich habe ja noch eine Stunde Zeit, da könnte ich doch leicht noch ein Weib besteigen. Was hältst du davon?«

Der andere zuckte mit keiner Wimper.

»Frauen und Mädchen gibt es hier nicht. Dies ist eine Stätte der Arbeit. Wenn dich aber die Geilheit gar zu sehr drückt, dann kann ich drüben beim Einbalsamierer anfragen, ob etwas Junges eingeliefert wurde. Ehe man sie in Natron legt, sind die Mädchenleichen oft noch recht ansehnlich. Es gibt da sogar eine gewisse Kundschaft … Nun, wenn du willst, so frage ich.«

Meru, dem jede Gewalttat, jede Tücke, jedes Verbrechen vertraut war, lief es kalt über den Rücken.

»Das mag zu euresgleichen passen, ich jedenfalls schände keine Leichen.«

»Wie du willst. Ich gehe jetzt an meine Arbeit, und du wirst einen anderen Weg gehen. Trotzdem viel Glück. Vielleicht ist Seth dir wohlgesinnt.«

Meru wurde von einem unscheinbaren Mann in schlichter Kleidung abgeholt.

»Nenne mich einfach Hem, denn ich bin während der Reise nach Memphis dein Diener.«

Er zog eine Schriftrolle aus seinem Gürtel.

»Du reist als der Vorlesepriester Useramun wegen einer Erbangelegenheit nach Memphis. Das Siegel vom Amun-Tempel ist übrigens echt – es gibt da gewisse Verbindungen ... –, nun, das geht dich nichts an.« Meru nickte. Ihm war alles recht, wenn er nur bald in Memphis war und diesem Sobek gegenüberstehen würde. Die einzige sichtbare Spur aus seiner Zeit der Zwangsarbeit war die zerschnittene Sehne am linken Fuß, die ihn zu einem jämmerlichen Hinken zwang. Wie konnte so ein Mensch für den Wüstenkönig von Nutzen sein? Als hätte sein »Diener« diese Gedanken gelesen, sagte er:

»Deinen Hinkefuß werden sie in Memphis auch behandeln. Es gibt da einen Arzt, der kann das wieder richten, wenigstens in den meisten Fällen.«

Meru zuckte die Schultern.

»Schön wär's. Darüber denke ich nach, wenn wir sicher in Memphis angekommen sind. Ich habe da so meine Zweifel.«

Hem grinste wie ein Schakal.

»Du ahnst ja nicht, wie weit die Hand des Wüstenkönigs reicht. Es ist ihm ganz recht, daß viele an seiner Existenz zweifeln. Wer ihn unbefugt gesehen hat, lebt nicht mehr, wer seine Dienste in Anspruch nehmen will, kann nur mit Verbindungsleuten verhandeln. Auch ich habe ihn noch nie gesehen.«

Meru sagte nichts darauf, doch er dachte an seine Zeit als Räuber und Vergewaltiger in und um Memphis und wie sehr seine Kumpane von Sobek schwärmten. Doch gesehen hatte ihn keiner, und wer in seine Bande aufgenommen wurde, verschwand einfach, und man sah ihn bestenfalls bei einer öffentlichen Hinrichtung wieder.

Als Meru mit seinem Begleiter das Schiff nach Norden bestieg, achtete niemand auf ihn, und so wußte er, daß seine Maske perfekt war und daß er nun wirklich in ein neues Leben eintrat.

Seneb und Hatnufer, die Eltern der zur Königin gewordenen Nefertari, lebten nach wie vor im Gästehaus des Königspalastes, aufmerksam bedient, geehrt, respektiert – und vergessen.

Hatnufers Traum, jeden Abend im Harem bei Königin Tuja zu sitzen und über die »Kinder« zu plaudern, war in nichts zerronnen. Als sie sich behutsam nach der Königin erkundigte, hieß es, Ihre Majestät habe schon seit einiger Zeit Memphis verlassen und befinde sich auf ihrem Landgut im Delta. Was den König betraf, so fühlte er sich meist krank und mußte sich schonen; der Erbprinz war in Amtsgeschäften unterwegs und nahm seine junge Frau überallhin mit.

Seneb, der längst wußte, daß sie hier überflüssig waren, sehnte sich nach Abydos zurück und sagte zu seiner Frau:

»Meine Liebe, ich glaube, die Kinder brauchen uns hier nicht mehr. Nefertari ist jetzt Königin und hat eine Menge Pflichten, so fahren wir wohl besser nach Hause und warten dort auf ihren Besuch. Ramses hat ja selbst gesagt, daß er von Zeit zu Zeit die Fortschritte am Tempelbau überwachen will.«

Hatnufer, die geglaubt hatte, als Glied der königlichen Familie auch in ihr aufgenommen zu werden, war inzwischen eines Besseren belehrt worden, doch ihr Frauenstolz ließ es nicht zu, sich etwas anmerken zu lassen. Insgeheim hatte sie sehnlichst auf die Aufforderung ihres Mannes gewartet, nun doch die Heimreise anzutreten. So sagte sie jetzt: »Du weißt, daß ich mich immer deinen Wünschen füge, mein Gemahl. Aber den Abschied von unserer Tochter wird man uns wohl noch gestatten.«

Kaum hatten sie ihre Absicht zu erkennen gegeben, öffneten sich Tür und Tor. Sogar der Gute Gott fühlte sich jetzt kräftig genug zu einem Abschiedsempfang, der sehr huldvoll ausfiel.

»Was kann ich dir als Geschenk mitgeben, lieber Freund? Möchtest du Land, Vieh, Gold, einen Titel? Als Vater der Königin hast du Anspruch auf eine Rangerhöhung.«

Seneb war verwirrt von diesem Angebot.

»Ich habe alles, was ich brauche, Majestät. Wir leben bescheiden … Das größte Geschenk hast du mir ohnedies schon gemacht, als du den Auftrag zu einem neuen Osiris-Tempel gabst.«

Seti nickte.

»Freilich, du bist ein frommer Mann. So ernenne ich dich hiermit zum Obersten Aufseher der Tempelbauten in Abydos. Erstatte mir von Zeit zu Zeit Bericht, und wenn du die Mühen der Reise nicht scheust, sollst du immer willkommen sein in Memphis.«

Als Hatnufer sich von ihrer Tochter verabschiedete, flüsterte Nefertari:

»Ich glaube, ich bin schwanger, Mama!«

Und ein schöneres Abschiedsgeschenk hätte sie ihrer Mutter gar nicht bereiten können.

5

Die Arbeit am Tempel des Königs Seti in Abydos ging nicht so schnell voran, wie man es sich gewünscht hätte, und auch im zweiten Jahr waren die Mauern kaum sechs oder sieben Ellen hoch. Männer waren genügend vorhanden, um die Steinblöcke aufeinanderzutürmen oder die Säulen aufzustellen, doch es fehlte an Fachleuten für die künstlerischen Arbeiten. Hunderte von Szenen mußten aus dem feinkörnigen Kalkstein herausgemeißelt und geschliffen werden, denn die Vorzeichnungen der Maler waren längst fertig, doch sie plastisch umzugestalten kostete ein Vielfaches an Zeit und Arbeitskraft.

Der Tempel gliederte sich in zwei Vorhöfe mit Pylonen, dann folgten die beiden großen Säulensäle, dahinter schlossen sich die Kapellen der sieben Gottheiten an: für Horus, Osiris, Isis, Amun, Ptah, Re-Harachte und den vergöttlichten König Seti.

Es folgte noch eine große und eine kleine Osiris-Halle, dazu zahlreiche Nebenräume, Galerien und im Südosten ein gewaltiger Komplex mit Speichern und Lagerhallen. Im Südwesten wurden gerade die Erdarbeiten für das vertieft gelegene Osireion begonnen, unter dem das Scheingrab für König Seti angelegt werden sollte.

Eine Horde grimmiger Aufseher trieb die Arbeiter mit Flüchen und Stockhieben zu Höchstleistungen an, doch über die Kunsthandwerker besaßen sie keine Gewalt, denn ein geprügelter und beschimpfter Bildhauer hätte sofort einen Aufstand verursacht.

Iramun und Piay arbeiteten mit ihren Gehilfen in der Isis-Kapelle.

Schnell, geschickt und mit sparsamen Bewegungen hämmerte und schliff Piay an der stehenden Figur des Königs, der vor der thronenden Isis eine Schale mit Brot und Früchten opferte. Iramun polierte mit Fischhaut das gerade vollendete Gesicht der Göttin, während zwei Gehilfen eine Reihe von Schriftzeichen vom Papyrus auf den Stein übertrugen.

Iramun galt als Sprecher und Vorsteher der Bildhauer, doch vor kurzem hatte man noch einen Oberaufseher ernannt, der von den Arbeiten nicht das geringste verstand, aber wie ein böser Geist ständig auf der Baustelle unterwegs war, um die Leute zu überwachen und anzutreiben.

Iramun legte die Fischhaut beiseite und trat zurück, um das mattglänzende, hoheitsvolle Gesicht der Göttin aus der Entfernung zu prüfen. Da trat leise der dürre, geiergesichtige Oberaufseher hinter ihn und schrie:

»Du bewunderst dein Werk ein wenig zu lange, Faulpelz! Oder störe ich dich beim Schlafen?!«

Er hob den Stock, den er ständig bei sich trug, und schlug ihn Iramun auf den Kopf.

»Das wird dich lehren, schneller zu arbeiten, du elender Krokodilsfraß von einem Bildhauer!«

Und schon folgten weitere Hiebe auf Rücken und Schultern des völlig überraschten und wie gelähmten Iramun.

Noch ehe er sich von dem Schreck erholt hatte, sprang Piay hinzu, riß dem Aufseher den Stock aus der Hand und prügelte die dürre Gestalt so jämmerlich zusammen, daß die beiden Gehilfen ihm in den Arm fielen.

Der blutüberströmte Oberaufseher kroch davon, bis er außer Reichweite war, stand mühsam auf und humpelte schimpfend weg.

Iramun betastete die Beule auf seinem Kopf und verzog schmerzlich das Gesicht.

»Ich danke dir, mein Sohn, aber ich fürchte, das wird ein Nachspiel haben. Leute seiner Art sind rachsüchtig und ruhen nicht, bis – wie sie meinen – die Gerechtigkeit ihren Lauf genommen hat.«

Iramun wandte sich an die beiden Gehilfen:

»Ihr habt doch gesehen, daß der Oberaufseher in seinem rasenden Zorn dabei war, mich totzuschlagen, während mein Sohn aus Notwehr handelte und mir das Leben rettete?«

Die beiden Burschen grinsten.

»So war es, verehrter Meister, wir haben alles genau gesehen.«

»Nun werden wir den Spieß umdrehen«, sagte Piay, »und sogleich den Oberaufseher wegen Mordversuchs anzeigen, und zwar beim Hohenpriester Meri.«

Iramun nickte sein Einverständnis.

»Nur so können wir ihm zuvorkommen.«

Mit König Setis Gesundheit ging es bergab. Er vertrug nur noch bestimmte ganz leichte Speisen, und sogar da kam es vor, daß er sie erbrach. Seine Ärzte kämpften vergeblich gegen die immer häufiger einsetzenden Leibschmerzen und gelangten schließlich zu der Ansicht, daß ein böser, unbekannter Dämon sich im Körper des Guten Gottes eingenistet hatte.

Der König hatte geplant, im vierten Achet-Monat an den Osiris-Feiern in Abydos teilzunehmen und dabei gleich die Bauarbeiten an seinem Tempel zu besichtigen. Doch wegen seiner körperlichen Schwäche wurde die Reise immer wieder verschoben, und nun sah es so aus, als hätte Seti sie ganz aufgegeben.

Ramses setzte sich an das Bett seines Vaters, der ihn hatte rufen lassen.

Der König lächelte entschuldigend.

»Ich mag heute einfach nicht aufstehen, vielleicht komme ich wieder zu Kräften, wenn ich mich einige Tage ausruhe. Nun zu etwas anderem. Du weißt, wie gerne ich mich am Wachsen meines großen Tempels in Abydos erfreut hätte, doch wie es aussieht, werde ich die Reise nach Süden bald als Osiris unternehmen.«

Ramses schüttelte den Kopf und wollte seinen Vater unterbrechen, doch der packte ihn bei der Hand.

»Ich weiß, was du sagen willst, aber ich fühle, daß Anubis schon vor der Türe steht und auf seine Stunde wartet. So wünsche ich nun, daß du die Fahrt allein unternimmst – nicht als Pharao und mit großem Gefolge, sondern schnell und unauffällig, denn ich möchte nicht, daß man von deiner Reise schon vorzeitig erfährt. Es sind in den letzten Monaten Nachrichten aus Abydos eingetroffen, die mir nicht gefallen. Du kennst ja diese Beamtenberichte! Am Anfang heißt es, daß mit Windeseile gebaut und gearbeitet werde und der Tempel schon dabei sei, Gestalt anzunehmen. Zwischen den Zeilen aber erfahre ich, daß fast noch nichts steht, daß es an allem mangelt, daß die Arbeiter faul, die Maler langsam und die Bildhauer zu wenig sind. Ich möchte, daß du dich selber darum kümmerst, und deshalb soll dein Besuch überraschend erfolgen.«

Ramses brach sofort auf. Mit seines Vaters zunehmender Schwäche fühlte er eine ungeheure Kraft in sich wachsen, als gehe die schwindende Lebenskraft Setis auf ihn über. Er liebte seinen Vater von Herzen und verehrte ihn sehr. Niemals hatte es ernsthaften Streit zwischen ihnen gegeben, immer war Ramses den Befehlen des Königs widerspruchslos gefolgt, doch wenn es ihm nötig schien, äußerte er seine Bedenken, die der Vater ernsthaft überdachte und oft auch berücksichtigte. Und doch war Ramses der festen Überzeugung, er würde alles besser machen und seine Herrschaft würde neuen Glanz über das Land Kemi bringen. Ihn beschäftigten schon eine Reihe von Plänen, die er während seiner Alleinherrschaft verwirklichen wollte und über die er außer mit Nefertari zu niemandem sprach.

Die Königliche Gemahlin war gerade dabei, die zweijährige Prinzessin Merit – ihr erstgeborenes Kind – der Amme zu übergeben, als Ramses eintrat. Nefertari war hochschwanger und ging breitbeinig mit Watschelschritten zu einem Stuhl, auf dem sie sich behutsam niederließ.

Ramses lachte schallend.

»Du beginnst immer mehr Geb, der himmlischen Gans, zu ähneln, die das große Weltei gelegt hat. Von dir hoffe ich allerdings, daß du kein Ei, sondern einen Prinzen gebärst.«

Nefertari tat beleidigt.

»Deine Vergleiche sind ehrenvoll, aber geschmacklos. Und wenn ich jetzt wie eine Gans watschle, dann bist du schuld daran. Nicht ich habe mich in diesen Zustand gebracht!«

Ramses küßte die kleine Merit und schickte sie mit der Amme

hinaus. Er kniete vor Nefertari nieder, legte die Hände auf ihre Knie und blickte sie zärtlich an.

»Du bist so schön wie eh und je, ob dick oder dünn. Und ich liebe dich wie am ersten Tag unserer Begegnung – ja noch mehr, denn damals betörte mich nur dein Äußeres, aber ich wußte nicht, ob aus dir eine schlechte oder gute Gattin werden würde.«

Er küßte ihre Hände, umfaßte ihre Schenkel und legte behutsam sein Ohr an ihren Leib.

»Da ist schon allerhand zu hören«, meldete er, »der kleine Prinz erzählt mir gerade eine Geschichte.«

»Was sagt er denn?«

Ramses stand auf.

»Das ist nichts für Frauen – eine Männerangelegenheit. Mein Liebes, ich werde morgen schon verreisen müssen, mein Vater will es so. Ich kann dich in deinem Zustand leider nicht mitnehmen, doch bei der Fahrt nach Theben bist du dabei – es sei denn, du verwandelst dich wieder in eine Gans ...«

»Sei nicht albern. Hast du Amtsgeschäfte?«

»Nein. Mein Vater will wissen, wie es mit seinem Tempel in Abydos steht. Er spricht häufig von seiner Ewigkeitswohnung im Westen. Ich glaube, er wird bald in die Haut des Osiris schlüpfen. Dann wirst du die Große Königliche Gemahlin sein ...«

»Sprich nicht davon. Mir genügt, was ich bin, und deinem Vater wünsche ich noch Millionen Sed-Feste.«

»Er hat kein einziges gefeiert«, sagte Ramses nachdenklich, »er wird es als Osiris nachholen müssen.«

Ramses stand auf und küßte Nefertaris beide Hände.

»Achte auf dich, mein Liebes, ich versuche so schnell wie möglich zurückzukehren.«

Die Hyksos hatten Kemi vierhundert Jahre zuvor erobert und es über ein Jahrhundert lang beherrscht. Die Erinnerung an sie war verblaßt, sie hatten nichts hinterlassen, was die Kultur oder das Leben in Kemi verändert oder bereichert hätte – eines ausgenommen: Sie hatten den Ägyptern das Pferd gebracht. Die Truppen spannten es im Krieg vor ihre Streitwagen, die Stadt- und Wüstenmiliz war dadurch beweglicher geworden, und der Pharao nützte es zur Jagd, doch immer als Zug-, nie als Reitpferd. Das war etwas für Sklaven, die auf den großen Gestüten die Herden beaufsichtigten. Sie saßen ohne Sattel auf einem der älteren und friedlichen Pferde, um ihre Arbeit schneller zu verrichten.

Die vom Wüstenkönig Sobek beherrschte Räuberbande machte sich diese Tatsache zunutze. Wer Händlerkarawanen überfiel und Leichenzüge in der westlichen Wüste ausraubte, tat gut daran, schnell wieder zu verschwinden, und nichts eignete sich dafür besser als der Rücken eines schnellen, gut dressierten Pferdes. Sobek hatte die Kenntnisse seiner fremdländischen Bandenmitglieder – meist aus Naharina oder Retenu – genützt, um auch den anderen das Reiten beizubringen. Damit waren sie in den meisten Fällen den Niu, der Wüstenpolizei, überlegen, denn auch sie fuhren zu zweit auf schnellen, leichten Wägen. Dabei stand ein geübter Bogenschütze hinter dem Wagenlenker und konnte sich ganz auf seine Aufgabe konzentrieren.

Die Reiter des Sobek waren zwar die schnelleren, aber sie ließen sich nur selten auf einen Kampf ein – ihre Stärke war die Flucht. Manchmal kam es allerdings vor, daß die Niu sie bis in die Nähe ihrer Verstecke verfolgten. Für diesen Fall hatte Sobek angeordnet, sich in regelloser Flucht zu zerstreuen und lieber ein paar Mann zu opfern, als die Verstecke zu verraten. Waren sie jedoch umzingelt und konnten nicht mehr durchbrechen, stiegen sie von den Pferden und kämpften mit Keulen, Dolchen und Schwertern um Leben und Freiheit.

Als Meru nach Memphis gebracht wurde, schärfte sein Begleiter ihm ein, ohne Umweg ein bestimmtes Haus am Kornmarkt aufzusuchen, dort das Kennwort »Sobek ist meine Rettung« zu sprechen und das weitere abzuwarten. Der schlaue und vorsichtige Wüstenkönig hatte mehrere Verbindungsleute eingeschaltet, die einander nicht näher kannten und sich nur mit Kennworten verständigten. So kam Meru in das betreffende Haus, von dort in eine Schenke, wo ihn zwei Tage später ein stummer Diener abholte und an den Stadtrand zu einem kleinen Totentempel führte. Der Diener verschwand, und kurz vor Sonnenuntergang tauchte ein Reiter auf, der Meru mit auf sein Pferd nahm, zwei Stunden nach Süden ritt und ihn dort einem Schafhirten übergab. Der sagte nur:

»Sprich nichts, sieh mich nicht an, warte ab!«

Etwa zwei Stunden nach Mitternacht wurde Meru unsanft geweckt, wieder auf ein Pferd gesetzt und bei Sonnenaufgang stand er vor dem Angesicht des Wüstenkönigs Sobek.

Oft hatte Meru sich ausgemalt, wie dieser berüchtigte Mann wohl aussehen würde. Meist stellte er sich einen mit Muskeln bepackten Riesen vor, der jeden mit der bloßen Faust töten konnte und neben seiner Stärke noch unendlich schlau war.

Sie betraten eine Höhle, die behaglich mit Wandteppichen, Binsenmatten, Truhen, Tischen und bequemen Stühlen ausgestattet war. Das Licht von einem Dutzend Öllampen breitete einen warmen Schein über den kleinen, wohnlichen Raum, aus dessen Hintergrund nun ein hagerer, mittelgroßer Mann hervortrat.

Meru fuhr zurück, als er Sobeks Gesicht sah. Nicht nur, daß dem totenkopfähnlichen Schädel Nase, Ohren und Haare fehlten, eine gräßliche Narbe lief quer über das Gesicht, hatte die Lippen zerfetzt und spaltete die schreckliche Fratze in zwei Teile. Das linke Auge funkelte lebendig, böse und schlau, das rechte fehlte, die Augenhöhle war tief eingesunken wie bei einem halb verwesten Leichnam.

»Ja, sieh mich nur genau an, Meru. Die königliche Gerichtsbarkeit hat mir noch mehr genommen als dir« – er streckte beide Arme vor, denen die Hände fehlten –, »hat so lange an mir herumgeprügelt und -gehackt, bis jede Ähnlichkeit mit einem Menschen ausgetilgt war. So bin ich Sobek geworden, das Krokodil, gefürchtet, gehaßt, verfolgt und doch der zweite König im Land, der im Dunkeln lauert und dem alles untertan ist, worüber Pharao, der im Licht steht, keine Macht hat: Die Ausgestoßenen, Verkrüppelten, Verfemten, Nutzlosen, die besinnungslos Rachsüchtigen und die maßlos Ehrgeizigen, die sich an mich wenden, weil der König ihnen nicht helfen kann.« Sobek humpelte zu einem vergoldeten Sessel und nahm ächzend Platz.

»Du wirst dich ein Jahr hier bewähren müssen, Meru, und wenn du hältst, was dein bisheriges Leben versprochen hat, mache ich dich zu einem meiner vier Gehilfen. Sie heißen Feuer, Wasser, Erde und Luft und haben unterschiedliche Aufgaben. ›Erde‹ ist immer unterwegs, er kundschaftet Gelegenheiten aus, wo etwas zu holen ist. ›Luft‹ entwirft mit mir die Pläne für unsere Unternehmungen und ist auch der Partner für die Rachsüchtigen, die einen oder mehrere Menschen zu Osiris senden wollen, ›Wasser‹ ist allein dafür zuständig, daß unsere Spuren nach den Überfällen und Raubzügen verwischt sind. Diese drei kämpfen nicht, ›Feuer‹ aber ist für den Kampf zuständig, er führt die Überfälle an und ist für alle Osiris-Fälle zuständig, was nun nicht heißt, daß er sie selber ausführen soll. Seine Arbeit ist am gefährlichsten, und so muß ›Feuer‹ öfters erneuert werden. Solltest du dich dafür eignen, wirst du der nächste sein.«

»Mein Vorgänger lebt aber noch?« fragte Meru.

»Noch lebt er«, antwortete die Fratze, »aber er wurde vor einiger Zeit schwer verwundet und ist nicht mehr so geschickt wie früher. Ich werde ihn bald ersetzen müssen.«

Sobek deutete mit dem Armstumpf auf Merus Fuß.

»Sie haben dir im Steinbruch die Sehne durchschnitten. Unser Arzt wird versuchen, die Sache wieder in Ordnung zu bringen. Hast du noch eine Frage oder einen Einwand?«

»Nein«, sagte Meru, »ich danke dir für meine Befreiung, verfüge über mein Leben, meine Kraft, meine Kenntnisse. Hier habe ich endlich gefunden, was ich mein Leben lang suchte: die richtige Heimat.«

Das sagte Meru, aber er dachte dabei an den Tag der Rache, so fern er auch noch sein mochte.

Der Hohepriester des Osiris verbrachte die heißen Tagesstunden in seinem schönen Privathaus, dessen sorgsam bewässerter Garten das ganze Jahr über grünte und blühte und von allen bewundert wurde. Der Pförtner suchte Iramun und Piay abzuweisen; er habe Anweisung, den hohen Herrn niemals um diese Zeit zu stören.

»Es geht um etwas sehr Wichtiges, das den Tempel und die Bauarbeiten betrifft, sag das deinem Herrn, und er wird uns sofort empfangen.«

Der Hohepriester Meri, ein dicker, etwas zerstreuter Mann in mittleren Jahren, hörte sich Iramuns Bericht höflich, doch etwas ungeduldig an.

»Was soll daran wichtig sein? Der Aufseher hat dich geschlagen und dein Sohn ihn – mir scheint, Ihr seid quitt. Geht zurück an eure Arbeit und vergeßt die Rache.«

»Der Oberaufseher wird sie nicht vergessen und auf die Bestrafung Piays dringen«, entgegnete Iramun.

»Wartet es ab, dann sehen wir weiter.«

Auf der Baustelle liefen sie gleich der Stadtmiliz in die Hände, die Piay schon suchte. Er wurde wegen des Angriffs auf einen Vorgesetzten festgenommen und in den Kerker gebracht. Iramun konnte nichts dagegen tun, ihm wurde nur gesagt, die Sache komme vor Gericht.

In diesen Tagen aber traf Ramses in Abydos ein. Er verbot sich jeden Empfang, nahm ein Bad, speiste und ging sogleich zum Tempel.

Die sorgfältige Ausbildung des Erbprinzen und sein Aufwachsen in einer Umgebung, in der er – ob es nur eine Öllampe oder eine Götterstatue war – nur immer erlesen gearbeitete Dinge um sich sah, gestatteten ihm ein sicheres Urteil über schlechte, mittelmäßige, gute und ausgezeichnete Arbeiten der Maler und Bildhauer.

Alles, was es zu sehen gab, schaute er sich genau an: die angefangenen Pylonen, die wie riesige Kuchen nebeneinanderstehenden Säulentrommeln, die Steinquader mit ihren fertigen, halbfertigen und unbearbeiteten Flächen, die fast fertige Königsliste mit den Namenskartuschen der sechsundsiebzig Pharaonen, von Cheops bis zu Seti. Darunter waren der König mit dem Prinzen Ramses dargestellt, wie sie ihren vergöttlichten Vorgängern ein Rauchopfer darbrachten.

Ramses blieb stehen und runzelte die Stirn:

»Da trage ich ja noch den Kinderzopf! Kann man das nicht ändern?«

»Verzeih Majestät, aber nach den vom Guten Gott – er lebe, sei heil und gesund! – genehmigten Plänen soll es so dargestellt werden. Damals warst du ja tatsächlich noch – ich meine, mit Verlaub zu sagen ...«

»Ist gut! Der Wille Seiner Majestät, meines erhabenen Vaters ist mir wie euch Befehl.«

Die Reliefs in der Isis-Kapelle betrachtete Ramses lange.

»Eine ganz vorzügliche Arbeit! Ich wollte, wir hätten in Memphis mehr solcher Handwerker. Wer hat das gemacht?«

Der Hohepriester wandte sich an seine Begleitung: »Iramun, glaube ich?«

»Holt ihn her!«

Iramun hatte sich mit den anderen Handwerkern aus Respekt vor dem hohen Besuch zurückgezogen. Sie saßen im Schatten der gestapelten Steinquader, als man Iramun rief.

»Steh auf, mein Freund«, sagte Ramses zu dem Knienden, »du hast ausgezeichnete Arbeit geleistet. Ich wollte, Seine Majestät, mein Vater, könnte sich sehen, wie er vor Isis opfert.«

»Es ist nicht nur meine Arbeit, Majestät. Einen großen Anteil daran hat mein Sohn Piay, der unschuldig im Kerker sitzt und auf sein Urteil wartet.«

Der Oberaufseher trat vor.

»Verzeih, Majestät, der Mann ist nicht unschuldig. Er hat mich, seinen Aufseher, niedergeschlagen und mißhandelt. Das kann man nicht unbestraft lassen.«

»Dann sage Seiner Majestät, warum er dich niedergeschlagen hat.«

Der dürre, geierköpfige Aufseher lief zornrot an.

»Warum?« schrie er, »ich habe ...«

»Halt!« rief der Hohepriester, »in Gegenwart Seiner Majestät, des jungen Horus, wird nicht herumgestritten. Damit befassen wir uns später.«

»Nein!« sagte Ramses, »das werde ich jetzt selber tun. Es ist schändlich, daß ein Handwerker vom Rang des Piay untätig im Kerker liegt, während der Tempel dringend jede Hand braucht. In einer Stunde möchte ich euch alle bei mir versammelt sehen: Iramun, seinen Sohn, den Hohenpriester und den Oberaufseher.«

Ramses ließ sich den Fall vortragen und entschied schließlich:

»Der Oberaufseher ist abgesetzt. Er wird probeweise für die nächsten drei Monate bei den Steinmetzen niedere Arbeiten verrichten – wenn er sich bewährt, sehen wir weiter. Es geht nicht an, einen tüchtigen und von allen als fleißig bezeichneten Bildhauer zu verprügeln, nur weil er bei seiner anstrengenden Arbeit einen Augenblick Atem holt. Daß Piay seinen Vater verteidigt hat, ist verständlich; der Angriff auf seinen Vorgesetzten ist mit den Tagen im Kerker gesühnt. Laßt mich jetzt mit Piay allein!«

Die beiden fast gleichaltrigen jungen Männer blickten einander an. Der Falkenblick des Erbprinzen traf auf die grauen, furchtlosen Augen des Künstlers, und Ramses spürte das Besondere an Piay. Beide hatten das Gefühl, als seien sie schon länger miteinander vertraut, jeder erkannte im anderen eine Übereinstimmung der Absichten und des Denkens – unabhängig von ihrem Rang. Sie wollten beide das Große, beide sahen vor sich ein Ziel, das sie nicht aus den Augen ließen, beide waren nicht gesonnen, sich von ihrem Weg abbringen zu lassen.

»Kannst du noch etwas, außer Reliefs meißeln?«

»Alles, was hier nötig ist, Majestät. Ich kann Figuren aus Ton, Stein, Metall und Holz formen, kann zeichnen und malen, beherrsche die wichtigsten Schriftzeichen …«

»Da habe ich gleich einen Auftrag für dich. Fertige von mir eine spannenlange Figur in Gold, sitzend und mit der Chepresch-Krone. Ich möchte sie meiner Gemahlin Nefertari schenken. Wie lange brauchst du dazu?«

»Ein paar Stunden, Majestät. Heute abend ist sie fertig.«

Piay nahm einen Metallstift, holte eine Tonscherbe aus seinem Schurz und begann mit schnellen feinen Strichen die Gestalt des Erbprinzen zu zeichnen.

»Wende den Kopf, Majestät! Stelle die Beine nebeneinander – ja, so! Mit den beiden Szeptern? Soll die Figur eine Inschrift tragen?«

Ramses lächelte über den Eifer des jungen Künstlers.

»Ja, mit beiden Szeptern. Und als Inschrift nur zwei Namenskartuschen – meine und die der Königin.«

»Eineinhalb bis zwei Deben Gold werden dazu nötig sein, Majestät.«

»Mein Schatzmeister wird dir drei Deben aushändigen, was übrigbleibt, ist dein Lohn.«

Piay verneigte sich tief.

»Woher hast du diesen seltsamen Namen: Piay?«

»Das ist der einzige Besitz, den mir meine Eltern hinterlassen haben; sie sind beide tot. Mein Vater war ein Kriegsgefangener aus dem Norden, meine Mutter eine Feldsklavin. Iramun hat mich vor einigen Jahren an Sohnes Statt angenommen.«

»Du hast deine Herkunft mit deinem Können längst ausgelöscht, Piay. Ich erwarte dich heute abend.«

Piay machte sich sofort ans Werk. Er formte nach der Zeichnung das fingerlange Figürchen aus Hartwachs, arbeitete lange am Gesicht, dessen Jugendlichkeit er mit der Majestät eines Sohnes der Sonne verschmolz. Die Arbeit ging ihm leicht und schnell von der Hand. Zuletzt ritzte er die beiden Namenskartuschen in die linke und rechte Schulter des thronenden Ramses.

Piay tauchte die Wachsfigur in kaltes Wasser und umkleidete sie sorgfältig mit Ton. Nachdem er oben und unten ein Ausflußloch gebohrt hatte, legte er den Klumpen in einen Brandofen, wo das Feuer den Ton härtete und das Wachs ausfließen ließ.

In der Metallschmelze waren auf seine Anweisung schon die drei Deben Gold erhitzt und verflüssigt worden, und hier wurde die eigentliche Geburt des goldenen Ramses vollzogen. Piay bettete den gebrannten hohlen Tonklumpen in feuchten Sand, erweiterte das obere Einflußloch um das Doppelte und goß aus dem im Feuer stehenden, irdenen Schnabelkrug das gleißende, flüssige Gold in den Tonklumpen, der die Negativform des Figürchens barg.

Qualmend und zischend strömte das glühende Metall in die Hohlform, bis es am Einflußloch überquoll und sofort zu einer Goldhaube erstarrte.

Gut ein halber Deben blieb noch im Krug, wie Piay zufrieden bemerkte. Der Auftrag des Erbprinzen hatte ihn mit einem Schlag reich gemacht.

Piay trug die noch warme Hohlform ins Freie, legte sie in einen Korb mit Sand und begann sie behutsam mit einem Bronzehammer zu zerschlagen. Leuchtend trat die kleine Goldfigur ans Licht, da und dort hatte sich Schorf gebildet, und oben wie unten ragte ein langer Gußzapfen.

Piay trug die Figur sogleich zu seinem Vater, der den kleinen goldenen Pharao genau betrachtete. Er wies seinen Sohn und Schüler auf einige kleine Fehler hin, meinte aber dann:

»Du hast ein Meisterwerk geschaffen, mein Sohn. Nimm jetzt sofort dein Polierzeug und verschwinde. Wenn du die Figur abends abliefern sollst, gibt es noch viel zu tun.«

Erleichtert und froh zog Piay sich zurück. Wenn sein Vater eine Arbeit guthieß, dann war sie gut. Er feilte die beiden Gußzapfen ab, wobei er jedes Stäubchen Gold mit einem Stück Kalbsfell auffing. Dann begann er zu schaben und zu polieren – eine stundenlange und sehr schwierige Kleinarbeit, die der gegossenen Metallfigur erst ihren Zauber verlieh. Mit ganz feinen Schabebewegungen verstärkte er ein wenig die Mund- und Augenwinkel, ziselierte die Uräusschlange und vertiefte die beiden nicht ganz deutlich erschienenen Namenskartuschen. Auch die feine Fältelung des Schurzes war nicht sehr scharf hervorgetreten, und Piay zog die Linien sorgfältig nach.

Kurz vor Sonnenuntergang war die Arbeit getan; Piay polierte die Figur mit einem groben Leinenstoff auf Hochglanz, wickelte sie in ein Tuch und legte sie in ein Ebenholzkästchen, das die Schreinerwerkstatt maßgetreu in aller Eile angefertigt hatte.

Ramses saß mit den Osiris-Priestern und einigen Stadtbeamten – unter ihnen auch Seneb – bei einem abendlichen Bankett und langweilte sich. Die Lobpreisungen rissen nicht ab, denn alle wußten, daß Ramses in absehbarer Zeit der alleinige König sein würde. Da beugte sich ein Leibdiener zu seinem Ohr und flüsterte:

»Ein Piay steht draußen und behauptet, Deine Majestät erwarte ihn ...«

»Ja, hole ihn sofort herein!«

Piay kniete vor Ramses nieder und reichte ihm das Ebenholzkästchen. Ramses öffnete es, holte die Figur aus dem Tuch und hielt sie an eine Lampe. Er drehte sie lange hin und her, und ein sanftes goldenes Funkeln ging von ihr aus. Im Saal war es still geworden, alle spürten, daß dies ein besonderer Augenblick war. Ramses blickte auf.

»Erhebe dich, Piay! Und ihr, meine Freunde, seht diesen Mann an! Auch er ist ein König, ein König seines Handwerks, den Ptah mit ganz besonderen Gaben ausgezeichnet hat.«

Er hielt die Figur hoch.

»Piay schuf das Abbild meiner Majestät in Gold, nur spannenlang, man kann es in einer Hand verbergen. Diese Arbeit verdient hohes Lob!«

Er beugte sich zu Piay und sagte leise:

»Du hast eine Belohnung verdient. Überlege es dir gut: ob du ein Amt willst, einen Titel, Land, Korn, Vieh – ich möchte dich auf irgendeine Weise auszeichnen. Ich reise morgen zur zweiten Tagesstunde ab und werde dich zuvor auf meiner Barke empfangen.«

Piay verbrachte keineswegs eine schlaflose Nacht, und er mußte sich auch nicht mit Iramun beraten, denn er wußte längst, was er wollte. Pünktlich war er am Morgen zur Stelle, und Ramses empfing ihn auf Deck unter dem Sonnensegel.

»Setz dich, Piay und trinke ein Glas Wein mit mir.«

»Du ehrst mich sehr, Majestät.«

»Du hast es verdient, Piay.«

Ramses blickte in die kühnen grauen Augen des jungen Bildhauers und musterte wohlgefällig dessen schlanken, sehnigen Körper.

»Wärst du nicht ein so begabter Handwerker, würde ich dich in meine Leibtruppe stecken. Du hast den Körper eines Kriegers ...«

»Mein Vater war ein Krieger, doch über meine Wiege hat Ptah und nicht Month seine Hand gehalten.«

»So scheint es, mein Freund. Nenne also deinen Wunsch.«

Piay senkte seine grauen Augen.

»Vielleicht ist es unbescheiden, was ich mir wünsche. Ich verstehe viel vom Bilden in Ton, Stein, Metall und Holz, kann zeichnen und malen, doch ich bewundere die Kunst der Baumeister. Ich sehe den Tempel des Guten Gottes – er lebe, sei heil und gesund! –, deines erhabenen Vaters aus dem Boden wachsen, sehe den Baumeister mit seinen Plänen hin- und hereilen und verstehe so wenig davon, daß mich die Leber vor Ärger schmerzt. Mein Wunsch wäre es, auch diese Kunst zu erlernen, denn ich glaube, daß ein Bildhauer, der den Tempel mit seinen Figuren und Reliefs schmückt, auch wissen sollte, wie solch ein Bauwerk entsteht.«

Ramses schmunzelte.

»Schön gesagt, mein Freund, diesen Wunsch kann ich dir erfüllen. Reise nach Norden, aber schau dir zunächst Theben mit seiner Tempelstadt an, gehe nach On, Bubastis und schließlich nach Memphis, wo dein Schutzgott auch der Stadtgott ist und betrachte dort das große Haus des Ptah. Ich lasse dir ein königliches Dekret anfertigen, damit du im ganzen Land kostenfrei reisen und wohnen kannst und dir – wenn du es wünschst – überall und jederzeit die Baupläne vorgelegt werden. Ein Jahr gebe ich dir dafür Zeit, dann melde dich im Königspalast zu Memphis. Dort werden dich viele Aufgaben erwarten.«

»Besten Dank, Majestät, das ist ein wundervolles Geschenk. Aber meine Arbeit hier, mein Vater, der Osiris-Tempel ...«

»Wenn meine Majestät dich braucht, werden sie dich entbehren müssen. Lebe wohl, Piay, Ptah schütze dich auf deinen Wegen! Wir werden uns in Memphis wiedersehen.«

6

Der Gute Gott und Sohn der Sonne, der Herr beider Länder Men-Maat-Re Ptah-Meri-en-Seti bereitete sich auf den Weg nach Westen vor. Seine Ärzte hatten vergeblich versucht, den Dämon der Krankheit aus seinem Körper zu vertreiben. König Seti hatte zweiundvierzig Nilschwellen erlebt, die meisten seiner Untertanen erreichten dieses Alter nicht.

Seti war zu schwach geworden, um sich von seinem Lager zu erheben. Der Zuspruch und die Stärkungsmittel seiner Ärzte konnten nichts daran ändern. Er fühlte heute keine besonderen Schmerzen, doch die Schwäche hing mit Bleigewichten an seinen Gliedern, und er gab sich ihr ganz hin, weil er spürte, daß der Kampf ausgekämpft war. Ein alter Krieger wußte, wann der Widerstand zwecklos geworden war. Nur Dummköpfe und Schwächlinge fügten sich nicht in den Willen der Götter.

In seinen wachen Stunden war der König heiter und guter Dinge. Er hatte die Last der Doppelkrone abgestreift, er brauchte nur noch zu warten, bis die unsterblichen Götter ihn in ihren erlauchten Kreis aufnahmen. Sein Herz humpelte wie ein erschöpfter Krieger am Ende eines Marsches, und er fühlte, wie es für immer längere Zeit aussetzte, um dann mühsam wieder einige Zeit dahinzustolpern. Manchmal glaubte er deutlich zu sehen, wie der schakalköpfige Anubis sich über sein Lager beugte und ihm behutsam an die Brust griff. Dann wieder war es der herrliche Gott Ptah, der ihn freundlich ansah und wie ein Schemen vorüberzog. Dem König war, als wollten sich die Götter mit ihm vertraut machen, ehe sie ihn in ihren Kreis aufnahmen.

Die im Sterbezimmer wartenden Menschen nahmen davon freilich nichts wahr. Sie blickten scheu auf das Bett, wo der Gute Gott mit offenem Mund röchelnd dalag und um jeden Atemzug kämpfte. Der Hohepriester kniete sich von Zeit zu Zeit an das Sterbelager und hielt dem König ein goldenes Anch-Zeichen an die Nase, nicht um, wie manche meinten, den Atem zu kräftigen, um sein Leben zu verlängern, sondern um seinen irdischen Körper auf das ewige Leben vorzubereiten.

Zur Rechten des Königs saß auf einem niedrigen Hocker die Große Königliche Gemahlin Tuja und hielt die Hand des Sterbenden. Da der König schon lange krank war, hatte sie sich in Ruhe auf diese Stunde vorbereiten können. Ihrem breiten, etwas bäurischen Gesicht war keine Gefühlsbewegung anzumerken. Seti war ihr allezeit ein guter Gatte gewesen, und sie betrauerte ihn aufrichtig. Doch sie war eine nüchterne und besonnene Frau und wollte sich nicht gegen den Ratschluß der Götter auflehnen. Sie würde ihren Platz nun Nefertari überlassen müssen, und sie dachte ohne Bedauern daran. Nach der Trauerzeit wollte sie sich auf ihre Güter im Delta zurückziehen und nun ausschließlich tun, was sie bisher schon nebenbei getan hatte: Rinder und Schafe züchten und den Ertrag der Kornäcker steigern. Sie blickte auf Nefertari, die zu Füßen des Bettes kauerte und angstvoll auf den Guten Gott starrte, der dabei war, sich in Osiris zu verwandeln.

Seti nahm von alledem nichts mehr wahr. Schritt um Schritt näherte er sich dem Thron des Osiris; die heilige Familie Ptah, Sachmet und Nefertem stand bereit, ihn zu begleiten, und die gute Göttin Hathor schaute ihn mütterlich und freundlich aus ihren Kuhaugen an.

Plötzlich lösten die Götter sich in Nebel auf, und für kurze Zeit kehrten die Sinne des Königs ins Diesseits zurück. Seine fast erloschenen Augen suchten Ramses, und sein geliebter Sohn beugte sich über ihn.

»Höre, mein Sohn, laß die Priester nicht zu mächtig werden! Du bist der Pharao, du bestimmst, du bist der Hohepriester aller Götter. Laß dir von denen in Theben nicht das Szepter aus der Hand nehmen! Halte dich an Ptah ...«

Der König sank zurück, sah wie durch einen Schleier, daß eine weibliche Gestalt sich über ihn beugte, erkannte die große Himmelsgöttin Hathor, die Allmutter, die ihn tröstend in ihre Arme schloß. Die Menschen im Sterbezimmer hörten einen letzten röchelnden Ton des Ausatmens und harrten bang auf das mühsam pfeifende Wiedereinatmen. Doch es blieb still. Der Arzt hielt einen Metallspiegel über Mund und Nase des Pharao – der Spiegel blieb klar.

Da erhob sich der am Bettende kniende Hohepriester und sagte ruhig und in feierlichem Ton.

»Seine Majestät Men-Maat-Re Ptah-Meri-en-Seti, der Gute Gott, Sohn der Sonne und Herr beider Länder, schied aus dem Leben und stieg empor zum Himmel, um sich mit der Sonne zu vereinigen.«

Der Priester faßte Ramses bei der Hand und sagte:

»Der Falke im Nest, der junge Horus, erscheint auf dem Thron, der Herr beider Länder, User-Maat-Re setep-en-Re Meri-Amun-Ramses, damit er König sei über das Schwarze Land, damit er das Rote Land beherrsche und über seine Feinde in Nord und Süd triumphieren möge. An der Seite Seiner Majestät thront und herrscht die Große Königliche Gemahlin Nefertari, gewaltig an Gunst und Lieblichkeit, Herrin beider Länder, des Königs Geliebte, die ewig lebe!«

Die Hauptstadt und das Land versanken in Trauer. Die Menschen weinten und zerrissen ihre Kleider, die Männer häuften Schlamm auf ihr Haupt, die Frauen schmierten sich Erde ins Gesicht und klagten laut über den Verlust des Guten Gottes.

In den Tempeln wurden Trauerchoräle angestimmt und streng gefastet. Während der ganzen Trauerzeit von zweiundsiebzig Tagen waren alle Feste abgesagt, die Wohlhabenden verzichteten auf

Fleisch und Wein, die Armen halbierten die Weizenmenge für ihre täglichen Brotfladen. Besonders in den ersten Tagen nach dem Tod des Königs war aus allen Häusern der Hauptstadt lautes Wehklagen zu hören, und fast schien es, man wolle einander in der Trauer übertreffen. Nicht den Toten beweinte man, denn jeder wußte, daß er im Jenseits jugendfrisch und gesund auferstand und in ewiger Seligkeit sorglos dahinlebte, nein, man betrauerte den Verlust eines Königs, der Kemi groß und stark gemacht, der kraftvoll und gerecht regiert hatte.

Auch im königlichen Palast gellten die Schreie der Klageweiber. Die Frauen und Mädchen des Harems hatten sich Gesicht und Oberkörper mit Erde und Lehm beschmiert und zerkratzten sich die Brüste, wobei sie rote Farbe verwendeten – das sah schlimm aus und tat nicht weh.

Die dringlichste Aufgabe nach dem Tod eines Pharaos war – neben Sicherung der Thronfolge – seit je die Erhaltung seines Körpers, damit sein Ka nicht ruhelos umherirren mußte. Um den Körper für die Ewigkeit haltbar zu machen, hatten die Einbalsamierer ihre Kunst hoch entwickelt, doch sie selbst waren nicht gerne gesehen, denn an ihnen haftete ein steter Leichengeruch, den die Lebenden nicht sehr schätzten. So blieben die Balsamierer unter sich und hatten ihre Werkstätten und Wohnungen am Westufer des Nils, wo Wüste und Fruchtland sich scheiden. Dorthin brachten die Angehörigen ihre Verstorbenen und holten sie etwa siebzig Tage später zur endgültigen Grablegung wieder ab.

So notwendig diese Einrichtung auch war, den Handwerkern, die dort ihr grausiges Geschäft ausübten, mißtraute man, und es gingen viele Geschichten über sie um. So sei es keine Seltenheit, munkelte man, daß die Leichen jung verstorbener Mädchen und Frauen von diesen Männern für ihre Brunst mißbraucht wurden, und auch sonst drang manches durch, was sich mit der Ehrfurcht vor dem toten Körper nicht vereinbaren ließ. Da diese Gerüchte nicht verstummen wollten, war es üblich geworden, den toten Pharao in seinem Palast und unter ständiger Aufsicht einzubalsamieren.

So wurden die Gottessiegler und Diener des Anubis, wie sie

sich stolz nannten, in den königlichen Palast geholt, wo der tote Pharao im Großen Thronsaal für die Einbalsamierung bereitlag. Der aus schwarzem Ebenholz gefertigte Balsamierungstisch stand auf vier niedrigen Löwenbeinen, das Kopfende zierten zwei schön geschnitzte und vergoldete Löwenhäupter. In die etwas schräge Tischplatte war am Fußende ein Loch eingelassen, durch das die Körperflüssigkeiten in ein Becken abfließen konnten.

Für ein Mitglied der königlichen Familie galt es als schlechtes Omen, einem dieser Totenhandwerker zu begegnen oder gar ein Wort mit ihnen zu wechseln.

Ramses empfing den Zweiten Ptah-Priester in seinen Privaträumen. Der zierliche, dunkelhäutige Mann wirkte alterslos. Er konnte dreißig, aber auch schon vierzig Nilschwellen erlebt haben. Seine ganze Familie war mit dem Ptah-Tempel verbunden, die beiden Schwestern als Sängerinnen, ein Bruder als Siegelbewahrer des Ptah-Tempels, und schon der Vater war Vorlesepriester des Ptah gewesen.

Nachdem der Priester ihn zeremoniell begrüßt hatte, wies Ramses auf einen niederen Hocker, und Ptah-hotep nahm Platz – er wußte diese Ehre durchaus zu schätzen.

»Ehrwürdiger Gottesdiener, ich habe mich entschlossen, dir bei der Einbalsamierung des Osiris Seti eine wichtige Aufgabe zuzuweisen. Du wirst als Anubis die Arbeit überwachen. Ich schätze deinen Eifer und bin dir sehr gewogen.«

Zur bestimmten Stunde erschien der Gott Anubis in Menschengestalt, doch mit Schakalkopf und -schwanz im Saal der Einbalsamierung, setzte sich auf den dort bereitgestellten hohen Stuhl aus Ebenholz und betrachtete schweigend die um den Leichnam versammelten Männer. Es waren dies der Vorsteher der Geheimnisse, der die vier Gottessiegler bei ihrer Arbeit überwachte. Dazu stand ein dutzend Gehilfen für die niedere Arbeit bereit. Zu Häupten des toten Königs hockte der Vorlesepriester mit einer Schriftrolle auf den Knien.

Diese Männer wußten nicht, wer sich hinter der Anubis-Maske verbarg. Es konnte ein Priester, ein Beamter, ein Vertrauter oder sogar ein Mitglied des Königshauses sein. Sie wußten jedoch, daß man jeden ihrer Handgriffe genau beobachtete und daß die kleinste Respektlosigkeit, das leiseste Versehen schwere Strafen nach sich ziehen würde. Nicht ohne Bangen erwarteten sie das Zeichen des Anubis, um mit den altvertrauten Handgriffen zu beginnen.

Ptah-hotep fiel das Atmen unter der Anubis-Maske schwer, und er fühlte, wie ihm der Schweiß über Stirn und Hals lief. Doch er würde durchhalten müssen, und zwar für viele Stunden. Er sprach ein stilles Gebet zu Osiris und hob langsam den Stab.

Der Vorlesepriester begann sogleich halblaut mit dem Vorlesen der heiligen Texte, während der Vorsteher der Geheimnisse feierlich das Leintuch von dem toten Körper hob und ihn so seinen Leuten preisgab. Einer der Gottessiegler führte einen langen goldenen Haken in die Nase des Toten ein, drang zum Gehirn vor, das er jetzt Stück um Stück herauszog und in ein bereitgehaltenes Becken fallen ließ. Da man glaubte, daß alle Körper- und Verstandeskräfte vom Herzen ausgingen, wurde das bedeutungslose Gehirn einfach zu den Abfällen getan – Abfälle, die man allerdings sorgsam aufhob und mitbestattete. Ptah-hotep, der zum ersten Mal eine solche Handlung mit ansah, unterdrückte die aufsteigende Übelkeit mit dem Gedanken an die Heiligkeit und Notwendigkeit dieses Vorgangs.

Um alle Reste der Gehirnmasse zu entfernen, führte der Balsamierer zuletzt ein Bambusrohr in die Schädelhöhle ein, durch das er aus einem Lederschlauch eine ätzende Flüssigkeit preßte. Danach verschloß er die Nasenlöcher mit harzgetränkter Baumwolle und trat zurück.

Ein anderer Gottessiegler öffnete mit einem vergoldeten Bronzemesser den Leib des Pharao an der Seite mit einem raschen Schnitt. Blaurote Gedärme quollen heraus, wurden schnell und geschickt entfernt, wie auch nach und nach die anderen Eingeweide. Dazu standen vier Gehilfen mit ihren Gefäßen bereit, um Leber, Lunge, Magen und die übrigen Eingeweide entgegenzunehmen. Allein das Herz wurde an Ort und Stelle belassen und später mit dem Körper einbalsamiert.

Die um den Leichnam aufgestellten Weihrauchtöpfe kämpften vergebens gegen den durchdringenden Geruch nach Kot, Urin und verwesendem Fleisch an.

Den hier beschäftigten Männern machte das nichts aus. Für sie war es der Alltag. Doch Ptah-hotep, dessen asketischer Geist sich sonst keine Schwäche erlaubte, war einer Ohnmacht nahe. Luftmangel, Gestank und der grausige Anblick waren dabei, ihm seine Selbstbeherrschung zu rauben, doch er straffte sich und bedachte, wie wichtig das ihm übertragene Amt sei.

Die Balsamierer reinigten nun gemeinsam den ausgeräumten Körper mit einer Mischung aus Palmwein und duftenden Spezereien. Jetzt trat der Vorsteher hinzu, hob den Kopf des Königs in die Senkrechte, während der erste Gottessiegler die Pfropfen aus den Nasenlöchern entfernte. Eine trübe weißliche Flüssigkeit floß heraus und wurde von einem Gehilfen mit einem Schwamm abgesaugt.

Ptah-hotep atmete auf. Er wußte, das Schlimmste war überstanden. Aus bereitgestellten Kübeln stopften nun die Gehilfen den ausgeräumten Leib mit Natronsalz voll, ein Gottessiegler vernähte die Schnittöffnung mit groben Stichen, und danach wurde der ganze Körper in eine Zedernholzwanne mit Natron gelegt und zuletzt noch mit einer Schicht des Salzes bedeckt.

Wie der Sothis-Stern für siebzig Tage unter dem Horizont verschwindet, wurde der Körper des Pharao ebenso lang dem Einfluß des Natrons ausgesetzt, das ihm alles Wasser entzog.

Dies war nun der erste und weitaus kürzeste Teil der königlichen Einbalsamierung, und Ptah-hotep verließ erleichtert den von Kot, Verwesung und Weihrauch geschwängerten Raum.

Die Hauptstadt war langsam aus ihrer Trauer erwacht, und alles nahm seinen normalen Gang.

In den königlichen Werkstätten hatte man allerdings kaum Zeit zum Trauern gehabt, denn der Osiris Seti wollte in seinem Grab alle Bequemlichkeiten haben, und so mußten Möbel, Geräte, Behälter und viele andere Dinge aus Holz, Stein und Metall angefertigt werden. In der Goldschmiedewerkstatt wurde seit dem Tod des Königs Tag und Nacht geschmolzen, gehämmert und geschlagen. Die goldene Gesichtsmaske war längst fertig – damit hatte man schon zu Lebzeiten des Pharao begonnen, aber es mußten Fingerringe sowie feiner Hals- und Armschmuck gefertigt werden, dazu kamen noch die Goldbeschläge des inneren Sarges, die Hülsen für Zehen und Finger der königlichen Mumie, die Szepter und Prunkwaffen und vieles mehr, worauf ein Pharao auch im jenseitigen Leben Anspruch hatte.

Für Ptah-hotep, den Zweiten Propheten des Ptah, begann jetzt mit der eigentlichen Balsamierung und Ausstattung des Osiris Seti der längere, wenn auch angenehmere Teil der Anubis-Wache.

Die Gottessiegler hatten inzwischen den Großen Thronsaal in ein Warenlager verwandelt. Dort türmten sich Ballen feinster Baumwolle, in einer Ecke waren Tücher gestapelt, aus kleinen Krügen dufteten kostbare Salben und Öle, zwei große Bronzeeimer mit Harz standen auf Holzkohlefeuer, doch zwischen den beiden Fenstern war der größte Schatz aufgebaut. Dort warteten Goldmaske, königlicher Schmuck, die beiden Szepter und die funkelnden Hülsen für Finger und Zehen auf ihre Verwendung.

Ptah-hotep hatte diesmal die Schakalsmaske innen mit duftenden Essenzen bestrichen und das Atemloch auf der Rückseite erweitern lassen, so daß er jetzt ganz behaglich auf seinem Ebenholzthron saß und den Fortgang der Arbeiten überwachte.

Als der leise Singsang des Vorlesepriesters einsetzte, hoben die Gottessiegler den Körper des toten Königs aus der Wanne mit dem Natron. Die Farbe des entwässerten und daher stark geschrumpften Leichnams hatte sich in ein schwärzliches Braun verwandelt. Die Mumie wurde sorgfältig mit Duftwasser innen und außen gewaschen, mit Tüchern sorgsam trockengerieben, und dann begann der Vorsteher der Geheimnisse mit der Salbung des königlichen Hauptes. Er tauchte ein Baumwolltuch in Öl aus Weihrauchharz und bestrich Stirn, Nase, Mund, Wangen und Hals mit dem kostbaren Öl, das er dann lange einrieb. Die Gottessiegler bearbeiteten den übrigen Körper, denn das vom Natron gebeizte und hart gewordene Gewebe mußte erst wieder geschmeidig gemacht werden.

Damit vergingen viele Stunden, so daß erst am späten Nachmittag mit dem Ausstopfen der Mumie begonnen werden konnte. Dazu tauchten die Gehilfen Baumwolltücher, die sie an langen Zangen hielten, in das siedende Harz, und die Gottessiegler stopften sie ins Innere des Körpers, das sie zuvor mit kochendem Harz ausgegossen hatten. Nase und Mund wurden mit pechgetränkten Baumwollpfropfen ausgestopft und möglichst lebensecht nachmodelliert. Im Körper wurde unterhalb des Herzens ein großer Skarabäus eingefügt, auf den ein Beschwörungstext eingeschnitten war, der die Totenrichter anflehte, das Herz des Verstorbenen nicht zurückzuweisen. Der Priester sang:

»Wisse, du Wächter der Gerechtigkeitswaage,
Mein Ka bist du wahrlich! In meinem Körper verbleibst du!
Durch Gott Chnum gibst du meinem Leib die Form
und Leben meinen Gliedern.
Zu dem Glückseligen Gefilde komm
und lasse uns zusammen wandeln!
Möge mein Name nicht stinkend und faulend
dem Herrscher des Jenseits erscheinen …«

Ja, dachte Ptah-hotep, auch ein Pharao, obwohl mit den Göttern vertraut und für sie handelnd im Diesseits, auch er bangt um die Wägung seines Herzens, das vor dem thronenden Osiris auf der Gerechtigkeitswaage mit einer Feder – dem Zeichen der Göttin Maat – gegengewogen wird. Und wehe, das Herz wird für zu leicht befunden!

Der Priester rief sich zur Ordnung: Diese Frage stellte sich wohl bei Osiris Seti nicht! Ihn haben die Götter erwählt, und in ihren Kreis kehrte er jetzt zurück.

Nachdem der Herzskarabäus untergebracht war, nähte ein Gehilfe den Schnitt am Leib zu, und ein Gottessiegler bedeckte die Wunde mit einer goldenen Platte in Form des Udjat-Auges.

Das war nun die Arbeit des ersten Tages. Ptah-hotep ließ sich erleichtert die Anubis-Maske abnehmen, die Gottessiegler verließen den Raum, um in ihre Häuser am Westufer zurückzukehren. Eine Truppe der Palastwache stellte sich vor dem Thronsaal auf. Nur noch zwei Öllampen aus Rosengranit beleuchteten den toten Pharao und seine Schätze. Über den Leichnam war ein safrangelbes Tuch gebreitet. Die Goldmaske an der Wand mit ihren strahlenden Augen aus Quarzit und schwarzem Onyx blickte in zeitloser Heiterkeit in ein glückliches Jenseits, das der Pharao in wenigen Tagen, nach der feierlichen Belebung durch die Priester, betreten würde.

Zuletzt mußte auch nachts bei Fackellicht gearbeitet werden. Das safrangelbe Tuch wurde dicht um den Körper gewickelt und die Arme über der Brust in Kreuzform festgebunden. Nachdem auf Finger und Zehen die nach Maß gefertigten Goldhülsen gesteckt wurden, mußte der Leib mit langen Stoffbahnen sorgsam und nach einem bestimmten System gewickelt und verschnürt werden. Ein Gottessiegler stand mit einem Korb voll magischer Amulette daneben und steckte von Zeit zu Zeit eines davon zwischen die Leinenbinden. Es waren dies immer wieder das Lebenszeichen Anch, aber auch Skarabäen, Herzamulette, Djed-Pfeiler, Udjat-Augen, Isis-Knoten, Isis- und Nephtis-Figürchen, kleine Nachbildungen der Doppelkrone, winzige Kopfstützen und einige besonders schön gearbeitete Osiris-Figürchen. Die meisten der Amulette waren aus Gold oder Elektron, einige aus dem seltenen, durch Handel oder Kriege gelegentlich eingeführten Silber, das übrige aus Karneol, Lapis, Türkis oder Jaspis geschnitten, manches aus leuchtendem Glasfluß gefertigt. Während des Einbindens wurden die Stoffbahnen ständig mit flüssigem Harz bestrichen. Am Ende zeichneten sich die menschlichen Formen des toten Körpers unter den vielen Binden nur noch undeutlich ab – der Tote hatte die traditionelle Form des Gottes Osiris angenommen.

Zuletzt wurde die herrliche, unendlich kostbare Goldmaske aufgesetzt, die Brustplatte mit den die beiden Szepter haltenden Armen und Händen angefügt, der Unterleib mit feinbemaltem Stuck verkleidet, die Füße in eine goldene Hülle gepreßt.

Die einbalsamierten inneren Organe wurden in vier Alabasterkanopen verstaut, während alles andere – eigentlich der Abfall – sorgsam in zahlreichen Tonkrügen gesammelt wurde – ganz gleich, ob es sich um Stoffreste, Blutwasser, Gehirn, die Wanne mit dem Natron, die saugenden Schwämme, die restlichen Öle mit Spezereien handelte. Was immer von der Einbalsamierung übrigblieb oder an ihr teilhatte, mußte mit dem toten König zu Grabe getragen werden.

Während der zweiundsiebzigtägigen Trauerzeit empfing Ramses die Huldigung der Priester und Beamten, der Gesandten aus den Tributländern im Süden und Norden. Auch von den Chatti trafen

Botschafter ein, doch sie brachten nur wertlose und nichtssagende Geschenke und ein Schreiben ihres Königs Muwatalli, das Ramses zuerst maßlos erzürnte und dann nachdenklich werden ließ. Der König aus Chatti schrieb:

»Der Großkönig von Chatti an Seine Majestät Ramses. Mit Bedauern höre ich, daß dein Vater zum Gott geworden ist. Da du nun auf seinem Thron sitzt, sollst du wissen, daß der Tribut, den du aus Amurru empfängst, nach altem Recht mir gebührt. Daß dein Vater Amurru unterworfen und sich tributpflichtig gemacht hat, ist ein Unrecht vor den Göttern und den Menschen, und ich ersuche dich, dieses Land mir zu überlassen. Ich will keine Feindschaft zwischen unseren Ländern, aber ich möchte den Zustand wiederhergestellt wissen, der unter meinem Vater Musilis herrschte. So will es Baal, und so will es Seth, dessen Namen dein Vater trug, und so will es ich, der Großkönig von Chatti.«

Als der Schreiber fertiggelesen hatte, packte Ramses eine Alabastervase und schmetterte sie gegen die Wand. Er brüllte:

»So will ich diesen niederträchtigen Sklavenfürsten zerschmettern, der es wagt, sich gegen meine Majestät aufzulehnen! Dieser Emporkömmling nennt sich Großkönig und vergißt ganz, daß er alle Schlachten gegen meinen Vater verloren hat. Seine Frechheit soll ihn teuer zu stehen kommen!«

Wie immer, wenn ihn etwas bewegte, ging Ramses zu Nefertari und berichtete ihr von dem »schändlichen Schreiben des niederträchtigen Sklavenfürsten«.

»Ein bellender Hund muß nicht beißen«, meinte Nefertari. »Noch gehört Amurru dir, und er wird es nicht wagen, daran etwas zu ändern.«

Ramses betrachtete liebevoll seine Gemahlin.

»Seit du mir den Prinzen geboren hast, bist du noch schöner geworden, geliebte Schwester. Hathor hält sichtbar ihre Hand über dein Haupt, und ich werde mit dir noch viele Kinder zeugen müssen, um dich noch schöner, noch begehrenswerter zu machen. Wo ist denn der Kleine?«

»Amani schläft um diese Zeit. Vergiß jetzt den Chatti-Fürsten und denke daran, daß wir deinen Vater nach Theben in sein Haus der Ewigkeit begleiten müssen. Ich glaube, die Amun-Priester werden dir wieder zusetzen, damit du deine Residenz nach Theben verlegst.«

»Sie werden sich wundern! Ich habe ganz andere Pläne. Ich werde mir eine neue Hauptstadt errichten, oben im Delta, wo mein Vater seinen Sommerpalast hatte. Eine Stadt ohnegleichen! Ich will nicht von irgendwelchen Priestern abhängig sein – weder in Theben, noch in Memphis!

Warum soll ich Amun-Re, den alten Reichsgott verachten? Habe ich nicht mein erstes Kind nach ihm Merit-Amun, geliebt von Amun, genannt? Im Binsenland genießt er nach wie vor große Verehrung, und vielen meiner Vorgänger ist er hilfreich gewesen. Auch in Memphis hat er einen schönen Tempel und wird nach Gebühr mit Opfern versorgt und verehrt. Für das Volk aber ist er der Amun von Memphis und hat nichts mit dem in Theben zu tun. Schon mein Vater, der Osiris Seti, hat jede Verbindung nach Süden abgeschnitten, der Amun von Theben ist immer noch wohlhabend und einflußreich genug. Wenn wir dort den Osiris Seti in sein Haus der Ewigkeit geleiten, werde ich das Opet-Fest abwarten und dabei einen Hohepriester des Amun ernennen, aber einen, der mir verpflichtet ist und nicht dem ganzen verschworenen Klüngel zu Theben. Thotmes, der Zweite Amun-Priester, wird mich dafür glühend hassen, denn er lebt seit Jahren in der Erwartung, er werde einmal der erste sein.«

»Es wäre unklug, ihn vor den Kopf zu stoßen«, sagte Nefertari nachdenklich. »Du mußt sie an deiner Entscheidung beteiligen. Denke daran, daß auch wir einst in Theben unsere Häuser der Ewigkeit beziehen werden, und schließlich sind es die Amun-Priester, die sie pflegen, erhalten und ihren Fortbestand wahren und damit unserem Ka eine ewige Heimat geben.«

Ramses hatte ihr aufmerksam zugehört, er küßte sie auf Wangen und Mund und umfaßte liebevoll ihren zierlichen Körper.

»Du bist nicht nur meine Allerschönste, du bist auch die Allerklügste. Ich werde deinem Rat folgen, und ich weiß auch schon wie. Sie selber sollen mir eine Reihe von Bewerbern vorschlagen, vielleicht drei oder höchstens fünf. Das sind dann Männer ihrer Wahl, einen davon werde ich ernennen, und diesen einen werde ich auf meine Seite ziehen.«

Ramses blickte Nefertari an, als sehe er sie erst jetzt.

»Was rede ich da im Haus meiner Liebsten von Staatsgeschäften? Gibt es nichts Besseres zu tun?«

Er hob Nefertari hoch, als wiege sie nicht mehr wie die Feder der Maat. Nefertari fühlte sich in seinen Armen so geborgen, so wohl, daß sie hätte schnurren können wie Miat, ihre Lieblingskatze. Sie legte einen Arm um seinen Hals und blickte ihn aus ihren dunklen schrägen Augen gespielt neugierig an.

»Was hat mein starker Löwe jetzt vor? Willst du deine Nefertari ins Bett legen wie eine Amme ihr Kind? Dafür ist es aber noch zu früh, denn Re hat sich noch kaum nach Westen geneigt. Was mag der Sohn der Sonne mit mir anstellen – mitten in der Trauerzeit?«

Ramses legte sie behutsam aufs Bett und meinte:

»Es kann meinem verehrten Vater, dem Osiris Seti, nur recht sein, wenn ich seinen Samen weitergebe, und er nicht nur als Ka, sondern auch in vielen Enkeln weiterlebt.«

Er streifte Nefertari das leichte Hauskleid vom Körper und küßte sie langsam und mit Bedacht von oben bis unten, auf Hals, Schultern, beide Brüste; seine warmen, weichen Lippen wanderten hinab zum Nabel, zum glattrasierten Schoß. Als Nefertari schneller zu atmen begann, hielt er sofort inne, küßte die Innenseiten der Schenkel, die Waden, die Füße. Nefertari kicherte.

»Du kitzelst mich! Hör auf!« Sie berührte seinen steinharten, mächtigen Phallus.

»Was ist das? Diesen Körperteil kenne ich ja gar nicht an dir! Auf Hunderten von Bildern und Statuen hast du Kopf, Arme, Beine, aber das da? Haben unsere Künstler es vergessen?«

»Das ist nur für dich da – es geht die Künstler nichts an. Und da es nur dir gehört, sollst du es auch besitzen.«

Er hob Nefertari hoch, ließ ihren geöffneten Schoß langsam über seinen Phallus gleiten, umfaßte ihre kleinen, festen Brüste und knetete sie sanft. Nefertaris Leib begann zu hüpfen und zu kreisen wie ein Gefesselter, der sich losreißen will.

»Mein starker Stier, mein Löwe ...«, keuchte sie, und Ramses flüsterte ihr ins Ohr, als ihr Kopf an seine Brust sank:

»Du einzige, allerschönste, süße Geliebte, Tochter der Bastet ...«

Daß Ramses, seit er verheiratet war, wieder häufig seinen Harem besuchte, berührte Nefertari nicht. Dort kroch in allen Winkeln seine Brut herum. Er wußte selbst nicht, wie viele Töchter und Söhne er schon gezeugt hatte. Das war eine andere Welt, die neben der von Nefertari ohne große Bedeutung existierte. Sie wußte, daß er seinen Samen dort wahllos verstreute, um überschüssige Kräfte zu bändigen. Doch kein bestimmter Name drang aus dem Harem, keine andere Gemahlin konnte je den Platz neben ihr erobern, Nefertari, der einzig Geliebten, der Allerschönsten.

Der Morgen war noch kühl, und Nefertari fröstelte in ihrem dünnen Leinenkleid. Zum Zeichen der Trauer trugen Tuja und sie keine Perücke, sondern hatten ihr natürliches Haar mit einem Netz hochgebunden. König Ramses und der übrige Hof hatten sich weiße Trauerbänder um die Perücken geschlungen und waren betont einfach gekleidet.

Aller Prunk galt heute ihm, dem Osiris Seti, den kräftige Diener jetzt aus dem Thronsaal heraustrugen und auf den Schlitten legten. Die Mumie war in einem bemalten und vergoldeten Holzsarg eingepaßt, auf dem der König in kunstvoller Schnitzarbeit in seinem vollen Ornat prangte. Auf einem von vier Ochsen gezogenen kleinen Schlitten verstauten die Diener jetzt die vier schweren alabasternen Kanopenkrüge mit den Eingeweiden.

Der Hohepriester Huy schritt mit Ptah-hotep, dem Zweiten Priester an der Spitze des Zuges, begleitet von vier Gehilfen, die den Weg mit geweihtem Wasser besprengten und mit Blumen bestreuten. Die beiden Priester wechselten sich in rituellen Gebeten ab, von denen man allerdings wenig vernahm, weil das schrille Geschrei der Klageweiber alles andere übertönte.

Hinter den beiden Schlitten folgten die Priester der anderen Götter, in vorderster Reihe die von Amun, Sachmet und Nefertem in blütenweißes Leinen gekleidet und in das zeremonielle Leopardenfell gehüllt. Dann kamen die schreienden und wild herumspringenden Klageweiber mit lehmverschmierten Gesichtern und bloßen, heftig wippenden Brüsten. Dahinter schritten gebeugt und trauernd die persönlichen Freunde und Diener des toten Königs und – in gehörigem Abstand – die Ehefrauen, Kinder und übrigen Verwandten. Das Königspaar – Ramses und Nefertari – führte diese Gruppe an, dann kamen Tuja und die Schwestern des Ramses, gefolgt vom gesamten Harem und der niederen Dienerschaft des Königspalastes. Ein weiterer, nicht weniger langer Zug mit den Grabbeigaben schloß sich an. Kräftige Diener trugen balsamierte Rinder- und Antilopenkeulen, Enten, Gänse, Wachteln, Tauben, Brot, Öl, Kuchen, Früchte, Gemüse, dazu goldenes Tafelgeschirr, kleine versiegelte Krüge mit den besten Weinen, größere mit Bier und Honig. Auf niederen Karren türmten sich die Grabmöbel: Tische, Betten, Kästen, Schränke, eine Truhe mit Jagdwaffen, eine andere mit Uschebti-Figuren, die für alle anfallenden Arbeiten im Jenseits zuständig sein würden. Es wurden noch Hunderte von Dingen mitgeführt, die der König brauchte oder die seiner Kurzweil dienen sollten, wie etwa das wundervoll gearbeitete Men-Spiel aus Ebenholz mit Figuren und Einlagen aus Elfenbein und Edelsteinen.

Als der Trauerzug das Palastviertel verließ, säumte eine dichte Menschenmenge den Weg hinab zum Nil. Das einfache Volk kümmerte sich um kein Zeremoniell, es jubelte dem lebenden König genauso zu wie dem toten. Es hatte ihn zu Lebzeiten selten und immer nur aus der Ferne erlebt, und auch jetzt sah es den bemalten Sarg nur von weitem; doch es wußte, daß das neue Königspaar auch mit im Zug ging, und so jubelte es den Majestäten zu, den lebenden und den toten.

Es dauerte sehr lange, bis Sarg, Kanopen, Möbel und andere Grabbeigaben auf den Schiffen verstaut waren. Das Königspaar und Tuja nahmen inzwischen auf mitgeführten Sesseln Platz; ein von Dienern gehaltener Baldachin schützte sie vor den Strahlen des Re, der seinen heißen, allzeit lebensspendenden Atem über das Land Kemi und seine Kinder hauchte.

Nefertari freute sich auf die Reise nach Süden, denn später sollte auch Abydos besucht werden, wo ihre Eltern lebten. Als Tochter eines kleinen Gutsbesitzers, als dreizehnjährige Inet war sie nach Memphis gekommen und als Große Königliche Gemahlin, als göttliche Mutter und Trägerin der Geierhaube, »deren Stimme alle, die sie hören, mit Freude erfüllt, die angenehm an Geist und süß in der Liebe ist und den Palast mit ihren Wohlgerüchen erfüllt«, als zwanzigjährige Nefertari kehrte sie zurück, an der Seite des Guten Gottes User-Maat-Re setep-en-Re Ramses, des Sohnes der Sonne und Trägers der heiligen Doppelkrone.

Seit Ramses ihm das verlockende Angebot gemacht hatte, fand Piay keine Ruhe mehr. Sein Vater zeigte sich bestürzt, als er von den Plänen des jungen Königs erfuhr, doch als guter Ägypter beugte er sich sofort dem Willen des Pharao.

»Wenn Seine Majestät dich so sehr schätzt, ist das eine große Ehre, und du solltest diese Studienreise sofort antreten. Unsere beiden Gehilfen sind auch in den schwierigeren Arbeiten so gut ausgebildet, daß es künftig, so hoffe ich, ohne dich gehen wird – gehen muß. Vielleicht bilde ich mir noch einen dritten Gehilfen heran. Was dir mit dieser Reise geboten wird, ist wichtiger als alles andere. Du bist mein Sohn, und ich will dein Glück.«

Piay umarmte seinen Vater und versprach zurückzukehren, sobald es ihm möglich sei.

Zuerst nahm er den Weg nach Süden, wo ihn das Schiff nach einer knappen Tagesreise in Theben absetzte. Er ging sofort zu dem der heiligen Familie des Amun, der Mut und des Chons geweihten Tempel, den der Pharao Nebmare Amenhotep erbaut hatte. Das königliche Schreiben öffnete Piay alle Türen. Die Priester und ihre Gehilfen murmelten Segenswünsche, wenn sie der mit dem Königssiegel versehenen Schriftrolle ansichtig wurden.

Etwas weniger eifrig waren die Priester in dem gewaltigen, weiter nördlich gelegenen Amun-Tempel, und sie zögerten sogar, als Piay sie um Quartier und um den Zutritt zum Tempelarchiv bat. Piay wurde schließlich zu Thotmes, dem Zweiten Propheten des Amun geführt. Der prüfte das königliche Schreiben lange und genau, betastete das Siegel und sagte schließlich:

»Seit Seine Majestät in Memphis regiert, müssen wir sehr vorsichtig sein. Früher stand unser Tempel unter dem unmittelbaren Schutz des Pharao, und wenn etwas zweifelhaft war, schickten wir einen Boten hinüber zum Palast. Aber heute ...«

Er seufzte und gab Piay das Schreiben mit einer leichten Verbeugung zurück.

»Du bist natürlich unser geehrter Gast und kannst dich nach Belieben umsehen, soweit es mit unseren Pflichten dem Gott gegenüber vereinbar ist.«

Piay bedankte sich und tat während der nächsten Tage nichts anderes, als Pläne zu studieren und Baumeister zu befragen. Auf diese Weise drang er Schritt um Schritt in das Wesen der Tempelarchitektur ein, und seine schnelle Auffassungsgabe erleichterte und beschleunigte sein Lernen. Obwohl er schon beträchtliche Vorkenntnisse besaß, erkannte er nun, wie wenig er immer noch davon verstand. Daß es verschiedene Säulentypen gab, hatte er schon als Lehrling gewußt, denn es war nicht schwierig, Palmen-Lotos- und Papyrussäulen auseinanderzuhalten. Nun aber lernte er mit Winkelmaß, Senkblei, Elle, Meßschnur und Visierstab umzugehen, und eine ganze Welt tat sich ihm auf. Er erfuhr nun, wie man Fundamente legte und wie wichtig diese Arbeit war, konnte bald Pläne und Aufrisse lesen und sah ein, daß eine solche Arbeit ebenso schwierig und schöpferisch war, wie die des Malers oder Bildhauers.

Nach zwei Monaten segelte Piay mit dem Schiff weiter nach Norden, doch er hatte keinen Blick für die gemächlich vorbeiziehende Landschaft mit dem üppig grünenden Fruchtland und den hohen, im Wind wogenden Palmen. Er versuchte sich an eigenen Tempelentwürfen, baute auf Papyrus gewaltige Pylonen, mächtige Säulenhallen, Kapellen, Innenhöfe, heilige Seen, Wohnhäuser für die Priester und ihre Gehilfen, Gästehäuser, Kornspeicher, Magazine, Viehställe und war doch nie zufrieden mit seinen Plänen.

Als sich das Schiff unter dem Druck des großen Segels der Residenzstadt näherte, rollte Piay seine Papiere zusammen, packte sein Schreibzeug weg und beschloß, ehe er sich an Eigenes wagte, noch einige Zeit mit dem Studium zu verbringen.

Memphis erschien Piay wie ein Labyrinth. Ein unüberschaubares Gewirr von Straßen, Kanälen, Palästen, Tempeln und Verwaltungsgebäuden, dazwischen eingestreut die bis zu vier Stock hohen Wohnhäuser, und wo Piay auch ging oder stand, immer begleitete ihn im Westen und Norden die Kette der Pyramiden, von denen aus die Ka-Seelen der alten Könige auf ihre ehemalige

Residenzstadt schauten und sich an dem bunten Leben erfreuen konnten.

Als Piay um Auskunft bat, wo der Ptah-Tempel zu finden sei, geschah es zweimal, daß man ihn nicht verstand. Im Gegensatz zu Abydos wimmelte es in der Stadt von Fremden, die sogar – wie Piay später erfuhr – ihren Göttern Baal und Ischtar eigene Tempel errichtet hatten.

Eine Stadt von solcher Ausdehnung hatte Piay noch niemals gesehen. Stundenlang konnte man umherwandern, und traf man plötzlich auf einen Palmenhain oder ein kleines Kornfeld, so dachte man: Nun muß Memphis zu Ende sein, denn hier beginnt das Bauernland. Doch das stellte sich schnell als Irrtum heraus. Hinter dem Palmenhain tauchten neue Gruppen von Häusern auf, als setze diese Stadt sich endlos fort.

Auch das königliche Palastviertel betrachtete Piay von außen, bestaunte die mit hohen Türmen bestückte Weiße Mauer. Es würde ihn nur ein Wort kosten, und er könnte schon jetzt um eine Audienz bei Seiner Majestät bitten, doch er wollte tun, was Ramses ihm geraten hatte und erst nach einem Jahr wieder vor diesem erscheinen. Einmal hatte er einen Priester sagen hören: »Wenn der Pharao etwas rät, dann ist das so gut wie ein Befehl« – und daran hielt man sich, wenn man gut beraten war.

So nahm er im Gästehaus des Ptah-Tempels Quartier. Die riesigen, fahnengeschmückten Pylonen des Tempels bewachte ein mächtiger Alabastersphinx, der angeblich die Züge des Pharao Aacheperu-Re Amenhotep trug, doch, wie Piay später von einem alten Baumeister hinter vorgehaltener Hand erfuhr, die aus der Geschichte getilgte Pharaonin Maat-ka-Re Hatschepsut darstellte, die sich mit Doppelkrone und Königsbart in der Öffentlichkeit gezeigt hatte.

In Memphis hörte Piay von der schweren Krankheit des Königs Seti, der sich schon länger nicht mehr gezeigt hatte und alle Amtsgeschäfte seinem Sohn Ramses überließ.

Mit der Zeit fand er Anschluß bei einem Kreis jüngerer Leute, die alle auf irgendeine Weise mit dem großen Tempel verbunden waren. Die einen arbeiteten als Handwerker in den Tempelwerkstätten, andere waren als Schreiber, Hilfspriester oder Verwalter dort beschäftigt. Am Abend setzte man sich bei einem Krug Bier zusammen und löste nach Art der jungen Leute unbekümmert sämtliche Probleme auf dieser Welt.

Zu Beginn der Peret-Zeit wollte Piay seine Reise ins Delta fortsetzen, und als die anderen das hörten, riefen sie:

»Du Glücklicher! Wer um diese Zeit wegkönnte, ist gut dran. Du kommst da nämlich gerade recht zu den Festtagen in Per-Bastet – die darfst du keinesfalls versäumen! Da werden junge Mädchen und Frauen zu Schmusekatzen und kriechen zu jedem ins Bett.«

Piay hatte schon davon gehört, doch Genaueres wußte er nicht.

So schlenderte er eines Morgens zum Hafen hinunter, vorbei an Lasten schleppenden Sklaven, Müßiggängern, Schreibern mit ihrem Tintenbrett im Gürtel und einem Bündel Federn in der Hand, die wichtige Gesichter machten und immer in Eile waren. Die Reichen, die hohen Beamten, die Erbfürsten und »Freunde des Pharaos« beschmutzten ihre Füße freilich nicht mit dem Staub der Straßen, sondern ließen sich von kräftigen Sklaven in schön geschnitzten und bemalten Sänften durch die Stadt tragen.

In der Nähe des Gerichtshauses stauten sich die Menschen, was ungewöhnlich war, denn dort ging sonst jeder möglichst schnell vorbei. Er versuchte sich nach vorn zu drängen, wurde aber gleich empört zurückgewiesen:

»Willst wohl einen besonders schönen Platz, was? Wir warten schon länger, stell dich gefälligst hinten an!«

So blieb Piay stehen. Er war groß und konnte über die meisten Köpfe hinwegblicken. Der Platz vor dem Gerichtshaus war von einem Polizeitrupp abgesperrt. Die Soldaten mußten mit quergehaltenen Speeren das herandrängende Volk zurückhalten, und sie zögerten nicht, ihren Speerschaft notfalls als Hiebwaffe zu gebrauchen.

Auf dem freien Platz waren Gerichtsdiener dabei, aus Dornengestrüpp, Reisig und dürrem Schilf einen Scheiterhaufen zu errichten. »Was haben die vor?« fragte Piay den vor ihm stehenden Mann.

»Was werden die schon vorhaben? Ein Räuber und Mörder wird heute verbrannt.«

Piay schauderte es. Er hatte noch nie an einer solchen Hinrichtung teilgenommen, und so wollte er sich lieber davonmachen. Doch er war in der Menge fest eingekeilt und versuchte auch gar nicht, sich hinauszudrängen – als hielte ihn etwas fest.

Als der Scheiterhaufen eine Höhe von vier oder fünf Ellen erreicht hatte, wurde auf einer Trage etwas herbeigebracht, was vordem ein Mensch gewesen war.

»Die haben den aber ganz schön zugerichtet«, sagte jemand aus der Menge, und ein anderer meinte:

»Der wurde drei oder vier Tage verhört, da ist es ein Wunder, daß er noch lebt.«

Ein Gerichtsschreiber trat heran und verlas etwas, doch der Lärm der Menge übertönte seine Worte. Danach hoben vier Männer die Trage hoch und stellten sie auf den Scheiterhaufen.

Piay sah, daß der Verbrecher mit Stricken an seine Unterlage gefesselt war. Sein geschorener Kopf war blutverkrustet, eines seiner Beine stand seltsam schief, als sei es gebrochen oder verrenkt.

Zwei Männer zündeten den Scheiterhaufen an allen vier Ecken an, und die sofort hell aufschießenden Flammen fraßen sich knisternd und fauchend durch das dürre Gestrüpp, erreichten den Körper des Verurteilten und schlugen über ihm zusammen. Piay hörte einen langen dünnen Schrei und spürte den ekligen Geruch von verbranntem Fleisch in der Nase.

Die Menge schien enttäuscht. Einer sagte:

»Schade, daß es so schnell ging! Der kann nicht viel gespürt haben ...«

Ein anderer meinte:

»Schade auch um das schöne Brennholz! Die Hälfte hätte für diesen Totschläger auch genügt.«

Piay kämpfte sich den Weg frei und lief schnell hinunter zum Hafen. Dort wartete schon eine Reihe von Pilgerbooten, und er sicherte sich einen Platz auf einem kleinen Schnellsegler, der am nächsten Morgen abfahren sollte.

Meru machte gerade seine täglichen Schießübungen mit dem Bogen, als man ihn zu Sobek rief. Der alte Räuberkönig sah heute schlimmer aus als eine Mumie nach dem Natronbad.

Das durch einen Schwerthieb gespaltene, ohren- und nasenlose Gesicht wandte sich zu Meru, der noch jetzt, nach über zwei Jahren vor dieser gräßlichen Fratze erschrak.

»Du hast dich bewährt«, schnarrte die kalte, fast tonlose Stimme, »hast mit Hingabe geraubt, gemordet, gekämpft, wie ich es von dir erwartete. Mein Gehilfe »Feuer« wurde vor einigen Monaten gefangengenommen und endete auf dem Scheiterhaufen. Wir wissen nicht, ob er bei den Verhören etwas gestanden hat, da sie unseren Gewährsmann bei der Stadtmiliz enttarnt und in ein Arbeitslager geschickt haben. Ich habe dich aufmerksam beobachtet und meine, daß du den Platz des »Feuers« einnehmen solltest. Willst du?«

Meru wußte, daß er mit einem Ja vermutlich sein Todesurteil aussprach, denn unter Sobeks vier Gehilfen »Erde«, »Wasser« und »Luft« war »Feuer« der am meisten gefährdete. Wer Glück hatte, starb im Kampf, aber wen die Götter strafen wollten, der wurde gefangen, verhört und in aller Regel lebendig verbrannt. Doch Merus Zustimmung stand schon lange fest, und so zögerte er auch jetzt nicht.

»Ja, ich will! Hat ›Erde‹ schon etwas ausgekundschaftet?«

»Ja«, schnarrte Sobek, »das hat er. Die Trauerzeit für König Seti endet in einigen Tagen. Wenn die Mumie auf das Boot gebracht wird, ist ganz Theben auf den Beinen, und wie ›Erde‹ herausgefunden hat, liegt dann so mancher Schatz fast unbewacht herum. Die Sache ist noch nicht ganz reif, aber du erhältst bald Bescheid.«

Meru ging hinaus, und er hinkte nur noch ganz leicht. Der Arzt der Wüstenräuber hatte die Sehne in einer langen, schmerzhaften Operation wieder zusammengeflickt. Dieser Diener Sachmets – die löwenköpfige Göttin wurde von den Ärzten als Schutzherrin verehrt – hatte jahrelang gegen hohe Bestechungssummen Menschen im Auftrag ihrer ungeduldigen Erben zu Tode kuriert. Die Sache kam auf, doch er konnte rechtzeitig fliehen.

Hem-Sachmet (Diener Sachmets) – so nannte er sich jetzt – verstand es auch, Leichen einzubalsamieren, und wer in Sobeks Auftrag fiel, dem wurde, wenn irgend möglich, dieser Dienst geleistet. So brauchte das Ka des Verstorbenen nicht ruhelos umherzuirren, sondern konnte an den Zügen der früheren Genossen teilnehmen, um dann wieder zu seiner Mumie zurückzukehren. So war auch die Hinrichtung durch den Scheiterhaufen vor allem deshalb so gefürchtet, weil dabei der Körper zerstört wurde. Neuerdings ließ Sobek deshalb Giftkapseln an seine Leute verteilen, und so konnte sich jeder vor der drohenden Gefangennahme diesem Schicksal entziehen.

Meru hatte inzwischen seine künstlichen Ohren und die Wachsnase abgelegt, einmal, weil die Narben sich durch den Klebstoff ständig entzündeten, und zum anderen, weil unter den Wüstenräubern diese Wunden als Auszeichnung galten. Bei den Raubzügen trug er ein Leinentuch um den Kopf geschlungen, das nur die Augen freiließ.

Merus Verlangen nach Rache war nur scheinbar hinter dem Räuberalltag zurückgetreten; er hatte seine Absichten keineswegs aufgegeben, er wartete nur auf die rechte Stunde, und es kümmerte ihn nicht, ob es im nächsten Monat oder erst in zehn Jahren soweit sein würde. Dieses Ziel bedeutete zugleich das Ende seines irdischen Lebens. War die Rache vollzogen, wollte er abtreten und im Westen das ruhige, friedliche jenseitige Leben beginnen. Daß ihm dies nicht schon im Diesseits beschert war, empfand Meru keineswegs als Unglück. Er liebte und genoß sein Dasein und ließ sich deshalb viel Zeit für seine Rache.

Einige Tage später war es soweit. Die vier Gehilfen versammelten sich um Sobek und hörten dem Bericht von »Luft« zu, der nach den Erkundigungen von »Erde« einen Plan ausgearbeitet hatte.

»Luft« war ein stets zerstreuter Mann in mittleren Jahren, der mit viel Geschick vier seiner älteren Geschwister beseitigt hatte, um an sein elterliches Erbe zu gelangen. Die Sache kam durch einen Zufall auf, und der Mörder schlüpfte auf eine nicht ganz geklärte Weise unter dem Henkersbeil davon.

»Luft« hatte eine Papyrusrolle vor sich liegen, die er nun hochhob, als er mit seinen Erklärungen begann.

»Meine Freunde, hier seht ihr einen Plan des Amun-Tempels im Nordwesten der Stadt. Schon Osiris Seti hatte beschlossen, ihn zu vergrößern, und Seine Majestät Ramses wird sogleich nach der Trauerzeit damit beginnen. Dieser Tempel ist jetzt neuerdings dem Amun von Memphis geweiht und von Theben unabhängig.

Der Tempelschatz, einige hundert Deben in Gold und Silber, ist hier untergebracht« – »Luft« deutete auf das Schatzgewölbe –, »wurde aber wegen der künftigen Bauarbeiten vorläufig in die Mut-Kapelle verlegt. Man hat die Schätze einfach hinter dem Altar der Göttin aufgestapelt und mit Binsenmatten abgedeckt. Die Tempelwache wurde vor einem halben Jahr stark vermindert, vermutlich weil Seine Majestät annahm, daß niemand sich am Schatz eines Amun von Memphis vergreifen würde.« »Luft« kicherte entzückt, »Erde« lachte schallend, »Wasser« schmunzelte finster, doch Meru, der als »Feuer« den Raubzug leiten mußte, stellte sofort die Frage:

»Was heißt vermindert? Wieviel Leute sind es jetzt?«

»Genau zwölf«, sagte »Luft«, »doch acht davon wurden zur Einschiffung des Osiris Seti abgeordnet. Es sind also nur noch vier Bewaffnete, dazu ein alter Vorlesepriester und ein paar Tempeldiener. Dieser für uns so angenehme Zustand dauert aber nur etwa drei bis fünf Stunden. Wir müssen also in der Nacht losreiten, uns in der Nähe des Tempels verbergen und einen Späher hinschicken, der uns sofort ein Zeichen gibt, wenn die acht Tempelwächter mit den Priestern zum Hafen aufbrechen. Wir warten dann, bis sie außer Hörweite sind, und stürmen los. Dich, ›Feuer‹, bitte ich, darauf zu achten, daß kein Lebender zurückbleibt. Solltet ihr nur einen übersehen, wird dieser sogleich zu den Niu laufen, und wir haben dann die Wüstenpolizei auf den Fersen. So aber können wir mit einem Vorsprung von mindestens drei, vielleicht sogar vier oder fünf Stunden rechnen. Der Tempel steht für sich, ist von Feldern und Wirtschaftsgebäuden umgeben. Kämmt alles durch! Ein alter Gärtner, der nicht mehr gehen kann, oder ein kranker Feldsklave könnten zurückgeblieben sein und unsere Sicherheit gefährden. Tötet auch die Weiber! So dringend wir hier Frauen brauchen, schleppt diesmal keine davon! Zumindest fesselt sie so, daß sie nicht weglaufen können.«

Sobek mischte sich mit seiner schnarrenden Stimme ein.

»Niemand braucht ein Kind zu töten, doch fesselt jedes, das schon laufen kann. Wir dürfen nicht das kleinste Risiko eingehen. Dies wird der größte Raubzug, den die Wüstenräuber jemals unternommen haben. Wir bräuchten danach keinen weiteren mehr zu planen, jeder von uns könnte irgendwo ein neues Leben beginnen – jeder, der nicht gezeichnet ist ...«

Sobeks Auge funkelte tückisch und wanderte von Mann zu Mann.

Doch gezeichnet waren sie fast alle. Kaum einer sehnte sich nach dem »anständigen« Leben zurück, und Sobek wußte das.

7

Das königliche Palastviertel zu Theben stand seit Jahrzehnten leer, doch eine vielköpfige Dienerschaft hielt die Gebäude sorgfältig instand, denn mindestens einmal im Jahr mußte man mit hohem Besuch rechnen. Ob es nun ein Prinz, eine Prinzessin, die Königin oder der König selbst waren – wenn sie zum Osiris wurden, fanden sie ihre Ewigkeitswohnung hier im Westen von Theben. Zudem feierten die Majestäten häufig das jährliche Opet-Fest im Großen Tempel, oder sie machten einfach nur während einer Rundreise in der ehemaligen Residenzstadt halt.

Das königliche Palastviertel besaß einen eigenen Nilhafen, und hier warteten der Zweite Amun-Priester Thotmes, der Bürgermeister Ptahmose mit vielen anderen Beamten und Priestern auf die königliche Flotte.

Nubische Sklaven hielten große Sonnenschirme über die illustren Häupter, denn Re stand schon hoch am Himmel und hauchte seinen göttlichen Feueratem über das Land Kemi.

Endlich tauchten die ersten Schiffe auf. Diesmal aber ertönten weder Pauken noch Trompeten, denn die Zeit der Freude kehrte erst nach der Grablegung des Osiris Seti zurück.

Alles vollzog sich nach uraltem Ritual. Das Königspaar, die Königswitwe und die engeren Verwandten wurden sofort in den Palast gebracht. Der Sarg mit der Mumie blieb am Ufer unter einem geschmückten Baldachin zurück, bewacht von einem Trupp der Leibgarde.

Zwei Vorlesepriester rezitierten abwechselnd den restlichen Tag und die ganze Nacht hindurch die altehrwürdigen Totengebete, bis bei Sonnenaufgang der Weg über den Nil zur Ewigen Wohnung im Westen angetreten wurde.

Der Trauerzug war jetzt sehr klein geworden. Die Klageweiber und der niedere Hofstaat blieben zurück. Die rituellen Gebete des Amun-Priesters Thotmes gingen im Geräusch der Ochsenschlitten unter, die knirschend und kreischend über Sand und Felsen glitten.

Alle gingen jetzt zu Fuß. Das Grab des Osiris Seti lag zwar einige Stunden vom Nil entfernt, aber die Tradition gebot es, den letzten Weg zum Haus der Ewigkeit neben und hinter dem Mumiensarg herzuschreiten.

Am Eingang des Grabes wartete der alte Baumeister Ineni, ein vom verstorbenen König hochgeschätzter Beamter, der das Grab entworfen und seinen Bau überwacht hatte. Als Zeichen seines Amtes trug er die zusammengerollte Vermessungsschnur am Gürtel. Er verbeugte sich tief vor Tuja und dem Königspaar. Die wenigen noch benötigten Arbeiter knieten in gehöriger Entfernung im Sand und hatten ihre Köpfe tief gesenkt.

Ramses hatte noch nie die Zeremonie der »Mundöffnung« vollzogen, und er fühlte einen leisen Schauer, da diese zu den wichtigsten und geheimnisvollsten religiösen Handlungen gehörte. Mit der »Öffnung des Mundes« wurde nämlich der einbalsamierte Tote wieder zum Leben erweckt.

Der Sarg des verstorbenen Königs wurde vor dem Grabeingang abgestellt und davor ein Tisch mit den nötigen Kultgeräten aufgebaut. Es waren dies eine Krummaxt, ein breites Messer, ein goldener Finger, ein Federbündel, kleine Kannen mit Wein und Wasser sowie einige Weihrauchpfannen mit glimmender Holzkohle.

Kräftige Priestergehilfen hoben die Mumie aus dem Sarg und stellten sie aufrecht neben den Grabeingang. Dann begann die Kulthandlung mit dem Auftreten der Göttinnen Isis und Nephtys, der Gattin und der Schwester des Osiris, verkörpert von Tuja und Nefertari. Die beiden Frauen besprengten die Mumie mit Wasser und Wein, nahmen die Weihrauchpfannen und hüllten den Osiris Seti in duftende Rauchschwaden. Nach dieser Reinigungszeremonie wurde ein sich heftig sträubendes, laut blökendes Kalb herangeführt, dem ein Opferpriester mit einem schnellen Axthieb das rechte Vorderbein abtrennte. Kaum war das Tier brüllend zu Boden gestürzt, wurde es von den Priestern zerlegt.

Während die Eingeweide des Kalbes im zischenden Opferfeuer verbrannten, hob ein Priester die abgetrennte Vorderkeule – den Sitz magischer Kraft – und berührte die Mumie an der Brust. Danach ergriff Ramses die vergoldete Krummaxt, strich leicht über Mund, Nase, Augen und Ohren des Osiris Seti und vollzog damit den wichtigsten Teil der Zeremonie. Ihm folgte ein Priester, der mit dem goldenen Finger den Mund der Sargmaske berührte, während ein anderer den Toten mit einem Bündel Reiherfedern fächelte und damit das Leben wieder in Gang setzte.

Die von Gebeten begleitete heilige Handlung setzte sich noch lange fort; Tuja und Nefertari hielten dabei zu beiden Seiten der Mumie Wache. Schließlich kamen neun Priester – sie versinnbildlichten die neun alten Götter von On –, betteten die Mumie wieder in den Sarg, während Tuja mit gedämpfter Stimme rief:

»Oh Elend, oh Jammer! Grausam ist meine Klage. Mein Gemahl, der mich in den Garten und an den Ufern des Nil begleitete, ist nun eingeschnürt in Binden! Erkennst du mich? Ich bin deine Gemahlin, deine geliebte Schwester! Mein Körper sehnt sich nach dir, doch der deine ist jetzt kalt. Aber freue dich, denn du wirst nun an der Tafel der Götter sitzen! Das ist ein schöner Tag für dich, der du den Skarabäus unter dem Herzen trägst. Mich aber hast du verlassen, und allein muß ich heimgehen in mein Haus.«

Die neun Priester waren unterdessen mit ihrer Last im Grab verschwunden. Damit war nun die Trauerzeit vorbei, und es galt, das neue Leben des Osiris Seti gebührend zu feiern.

Tische wurden vor dem Grab aufgebaut, Speisen und Getränke gereicht, aber eigentlich gehorchte man damit nur der Tradition. Tuja und Nefertari rührten die Speisen kaum an, während Ramses drei Wachteln und zwei große Brote verzehrte. Auch den Priestern schien es gut zu schmecken – schließlich hatten sie die Hauptlast dieses Tages zu tragen gehabt. Tuja gebot ihnen, ihr Mahl nicht zu unterbrechen, als sie ihre Sänfte bestieg und sich zurückbringen ließ. Ramses und Nefertari folgten nach einer schicklichen Weile.

Schon bei seiner Ankunft hatte Ramses den Priestern zu verstehen gegeben, daß nicht er den verwaisten Posten des Ersten Amun-Propheten besetzen wolle, sondern sie eine Liste mit bis zu fünf Kandidaten ihrer Wahl einreichen sollten. Er würde dann beim Opet-Fest die Ernennung bekanntgeben. Diese Liste lag jetzt vor, und Ramses prüfte sorgfältig die Namen der vier Bewerber, doch keinen kannte er näher. So befahl er, die Lebensumstände jedes dieser Männer sorgfältig zu erkunden.

Als Ramses und Nefertari allein waren, fragte er sie:

»Hast du die versteckte Feindschaft bei den Amun-Priestern bemerkt? Dieser Thotmes überschlägt sich fast vor Eifer, und trotzdem spüre ich seine Abneigung so deutlich, als hätte ich sie schriftlich. Ihnen paßt es nicht, daß ich weiterhin in Memphis residiere. Sie neiden den Osiris-Priestern in Abydos den neuen Tempel. Sie verzeihen mir und meinem Vater nicht, daß wir den Amun von Memphis ihrem Zugriff entzogen haben – du siehst, es gibt eine ganze Reihe von Gründen für diese Männer, mich zu hassen.«

Nefertari hatte die Perücke abgenommen, löste ihre dunkle Haarflut und kämmte sie flüchtig durch.

»Das kann doch die Dienerin ...«

»Ich will jetzt keinen Diener hier haben. Man kann ohnehin die Augenblicke zählen, da wir allein sind. Was die Amun-Priester betrifft, so glaube ich nicht, daß sie dich hassen. Sie ehren in dir den Guten Gott, das kostbare Herz des Landes Kemi. Aber sie schauen wie alle Menschen auf ihren Vorteil, und da hat der Osiris Seti ihnen mehr genommen als gegeben. Glaube ja nicht, daß ich das bedauere! Ich finde, alle Macht muß in deiner Hand liegen und von ihr ausgehen. Diese Priester wollen einen Staat im Staate bilden. Das hat dein Vater verhindert, und du tust es, wie ich sehe, auch. Deine Gemahlin ist sehr mit dir zufrieden, Geliebter.«

Ramses schüttelte erstaunt den Kopf.

»Schau an, was die kleine Nefertari alles weiß. Da könnte ich mir ja gleich den Wesir sparen und dich dazu ernennen. Nibamun hat mich ohnehin bei meines Vaters Tod gebeten, ihn von seinem Amt zu entbinden. Er sei für diese Stellung zu alt und würde den Rest seines Lebens gerne als Privatmann verbringen. Ich bin froh, daß er selber den Vorschlag machte. Wenn wir wieder in Memphis sind, werde ich seinen Neffen, den jungen Parahotep, an seine Stelle setzen. Mit ihm bin ich zur Schule gegangen, wir haben als Buben um die Wette gepißt. Er ist mein Freund, auf ihn kann ich mich verlassen.«

Ein Sekretär trat ein und kündigte den Amun-Priester Thotmes an. Ramses schlug sich vor die Stirn.

»Das habe ich ganz vergessen! Scheint etwas Wichtiges zu sein – Hathor schütze dich, Geliebte!«

Im Audienzsaal wartete Thotmes und verbeugte sich tief.

»Sei gegrüßt, Horus, geliebt von Maat, groß an Macht, schön an ...«

Ramses winkte ab.

»Schon gut, ich kenne meine Titel. Verlieren wir keine Zeit – du hast mir etwas Wichtiges zu sagen?«

»Nur vorzuschlagen, Majestät, wir, das heißt die Priester und Beamten des Amun, nahen uns deiner Majestät mit einer Bitte.«

»Also?« sagte Ramses ungeduldig, »ich nehme an, es hat mit der Bewerbung für das höchste Priesteramt zu tun?«

Thotmes wurde eifrig.

»Nein, Majestät, nein – das haben wir in deine Hände gelegt, und wir werden deine Entscheidung gehorsam entgegennehmen. Es geht um etwas anderes.«

Er räusperte sich und blickte zu Boden.

»Es geht, kurz gesagt, darum, daß Seine verewigte Majestät, der Osiris Seti, uns gegenüber einmal angedeutet hat ... –, nun ... also, er hat erwogen ..., nein, eigentlich schon versprochen, daß deine erste Frau aus den Kreisen Amuns stammen soll – sozusagen als Ersatz für die verlegte Residenz, um auf diese Weise weiterhin mit dem Reichsgott Amun-Re in Verbindung zu stehen – also ...«

Ramses verkniff sich ein spöttisches Lachen.

»Das hat mein Vater versprochen oder zumindest in Aussicht gestellt? Nun, dann müssen wir es eben nachholen.« Dabei dachte er: Wenn es weiter nichts ist! Die Kleine lasse ich im Harem verschwinden, und die Priester sind zufrieden.

Thotmes aber – ein guter Menschenkenner – durchschaute den König, doch er ließ sich nichts anmerken.

»Wir haben da an ein Mädchen gedacht, das uns keine Schande und dir viel Freude machen würde – an Bent-Amun. Sie ist die Nichte des Dritten Priesters und dient dem Tempel als Sängerin. Ihre Eltern bewohnen schon das Haus der Ewigkeit – kurz und gut, Bent-Amun ist ein schönes, gebildetes und wohlerzogenes Mädchen und wird dir genauso hingebungsvoll dienen wie jetzt dem Reichsgott. Majestät würden uns eine große Freude bereiten, wenn du sie wohlwollend empfangen und prüfen könntest.«

»Das werde ich tun, Ehrwürdiger; du erhältst dann Bescheid. In vier Tagen beginnt das Opet-Fest, und ich möchte vorher noch den Ersten Propheten des Amun ernennen – das heißt, ich werde es dem Gott selber überlassen, dies zu tun. Veranlasse, daß morgen zur zweiten Tagesstunde das goldene Bild des Amun in den Tempelhof getragen wird. Der Gott selbst wird dann seine Wahl bekanntgeben.«

Thotmes verbarg sein Erstaunen. Er wußte natürlich, wie das vor sich ging. Es wurden mehrere Namen gerufen, und die Kultstatue neigte sich, wenn der richtige erklang. Dazu mußte nur einer der vorderen Träger leicht in die Knie gehen. Was Thotmes aber noch nicht wußte, war, daß Ramses einen dieser Männer – sonst nur Priester aus Theben – durch einen Amun-Priester aus Memphis ersetzen würde.

Inzwischen hatten die Beamten des Königs herausgefunden, daß nur einer von den vier Kandidaten nicht unmittelbar aus einer alteingesessenen Amun-Priesterfamilie stammte, nämlich Nebunef. Seine Familie war seit Jahrhunderten in Thinis ansässig und dort reich begütert. Unter seinen vielen Ämtern war auch das eines Vermögensverwalters der Amun-Besitzungen in Thinis, so daß er oft im nahe gelegenen Theben zu tun hatte und allen als umgänglicher, tüchtiger und redlicher Mann galt. Sollte die Wahl auf ihn fallen, so hoffte man, daß er dieses Amt ebenso redlich führen würde, denn er war reich und unabhängig und niemand in Theben verpflichtet.

Ramses trat am nächsten Morgen in seinem vollen Ornat auf. Er trug die rot-weiße Krone beider Länder, sein glattrasiertes Kinn schmückte der lange künstliche Bart, in seinen Händen ruhten Peitsche und Krummstab. Die Wedelträger zu beiden Seiten des

Thrones fächelten dem Pharao Kühle zu, denn im zweiten Achetmonat entfaltete Re auch am Morgen schon seine ganze Kraft.

Die in der Säulenhalle verborgenen Sänger und Musikanten stimmten einen leisen, feierlichen Choral an:

»Freude wird dem zuteil, der sich dir beugt, oh du mein Gott Amun, der Stier deiner Mutter, der Herrscher von Theben!«

Langsam öffnete sich das Tor zum Allerheiligsten, und vier Priester in blütenweißen Schürzen und mit dem Leopardenfell über den Schultern trugen auf der Zeremonialbarke das goldene Bild des Amun heraus. Der Gott war stehend mit der hohen Federkrone und dem langen gekrümmten Götterbart dargestellt. Seine rechte Hand stützte sich auf das Uas-Szepter, die linke hielt das Anch-Zeichen.

Ramses stand auf und verneigte sich.

»Ich grüße dich, Amun-Re, meinen Vater, der in allem ist, den König der Götter, den Wohltäter des Landes. Gib mir ein Zeichen, welchen deiner vier Diener, die ich jetzt nennen werde, du zu deinem Ersten Propheten erwählst.«

Laut rief Ramses den ersten Namen – wartete, den zweiten – wartete – den dritten, und der lautete Nebunef. Ramses setzte schon zum vierten Namen an, da neigte sich der goldene Amun deutlich nach vorne, um sich ebenso schnell wieder aufzurichten.

»Amun hat gesprochen!« rief Ramses, »Nebunef tritt hervor!«

Der Erwählte kniete vor dem Königsthron nieder, und Ramses legte ihm eine Hand auf den Kopf.

»Mein Vater Amun-Re hat dich auserwählt, und ich begrüße seine Wahl. Du wirst Erster Prophet des Amun sein und seine Besitztümer verwalten. Alle anderen Priester werden dir untertan sein, du bist einzig dem Gott und meiner Majestät verantwortlich. Mögest du glücklich werden in seinem Tempel und tausendmal tausend Opet-Feste feiern. Der Gott hat dich selber erwählt, er wird seine Hand über dich halten und dir einst eine schöne Wohnstätte im Westen bereiten.«

Nun überreichte ihm Ramses die Insignien seiner Macht: den Siegelring, den goldenen Stab und den breiten goldenen Gürtel.

Danach setzte Harfenmusik ein, und der unsichtbare Chor sang:

»Preis dir, du schöner Amun-Re, der morgens aufgeht und abends seine nächtliche Reise antritt. Einzigartiger, der die Ewigkeit durchlebt; dein Glanz gleicht dem der Himmelsgöttin, dein Leib ist aus Gold und Silber erschaffen. Preis dir, du Sonne des Tages, dem alle Wesen untertan sind ...«

Der neue Erste Prophet hatte auf einem Hocker zu Füßen des Thrones Platz genommen, und nun zogen die Priester und Beamten an ihm vorbei, verbeugten sich tief und küßten seine Hand.

Am Abend empfing Ramses die Tempelsängerin Bent-Amun im kleinen Audienzsaal, neben ihm saß Nefertari. Er hatte ihr vom Vorschlag der Priester erzählt, sie hatte es mit Gleichmut aufgenommen.

»Du kannst deinen Samen verstreuen, wohin du willst, für mich wird immer noch etwas bleiben. Dein Herz aber gehört mir allein! Ich teile es mit keiner anderen! Wenn du es aber zurückhaben willst, töte ich mich und nehme es mit in mein Grab ...«

»Aber Nefertari, davon kann doch nicht die Rede sein. Du bist meine Allerliebste und Allerschönste. Keine Frau der Welt kann dich ersetzen. Ich werde Bent-Amun in den Harem stecken, werde mit ihr ein Kind zeugen – und werde sie vergessen. Doch wir müssen eines bedenken: Ich darf es mit denen in Theben nicht verderben. Wie sie mich brauchen, so brauche ich sie. Amun ist mächtig und wird es noch lange bleiben. Nicht in Memphis, geliebte Nefertari, werden wir beide, du und ich, einst unser zweites und ewiges Leben antreten, sondern hier in Theben, im Schutze Amuns.«

An diese Worte dachte Nefertari, als Bent-Amun hereingebracht wurde. Wie geblendet stürzte sie vor dem Thron auf ihr Angesicht und murmelte die rituellen Worte:

»Heil dir, Horus, geliebt von Maat, groß an Macht, schön an Jahren, mächtiger Stier, der die Herzen belebt, Guter Gott und Sohn der Sonne, Herr beider Länder User-Maat-Re setep-en-Re Meri-Amun-Ramses; lebe, sei heil und gesund!«

Doch Ramses ließ sich Zeit mit der Aufforderung: Erhebe dich! Er schwieg und wartete. Da auch Bent-Amun stumm blieb, sagte Ramses sanft, doch mit einem gefährlichen Unterton: »Du hast nur meine Majestät begrüßt, doch ich sitze nicht allein auf dem Thron!«

»Verzeih, Majestät – Heil auch dir, Herrin beider Länder, du Liebliche unter der Geierhaube, die den Palast mit Wohlgerüchen erfüllt.«

»Erhebe dich, Bent-Amun!«

Die junge Frau richtete sich auf, ihr kluges und hochmütiges, wenn auch anmutsvolles Gesicht verriet keine Regung. Um sie war ein Hauch von Askese, von strenger Jungfräulichkeit, und Ramses überlegte schon, ob er sie nicht in den Tempel zurückschicken sollte. Doch dann dachte er: Mir, dem Pharao, wird sie sich nicht verweigern können. Hat sie bisher Amun gedient, so wird sie jetzt seinem Sohn gefällig sein – wenn auch auf eine Weise, die ihr vielleicht wenig behagen wird.

In Gedanken kleidete Ramses das Mädchen aus, wickelte sie aus ihrem keuschen, gestärkten Priesterinnengewand, zwängte unbarmherzig die krampfhaft geschlossenen Schenkel auseinander, sah in ihrem Gesicht den Ekel, die Angst …

Er zwang seine Gedanken in die Gegenwart, erhob sich und faßte Bent-Amun bei der Hand.

»Ich nehme dich zur Gemahlin, Bent-Amun aus Theben, sei willkommen in meinem Palast.«

Damit hatte Ramses den Amun von Theben in sein Haus geholt. Ihm erschien es als belanglose Gefälligkeit, doch das sollte sich als Irrtum erweisen.

Piay hatte noch niemals das Delta bereist und blickte staunend auf das üppige, scheinbar grenzenlose Fruchtland, das sich zu beiden Seiten des Nils ausbreitete. Er war es aus seiner Heimat gewöhnt, daß in der Ferne immer die steinigen Hügel der Wüste das fruchtbare Land säumten, denn nur im Bereich der Nilschwemme konnte Leben gedeihen. Hier aber war durch die vielfache Verzweigung des heiligen Stromes ein Grünland entstanden, das sich fünfzehn Iteru und mehr von Westen nach Osten erstreckte. Daß hier gelegentlich das Wasser auch vom Himmel kam, hatte Piay zwar gehört, aber daran mochte er nicht so recht glauben.

Auf den Pilgerbooten ging es recht lustig zu. Frauen und Männer legten jede Scheu voreinander ab, ständig kreiste der Weinbecher, die Mädchen tanzten auf dem Deck herum und schwangen ihre Brüste und Hüften, die Männer spielten Flöte, und wer kein Instrument beherrschte, klatschte zur Musik mit den Händen. Fuhr das Boot an einer Stadt vorbei, so standen die Menschen dicht gedrängt am Ufer, sangen, jubelten, riefen Spottworte, die vom Boot her kräftig erwidert wurden. Die kecksten der Frauen und Mädchen hoben ihre Röcke, streckten frech den Unterleib vor und ließen die Kleider schnell wieder fallen.

Piay hatte erfahren, daß dieses Verhalten keineswegs als unschicklich galt, sondern zur Ehre der Göttin Bastet erwünscht und üblich war. Man hielt öfter an, nahm neuen Wein und neue Pilger auf, so daß die Reise nach Per-Bastet schließlich fast drei Tage dauerte.

Piay, eigentlich kein Freund des Weines, wurde sanft genötigt und griff immer häufiger nach dem Becher. Als das Boot in Per-Bastet anlegte, war er so betrunken, daß er an Land stolperte, hinfiel und dort am Flußufer seinen Rausch ausschlief.

Lange nach Sonnenuntergang erwachte er vom Lärm und von der kühlen Luft. Aus allen Richtungen tönte Sistrenklang und Flötenspiel, fackelschwingende Betrunkene tanzten vorbei und strömten in die Richtung der Stadt, wo der große Bastet-Tempel stand.

Piays Schädel dröhnte wie der große Tempelgong des Osiris, und ein gewaltiger Durst brannte in seiner vom Wein und vom Singen rauhen Kehle. Mühsam kroch er zum Fluß und tauchte mehrmals seinen Kopf hinein. Doch er beugte sich zu weit vor und plumpste wie ein schlaffer Sack in den Nil. Mit ein paar Zügen schwamm er zum Ufer und versuchte sich hochzuziehen, doch immer wieder glitt er ab. Da fühlte er sich plötzlich an der Hand gepackt, und eine weibliche Stimme rief:

»Willst wohl zu Ehren Bastets ertrinken, Fremder? Doch der Göttin opfert man Musik, Wein und Liebe, nicht aber das Leben!«

Schließlich stand er wieder auf festem Boden, tropfend, zitternd und bei stockdunkler Nacht, denn der Mond zeigte sich zu dieser Zeit nur als schmale Sichel.

»Komm zuerst mit mir nach Hause. Ich reibe dich trocken, dann kannst du in der Stadt unserer Göttin huldigen.«

Piay ließ sich von der Frau zu ihrem nahe am Fluß gelegenen Haus führen, und nun sah er beim Schein des Herdfeuers ihr Gesicht. Es war nichts Besonderes an ihr – sie war noch jung, schaute neugierig und furchtlos in die Welt, lachte, als Piay sich beim Ablegen seines nassen Schurzes zierte und rieb ihn dann kräftig trocken, ohne eine Stelle seines Körpers auszulassen.

Sie habe vor einigen Monaten geheiratet, erfuhr Piay. Ihr Mann sei Nilschiffer, bleibe oft wochenlang weg, und Kinder seien natürlich noch keine da. Sie bot ihrem Gast Wein mit Wasser vermischt an und legte ein paar Früchte dazu.

Als Piay seinen brennenden Durst gelöscht und seinen Körper erwärmt hatte, erwachte in ihm der Wunsch, diese Frau zu liebkosen. Doch die Gesetze waren streng, und für erwiesene Untreue drohte einer Frau der Scheiterhaufen. So hielt er sich zurück, dankte für die Hilfe und wollte sich verabschieden.

Da begann die Frau ihn ohne Scheu zu liebkosen, streichelte seinen nackten Körper, lachte leise und küßte seine Brustspitzen.

Sie heiße Nibet, sagte sie, und denke nicht daran, den schönen Fremden so schnell ziehen zu lassen. Im übrigen finde sie seine grauen Augen recht aufregend, und es werde ihr ganz seltsam zumute, wenn er sie ansehe.

»Du weißt, was dir droht, Nibet, wenn man uns hier erwischt?«

Sie lachte und sagte: »Das Bastet-Fest dauert neun Tage, und heute ist erst der zweite. Selbst wenn ich mit dir auf den Marktplatz ginge und dir vor aller Augen meinen Schoß böte, könnte uns nichts geschehen. Du wirst das vielleicht nicht wissen, Fremder, doch was wir tun, ist Gottesdienst.«

»Ich heiße Piay«, sagte er und streifte Nibets Kleid über die Schenkel. Sie kicherte und zog es sich mit einem Ruck über den Kopf. Da hörte Piay ein kratzendes Geräusch und wandte sich erschreckt um. Doch es war nur eine Katze, die durch das Fenster auf eine Truhe gesprungen war.

»Das ist Sat-Bastet!« sagte Nibet stolz, »unsere kleine Hausgöttin. Wenn sie unserem Liebesspiel beiwohnt, ist es ein besonderer Segen.« Sat-Bastet blinzelte ins Feuer, gähnte, schritt mit gerecktem Schwanz zu Piay, beschnupperte ihn ausgiebig, jagte dann einer Fliege nach und sprang plötzlich wieder durchs Fenster davon.

»Immerhin – sie hat uns gesehen. In jeder Katze wohnt der Geist unserer Göttin, und wir werden nun endlich tun, was ihr wohlgefällig ist.«

Nibet umarmte Piay, küßte ihn und zog ihn aufs Lager.

»Komm, mein schöner grauäugiger Fremder, tun wir, was heute alle tun …«, forderte Nibet drängend und bot ihm ihren feuchten Schoß.

Piay hatte noch wenig Erfahrung mit Frauen, und so drang er nach Art junger Männer heftig und ungestüm in sie ein, so daß Nibet bat: »Langsam, mein Lieber, langsam – wir haben die ganze Nacht Zeit, und kluge Männer verschießen nicht alle Pfeile auf einmal.«

So lehrte sie ihn, behutsam hauszuhalten mit der Kraft, sie schön und genußvoll auf viele Stunden zu verteilen. Dazu legten sie Pausen ein, tranken Wein, aßen kaltes Huhn mit getrockneten Feigen und erfreuten sich aneinander, bis der Morgen graute und Re sie mit seinem feurigen Kuß aus dem kurzen Schlaf weckte.

»Euer Gottesdienst gefällt mir sehr«, meinte Piay, während er einen warmen Milchbrei löffelte.

Nibet nickte.

»Auch wir freuen uns auf die neun Tage im Jahr. Für eine Frau, die das ganze Jahr über daheim sitzt, ist es recht angenehm, einmal andere Männer kennenzulernen – besonders wenn der eigene so oft außer Haus ist.«

»Zeigst du mir die Stadt und den Tempel?« fragte Piay.

Nibet schüttelte den Kopf.

»Nein, denn trotz des Festes läßt sich keine verheiratete Frau untertags gerne mit einem Fremden sehen. Nachts ist das etwas anderes. Wenn du willst, kannst du heut abend wiederkommen. Es sei denn, ich habe Gesellschaft …«

Piay lachte. »Ein Fest wie dieses gibt es wohl nur einmal in ganz Kemi. Ich danke dir für die Gastfreundschaft, liebliche Nibet. Bastet schütze dich!«

Die Stadt war mit Pilgern überschwemmt, und wer nicht in Zelten oder bei Freunden untergekommen war, lag kreuz und quer auf den Wegen, unter Bäumen und hinter Büschen. Die meisten schliefen ihre Trunkenheit aus, einige hatte beim Liebesspiel der Schlaf überrascht, und die Einwohner der Stadt stiegen ungerührt über die nackten, verschlungenen Körper.

An den Vormittagen der Festtage zog man hinaus zum Tempelbezirk, wo das große Bastet-Heiligtum stand.

Piay schloß sich einer Gruppe an. Die Leute schleppten Blumen und Früchte als Opfergaben mit sich, von den Fremden aber wurde ein Weihrauchopfer erwartet. Während der neun Festtage war der Tempel für das Volk und die Pilger zugänglich, nur das Allerheiligste durfte nicht betreten werden, doch die Tore standen weit offen, und jeder konnte den Anblick der freundlichen Göttin genießen.

Piay erstand für einen halben Kupferdeben Weihrauch und streute die paar Körner im inneren Tempelhof auf einen der zahlreichen glimmenden Opferaltäre. Danach reihte er sich in die Schlange vor den beiden Türen zum Heiligtum ein. Als er endlich vor dem durch ein brusthohes Bronzegitter geschützten Allerheiligsten stand, mußten seine Augen sich erst an das Dämmer gewöhnen, während andere von hinten nachdrängten. Doch Piay kniete sich einfach hin und hielt sich an dem Gitter fest. Er sah es nun ganz deutlich, das gut sechs Ellen hohe goldfunkelnde Kultbild der Bastet, die als schlanke, stehende Frau mit einem Katzenkopf dargestellt war. Ihre rechte, erhobene Hand schwang das Sistrum, in der Linken hielt sie einen mit Sonnenscheibe und Prunkkragen geschmückten Löwenkopf. Zu ihren Füßen waren vier hockende Kätzchen dargestellt. Das goldene Kultbild war von Weihrauch umwölkt, ein unsichtbarer Chor sang Hymnen auf die Göttin.

Piay richtete ein inbrünstiges Gebet an Bastet, sie möge ihn gesund heimkehren lassen.

Endlich gelang es den Nachdrängenden, ihn wegzuschieben. Er fühlte sich erhoben und gestärkt und sah seiner Begegnung mit König Ramses freudig und voll Zuversicht entgegen. Er hatte viel gesehen und viel gelernt und würde dies auch weiterhin tun.

Mit vielen anderen ging er noch zum Gehege der heiligen Katzen. Die schönen, wohlgenährten Tiere lebten in einem großen, umzäunten Garten mit Bäumen, Büschen und einem schmalen

Wasserlauf. Es waren ausschließlich Kätzinnen, die breite, goldene, mit Edelsteinen verzierte Halsbänder trugen und meist dick und träge herumlagen, gähnten, sich putzten und die am Gitter sich drängenden und schwatzenden Menschen einfach übersahen.

Als Piay einen Wärter fragte, woran die Heiligkeit einer Katze zu erkennen sei, meinte dieser belehrend:

»Alle Katzen sind heilig! Die für den Tempel auserwählten müssen zusätzlich noch an der Stirn ein gewisses Zeichen tragen, doch das ist geheim.«

Er schlenderte in die Stadt zurück, geriet dabei in eine Gruppe tanzender und singender Frauen, die aus der Gegend von Haware kamen, das nur eine halbe Tagesreise entfernt lag. Ihre Sprache klang noch fremdartiger als die der Einwohner von Per-Bastet, und dasselbe empfanden diese Frauen, wenn Piay redete. Jedes Wort von ihm erregte ihr Gekicher, und er selbst mußte ebenfalls lachen, wenn sie ihn immer wieder verbesserten. Sie hatten ein Schiff gemietet und luden ihn ein, dort mit ihnen zu speisen und die heißen Tagesstunden abzuwarten.

»Habt ihr keine Männer dabei?« fragte Piay.

»Freilich«, sagte die eine, die das Wort zu führen schien, »aber die gehen ihre eigenen Wege. Sie wollen andere Frauen und wir andere Männer kennenlernen.«

Unterwegs fing die lustige Frauengruppe noch einige jüngere Männer ein, die ebenfalls mit an Bord gingen. Von dort kamen schon schrille Flötentöne und der feine, silberne Klang der Sistren. Ein Teil der Männer hatte sich dort mit einigen weiblichen Gästen eingefunden. Es gab eine laute, weinselige Begrüßung, und dann setzten sich alle unter die aufgespannten Sonnensegel in die Runde. Die Diener brachten Körbe mit Feigen, Datteln, Nüssen, Äpfeln, Granatäpfeln, Birnen, Trauben, Melonen, Gurken, Fladenbrot, Sesamkringel und kleine Töpfe mit in Salz eingelegtem Fisch.

Piay aß zum ersten Mal einen Apfel. Diese Früchte gediehen im Süden nicht, und der säuerliche erfrischende Geschmack behagte ihm sehr. Die offensichtlich recht wohlhabenden Mieter des Schiffes boten auch einen vorzüglichen Wein an – und wieder griff Piay recht häufig nach dem Becher.

Man schwatzte fröhlich durcheinander, trank abwechselnd auf

das Wohl des Königs, seiner Gemahlin, des Wesirs, der neun Götter von On und natürlich vor allem auf Bastet, der Göttin der Freude, des Tanzes, der Musik und der Liebe zwischen Mann und Frau.

Piay spürte, wie der Geist des Weines in seine Adern kroch. Er wurde schläfrig, zugleich aber fühlte er sich zu allem bereit, wenn er dazu nur nicht aufstehen mußte.

Die Pilgergruppe war von Dienern begleitet, die hurtig alle Reste wegräumten und reihum die Becher nachfüllten.

Einige der Zecher waren eingeschlafen, da und dort verschwand ein Pärchen unter Deck, und auch in Piay regte sich wieder die Lust, der Bastet ein Liebesopfer zu bringen.

Eine der Frauen, ein schlankes, zierliches Wesen, hatte bisher fast nichts geredet, aber Piay immer wieder verstohlen beobachtet. Das hatte er inzwischen bemerkt, die Frau gefiel ihm, und so stand er schwankend auf, ging zu ihr hinüber und setzte sich neben sie.

»Da du mich schon seit Stunden nicht aus den Augen läßt, scheine ich dir zu gefallen, du holde Dienerin Bastets. Wollen wir der Göttin ein Liebesopfer darbringen?«

Die junge Frau nickte zurückhaltend, doch ohne jede Verlegenheit. Sie gingen zusammen unter Deck, wo es zwar ziemlich heiß, aber auch so dunkel war, daß man die Liebenden hören, aber kaum sehen konnte. Die Diener hatten dort Bastmatten auf den Boden gebreitet und Piay küßte die Frau, legte den Schurz ab und zog die kaum Widerstrebende zu sich herab. Sie flüsterte in sein Ohr:

»Du mußt mich fest lieben, mit aller Kraft, daß dein Samen tief in meinen Leib dringt. Ich möchte nämlich ein Kind von dir.«

Piay, den hier in Per-Bastet nichts mehr wunderte, meinte:

»Ich werde dir in allem gehorchen. Warum willst du das Kind aber gerade von mir? Hast du keinen Mann?«

»Doch«, flüsterte sie, »einen ziemlich alten, mit dem meine Eltern mich verheiratet haben. Er ist zwar durchaus noch zur Liebe fähig, kann aber kein Kind mehr zeugen. Du siehst ihm ziemlich ähnlich, mein Freund, danach habe ich lange gesucht, besonders nach deinen grauen Augen.«

Piay lachte verhalten.

»Darum hast du mich so angestarrt; nun warum nicht – machen wir deinem Gatten also ein Kind.«

Er umfing sie und liebte sie nach ihrem Wunsch mit aller Kraft. Die Bedauernswerte, nur an die schlaffen Liebkosungen eines Greises gewöhnt, blühte in Piays Armen auf wie ein Lotos nach der Überschwemmung. Sie hielt ihn mit aller Kraft in ihrem Schoß fest, bis sie den letzten Tropfen seines Samens in sich aufgenommen hatte.

»Das war schön«, flüsterte sie, »wir sollten es gleich noch einmal versuchen ...«

»Eine kleine Pause mußt du mir schon gönnen, du fromme Ehebrecherin. Hör dir inzwischen an, wie sie es hier treiben ...«

Der heiße, nach Staub, Brackwasser und Menschenschweiß riechende Raum tönte nur so von eindeutigen, wenn auch unterschiedlichen Geräuschen. Das stöhnte, winselte, schnaufte, piepste, schnarrte, kicherte, wimmerte und kreischte durcheinander – ein in Bastets Ohren gewiß lieblicher und wohltönender Huldigungsgesang.

Später fiel ihm ein, daß er die junge Frau nicht einmal nach dem Namen gefragt hatte.

Am nächsten Tag wechselte Piay das Schiff und segelte in wenigen Stunden nach On, der heiligen Stadt mit dem uralten Tempel des Sonnengottes Re-Atum.

Hier fand auf einem Urhügel die Weltschöpfung statt, und hier stiegen die von Atum durch Vereinigung mit seinem Schatten gezeugten Götter zum Himmel auf.

In Memphis hatte Piay einen jungen Priester nach dem Widerspruch der verschiedenen Weltschöpfungslegenden befragt; denn in Theben verehrte man Amun, in Memphis Ptah und in On Re-Atum als Schöpfer alles Bestehenden. Da hatte der Kahlköpfige nur gelacht.

»Aber Piay, wo siehst du da einen Widerspruch? Das sind doch nur verschiedene Namen für das eine wunderbare Ereignis. Auch der Pharao hat fünf unterschiedliche Namen, und doch ist nur er damit gemeint.«

Im Süden tauchte der Urhügel mit dem Sonnentempel auf, und die beiden mächtigen Obelisken stachen wie schwarze Dolche in einen Himmel, der sich zusehends verdüsterte. Piay stand an Deck und war staunender Zeuge eines Schauspiels, das er in Abydos niemals erlebt hatte.

»Gleich wird es Regen geben«, meinte ein Bootsmann und deutete auf das schwarze Gewölk, das schon fast den gesamten Himmel wie eine schmutzige Wolldecke überzog.

Piay kannte das Wort »Regen«, denn Iramun hatte ihm erzählt, daß er als Kind dieses wunderbare Ereignis in Abydos hatte erleben dürfen. Grelle Blitze fuhren wie goldene Pfeile vom Himmel, Windböen blähten die Segel, die der Bootsführer schnell einzuziehen befahl. Krachende Donnerschläge ließen Piay erbeben, doch seine Neugierde hielt ihn an Deck. Ein heiliger Schauer lief über seinen Rücken, als er sah, wie ein grellweißer Blitz einen der Obelisken traf, dessen goldene Spitze magisch aufleuchtete.

Gleichzeitig fielen die ersten schweren Tropfen, warm und wohltuend wie der Samen von Re-Atum, der mit seinem eigenen Schatten die Götter und aus seinen Tränen die Menschen gezeugt hatte.

Auch die Nacht vor dem großen Ereignis hatte Meru in ruhigem Schlaf verbracht. War einmal alles besprochen und geplant, dann kam eine göttliche Ruhe über ihn, und nicht zuletzt dieser Eigenschaft hatte er es zu verdanken, daß Sobek ihm das Amt des »Feuers« übertragen hatte.

Er selbst hatte den Trupp sorgfältig zusammengestellt; es waren erprobte und zuverlässige Leute, die mit Waffen und Pferden gut umzugehen wußten. Sie waren achtzehn Mann und führten außer den eigenen Reittieren noch sechs Tragpferde mit, denn die erwartete Beute würde hauptsächlich aus Metallbarren bestehen.

Bei einem der Männer hatte Meru lange gezögert. Es handelte sich um einen noch jungen Mann, der mit Bogen und Schwert vertraut war wie ein alter Krieger, doch wenn er auf Frauen traf, verließ ihn jede Vernunft. Sie nannten ihn »Min« nach dem Gott mit dem erigierten Phallus, denn Ziel und Inhalt seines Lebens war eine wilde, gewaltsame Begattung, zu der Min in jeder Lage und zu jeder Tages- oder Nachtzeit fähig war. Er vergewaltigte zehnjährige Mädchen genauso wie ältere, schon unansehnliche Frauen. Dabei scheute er keine Gefahr, und genau das war es, was Meru zögern ließ. Min war ein furchtloser Kämpfer und konnte dreinschlagen, als sei der Kriegsgott Month in seinen Körper gefahren, doch der Anblick von Weiberfleisch wand ihm das Schwert aus der Hand.

Nun aber war Min dabei, als sie eine Stunde nach Mitternacht beim Schein des Vollmondes losritten, geführt von ihrem »Spürhund«, der die Wüste fast so gut kannte wie der Gott Seth. Meru ritt hinter ihm, hellwach, glücklich und wie berauscht von diesem Raubzug – dem größten, den Sobeks Bande jemals geplant hatte, und von dessen Gelingen er so fest überzeugt war, daß weder Furcht noch Sorgen seine Stimmung trüben konnten.

Nach einigen Stunden hob der »Spürhund« die Hand. Sie sammelten sich im Schutz eines Hügels und taten wortlos, was vorher abgesprochen war: Sie umwickelten die Hufe ihrer Pferde mit Leinenstreifen, um den letzten Weg zum Tempel möglichst lautlos zurückzulegen.

Noch fuhr Re auf seinem nächtlichen Schiff durch die Unterwelt, und er würde erst in etwa einer Stunde auf seiner Tagesbarke im Osten erscheinen. Meru schickte zwei Späher zu Fuß los, die ein Zeichen geben sollten, wenn die Priester mit ihrer Dienerschaft den Tempel verlassen hatten, um den Osiris Seti zu verabschieden. Jeder der Männer stand neben seinem Pferd – bereit, dem Tier das Maul zuzuhalten, wenn es wiehern sollte, und jeder starrte nach Norden und wartete auf das Zeichen.

Ein heller Schein kündigte schon im Osten das Erscheinen Res an, als der Brandpfeil in die Luft stieg. Alle starrten auf Meru, der mit unbewegtem Gesicht die feurige Spur des Pfeils verfolgte. Er hob die rechte Hand und wartete – wie es den anderen schien – unerträglich lange, dann ballte er die Hand zur Faust und ließ sie fallen wie eine Keule. Die Männer sprangen auf ihre Pferde und trabten los. Der Tempelkomplex, von einer zarten Morgenröte rosa übertüncht, stieg vor ihnen empor wie ein Zauberbild. Die beiden Späher tauchten auf, sprangen auf die bereitgehaltenen Pferde, nickten Meru zu, und dann galoppierte die Räuberbande dem Amun-Tempel entgegen wie ein vernichtender Sturmwind.

Noch ehe die beiden Wächter vor den Pylonen ihre Lanzen heben konnten, rollten ihre Köpfe in den Sand. Das hohe Tor aus steinhartem Zedernholz kostete einige Mühe, bis die Äxte den dreifachen Riegel zersplittert hatten.

Meru ließ die Pferde mit einigen Bewachern draußen und stürmte seinen Leuten voran in den Tempelhof. Jeder von den Männern wußte, was er zu tun hatte, und sie teilten sich in drei Gruppen. Die kräftigsten Leute liefen zur Mut-Kapelle, um den Schatz herauszuschleppen, eine andere nahm sich die Nebengebäude vor, denn es sollte kein lebender Zeuge zurückgelassen werden. Meru durchstöberte mit einigen Leuten den Tempel mit seinen Säulenhallen und den beiden Kapellen. Vor dem Allerheiligsten stellte sich ihm ein alter Amun-Priester in den Weg, den Min mit seiner Hartholzkeule fast spielerisch und laut lachend erschlug.

»Damit habe ich dem Alten einen Gefallen getan, der gehört ja schon lange ins Haus der Ewigkeit.«

Im selben Augenblick sah Meru ein weißes Gewand zwischen den Säulen der Vorhalle blitzen. Mit erhobenem Schwert stürzte er hin, doch der andere verbarg sich geschickt in dem Säulenwald.

Meru rief zwei seiner Leute zur Hilfe, und sie kreisten den anderen ein, bis er zuletzt geradezu in Merus Arme lief. Es war ein junger, kahlgeschorener Priesterschüler, dessen angstverzerrtes Gesicht Merus zum Stoß erhobenes Schwert sinken ließ. Gefühle wie Mitleid oder gar Erbarmen waren Meru fremd, doch in diesem Novizen erkannte er seinen jüngsten Bruder. Er war der einzige, an den Meru bisweilen dachte, denn sie hatten sich gut verstanden – damals, als er noch bei seiner Familie lebte. Der kleine Junge hatte bewundernd zu ihm aufgeblickt, und sie hatten sich auch noch heimlich getroffen, als Meru schon das Leben eines Ausgestoßenen führte.

»Geht zu den anderen und sucht weiter«, befahl Meru den beiden Männern und fügte grinsend hinzu:

»Den da werde ich mir selber vornehmen, vielleicht kann er uns einiges verraten.«

Er schleppte den jungen Mann in einen Nebenraum, stieß ihn zu Boden und setzte ihm das Schwert an die Kehle. Meru trug wie immer sein Leinentuch um den Kopf, das nur die Augen freiließ, doch der Bruder hätte den Ohren- und Nasenlosen auch so nicht erkannt.

Der stolze, grausame und kaltherzige Meru wußte nicht, was er tun sollte. Er scheute davor zurück, den einzigen Menschen zu töten, der bis zuletzt zu ihm gehalten hatte und überdies sein eigener Bruder war. Heb dir den Todesstoß für einen anderen auf, flüsterte sein Ka ihm zu, und Meru gehorchte der Stimme.

»Wieviel Leute sind noch im Tempel?« fragte er drohend und drückte die Schwertspitze gegen den Hals des Bruders.

»Nur einige Wächter, ein paar Frauen und Kinder, zwei Hilfspriester ...«, brachte der Novize mühsam heraus.

»Und du wolltest dich davonmachen, um Hilfe zu holen?«

Der Junge nickte und zitterte wie dürres Schilf im Wind.

»Steh auf und dreh dich zur Wand! Wenn du umschaust, haue ich dir den Kopf ab!«

Meru zog seine Keule aus dem Gürtel und hieb sie seinem Bruder auf den Kopf. Der Junge sank lautlos um; Meru kniete sofort nieder und betastete den kahlen Schädel. Er fühlte die Beule wachsen, doch nichts war gebrochen. Mit seinem Dolch zerschnitt Meru dem Novizen die Handflächen, damit es aussah, als habe er sich gewehrt. Dann ging er schnell hinaus und legte den Riegel vor die Tür.

Seine Leute hatten inzwischen alles Lebende aufgestöbert und in das Reich des Osiris befördert. Aus dem Mut-Tempel liefen die Männer mit ihren Lasten von Metallbarren und Tempelgerät.

»Wann seid ihr fertig?«

»Dauert noch eine Weile!« rief einer zurück.

»Wo ist Min?«

Die Männer grinsten, einer deutete in die Richtung der Dienerwohnungen. Meru wies auf die verriegelte Tür.

»Der da drin ist tot, ihr braucht nicht nachzusehen.«

Dann ging er zu den Vorratshäusern hinüber, an die sich die bescheidenen Hütten der Tempeldiener anschlossen. Schreie und Stöhnen wiesen ihm den Weg, und er fand Min in einem Raum mit drei nackten Frauen. Zwei davon lagen tot am Boden, die dritte wand sich unter Mins brutaler Vergewaltigung.

Kalte Wut stieg in Meru auf. Die anderen schleppten sich drüben mit der Beute ab und der hier ...

Meru riß Min an seinen kurzen Haaren empor und versetzte ihm zwei derbe Ohrfeigen. Der überraschte Frauenschänder geriet in solchen Zorn, daß er nach seiner Keule greifen wollte. Doch er war nackt und hatte die Waffe neben der erschlagenen Frau liegenlassen. Meru wußte, wie gefährlich dieser Schläger in seinem Zorn war, und rammte ihm blitzschnell ein Knie zwischen die Beine. Aufheulend brach Min zusammen, während Meru die Keule und Mins kurzen Dolch an sich nahm.

»Diese Frau wirst du am Leben lassen, auch wenn es dir schwerfällt. Fessle und kneble sie!«

Min erhob sich stöhnend, und Meru zog drohend sein Schwert. Doch er mußte »Feuer« gehorchen, und so riß er die Kleider der Toten in Streifen und fesselte damit die Lebende.

»Beim nächsten Mal erschlage ich dich wie eine Ratte! Während andere sich abrackern, hast du nur deine Geilheit im Kopf. Ich werde Sobek Mitteilung machen, daß du für die Bande zur Gefahr wirst.«

Dies war nun das Schlimmste, was man einem Wüstenräuber androhen konnte. Ausgestoßen sein, das sichere Versteck, die Geborgenheit in der Gemeinschaft verlieren – Min war klug genug, diese Drohung ernst zu nehmen. Er warf sich vor Meru auf die Knie, gelobte Besserung, bat um eine Strafe, jetzt, sogleich – nur möge »Feuer« nichts an Sobek berichten.

»Ich werde es mir überlegen ...«, brummte Meru.

Und dann ging alles recht schnell. Die Barren aus Gold, Silber, Kupfer und Bronze sowie die Opfergaben der Gläubigen – überwiegend Ringe, Hals- und Armketten – waren in ledernen Säcken verstaut und den Tragpferden aufgeladen.

8

Die Stadt Theben rüstete sich zum Opet-Fest, das, da es nun wieder einen Hohenpriester des Amun gab, auf Wunsch des Königs in nie gesehenem Glanz gefeiert werden sollte.

Ramses hatte mit Nebunef eine lange Unterredung gehabt und

bedachte gründlich, was der neuernannte Erste Prophet des Amun ihm vortrug.

»Deine Majestät hat mich Unwürdigen zum Glanz des Ersten Amun-Priesters erhoben, und ich wäre dem Gott und auch deiner Majestät ein schlechter Diener, würde ich dir nicht einige Anregungen unterbreiten, die du, ganz nach deinem erhabenen und heiligen Willen, in deine Überlegungen miteinbeziehen solltest. Du selber bezeichnest dich in deinen Befehlen und Verfügungen als ›Sohn des Amun-Re‹, doch hier in Theben mußte schon während der Regentschaft des Osiris Seti der Eindruck entstehen, daß Amun zugunsten des Ptah oder des Osiris verdrängt und entmachtet werden sollte. Ich wage es nun, deiner Majestät anzuraten, diesem Eindruck entgegenzutreten. Niemand verlangt oder erwartet, daß deine Majestät das ›Haus der Verehrung‹ wieder nach Theben verlegt. Hier ist man glücklich und zufrieden, wenn du von Zeit zu Zeit am Opet-Fest teilnimmst oder an den Gräbern deiner erhabenen Vorfahren opferst. Deine Majestät hat geruht, die zweite Gemahlin aus Theben zu erwählen, und das hat uns alle sehr glücklich gemacht. Nun wünschen und hoffen wir, deine Majestät möge vollenden, was dein erhabener Vater, der Osiris Seti, begann, und Amun-Re mit der Vollendung des großen Säulensaales erfreuen. Möge er dich dafür Millionen von Sed-Festen feiern lassen.«

»Ich werde es bedenken, Ehrwürdiger«, sagte Ramses und beschloß im selben Augenblick, seinen Vater und seine sämtlichen Vorgänger auf dem Thron beider Länder zu übertreffen. Er würde alles in den Schatten stellen, was sie für Amun getan hatten, aber nicht sofort, sondern wenn er die Zeit für gekommen hielt.

»Ist alles für das Opet-Fest vorbereitet?«

»Ja, Majestät, ganz Theben fiebert dem Fest entgegen, das durch deine Gegenwart zu einem großen Ereignis wird.«

Ramses entließ den Hohenpriester, und sogleich fiel ihm Bent-Amun ein.

Nefertari selbst hatte ihn an seine Pflichten erinnert.

»Du hast sie nun einmal vor aller Welt zur Frau genommen, und so mußt du ihr auch beiwohnen. Mein erhabener Gemahl wird doch vor dieser Tempeldienerin keine Furcht empfinden?«

Ramses lachte, aber das Lachen klang falsch.

»Furcht? Ich? Eine solche Frau müßte Ptah erst einmal schaffen! Bent-Amun ist mir gleichgültig, sie hat weder mein Herz noch mein Auge gefangen. Ich stecke sie in den Harem und werde sie vergessen.«

»Nein, das wirst du nicht! Amun verträgt keinen Spaß – überwinde dich und gib ihr, was einer Gemahlin gebührt.«

Da es Nefertari nun einmal wünschte ... Doch Ramses wollte es auch, er war neugierig auf dieses keusche Mädchen, das man ihm aufgenötigt hatte und das nun seine Gemahlin war – um Amuns willen.

So suchte Ramses eines Abends Bent-Amun in ihren Gemächern auf. Re hatte schon seine Nachtfahrt angetreten, das Brautgemach war von zwei kleinen Öllampen nur dürftig erhellt.

Ramses liebte die jungfräulichen Mädchen, ihre Scham, und es erfreute sein männliches Herz, ihren Widerstand sanft zu brechen.

Als er Bent-Amun im schummrigen Licht neben dem Bett stehen sah, fühlte er mit einem Mal ein heftiges Verlangen nach ihrem schlanken Körper. Doch Ramses hatte nicht damit gerechnet, daß die ehemalige Sängerin des Amun aus dieser Liebesstunde offenbar ein Weihespiel machen wollte.

Als er eintrat, sank sie zu seinen Füßen nieder, doch er hob sie sogleich empor und sagte:

»Laß das! Du bist meine Frau und keine Sklavin!«

»Ich grüße nur den Guten Gott des Landes Kemi, den Sohn Amuns, groß an Macht, geliebt von Maat, den mächtigen Stier ...«

»Ja, meine Liebe, dabei wollen wir bleiben, heute bin ich dein mächtiger Stier, komm her, leg dein Gewand ab ...«

Bent-Amuns stolzes, herbes Gesicht war ernst und feierlich wie bei einer Kulthandlung. Sie löste Träger und Gürtel ihres Kleides, ließ es fallen und stand nackt vor ihrem Gemahl, dessen Hand sie umfaßte. »Führe mich zum Brautlager, du Sohn der Sonne, der die Herzen belebt, Deine Majestät soll mit mir nach Belieben verfahren – wohlan, so erfreue dich an mir!«

Ramses vernahm ihre feierlichen Worte, und aus dem starken Stier wurde ein Ochse. Das war er von seinem Harem nicht gewöhnt, da ging es lustig und handfest zu. Auch Nefertari machte aus ihren Liebesstunden keine Weihehandlung.

Sein Phallus hing herunter wie ein verwelkter Lotosstengel. Bent-Amun stand noch immer neben ihrem Bett, groß, schlank, stolz: ein Götterbild, aber – so schien es Ramses – kein Wesen aus Fleisch und Blut. Er dachte: Sie ist schön wie Isis, doch wer möchte mit einer Statue schlafen? Und tatsächlich fühlte sich ihre Hand so kühl an wie Marmor. In diesem Augenblick wurde Bent-Amuns neuer Name geboren.

»Ich werde dich künftig Isis-nefert, die schöne Isis nennen. Du bist so feierlich, so stolz, so unnahbar wie eine Göttin. Heute haben wir eine mystische Hochzeit gefeiert wie die Götter, haben uns angeblickt und uns die Hände gereicht. Das andere werden wir nachholen.«

Da trat in das schöne, herbe, unbewegte Gesicht der Isis-nefert etwas wie Ratlosigkeit. Sie, die sich niemals einem Mann ergeben hatte, die auf höhere Weisung ihren Leib für die Begegnung mit dem Sohn Amun-Res bewahrt hatte und ihm – anders als die Bauerntochter Nefertari! – eine kultische Brautnacht bereiten wollte, wurde nun abgewiesen, zurückgestoßen, verschmäht!

Wo die Schuld lag, war für Isis-nefert klar: nicht bei ihr, nicht bei Ramses, sondern bei Nefertari, die ihn mit ihren Bauernkünsten verhext hatte, damit sie die einzige Königsgemahlin blieb. Sie wollte ihn für sich allein haben und nahm ihm, der schon Dutzende von Kindern gezeugt hatte, seine Manneskraft. Und so schwor sie diesem Weib Rache, beim Großen Tempel des Amun!

Die Stadt war für das alljährliche Opet-Fest gerüstet, dem heuer das junge Königspaar besonderen Glanz verleihen sollte.

Ramses hatte alles getan, um dieses uralte, elf Tage dauernde Fest für die Bürger der Stadt zu einem unvergeßlichen Ereignis zu machen. Er ließ aus den umliegenden Krongütern alle verfügbaren Vorräte aus Korn, Vieh, Obst, Gemüse, Wein und anderen guten Dingen herbeischaffen. Diese elf Tage war das Volk des Königs Gast, und es sollte an nichts mangeln. So mancher Gutsverwalter wollte schier verzweifeln, wenn die Beauftragten des Königs den letzten Topf Honig und den letzten Krug Wein aus den Magazinen hervorholten. Tagelang war die ganze Stadt in eine riesige Küche verwandelt. Es wurde gekocht, gebacken, gesotten und gebraten, und das Brüllen des Schlachtviehs war bis in die Gräberstadt jenseits des Nils zu vernehmen und lockte so manches Ka der verstorbenen Vorfahren aus seinem Haus der Ewigkeit.

Die Düfte des gebratenen Fleisches, des frischgebackenen Brotes, der schwere Dunst von Wein und Bier durchzogen die Stadt von einem Ende zum anderen, krochen in verborgene Gärten, überlagerten den Blütenduft, drangen in die Tempel und ins Palastviertel.

Beim Opet-Fest wurde alljährlich die Vereinigung Amuns mit seiner Gemahlin Mut gefeiert, die der Gott in seinem »südlichen Harem« besuchte.

Das Fest begann mit einem Weihrauchopfer des Königs vor der heiligen Familie Amun, Mut und Chons im Großen Tempel.

Eine Stunde nach Sonnenaufgang verließen Ramses und Nefertari den Palast, empfangen von den vier Propheten Amuns und den Hohenpriestern der anderen Gottheiten. Das Königspaar nahm auf einem tragbaren Doppelthron Platz, und so bewegte sich die feierliche Prozession langsam zum Großen Tempel.

Das Volk nahm an diesen inneren Zeremonien nicht teil. Alles spielte sich im abgeschlossenen Bereich zwischen Palast und Tempel ab.

Die zum dritten Mal schwangere Nefertari wurde von der schweren goldfunkelnden Geierhaube fast erdrückt, während die rot-weiße Doppelkrone die kraftvolle und riesige Gestalt des Königs noch unterstrich.

Unter den hochgeborenen Damen des Palastes schritt auch Isisnefert, stolz erhobenen Hauptes, unnahbar und priesterlich. Der vierjährige Kronprinz Amani und seine zwei Jahre ältere Schwester Merit saßen in kleinen Sänften und blickten großäugig und verschlafen auf das festliche Treiben.

Vor dem Allerheiligsten stieg der Pharao von seinem Thron, nahm die langstielige Weihrauchpfanne und brachte ein Rauchopfer dar, während die Priester den Schrein mit dem goldenen Bild des Amun vor ihm abstellten.

Ramses sprach die Hymne an Amun:

»Einzigartiger, der die Ewigkeit durchlebt, dein Glanz gleicht dem der Himmelsgöttin, alle Augen sehen dich, alle Menschen preisen dich, der die beiden Länder erleuchtet, den Urgott, der sich selber gemacht hat ...«

Danach zog die Prozession zur westlichen Pforte, von wo ein Kanal zum Nil führte. Hier wartete schon seit Stunden das Volk von Theben, und brausender Jubel erschütterte die Luft, als das hohe Tor sich öffnete und das Königspaar auf dem Doppelthron erschien. Viele hüpften vor Begeisterung auf und ab, andere klatschten laut und rhythmisch in die Hände, und es ertönten Hochrufe:

»Heil dir, Horus, geliebt von Maat! Gepriesen sei der Gute Gott, der starke Stier, der glänzende Sohn der Sonne – unser Leben, unser Licht, unsere Freude!«

Auch die Königin wurde mit Jubel bedacht:

»Du Entzücken deines Gemahls, du bist fruchtbar wie der Nil, lieblich wie Hathor, schön wie Isis – Nefertari, die Allerschönste!«

Einmal hörte Ramses den lauten Ruf:

»Gepriesen sei der junge Horus, der Falke im Nest!«

Im ersten Augenblick bezog er die Huldigung auf sich, denn so hatten sie ihn zu Lebzeiten seines Vaters genannt, doch dann fiel ihm ein, daß er nun der Vater war und der Ruf dem Erbprinzen Amani galt. Die Prunkbarken für den Gott, für die Priester und das Königspaar standen bereit. Nun galt es, den Weg zum Tempel im Süden, der nur etwa viertausend Ellen betrug, möglichst langsam zurückzulegen, damit das Volk, das sich in dichten Haufen am Nilufer drängte, möglichst lange den Anblick ihrer Götter – Amun-Res und des Königs – genießen konnte.

Beim südlichen Tempel verließ die Prozession ihre Schiffe und betrat den Tempel, wo Amuns Gattin Mut in ihrer Kapelle festlich geschmückt den göttlichen Gemahl erwartete.

Mit Musik und Tanz wurde der große Augenblick gefeiert, als die Priester die beiden Gottheiten vereinigten. Ramses spendete auch hier ein Rauchopfer und stimmte das Gebet an:

»Erhabene Mut, Gemahlin des Amun, du Herrin des Himmels, du Auge des Re, du große Zauberin, du Mutter alles Lebendigen, du Königin der Götter! An dir erfreut sich die Majestät des Gottes Amun, unter deinem Schutz stehen Binse und Lotos, du trägst die weiße Krone des Südens, deine Geierflügel schützen das Land ...«

Hand in Hand verließen Ramses und Nefertari den Tempel, um durch ihre Vereinigung die mystische Hochzeit des Götterpaares anzudeuten.

Auf dem großen Platz vor dem südlichen Tempel begann nun ein großes Gelage, an dem das Königspaar unter einem Baldachin sitzend teilnahm.

Auf einen Wink schleppten Hunderte von Dienern mundgerecht zerteilte Gänse, Enten, Tauben, Schweine und Rinder herbei, dazu in großen Körben Brote, Zwiebeln, Gurken, Rettiche und gewaltige Krüge mit Bier und Wein.

Die Menschen aßen und tranken, priesen das Königspaar und schauten entzückt den Sängern und Tänzern zu, die lustige Lieder und akrobatische Künste darboten. Solange der Gute Gott mit der Großen Königlichen Gemahlin dem Fest vorstand, ging es recht gesittet zu. Als aber Ramses und Nefertari nach einer Stunde den Festplatz verließen, hatte die Stadtpolizei bald einiges zu tun, um die Leute im Zaum zu halten. Es gab Geschrei und Geraufe, Betrunkene bewarfen sich mit abgenagten Knochen und biergetränkten Broten, wie das eben so ist, wenn das Volk etwas umsonst erhält. Was mit saurer Arbeit erworben werden muß, wird weitaus höher geschätzt, und man geht viel sorgsamer damit um.

Von diesen Dingen erfuhr der König nichts. Die gute Gesellschaft von Theben erwartete von ihm während des Opet-Festes üppige Gastmähler, bei denen der Gute Gott in eigener Person zugegen war, und Ramses bemühte sich, diese Erwartungen zu erfüllen.

Da bewarfen sich die Gäste freilich nicht mit abgenagten Knochen, da gab es weder Raufereien noch unziemliche Worte, sondern alles saß in Festkleidern gesittet an den langen Tischen und blickte von Zeit zu Zeit verstohlen hinauf zum Guten Gott, der mit der Großen Königlichen Gemahlin an einer erhöhten Tafel saß und so tat, als speise er. In Wirklichkeit langweilten diese Gastmähler den jungen König, der voller Pläne steckte und am liebsten schon wieder auf dem Weg nach Memphis gewesen wäre.

Ein wenig Abwechslung brachten die Sänger und Akrobaten, doch es waren nicht die besten, und Ramses war verwöhnt. Er gähnte und leerte hastig seinen goldenen Pokal.

Nefertari blickte zufrieden auf die Festgäste.

»Sie lieben und ehren dich, mein hoher Gemahl, mein starker Falke, doch glaube ich, sie würden wenigstens auf einem dieser Opet-Gastmähler die neue Gemahlin an deiner Seite sehen sollen – Isis-nefert, wie du sie jetzt zu nennen beliebst.«

Ramses, der fast immer dem Rat der Allerschönsten folgte, sagte mit schon schwerer Zunge:

»Ich schätze es nicht, eine Frau an meiner Seite zu sehen, die mir von den Amun-Priestern aufgezwungen wurde. Ich habe sie geheiratet, weil es vernünftig ist und nicht, weil ich sie mag. Dich aber mag ich, Nefertari, dich allein. Soll die andere im Harem ein Schicksal beweinen, das ich ihr nicht bereitet habe.«

Wieder trank Ramses den Pokal leer. Nefertari berührte ihn am Arm. »Du bist die Seele des Landes, dein Wort ist Gesetz, dein Wille heilig. Du stehst über allem, und es kann deinen Glanz nicht mindern, wenn du dich mit Isis-nefert hier zeigst. Ich bin es, die etwas dagegen haben könnte, denn es wäre ja möglich, daß ich jetzt meinen Gemahl mit einer anderen teilen muß. Aber wir haben unsere Herzen ausgetauscht – ich besitze deines, du das meine. Was bedeutet mir da eine Isis-nefert?«

»Wie immer füge ich mich deinem klugen Rat, Nefertari. Bringen wir es hinter uns! Doch ich mag euch nicht nebeneinander sehen – du bist schwanger, ziehe dich also zurück und laß die andere kommen.«

Nefertari lächelte und erhob sich. Die Gäste sprangen auf, neigten sich tief und streckten die Arme weit vor.

Nebunef, der Hohepriester, verabschiedete die Königin:

»Heil dir, Herrin beider Länder! In deinem Leib reift der Same Amuns, ganz Kemi blickt voll Stolz auf dich, du Anmutsvolle. Lebe, sei heil und gesund!«

Kaum war Nefertari verschwunden, erschien Isis-nefert von zwei Dienerinnen begleitet, hoheitsvoll, das stolze Haupt mit der sich bäumenden Uräusschlange hoch erhoben – auch sie wurde gebührend begrüßt, mit fast ebenso vielen Verbeugungen.

Ramses war aufgestanden und geleitete seine zweite Gemahlin zu ihrem Sessel. Seine hohe, kräftige Gestalt schwankte etwas, doch das fiel nur denen auf, die ganz vorne saßen.

Er ließ für Isis-nefert einen Becher füllen und trank ihr zu.

»Ganz Theben will dich an meiner Seite sehen, du schöne Isis. Amun kann zufrieden sein, er hat seine schönste Dienerin zu meiner Gemahlin gemacht. Hier feiert man dich, doch in Memphis wirst du ein etwas stilleres Leben führen müssen. Auf dem Thron neben mir sitzt ja schon die Große Königliche Gemahlin, die mich stets auf Reisen begleitet und mir bald ein drittes Kind schenken wird.«

Mit einem spöttischen, trunkenen Lachen hatte Ramses diese Worte gesagt, im Plauderton, und er sah mit Genugtuung, wie ihr kluges Gesicht sich verhärtete. Sie griff nach dem Pokal und nippte.

»Nein«, sagte Ramses, »so geht das nicht! Wenn du an meiner Seite sitzt, gebietet es die Höflichkeit, daß du deinen Becher leerst. Aber fürchte nichts – es wird ohnehin bei diesem einen Mal bleiben.«

Mit steinernem Gesicht trank Isis-nefert den Kelch leer, und sogleich wurde er nachgefüllt.

Ramses, selbst schon berauscht, hatte sich in den Kopf gesetzt, auch Isis-nefert betrunken zu machen. Tapfer trank sie Kelch um Kelch, und Ramses beobachtete aufmerksam, wie ihr Gesicht und ihr Körper sich entspannten.

Isis-nefert, die in ihrem Leben kaum jemals Wein gekostet hatte, begann nun albern zu kichern, zwinkerte ihrem Gemahl zu und plapperte drauflos.

»Wie ist das nun in Memphis, du Herr beider Frauen – verzeih, ich wollte sagen beider Länder –, also wie ist das nun, bekomme ich einen eigenen Palast, einen Haushofmeister, eine Wache, Diener?«

»Du bekommst, was dir als Königlicher Gemahlin zusteht. An Nefertaris Hofhaltung wird das freilich nicht heranreichen, sie ist und bleibt meine Hauptgemahlin, aber ein paar Räume werde ich für dich schon anbauen lassen – an den Harem ...«

»Immerhin, ein paar Räume ... Ich dachte schon, ich müßte mit deinen Konkubinen ein Zimmer teilen.«

Ramses lachte.

»So einen großen Saal gibt es gar nicht. Achtzig oder hundert werden es inzwischen schon sein. Es ist ja so: Nicht nur Theben schenkt mir ein Mädchen, das tun andere Städte auch, dazu kommen die Geschenke aus den tributpflichtigen Ländern, da ist meistens auch eine Prinzessin darunter. Ich bin schon mit einem Dutzend Fürsten verschwägert.«

Isis-nefert kicherte.

»So viele gibt es ja gar nicht ... mir verschwimmt alles vor den Augen, ich habe ... nein, es ist zu heiß hier, Luft – ich brauche Luft!«

Isis-nefert war blaß geworden, auf ihrer hohen Stirn perlte feiner Schweiß.

»Auch mir reicht es für heute«, brummte Ramses und erhob sich schwankend.

Nebunef, der den König nicht aus den Augen gelassen hatte, sprang sofort auf und gab den anderen ein Zeichen.

»Amun schenke dir eine angenehme Nacht, erhabene Majestät, und Isis-nefert, deine liebliche Gemahlin, erfülle deinen Palast mit Freude und Wohlgerüchen.«

Ramses nickte trunken und machte eine unbestimmte Handbewegung. Er half Isis-nefert aus ihrem Sessel und mußte sie fast hinaustragen, da ihr die Beine nicht mehr gehorchten. Diener, die helfen wollten, scheuchte er weg. Er schleppte sie in einen kleinen Innenhof, den einige blühende Büsche und ein winziger Lotosteich schmückten.

»Das ist genau das Richtige für uns beide!«

Ramses stieg in den Teich und tauchte Isis-nefert kräftig ins Wasser. Kreischend versuchte sie loszukommen, doch der König hielt sie mit einer Hand fest und bespritzte sie mit der anderen gründlich von oben bis unten. Ihr Leinenkleid klebte am Körper und ließ sie wie nackt erscheinen.

Mit einem Ruck riß Ramses ihr das dünne Gewebe vom Leib und preßte den kühlen, kaum widerstrebenden Frauenkörper fest an sich. Die verwirrte und aufgelöste Isis-nefert war durch den Weingenuß wie verwandelt. Sie schmiegte sich an ihren Gemahl und öffnete willig und zur Hingebung bereit ihre schlanken Schenkel. Ramses hob ihren Körper hoch wie ein Spielzeug und ließ ihren Schoß langsam über seinen Phallus gleiten. Isis-nefert, die Sängerin des Amun, stimmte einen Choral an, denn sie empfand trotz der seltsamen Umstände die Bedeutung und Weihe dieser »Hochzeitsnacht«: Ramses nahm den Gesang kaum wahr, sondern genoß die Vereinigung als der Starke Stier des Landes Kemi, der von Amun gezeugt, auf diese Weise seinen mystischen Vater bezwang, wenn er die keusche Priesterin entjungferte.

Piay hatte seine Rundreise durch Kemi abgeschlossen und wartete im Gästehaus des Palastviertels auf den Ruf des Pharao.

Der König war schon seit über einem Monat aus Theben zurück, doch er hatte bis jetzt keine Zeit gefunden, sich mit seinen Bauplänen zu befassen. Zuviel stürmte auf ihn ein. Der neue Wesir Parahotep mußte in sein Amt eingeführt werden, die Audienzliste war dick wie ein Totenbuch, und dann war da noch die Sache mit dem Amun-Tempel. Der neue Wesir persönlich hatte den einzigen Überlebenden des mörderischen Raubüberfalles tagelang vernommen, doch der Priesterschüler konnte nur immer dasselbe berichten: Geschrei und Lärm hatten ihn aus dem Tempel gelockt, man habe ihn sofort eingefangen, ein Vermummter habe ihn kurz befragt und dann niedergeschlagen und für tot liegenlassen. Die Schnittwunden an den Händen habe er sich wohl zugezogen, als er sich gegen seine Festnahme wehrte.

In Memphis wurde der Verdacht laut, die enttäuschten Amun-Priester aus Theben hätten den Überfall ausführen lassen, um ihrer Empörung über die Enteignung sämtlicher Amun-Güter im Norden Ausdruck zu verleihen. Sie konnten sich nicht damit abfinden, daß es nun einen »Amun von Memphis« geben sollte.

Als Ramses von diesen Gerüchten hörte, wurde er wütend.

»Das ist alles Unsinn! In Theben erhebt niemand die Hand gegen den Gott Amun. Der Novize sprach von vermummten Gesichtern, und er hörte von draußen Pferdegewieher – dies alles weist auf die Schasu (Beduinen) hin. Diese räuberischen Wüstenbewohner geben oft lange Ruhe, bis plötzlich ein junger Stammesführer glaubt, er müsse sich Ruhm erwerben. Man soll aus den besten Männern der Wüstenpolizei einen Sondertrupp bilden und versuchen, den Tempelschatz wiederzufinden. Jagt die Schasu, wo ihr sie trefft, und versucht, etwas herauszubekommen. Ein Verräter findet sich immer.«

Für Ramses war dieses Thema vorläufig erledigt. Er wollte sich nun endlich mit den Bauleuten zusammensetzen und seine gewaltigen Tempelprojekte und den Plan einer neuen Residenzstadt besprechen. Seit langem freute er sich auf dieses Gespräch, denn er wollte Pläne verwirklichen, von denen, wie er glaubte, seine Vorgänger nicht einmal zu träumen gewagt hatten. So erging an alle im Dienst des Königs stehenden Baumeister der Ruf zu einem Arbeitsgespräch mit dem König.

Ramses hatte von seinem Hofgeographen eine große Karte des Landes anfertigen lassen. Diese Karte hing nun an der Wand, und der König stand mit einem Ebenholzstab daneben. Als alle versammelt waren, sagte er:

»Dies ist ein Gespräch unter Freunden. Wer Einwände oder Vorschläge hat, soll sie furchtlos äußern, ohne mir vorher mit Entschuldigungen zu Füßen zu fallen. Ihr seid die Fachleute, habt euren Beruf lange und gründlich erlernt – ich bin euer Auftraggeber, mit einer Fülle von Plänen, von denen sicher nicht alle verwirklicht werden können. Ihr wißt, womit ich schon begonnen habe –«, er deutete auf einen Punkt im Delta. »Hier wird meine neue Residenzstadt entstehen. Das Land wird gerade vermessen, das Baumaterial herbeigeschafft. Für Osiris werde ich in Abydos den Tempel meines Vaters vollenden, für Amun in Theben ein neues gewaltiges Haus errichten. Zugleich soll im Westen von Theben für meine Majestät eine Tempelstadt errichtet werden mit einer Schule für Bildhauer, Baumeister, Maler und Schreiber, denn ich werde für meine Projekte mehr Handwerker und Künstler benötigen als jemals einer meiner Vorgänger auf dem Horusthron. Wir stehen am Beginn einer großen Zeit, meine Freunde. Freut euch und seid stolz, daß ihr in dieser Zeit lebt und an den Plänen meiner Majestät teilhaben dürft.«

Einigen der Männer fiel es sichtlich schwer, mit dem Guten Gott zu sprechen, als sei er ein Mensch wie sie, doch im Laufe der Verhandlungen wurden sie ungezwungener und äußerten frei ihre Meinung. Piay hörte gut zu, sprach wenig, doch als die Rede auf den Neubau des beraubten Amun-Tempels kam, legte er sorgfältig erarbeitete Pläne vor, die ein ganz anderes Konzept verrieten.

Ramses blickte seinem Schützling in die klugen grauen Augen, und wieder fühlte er einen Strom der Zuneigung, als verbinde sie irgend etwas, das er nicht zu benennen wußte.

»Gut, Piay! Ich sehe, du hast auf deiner Reise viel gelernt. Mir gefällt dein Plan, ich ernenne dich zum Bauleiter am Amun-Tempel von Memphis. Nur schnell muß es gehen! Du hast freie Hand, und wenn die Arbeiter nicht ausreichen, dann laß ein paar Dutzend Bauern zusammentreiben. Alles muß sehr schnell gehen, denn ich habe noch viel vor.« Gegen Abend entließ der König die Bauleute, doch er hielt Piay zurück. »Auf ein Wort noch, mein Freund. Von einem meiner Pläne, dem größten und kühnsten, habe ich bisher nicht gesprochen. Ich wollte zuerst deine Meinung hören. Nun sieh her!«

Ramses zeigte mit dem Ebenholzstab auf einen Punkt tief im Süden. »Das ist die Grenze zu Kusch, ich war dort zweimal mit meinem Vater, dem Osiris Seti. Du weißt, daß das Volk von Kusch uns tributpflichtig ist und daß von dort Dinge kommen, ohne die unser Land kaum in seinem heutigen Glanz bestehen könnte: Geld, edle Hölzer, Elfenbein, Edelsteine, Weihrauch, seltene Tiere und manches andere, was Götter wie Menschen schätzen und lieben. Wie aber ist diese Grenze zu erkennen? Ein paar Wachtposten, ein kleiner Tempel, und die Leute aus Kusch fahren ruhig weiter, liefern ihre Waren in Suenet (Assuan) ab und kehren wieder um. Sie wissen von unseren Göttern, kennen den Namen des Königs und ahmen unsere Sitten auf rohe Weise eifrig nach. Doch vom wirklichen Glanz unseres Landes, von der Pracht seiner Pyramiden, Tempel und Paläste wissen sie nichts. Ich habe nun die Absicht, einen Grenzstein zu setzen, der einzigartig ist und vor dem die Nubier in ihren kleinen Schiffen erbeben, wenn sie ihn erblicken. Dort am Ufer türmt sich der Sandstein hoch über dem Nil, und aus diesem Stein will ich einen gewaltigen Sonnentempel schlagen lassen. Versteh doch, Piay, kein Baumaterial muß dorthin geschaffen werden – das wäre schon schwierig genug –, es ist ja alles im Überfluß vorhanden. Du bist doch Bildhauer – nun sage mir, worin besteht der Unterschied, ob du nun eine Statue aus einem Sandsteinblock von vier Ellen Höhe oder aus einem von vierzig Ellen meißelst? Worin?«

»In der Größe, Majestät, und damit auch in der Schwierigkeit.

Es ist ziemlich einfach, eine Statue in Menschengröße oder darunter anzufertigen. Ist der Steinblock aber vierzig Ellen hoch, so kann der Bildhauer sein Werk nicht mehr überschauen, und auch wenn er sehr sorgsam arbeitet, sind Fehler kaum zu vermeiden.«

Ramses nickte ungeduldig.

»Das weiß ich und sehe es ein. Wenn aber nicht irgendein Bildhauer, sondern ein besonders begabter am Werk ist? Ließen sich dann schlimme Fehler vermeiden?«

»Ich glaube schon ...«

Sie wurden unterbrochen, denn ein Mädchen von etwa acht Jahren trat ein. Um ihren kurzgeschorenen Kopf wand sich ein Goldband mit der Uräusschlange. Piay verbeugte sich sofort tief.

»Das ist Piay, ein tüchtiger Bildhauer, mit dem ich große Pläne habe. Das Prinzeßchen Merit ist nämlich sehr neugierig und will immer alles wissen.«

Piay richtete sich auf und blickte in klare, ernste Kinderaugen. Merit war für ihr Alter schon ziemlich groß und schien nur aus langen dürren Beinen zu bestehen.

»Du hast ja graue Augen, Piay.«

»Ja, Prinzessin, die hat mir mein Vater vererbt – sonst leider nichts. Alles, was ich heute bin und besitze, habe ich Seiner Majestät, deinem erhabenen Vater, zu verdanken.«

»Aber auch deinem Fleiß und deiner Begabung«, ergänzte Ramses. »Merit hat uns unterbrochen – du wolltest mir gerade antworten.«

Piay sagte mit fester Stimme:

»Ich habe an zehn Ellen hohen Figuren gearbeitet, ich würde mir auch zutrauen, solche von vierzig Ellen zu schaffen.«

»Auch solche von hundert Ellen oder tausend?« fragte Merit.

Piay lächelte.

»Die Götter haben unseren Fähigkeiten Grenzen gesetzt, Prinzessin, und wir sollten darauf achten, sie einzuhalten.«

»Machst du von mir auch einmal eine Steinfigur? Ich möchte so gerne eine! Darf er das, Vater?«

»Wenn er Zeit findet und dein Lehrer mit dir zufrieden ist ...«

»Was hat das damit zu tun?« fragte sie schmollend, »immer wenn ich etwas will, kommt die Schule ins Spiel.«

Ramses lachte schallend.

»Verschwinde jetzt, Töchterchen, und sage deiner Mutter, ich komme gleich.«

Der König wandte sich an Piay.

»Noch eines, mein Freund, und was ich dir jetzt sage, behalte für dich, bis ich es bekanntgebe. Ich möchte meiner geliebten Nefertari einen Tempel bauen, einen Felsentempel, dort unten an der Grenze zu Kusch. Täte ich dies hier in Memphis oder auch in Theben – die Priester würden Kopf stehen und mit erhobenen Fingern sagen: Dafür gibt es kein Beispiel! Noch nie hat ein König seiner Gemahlin einen Tempel errichtet!

Ich aber werde es tun, wenn auch an einer etwas abgelegenen Stelle. Einen Hathor-Tempel, denn sie hat viel von dieser Göttin, meine Geliebte ...«

Ramses sah Piay seltsam an.

»Ich weiß nicht, warum ich gerade dir davon erzähle. Nicht einmal Nefertari ahnt etwas. Nun, ich mag dich, Piay, ich wünschte mir einen Bruder in deiner Art. Vielleicht hat Ptah aus einer Laune heraus uns beide ähnlich geschaffen – auch wenn ich der Herr beider Länder bin und du nur ein Kind von Feldsklaven.«

Ramses legte Piay eine Hand auf die Schulter.

»Man soll die Götter nicht unterschätzen, mein Freund.«

Sobeks Freude über den gelungenen Raubzug äußerte sich in einem seltsamen Zittern. Seinem entstellten Gesicht war keine Regung anzumerken. Es wäre auch schwer gewesen, in dieser nasenlosen, zerhackten und einäugigen Fratze ein Lächeln zu entdecken.

Er hob seine Armstümpfe empor, als er die Gold- und Silberbarren, die Halskrägen und Armringe sah, und dieses Zittern überfiel seinen dürren Leib.

»Ja, ja«, sagte er, »nun haben wir denen gezeigt, wozu wir fähig sind. Noch ein paarmal, und wir können ein Königreich errichten ...«

Er kicherte oder hüstelte mehrmals und wiederholte krächzend: »... ein Königreich!«

Sobek drehte sich um, als wolle er in seine Höhle zurückkehren, doch plötzlich warf er die Armstümpfe hoch, röchelte und fiel zu Boden. Meru hob ihn auf und trug ihn zu seinem Lager. Der Arzt lief herbei, horchte an der Brust, tastete herum und befand:

»Ein Schlag muß ihn gerührt haben – vor Freude ...«

Meru zuckte mit den Achseln und setzte sich an das Bett des Kranken. Da öffnete Sobek sein Auge und blickte ihn starr an.

»Kannst du sprechen, Sobek? Hörst du mich?«

Es erfolgte keine Reaktion.

»Vermutlich sieht er dich und hört deine Stimme, aber sein ganzer Körper ist gelähmt. Auch die Zunge gehorcht ihm nicht mehr. Wir müssen abwarten. Ich lasse dich rufen, wenn sich etwas ändert.«

Meru besprach mit »Erde«, »Luft« und »Wasser« die Lage.

»Der Arzt hat nicht viel Hoffnung gemacht, wir werden bald einen neuen Sobek wählen müssen.«

»Noch ist es nicht soweit!« wandte »Luft« scharf ein.

»Natürlich nicht«, beruhigte ihn Meru, »ein neuer Sobek wird erst gewählt, wenn der alte sein Haus der Ewigkeit bezogen hat, damit sein Ka in Ruhe die Wahl beobachten kann.«

»Erde« war es gelungen, eine neue, bessere Verbindungskette zu verschiedenen Stellen in Memphis aufzubauen. Es gab nun je einen Spitzel im Königspalast, im Ptah-Tempel, bei der Stadtmiliz und bei den Niu, der Wüstenpolizei. So wußten die vier Sobek-Gehilfen längst, daß wegen des Raubüberfalls eine erbarmungslose Jagd auf die Schasu stattfand. Schon über ein Dutzend ihrer Zeltdörfer waren von den Niu aufgespürt und zerstört worden. Die Frauen und Kinder führte man in die Sklaverei, die Männer vom zwölften Lebensjahr an schlug man tot, nachdem man sie zuvor lange und grausam gefoltert hatte. Doch weder fand man die geringste Spur des Tempelschatzes, noch konnte den Gefolterten ein echtes Geständnis abgepreßt werden.

Bei den Wüstenräubern erregten diese Maßnahmen die größte Heiterkeit, und Sobek hatte sogar schon erwogen, den Schasu ein paar Metallbarren aus dem Amun-Tempel zuzuspielen, damit die falsche Spur vollends echt wirkte. Nun aber lag Sobek im Sterben, und die Wüstenräuber machten sich über seine Nachfolge Gedanken. Jeder von ihnen – ausgenommen die Frauen und die wenigen Kinder – hatte eine Stimme, und wer an dem Raubzug beteiligt war, dachte daran, sie Meru zu geben.

9

Kurz nach der Besprechung des Königs mit den Bauleuten trat ein Ereignis ein, das alle Pläne vorerst zunichte machte. Der Chatti-König Muwatalli hatte den Ägyptern den Krieg erklärt. So wenigstens wurde es dem Volk dargestellt, doch die Wahrheit sah ein wenig anders aus. Es war ein Krieg, den im Grunde beide Herrscher wollten, Ramses und Muwatalli, denn beide erhofften sich nicht wenig davon. Es ging um die fruchtbare Provinz Amurru – von dort stammte Piays Vater –, die der Osiris Seti nach hartem Kampf wieder in seinen Besitz gebracht hatte. Muwatalli versuchte nun mit allen Mitteln, dieses Land zurückzugewinnen, umschmeichelte den Fürsten von Amurru und versprach ihm eine Tributfreiheit von zwanzig Jahren, wenn er sich auf die Seite der Chatti schlagen würde. Da die Abgaben an die Ägypter nicht gerade klein waren und Muwatalli seinen Grenzen näher war als Ramses, ließ der Provinzfürst, der in Kadesch residierte, sich überreden und ging zu den Chatti über.

Ramses war zuerst nicht geneigt, diese Nachricht ernst zu nehmen. Es bedürfte nur einer leisen Drohung, und der Herr von Kadesch werde ihm zu Füßen fallen, meinte er, doch seine Heerführer waren anderer Ansicht. Sie erinnerten ihn an die langen, schweren Kämpfe seines Vaters und auch daran, daß Muwatalli sich nicht mit Amurru begnügen werde. Da war Ramses nachdenklich geworden, und in ihm regte sich das Kriegerblut seines Vaters.

Wie immer dachte er als erstes an Nefertari. Das wäre ein neues, erlesenes Geschenk: ihr einen Sieg zu Füßen legen! Was mischte sich auch dieser Verräter aus Chatti in ägyptische Angelegenheiten? Plötzlich glaubte Ramses, ohne Amurru und seinem beträchtlichen Tribut müsse Kemis Glanz verblassen, und wie stets in seinem Leben handelte er rasch.

In kurzer Zeit waren vier Heersäulen aufgestellt: die des Amun, des Re, des Ptah und des Seth.

Mitten in der Erntezeit zog König Ramses mit seinem gewaltigen Heer nach Norden. Ihn begleiteten die Große Königliche Gemahlin Nefertari, der Erbprinz Amani, die Prinzessin Merit und einige seiner bevorzugten Nebenfrauen. Auch Maler waren im Gefolge des Königs, denn sie sollten Zeuge der künftigen Siege sein, um aus diesen Erlebnissen später schöpfen zu können. Ramses hatte ausdrücklich untersagt, daß einer dieser Künstler aus Abenteuerlust in das Soldatenkleid schlüpfte und Waffen trug.

»Eure Hände, eure Augen, euer Leben ist mir zu teuer – ihr sollt schauen und bewahren, nicht kämpfen.«

Isis-nefert mußte in Memphis bleiben, um – wie Ramses ironisch bemerkte – inzwischen das Reich zu regieren. Nefertari hatte inzwischen ihren zweiten Sohn geboren, sie nannten ihn Raherunemef, und das bedeutet: Re ist auf seiner rechten Seite. Doch seine Amme rief ihn kurzerhand Jonam, und so nannten ihn dann alle. Auch er blieb in Memphis, doch das Reich regierte der junge und tüchtige Wesir Parahotep, der Jugendfreund und Vertraute des Königs.

Ramses führte das größte Heer, das jemals ein Pharao aufgestellt hatte, mit über zwanzigtausend Kriegern aller Waffengattungen und zweitausendfünfhundert Streitwagen.

Auf einem solchen Wagen fuhr auch Ramses von Zeit zu Zeit, um sich seinen Truppen zu zeigen und ihren Kampfgeist anzuregen. Den Wagen lenkte sein Jugendfreund Menna, der Sohn eines Erbfürsten aus Memphis. Sie waren im gleichen Jahr geboren, hatten sich Seite an Seite auf der Schulbank abgemüht, hatten manchen Krug zusammen geleert und waren beide ausgezeichnete Bogenschützen.

Nefertari klopfte das Herz, wenn sie ihren Gemahl in seiner kriegerischen Pracht auf dem Streitwagen in einer Staubwolke vorbeidonnern sah. Er trug den blaugoldenen Kriegshelm, hielt in einer Hand den Bogen und trug am Gürtel den gefüllten Köcher. Die Männer jubelten ihrem Kriegsherrn zu, schlugen mit ihren Schwertern an die Schilde und riefen:

»Heil dir, Guter Gott, du siegreicher Falke, der den Feind zerschmettert!«

Zunächst aber war vom Feind nichts zu sehen. Der Heerwurm zog weiter an der Küste entlang nach Norden, durch Städte und Siedlungen, deren Bürger als treue ägyptische Vasallen dem Pharao zujubelten, während ihre Frauen in den Häusern die Vorräte gut versteckten. Doch das wäre nicht nötig gewesen, denn der Troß führte auf Ochsenkarren neben Zelten, Ersatzwaffen und den vielen Dingen des königlichen Haushaltes auch Unmengen von Korn, Dörrobst, Nüssen, Zwiebeln, Rettichen, Trockenfleisch und -fisch, Wein und Bier mit sich.

Das vorläufige Ziel war Kadesch, denn hier saß der abgefallene Provinzfürst, der dem König Muwatalli mit seinen Truppen zu Hilfe geeilt war.

Eine Tagesreise vor Kadesch ließ Ramses das Lager aufschlagen und bat die Heerführer zu einer Lagebesprechung. Die Meinungen waren geteilt. Der Führer der Amun-Abteilung meinte, der niederträchtige und verräterische König der Chatti überlasse die Provinz Amurru lieber kampflos Seiner Majestät, als sich mit den Ägyptern auf einen Krieg einzulassen.

»Dein Name, Majestät, ist dir vorausgeeilt und verbreitet nun in den Fremdländern Furcht und Schrecken. Wir werden Kadesch nicht erobern müssen, denn ich nehme an, daß es seinen Abfall längst bereut hat und dich mit offenen Toren erwartet.«

Der Führer der Seth-Abteilung war ganz anderer Meinung.

»Laß dich nicht täuschen, Majestät! Die Chatti sind verschlagen und heimtückisch, und Muwatalli wird keinen Fußbreit Boden freiwillig aufgeben. Er zeigt sich nicht und lockt uns daher immer tiefer ins Land. Wir sollten auf alles gefaßt sein.«

Noch während sie verhandelten, führte die Wache zwei Überläufer ins Zelt, die sich unter den Schutz des Pharao stellten. Sie warfen sich zu Boden und schlugen mit der Stirn siebenmal auf die Erde.

Ramses, der von seiner Leibwache umgeben auf dem mitgeführten Thron saß, befragte sie selbst mit Hilfe eines Dolmetschers.

Die beiden berichteten, König Muwatalli habe sich in Halpa – einer drei Tagesreisen nördlich von Kadesch gelegenen Stadt – verschanzt und warte angstvoll auf das Erscheinen der Ägypter.

»Was habe ich gesagt!« rief der Seth-General, »sie locken uns immer tiefer ins Land! Nach Halpa sind es von hier nochmals fünf oder sechs Tagesreisen. Laß dich nicht ins Verderben locken, Majestät!«

Ramses winkte ungnädig ab.

»Mein Vater Amun sagt mir, was ich zu tun habe. Wir werden auf Kadesch marschieren und von dort Kundschafter aussenden.«

Die beiden Überläufer behandelte man als Schutzsuchende und nicht als Gefangene, und es erschien seltsam, daß sie am nächsten Morgen verschwunden waren.

Man maß dem jedoch keine große Bedeutung bei. Das Heer brach auf und zog den Orontesfluß entlang nach Norden.

Am Nachmittag tauchten die Mauern und Wehrtürme von Kadesch auf, aber alles schien friedlich, es war weit und breit kein Bewaffneter zu sehen. Die Nacht verlief ruhig, doch am nächsten Morgen stieß die ägyptische Vorhut auf einige Kundschafter, von denen zwei gefangen wurden. Es war nichts aus ihnen herauszubringen. Mit trotzigen Gesichtern preßten sie die Zähne aufeinander und stellten sich taub. Es dauerte über zwei Stunden, bis die Ägypter sie mit Peitschen und glühenden Zangen zum Reden bringen konnten. Was sie aussagten, war so niederschmetternd, daß Ramses von seinem Thron aufsprang und dem Dolmetscher befahl, die Aussage der Spione zu wiederholen.

»Jawohl, Majestät, die beiden sagten: Der König von Chatti verbirgt sich mit seinen Truppen im Norden von Kadesch und wartet auf einen günstigen Augenblick, mit deinem Heer den Kampf aufzunehmen. Seine Krieger und Streitwagen sind an Zahl und Ausrüstung denen Deiner Majestät weit überlegen.«

Ramses versetzte dem Tischchen neben seinem Thron einen Fußtritt, daß die silberne Obstschale, der Weinkrug und der goldene Becher durchs Zelt flogen.

»Der Verräter von Chatti bläht sich auf wie ein Hahn, der zum Krähen ansetzt! Er mag doppelt so viele Krieger haben und wird uns dennoch unterlegen sein!«

In aller Eile rief Ramses seine Feldherrn herbei und befahl, die bis jetzt sorglos weit auseinandergezogenen vier Abteilungen sofort zu konzentrieren. Doch während das geschah, stürzten die ägyptischen Kundschafter ins Lager.

»Die Chatti kommen! Schnell, rüstet euch!«

Und da tauchten auch schon in der Ferne die ersten Staubwolken auf, die bald so groß und dicht wurden, daß sie die Mauern der

Stadt verdeckten. Auch der Fluß schien für sie kein Hindernis zu bedeuten; sie kannten offenbar eine Furt und wälzten sich nun auf die Re-Abteilung zu, um den König mit seiner Amun-Abteilung abzuschneiden und einzukesseln.

Die noch kaum kampfbereite Re-Division wurde schnell auseinandergesprengt, und die Vorhut des Feindes raste mit ihren Streitwagen in vollem Galopp auf die Krieger des Amun zu.

In aller Eile hatte Ramses den goldenen Schuppenpanzer angelegt, während ihm Menna den Helm aufsetzte und den Köcher umhing. Dann sprangen sie beide auf den goldfunkelnden Streitwagen und stürmten dem Feind entgegen. Die Leibgarde hatte alle Mühe, dabei Schritt zu halten. Auf ihr nämlich lastete die größte Verantwortung. Fiel der König, so war die Schlacht verloren, und sie alle endeten als Sklaven der Chatti in einem wüsten, kalten und von Regenfällen heimgesuchten Land. Jeder Ägypter zog den Tod einem solchen Dasein vor. So deckten sie den voranstürmenden König nach Kräften, konnten aber nicht verhindern, daß sie ihn manchmal aus den Augen verloren.

Ramses spürte einen unbändigen Kampfeswillen und empfand zugleich eine solche Sicherheit, als säße er in seinem Harem vor dem Men-Spiel. Er fühlte sich beschützt vom Kriegsgott Month, der ihn zur Linken, und von Seth, dem Gott der Fremdländer, der ihn zur Rechten begleitete. Wie bei der Gazellenjagd legte er ruhig Pfeil um Pfeil auf, von denen fast jeder zweite einen Chattikrieger niederstreckte. Ramses zielte nur auf Gesicht und Hals, denn die Körper der Gegner waren mit gehärteten Lederpanzern bedeckt, die kein Pfeil durchschlug.

So hätte ihn Nefertari sehen müssen! Doch die Königin war bei der Nachhut in Sicherheit und wurde von einer starken Leibwache geschützt.

Bald erkannte der König, daß er der Übermacht des Feindes mit seinem Heeresteil nicht standhalten konnte und damit rechnen mußte, mit seiner vorgeschobenen kleinen Streitwagenabteilung völlig abgeschnitten zu werden.

»Menna, wir kehren um!«

Wie auf dem Übungsplatz wendeten die geschulten Pferde und preschten ins Lager zurück. Dort waren die Chatti noch mit dem

Plündern beschäftigt und hatten nicht damit gerechnet, daß der König selbst sie angreifen würde.

Ramses schlug mit seinem Schwert auf die auseinanderlaufenden Plünderer ein, und so mancher blieb mit gespaltenem Schädel liegen. Trotzdem war die Lage sehr kritisch, denn Ramses war noch immer von seiner Haupttruppe abgeschnitten und würde – sobald die Chatti sich gesammelt hatten – mit seinen paar Hundert Mann aufgerieben werden. Doch Month wich nicht von der Seite seines Schützlings und schickte gerade noch rechtzeitig Hilfe. Es war dies eine kleine ägyptische Hilfstruppe, die sogenannten Schirdanu, die aus Sicherheitsgründen einen anderen Weg nach Kadesch genommen hatte und jetzt von Norden her zu ihnen stieß.

Diese meist bärtigen, kampf- und angriffslustigen Krieger waren Söldner, und niemand wußte genau, woher sie kamen. Im Gegensatz zu den Ägyptern trugen sie mit Leder gefütterte Bronzehelme, dazu überlange, gerade Schwerter und runde Schilde. Gemeinsam brachen sie nach Süden durch, vereinigten sich mit den Resten der Abteilungen des Amun und Re, während die leichtfertigerweise weit auseinandergezogenen Ptah- und Seth-Abteilungen noch gut eine halbe Stunde entfernt waren.

Inzwischen hatte auch der Feind bemerkt, wie schwach die Ägypter in diesem Augenblick waren, und eine neue Welle von Streitwagen stürmte von Kadesch heran.

Ramses beschloß, die Stellung zu halten, bis die zwei anderen Abteilungen ihm beispringen konnten.

Von der Schirdanu-Truppe gedeckt, die überwiegend aus jungen und raufIustigen Haudegen bestand, erwartete er den Angriff der Chatti. Pfeile prallten an seinem mit Goldschuppen bedeckten Lederpanzer ab, während sein kostbares eisernes Krummschwert – das Geschenk eines Vasallen – unter die anstürmenden Chatti fuhr wie eine Sichel ins Korn.

Eine heilige Scheu hinderte den Feind daran, diesen gewaltigen Gottkönig in seinem goldenen Panzer und dem hochaufragenden, von der Uräusschlange geschützten Helm direkt anzugreifen. Zwar wurden aus der Ferne Pfeile auf ihn abgeschossen, doch nur wenige trafen seinen Panzer, die meisten Geschosse fingen die Körper und Schilde seiner Leibwachen ab.

Re war schon dabei, im Westen unterzutauchen und seine nächtliche Barke zu besteigen, als endlich die Ptah-Abteilung eintraf, worauf die Chatti sich augenblicklich zurückzogen.

Wegen der einbrechenden Nacht verzichtete Ramses auf eine Verfolgung. Er wollte sein Heer sammeln, um bei Tagesbeginn die Entscheidungsschlacht zu erzwingen und Kadesch einzunehmen. Die Verluste waren bei der Re-Abteilung am größten, auch die des Amun hatte schwer gelitten, während die des Ptah kaum und die des Seth gar nicht zum Einsatz gekommen war. Doch Ramses baute darauf, daß sein vereinigtes, durch die Schirdanu verstärktes Heer den Sieg davontragen würde.

Er konnte vor Ungeduld kaum schlafen, stand mehrmals auf und schaute durch den Zelteingang nach Osten, ob Re nicht schon bald seine Nachtfahrt beendet habe. Endlich färbte das Blut der von Re verwundeten Apophisschlange den Morgenhimmel zartrot.

Während draußen die Weckfanfaren ertönten, ließ Ramses sich ankleiden. Hastig aß er einige Datteln, trank einen Becher mit Wasser vermischten Weines und trat vor die versammelten Feldherrn.

»Heute werden wir sie mit Months Hilfe zerschmettern, und ihr Verräterkönig wird den Boden vor meinem Thron küssen.«

Noch ehe er weiterreden konnte, wurde eine Gesandtschaft der Chatti gemeldet. Sie warfen sich auf die Erde und legten ihm eine Schrifttafel zu Füßen. Der Dolmetscher hob sie auf und las vor:

»Der König von Chatti an Seine Majestät Usimare Ramses. Dich hat Amun und mich Baal beim Kampf unterstützt. Ich sitze im mauerbewehrten Kadesch und habe mich entschlossen, dir trotz meines Vorteils den Frieden anzubieten. Wir vergeuden bei einem weiteren Kampf nur unser Eigentum, und zu gewinnen ist nichts – für dich wie für mich. Man sagt, du habest große Pläne, um dein Land mit Tempeln und Palästen zu schmücken und um dir eine neue Residenz zu errichten. Ich habe ähnliches im Sinn, und so laß uns den Kampf einstellen und im Frieden unseren Göttern opfern.«

Ramses war nicht rachsüchtig, seine Kampflust war schnell verflogen, und der Vorschlag seines Gegners schien ihm vernünftig. Eine Belagerung von Kadesch würde hohe Menschenverluste, Zeit und Geduld kosten, und er hatte wahrhaftig Besseres zu tun.

Um die militärischen Formen zu wahren, fragte er seine Generäle um ihre Meinung, nicht ohne ihnen die seine vorher mitzuteilen. Wer aber mochte dem Guten Gott widersprechen?

»Wenn der Niederträchtige von Chatti sich jetzt wie ein feiger Hund verkriecht, sollten wir ihm nicht die Ehre eines männlichen Kampfes antun«, sagte der wortgewandtere der Heerführer und traf damit genau die Gedanken seines Herrn.

»Du hast meine Gedanken ausgesprochen, Nesmonth. Sie haben unsere Stärke zu spüren bekommen, lassen wir es diesmal dabei bewenden.«

Am Abend desselben Tages saß Ramses bei Nefertari im Zelt. Sie war überglücklich, ihren Gemahl gesund wiederzuhaben, und küßte respektvoll einen Kratzer, den ein Chatti-Pfeil an seiner Schulter hinterlassen hatte. Ramses fühlte sich als großer Sieger, und diesen Sieg legte er jetzt seiner Geliebten zu Füßen.

Unter den Mauern von Kadesch begruben die Ägypter ihre Toten, während König Muwatalli sie spöttisch lächelnd durch eine Schießscharte beobachtete. Auch er fühlte sich als Sieger, denn er hatte nur einige hundert Mann, aber keinen Fußbreit Boden und vor allem Kadesch nicht verloren.

Das wird dem Ägypter eine Lehre sein, dachte er zufrieden; mag er zu Hause auch den Gott spielen, hier herrsche ich, und über mir ist nur noch Baal, und der mag keine Fremden im Land.

Sobek lebte noch immer. Meist war sein Auge geschlossen, doch manchmal stand es offen und blickte, wie es Meru schien, mit Spott und Tücke auf jeden, der sich dem Sterbenden näherte.

Meru wechselte mit dem Arzt die Krankenwache – er ließ sonst keinen ans Bett, auch wenn die drei anderen Gehilfen murrten. Gemeinsam hatte er mit »Luft«, »Wasser« und »Erde« Sobeks versteckte, nur ihnen bekannte Schatzkammer versiegelt.

In der kleinen Felshöhle stapelten sich Gold-, Silber- und Kupferbarren, Schmuckstücke, Goldkrägen, geschnittene Steine, Amulette, Götterfiguren aus Bronze, feingearbeitete Möbel der verschiedensten Art, Men-Spiele, Kanopenkrüge aus Alabaster, Prunkwaffen, Vasen, Kelche und noch vieles andere, das aus beraubten Gräbern oder geplünderten Häusern stammte. Über diesen Schatz konnte Sobek zwar nach Belieben verfügen, er diente aber auch für Bestechungen von Polizei, Richtern und Beamten oder zur Ausstattung eines Bandenmitglieds, das aus irgendeinem Grund irgendwo untertauchen mußte.

Nun, da Sobek im Sterben lag, wurde die Schatzhöhle so lange versiegelt, bis der Wüstenkönig gesundete oder starb und sein Nachfolger darüber verfügen konnte.

Der zehnte Teil jeder Beute fiel an Sobek und landete in der Schatzkammer, alles andere wurde gleichmäßig unter die anderen aufgeteilt, wobei die vier Gehilfen doppelte Anteile erhielten.

Als Meru sich mit dem Arzt am Krankenbett abwechselte, fragte er ihn:

»Wie lange noch?«

Der Arzt zuckte die Schultern.

»Vielleicht noch Stunden, vielleicht noch Tage – jedenfalls nicht mehr sehr lange.«

Meru setzte sich auf einen Hocker und blickte widerstrebend auf die Fratze des Wüstenkönigs. Obwohl er selber ohren- und nasenlos war, konnte er sich einfach nicht an dieses verwüstete, entmenschlichte Gesicht gewöhnen.

Er goß etwas Wein in den kleinen Alabasterbecher, den er bei sich trug, wenn er hier wachte. Vor den persönlichen Gerätschaften Sobeks ekelte ihn. Er rührte nichts davon an.

Als er sich dem Sterbenden wieder zuwandte, stand das Auge weit offen und starrte ihn an.

»Sobek, hörst du mich?« fragte Meru wie schon so oft in den letzten Tagen.

Der dürre, fast lippenlose, vom Schwerthieb gespaltene Mund öffnete sich und krächzte ein kaum hörbares »Ja«.

Meru erschrak. Sollte dies der Anfang seiner Genesung sein?

»Äußere deine Wünsche, Ehrwürdiger – willst du uns etwas sagen, brauchst du etwas?«

»Du – sollst – nicht – mein Nachfolger – werden …«, kam es leise und mühsam aus dem kaum bewegten Mund.

Meru beugte sich noch tiefer, damit ihm nichts entging. Ein fauler Verwesungsdunst wehte ihn an wie aus dem Maul eines Krokodils, dessen göttlichen Namen der Wüstenkönig trug.

»Mei ... meinen ... Platz ... soll ›Luft‹ ... einnehmen. Du ... mußt ... ›Feuer‹ bleiben ... bist ... bist der beste Anführer ... «

Das mag schon stimmen, dachte Meru, aber wer das Amt des »Feuers« ausübt, lebt meist nicht sehr lange. Und ich mag leben, mir gefällt das Leben, ich muß leben, denn die große Rechnung mit Ramses steht noch aus. Ohne sich weiter um das stockende Gekrächze des Sterbenden zu kümmern, blickte sich Meru in der dämmrigen Höhle um. Da lag das Leinentuch, mit dem der Arzt von Zeit zu Zeit Sobeks Gesicht abwischte. Meru faltete es zu einem handgroßen Polster zusammen, tauchte es in den Wasserkrug und blickte Sobek an. Das weit offene Auge nahm ein seltsames Leuchten an, und der Wüstenkönig sagte laut und deutlich:

»Ja, tu es! Ich möchte ... ich möchte ... «

Da drückte Meru das feuchte Leinenpolster auf Mund und Nasenöffnung, so lange, bis ein kaum fühlbares Aufbäumen Sobeks Tod ankündigte. Das noch immer offene Auge schloß Meru mit einer sanften, fast zärtlichen Handbewegung.

Noch am selben Tag wurde Meru von einer starken Mehrheit der Bandenmitglieder zu Sobeks Nachfolger gewählt. Seine Stelle als »Feuer« blieb offen. Es gehörte zu den unbestrittenen Rechten des Wüstenkönigs, dieses Amt nach eigenem Ermessen zu besetzen.

Seit Stunden trotteten die Baumeister, Bildhauer und Maler hinter der Sänfte des Pharao her. Sie stolperten über Äcker, durchquerten Bäche, trampelten Kornfelder nieder, doch das war ohne Belang, denn hier sollte die neue Hauptstadt Piramesse entstehen. Der Osiris Seti hatte hier einen großen Sommerpalast erbaut, weil seine Vorfahren aus dieser Gegend stammten.

Hinter der Königssänfte liefen zwei Schreiber mit riesigen Papyrusrollen, und jedesmal, wenn Ramses seinen Begleitern etwas zeigen wollte, beugte er sich aus der Sänfte, ließ den Plan entrollen und zeigte auf die bestimmte Stelle.

»Hinter diesem Kornfeld beginnt der Tempelbezirk mit den Häusern für Seth, Ptah, Amun, Osiris, Isis und Horus; für Anat, die Lieblingsgemahlin des Seth wird dahinter ein eigener Tempel errichtet.«

Sie wateten durch das Kornfeld, und nun öffnete sich vor ihnen der Blick auf die größte Baustelle, die das Land Kemi jemals gesehen hatte. Halbfertige Pylonen wuchsen in den Himmel, Tempelmauern türmten sich, noch dachlose Säulengruppen reckten sich wie zum Beten erhobene Arme.

Der König winkte Piay an die Sänfte und deutete auf die Baustelle. »Da arbeiten nun viele Tausende, und doch geht es mir zu langsam. Schau dir nur einmal die Tempelwände an! Bis so ein Relief entsteht, haben die Bauarbeiter einen Pylon errichtet. Was läßt sich da machen?«

»Majestät, ich selbst habe fünf Jahre gebraucht, um gute Reliefs zu schaffen, doch diese Arbeit braucht einfach Zeit. Ein tüchtiger Maler kann zehn Wände dekorieren, bis der Bildhauer ein kleines Relief fertighat. Man müßte mehr von ihnen ausbilden, aber ...«

Ramses winkte ab.

»Dauert mir viel zu lange! Und Malereien vertragen das Klima im Delta nicht, die Luft ist feucht, und es regnet von Zeit zu Zeit. Nein! Nein! Ich will Reliefs haben, aber es muß schneller gehen! Laß dir etwas einfallen, Piay, ich befehle es!«

Piay verbeugte sich und trat zurück. Seit Jahren hatte er kaum noch Werkzeuge berührt, denn der König hatte ihn mit anderen Aufgaben überhäuft. Er leitete den Bau des fast fertigen Amun-Tempels in Memphis, war an den Plänen für die neue Hauptstadt Piramesse beteiligt, beaufsichtigte Bildhauer- und Malerarbeiten hier wie in Memphis, und bald sollte er den in Theben entstehenden gewaltigen Erweiterungsbau des Amun-Tempels inspizieren. Danach mußte er an die südliche Grenze reisen, um den vom König für seinen Felsentempel ausgewählten Platz zu besichtigen.

Piay bewohnte in Memphis ein schönes Haus, der Pharao überhäufte ihn nicht nur mit Aufträgen, sondern auch mit Geschenken, und so besaß der frühere Feldsklave jetzt eine eigene Dienerschaft, dazu Felder und Weinberge, doch ihm fehlte die Zeit, dies alles zu genießen. Den anderen ging es nicht besser, der König schob sie hin und her wie Steine beim Men-Spiel, und immer ging ihm alles zu langsam. Seufzend kletterte Piay über Steinblöcke,

Säulentrommeln und Holzstapel, bis er zu den Bildhauern gelangte, die am Seth-Tempel beschäftigt waren. Dutzende von fleißigen Händen hämmerten, schliffen, schabten, klopften, und kaum ein Kopf drehte sich nach ihm um. Diese Männer hatten für Neugierige keine Zeit.

Der Aufseher legte sein Arbeitsgerät weg und verbeugte sich vor Piay.

»Dein Besuch ehrt uns, erhabener Freund des Pharao, dem Ptah tausendmal tausend Sed-Feste gewähren möge.«

»Der Gute Gott lebe, sei heil und gesund! Seine Majestät sorgt sich um die Fertigstellung der Tempel und hat angeordnet, die Arbeit zu beschleunigen.«

Der Aufseher ließ hilflos die Hände sinken.

»Wie soll das gehen? Wir arbeiten fast ohne Pause von Sonnenauf- bis -untergang. Du weißt ja selber, wie langwierig unsere Arbeit ist und daß Hast nichts Gutes gebiert. Schicke uns mehr Bildhauer, und es wird schneller gehen.«

Piay schwieg. Der Mann hatte natürlich recht.

»Gebt mir Werkzeuge!«

Piay hockte sich nieder und begann an einem Relief zu arbeiten, dessen Konturen der Maler vorgezeichnet hatte. Die meiste Arbeit machte das Abtragen der Oberfläche rings um die Darstellung.

Da mußte stundenlang geklopft und geschliffen werden.

Halt! Piay schlug sich an die Stirn. Diese Arbeit wäre überflüssig, wenn man das Relief einfach tiefer legte. Sein Lehrer Iramun hatte einmal flüchtig erwähnt, daß diese heute verachtete Technik zu Zeiten des Ketzerkönigs Achenaton in Gebrauch war. Dieser Pharao wollte dem Land mit Aton einen einzigen Gott aufzwingen, doch die Amun-Priester sorgten dafür, daß nach seinem Tod alles wieder zur alten Ordnung zurückkehrte, und erreichten, daß sein Name aus Tempeln und Gräbern, sogar aus der Geschichte getilgt wurde. Auch er hatte sich in aller Eile eine neue Hauptstadt errichten lassen, und das vertiefte Relief hatte seinen Bildhauern eine dreimal so schnelle Arbeit ermöglicht.

Piay nahm ein handtellergroßes Stück Sandstein, zeichnete in schnellen Strichen einen Horusfalken darauf, und nach kaum einer halben Stunde war das versenkte Relief fertig. Er hielt es dem Aufseher hin.

»Da die Oberfläche stehen bleibt, geht es wesentlich schneller.«

Der Mann betrachtete verblüfft die Steintafel und meinte dann:

»Aber ein erhabenes Relief ist schöner ... Womit ich nicht deine vorzügliche Arbeit meine, sondern die Technik. Die Konturen werfen häßliche Schatten, das ist, als grabe man das Bild in feuchten Lehm – verzeih meine Offenheit, aber ...«

»Ist gut, mein Freund. Der Pharao wollte schnelle Arbeit haben, mag er darüber entscheiden.«

Ramses runzelte zuerst die Stirn, als er den Horus sah, dann aber glättete sich sein schönes königliches Antlitz.

»Und du sagst, es geht dreimal so schnell?«

»Ja, Majestät, mindestens.«

»Und die Leute müssen nicht umlernen? Jeder Bildhauer kann es sofort anwenden?«

»Sicher, Majestät. Die Feinarbeit ist die gleiche, nur legt man um die Darstellung tiefe Konturen und läßt die Oberfläche stehen, wie sie ist. Sie abzuschleifen kostete bisher die meiste Zeit.«

Ramses legte Piay eine Hand auf die Schulter. Er tat das selten und nur, wenn sie allein waren.

»Dich hat Ptah eigens für mich erschaffen! Ich werde dir in Piramesse einen Palast schenken, daß die Erbfürsten vor Neid erblassen. Du sollst belohnt werden, wie nie ein Pharao seinen Diener belohnt hat. Brauchst du irgend etwas? Frauen, Sklaven, Wein, Korn, Kleidung – sage es ruhig!«

Piay verbeugte sich.

»Nein, Majestät. Für einen Harem fehlt mir die Zeit, und Diener habe ich genug. Ich würde nur gerne wieder Handwerksarbeit leisten, einen Meißel in die Hand nehmen, etwas schaffen ...«

»Nein, nein, dafür sind andere da. Doch die Zeit des Meißels wird auch für dich wiederkommen. Du weißt, was ich meine?«

Piay nickte.

»Die Kolossalfiguren am Felsentempel. Wann soll ich ...«

Der König unterbrach ihn:

»Du wirst dich noch eine Weile gedulden müssen; erst wenn du den Platz gesehen hast, reden wir weiter.«

Fast lautlos war Prinzessin Merit hereingeschlüpft, denn sie liebte es, ihren Vater zu erschrecken.

»Hat der Gute Gott Geheimnisse vor seiner Tochter? Um welchen Platz geht es denn?«

Ramses tätschelte ihr die Wange. »Ein Mädchen, das schon fast zwölf Nilschwellen erlebt hat, darf nicht mehr so neugierig sein wie ein kleines Kind und soll auch nicht hereinschleichen wie eine Schlange.«

Merits kleine Brüste wölbten sich schon hoch unter dem enganliegenden Leinenkleid. Ihr anmutiges Gesicht glich dem Nefertaris, doch fehlte ihm die runde Lieblichkeit. Ihre Nase war eine Spur kräftiger, der Mund ein wenig fester, doch die schrägen dunklen Augen waren ganz die der Mutter.

»Ich werde dir ein paar junge Sklavinnen schenken, Piay, damit du nicht soviel Zeit für Seine Majestät hast. Oder noch besser: Du machst eine lebensgroße Figur von mir, dann bist du beschäftigt.«

Ramses drohte mit dem Finger.

»Hüte deine Zunge, Prinzessin! Ich glaube, ich werde dich bald verheiraten, damit auch du beschäftigt bist und uns nicht mehr bei der Arbeit störst.«

Piay hörte mit Vergnügen dem Gespräch zwischen Vater und Tochter zu und dachte: Die beiden reden wie andere Leute auch, da ist kein Unterschied mehr zwischen einem kleinen Beamten und dem Sohn der Sonne.

Die Prinzessin Merit erschien ihm über alle Maßen anmutig und begehrenswert, doch er unterdrückte solch unziemliche Gedanken mit aller Kraft.

»Was ist also, Meister Piay? Machst du mir die Figur?«

»Wenn seine Majestät es gestattet ...«

Ramses seufzte tief und blickte Piay mit gespielter Hilflosigkeit an. »Was soll ich tun? Sie setzt ja doch ihren Kopf durch. Mache also die Figur, aber aus weichem Stein und nur in halber Lebensgröße, damit es schneller geht.«

»Immer muß alles schnell gehen«, schmollte Merit, »als sei ich irgendeine deiner Töchter.«

»Du sorgst schon dafür, daß ich deine Bedeutung nicht vergesse. Amani stört mich jedenfalls nie bei der Arbeit.«

»Weil er lieber am Rockzipfel seiner Amme hängt, anstatt das Bogenschießen und das Schwertfechten zu lernen.«

»Das ist ja rührend, wie du um deinen Bruder besorgt bist! Auch für Mädchen gibt es etwas zu lernen, vergiß das nicht. Beim letzten Mal hat dein Lehrer bemängelt, daß du noch immer nicht mehr als hundert Schriftzeichen beherrschst, und das ist für eine fast Zwölfjährige sehr wenig.«

Merit funkelte ihren Vater wütend an.

»Schließlich soll ich kein Schreiber werden! Wieviel Schriftzeichen beherrscht denn Piay? Los, sag es mir!«

Piay schreckte auf. Er war in den Hintergrund getreten und hatte einen Bauplan studiert.

»Nun – auch ich bin kein Schreiber, Prinzessin. Als Bildhauer lernt man die Schrift so nebenher beim Übertragen auf Stein. Mehr als hundert habe ich wohl nicht im Kopf behalten.«

Natürlich kannte er weit mehr, doch etwas trieb ihn, der kleinen Prinzessin beizustehen.

Merit blickte ihren Vater triumphierend an.

»Siehst du! Dein Lieblingskünstler ist auch nicht gescheiter als ich.«

Auf seine unvergleichliche Art stimmte Ramses ein schallendes Gelächter an, und Piay lächelte aus Höflichkeit mit.

»Hinaus mit dir – und laß mir den Wesir holen.«

Er wandte sich an Piay.

»Geh gleich zu den Schreibern und laß einen königlichen Befehl an jede Baustelle im Land ausfertigen. Von nun an soll nur noch im vertieften Relief gearbeitet werden. Bilde ein paar Leute darin aus, die sollen es den anderen beibringen. Ich bin dir sehr gewogen, Piay – Ptah sei mit dir!«

Wenig später trat Parahotep ein und verbeugte sich.

»Was kann ich für die Majestät tun?«

»Setz dich, mein Freund. In den nächsten Monaten werden die Arbeiten an den Palästen, Häusern und Magazinen in Piramesse beginnen, und da brauchen wir keinen Stein, sondern Millionen von Ziegeln. Selbst wenn ich alle Bauern im Delta zur Fronarbeit einsetze, was freilich nicht geht, könnten die nicht so viele Ziegel herstellen, wie wir sie benötigen. Was schlägst du vor?«

»Wir sind seit Monaten dabei, mit Sträflingen, Sklaven und Lohnarbeitern Schlammziegel zu backen, aber die werden natürlich nicht lange reichen. Doch ich wäre ein schlechter Wesir, würde ich nicht alles tun, um deine Schönen Befehle zu erfüllen. Ich möchte also folgenden Vorschlag machen: Im östlichen Delta, im Landstrich Gosem lebt seit einigen Generationen das Volk der Chabiru. Einer deiner erlauchten Vorgänger hat ihnen gestattet, dort ihre Herden weiden zu lassen. Inzwischen haben sie sich kräftig vermehrt, und mich erreichen die Klagen der Bauern und Gutsbesitzer, daß die Chabiru mit ihrem Vieh zunehmend in fremde Weiden einbrechen, und will man sie zur Verantwortung ziehen, sind sie längst über alle Berge. Mit den Nomaden hat man seine Last – sie zahlen keine Steuern und schmarotzen sich überall durch. Wir sollten die kräftigsten von ihnen für die Ziegelherstellung zwangsverpflichten. Wir tun ihnen damit kein Unrecht. Sie können auf diese Weise ihre längst fälligen Steuern abarbeiten.«

Der Wesir, ein schlanker, mittelgroßer Mann, war einfach gekleidet und trug keinen Schmuck; sein gescheites, waches Gesicht verriet Eifer und Tatkraft. Parahotep war frei von Hochmut und Eitelkeit. Er wollte nur dem Pharao nach Kräften dienen und sah darin seine Aufgabe in dieser Welt. Alles andere mußte sich dem unterordnen.

Er entstammte einer alteingesessenen Adelsfamilie und war der Neffe des letzten, inzwischen verstorbenen Wesirs Nibamun. Er war zusammen mit Ramses erzogen worden und fühlte sich ihm als Freund und erster Staatsdiener eng verbunden.

Ramses klopfte dem Jugendfreund auf die Schultern.

»Da habe ich ja den Richtigen zum Wesir gemacht. Und das mit den Chabiru wird gehen?«

»Es ist ein halsstarriger und aufsässiger Stamm. Sie haben sich an unserem Land gemästet und nie etwas dafür gegeben. Das ist nicht im Sinne der Maat, unserer Herrin über die göttliche Weltordnung. Ich werde anfangs doppelt soviele Aufseher einsetzen müssen, und wir werden doppelt soviele Bambusstöcke verbrauchen, aber es wird gehen.«

Ramses schmunzelte. »Ob du damit nicht Seth, den Gott der Fremdvölker erzürnst?«

»Nein, im Gegenteil. Mir wurde zugetragen, daß die Chabiru unsere Götter mißachten. Einer deiner Vorgänger – sein Name wird zu Recht niemals genannt – wollte dem Volk einen einzigen Gott in einer einzigen Gestalt aufzwingen. Die Chabiru trieben schon damals ihr Vieh durch Gosem und haben diesen Glauben angenommen und bis heute an ihm festgehalten. Wenn wir diese Abtrünnigen zu sinnvoller Arbeit zwingen, wird keiner unserer Götter, auch nicht Seth, etwas dagegen haben.«

Sieben Tage später trieben bewaffnete Trupps des Pharao die arbeitsfähigen Männer der Chabiru zusammen, und es herrschte großes Wehklagen im Lande Gosem. Es war keine schwere Arbeit, die sie beim Ziegelbacken leisten mußten, doch sie war schmutzig, und die an Freiheit gewöhnten Nomaden fühlten sich wie elende Sklaven.

Isis-nefert, die zweite Gemahlin des Königs, hatte inzwischen zwei Söhne geboren. Ramose kam einige Wochen nach Amani auf die Welt und Chamwese nur wenige Tage nach Nefertaris zweitem Sohn Jonam. Es war, als sei ihr bestimmt, immer und ewig die Zweite zu sein – als Gemahlin wie als Mutter.

Der Pharao hatte sich über diese Söhne gefreut, doch die von Ehrgeiz verzehrte Isis-nefert hatte gehofft, er würde sie, die Dienerin Amuns, nun auf irgendeine Weise auszeichnen. Doch konnten auch die beiden Söhne nichts daran ändern, daß Nefertari vor der Welt die einzige Frau des Pharaos war, die neben ihm auf dem Thron saß und die ihn auf fast allen seinen Reisen begleitete.

Und Nefertari war es, sie allein, die zusammen mit Ramses dargestellt wurde – auf Tempel- und Palastwänden, als kleine Figur, die zärtlich seine Wade umfaßte.

Zwar bewohnte Isis-nefert einen eigenen Palast, besaß einen Hofstaat und stand weit über den anderen Haremsdamen, aber damit war sie nicht zufrieden.

Diese Bauerndirne muß irgendwelche Zauberkünste beherrschen, die den Pharao an sie binden, dachte sie grimmig. Wann würde er endlich einsehen, daß er ein Sohn Amuns war, daß nur der Reichsgott seinen Thron stützen konnte? Und sie, Bent-Amun, die sich jetzt Isis-nefert nennen mußte, war doch das mystische

Band, das ihn mit Amun und der heiligen Stadt Theben verknüpfte. Wenn die andere wenigstens keine Söhne geboren hätte!

Ach, ihr war das Herz so schwer, sie mußte sich mit jemandem aussprechen, einem Menschen aus ihrer Heimat, der sie verstand und achtete. Dafür kam nur einer in Frage: der Vorlesepriester Nes-Amun, den sie aus Theben mitgebracht hatte und der mit fester Hand ihren Hofstaat regierte.

Er verbeugte sich tief.

»Majestät?«

»Komm näher, mein Freund, setz dich zu mir.«

Nes-Amun war ein dicker, behäbiger Mann. Er wirkte gutmütig und vertrauenerweckend, doch das war wie eine Verkleidung, in der dieser von Dünkel und Ehrgeiz beherrschte Mann auftrat. Als Verwandter von Isis-neferts frühverstorbenen Eltern war er eine Zeitlang ihr Vormund gewesen. Durch Beziehungen hatte er sich das Amt eines Dritten Propheten am Mut-Tempel erschlichen, und was ihm an Bildung fehlte, ersetzte er durch Tücke, Verleumdung und allerlei Ränke. Für Isis-nefert war er jedenfalls ein Vertrauter aus ihrer Kindheit, und sie hatte seinem Wunsch, in ihren Hofstaat aufgenommen zu werden, gerne entsprochen, ja, sie hatte ihm sogar das Amt des Haushofmeisters angetragen. Doch nicht verwandtschaftliche Gefühle hatten Nes-Amun bewogen, nach Memphis zu gehen. Vielmehr hoffte er durch Fürsprache der Königin eines Tages auf ein hohes Amt am Hof oder bei einem der Tempel in Memphis zu gelangen. Doch davon sprach er zu niemandem. Er wußte, daß sein Fortkommen von Isis-nefert abhing, und mit der Geburt ihrer beiden Söhne waren, wie er meinte, die ersten Sprossen auf der Erfolgsleiter überwunden. Daß aber seine Herrin damit nicht zufrieden war, erfuhr er jetzt.

Sie klagte: »Was habe ich nun davon, daß der Samen des Guten Gottes – Amuns Samen! – in meinem Leib aufgegangen ist? Er hat Ramose und Chamwese kaum angesehen und steckt nur mit Nefertari und ihren Kindern zusammen. Freilich, Amani ist der Kronprinz, aber nach ihm habe ich Ramose geboren, und wenn Amani etwas zustößt, dann ... dann ...«

Nes-Amun lächelte behaglich.

»Dann, Majestät, müßte Ramose der Kronprinz werden? Ganz

so ist es allerdings nicht – er könnte vielleicht der Thronfolger werden. Doch steht es völlig im Belieben des Königs, irgendeinen anderen Sohn als Nachfolger zu bestimmen, etwa Nefertaris Zweitgeborenen. Freilich, mehr Aussichten hätte Ramose schon, wenn – nun, davon kann jetzt keine Rede sein. Amani ist gesund, gedeiht prächtig und wird jetzt schon im Bogenschießen ausgebildet.«

Isis-nefert sprang auf und sagte gereizt:

»Sind meine Söhne nicht gesund? Gedeihen sie nicht auch prächtig?«

»Beruhige dich, meine Tochter. Ich darf dich doch gelegentlich so bezeichnen, denn ich übernahm ja damals für dich die Rolle eines Vaters. Wir dürfen nichts überstürzen. Ich bete täglich zu Amun, er möge seine Herrschaft in Memphis erweitern und festigen und uns gnädigerweise als seine Werkzeuge gebrauchen. Und ich bin fest davon überzeugt, daß meine Bitten gehört werden. Doch die Götter handeln niemals sofort, denn das wäre würdelos und könnte den Eindruck erwecken, sie seien den Menschen hörig. Sei dem Sohn der Sonne eine gute Frau, sei fügsam und geduldig, ehre und achte auch Nefertari, denn sie hat nun einmal das Herz des Königs gewonnen. Auch sie ist sterblich ...«

Und fromm fügte Nes-Amun noch hinzu:

»Alle sind wir sterblich, und unser Schicksal liegt in den Händen der Götter.«

Nun kannte er die Sorgen seiner Herrin, und es waren auch seine Sorgen. Noch undeutlich formte sich in seinem Kopf ein Plan, der sogar ihn, den über alle Maßen Ehrgeizigen, schaudern ließ. Niemand am Hofe Isis-neferts durfte verdächtigt, niemand gefährdet werden. Es würde viel Mühe und vielleicht Jahre kosten, das Netz zu spinnen, doch das Ziel war es wert.

10

Wie es ihrer stolzen sprunghaften Art entsprach, erschien Prinzessin Merit überraschend und unangemeldet in der Bildhauerwerkstatt. Piay überwachte gerade die Herstellung von Statuen des Pharaos, die in halber Lebensgröße aus Hartgips gefertigt wurden und den Bildhauern in Theben als Modell dienten. Der Pharao war stehend und sitzend dargestellt, und niemals fehlte zu seinen Füßen Nefertari, die zärtlich seine Wade umfaßte.

Die Gehilfen warfen sich zu Boden und stoben erschreckt davon, als sie im Kreise der Hofdamen die Sonnentochter erkannten.

Piay verbeugte sich und tauchte seine gipsbeschmierten Hände in einen Eimer Wasser.

»Hätte ich gewußt, daß du mich mit deinem Besuch beehrst ...«

»Man muß nicht alles im voraus wissen«, sagte Merit altklug und schaute sich in der Werkstatt um. Sie deutete auf ein winziges Nefertari-Figürchen.

»Warum machst du meine Mutter immer so klein? In Theben habe ich einmal eine Sitzfigur des Königs Nebmare gesehen, doch seine Gemahlin Teje saß in gleicher Größe neben ihm. Ist Nefertari weniger wert als Teje?«

»Diese Frage, verehrte Prinzessin, wird dir nur Seine Majestät beantworten können. Aber das ganze Land weiß, wie sehr der Gute Gott seine Große Königliche Gemahlin liebt und schätzt.«

Merit ging nicht auf Piays Antwort ein, sondern sprang gleich zum nächsten Thema.

»Du wolltest doch eine Figur von mir machen? Also – hier bin ich!«

»Du meinst jetzt gleich?«

»Warum nicht? Ich befehle es dir!«

»Dann muß dein Diener gehorchen«, sagte Piay und griff nach dem Eimer mit Gips. Er goß etwas Wasser hinzu, knetete, walkte, rührte – und schwieg.

Merit blickte sich in der Werkstatt um.

»Wohin kann ich mich setzen?«

»Ich bilde dich stehend ab, das ist für eine junge Prinzessin angemessener.«

Piay nahm eine vorgefertigte Rohfigur aus Holz und begann sie mit Gips zu umkleiden. Im Grunde hätte es der Prinzessin gar nicht bedurft, denn Piay formte ihre Gestalt nach der alten ägyptischen Tradition: schlank, mit geschlossenen Beinen aufrecht stehend, den rechten Arm locker herabhängend, den linken angewinkelt mit einer Lotosblume in der Hand. Den breiten feinen Schulterkragen mit goldenen Nefer- und Anch-Zeichen schuf er nach der Wirklichkeit, ebenso die wundervollen Ohrringe mit den winzigen Skarabäen aus Lapis und Karneol. Um die mit blauen und gelben Fayenceperlen durchsetzte, bis zu den kleinen Brüsten reichende Perücke wand sich das breite Goldband mit der drohend aufgerichteten Uräusschlange, dem feurigen, alles Unheil abwehrenden Auge des Sonnengottes Re.

Er deutete diese Dinge nur an, die feine Ausführung verschob er auf später.

Bei dem Gesicht der Prinzessin wählte Piay einen Mittelweg. Es gab Auftraggeber, die wollten möglichst lebensecht dargestellt werden, und es gab solche, die für ihre Grabkammern eine zeitlos-jugendliche Erscheinung vorzogen. Beim Pharao aber oder bei Mitgliedern des Königshauses verlangte es die Tradition, daß das individuelle Menschenbild eingebunden war in die alles überstrahlende Majestät der Sonnenkinder, die erhaben zwischen dem Irdischen und dem Himmlischen standen. Dies galt vor allem für das Königspaar. Bei einer zwölfjährigen Prinzessin mußte das Majestätische nicht überbetont werden.

Piays überragendes Talent zauberte ein stolzes, anmutiges Jungmädchengesicht mit einer Spur von Lächeln, in dem Merit sich kaum wiedererkannte, das ihr jedoch außerordentlich gefiel.

»Und das – das bin nun ich?«

»Du bist es, Prinzessin, aber nicht, als schautest du in einen Spiegel. Du selbst wirst älter, wirst dich verheiraten, Kinder gebären, diese Statue aber wird dir immer gleichen, sie ist ein höheres Abbild von dir, fast so etwas wie dein Ka.«

Merits Gesicht verfinsterte sich.

»Ich will nicht älter werden, will auch nicht heiraten! Aber dich bewundere ich, Piay, du hast etwas sehr Schönes gemacht. Doch es ist nur aus Gips.«

Piay lächelte.

»Ich forme es später in Stein. Und vielleicht auch in Bronze, das wäre ein Geschenk für Seine Majestät, deinen erhabenen Vater – er lebe, sei heil und gesund!«

Merit klatschte fröhlich in die Hände.

»Du hast meine Gedanken erraten, Piay. Ich mag dich sehr!«

Ich dich auch, hätte Piay gerne gesagt, doch das wäre nicht schicklich gewesen.

»Deine Zuneigung ist das schönste Geschenk, das du mir machen kannst. Bewahre sie mir.«

»Dich könnte ich übrigens schon heiraten, du gefällst mir besser als alle meine Halbbrüder. Du hast so schöne graue Augen ...«

Sie ist noch ein Kind, dachte Piay, und weiß nicht, was sie redet. Doch dieses kindliche Geständnis hatte ihn seltsam berührt und ging ihm lange nicht aus dem Sinn.

Neun Tage später machte Piay sich mit den Modellfiguren des Pharao auf den Weg nach Süden.

Seit Ramses in Theben seine gigantischen Bauprojekte zu verwirklichen begann, herrschte in den Kreisen der Amun-Priester eitel Wonne. Sie hatten mit königlichen Versprechungen ihre eigene Erfahrung, doch Usimare Ramses setzte sein Werk sogleich in die Tat um. Tausende von Männern, zum Teil zwangsverpflichtete Bauern, arbeiteten ohne Begeisterung, doch unter der Peitsche wachsamer Aufseher bis zum Umfallen. Im Norden entstand der gewaltige Komplex eines Totentempels, im Süden wurde der von Pharao Nebmare errichtete Tempel der heiligen Familie Amun, Mut und Chons um einen mächtigen Pylon und einen riesigen Säulenhof erweitert. Doch das größte Bauvorhaben sollte am Amun-Tempel verwirklicht werden. Hier entstand ein Saal mit hundertvierunddreißig Papyrussäulen, von denen jede knapp vierzig Ellen hoch war und einen Umfang von etwa zwanzig Ellen besaß. Der Amun-Tempel selbst sollte durch Umbauten erweitert werden, doch dies waren eher bescheidene Pläne.

Piay hatte nun dafür zu sorgen, daß überall das vertiefte Relief angewandt wurde. Die Bildhauer hatten schon da und dort in der alten Technik begonnen, doch auf Wunsch des Königs mußte die mühsame Arbeit ausgetilgt und im vertieften Relief umgearbeitet werden. Ramses wollte seine Bauten einheitlich gestalten und duldete keine Abweichung.

Piays wichtigster Auftrag aber war es, über den ersten Nilkatarakt hinaus nach Süden zu reisen, um dort an der Grenze zu Kusch das felsige Ufer genau zu untersuchen. Hier sollte das bisher geheimgehaltene Projekt eines gigantischen Felsentempels verwirklicht werden, doch zuvor – das hatte der König betont –, zuvor wollte er seiner Geliebten einen Tempel bauen, der einer als Hathor vergöttlichten Nefertari geweiht war.

In Suenet, wo der Nilkatarakt die Weiterfahrt unterbrach, stieg Piay auf ein kleineres Boot um. Hier, am Tor zu Schwarzafrika, endeten alle wichtigen Handelsstraßen. Hier lieferten die Nubier ihren Tribut ab, und hier wurde der herrliche Rosengranit gebrochen, den die Pharaonen für ihre schönsten und kostbarsten Denkmäler verwendeten.

Piay wanderte hinauf zu den Granitsteinbrüchen und wurde gleich von einem Aufseher grob angefahren. Er war, um nicht aufzufallen, ohne Begleitung unterwegs, trug aber für alle Fälle eine gesiegelte Bestätigung mit sich, die ihn als Baumeister des Königs auswies. Die hielt er nun dem Aufseher unter die Nase, doch der brummte nur und holte den Oberaufseher.

Der las und verbeugte sich. »Verfüge über mich, ehrwürdiger Piay.«

»Zeige mir die Obelisken, die für den Tempel seiner Majestät gerade bearbeitet werden.«

Eifrig und mit vielen Verbeugungen führte ihn der Aufseher zu der Arbeitsstelle. Schon von weitem war das harte Klopfen der Steinkugeln zu vernehmen, mit denen Hunderte in langen Gräben hockende Männer den Obelisken vom Muttergestein trennten. Dies war eine außerordentlich anstrengende Arbeit, so daß die Leute alle zwei Stunden ausgewechselt wurden.

Piay kannte diese Technik, doch er hatte sie nie mit eigenen Augen gesehen. Er fragte den Aufseher:

»Was geschieht, wenn beide Seiten vom Muttergestein getrennt sind? Man muß den Stein ja auch von unten lösen.«

»Natürlich, Ehrwürdiger, das muß man. Unsere Leute hämmern an der Unterseite alles Gestein weg, bis auf ein paar Dutzend Stützen, die den Obelisk tragen. Der wird dann mit festen Stricken verschnürt und an sechs bis acht Seilwinden befestigt. Deren Zug muß nun ausreichen, ihn aus der Versenkung zu holen, während einige Männer dort unten die Steinstützen zertrümmern. So mancher kam dabei ums Leben, wenn die Winden nicht gleichmäßig anzogen und sie vom Obelisken zermalmt wurden. Es sind ja keine wichtigen Leute, und im Dienst Seiner Majestät zu sterben gilt als recht ehrenvoll.«

»Gewiß, gewiß«, sagte Piay, »vielleicht kommst du auch einmal in den Genuß eines solch ehrenvollen Todes. Du darfst nur die Hoffnung nicht aufgeben.«

Der Oberaufseher blickte Piay ganz verstört an, denn er wußte nicht, wie ernst dieser Wunsch gemeint war.

Der hier vorkommende graue und rosa Granit gehörte zum »feinen Gestein«, aus dem Götter- und Königsstatuen, Grabfiguren, Obelisken und Wandverkleidungen gemacht wurden.

Piay wußte, daß es sehr schwierig war, dieses harte Gestein zu bearbeiten, und erinnerte sich nur zu gut, wie er als Lehrbub tage-, ja wochenlang an den Werkstücken aus Granit geschliffen und poliert hatte.

Am nächsten Morgen setzte Piay seine Weiterreise in den Süden fort, die noch mehrere Tage dauern sollte. Er hatte sich eine genaue Karte zeichnen lassen, um die richtige Stelle zu finden, wo der König seine Tempel errichten wollte.

Piay war noch nie so tief in den Süden vorgedrungen und sah nun, wie das Land sich veränderte. Die Wüste trat immer näher an den Fluß heran, das Fruchtland war sehr schmal geworden und verschwand manchmal völlig vor den steil aufragenden Ufern aus gelbem Sandstein. Die Hitze steigerte sich von Tag zu Tag, während die Nächte immer kühler wurden. Der Schiffsführer hatte einen Vorrat an Wolldecken dabei und lachte jeden Morgen, wenn Piay aus seinem Lager kroch und sofort vor Kälte zu zittern begann. Der Mann sprach nur gebrochen Ägyptisch und war dunkelhäutig, wie die Menschen in den vorbeiziehenden, sehr armselig wirkenden Dörfern.

Am siebten Tag erreichten sie den kleinen Militärposten, wo ein ägyptischer Offizier Piay überschwenglich begrüßte. Er war hierher für fünf Jahre strafversetzt worden und zählte die Tage, bis er wieder zurückdurfte.

»Nicht einmal begraben möchte ich hier sein! Du kannst dir nicht vorstellen, wie eintönig der Dienst hier ist. Kusch ist seit vielen Jahren eine friedliche Provinz, und die Jagd auf Ratten zählt hier im Lager zu den aufregendsten Ereignissen.«

Er quetschte Piay aus wie ein Verdurstender die Zitrone und wollte selbst unwichtige Kleinigkeiten über den König, seinen Hof, seine Frauen und vor allem natürlich über den Krieg mit den Chatti wissen. »Ich selbst war auch nicht dabei, doch wie man hört, hat der Gute Gott – er lebe, sei heil und gesund! – vor Kadesch einen großen Sieg errungen, der die Gefahr aus dem Norden für viele Jahre bannt.«

Der Offizier nickte begeistert.

»Ja, unser starker Horus User-Maat-Re setep-en-Re, was würde ich geben, nur einmal zu seinen Füßen zu liegen! Er führt Kemi zu neuem Glanz, und ich habe schon jetzt dem Amun von Theben einen fetten Ochsen versprochen, sollte ich vor der Zeit begnadigt werden.«

»Was war dein Vergehen?« fragte Piay.

Der Offizier druckste ein wenig herum.

»Eigentlich nichts Besonderes. Ich war damals in Theben stationiert, habe mich dort – nun, dort gab es eine junge Witwe, und in ihren Armen habe ich meinen Dienst vergessen. Ihr süßer Schoß, ihre Alabasterbrust, die Hände wie Lotoskelche – also, was soll ich sagen, ich erschien etliche Tage nicht bei der Truppe ...«

»Ich verstehe, doch fünf Jahre in der Wüste sind schon ein hoher Preis.«

»Du hättest sie sehen sollen«, schwärmte der Offizier mit leuchtenden Augen, »sie erschien mir wie Hathor in eigener Person.«

»Vielleicht kann ich etwas für dich tun ...«, sagte Piay unbestimmt, »doch zunächst brauche ich deine Hilfe. Ich muß hier an einer bestimmten Stelle einige Gesteinsproben entnehmen, ein kleiner Seth-Tempel soll gebaut werden.«

Der Offizier nickte bitter.

»Ja, dieser Wüstengott paßt hierher. Ein großer Trost ist das nicht, aber das soll mich nicht kümmern – jedenfalls hat mich dein Besuch sehr erfreut.«

Zusammen mit ihm und einigen nubischen Bogenschützen gingen sie am Ufer entlang eine halbe Stunde nach Norden, und da, an einer Flußbiegung, ragte die mächtige Wand gut achtzig oder hundert Ellen hoch. Piay schaute in seine Karte – ja, das mußte die Stelle sein. Er ging nahe heran. Das begehbare Ufer war schmal geworden, und schon nach wenigen Schritten türmte sich der sandfarbene Fels in den wolkenlosen Himmel. Nach Westen fiel der Hügel flach ab, und von dort stieg Piay hinauf, untersuchte den Boden, klopfte mit seinem Bronzehammer, maß da und dort etwas aus – und konnte am Ende dem König nur recht geben: Eine geeignetere Stelle für einen gewaltigen Felsentempel hätte sich kaum finden lassen.

Piramesse, die neue Hauptstadt des Reiches war so weit vollendet, daß der Hof und die Priester dorthin umziehen konnten. Die Häuser und Paläste waren schnell erbaut, denn sie dienten den Lebenden ja nur für einige Jahrzehnte, und so verwendete man lediglich Nilschlammziegel, Holz und andere vergängliche Materialien. Die Gräber und Tempel waren dagegen aus Stein, denn sie wurden für die Ewigkeit erbaut. Zwar war es den Baumeistern gelungen, die Tempel ziemlich schnell zu errichten, aber die Bildhauer und Steinmetzen kamen mit der Arbeit nicht nach, so daß es an allen Ecken und Enden an Statuen und Wandschmuck fehlte.

Der König hatte die Tugend der Geduld weder erlernt, noch schätzte er sie. Bei ihm mußte immer alles sehr schnell gehen, und so ließ er die Tempel der umliegenden Städte rücksichtslos plündern – ja sogar Memphis mußte aushelfen, und nicht ein Priester, nicht ein Beamter wagte seine Stimme dagegen zu erheben. Bei zahlreichen Statuen ließ er die Namenskartuschen seiner Vorgänger ausmeißeln und die seinen darübersetzen. Nur so war es gelungen, in wenigen Jahren eine Hauptstadt aus dem Boden zu stampfen, die würdig war, als Königsresidenz zu dienen. Die meisten Ämter aber blieben in Memphis, und Ramses hatte angekündigt, alljährlich einige Monate im Peret, also der kühleren Jahreszeit, dort zu verbringen.

Auch wenn das Palastviertel fertiggestellt war, so fehlte es noch immer an Wohnungen für Beamte, Diener, Handwerker und Arbeiter. Die zwangsverpflichteten Chabiru reichten bei weitem nicht aus, um die benötigten Ziegel herbeizuschaffen. Es war ein stolzes, störrisches Volk, und wenn die Miliz heute hundert eingefangen hatte, fehlte schon in den nächsten Tagen die Hälfte. Da halfen keine Prügel und auch kein Ohrenabschneiden; dieses freiheitsdurstige Nomadenvolk sah sich mißbraucht und fühlte sich dem Pharao nicht verpflichtet.

Immer wieder liefen Bauaufseher zum Wesir und beklagten sich über die Chabiru, und nun meldete sich Parahotep beim König

»Ich wollte dich eigentlich nicht mit so etwas Geringfügigem behelligen, Majestät, aber wenn ich deine Schönen Befehle erfüllen soll, dann müssen alle, wirklich alle mich dabei unterstützen. Es geht wieder einmal um die Ziegelherstellung. Die Kornmagazine sind erst halb fertig, und die Bauleute lungern herum, weil ihnen das Material fehlt. Wir haben jeden Mann, jede Frau, jedes Kind – soweit sie irgendwie entbehrlich waren – von der Nordgrenze bis hinunter nach Memphis in die Ziegelwerkstätten gesteckt und hätten deinen Zeitplan wohl halbwegs erfüllen können, gäbe es nicht diese widerspenstigen Chabiru. Man kann ganze Bambuswälder auf ihren Rücken zerschlagen – sie arbeiten schlecht, sie arbeiten langsam, oder sie entziehen sich ihrer Pflicht dir gegenüber und fliehen in die Wüste. Was sollen wir tun?«

Ramses schüttelte nachdenklich den Kopf.

»Ich verstehe nur eines nicht. Alles im Lande Kemi läuft reibungslos, weil die Götter in ihrer Weisheit den Bambus geschaffen haben. Der säumige Bauer, der langsame Sklave, der unbotmäßige Beamte, der nachlässige Priester, der faule Schüler, der störrische Esel – sie alle bringt der Stock zur Vernunft und erinnert sie an ihre Pflichten. Sind die Chabiru eine Ausnahme? Sind es keine Menschen, sind ihre Rücken so taub wie ihre Ohren?«

Da mußte der Wesir Parahotep lachen.

»Da fällt mir unsere Schulzeit ein und das von den Lehrern so häufig gebrauchte Wort: Das Ohr des Schülers sitzt auf dem Rücken, und er hört nur, wenn man ihn schlägt.«

Nun lachte auch Ramses.

»Ja, mein Vater, der Osiris Seti, hatte den Lehrern ausdrücklich erlaubt, auch bei mir den Stock anzuwenden, doch sie taten es aus Respekt vor dem Kronprinzen nie allzu heftig. Immerhin – es hat genützt, auch weil man sich vor den anderen schämte. Daher nochmals meine Frage: Sind die Chabiru anders? Was unterscheidet sie von den Ägyptern?«

Der Wesir zuckte die Schultern.

»Ich weiß es nicht. Man sagt, sie glauben nicht an unsere Götter. Wenn du es ganz genau wissen willst, Majestät, so befrage doch statt meiner diesen Mose, der sich als ihr Führer versteht. Ich will ihn morgen empfangen.«

»Gut, ich werde dabeisein.«

Am Abend sprach Ramses mit Nefertari über die Schwierigkeiten mit den Chabiru.

»Was würdest du an meiner Stelle tun, wenn Prügel und andere Strafen versagt haben?«

»Mein Vater schlug seine Feldsklaven sehr selten. Wenn einer seine Tagesarbeit nur ungenügend erledigte, also etwa statt zwölf Scheffel Korn nur acht ausdrosch, dann mußte er am nächsten Tag zwanzig Scheffel abliefern. Er arbeitete dann schneller und schaffte mindestens zehn. Etwas Ähnliches ließe sich auch mit den Chabiru versuchen.«

Ramses lachte.

»Man könnte es versuchen. Wie geht's unseren Prinzen?«

»Amani macht mir Sorgen. Obwohl er schon zwölf ist, zieht er sich immer mehr in sich zurück, steckt dauernd bei seiner Amme, die ihn natürlich verhätschelt. Seine Waffenübungen schwänzt er häufig, verkriecht sich in irgendeinem Garten, legt sich unter einen Busch und starrt in den Himmel. Aber das wirst du ja auch wissen.«

»Natürlich weiß ich es, aber ich nehme es nicht allzu ernst. Das kann sich schnell ändern. Und Jonam?«

»Der ist ein Wildfang, den muß man eher zügeln. Er prügelt sich dauernd mit seinen Mitschülern herum, die sich kaum zu wehren wagen. Gestern hat er in meinem Garten die höchste Sykomore erklettert, ist auf einen morschen Ast getreten und heruntergefallen – auf die Füße natürlich, wie eine Katze, aber den Knöchel hat er sich dabei verstaucht. Jetzt humpelt er auf Krücken ins Schulzimmer und läßt sich von den anderen bewundern. Bei alldem hat er aber ein gutes Herz, ist hilfsbereit und freigebig. Ich hoffe, du kümmerst dich auch ein wenig um Isis-neferts Kinder? Mir wurden Klagen zugetragen ...«

Ramses fuhr zornig auf.

»Klagen?! Ja, was will sie denn eigentlich noch, die verhinderte Priesterin? Sie hat ihren Hofstaat, ihre Diener und Vertrauten, ich hole sie regelmäßig in mein Bett, habe zwei Söhne mit ihr gezeugt, die den Uräus tragen und genauso respektvoll behandelt werden wie der Thronfolger und sein Bruder. Ist das zu wenig?«

»Ihr ist es zu wenig. Als Mutter deiner Söhne erwartet sie sich mehr Beachtung, auf den Inschriften wird sie kaum erwähnt, wird niemals mit dir abgebildet. Sie sei kaum besser dran als irgendeine Nebenfrau, soll sie kürzlich geäußert haben.«

»Und da hat sie recht! Wenn ich sie besuche, tue ich es nur mit dem da –«, er wies auf seinen Penis, »aber niemals mit dem Herzen. Das hältst ja du in Verwahrung und gibst es nicht heraus.«

»Erst nach meinem Tod erhältst du es zurück – dann magst du es einer anderen schenken.«

»Ach Nefertari ...«

Der starke, große Ramses sah seine kleine, zierliche Frau zärtlich an, blickte in die schrägen dunklen Augen und war verliebt wie am ersten Tag.

Mose stammte aus Pithom, der östlichen Grenzstadt des Landes Kemi. Diese Stadt lag mitten in der Wüste an einem Nebenarm des Nils, der auf seinem Weg nach Osten von einem schmalen Streifen Fruchtland begleitet war. In diesem Gebiet lebte der Nomaden- und Hirtenstamm der Chabiru, von denen einige in Pithom seßhaft geworden waren oder dort einer Arbeit nachgingen. Der größte Teil des Stammes aber durchzog mit seinen Schaf- und Rinderherden die Wüste, wobei diese Bezeichnung nicht ganz zutrifft. Da und dort lagen kleine Wasserstellen, die von Pflanzenwuchs umgeben waren und von den Wächtern der Chabiru streng gehütet wurden. Es gab in dieser Wüste auch weite steppenartige Flächen, die aber doch ausreichten, einige Schafherden für längere Zeit satt zu machen.

Ramses war nicht der erste Pharao, der die Chabiru zur Fronarbeit zwang. Auch seine Vorgänger hatten dies von Zeit zu Zeit getan.

Um ihren Sohn vor einem solchen Schicksal zu bewahren, gaben die Eltern den sechsjährigen Mose zu einem Schreiber in die Lehre, der in Pithom das geachtete Amt eines Magazinverwalters ausübte. Der ließ sich für diesen Dienst reichlich mit Korn, Datteln, Honig und Schlachtlämmern bezahlen, doch bald erkannte er, daß dieser kleine Chabiru mehr wert war als die monatlichen Zuwendungen seiner Eltern. Mose lernte leicht und schnell und konnte dem Schreiber bald zur Hand gehen. Der setzte sich gerne in den Schatten seines kleinen Gartens und ließ Mose die leichteren Aufgaben selbständig verrichten. Als der verwitwete und kinderlose Schreiber starb, schlüpfte Mose ohne Schwierigkeit in seine Rolle und wurde von den Beamten des Königs vorläufig zu seinem Nachfolger ernannt. In dieser Zeit war Mose gerade zwanzig Jahre alt geworden und hatte sich mit den Jahren in einen Ägypter verwandelt. Die Verbindung zu seinen Eltern war nicht abgerissen, doch sie beschränkte sich auf seltene Besuche. Sein Volk war ihm fremd geworden, er dachte und fühlte als Ägypter und versäumte es nicht, an den Festtagen in dem Atum-Re geweihten Tempel sein Opfer darzubringen. Das Zeichen dieses Gottes, einen in Gold gefaßten Karneolskarabäus, trug er um den Hals, und der von seinem Stamm verehrte namenlose und unsichtbare Gott bedeutete ihm nichts mehr.

Da starb sein Vater, und Jochebet, seine Mutter, ließ ihren Erstgeborenen rufen, daß er sein Amt als Haupt der Familie übernehme. Mose kam, doch er beschloß, seinem jüngeren Bruder Aaron das Erstgeburtsrecht zu übertragen. Da stimmte Jochebet ein großes Klagen an: Was Mose vorhabe, sei gegen Gottes Gesetz, und sie verlangte, daß die Ältesten über diesen Fall berieten. Das war aber gerade um die Zeit, als die Truppen des Pharao die Chabiru zur Fronarbeit verschleppten, und wer konnte, brach seine Zelte ab und floh in die Wüste. Mose sah dieses Elend, und plötzlich fiel alles Ägyptische von ihm ab. Aus ihm wurde wieder ein Chabiru, der seine Stammesgenossen zum Widerstand aufstachelte.

»Ihr seid keine Ägypter!« rief er ihnen zu, »und der Pharao hat kein Recht, euch als Sklaven zu benützen.«

Da er schreiben und lesen konnte und die Art der Ägypter kannte, war er schon längst im Zeltlager und trieb seine Stammesbrüder zur Flucht, noch ehe die Befehle aus Piramesse verkündet waren und die Truppen sich auf den Weg machten.

Die Chabiru sahen in ihm bald eine Art Stammesführer, vertrauten ihm und gehorchten seinen Weisungen. Sein Amt als Magazinverwalter wurde neu besetzt, und ihn selber suchte man als Anführer und Verräter. Um seiner Festnahme zuvorzukommen, ging er auf Schleichwegen nach Piramesse und wandte sich an den Wesir, wie es jedem Untertan des Pharao zustand.

Der Wesir ließ ihn lange warten. Eine Stunde nach Sonnenaufgang war Mose bestellt, doch Re stand schon fast im Zenit, als man ihn endlich rief. Wenn damit erreicht werden sollte, Mose ängstlich und nachgiebig zu stimmen, so hatte man ihn unterschätzt. Immer wieder sah er vor sich, wie seine Stammesbrüder mit Stockschlägen weggetrieben wurden, sah die Zwangsarbeiter vor den Mauern von Pithom – die Grenzstadt sollte neu befestigt werden – den Nilschlamm vom Ufer heraufschleppen, sah, wie sie den feuchten Lehm mit Häcksel vermischten und in die hölzernen Ziegelformen strichen. Diese Bilder ließen ihn immer zorniger werden. Das war nun in Pithom, doch es gab im Delta noch größere Ziegelwerkstätten, wo sein Volk seine Kraft an die ungeheuren und gotteslästerlichen Bauten des Pharao vergeudete.

Doch davon ließ sich Mose nichts anmerken. Er kniete vor dem Wesir nieder, begrüßte ihn nach ägyptischer Art und wartete.

Parahotep diktierte gerade zwei Schreiben und ließ Mose lange im Staub warten, bis er sich ihm zuwandte.

»Dein Ruf als Aufrührer und Unruhestifter ist bis hierher gedrungen. Du hetzt deine Stammesbrüder gegen den Guten Gott auf, erkühnst dich, ihnen Befehle zu erteilen, hinderst sie an ihren Pflichten – das ist Hochverrat, Mose, und kann mit dem Tod bestraft werden. Rechtfertige dich!«

»Ehrwürdiger, die Chabiru sind keine Untertanen des Königs, sondern freie Nomaden und Hirten, denen schon seit Urzeiten gestattet ist, sich mit Herden in dem Gebiet um Pithom zu ernähren. Diese Erlaubnis war nie mit einer Bedingung verknüpft, und weder der Pharao – er lebe, sei heil und gesund! – oder einer seiner erhabenen Vorgänger hat sie jemals widerrufen.«

Da erkannte Parahotep, daß nicht ein dummer Hirte vor ihm stand, sondern ein schlauer junger Mann, der wußte, wovon er sprach. Eher unscheinbar von Gestalt, lebten in seinem glatten Jünglingsgesicht nur die Augen. Sie brannten wie feurige Kohlen – es waren die Augen eines Unbeugsamen, eines Aufrührers, eines Führers.

»Es stimmt, was du sagst, Mose. Doch es widerspricht jedem Recht und Gesetz unseres Landes, daß Menschen in und von Kemi leben, ohne irgendeinen Tribut zu entrichten. Ihr habt euch in den letzten Jahren auf eine Weise vermehrt, daß ihr den Ägyptern das Brot vor der Nase wegstehlt. Einst wart ihr nach Hunderten zu zählen, jetzt seid ihr Tausende. Vom Feldsklaven bis zum Wesir dienen wir alle dem König, und jeder entrichtet auf die ihm gemäße Weise seine Abgaben. Warum sollen wir mit den Chabiru eine Ausnahme machen? Ihr verachtet unsere Götter, nährt euch von unserem Grund und Boden und gebt nichts dafür. Jetzt aber benötigt euch der Gute Gott für seine Bauarbeiten, und ihr könnt von Glück sagen, daß er es nicht schon längst getan hat. Auf diese Weise begleicht ihr eure längst fälligen Steuern – weiter nichts!«

»Gut«, sagte Mose, »das ist ägyptisches Gesetz, dem wir uns – als freie Nomaden – nicht länger fügen wollen. So laß uns wegziehen aus Kemi, Wesir. Wir gehen weiter nach Norden und werden uns nicht länger an euren Weiden mästen. Laß uns ziehen, Wesir!«

Ramses hatte durch eine offene Tür dieser Unterhaltung beigewohnt und betrat in diesem Augenblick den Raum.

Parahotep rief:

»Der Gute Gott, der Sohn der Sonne und Herr beider Länder!« Wieder warf sich Mose zu Boden.

Ramses setzte sich und sagte:

»Höre, was meine Majestät dir zu sagen hat! Wer unsere Götter mißachtet und unsere Gesetze nicht anerkennt, soll sich ruhig davonmachen. Doch zuvor sollt ihr bezahlen, was euch seit Jahrhunderten umsonst gegeben wurde. Die Chabiru wurden bisher mit der leichten Arbeit des Ziegelbackens betraut; das Stroh für den Häcksel haben andere gesammelt und zerkleinert. Diese Aufgabe übertrage ich nun euch, ohne an der festgesetzten Zahl der Ziegel etwas zu ändern. Ihr seid ein faules, störrisches Pack und sollt nun endlich spüren, was Recht und Gesetz ist in Kemi. Falls mir zu Ohren kommt, daß du meine Befehle hintertreibst, dann lasse ich dir die Ohren abschneiden und sende dich in die Steinbrüche von Suenet!«

Ramses sprang auf und verließ den Raum.

»Erhebe dich, Seine Majestät hat den Raum verlassen!«

Mose stand auf, seine Glieder zitterten, seine Augen glühten.

»Warum straft uns der Pharao? Was hat ihm mein Volk getan? Wir wollen doch nur im Frieden leben, unserem Gott dienen.«

»Eurem Gott!«

Die Stimme des Wesirs klang höhnisch. »Welchem Gott – wie nennt ihr ihn, wie sieht er aus, wo ist sein Tempel? Ist es ein neuer Gott? Wir haben nichts dagegen: Baal und Ischtar werden in Memphis verehrt, wir achten fremde Götter, wie sie auch heißen mögen. Also nenne mir seinen Namen, Mose!«

Die Augen des jungen Mannes glühten, er hob beschwörend die Hände.

»Es ist kein neuer Gott, Wesir, sondern ein ganz alter, den es seit Ewigkeiten gibt und in Ewigkeit geben wird. Und er hat keinen Namen! Er hat keinen Tempel! Es gibt von ihm kein Bild! Nomaden ziehen im Land herum, sollen sie Statuen und Tempel mit sich schleppen? Wir tragen unseren Gott im Herzen, er ist in uns, und manche hören seine Stimme. Wir opfern ihm an den Festtagen, wie ihr es bei euren Göttern tut, doch wir opfern nicht vielen, sondern nur dem Einen und Einzigen.«

Der Wesir lächelte spöttisch.

»Genau das tun wir doch auch. Ob ich nun den Weihrauch vor Ptah, Amun, Osiris, Mut, Isis, Hathor oder anderen in die Glut streue – ich opfere der Gottheit, die, um es den Menschen leichterzumachen, in vielerlei Gestalt auftritt. Es wurde schon einmal der Versuch gemacht, das Volk an einen Gott zu gewöhnen, und dieser Versuch ist gescheitert. Trotzdem scheint mir, daß die Ägypter, die Chabiru, die Chatti und Mitanni, die Mentiu und Schasu im Grunde zu einer Gottheit beten, mag ihr Name verschieden sein oder mag sie sogar namenlos sein.«

Diese versöhnlichen Worte drangen nicht in das Herz des Jünglings Mose, der sich schon vor einiger Zeit den Skarabäus Re-Atums vom Hals gerissen hatte.

»Es gibt nur einen Gott, und er hat uns zu seinem Volk erwählt. Mehr ist darüber nicht zu sagen.«

»Gehe zurück nach Pithom und hüte deine Zunge, wenn du sie behalten willst. Ich verlange sogar von dir, daß du deinen Stammesbrüdern selber mitteilst, was der Pharao verfügt hat – und wehe dir, wenn ich merke, daß du uns hintergehst. Du warst schon ein Ägypter, Mose, du hättest es bleiben sollen. Vor dir liegt ein schwerer Weg, und dein namenloser Gott möge dich vor Unheil behüten. Nur glaube ich, die ägyptischen Götter sind stärker und werden am Ende den Sieg davontragen.«

Seit der geglückte Überfall auf den Amun-Tempel die Wüstenräuber reich gemacht hatte, war eine Veränderung zu spüren. Einige von ihnen waren bald darauf mit ihrem Beuteanteil verschwunden, andere gingen, ohne sich abzumelden, nach Memphis, um dort in den Schenken ihr Gold zu verprassen. Die von dort zurückkamen, ließ Meru in Ketten legen und bestrafte sie mit Stockhieben und Nahrungsentzug. Das aber machte böses Blut, und es wurden Stimmen laut, der neue Sobek möge sich lieber etwas einfallen lassen, um die Schatzkammern aufzufüllen, anstatt Männer zu bestrafen, die es sich ein bißchen gutgehen ließen.

Der für das Auskundschaften zuständige »Erde« war vor einigen Tagen spurlos verschwunden, und Meru mußte allmählich damit rechnen, daß einer dieser Abtrünnigen irgendwo aufgegriffen wurde und den Schlupfwinkel der Bande verriet. Er war weder ängstlich, noch sorgte er sich besonders um die Zukunft, doch ein zunehmendes Gefühl der Unsicherheit machte ihm zu schaffen. Es war, als säße er in einem alten, morschen Boot, das weit vom Ufer entfernt auf den Wellen tanzte und sich langsam mit Wasser füllte.

Jeden Tag konnten die Niu sie hier aufstöbern. Dann mußte der Tempelraub ans Licht kommen, und sie würden gemeinsam auf dem Scheiterhaufen einen schrecklichen Tod erleiden.

Meru ließ »Luft« und »Wasser« kommen und besprach sich mit ihnen: »Die große Beute hat unsere Männer verdorben. Manche glaubten, mit ihrem Anteil wieder ein anständiges Leben beginnen zu können, und diese Leute bilden eine große Gefahr für uns. Wo mag zum Beispiel ›Erde‹ sein? Vielleicht ist er schnurstracks zum Wesir gelaufen und will sich mit einem umfassenden Geständnis freikaufen? Vielleicht sind die Niu schon auf unserer Spur und warten die Nacht ab, um uns auszuräuchern?«

»Luft« meinte:

»Zumindest sollten wir schleunigst das Quartier wechseln. Lassen wir die Männer doch abstimmen! Wer nicht bleiben will, soll sofort gehen, und wir übrigen suchen uns ein neues Versteck.«

Bei der Abstimmung stellte sich heraus, daß etwa ein Viertel der Männer es vorzog zu verschwinden. Es waren vor allem die äußerlich unversehrten, denen weder eine Hand noch Ohren oder Nase fehlten und die sich oft nur aus Abenteuerlust der Bande angeschlossen hatten.

Hinzu kam noch, daß der alte Sobek – obwohl er sich selten zeigte – auf eine fast magische Art die Leute zusammengehalten hatte. Keiner hatte sich je seinen Befehlen widersetzt, nie war seine Autorität in Frage gestellt worden. Er hatte wie ein Hoherpriester in seiner Höhle gelebt und die Geschicke der Bande wie ein König geleitet, dessen Wort augenblicklich zum Gesetz wird.

Meru aber war den Leuten in seiner Rolle als »Feuer« vertraut, als furchtloser Anführer bei den Raubzügen, doch an ihm war nichts Geheimnisvolles, er war einer der Ihren, den sie als Hauptmann schätzten und bewunderten, der aber als Sobek in seiner Schatzhöhle keine besondere Autorität gewann.

Meru wußte genau, daß er die Leute beschäftigen mußte, sollte er nicht eines Tages abgesetzt oder erschlagen werden. So ernannte er einen ihm geeignet erscheinenden Mann zur »Erde« und teilte Min trotz schwerer Bedenken das Amt des »Feuers« zu. Mit »Erde« tat er einen guten Griff, denn schon bald hatte dieser ein Gut in der Umgebung von Fajum ausgekundschaftet, wo fast die ganze Familie und ein Teil der Dienerschaft in kurzer Zeit einer ansteckenden Krankheit erlegen waren. Da die Erbschaft noch nicht geregelt war, ging dort alles drunter und drüber, und dies, so meinte »Erde«, müsse sofort genutzt werden. Die einzige Schwierigkeit bestand in der weiten Entfernung, denn das Gut war etwa acht Iteru entfernt, und das bedeutete mindestens zwei Tagesreisen. Es mußte also ein Zwischenlager eingerichtet werden, wo man gefahrlos die Nacht verbringen konnte.

Meru zeigte sich hoch erfreut. In seiner jetzigen Lage wäre ihm jeder Vorschlag recht gewesen. Er ließ den Leuten verkünden, daß ein neuer Raubzug vorbereitet werde, bei dem es auf jeden einzelnen ankomme, der aber trotzdem ziemlich gefahrlos sei.

Eine solche Nachricht hatten die Männer insgeheim erhofft, und keiner murrte, als Meru tägliche Waffen- und Reitübungen anordnete. Das Ansehen Sobeks stieg wieder, und er machte sich mit seinen Gehilfen an die Ausarbeitung des Planes.

Gerade um diese Zeit aber wurde ein Auftrag an ihn herangetragen, der Merus Neugier, aber auch sein Mißtrauen erregte. Über zahlreiche, seit langem tätige Zwischenträger wurde ihm die Nachricht übermittelt, er könne, falls er wolle, die Beute von zehn großen Raubzügen auf einmal erhalten, doch dazu müsse Sobek selbst oder einer seiner Vertrauten nach Memphis kommen. Das immer wache Mißtrauen eines langjährigen Verbrecherdaseins war so stark, daß ihm Memphis zu gefährlich erschien.

Meru ließ antworten, Sobek werde selbst erscheinen, doch er schlage als Treffpunkt die Südseite der Pyramide des Osiris Men-kau-Re vor. Der Vorschlag wurde angenommen, und Meru machte sich mit seinem Diener, einem sehr dummen, aber auch sehr treuen und anhänglichen Menschen auf den Weg. Sie waren beide gleich gekleidet, ritten gleichfarbige Pferde und verhüllten ihr Gesicht auf gleiche Art.

Als die kleine Men-kau-Re-Pyramide in Sichtweite war, schickte Meru den Diener los und schärfte ihm ein:

»Reite vorher um alle drei Pyramiden herum, die dort in einer Reihe stehen. Wenn dir nichts Verdächtiges auffällt, rede den Mann an der Westseite der kleinsten Pyramide an, und wenn er unser Kennwort weiß, bringe ihn hierher, aber nur ihn allein!«

Meru war so ruhig und furchtlos wie immer. Seine scharfen Augen waren nach Norden gerichtet, und von dort näherten sich nach einiger Zeit zwei Reiter, einer zu Pferde, einer mit dem Esel.

So dumm Merus Diener auch sein mochte, er wollte seinen Herrn vor jeder Gefahr bewahren und hatte seinem Begleiter die Spitze seiner Lanze auf den Nacken gesetzt.

»Ist gut«, sagte Meru, »warte zehn Schritte entfernt auf mich und halte die Augen offen. Ist der Mann bewaffnet?«

Der Diener sprang ab und betastete den anderen am ganzen Körper. »Nein, Herr.«

»Gut – laß uns allein!«

Meru stieg ab und setzte sich mit gekreuzten Beinen auf den Boden. Wortlos wies er auf den Platz gegenüber. Der andere ließ sich ebenfalls nieder, sein Gesicht lag im Schatten einer großen Kapuze.

»Ich bin Sobek – also sprich!«

»Mein Name ist unwichtig«, begann der Vermummte, »um so mehr, als es hier nicht um Menschen geht, sondern um Götter – um einen Gott, um den König der Götter, um Amun.«

Als der andere schwieg, sagte Meru:

»Ich habe verstanden, es geht um Amun, doch welche Aufgabe hast du mir dabei zugedacht?«

»Amun hat einen Auftrag für dich, und Amun zahlt reichen Lohn. Du wirst schon jetzt zehn Gold- und fünf Silberdeben bekommen und nach dem Vollzug nochmals die gleiche Menge.«

Wieder schwieg der andere. Meru wurde ungeduldig:

»Nun kenne ich den Lohn, aber von der Art des Auftrags weiß ich immer noch nichts.«

Der Kapuzenmann beugte sich vor und flüsterte:

»Du sollst den Erbprinzen töten!«

Meru fuhr zurück. War dies ein Traum? Hatten seine Rachegedanken Gestalt angenommen? Sein Wunsch, Vergeltung an Ramses, seinem »Richter« zu üben, hatte sich in eine ferne unbestimmte Zukunft verlagert, und es fehlte ihm auch jede Vorstellung davon. Das war wie mit dem Tod – jeder weiß, daß er einmal kommt, doch man schiebt den Gedanken weg, weil man zu sehr mit dem Leben beschäftigt ist. Und so war es auch bei Merus Rachepländen – sie waren fern und unbestimmt wie der Tod, doch es gab sie noch, wenn er auch kaum daran gedacht hatte, Ramses mit dem Tod des Prinzen Amani zu »bestrafen«. Immerhin – damit konnte er den König schwer treffen, obwohl die Durchführung gefährlich, wenn nicht unmöglich war.

»Also! Nimmst du den Auftrag an?« fragte der Vermummte ungeduldig.

Nur schwer fand Meru aus dem Strom seiner Gedanken in die Gegenwart zurück.

»Das wird sich kaum durchführen lassen. Ich kenne niemand bei Hof, und unsere wenigen Verbindungen sind abgerissen, seit der König mit seiner Familie in Piramesse lebt. Auch gilt bei uns das Prinzip: Wir führen jeden Auftrag durch, doch keinen, der mit dem Guten Gott und seiner Familie zu tun hat.«

Der andere kicherte böse:

»Und mir hat man gesagt, ihr seid die einzigen, die imstande seien, auch diese Aufgabe zu lösen. Und bedenke: Nicht ein Mensch verlangt von dir, daß du Amani zu Osiris schickst, es ist der Gott selbst!«

»Der Gott selbst!« sagte Meru spöttisch, »wie kann das sein? König Ramses wurde von Amun-Re gezeugt, und er wiederum ist der Vater des Kronprinzen Amani. Wie kann Amun seinen eigenen Enkel töten?«

»Das geht dich nichts an! Der Gott hat seinen Grund, und wenn du ein wenig nachdenkst, wirst du selber draufkommen. Auch Isis-nefert hat dem König Söhne geboren – sie stammt aus Theben und ist eine treue Dienerin unseres Gottes. Den Rest mußt du dir selbst ausdenken.«

Merus Gedanken aber glitten wieder davon; er spürte den scharfen, grellen Schmerz, als der Henker ihm die Ohren absäbelte, er sah sich wieder als Zwangsarbeiter im Steinbruch, schlimmer behandelt als ein Tier, verzweifelt, ohne Hoffnung, jeden neuen Tag verfluchend.

Vielleicht hätte er doch in ein normales Leben zurückgefunden, aber nun war er entstellt und auf Lebenszeit ausgestoßen, hatte zahlreiche Verbrechen auf sich geladen und konnte nur hoffen, daß er niemals in die Hände der Niu fiel.

»Soll ich bis Sonnenuntergang hier sitzen? Ich warte auf deine Antwort!«

Meru fuhr auf. Ja, das wäre eine schöne Rache!

»Wie stellst du dir das vor? Soll ich an die Pforte des Königspalastes klopfen und sagen: Ach, schickt mir doch den Kronprinzen heraus, Amun will seinen Tod, und dann stoße ich ihm ein Messer ins Herz.«

»Hör zu! Wir haben uns natürlich schon Gedanken darüber gemacht. Wenn der König auch jetzt in Piramesse residiert, so verbringt er doch einige der Peret-Monate in Memphis und im Fajum, um dort auf die Jagd zu gehen. Die letzten Jahre hat er immer seine Söhne dabeigehabt, denn es ist sein Ehrgeiz, sie an seiner Lieblingswaffe, dem Bogen, auszubilden. Manchmal verirren sie sich dabei im Sumpfdickicht, verlieren die Verbindung zur Leibwache ...«

Meru hatte aufmerksam zugehört.

»Ein verirrter Pfeil ...«, sagte er nachdenklich.

Der Kapuzenmann nickte.

»Ich sehe, du hast verstanden. Heißt das, du nimmst den Auftrag an?«

»Das heißt gar nichts! Ich muß alles erst durchdenken, möchte mir die Jagdgründe im Fajum ansehen. Und da ist noch etwas: Falls ich den Auftrag selbst ausführe, nützen mir deine ganzen Schätze nichts. Denn die Polizei des Königs wird mich bis ans Ende der Welt verfolgen. Wenn Amun so viel am Tod des Kronprinzen gelegen ist, dann kann ich von ihm auch verlangen, daß er mich schützt. Und das ist meine Bedingung: Sollte mir der Anschlag gelingen, dann erwarte ich die Hilfe Amuns bei der Flucht in ein sicheres Versteck, irgendwo im Süden, wo Amun ja mehr gilt als hier. Sage das deinem Gott und laß es mich rechtzeitig wissen, wann der König mit seinen Söhnen auf die Jagd geht.«

Der Kapuzenmann nickte und erhob sich. Er deutete auf ein Ledersäckchen, das am Boden stand und sagte: »Der Auftrag hat keine Eile. Ob Amani heuer oder in zwei Jahren stirbt, ist ohne Belang. Du wirst von uns hören.«

Nefertaris vierte Schwangerschaft ging ihrem Ende entgegen. Ärzte und Hebammen standen bereit, helfend einzugreifen, wenn es für die Große Königliche Gemahlin Zeit war, ins Geburtszimmer zu gehen. Toëris, die Nilpferdgöttin und bewährte Geburtshelferin, hatte der zierlichen Königin die früheren Entbindungen leichtgemacht, und niemand zweifelte daran, daß sie es auch jetzt tun würde.

Noch vor Tagesanbruch setzten die Wehen ein. Nefertari wurde in das Geburtszimmer geführt, wo der Gebärstuhl bereitstand. Erfahrene Hebammen kneteten ihren prallen Leib, um die Wehen zu beschleunigen, doch sie klangen wieder ab, schienen mit der Zeit eher schwächer zu werden.

Nefertari litt unsäglich, ihre hellen dünnen Schreie wurden mit der Zeit kraftloser, und als sich gegen Abend ihr Leib noch immer nicht geöffnet hatte, teilte man dem König mit, daß Gefahr für sie bestehe. Ramses, der schon in Vorfreude auf den neuen Nefertarisproß schwelgte, spürte den Pesthauch aus Anubis' Rachen und erschauerte. Hatte man Toëris- und Bes-Amulette aufgelegt und diesen beiden Hilfsgöttern reichliche Opfer gebracht? Während er dies fragte, eilte er in das Gebärzimmer. Man hatte Nefertari aufs Bett gelegt, zwei Vorlesepriester flehten gemeinsam die Hilfe der Götter herbei, drei Ärzte und zwei Hebammen standen ratlos herum und fielen aufs Angesicht, als Ramses erschien.

»Wozu seid ihr eigentlich hier?!« brüllte er sie an, »wollt ihr die Königin kampflos dem Zugriff Sachmets überlassen?«

Weinend stürzte er vor Nefertari auf die Knie, streichelte ihr schweißfeuchtes Gesicht, betastete behutsam den geschwollenen Leib und flehte:

»Geliebte, sag etwas! Was kann ich für dich tun?«

Nefertari schlug ihre müden, vor Schmerz und Anstrengung halbblinden Augen auf und blickte ihren Gemahl an.

»Es will nicht heraus«, flüsterte sie heiser. »Vielleicht ist es schon tot und will nicht allein hinüber … Ich möchte so gerne noch leben … mit dir, Geliebter, an deiner Seite …«

Ramses sprang auf:

»Wenn die Königin stirbt, dann verlieren sämtliche Palastärzte ihren Kopf! Ich lasse mir mein Liebstes nicht nehmen – ich bin der König! Schickt Herolde in die Stadt und laßt verkünden: Wer die Königin rettet – gleich wie –, wird zum Erbfürsten ernannt und mit einem Landgut belohnt. Ich weiche nicht von diesem Bett, nicht aus diesem Zimmer, bis das Kind aus dem Leib ist!«

Noch in den ersten Nachtstunden trafen die Heilkundigen ein – die ungeheuere Belohnung hatte sie aus ihren Häusern gelockt. Einige dieser Männer waren keine richtigen Ärzte, sondern kannten nur ein paar Zaubersprüche, von denen sie eine Wirkung erhofften. Sie staunten mit offenen Mündern die Pracht ringsum an, die hohen bemalten Säulen, die Wandmalereien, die vergoldeten Möbel, die üppigen Gärten – Dinge, von denen sie bisher nur gehört und die sie niemals gesehen hatten.

Die verzweifelten und um ihren Kopf bangenden Leibärzte sprachen mit jedem einzelnen, doch es kam nichts zutage, was sie nicht selbst schon wußten oder erprobt hatten. Sie hatten erkannt, daß das Kind in Nefertaris Leib falsch lag, es hatte sich so im Körper verklemmt, daß es auch nach tagelangen Wehen nicht ans Licht zu bringen war.

Da flog die Tür auf, und der König trat ein.

»Kein Kniefall, keine Huldigung, kein Wort, das nicht die Königin betrifft!« brüllte er die Versammlung an und fügte dann ruhiger hinzu: »Wer von euch die Rettung versucht – ich sage: versucht –, auch wenn sie mißlingen sollte, wird belohnt werden, doch wem sie gelingt, der wird erhöht wie niemand zuvor.«

Es herrschte Totenstille. Mit gesenkten Köpfen standen die Männer da und wagten keinen Vorschlag.

»Um Ptah und aller Götter willen – so redet doch! Besser nutzlose Vorschläge als keine! Meine Majestät befiehlt es!«

Da trat ein kleiner unscheinbarer Mann nach vorne. Er war schäbig gekleidet und wirkte nicht wie ein Arzt. Doch sein kluges, faltiges Gesicht war ohne Furcht, und er senkte den Blick nicht vor dem König. »Majestät, ich behandle nur Tiere, und wenn ich bei Geburten half, so war es nur bei Rindern, Ziegen, Schafen und Schweinen. Wenn aber die einzige Kuh oder die Ziege eines armen Mannes nicht gebären wollte, dann habe ich schon oft das Muttertier gerettet – auf eine Weise, nun –, ich kann dir das nur selbst sagen, Majestät, und nicht vor all diesen Leuten.«

Ramses ging mit schnellen Schritten auf den Mann zu, packte ihn am Arm und führte ihn weg.

»Komm mit, mein Freund, gehen wir zur Königin.«

Gemeinsam betraten sie das Geburtszimmer. Ramses scheuchte die Hebammen hinaus und wies auf das Bett.

»Dort liegt sie, Nefertari, mein Liebstes auf der Welt. Wenn du eine Kuh retten kannst, so dienst du Hathor – rette die Königin, und ganz Kemi liegt dir zu Füßen.«

Der Mann kniete sich vor das Bett und betastete behutsam den aufgetriebenen Leib der Königin.

Ramses nahm Nefertaris Hand und sagte:

»Nur ruhig, Geliebte, dieser Arzt wird dich retten. Sei ganz ruhig, sein Ruhm als Geburtshelfer ist weithin bekannt, sei tapfer und geduldig, du mußt nicht sterben, er wird eine Lösung finden.«

Nefertari versuchte ein Lächeln, doch ihre Wangengrübchen erschienen nur für einen Augenblick, dann schloß sie ihre Augen wieder, und ihr bleiches, vom nahen Tod gezeichnetes Antlitz berührte Ramses so schmerzlich, daß er sich abwenden mußte.

Intef, so hieß der Tierarzt, ließ sich Zeit. Er drückte da, er drückte dort, er drückte manchmal so hart, daß ein Schmerzensschauer über Nefertaris wächsernes Antlitz zuckte. Schließlich stand er auf und ging mit Ramses in eine Ecke.

»Majestät«, sagte er flüsternd, »es ist nicht anders wie bei manchen Tieren. Das Junge liegt quer und versperrt den Ausgang. In solchen Fällen nehme ich ein kleines scharfes Messer, greife in den Leib hinein, schneide das Junge in Stücke und hole es heraus. Wenn wir es gleich tun, kann ich die Königin retten.«

Ramses fuhr zurück:

»Du meinst – du willst – also, du zerschneidest das Kind, den Sproß Amun-Res ... das kann ich – das ist ...«

»Majestät, soll die Königin leben oder nicht? Wenn sie mit dem Kind zu Osiris gehen soll, dann entlasse mich in Gnaden. Willst du sie aber am Leben erhalten, dann zögere nicht.«

»Kinder habe ich genug, Intef – also rette die Königin!«

»Gut, laß eine Schüssel mit Kräuterwein, eine Schale mit abgekochtem Öl bringen, dazu Dudaim-Absud und frische Leintücher.«

Das Gewünschte wurde eilends herbeigebracht. Intef tauchte

seine Hände in den Kräuterwein und wusch sie gründlich. Inzwischen flößte der Leibarzt der Königin den betäubenden Dudai-Trank ein. Intef wartete eine halbe Stunde, holte das kleine, scharfe Messer aus einem Ledersäckchen und verschloß es in seiner rechten Hand.

»Haltet die Königin fest!« gebot er, deckte ihren Körper auf, tauchte seine Hand in das Öl, machte sie ganz schmal und drang behutsam in ihren Leib ein.

Ramses hielt Nefertaris rechte Hand und glaubte, das Messer im eigenen Leib zu fühlen. Intef aber tat unbeirrt sein Werk. Seine schmale, kundige Hand ertastete das querliegende Kind, und wie er dies bei Kühen und Schafen gemacht hatte, zertrennte er die Glieder des kleinen Körpers gründlich und mit Bedacht.

Nefertari, nur halb betäubt, stöhnte und wand sich, doch Ramses und der Leibarzt hielten sie fest, während Intef Stück um Stück des zerschnittenen Kinderleibs herausholte.

»Es wäre eine Prinzessin gewesen«, sagte er, während er sich die blutige Hand in der Schüssel wusch.

»Und die Königin wird es überstehen?« fragte Ramses.

»Wenn Sachmet, die Zerstörerin, nichts anderes bestimmt, wird deine Gemahlin, Majestät, innerhalb von zehn oder zwölf Tagen wieder an deiner Seite auf dem Thron sitzen.«

Ramses umarmte den Tierarzt Intef so heftig, daß der schmächtige Mann aufstöhnte.

»Das werde ich dir nie vergessen, Intef. Du wirst ab heute in die goldene Liste der Erbfürsten aufgenommen und erhältst ein Landgut. Ich erfülle dir jeden Wunsch, meine Tür steht dir immer offen.«

Intef verbeugte sich und sagte:

»Lebe, sei heil und gesund, Majestät, Horus geliebt von Maat, groß an Macht und schön an Jahren. Möge die Große Königliche Gemahlin dir weiterhin Kinder gebären zu deiner und des ganzen Landes Freude. Für deine hochherzigen Geschenke bedanke ich mich sehr, doch möchte ich Deine Majestät bitten, einen verdienteren Mann zum Erbfürsten zu machen. Weißt du, ich möchte meinen Beruf weiter betreiben, und es wäre schon seltsam, wenn ein ägyptischer Erbfürst einer kranken Kuh den Einlauf macht.«

Ramses, schon dabei wütend zu werden, stellte sich den Erbfürsten mit der kranken Kuh vor und mußte wider Willen lachen.

»Du hast recht, Intef, für dich wäre das nun wirklich nichts. Dafür hast du einen Wunsch frei, solange du lebst. Immerhin sollte ich dich zum obersten königlichen Tierarzt ernennen, denn als solcher kannst du recht wohl weiterhin Einläufe machen.«

Intef strahlte:

»Mit diesem Titel werde ich bei den reichen Gutsbesitzern das Doppelte fordern.«

Ramses entließ Intef und ging zu Nefertari zurück. Ein Arzt wachte an ihrem Bett und legte den Finger auf seinen Mund. Auf Zehenspitzen trat Ramses näher und betrachtete seine schlafende Frau.

»Hole mich, wenn die Königin erwacht«, flüsterte er dem Arzt zu.

Zwar hatte Intef der Königin das Leben gerettet, aber seine Vorhersage einer schnellen Genesung traf nicht ein. Tagelang kämpfte Nefertari gegen ein schweres Wundfieber. Sie magerte so sehr ab, daß Ramses sie kaum wiedererkannte. Ihr rundes Gesicht fiel ein, die Backenknochen traten eckig hervor, und von den lustigen Wangengrübchen war nichts mehr zu sehen, auch wenn sie – was selten vorkam – ein müdes Lächeln versuchte.

Die Ärzte verschrieben ihr kräftige Nahrung, doch es ekelte sie vor dem Essen, und Ramses machte sich in seiner großen Sorge die Mühe, ihr selbst Löffel um Löffel von der Eier- und Rahmsuppe einzugeben.

Sobald das Fieber überstanden war, durften ihre Kinder sie besuchen, denn dies, so meinte ein Arzt, trage zur schnelleren Genesung bei. Inzwischen hatte Piay auf Wunsch des Königs drei verschiedene Modelle des kleinen, Hathor und Nefertari gewidmeten Tempels hergestellt, und Ramses ließ sie vor dem Krankenlager aufbauen.

Als Nefertari erwachte und von der Dienerin zu trinken verlangte, stand Ramses an ihrem Bett, reichte ihr den Becher und sagte: »Wenn du getrunken hast, richte dich auf und betrachte mein Geschenk zu deiner Genesung.«

Neugierig richtete die Kranke sich auf, während Ramses sagte:

»Schau sie dir genau an. Welcher dir am besten gefällt, den lasse ich dir bauen.«

Verwirrt richtete Nefertari sich auf.

»Ein Tempel – für mich? Aber das geht doch nicht – ich meine, noch nie hat eine ägyptische Königin …«

»Eben!« rief Ramses. »Sonst wäre es ja keine Überraschung. Ja, meine Allerschönste, ich baue dir einen Tempel, und wir werden ihn Hathor, deiner lieblichen Schutzgöttin weihen, die gewiß ihren Anteil an deiner Genesung hatte. Dieser Tempel wird nicht im üblichen Sinn erbaut, sondern aus dem Uferfelsen am Nil herausgemeißelt.«

Ramses schob den Tisch mit den drei Modellen nahe ans Bett, und während Nefertari sie genau betrachtete, trat – überraschend und unerwartet wie so oft – Prinzessin Merit ein.

»Komm her, Merit, und schau, was dein Vater mir schenken will!«

Langsam und betont gelangweilt schlenderte die Vierzehnjährige herbei. Die Welt dieser alten Leute interessierte sie immer weniger. Es gab ja so viel wichtigere Dinge.

»Was soll dieses Spielzeug?« fragte sie ohne große Anteilnahme.

»Aus diesem Spielzeug wird ein Tempel, der so groß ist, daß man gewisse vorlaute Prinzessinnen darin glatt übersieht«, sagte der König spöttisch.

»Der da!« rief Nefertari aufgeregt und mußte sofort husten, »der da gefällt mir am besten. Ich mag die Figuren mit der Sonnenscheibe, den Kuhhörnern und der Federkrone. Es ist Hathor, und doch bin ich es, gut beschützt von meinem Gemahl, der mich je zu zweien begleitet. Und da –«, Nefertari deutete auf eine kleine Figur, »da, neben meinem Knie, das bist du, Merit, und hier sind Amani und Jonam zu sehen.«

Besorgt blickte sie auf:

»Werden die Priester es nicht als frevelhaft empfinden, daß ich an der Tempelfassade dargestellt bin?«

Ramses wischte den Einwand hinweg:

»Ich bin der Hohepriester von Kemi, ich werde den Tempel von

Piay bauen lassen, und wer daran Anstoß nimmt, den schicke ich in den Steinbruch.«

»Wo wird der Tempel entstehen?« fragte Merit.

»Tief im Süden, an der Grenze zu Kusch. Wenn deine Mutter gesund ist, werden wir uns den Platz gemeinsam ansehen. Inzwischen wird Piay Bildhauer, Maler und Steinmetzen verpflichten. Die sechs großen Figuren aber, jede fast zwanzig Ellen hoch, wird er eigenhändig schaffen. Es gibt keinen besseren Bildhauer! Ich wollte, ich hätte mehr von seiner Art.«

Als Merit Piays Namen hörte, wurde sie rot und drehte verlegen ihren Kopf zum Fenster. Schon seit Tagen verfolgte sie immer derselbe Traum. Sie besuchte Piay in seiner Werkstatt, weil er von ihr eine große Statue machen wollte. Dann hörte sie ihn sagen:

»Du mußt nackt sein, Prinzessin, wenn ich deinen Körper abbilden soll, ganz nackt.«

Dann schämte sie sich, kleidete sich aber gehorsam aus. Piay trat heran, blickte auf ihre kleinen Brüste und meinte: »Die werde ich ein wenig größer machen müssen«, und er faßte die Brüste an, behutsam, zärtlich, wie kostbare Früchte, und Merit durchströmte ein unbeschreiblich süßes Gefühl, das sie im wachen Zustand noch nie erlebt hatte. Dieser Traum bewirkte nun, daß sie verlegen wurde, wenn Piays Name fiel. Seit Tagen schon kämpfte sie mit sich, ob sie ihm den Traum erzählen sollte. Einmal war sie schon auf dem Weg zu seiner Werkstatt, kehrte aber doch wieder um.

Ramses hatte seinem Bildhauer auch in der neuen Stadt ein großes Haus geschenkt. Sein Garten grenzte im Süden an das Palastviertel, und wenn der König ihn rief, so konnte Piay von dort aus durch eine kleine Tür gleich in das Schloß gelangen.

Der König rief ihn oft – sehr oft. Bei jedem wichtigeren Tempel wurde Piays Rat eingeholt. Für einige war ihm die Oberaufsicht übertragen, und das bedeutete, daß ihm wenig Zeit für sich selbst blieb.

Dazu kam noch, daß Ramses ihn häufig zu kleinen abendlichen Festmählern lud. Da setzte sich der König ganz unzeremoniell mit seinen Freunden an einen Tisch – der Wesir Parahotep und der

Wagenführer Menna fehlten dabei nie – und sprach alles durch, was ihn bewegte, hörte auch den anderen zu, was ihm sonst schwerfiel. Krug um Krug der besten Weine wurde dabei geleert, und Piay gehörte längst zu den eifrigsten Zechern. Dabei vergaß er sein hektisches Leben. Er fühlte seine Leber warm und sein Herz froh werden. Um so schlimmer war es dann am nächsten Tag, wenn er mit saurem Magen und brummendem Kopf seine vielfältigen Pflichten wiederaufnehmen mußte. Mit Wehmut dachte er an seine Studienreise zurück. Da war er noch Herr seiner Zeit gewesen und hatte es sich leisten können, ein paar fröhliche Tage in Per-Bastet zu verbringen. Gelegentlich schenkte der König ihm eine hübsche junge Sklavin, mit der er – um das Geschenk nicht zu mißachten – einige Male schlief, doch dann war er wieder auf Reisen und konnte sich bei seiner Rückkehr kaum noch an die Namen der Schönen erinnern. Ein halbes Dutzend seiner Kinder bevölkerte schon sein Haus, doch es lag ihm nicht viel an dieser Brut, und ihre Erziehung überließ er den Müttern.

Der ganze Hof wußte natürlich, in welch hoher Gunst Piay beim König stand, und so wurde er selber als eine Art König angesehen – König im Reich des Handwerks –, und das brachte ihm zusätzliche Arbeit. Wer Pläne einreichte, tat es am besten über ihn, denn Piay sah sich alles an, machte Verbesserungen und befürwortete Projekte, die ihm gefielen.

In diesen Tagen aber war er in einem Zustand, daß er am liebsten die sich stapelnden Papyrusrollen verbrannt hätte.

Er sehnte sich nach Abydos, wollte dort Iramun besuchen, dessen Gelenke so steif geworden waren, daß er die Arbeit aufgeben mußte. Piay wußte nicht einmal, ob sein Stiefvater noch lebte, denn eine Nachricht aus Theben brauchte Wochen, bis sie in Piramesse eintraf. Seufzend machte er sich auf den Weg in die Werkstatt, wo seine Gehilfen noch immer an der Ausstattung für den großen Seth-Tempel beschäftigt waren. Diese Männer hatte Piay herangebildet, sie arbeiteten in seinem Sinn, und er selbst brauchte meist nur einige Korrekturen anzubringen. Er überlegte, ob er den König nicht um einen Monat Urlaub bitten sollte. Er könnte dann nach Abydos reisen, Iramun besuchen, sich vielleicht nach einer Frau umsehen.

»So tief in Gedanken, Meister Piay? Seine Majestät will dich sofort sprechen, du mußt deine Werkstatt also später aufsuchen.« Die Stimme der Prinzessin Merit riß ihn aus seinen Überlegungen.

»Daß du mir selbst die Nachricht überbringst?«

Die Prinzessin zuckte mit den Schultern:

»Ich hatte einfach Lust dazu. Soll ich dir etwas verraten? Meine Mutter hat sich für einen deiner Tempel entschieden, und der König will, daß du sofort mit den Vorarbeiten beginnst.«

Piay hörte kaum, was die Prinzessin sagte. Er schaute sie nur an, als erblicke er sie heute zum ersten Mal. Er war lange auf Reisen gewesen und hatte sie seit Monaten nicht mehr gesehen – aus dem Mädchen war eine Frau geworden. Sie hatte das liebliche Gesicht ihrer Mutter geerbt, doch die kräftige Nase und das feste Kinn des Vaters gaben dem Antlitz eine stolze, königliche Prägung.

»Du bist schön, Prinzessin Merit, wenn ich das als Freund Seiner Majestät sagen darf. Der Mann, dem du einst die Hand reichen wirst, kann sich glücklich preisen.«

»Ich gestatte dir die Bemerkung, daß ich schön bin«, sagte Merit steif, »doch ich habe dir schon einmal gesagt, daß ich nicht heiraten werde.«

Piay schaute sich um. Merits Begleitung hielt schicklichen Abstand. »Du sagtest damals noch etwas – erinnerst du dich?« fragte er leise.

»So?« tat sie verwundert, »ich kann mich nicht daran erinnern.«

»Ich habe es nicht vergessen und kann es Wort für Wort wiederholen. Damals sagtest du noch zu mir: Dich könnte ich übrigens schon heiraten, du gefällst mir besser als alle meine Halbbrüder.«

»Nun, das ist eine Weile her ...«, meinte sie verlegen und errötete leicht. Blitzschnell ging es ihr durch den Kopf: Soll ich ihm jetzt meinen Traum erzählen? Doch sie brachte kein Wort heraus.

»Ja, du warst noch ein Kind damals. Jetzt aber bist du erwachsen, und ich vermute, du würdest das heute nicht mehr sagen.«

Merit blieb stehen und winkte ihre Damen mit einer herrischen Bewegung außer Hörweite. Sie hob ihre stolzen schönen Augen und blickte Piay fest an.

»Warum soll ich lügen? Das mit dem Heiraten war freilich kindisch – eine Sonnentochter kann keinen Handwerker heiraten, allenfalls, wenn es sein muß, einen tüchtigen General. Aber zu dem anderen stehe ich auch heute noch: Du gefällst mir besser als meine Halbbrüder, das stimmt. Und wärst du ein Prinz ...«

»Ja? Was wäre dann?«

Merit wandte sich schroff von ihm ab und sagte:

»Mein Vater erwartet dich.«

Wie immer, wenn er ungeduldig war, lief Ramses seinem Bildhauer gleich entgegen und faßte ihn am Arm:

»Sie hat entschieden! Dein zweites Modell, das mit den sechs Fassadenfiguren, soll gebaut werden. Reise sofort nach Abydos und Theben und ziehe alle Arbeiter und Handwerker ab, die dort nicht mehr gebraucht werden.«

»Aber Majestät«, wandte Piay ein, »in Theben entsteht dein großer Totentempel, die Tempel des Amun und der Mut werden erweitert, dort sind keine Arbeiter überflüssig, leider ...«

»Dann mußt du neue beschaffen – irgendwie. Der Tempel in Abydos ist doch fast fertig, laß dort die Arbeiten einstellen und bringe die Leute nach Süden. Der Tempel für Nefertari ist mir jetzt wichtiger. Bis dahin werden die Unterkünfte schon errichtet sein. Ich habe die Befehle schon vor Monaten herausgeschickt.«

Piay konnte nur nicken und »Ja, Majestät« sagen, denn weitere Einwände oder gar ein Widerspruch hätten Ramses nur zornig und unzugänglich gemacht.

Ramses faßte sich an die Stirn.

»Da kommt mir ein Gedanke. Ich selbst kann in der nächsten Zeit nicht weg, und Nefertari ist noch zu schwach – Merit soll dich begleiten! Sie ist erwachsen und durchaus geeignet, das Königshaus zu vertreten. Es ist sowieso an der Zeit, daß sie den Süden des Landes kennenlernt. Sie reist mit kleinem Hofstaat, und du, mein oberster Bildhauer und Architekt, begleitest sie. Ja, das wird das beste sein!«

Plötzlich empfand Piay diese Reise nicht mehr als Last – am liebsten wäre er schon am nächsten Morgen aufgebrochen. Einige Monate in Merits Nähe zu sein erschien ihm sehr verlockend, er wußte selbst nicht, warum.

11

Der von »Erde« in Aussicht gestellte Plan vom Überfall auf das große Landgut im Fajum mußte aufgegeben werden. Wegen der Ansteckungsgefahr hatten die Behörden eine Einäscherung des Hauses verfügt, und »Erde«, der weitere Erkundigungen einziehen wollte, stand vor einem rauchenden Trümmerhaufen.

Um die Männer nicht allzusehr zu enttäuschen, wurde verkündet, die Sache sei vorerst zu gefährlich, und man müsse abwarten. Dafür überfielen die Wüstenräuber in kurzen Abständen zwei Karawanen und einen Grabzug, doch die Beute war gering. Eine der Karawanen hatte nur getrocknete Feigen und Datteln geladen, die andere brachte Edelhölzer in den Süden, mit denen wenig anzufangen war. Die Bestattung war sehr bescheiden und brachte außer einfachen Grabbeigaben nichts von Wert.

Die Leute murrten und redeten ganz offen von den alten Zeiten, wo es viel üppiger herging. Sie vergaßen dabei ganz, daß dic Beraubung des Amun-Tempels sie alle reich gemacht hatte, doch vielen war das Gold zwischen den Fingern zerronnen, und sie gierten nach neuer Beute.

Meru kümmerte es wenig. Er stand noch ganz im Bann seines seltsamen Auftrags und hatte von vornherein beschlossen, niemand etwas davon zu sagen, denn er wollte ihn allein durchführen. Zu diesem Zweck mußte er das königliche Jagdgebiet im Fajum mit eigenen Augen erkunden, und so ernannte er »Luft« für einige Tage zu seinem Stellvertreter, ließ sich vom Arzt Nase und Ohren ankleben, sorgfältig schminken und machte sich mit dem Esel auf den Weg. Zu Pferd hätte er nur Verdacht erregt, lieber nahm er die doppelte Reisezeit in Kauf.

Nach zwei Tagesreisen erreichte er Schedit, den Hauptort der Großoase Fajum. Meru nahm in einer einfachen Karawanenherberge Quartier und wich allen Fragen aus, indem er sich schwerhörig stellte. Schedit war mitten im Sumpf am Ufer eines riesigen Sees erbaut worden, und hier befand sich das Zentrum der Sobek-Verehrung, des heiligen Krokodils – einer Gottheit, die anderswo eher Furcht und Abscheu erregte und manchmal sogar mit Seth, dem Mörder des Osiris gleichgesetzt wurde.

Am Stadtrand, nahe dem dicht umschilften Seeufer, erhob sich der alte Sobek-Tempel, den der Osiris Nimare Amenemhet vor etwa sechshundert Jahren zum Haupttempel seiner Sommerresidenz gemacht hatte. Die Leute sprachen von diesem längst verblichenen König wie von einem Heiligen, und der Tempel des von ihm so verehrten Krokodilgottes war noch immer ein beliebtes Pilgerziel. Doch die meisten Besucher kamen nicht hierher, um zu beten, sondern aus purer Neugierde, um die heiligen Krokodile und den ihnen fremdartigen Kult zu bestaunen.

Meru wollte sich diesem Gott besonders anempfehlen, da er als König der Wüstenräuber dessen Namen trug, und der war nicht umsonst gewählt, denn gefräßig und grausam wie ein reißendes Krokodil holte auch er sich seine Beute.

Meru spendete den Priestern drei Kupferdeben und wurde sogleich wie ein geehrter Gast behandelt. Der alte Priester ähnelte mit seinen gelben, lückenhaften Zähnen, den kleinen halbgeschlossenen Augen und der ledrigen Haut seinem Gott auf erstaunliche Weise.

»Du bist heute schon der vierte Besucher, aber der erste, der den Gott mit einer angemessenen Spende ehrt. Ja, unter dem Osiris Amenemhet war der erhabene Sobek Reichsgott. Als Sobek-Re mußte ihn das ganze Land verehren, und seine Macht war nicht geringer als heutzutage die des Amun.«

Der alte Priester seufzte und bleckte seine gelben Hauer.

»Jetzt aber findet kaum noch einer unserer Guten Götter – sie mögen leben, heil und gesund sein! – hierher. Zum Jagen – ja, da ist ihnen unser großer See recht. Sie stechen Fische, erlegen mit Bogen oder Wurfholz Sumpfenten und Wildgänse und zeigen dabei« – der Priester sah sich mißtrauisch um – »einen nahezu gottlosen Eifer, aber keiner, weder Osiris Seti noch sein Sohn Usimare Ramses hat geruht, dem Sobek hier ein Opfer zu bringen. Als gäbe es ihn nicht mehr! Als könne ein Gott sterben oder einfach verschwinden! Komm mit, Fremder, ich zeige sie dir jetzt, die heiligen Krokodile.«

Hinter dem Allerheiligsten war ein Teich angelegt, den eine hohe Mauer umgab. Es stank so bestialisch, daß sogar der nasenlose Meru eine Ahnung davon mitbekam. Eines der heiligen Krokodile ruhte auf einer Felsplatte – fett, träge und tückisch, doch es schien satt und achtete nicht auf die Besucher. Das Tier war so reich mit Gold und Edelsteinen geschmückt, daß es wie eine Kultfigur wirkte. Um Hals und Vorderbeine wanden sich Goldketten, und sogar der schuppige Schwanz war mit allerlei Schmuck behängt.

»Es sind zwei«, sagte der Priester, »das andere liegt im Wasser.«

Merus scharfe Augen entdeckten schließlich eine Erhöhung auf dem trüben Spiegel des Teiches, die wie ein Stück borkiges Holz aussah – ein Irrtum, der schon vielen Menschen den Tod gebracht hatte.

Der Priester holte ein Stück Fleisch aus einer Tonschale und warf es ins Wasser. Nichts regte sich, das Fleisch versank langsam im trüben, die beiden Tiere beachteten es nicht.

»Sind eben satt, unsere Götter. Mögen sowieso nichts Frisches. Erst wenn es unter Wasser zu faulen beginnt, dann reizt es ihren Gaumen. Bei den Krokodilen draußen ist das anders. Die sind oft so hungrig, daß sie einen Fischer am Ufer überfallen und ins Wasser schleppen. Vor zwei Monaten hat eine Gutssklavin am See Kleider gewaschen. Sie wurde an den Armen gepackt und im Wasser von mehreren hungrigen Krokodilen zerrissen. Im Grunde haben diese armen Leute ja Glück gehabt.«

»Glück?« fragte Meru. »Wie ist das zu verstehen?«

Der Priester seufzte und blinzelte fromm mit seinen Echsenaugen.

»Das wirst du doch irgendwann schon gehört haben: Wer als Lebender den Krokodilen zum Opfer fällt, ist gerechtfertigt und wird sogleich zum Osiris. Sein Ka ist auch ohne Körper nicht ruhelos, denn es kann in einem der Sobek-Tempel Wohnung nehmen und hat an den Opfern teil, die dem Gott gebracht werden. Wenn das kein Glück ist! Ein schlechter, grausamer Mensch muß damit rechnen, daß sein Herz von Osiris mit der Maat-Feder aufgewogen und für zu leicht befunden wird. Da wird er dann den Höllendämonen vorgeworfen und muß Qualen erleiden in alle Ewigkeit. Der Tod in Sobeks Rachen verhindert das, und flugs wird aus dem Verbrecher ein Heiliger. Ja, Sobek ist gut und hilfreich – die Menschen haben das leider oft vergessen.«

»Das klingt ja fast, als sei es ein Unglück, normal zu sterben, einbalsamiert und im Haus der Ewigkeit bestattet zu werden. Ich glaube ...«

Der Priester wurde eifrig und unterbrach ihn:

»Das ist meistens auch ein Unglück! Schau sie dir doch an, die alten Gräber der vor zwei- oder dreihundert Jahren Verstorbenen! Aus ihrer Sippe lebt niemand mehr, der die ewigen Wohnungen pflegen und bewachen läßt, und was geschieht?«

Meru wußte sofort, was der Priester meinte, doch er stellte sich dumm und zuckte die Schultern.

»Die Gräber werden ausgeraubt, den Mumien die Binden abgerissen wegen der kostbaren Amulette, und nachts kommen die Schakale und schleppen die Knochen fort. Soll das besser sein?«

»Nein, gewiß nicht, es ist eben nur der Gedanke, von spitzen Zähnen zerrissen zu werden ...«

»Ach was! Das geht so schnell wie ein Atemzug. Zeugen berichten, daß die Leute nicht einmal geschrien haben. Nicht wenige sind auf diese Weise schon freiwillig in den Tod gegangen. Außerdem spart es den Angehörigen Aufwand und Kosten.«

»Im Grunde hast du recht, doch es ist eben – nun, etwas ungewöhnlich. Du erwähntest vorhin die Pharaonen auf der Vogeljagd. Wenn sie den Tempel hier sehen, kann ich mir nicht vorstellen ...«

»Nein, nein. Sie jagen nicht auf dieser Seite, sondern oben im Norden, weil es da mehr Wild gibt. Vielleicht weiß der Gute Gott Ramses gar nicht, daß hier der Sobek-Tempel steht.«

Genau das hatte Meru wissen wollen. Am nächsten Tag ritt er zum Nordufer und besah sich die Gegend gründlich. Doch das war nicht einfach, denn das weite Sumpf- und Schilfgebiet war kaum zu begehen, und außer dem erschreckten Aufflattern der Sumpf- und Wasservögel war kein Geräusch zu hören. Einmal stieß Meru auf ein Stück freies Ufer; hier hatten offenbar Fischer das Schilf niedergetreten, um sich einen besseren Zugang zu verschaffen.

Meru hatte Durst und wollte sich ein paar Handvoll Wasser herausschöpfen, doch ein leises Plätschern warnte ihn. Er blickte auf, und da sah er sie: Ein gutes Dutzend Krokodile lag im seichten Wasser, und viele Echsenaugen beobachteten ihn aufmerksam.

Eines der Tiere hatte sich zum Ufer gedreht und dabei das Plätschern verursacht. Zum ersten Mal seit langer Zeit empfand Meru Furcht und lief schnell die paar Schritte zu seinem Esel. Vermutlich hatten die Krokodile bei ihren Landausflügen das Schilf niedergewalzt, und kein Fischer wagte sich an diesen Ort. Um seinen Auftrag sicher ausführen zu können, mußte er dieses Gebiet so gut kennen wie sein Versteck in der Wüste. In diesem Augenblick entschloß sich Meru, die Wüstenräuber für immer zu verlassen. Sollten sie einen neuen Sobek ernennen! Hier erwartete ihn seine wichtigste und vielleicht letzte Aufgabe, und die mußte er allein lösen.

Isis-nefert meinte – und ihr Vertrauter Nes-Amun stimmte ihr bei –, der König befasse sich zu wenig mit der Erziehung ihrer Söhne. Wenn er sie auch nicht so häufig sah wie Nefertaris Söhne, so überwachte er doch die Entwicklung der Heranwachsenden und kannte ihre sehr unterschiedliche Wesensart genau.

Als hätte Amun den Anteil des Erzeugers absichtlich unterschlagen, ähnelten beide ihrer Mutter so sehr, als hätte ein Bildhauer mit ein paar flüchtigen Meißelhieben aus einer Frauengestalt zwei Jünglingsfiguren gemacht. Ihr eher noch kindliches Alter betonte diese Ähnlichkeit, die sich allerdings nur auf die Gesichter erstreckte. Beide hatten vom Vater die athletische Figur, besonders Ramose, der mit seinen vierzehn Jahren schon um einen Kopf größer war als seine Mutter. Er liebte den Umgang mit Waffen und schoß bei jeder Gelegenheit mit dem Bogen auf alles, was einigermaßen als Ziel gelten konnte. Einmal traf er sogar die Schoßkatze einer Haremsdame und verletzte sie am Ohr. Das trug ihm fünfundzwanzig Hiebe mit dem Bambusrohr ein, denn niemand durfte ungestraft dem heiligen Tier der Bastet etwas zuleide tun.

Sein zwölfjähriger Bruder Chamwese verachtete von Herzen diese Vorliebe für Bogen, Schwerter und Wurfhölzer. Schon als Zehnjähriger war er im Schreiben und Lesen allen anderen voraus. Nach der Schule besuchte er mit Vorliebe die Maler- und Bildhauerwerkstätten, verbrachte viele Stunden in den Bauarchiven, studierte Pläne und hatte die Aufrisse aller wichtigen Tempel von

Memphis und Piramesse im Kopf. Der König unterstützte dies, da er meinte, er habe Söhne genug, so daß einer von ihnen auf den Spuren des gelehrten Gottes Thot wandeln könne. Während Ramose und die beiden Nefertari-Söhne Amani und Jonam den König auf die Jagd begleiteten, durfte Chamwese mit Piay herumreisen, und der Oberste Baumeister sagte einmal, sein begabtester Lehrling sei Prinz Chamwese. Der Pharao hörte solches Lob nicht ungern, war doch das Bauen seine größte Leidenschaft.

Die beiden Söhne der Isis-nefert wurden zusammen mit den Söhnen Nefertaris erzogen, und außer gelegentlichen Streitereien unter Geschwistern gab es unter ihnen keine Feindschaft. Sie alle trugen den goldenen Uräus an der Stirn und waren stolz auf ihren Vater, den Guten Gott und Träger der heiligen Doppelkrone. Jeder wußte, daß Amani der Erbprinz war und aller Voraussicht nach seinem Vater auf dem Thron folgen würde.

In Amani lagen die Erbteile von Vater und Mutter ständig im Streit. Er war im Grund ein sanfter und fügsamer Junge, lernte einmal gut und einmal schlecht, übte tagelang verbissen mit dem Bogen, um es den anderen nachzutun, dann wieder saß er für Stunden mit seinem Erzieher hinter verschlossenen Türen und ließ sich von den Tagen der Vorfahren berichten, etwa von dem großen Krieger Men-cheper-Re Thutmose, der in gewaltigen Feldzügen die Fürsten von Kadesch und Megiddo samt ihren Vasallen unterworfen hatte und später sogar bis zum Euphrat vorgedrungen war. Trotzdem war er kein Zauderer, sondern entschloß sich schnell und führte die meisten seiner Vorhaben zu Ende.

Da sagte Nefertari dann zu ihrem Gemahl.

»Ganz dein Sohn! Es kann nie schnell genug gehen, und was angefangen ist, wird auch zu Ende gebracht.«

Dabei lächelte sie, und Ramses starrte entzückt auf ihre Wangengrübchen. Er dankte allen Göttern, daß von der Fehlgeburt keine Spur zurückgeblieben war.

Der König mochte alle seine Kinder – es waren inzwischen über vierzig geworden –, doch die meiste Sorgfalt ließ er den Söhnen Nefertaris angedeihen, und sein liebstes Kind war Merit, die schöne und stolze, die mit dem Vater so oft stritt, ihn foppte und hänselte, aber zur Löwin wurde, wenn etwa ihre Brüder nur die leiseste Kritik an ihm übten. Jetzt war sie seine »große Tochter« geworden, die auf ihre »kleinen Brüder« herabsah und vor Freude und Stolz strahlte, als der König sie mit einem kleinen Hofstaat als seine Stellvertreterin in den Süden sandte.

Dazu wurde eine königliche Flotte von vier Schiffen zusammengestellt. Eines war für Merit und ihre engste Dienerschaft bestimmt, eines für Piay und seine Gehilfen mit ihren Plänen und Gerätschaften. Die beiden anderen Barken trugen das Reisemobiliar, die Vorräte und den kleinen, aus sechzehn Männern und Frauen bestehenden Hofstaat.

Merits erster offizieller Auftritt fand in Abydos statt, wo eine große Menge am Ufer die »herrliche Gottestochter, voll Anmut und Liebreiz« erwartete und als Vertreterin des Herrn beider Länder gebührend feierte.

Merit trug auf ihrer bis auf die Brust reichenden Prunkperücke eine Krone aus drohend aufgerichteten und mit der Sonnenscheibe bekrönten Golduräen, einen breiten Kragen aus feinen Goldgliedern in Form von Anch- und Nefer-Zeichen und wundervoll gearbeitete Ohrringe aus goldgefaßten Lapissteinen mit den Namenskartuschen von Vater und Mutter.

Piay ging an der Spitze des Hofstaats hinter Merits Tragsessel her und empfing nach der Prinzessin die höchsten Ehren und Aufmerksamkeiten. Jeder wußte, daß er ein Kind dieser Stadt war und seinen steilen Weg zu den höchsten Ämtern in Iramuns Werkstatt begonnen hatte.

Iramun aber war inzwischen gestorben. Seine Frau war zu ihrer verheirateten Tochter in eine Nachbarstadt gezogen, seine Werkstätte hatte ein tüchtiger Gehilfe als Meister übernommen. Zusammen mit ihm ging Piay zu dem kleinen Totentempel, den sich König Ramses hier als letztes Bauwerk nach der Vollendung des großen Osiris-Tempels hatte errichten lassen. Piay atmete auf, als er sah, daß die Arbeiten so gut wie abgeschlossen waren. Überall leuchteten die bemalten, wundervoll gearbeiteten Flachreliefs aus der Werkstätte des Iramun von den Säulen und Wänden, und Piay sah nun, wie sehr diese herrliche Arbeit vom vertieften Relief abstach, mit dem König Ramses durch schnell ausgebildete Handwerker den Tempel hatte vollenden lassen. Doch er schwieg, denn eine Kritik an königlichen Befehlen wäre niemals über seine Lippen gekommen.

Im Westen besuchte er Iramuns bescheidenes Grab und hinterließ ein Speiseopfer. Dem Aufseher der Grabstätten gab er fünf Kupferdeben und bat ihn, das Opfer noch zweimal zu wiederholen.

Beim abendlichen Bankett speisten Piay und der Hohepriester Wennofer am Tisch der Prinzessin Merit, die auf einem erhöhten vergoldeten Stuhl thronte und das ihr aufgetragene Amt mit Würde und Anstand ausübte.

Wennofer hatte von seinem Vater Meri das Hohepriesteramt von Abydos übernommen, wie das schon seit Generationen in seiner Familie üblich war. Da Meri ein sehr hohes Alter erreicht hatte, war auch der Sohn kein junger Mann mehr, als er endlich nachrücken durfte, und hatte schon mehr als vierzig Nilschwellen erlebt. Piay hatte Wennofer den Schönen Befehl des Guten Gottes überbracht, alle Kunsthandwerker aus Abydos abzuziehen für den neuen Tempel an der Grenze zu Kusch. Nicht ohne Schadenfreude bemerkte Piay den nur schlecht verhohlenen Schrecken des würdigen Hohenpriesters, als er hörte, dieser Tempel sei der Königin Nefertari gewidmet.

Er riß die Augen auf und stotterte:

»Nun … also … das ist … das ist … ja, ein wenig seltsam ist es schon. Einer lebenden Person … ich meine …«

Mit nicht weniger Vergnügen hörte Piay aus Merits Worten den jähen Zorn des Vaters.

»Seltsam nennst du das, Priester Wennofer? Selbst wenn Seine Majestät, mein erhabener Vater, einem Esel einen Tempel errichten würde, könnte ich daran nichts Seltsames finden – es wäre nur ungewöhnlich. Jeder Befehl aus dem Mund des Guten Gottes enthält für euch Priester – wie auch für alle anderen Menschen – eine Weisung, die so unbedingt zu befolgen ist, als hätte sie Amun-Re oder Ptah selber erteilt. Wer das mißachtet, ist nicht einmal als Hilfspriester eines Dorfgottes zu gebrauchen!«

Wennofer, der würdige und gescheite Hohepriester, senkte demütig den Kopf vor der sechzehnjährigen Sonnentochter. Er wußte, daß er etwas Verkehrtes, ja Unsinniges gesagt hatte und stammelte eine Entschuldigung.

Merit lächelte.

»Wem sitzt nicht einmal ein Kobold auf der Zunge und läßt ihn etwas Dummes sagen? Daß deine Rede nicht deinen Gedanken entspricht, glaube ich dir und nehme die Entschuldigung an. Jetzt aber möchte ich etwas Lustiges sehen – gibt es hier keine Sänger und Tänzer, keine Zauberer und Akrobaten?«

Merit, die zu Hause auf solche Darbietungen wenig Wert legte, schlüpfte auch hier ganz in die Rolle des Vaters. Und Piay tat, was er sich bei den Festen des Pharao längst angewöhnt hatte: Er schüttete Becher um Becher des vorzüglichen Weines hinunter, wurde freier und kühner und suchte immer häufiger den Blick der schönen Merit, die durch ihren königlichen Glanz das Fest verschönte und einen Lotosstengel wie das Heka-Szepter an ihre Brust drückte.

Wennofer schützte Müdigkeit vor und durfte sich zurückziehen. Wie alles in Abydos im Zeichen des Osiris stand, so waren auch die Darbietungen der Sänger und Schauspieler davon geprägt. Sehr beliebt war dabei die Szene, wo Isis die Teile des zerstückelten Osiris zusammenfügt und dabei den Phallus vermißt, den der Brudermörder Seth bekanntlich in den Nil geworfen und den der Katzenwels gefressen hatte. Isis aber formte einen neuen Phallus, belebte ihn mit heiligen Ölen, und so konnte Osiris seinen Sohn Horus zeugen, den Isis – versteckt in den Sümpfen von Buto – gebar und zum Rächer seines Vaters erzog.

Ohne ein Wort zu reden, nur mimisch und tänzerisch stellte die als Isis auftretende Schauspielerin dar, wie sie weinend Stück um Stück des toten Körpers zusammensuchte, wobei sie jedesmal so tat, als würde sie den gefundenen Körperteil begraben, um Seth nicht mißtrauisch zu machen. Doch sie verbarg die Stücke unter ihrem Kleid, formte aus Lehm den Phallus und brachte ihn am Körper an. Diesen Körper stellte nun ein Schauspieler dar, der in Mumienform und dem steif aufgerichteten künstlichen Glied bewegungslos am Boden lag und den Isis nun bestieg, um mit rhythmischen Bewegungen ihres Körpers die Zeugung anzudeuten.

Da Merit beifällig lächelte, lachten auch die anderen Zuschauer und klatschten Beifall. Dann kamen Sänger herein und stimmten das Triumphlied auf den wiedererstandenen Osiris an.

»Prächtiges Abbild seines Vaters Geb,
Geheimnisvoller Same, der aus Atum hervorging,
Herr, der höher ist als seine Väter,
Ältester aus dem Leib seiner Mutter!

Mögest du zu uns kommen in deiner ersten Gestalt,
damit wir dich umschlingen,
verlaß uns nicht, Herr

Schön an Gesicht, groß an Liebe
Abbild des Ptah, Herr der Wollust,
der den Leib seiner Mutter öffnete
und dessen Glieder nicht müde wurden,
obwohl er schon in seinen Binden lag.

Deine Schwester Isis kommt zu dir
jauchzend aus Liebe kommt sie.
Du hast sie auf deinen Phallus gesetzt,
dein Same strömt in ihren Leib
und Horus geht hervor aus dir ...«

»Du trinkst ein wenig viel«, meinte Merit und schaute Piay spöttisch besorgt an.

»Ich feiere nur diesen heiligen Ort, wo Osiris und sein Sohn Horus so viel gelten. Aus den Augen des Horus soll ja die Weintraube entstanden sein ...«

»Nun, dann werde auch ich Horus ehren.«

Sie nahm ihren Becher, schloß die Augen und trank ihn leer. Sogleich schenkte eine Dienerin nach.

»Es ist schön, mit dir durch unser Land zu reisen«, sagte Merit, trank wieder einen Schluck und fügte leise hinzu:

»Schön ist es auch, in deine grauen Augen zu blicken. Grau wie der Himmel deiner Vorfahren im nördlichen Fremdland, wo es tagelang regnen soll. Vielleicht ist das nur eine Legende, aber ich stelle mir das angenehm vor: Man geht hinaus und badet sich in dem schönen Himmelswasser ...«

»Ach, Merit ... Deine Worte ehren und zeichnen mich aus. Was aber kann ich entgegnen? Du gehörst zur Königsfamilie, und was ich dir sagen möchte, darf ich nicht sagen ... Könnte ich zu dir sprechen, wie ein Mann zu einer Frau spricht, die er – nun, die er verehrt, die ihm mehr bedeutet als andere Frauen ... könnte ich das, dann ...«

Piay hob den Becher und trank hinunter, was er aussprechen wollte, aber nicht durfte, zumindest nicht unter Zeugen. Auch wenn sie nur flüsterten, so beobachteten sie Hunderte von Augen, Diener und Dienerinnen gingen auf und ab, schenkten Wein in die Becher, versprühten Duftwasser, einige bewaffnete Leibwächter standen wie Statuen im Hintergrund, bereit, jeden zu töten, der die Prinzessin und sei es nur aus Versehen – berührt hätte.

Abrupt stand Merit auf: »Begleite mich in den Garten, Piay, ich brauche frische Luft.«

Der kleine neuerbaute Palast hinter dem Totentempel des Königs stand zwar schon mitten in der Wüste, aber die ständige Bewässerung hatte einen üppigen Garten hingezaubert, den eine hohe Mauer umgab. Das Licht des halben Mondes wob silberne Schleier über die blühenden Büsche, die Bäume, Blumen und Sträucher und spiegelte sich in dem kleinen Lotosteich, wo die heiligen Blumen des Gottes Nefertem ihre weißen Kelche schon geschlossen hatten.

»Geht schlafen, ich brauche euch nicht mehr«, gebot Merit ihren Begleiterinnen und betrat mit Piay den nächtlichen Garten.

»Jetzt sind wir allein, Piay, nun kannst du zu mir sprechen, wie ein Mann zu einer Frau eben spricht.«

Piay schwieg, faßte Merit an der Hand und führte sie zu der Bank am Teich. Damit hatte er sein erstes Sakrileg begangen, denn ein Mitglied der Königlichen Familie ohne Erlaubnis zu berühren, konnte mit dem Tod bestraft werden.

Während dieser paar Schritte vom Tor des Gartens bis zum Teich zogen die unterschiedlichsten Gedanken durch Piays Kopf, leuchteten auf wie Blitze und lähmten seine Zunge.

Piay sah den Feldsklaven, der er gewesen war, verprügelt, herumgestoßen, ewig schmutzig, sah den schnellen Aufstieg wie von einem ins Himmelsblau, der Sonne entgegengeschleuderten Wurfholz – und er sah sich stürzen, als er ihre Hand berührte, stürzen in Abgrund und Tod. Ihm schauderte vor diesem Bild, das aber sofort durch Merits Antlitz verdrängt wurde, die mit ihm auf der Bank saß und ihn erwartungsvoll anschaute.

Piay atmete tief die kühle Abendluft ein und spürte den köstlichen Duft des Lotos und der blühenden Akazien. Das wirkte auf ihn wie ein Rausch, und seine Zunge löste sich.

»Nun höre, Merit, was der Mann zu der Frau sagt. Er sagt: Ich liebe dich, möchte dich umarmen, deine Brüste liebkosen, deinen Schoß streicheln und all dies mit dem schönen Spiel beenden, das uns heute abend die Tänzer als Isis und Osiris vorgeführt haben.«

Merit legte ihren Kopf auf Piays Schulter, und er sah im Mondlicht die sich bäumende Uräusschlange aufleuchten und ihn mit ihren roten bösen Karneolaugen tückisch anblitzen.

Sie nahm seine Hand und streichelte über das Gelenk.

»Du hast so schmale Gelenke wie ein alter Adelssproß. Als hättest du nie schwere Arbeit geleistet. Was soll ich auf deine Worte sagen? Als Antwort erzähle ich dir einen Traum, der immer wiederkehrt.«

Jetzt war der Augenblick gekommen, da Merit ohne Scheu von ihrem Traum berichten konnte, und während sie davon erzählte, wie Piay ihre Brüste in seine Hände nahm, streifte er sacht die Träger ihres Kleides herab, schälte die festen jungen Brüste aus dem kühlen Leinenstoff und küßte sie sanft, eine nach der anderen, immer wieder. Merit umfaßte seinen Kopf, streichelte seinen Nakken und die Schultern.

Ein leises Klirren ließ sie aufschrecken. Piay sagte beruhigend:

»Das ist nur die Wache vor dem Tor. Ein Schwert oder eine Lanze ist zu Boden gefallen. Ich will dich ganz nackt sehen – wie in deinem Traum, und ich möchte ihn fortsetzen, denn die Sache zwischen Mann und Frau muß ihr richtiges Ende haben.«

Merit hatte die Träger ihres Kleides wieder übergestreift und war etwas von Piay abgerückt. Sie sagte:

»Dann erzähle mir meinen Traum zu Ende, so, wie es weitergeht zwischen Mann und Frau.«

»Also höre! Dein Traum endet immer damit, daß du nackt vor mir stehst und ich deine Brüste in meine Hände nehme. Es könnte nun so weitergehen, daß meine Hände über deinen Rücken, über deine Hüften wandern, deine wundervollen Schenkel streicheln, ganz sachte über deinen Schoß gleiten, dort verweilen und auf eine Weise anklopfen, die dir sicher Spaß machen wird. Auch wenn du es vielleicht gar nicht willst, nach einiger Zeit wird sich dein Schoß öffnen und bereit sein für das Spiel, das wir heute abend gesehen haben. In diesem Spiel lassen wir uns viel Zeit, denn uns gehört ja die ganze Nacht. Wenn Re dann auf seine Tagesbarke umsteigt, werden wir erschöpft sein und beide einschlafen, und ich bin sicher, daß sich dein Traum nicht mehr wiederholen wird – falls seine Fortsetzung – so, wie ich sie geschildert habe – in Wirklichkeit stattfindet. Vielleicht aber bleibt es ein Traum, doch du wirst ihn nie, nie zu Ende träumen, weil das alte schöne Spiel zwischen Mann und Frau nur im wachen Zustand ausgekostet werden kann. Er wird immer an der gleichen Stelle enden, dein Traum ...«

Merit lächelte leise und rückte wieder näher an Piay heran. Er umfaßte und küßte sie heftig auf Wangen, Hals und Mund, so heftig, daß der Stirnreif mit der Uräusschlange klirrend zu Boden fiel. Er wollte sich bücken, doch sie kam ihm zuvor.

»Nein! Berühre sie nicht! Meinen Körper darfst du berühren, solange ich es dir erlaube, aber die Utoschlange faß bitte nicht an!«

Merit behielt den Reif in der Hand, stand auf und strich ihr Kleid sorgfältig glatt.

»Schlaf wohl, Piay. Morgen besuche ich die Großeltern, um ihnen von der Krankheit und Genesung meiner Mutter zu erzählen. Danach reisen wir weiter nach Theben, wo wir wohl länger bleiben müssen. Dort hat der Königspalast vermutlich auch einen schönen Garten, und wir können unsere Träume weiterspinnen.«

»Müssen es Träume bleiben?«

»Du hast mich umarmt, hast mich geküßt – war das ein Traum?«

Ohne auf eine Erwiderung zu warten, drehte sich Merit um und verschwand im Dunkel. Piay blieb noch lange sitzen und starrte in das mondüberglänzte Wasser des Lotosteiches.

Mose blieb einige Tage in Piramesse und war hin- und hergerissen zwischen einer Empfindung des Stolzes, den der Ägypter in ihm empfand, und dem Abscheu vor der Anmaßung dieses Königs, der Mensch und Natur seinen Willen aufzwang, um in kürzester Zeit eine neue Residenzstadt aus der Erde zu stampfen. Der sumpfige Boden mußte entwässert, Kanäle gegraben, feste Straßen angelegt werden, um immer neue Flächen für den Baubedarf zu erschließen. Am Ostrand der Stadt wuchsen um das Tempelviertel große Kornspeicher, Ställe, Trockenböden für Datteln und Feigen sowie Arbeiterwohnungen aus dem Boden. Das Bauen mit den Schlammziegeln ging verhältnismäßig schnell – schneller als die Ziegel geliefert wurden.

Als Mose wieder nach Pithom zurückreiste, schlug er den Weg nach Süden ein. Während dieser Heimreise mußte er mehrmals Nebenarme des Nils überqueren, die durch das fruchtbare, doch teilweise stark versumpfte Ostdelta ins Meer strömten. Und da stieß er auf eine dieser Ziegelfabriken, ritt nahe heran und betrachtete die Arbeit der zwangsweise eingezogenen Menschen. Aus einer riesigen Sumpfgrube am Ufer holten die Männer in großen Körben, von denen sie je zwei auf einer Schulterstange schleppten, den Schlamm und brachten ihn zu den Formern – das waren meist Frauen und Halbwüchsige –, die ihn in großen Bottichen mit Häcksel mischten, in Holzformen füllten, antrocknen ließen und die noch feuchten Ziegel auf weiten Flächen zum Härten in die Sonne breiteten.

»He du, vom Zusehen werden die Ziegel nicht mehr! Kannst für guten Lohn mitarbeiten: Es gibt täglich eine schmackhafte Prügelsuppe, dazu schöne kupferne Halsringe, damit man euch nachts aneinanderfesseln kann.«

»Hüte deine Zunge!« rief Mose erbost, »es könnte dich deine Ohren kosten, wenn du einen ägyptischen Beamten weiterhin ärgerst.«

Kaum hatte er diese Worte ausgesprochen, schämte er sich schon, seine ägyptische Vergangenheit herausgekehrt zu haben.

Mose war einfach gekleidet, doch an seiner gebildeten Sprache erkannte der Aufseher, daß er sich vertan hatte.

»Verzeih, Herr, aber die Langeweile frißt uns hier auf. Ich hielt dich für einen einfachen Mann und erlaubte mir einen Scherz.«

Mose ritt näher und erkannte in einigen der Arbeiter seine Stammesbrüder. In ihrer Sprache rief er den Chabiru zu:

»Ich bin Mose, euer Bruder, und komme gerade vom Pharao. Er

will euch noch stärker drücken, ihr sollt künftig auch das Stroh für den Häcksel sammeln. Wir müssen dieses Land verlassen, meine Brüder, koste es, was es wolle! Hier werden wir zugrunde gehen, weil der König uns die Weidegründe nicht gönnt. Wir müssen weiter nach Norden ziehen, bis die Hand Pharaos uns nicht mehr erreicht. Seid geduldig, haltet aus, Gott wird sein Volk nicht verderben lassen.«

Um ihm zuzuhören, hatten einige der Männer ihre Arbeit ruhen lassen, doch das erzürnte einen Aufseher so sehr, daß er schrie:

»Diese Pause könnt ihr mittags nacharbeiten, Essen und Wasser sind für heute gestrichen!«

Der Aufseher, mit dem Mose gesprochen hatte, hob die Hände.

»Strafe muß sein, du darfst die Leute bei der Arbeit nicht anreden.« Er blickte zum Himmel.

»Leb wohl, Fremder, ich ziehe mich in den Schatten zurück.«

Kurz darauf erklang ein lauter Trommelwirbel, die Leute ließen Körbe und Geräte fallen und liefen in ihre primitiven Unterkünfte, um zu essen und auszuruhen. Die drei Chabiru aber wurden an den Halsringen aneinandergefesselt und mußten in der glühenden Mittagssonne Schlamm und Häcksel zusammenrühren. Der Aufseher hockte unter einem Zeltdach im Schatten, grinste, gähnte und löffelte dann seinen Topf mit Hirsebrei aus. Dazwischen biß er von einem großen Rettich ab.

Mose blickte sich um: Drüben standen die einfachen Holzhütten, auf einer entfernten Weide grasten einige Rinder mit den weißen Tupfen der Kuhreiher dazwischen. Diese Vögel pickten den grasenden Tieren quälende Schmarotzer aus dem Fell und wurden deshalb von den Bauern »Reiher, welche die Rinder hüten« genannt.

Außer den bestraften Arbeitern und dem speisenden Aufseher schien kein Mensch in der Nähe zu sein. Mose band den Esel an einen Strauch und ging zu dem Aufseher.

»Ich glaube, jetzt ist es genug! Du kannst die Leute doch nicht nur deshalb bestrafen, weil sie mir kurz zugehört haben. Es war eine Nachricht von Verwandten, die ich weitergab.«

Der Aufseher wollte gerade antworten, als er sah, daß die drei innehielten, um von dem Gespräch etwas zu erlauschen. Er sprang auf, stürzte auf sie los und begann wahllos und mit wuchtigen Hieben auf sie einzuschlagen.

Da fühlte Mose, wie der Zorn Gottes über ihn kam. Er nahm einen großen Stein, trat zu dem Aufseher und rief:

»Halt!«

Der Bursche drehte sich kurz um, grinste frech und hob erneut seinen Bambusstock. Da schmetterte Mose den Stein auf sein Haupt, und der Ägypter brach mit einem leisen Ächzen zusammen. Mose zog sein Messer, zerschnitt die Halsfesseln der Chabiru und sagte:

»Helft mir! Wir müssen ihn schnell begraben.«

Sie trugen den Leichnam beiseite, hoben eine flache Grube aus und legten ihn hinein. Er war schnell verscharrt, Mose gab den Männern einige Kupferdeben und sagte:

»Ihr habt durch die Mittagspause einen Vorsprung. Versteckt euch bei euren Familien. Gott ist mit uns! Vergeßt das nicht!«

Die Männer liefen davon, und Mose ritt auf Schleichwegen nach Pithom. Dort erfuhr er, daß die Miliz nach ihm fahndete, und so floh er weiter nach Midian, einem Landstrich im Norden des Schilfmeeres. Dort nahm er eine Tochter des Landes zur Frau, zeugte mit ihr Kinder und wagte sich erst nach Kemi zurück, als der Pharao Ramses gestorben war. Zu dieser Zeit war Mose schon ein sehr alter Mann, doch er machte wahr, was er seinem Volk versprochen hatte: Er führte die Chabiru nach Norden, wo sie siedelten und ein Reich gründeten.

12

Meru bat den Sobek-Priester Gebu um eine Unterredung. Der kam sofort herbei, bleckte seine Krokodilshauer und legte alle Freundlichkeit in seine kalten Echsenaugen.

»Was kann ich für dich tun, Fremder? Willst du Sobek ein weiteres Opfer darbringen? Du könntest ...«

»Nein, Ehrwürdiger, diesmal geht es um mehr. Ich möchte mich Sobek selbst darbringen.«

Gebu riß die Augen auf.

»Du willst … du willst zu den Krokodilen, möchtest Osiris werden? Nun denn …«

»Nein, nein – so habe ich es nicht gemeint. Ich heiße Meru, stamme aus dem Süden, meine Familie hat eine Krankheit dahingerafft, ich als einziger bin zurückgeblieben. Hier gefällt es mir, ich möchte mein restliches Leben dem Gott weihen, und so bitte ich dich um ein Amt, vielleicht als Hilfspriester oder Magazinverwalter – irgend etwas.«

Gebu schüttelte bedauernd den Kopf:

»Wir brauchen niemand, der Tempel hat keinen großen Besitz mehr. Unser nomineller Hoherpriester lebt in Memphis und kümmert sich um nichts, ihm genügt der Titel. Freilich, an den Festtagen könnte ich schon eine Hilfe gebrauchen, die Tempeldiener sind faul, und ich kann nicht hinter allem hersein. Was nun die Bezahlung betrifft, so kann ich dir nur Unterkunft und Verpflegung bieten, deine Kleidung und alles andere …«

»Ich brauche nichts!« fiel Meru schnell ein, »ich beabsichtige sogar, meinen geringen Besitz dem Tempel zu vermachen. Es sind zwar nur einige Deben Kupfer, auch etwas Gold …«

»Ja, dann!« Gebu schien aufzuatmen, »dann werde ich dich zum Hilfspriester machen. Wenn du willst, kannst du gleich hierbleiben.«

»Nein, Ehrwürdiger. Ich muß noch einige Dinge ordnen und komme zurück, so schnell ich kann. Bewahre das einstweilen in der Schatzkammer für mich auf.«

Meru stellte ein Säckchen mit einem Teil seines Silbers und Goldes auf den Tisch. Die Hand des Priesters schoß vor und griff nach dem Säckchen, schüttelte es und hielt es fest.

»Wir werden es sorgsam für dich aufbewahren, Hilfspriester Meru. Du mußt übrigens nicht immer Priestergehilfe bleiben. Sobek hatte in seinen guten Zeiten vier Propheten. Der erste sitzt jetzt in Memphis, der zweite bin ich und der dritte könntest du sein.«

»Ich will nur dem Gott dienen«, sagte Meru bescheiden, »gleich in welchem Amt.«

Als Meru sich dem Versteck der Wüstenräuber näherte, hätte ihn einer der Wächter beinahe erschlagen, weil er ihn mit Nase und Ohren nicht erkannte. Von »Erde« erfuhr Meru dann, daß es während seiner Abwesenheit Streit gegeben habe. Min sei dabei erschlagen worden, und ein gutes Dutzend der Männer sei verschwunden. Bei den anderen gäre es, und nun, da Sobek zurück sei, müsse er zu den Leuten reden, ihnen vielleicht etwas aus der Schatzkammer geben, um die flauen Zeiten zu überbrücken.

»Du kannst meinetwegen den ganzen Schatz aufteilen lassen. Ich trete von meinem Amt zurück und gehe in den Süden. Unsere Zeit ist vorbei, der Pharao hat die Niu verstärkt, und eines nicht mehr fernen Tages spüren sie uns hier auf.«

Wie nahe dieser Tag schon war, sollten sie bald erfahren. Die Niu hatten seit längerer Zeit von Hirten und Grabwächtern Hinweise erhalten, daß in einem bestimmten, sehr abgelegenen Gebiet der Wüste nordwestlich von Memphis immer wieder geheimnisvolle Reiter zu beobachten seien, manchmal in ganzen Trupps mit Lastpferden, manchmal allein, doch diese Reiter kamen aus einer bestimmten Richtung und kehrten auch dorthin zurück. Nach allem, was zu erfahren war, konnte es sich dabei nicht um die alten Wüstenbewohner, die Schasu handeln, denn diese benützten ausschließlich Kamele als Reittiere.

Da Hirten und Grabwächter wegen ihres einsamen Berufs als Märchenerzähler verschrien waren, wäre die Wüstenpolizei diesen Hinweisen nicht nachgegangen, doch als in der Stadt von Zeit zu Zeit Metallbarren auftauchten, die das ausgeschliffene, aber manchmal gerade noch erkennbare Stempelzeichen des Amun von Memphis trugen, begann man Nachforschungen anzustellen. Auch wer nicht lesen konnte, dem waren die drei Schriftzeichen: Schilfblatt, Menbrett und Wasserlinie vertraut, die im Zusammenhang gelesen »Amun« bedeuteten. Seit dem Neubau des Amun-Tempels waren die Barren mit einem Widder gestempelt, so daß jeder wußte, ob das Metall aus dem alten oder neuen Tempel stammte.

Die Niu schickten Spitzel in die Stadt und ließen verkünden, daß jedermann belohnt werde, der einen Barren mit dem alten Stempel abliefere.

Schließlich war es nicht Gold oder Silber, das die Niu auf die richtige Spur führte, sondern ein bescheidener Vierteldeben aus Kupfer, der die nicht ausgetilgten Schriftzeichen des Amun trug. Ein Handwerker hatte damit im Ptah-Tempel sein Weihrauchopfer bezahlt, und der junge aufmerksame Novize führte den erstaunten Töpfer zur Tempelverwaltung. Dort stellte sich heraus, daß ein Gastwirt bei ihm einige Krüge gekauft und mit dem Kupfer bezahlt hatte. Der Wirt aber konnte sich an den Gast, von dem er das Kupfer erhalten hatte, genau erinnern, denn der war schon öfter gekommen, pflegte sich in die dunkelste Ecke der Schenke zu setzen, hastig einen Krug Bier zu trinken und anschließend sofort zu verschwinden. Jedesmal hatte er mit Kupfer oder Bronze bezahlt, doch auf den Stempel hatte der Wirt nie geachtet, da bei ihm Barren mit den verschiedensten Zeichen eingingen.

Diese Schenke ließ man durch Spione genau beobachten, bis am vierten Tag der Wirt das verabredete Zeichen gab. Der betreffende Gast saß in seiner finsteren Ecke, trank hastig Becher um Becher und ließ die Tür nicht aus den Augen. Der Spitzel alarmierte schnell einen Trupp der Stadtmiliz, die den sich heftig wehrenden Mann festnahm. Der gehörte nun tatsächlich zur Räuberbande des Sobek, hatte versucht, in Memphis unterzutauchen, wagte sich aber aus Angst kaum auf die Straße. Er war nur ein kleiner Räuber, der dem verstorbenen Sobek die Treue geschworen hatte und sich Meru, dem er mißtraute, nicht verpflichtet fühlte. So brauchte man den Bambusstock nicht allzu heftig anzuwenden. Er beteuerte, nicht selbst am Tempelraub beteiligt gewesen zu sein, und man tat, als glaube man ihm, da er noch gebraucht wurde.

Der Bürgermeister von Theben stellte eine kampferprobte Truppe aus Niu und Stadtmiliz zusammen, und diese Männer kreisten eines Morgens das Versteck der Wüstenräuber behutsam von allen Seiten ein. Seit die Bande in Auflösung begriffen war, wurden die Wächterposten kaum noch besetzt, denn jeder rechnete mit einem baldigen Abzug.

Auf ein Zeichen des Anführers stürmten die Männer los mit den Bogenschützen an der Spitze. Sie schwärmten in lockeren Gruppen aus und hatten den Befehl, auf jeden zu schießen, der das kleine felsige Wüstental verlassen wollte. Die Lanzen- und Schwertträger preschten mit ihren Pferden weiter, und als sich die ersten völlig überraschten Räuber zeigten, sprangen sie ab, und es begann ein großes Schlachten.

Meru spähte vorsichtig aus seiner Höhle und wußte sofort, daß dies das Ende der Sobek-Bande war. Gedankenschnell packte er die schon bereitgestellten Säckchen mit Gold- und Silberbarren, schlüpfte in seinen Lederpanzer, hing sich den Dolch um, lief zu seinem besten Pferd, das im Schatten einer Felsnische angebunden war und behaglich an seinem Futter kaute. Pfeile und Sichelschwert staken in ihren Futteralen, der Wasserschlauch war – wie befohlen – prall gefüllt. Bei solchen Ereignissen war Merus ganzes Sinnen und Trachten auf Flucht und nicht auf Kampf gerichtet. Mochten sich Dummköpfe mit der Miliz herumprügeln, er jedenfalls erkannte, daß die Vernichtung der Sobek-Bande bevorstand.

Meru schlang das Leinentuch um seinen Kopf, sprang aufs Pferd und blickte sich um. Wer ein Pferd gefunden hatte, wandte sich nach Süden, da hier das offene Tal eine ungehinderte Flucht ermöglichte. Andere griffen nach ihren Waffen und liefen den Pferden nach, da sie glaubten, gemeinsam müsse der Ausbruch eher gelingen. Meru aber sah die dunklen Punkte auf den Anhöhen ringsum; das waren die Bogenschützen, die auf jeden der Fliehenden schießen würden.

Er wandte sich nach Norden, wo eine steile Anhöhe das Tal begrenzte und wo nur wenige Schützen postiert waren, denn eine Flucht in diese Richtung schien kaum möglich. Meru aber wußte, daß er nur entkommen konnte, wenn er das Unerwartete, das Unwahrscheinliche, das scheinbar Unmögliche wagte.

Er duckte sich auf sein Pferd und trieb es mit wuchtigen Fersenhieben und Zurufen bergan. Ehe die überraschten Bogenschützen auf ihn anlegen konnten, hatte Meru den einen niedergeschlagen und die Kette durchbrochen. Doch sie hatten ihn bemerkt und schickten Pfeil um Pfeil in seine Richtung. Zwei prallten am Lederpanzer ab, einer traf Merus Oberschenkel, zwei weitere die Hinterflanken des Pferdes, wovon aber nur einer steckenblieb. Zum Glück hatte er schon ziemlichen Abstand gewonnen, als berittene Niu die Verfolgung aufnahmen. Meru spürte, wie der Schmerz in seinem Schenkel pochte, noch verstärkt durch das Wippen des steckengebliebenen Pfeiles. Sein Pferd war durch die beiden Treffer eher schneller geworden und schoß dahin wie ein über die Wüste geschleudertes Wurfholz. Meru, der seit vielen Jahren nicht mehr gebetet, sondern nur noch geflucht hatte, schrie jetzt heraus:

»Sobek, hörst du mich! Halte die Niu zurück, laß ihre Pferde lahmen, laß sie die Spur verlieren! Ich weihe dir mein Leben und mein Vermögen, rette mich dieses eine Mal!«

Immer wieder brüllte er diese Worte in die hitzeflirrende Wüstenluft. Doch eines kam ihm zugute: Er kannte hier jeden Stein, jedes Versteck, und so wußte er auch, daß es hinter diesem niedrigen, kegelförmigen Hügel, der jetzt zur Linken auftauchte, eine kleine, doch schwer einsehbare Felsnische gab.

Meru wandte sich um. Seine Verfolger waren nicht sichtbar, doch in jedem Augenblick konnte einer hinter einem Felsen oder aus einer Senke auftauchen. So ritt er zu dem Versteck, stieg unter Schmerzen ab und beruhigte sein keuchendes, schweißnasses Pferd, in dessen Hinterflanke noch immer der Pfeil steckte. Doch er saß nicht tief und Meru konnte ihn herausdrehen. Sein eigener Pfeil aber war seitlich in den Oberschenkel eingedrungen und ließ sich nicht ohne weiteres entfernen. Meru schnitt ihn zwei Finger breit über der Wunde ab und kauerte sich in die Nische. Er hatte das Pferd nahe herangezogen und tätschelte sein weiches, feuchtes Maul, um es gleich zuhalten zu können, falls es einen Laut von sich gab.

Wegen des Blutverlustes peinigte ihn ein brennender Durst und ein paarmal war er nahe daran, nach dem Wasserschlauch zu greifen, doch er hielt sich mit Gewalt zurück. Das Wasser konnte seine Rettung sein, und er mußte es noch aufsparen.

Sein Pferd hatte sich schnell beruhigt und stand mit gesenktem Kopf still wie eine Statue. Meru hätte sich am liebsten seine falschen Ohren vom Kopf gerissen, um besser zu hören, doch er mußte sich ins Fajum durchschlagen, und niemand durfte in ihm den verstümmelten Verbrecher erkennen.

Er dachte an seinen geheimnisvollen Auftraggeber, der sich wieder melden wollte, doch damit war es jetzt vorbei. Wenn er den

Ramses-Sohn tötete, dann war es allein seine Angelegenheit und nicht die des Amun. Seine Gedanken glitten sofort in die Gegenwart zurück, als er ein Geräusch hörte.

Es klang wie ein fernes Pferdewiehern, und gegen Abend, als Re sich schon dem Horizont zuneigte, vernahm er deutlich die Stimmen mehrerer Männer, die ganz in der Nähe sein mußten. Er preßte sich flach in die Felsnische, einen Arm legte er um den Kopf seines Pferdes, dann schloß er die Augen und wartete mit klopfendem Herzen ab. Der ausbrechende Schweiß juckte entsetzlich an den Klebestellen von Ohren und Nase, doch er durfte nichts tun, mußte froh sein, wenn der Klebstoff die nächsten Stunden aushielt.

Die im Schenkel steckende Pfeilspitze begann von Stunde zu Stunde stärker zu schmerzen. Die Wunde blutete nicht mehr, doch sie schwoll besorgniserregend an, und Meru spürte die aufsteigende Hitze des Wundfiebers. Er wußte, daß die Niu nach Sonnenuntergang ihre Suche aufgeben würden, und er wollte in der mondhellen kühlen Nacht möglichst weit vorankommen.

Kaum war Re hinabgetaucht, löste Meru sich aus seiner Nische und spähte vorsichtig in die Runde. Es herrschte die Stille eines Grabes, nur ein leiser Wind wirbelte etwas Sand auf. Er schälte sich aus seinem Lederpanzer, trank in kleinen Schlucken ein Achtel Hekat von dem Wasser und wischte sich behutsam das Gesicht ab. Etwa zwei Viertel goß er in die mitgeführte Holzschale und gab sie dem Pferd. Das war freilich viel zuwenig, aber das Ziel war so nahe, daß er sich keine Sorgen machte.

Unter großen Schmerzen kletterte er auf sein Pferd, das nun frisch und ausgeruht war, und trieb es in höchster Eile nach Süden. Obwohl sein Körper vor Fieber glühte, klapperten seine Zähne vor Frost, der Schmerz im Bein hatte sich auf ein dumpfes Pochen zurückgezogen. Bei Morgengrauen erreichte Meru das nördliche Gebiet des Fajum. Halb bewußtlos ließ er sich vom Pferd fallen und schlief sofort ein. Ein sanftes Rütteln an der Schulter weckte ihn aus wirren Fieberträumen. Zwei Männer standen da und blickten scheu auf ihn herab.

»Bist du gestürzt, Herr? Sollen wir Hilfe holen? Wir sind Fischer und gehören zum Sobek-Tempel. Heute haben wir einen guten Fang, und wir sind gerade dabei ...«

»Ja, mein Freund, genau da will ich hin, zum Priester Gebu, der euch sicher dafür belohnen wird. Habt ihr mein Pferd gesehen?«

»Ein Pferd?« fragte einer der Männer mißtrauisch. »Es gibt hier keine Pferde ...«

»Ist gut«, sagte Meru hastig, »ich fahre gerne mit euch.«

Entweder hatte jemand das Pferd gestohlen, oder es hatte sich in den weiten Gründen des fruchtbaren Fajum verlaufen. Sie halfen ihm auf und führten ihn zur Anlegestelle ihres Bootes. Mit seinem verletzten Bein konnte er kaum noch auftreten. Als hätten die Schmerzen ausgeruht, erhoben sie sich jetzt mit verstärkter Kraft wieder, und Meru mußte alle Kraft aufbieten, ein lautes Stöhnen zu unterdrücken.

Ein pralles Netz mit der zappelnden Beute füllte fast den ganzen Laderaum des Schiffes aus. Meru zwängte sich hinein und lag mit dem halben Oberkörper auf dem nassen Netz. Unter sich spürte er die zuckenden Leiber der Fische. Die Fischer reichten ihm einen Wasserkrug, den er in großen Zügen zur Hälfte leerte. Es wäre besser, überlegte er, wenn sein Pferd, das noch seine gesamten Waffen trug, niemals mit ihm in Verbindung gebracht würde. Den Rest seines Gold- und Silberschatzes trug Meru in einem Gürtel um den bloßen Leib, um das andere sorgte er sich nicht. Die Niu würden ohnehin das meiste aus dem Versteck für sich behalten und behaupten, sie hätten nicht mehr gefunden.

Einige der kleineren Fische waren durch die Maschen des Netzes geschlüpft, hüpften ihm auf Gesicht und Arme, und wenn er sie wegschleuderte, kamen andere. Das brachte die beiden Fischer so zum Lachen, daß sie kaum noch aufhören konnten.

»Die Fische lieben dich, Herr, das ist ein Zeichen, daß Sobek dir wohlgesinnt ist.«

Meru verzerrte sein fieberheißes Gesicht zu einem Grinsen.

»Das will ich hoffen, meine Freunde. Möge Sobek uns allen gnädig sein.«

Beide Fischer ruderten mit kräftigen Stößen über den kaum bewegten See, der so groß war, daß das gegenüberliegende Ufer im Dunst verschwand.

Wieder packte Meru das Fieber mit heißen Klauen, und er begann wirres Zeug zu reden. Er sprach von dem jungen Horusfalken, den er mit seinen Pfeilen erlegen wolle, rief mehrmals Sobek an und sagte plötzlich: »Ich bin Sobek in eigener Person – wenn ihr wollt, dürft ihr mich anbeten.«

Den Fischern war das Lachen vergangen. Auch hatten sie, da Merus Schurz zurückgeglitten war, die feuerrot entzündete Wunde entdeckt, aus der der abgeschnittene Pfeil herausragte. Sie ruderten so schnell sie konnten, und endlich kam das Südufer in Sicht.

Das Boot hatte kaum angelegt, da sprang der jüngere der beiden heraus und lief zum Tempel. Gebu ging mit zum Boot, erkannte gleich seinen neuen Hilfspriester und befahl, den Mann sofort in die leere, für Meru bereitgehaltene Priesterwohnung zu tragen.

Als sie allein waren, fragte der Priester:

»Was ist geschehen, mein Freund? Kannst du sprechen?«

Meru nickte mühsam.

»Bin unter Räuber gefallen ...«, krächzte er, »konnte entkommen, doch ein Pfeil ...« Er wies auf das verletzte Bein. Gebu schob den Schurz zurück und betrachtete die Wunde genauer. »Da kann nur ein Arzt helfen. Ich lasse sofort einen holen.«

Meru hielt ihn zurück.

»Bleib – nimm mir zuerst das ab.«

Er wies auf den Gürtel mit den aufgereihten prallen Ledersäckchen. »Leg es zu den anderen in die Schatzkammer.«

»Sobek wird deinen Besitz gut hüten«, sagte der alte Priester und schloß beruhigend seine faltigen Lider. Mehr denn je sah er wie ein altes Krokodil aus.

Meru atmete tief auf. Nun war er in Sicherheit. Hier konnte ihm niemand etwas anhaben, er mußte nur bald einen geschickten Gottessiegler finden, der ihm Nase und Ohren neu befestigte.

Meru fiel in einen unruhigen Schlaf, aus dem der herbeigeholte Arzt ihn weckte. Der noch junge, gutgekleidete Mann sagte ruhig:

»Ich werde natürlich schneiden müssen. Wenn das Ding noch einen Tag steckenbleibt, gehst du zu Osiris.«

Er öffnete seinen zierlichen Instrumentenkoffer aus poliertem, mit Sachmet-Symbolen verziertem Ebenholz. Auf ein feines Leinentuch breitete er seine Messer und Pinzetten, Schabelöffel und Sonden.

»Alles vergoldet!« bemerkte er stolz. »Eine mit Gold behandelte Wunde ist schon halb geheilt – du wirst sehen.«

Er winkte Gebu zu, der in die Hände klatschte. Vier Gehilfen traten ein, zwei hielten Merus Schultern fest, je einer setzte sich auf seine Beine.

Der Arzt nahm ein schmales, scharfes Messer – es sah aus wie die Feder der Maat – und schnitt schnell und geschickt einen Kreis um den Pfeilstumpf. Aus dem rot entzündeten Fleisch quoll sofort der Eiter, den der Arzt mit einem in Kräuterwein getränkten Tuch wegwischte. Behutsam zog er an dem Pfeil, doch die Widerhaken saßen noch immer sehr fest. Mit einem sehr langen Messer, das schmal war wie ein Schilfblatt, bohrte der Arzt tiefer in die Wunde, bis er die metallene Pfeilspitze erfühlte.

Meru stieß einen schwachen Schrei aus und wollte sich aufrichten, doch die Gehilfen hielten ihn eisern fest.

Mit knappen, schnellen Bewegungen trennte der Arzt die Spitze aus dem Fleisch und zog sie langsam heraus. Ein Schwall von Blut und stinkendem Eiter strömte nach, doch der Arzt war an solche Gerüche gewöhnt, und die anderen – an den Gestank der Krokodile gewöhnt – nahmen sie gar nicht wahr.

»Es ist überstanden, mein Freund«, sagte der Arzt, doch Meru hörte es nicht mehr. Er war während dieser Prozedur bewußtlos geworden.

13

Einige Jahre nach der Schlacht bei Kadesch schickte König Ramses zwei seiner fähigsten Generäle nach Amurru, das sie fast ganz wieder in ägyptische Hand brachten. Die enorme Bautätigkeit forderte alle Kräfte, und der Pharao benötigte die seit Jahren versiegten Tributzahlungen aus den Nordländern. Ein Versuch der Chatti, diese Provinz zurückzuerobern, blieb in den Anfängen stecken, da König Muwatalli starb und ein heftiger Streit um seine Nachfolge entstand. Der rechtmäßige Thronfolger war Urchi-Teschup, doch dieser schwache König wurde von seinem Onkel Hattusili in die Verbannung getrieben. Der Usurpator aber war klug. Das Volk beruhigte er mit dem Hinweis, die Sonnengöttin selbst habe ihm befohlen, den Thron einzunehmen, und sein Bestreben ging sofort dahin, mit dem ägyptischen König Frieden zu schließen. Ramses, der seinen großen »Sieg« bei Kadesch – die Bildhauer waren gerade dabei, ihn auf Dutzenden von Tempelwänden zu verewigen – nicht durch unwürdige Kleinkriege verdüstern wollte, ging sofort darauf ein. Er strebte nicht mehr nach kriegerischem Ruhm – auch andere Könige hatten Schlachten gewonnen –, sein Sinn stand nach Größerem. Ramses, der Herr beider Länder, wollte Ewiges schaffen, und so baute er gigantische Tempel, die ihn und Nefertari feierten, mit riesigen Königsstatuen, die alles Bisherige in den Schatten stellten.

Das Land stöhnte unter dem rücksichtslosen Zugriff des Guten Gottes. Die Bauern mußten noch härter arbeiten als bisher, weil ihnen Brüder und Söhne weggenommen wurden, die der Pharao benötigte. Wie sollten sie da ihre von den Steuerbeamten unmäßig hoch geschätzten Abgaben leisten können? Es hagelte Prügel auf demütig gekrümmte Bauernrücken, und so mancher Scheffel Korn wurde dem Kronvermögen zugeschlagen, der eigentlich die Mägen der Landleute hätte füllen sollen. Aber auch die Großen begannen aufzubegehren. So mancher Gutsbesitzer sah sich um die Hälfte seiner Einnahmen gebracht, weil man ihm die Feldsklaven wegnahm, weil man plötzlich das Doppelte der üblichen Abgaben an Korn, Wein, Früchten, Öl, Honig und Flachs von ihm verlangte. Redete man sich auf schlechte Ernten hinaus oder auf die Krankheiten der Dienstleute, dann tauchten sofort ganze Scharen von Beamten auf, notierten, verglichen, maßen und rechneten und stellten schließlich fest, die Verluste seien lange nicht so groß wie behauptet, und wer den Schönen Befehlen des Pharao nicht gehorche, müsse wie ein Verräter behandelt werden. So mancher dicke, behäbige Gutsbesitzer sah sich plötzlich zu Zwangsarbeit verurteilt, und wenn er nach Monaten oder Jahren schlank, sehnig und braungebrannt auf sein Gut zurückkehrte, dann war er fügsam wie ein Lamm.

Wer aber klaglos gehorchte, wurde mit klangvollen Titeln abgefunden. Es gab nun Tausende von »Freunden des Pharao«, von »Wirklichen Freunden des Pharao« und von »Einzigen Freunden des Pharao«. So kamen die Projekte des Königs schnell voran. Sein Totentempel im Westen von Theben war fast vollendet, am großen Säulensaal beim Amun-Tempel hämmerten die Bildhauer an den Säulen und Wänden ihre letzten Bilder und Schriftzeichen. Viele tausendmal hatten sie die beiden Namenskartuschen des Königs einzumeißeln: User-Maat-Re setep-en-Re Meri-Amun-Ramses: Stark ist die Wahrheit des Re, er ist erwählt von Re, geliebt von Amun und gezeugt von Re. An den Pylonen ragten gewaltig die Monumentalstatuen empor – bis zu vierundzwanzig Ellen hoch –, und nie fehlte die Große Königliche Gemahlin Nefertari, die den Riesenleibern nur bis zum Knie reichte und stets zärtlich die Wade ihres Gemahls berührte.

Mit jedem seiner Bauten, mit jeder seiner Statuen schien Ramses zu wachsen. Der Gute Gott fühlte sich nun wirklich wie ein Gott. Er war bisher niemals krank gewesen, alles war ihm gelungen, jeder seiner Wünsche wurde erfüllt. Die Zahl seiner Kinder wuchs im Harem von Monat zu Monat, er war stolz auf sie alle, und an den Tempelwänden tauchten Listen mit ihren Namen auf. Er beging sein fünfzehntes, sechzehntes und siebzehntes Regierungsjahr und übertraf damit schon jetzt die Regierungszeit seines Vaters, Großvaters und vieler seiner Vorgänger.

Während der Achet-Monate – das war die heißeste Zeit im Lande Kemi – fühlte er seine Zeugungskraft ins Unermeßliche wachsen. Wie er früher mit seinen Freunden Menna und Parahotep mit dem Bogen um die Wette geschossen hatte, so liebte er es jetzt, mit ihnen um die Wette zu zeugen. Er wählte acht oder zehn seiner Kebsweiber aus und zog sich mit ihnen für einige Tage in den Harem zurück. Seine Freunde mußten mit ihren Frauen oder jungen Sklavinnen desgleichen tun, und dann wurde der Zeugungswettstreit ausgetragen. Neun Monate später verglich man die Ergebnisse. Und immer war es Ramses, der den Sieg davontrug, doch das hatte seinen guten Grund. Die erfahrene Amme des Königs wählte seine Beischläferinnen mit Bedacht aus, und er wohnte nur solchen bei, deren fruchtbare Tage in diese Zeit fielen.

Nefertari, die von allem wußte, was ihren königlichen Gemahl betraf, betrachtete diesen Wettstreit mit Nachsicht. Die wachsende Zahl ihrer Kinder bewies, daß sie nicht zu kurz kam. Einige von ihnen starben, noch ehe sie einen Namen erhalten hatten; sie wurden vergessen, als hätten sie nie gelebt. Nach Merit, Amani und Jonam hatte zuletzt Prinz Merire das Licht der Welt erblickt. Alle ihre Geburten verliefen ohne Schwierigkeiten, doch ihr einstiger Retter, der Tierarzt Intef, war immer dabei.

Auch Isis-nefert, die Zweite Königliche Gemahlin, wurde keineswegs vernachlässigt. Von Zeit zu Zeit bekam Ramses Lust auf den stolzen Leib der ehemaligen Amun-Priesterin, die ihn immer feierlich gewandet und in weihevoller Stimmung empfing. Ramses bemühte sich nach Kräften, auch ihr, der Stolzen und Spröden, Wollust zu spenden, doch Isis-nefert hielt es nicht für schicklich – auch wenn sie solche empfand –, sie zu zeigen. Mit Merenptah gebar sie ihren dritten Sohn, doch ihr Ehrgeiz blieb unbefriedigt. Und immer wieder mußte Nes-Amun, ihr Vertrauter, die alten Klagen anhören.

»Im Grunde bin ich nur eine Konkubine, die der Befriedigung seiner Lüste dient, wie die anderen Haremsfrauen auch. Mein Rang als Zweite Gemahlin ist nur ein leerer Titel, er schätzt mich nicht höher als die letzte Sklavin. Ich sehe unseren geliebten Amun von Theben die Stirn runzeln und vernehme seine Worte der Unzufriedenheit. Was aber soll ich tun? Sage mir, was ich tun soll, Nes-Amun?«

Der dicke, behäbige Vorlesepriester zuckte die Schultern.

»Abwarten, Majestät. Ich weiß, daß deine Zeit kommt, doch das braucht Geduld. Glaube mir, Erhabene, ich bin nicht untätig gewesen! Deine Zeit kommt, das ist so sicher wie die alljährliche Nilschwelle.«

»Nun baut er ihr auch noch einen Tempel! Das ganze Land spricht von nichts anderem. Einer lebenden Frau! Warum spricht Amun nicht endlich ein Machtwort? Warum?«

»Die Götter handeln nie sofort und auch nicht so, wie wir es uns erhoffen. Ein Tempel kann unversehens zum Totentempel werden ...«

Sobald Nes-Amun Näheres über die Reisepläne des Königs

wußte, versuchte er wieder eine Verbindung zum Räuberkönig Sobek herzustellen. Nach vielen Schwierigkeiten traf er einen der früheren Kontaktleute in dem finsteren Nebenraum einer berüchtigten Kneipe.

»Von dort kommt kein Lebenszeichen mehr, und wenn dir dein Leben lieb ist, forsche nicht weiter. Der, um den es geht, ist verschwunden, das Versteck zerstört, die Männer tot oder in alle Winde zerstreut. Mehr kann ich dir nicht sagen.«

Nes-Amun war tief enttäuscht. Nach vielen fehlgeschlagenen Versuchen hatte er endlich einen Weg gefunden, Nefertaris Erstgeborenen zu beseitigen, und nun stand er wieder ganz am Anfang. Schließlich konnte er ja nicht hingehen und den Thronfolger einfach totschlagen. Ein Unfall? Aber wer gäbe sich für so etwas her? Man könnte versuchen, einen der Palastärzte zu bestechen, doch das war gefährlich und konnte schnell den Kopf kosten. Und es ging nicht nur um den Kopf, wenn es galt, im Königspalast eine Verschwörung aufzudecken. Da wurde tagelang gefoltert, um die Namen der Mitwisser zu erfahren. Derartige Fälle waren aus der Geschichte hinreichend bekannt. Nes-Amun schauderte es. Er wollte schließlich nicht in die Folterkammer oder auf den Scheiterhaufen, er gierte nach einem hohen, einflußreichen Amt, und der Weg dahin führte nur über die Königin – aber nur, wenn Isis-nefert nicht ewig die Zweite blieb ... Nes-Amun seufzte, daß seine dicken Wangen bebten. Vielleicht hatte Amun doch ein Einsehen und reichte eine helfende Hand?

Lange dachte er darüber nach, was er seiner Königin beim nächsten Mal antworten sollte, wenn sie ihr altes Klagelied anstimmte. Er hatte gute Lust, nach Theben zurückzukehren und seine ehrgeizigen Pläne zu begraben, aber nicht sofort. Schließlich hatte er selbst der Königin geraten, sich in Geduld zu fassen, und genau das würde er auch tun. Alles für Amun! munterte der Vorlesepriester sich selber auf und fügte hinzu: und für meine erhabene Königin!

Während Merit ihre Großeltern Seneb und Hatnufer besuchte, ging Piay nochmals zum Ramses-Tempel und schaute sich die Reliefs lange an. Für jeden anderen waren dies Bilder, die sich in nichts unterschieden, doch Piay sah genau, wo der Meister und wo seine Gehilfen gearbeitet hatten, entdeckte kleine Fehler, sah Verzeichnungen und Korrekturen, und wie schon beim ersten Mal fiel ihm eine besonders geschickte Hand auf, die offenbar nur mit weniger wichtigen Details betraut war – also mußte es ein Lehrling oder ein Gehilfe sein. Die Bemalung der Reliefs in leuchtenden Farben war das Werk wirklicher Meister. Der zierliche, schön gegliederte Tempel wirkte wie eine größere Privatkapelle und war aus verschiedenen Steinsorten errichtet. Das Allerheiligste hatte man aus köstlich durchscheinendem Alabaster erbaut, die Mauern aus hellem Kalkstein zierten kostbare Einfassungen aus rotem und schwarzem Granit, während die schlanken Pfeiler aus zartgelbem Sandstein gefertigt waren.

Piay aber war neugierig geworden und wollte nun wissen, welche Hand da am Werk gewesen war. Er zog Erkundigungen ein und wurde sofort und mit vielen Ehrenbezeigungen – jeder hier kannte seinen Rang – in eine kleine Werkstatt geführt, die hinter dem Osireion lag. Der Meister trat ihm entgegen.

»Du hast dich nach meinem Lehrling erkundigt, Ehrwürdiger? Hier ist Hotep.«

Ein schmächtiger Junge trat vor, schlug schüchtern die Augen nieder und scharrte aufgeregt mit den Zehen im Sand.

Würdest jetzt wohl gerne weglaufen, dachte Piay und musterte den Jungen aufmerksam.

»Wie lange hast du noch zu lernen, Hotep?«

Der Junge sah hilfesuchend seinen Meister an. Der meinte:

»Er kann für sein Alter schon recht viel. Freilich muß er noch Erfahrungen sammeln. Wenn du gestattest, Herr, möchte ich dir etwas zeigen.«

Der Meister führte Piay zum Ramses-Tempel und wies auf die beiden überlebensgroßen Statuen des Königs, die den ersten Pylon bewachten.

»Da, schau dir dieses Bein an. Der Stein war schadhaft und zerbrach unter dem Knie. Hotep schuf von sich aus in einer einzigen Nacht und ohne eine Vorzeichnung oder ein Modell den Fuß und die Wade der Figur neu. Wir fügten es an, und alles stimmte! Maßstabsgetreu!«

Piay blickte auf Hotep. Der tat nun endlich den Mund auf.

»Ich habe schließlich Augen, und dann war da der andere Fuß, habe ihn mir genau angesehen ...«

»Und nur so, aus dem Gedächtnis ...«

Hotep nickte und bohrte wieder mit den Zehen im Sand.

»Ich werde dich beim Tempel im Süden brauchen können. Was du kannst, ist angeboren, das läßt sich nicht lernen. Du fährst mit mir auf dem Schiff.«

Er wandte sich an den Meister. »Gehst du auch mit?«

»Nein, der Bauleiter hat verfügt, daß ich die paar Steinmetzen beaufsichtigen soll, die noch hierbleiben.«

Piay nickte.

»Irgend etwas ist immer zu tun – ich will euch nicht alle aus Abydos entführen. Übermorgen geht es weiter nach Theben, halte dich bis dahin bereit, Hotep.«

Der Empfang in der alten Hauptstadt war im wahrsten Sinne des Wortes königlich. Die Fahne Amuns flatterte im Wind, Fanfarentöne durchschnitten die Luft, Trommeln erschallten, Choräle wurden angestimmt, Nebunef, der Hohepriester und Ptahmose, der Bürgermeister, beugten sich tief vor der Prinzessin Merit, die eigens für Theben ihr hochmütigstes Gesicht aufgesetzt hatte. Sie wußte natürlich, welche Spannungen es zwischen den Amun-Priestern und ihrem Vater gab, doch man war Theben in vielem entgegengekommen. Schließlich hatte der Gute Gott Isis-nefert zu seiner Zweiten Gemahlin gemacht, seine Schwester Tija lebte hier als Frau eines hohen Tempelbeamten, und was an neuen Projekten zu Ehren Amuns geplant oder schon im Bau war, übertraf die kühnsten Hoffnungen.

Piay liebte diese Stadt, weil es hier von alters her die besten Bildhauer, Maler und Steinmetzen gab, die oft eine jahrhundertelange Familientradition aufweisen konnten, er mochte die alten, immer wieder umgebauten und erweiterten Tempel, ihm gefiel ihre herrliche Lage am Südende der großen Flußkrümmung – er hätte nichts dagegen gehabt, wenn der Pharao sie wieder zu seiner Residenz gemacht hätte. Doch auf ihn kam es nicht an, er war nur der erste Baumeister des Königs. Jetzt trennten sich die Wege des Bildhauers und der Prinzessin. Piay inspizierte alle Baustellen diesseits und jenseits des Nils, und selbst er, der alle wichtigen Tempel und Paläste des Landes kannte, wanderte voll Erstaunen und mit ehrlicher Bewunderung in dem großen Säulensaal herum. Die Rampen der Bildhauer – sie meißelten ihre Reliefs von oben nach unten – waren schon sehr niedrig geworden, und manche standen schon auf ebenem Boden, um an den untersten Säulentrommeln Figuren und Schriftzeichen einzugraben, wie befohlen, im vertieften Relief. Sosehr die in neunzehn Reihen angeordneten hundertvierunddreißig Papyrussäulen Piay auch beeindruckten, so wenig gefielen ihm die Arbeiten der Bildhauer. Schlecht und schnell ausgebildet, arbeiteten sie unter Zeitdruck und bis zur Erschöpfung. Wenn der Pharao demnächst nach Theben kam, mußte alles vollendet sein.

Hoffentlich verirrt sich das Ka des Iramun niemals hierher, dachte Piay, es würde vor diesen groben Darstellungen entsetzt die Flucht ergreifen. Freilich, bei der nördlichen, unter dem Osiris Seti begonnenen Säulenreihe, gab es noch die feinen, sorgfältig gearbeiteten Hochreliefs, deren Entstehung sich über viele Jahre hinzog, während der »Rest«, und das waren gut neun Zehntel aller Arbeiten, unter dem Guten Gott Ramses in wenigen Jahren hingeschludert worden war.

Piay hatte gute Lust, einem der jungen, wie gehetzt arbeitenden Bildhauer, den Meißel aus der Hand zu nehmen, um ihm zu zeigen, wie schön ein vertieftes Relief aussehen konnte.

Tausendfach verkündeten die in Riesenkartuschen gesetzten Namen des Königs: User-Maat-Re setep-en-Re Meri-Amun-Ramses, der Gute Gott und Sohn der Sonne, der Herr beider Länder ist der Erbauer dieses größten aller Tempel. Die Kartuschen leuchteten farbig vom Deckengebälk, wiederholten sich an Säulen und Wänden, waren allgegenwärtig. Auch die Reliefs waren in leuchtenden Farben bemalt, doch die Sonne fiel durch die schmalen Dachöffnungen nur in vereinzelten Lichtbündeln auf den gemeißelten und bemalten Säulenschmuck, so daß vieles im Schatten und undeutlich blieb.

Piay ging hinüber zur Ostwand, wo auf Befehl des Königs gerade der Friedensvertrag zwischen dem Chatti-König Hattusili und Ramses eingemeißelt wurde. In gehörigem Abstand folgten ihm zwei Tempelbeamte so unauffällig wie möglich. Niemand, der aus Memphis oder Piramesse kam, blieb in Theben unbeobachtet, auch wenn er es glaubte. Piay stieg auf die kaum noch ellenhohe Rampe und las:

»Was nun das Verhältnis des großen Herrschers von Kemi und des großen Herrn von Chatti betrifft, so erlaubte der Gott nicht, daß Feindschaft zwischen ihnen herrsche, mit Hilfe dieses Vertrages ...«

Das war nur der Anfang des Textes, den Piay mühsam entzifferte. Er tat sich mit dem Lesen noch immer schwer und gab es bald wieder auf.

Für immer, dachte er, was heißt das schon? Nichts ist für immer, nichts dauert ewig – ausgenommen die Götter und das Ka eines ordnungsgemäß bestatteten Menschen. Aber selbst da kamen ihm Zweifel. Hatte er nicht selbst im Südwesten von Memphis die vielen tausendjährigen Gräber gesehen, alle leer, alle beraubt, alle verwüstet? Was geschah mit dem Ka eines solchen Menschen, wo ruhte der Ba-Vogel sich aus, wenn er von seinen Streifzügen zurückkehrte? Der Trost der Priester klang vage: Die Götter, sagten sie, würden sich gewiß dieser heimatlosen Seelen annehmen, und einiges weise darauf hin, daß der am nächsten gelegene Tempel ihre Zuflucht werde.

Piay schob diese fruchtlosen Gedanken beiseite und verließ den Tempel. Er bestieg seine Sänfte und ließ sich zum Hafen bringen. Drüben auf der Westseite, mitten in der Wüste, entstand seit einigen Jahren der große Totentempel des Pharao Usimare Ramses. Doch es sollte nicht nur ein Tempel werden – eine ganze Stadt war geplant, mit Wohnungen, Kornspeichern, Ställen, Trockenböden, den Werkstätten der Handwerker und einer Schule für Maler, Bildhauer und Schreiber. Diese Schule hatte der Pharao hier im Zentrum des Landes angesiedelt, und aus ihr sollten die Männer hervorgehen, die der königliche Bauherr für seine jetzigen und für seine zukünftigen Projekte benötigte. Hier hatte Piay vorläufig den Lehrling Hotep untergebracht, den man nun herbeirief.

»Komm mit, wir schauen uns im Tempelhof die Statue des Königs an; es ist die bisher größte überhaupt. Ich werde selbst mit Hand anlegen, und du wirst dabeisein.«

Hotep, der noch nie das Innere des Tempels betreten hatte, prallte zurück. Aus einem einzigen Block des kostbaren Rosengranits geschaffen, thronte die Sitzfigur des Pharaos und blickte aus einer Höhe von vierzig Ellen auf die Untertanen herab. Eigentlich konnte er noch gar nicht schauen, denn der Kopf und alles übrige waren nur roh ausgehauen und von einem Gerüst umgeben.

»Das ist ja ...«, stammelte Hotep überwältigt.

Piay nickte zufrieden.

»Ja, das ist schon etwas, da kann Seine Majestät zufrieden sein. Ich kenne die Maße auswendig: Der Kopf mißt von Ohr zu Ohr fast vier Ellen, die Brust von Schulter zu Schulter dreizehneinhalb Ellen, der Zeigefinger knapp zwei Ellen, der Nagel am Mittelfinger zweieinhalb Spannen. Das sind für eine Statue ungeheure Ausmaße, und Seine Majestät – er lebe, sei heil und gesund! – mochte nicht recht glauben, daß sie von einem einzigen Bildhauer bewältigt werden. Ich gebe dir die genauen Maße, und du wirst die Zehen und Füße ausarbeiten, da hast du ja schon Erfahrung. Ich beginne morgen mit dem Kopf. Der König wird zufrieden sein.«

Hotep war stumm geworden und ging wie unter einer Last hinter Piay her, als erdrücke ihn schon der Gedanke an diesen ungewöhnlichen Auftrag.

»Aber ich bin doch noch so jung ..., lerne erst seit vier Jahren«, brachte er mühsam heraus.

Piay blieb stehen und legte dem schmächtigen Jungen seine Hand auf die Schulter.

»Das stimmt, du bist jung und in manchen Dingen noch unerfahren. Aber du hast heute schon mehr im kleinen Finger als manche dieser Schnellarbeiter drüben beim Amun-Tempel, die wie ein Schreiber alles vom Blatt übertragen können, aber nicht fähig wären zu einer selbständigen Arbeit. Ptah wird dir beistehen, und ich bin auch noch da.«

Piay fuhr über den Nil zurück und bat um eine Audienz bei der Prinzessin Merit. Als er ihr gegenüberstand, erschien es ihm wie ein Traum, daß er sie geküßt, umarmt und ihre Brüste gestreichelt hatte. »Piay«, sagte sie weich, »ich glaubte schon, du hättest mich vergessen.«

Mit einer Handbewegung schickte sie ihre Dienerinnen hinaus.

»Die Arbeit für seine Majestät ...«, murmelte er und geriet sogleich wieder in den Bann des stolzen und schönen Mädchens.

»Ich wollte mich abmelden, da ich morgen mit der Arbeit an der Kolossalfigur Seiner Majestät beginne. Es ist ein wunderschöner Granitblock aus Suenet, vierzig Ellen hoch ...«

Merit schaute ihn aus dunklen, schrägen Augen an.

»Hast du die Nacht in Abydos vergessen, am Lotosteich? Da hat es ein frecher Mann gewagt, meine Brüste zu berühren, mich zu küssen, ein Mann mit grauen Augen ... Laß ihn suchen, Piay, ich muß ihn noch zur Rechenschaft ziehen, und schicke ihn heute abend hierher – nach Sonnenuntergang.«

Piay verbeugte sich tief.

»Ich werde ihn finden, Prinzessin, und ihn dir zur Bestrafung ausliefern, noch heute – nach Sonnenuntergang.«

Wie im Traum ging er hinaus, und alles, was ihn während der letzten Tage beschäftigt hatte, war ausgelöscht. Er wollte sich eigentlich noch die Berichte ansehen, die aus dem Süden vorlagen, denn dort wurden schon seit Monaten Häuser gebaut, Straßen angelegt und sogar ein kleiner Palast errichtet, damit der Pharao beim Besuch der Baustelle eine würdige Unterkunft fand. Zerstreut blätterte er in Plänen, nahm nichts wahr, legte sie weg, griff wieder danach und sah immer nur die schrägen, dunklen Augen, die schmale, kühne Nase, die runden Wangen und darüber an der Stirn die Utoschlange, die jeden profanen Zugriff auf eine königliche Person abwehrte.

Schließlich klingelte Piay nach dem Schreiber und ließ sich die Berichte vorlesen. Er zwang sich zur Aufmerksamkeit und erfuhr, daß der kleine Palast fertiggestellt, die Straße angelegt und die meisten Häuser errichtet seien. Man beginne nun schon mit der Einlagerung von Korn, Hirse, Linsen, Dörrfrüchten, Honig, Wein und Bier, während frisches Obst und Gemüse aus nubischen Dörfern angeliefert werde. Den für den kleinen Tempel geplanten Felskomplex begann man auszuhöhlen, und was den großen Tempel betreffe, so erwarte man die Schönen Befehle des Pharao.

Piay lehnte sich zurück. Der König hatte ihm aufgetragen, mit dem großen Tempel erst zu beginnen, wenn beim kleinen die entsprechenden Erfahrungen gesammelt seien.

Zuerst aber mußte die Statue im Totentempel fertiggestellt werden, und selbst wenn er nur die wichtigsten Partien bearbeitete, brauchte er dazu mindestens einen Monat. Die Prinzessin würde so lange hierbleiben, bis der Pharao nach Theben kam, und dann wollte man gemeinsam in den Süden reisen.

Piay blickte nach draußen, wo Re gerade den Horizont erreicht hatte und den täglichen Kampf mit der Apophisschlange aufnahm, die seine Sonnenbarke angriff. Ihr Blut färbte den Abendhimmel rot, die langen Schatten verblaßten, die Dämmerung stieg auf.

Piay ging in den kleinen Hof des Gästehauses, stieg in das herrlich kühle Wasser des kleinen Badebeckens und ließ sich von einem Diener den Körper mit Reinigungsöl abreiben. Nach dem Bad wurde er von Kopf bis Fuß mit Duftwasser besprüht. Er legte einen frischen Schurz und Sandalen an, wählte dazu einfache Schmuckstücke, alles Geschenke des Königs, die dessen Namenskartuschen trugen.

Dann ging Piay hinüber zum Palast und ließ sich bei Prinzessin Merit melden.

»Wir speisen heute allein«, begrüßte sie ihn, »nur du und ich. Du erzählst mir dabei von deiner Arbeit, und ich berichte dir von den Ränken der Amun-Priester.«

Der Tisch war im Freien gedeckt, auf der erhöhten Terrasse des kleinen Palastgartens. Von hier blickte man auf den durch Tamarisken, Palmen und Sykomoren halb verdeckten Teich, die schmalen kiesbestreuten Wege waren mit Sträuchern und Blumenrabatten gesäumt. Irgendwo im Garten gurrten unermüdlich die Tauben, Spatzen zankten sich in den Büschen, und ein scheuer Wiedehopf betrachtete aus der Entfernung den Tisch der Menschen. Mit einem Schreckenslaut flog er auf, als eine gefleckte Katze mit goldenem Halsband auf ihn lossprang.

Merit klatschte in die Hände.

»Nun ist er doch schneller gewesen als die kleine Bastet. Man kann sie noch so ausgiebig füttern, ihre Jagdlust werden sie nie los.«

»Diese Leidenschaft teilen sie mit den Menschen. Auch ein Jäger muß nicht hungrig sein, um den Tieren nachzustellen.«

»Ich mag es nicht, wenn der König mit meinen Brüdern auf die Jagd geht, um dann mit ganzen Bündeln von toten Wachteln und Enten zurückzukehren. Es sollte nicht statthaft sein, den Schwächeren zu jagen, es sei denn, man lebt davon wie etwa die Fischer.«

Piay lächelte.

»Auch die Katze jagt schwächere Tiere …«

»Sie ist selber ein Tier und gehorcht ihren Instinkten, die sie auch nicht ablegt, wenn wir sie gezähmt haben. Der Mensch aber hat ein Herz, das seinen Verstand lenkt, und er weiß, was er tut. Wenn der Krieger tötet oder der Schlachter oder die Fischer und Jäger, weil es ihr Beruf ist, dann mag es recht sein. Mich aber stört das sinnlose Töten aus schierem Vergnügen. Da drüben am Teich der zahme Ibis oder die verliebten Tauben mit ihrem unermüdlichen Gegurre, auch die frechen Spatzen mit ihrem dauernden Streit – warum eines dieser Geschöpfe töten, ohne Sinn, ohne Nutzen?«

Sie hatte sich in Eifer geredet, die Prinzessin Merit, und Piay sah eine sanfte Röte auf ihrem Gesicht.

»Ich habe darüber kaum nachgedacht«, gab er zu, »die Arbeit für Seine Majestät läßt mir wenig Zeit. Vielleicht hast du recht, ich weiß es nicht. Wenn der Gute Gott mit seinen Söhnen auf die Jagd geht, töten sie nicht nur; sie üben ihre Geschicklichkeit als Krieger, bewegen ihre Körper in der freien Natur und liefern die Beute in der Palastküche ab …«

»Schweig!« sagte Merit streng, »du scheinst mich nicht zu verstehen.«

Unterdessen trugen geschickte Diener fast lautlos die Speisen auf. Es gab vielerlei Gemüse in sauren und süßen Tunken, in Lattich gedämpften Nilfisch, dazu Sesambrot, Melonen und feingeschnittenen Rettich. Dann folgten am Spieß gebratene, mit Feigen gefüllte Tauben, eine Schüssel mit Gänse- und Wachtelbrüsten, zum Abschluß Granatäpfel, frische Feigen, Trauben und Nüsse in Honig.

Merit trank zum Essen nur Wasser, für Piay standen Wein und Bier bereit. Doch heute nahm auch er nur Wasser, denn Merit sollte nicht glauben, er sei ein Trunkenbold.

Während sie die Köstlichkeiten der Tafel genossen, meinte Piay:

»Da liegen sie nun, die Tauben und Wachteln, deren Tod du bedauerst. Auch sie haben sich ihres Lebens erfreut.«

Merit drohte ihm mit dem Finger:

»Drehe mir nicht das Wort im Mund herum! Diese Vögel werden in Käfigen gezüchtet und von einem Koch getötet. Sie werden nicht in der freien Wildbahn aus purem Vergnügen gejagt.«

Piay hob besiegt die Hände:

»Da kann ich dir nicht widersprechen.«

Nach dem Essen ließ er sich den Becher mit Wein füllen und sagte: »Ich möchte einmal ganz allein sein mit dir, Merit. Ohne hin- und hereilende Diener, ohne Leibwachen vor der Tür, ohne die ganze schnatternde Damenschar, die dich sonst begleitet.«

»Wir sind doch allein, mein Freund. Die Schnattergänse habe ich weggeschickt, die Diener hier zählen nicht, und die Wache steht vor dem Palast. Jetzt mache kein so trübsinniges Gesicht! Wenn du mit einer Prinzessin verkehrst, mußt du mit tausend Augen rechnen, die dich beobachten, und tausend Ohren, die dich belauschen.«

»Tausend Augen und Ohren zuviel ...«

Merit lachte und sagte zu einem Diener:

»Der Harfner soll hereinkommen!«

Der Musiker kam herein, kniete nieder und sagte die zeremoniellen Worte.

»Erhebe dich Alter und singe uns etwas Fröhliches«, forderte Merit ihn auf.

»Vielleicht ein Liebeslied ...?« schlug Piay vor.

Merit runzelte die Stirn, doch sie sagte:

»Warum nicht? Weißt du ein schönes?«

Der Harfner schlug auf seinem Instrument die Akkorde an und sang mit schöner, geübter Stimme:

»Die kleine Sykomore,
die sie gepflanzt hat mit ihrer Hand,
die schickt sich an zu sprechen,
und ihre Worte sind wie süßer Honig.
Sie ist reizend, ihr Laub ist schön,
grünender als der Papyrus.

Sie ist beladen mit Früchten,
röter als Rubin.
Die Farbe ihrer Blätter gleicht dem Glas,
ihr Stamm funkelt wie ein Opal,
ihr Schatten kühlt.
Sie sendet ihren Brief durch ein kleines Mädchen,
sie läßt sie eilen zu der Vielgeliebten:
Komm und weile im Garten,
Komm und begehe festlich den heutigen Tag,
und den morgigen nach dem morgigen,
in meinem Schatten sitzend.
Dein Freund sitzt zu deiner Rechten,
du machst ihn trunken,
und folgst dem, was er sagt.
Ich bin ja verschwiegen
und sage nicht, was ich sehe,
und plaudere nicht ...«

Merit klatschte und Piay sagte:

»Nein, die kleine Sykomore wird nicht plaudern, das tun schon andere. Ich möchte hier raus! Hast du die alte Palastkapelle schon gesehen? Ich habe sie kürzlich entdeckt, sie stammt noch aus der Zeit deines Großvaters, des erhabenen Osiris Seti. Offenbar hat man sich gescheut, sie bei den Umbauten abzutragen. Es ist schon etwas Besonderes, du solltest es dir ansehen.«

Merit sah ihn seltsam an.

»Wenn du meinst, Piay. Ich kann mich an den Großvater kaum erinnern ... kanntest du ihn?«

»Ja, ich habe ihn gesehen, als er in Abydos seinen Tempel besuchte. Spricht deine Großmutter, die ehrwürdige Tuja, nie von ihm?«

»Wir sehen sie selten, sie lebt ganz in ihrer eigenen Welt.«

Piay führte Merit durch das Palastgelände, sie gingen an Gästehäusern, Dienerwohnungen und dem unbewohnten Haremspalast vorbei.

»Das Frauenhaus stammt noch aus der Zeit des Osiris Haremhab. Später wurde es kaum noch benutzt. Ich habe Seiner Majestät vorgeschlagen, es niederzureißen und einen schönen Garten anzulegen.«

Piay wandte sich um. In einigem Abstand folgten zwei Dienerinnen. »Wir brauchen keine Begleitung«, sagte er zu Merit.

»Gut, schicke sie weg.«

»Verschwindet!« rief Piay, »die Prinzessin braucht euch nicht mehr.«

Wie aufgescheuchte Hühner liefen die beiden Frauen weg, doch er war sicher, daß sie irgendwo auf Merits Wiedererscheinen warten würden.

Sie betraten den alten Harem. Piay ging mit einer kleinen Fackel voran. Alles war verstaubt und verkommen. Umgestürzte und zerbrochene Möbel säumten ihren Weg, und es war, als erwecke sie das flackernde Licht zu neuem Leben. Fledermäuse stoben davon, eine Ratte verschwand eilig unter einem Haufen Gerümpel. Sie durchquerten einen Garten, der offenbar schon lange nicht mehr bewässert wurde und mit seinen verdorrten Pflanzen einen traurigen Anblick bot. Nur eine zähe Palme hatte die schlechten Zeiten überlebt, und ihre dürren Blätter rasselten leise im kühlen Abendwind.

Das Gartentor führte auf einen kleinen quadratischen Platz, der von alten Akazien gesäumt war. Hier stand der kleine Tempel, ein unscheinbarer Bau aus hellem Kalkstein. Die bronzebeschlagene Holztür hatte sich verzogen und ließ sich nur mit großem Kraftaufwand bewegen.

Piay ging voraus und bat Merit mit einer Handbewegung zu warten. Im Innern der Kapelle entzündete er zwei Öllampen, die er einige Tage zuvor aufgefüllt hatte. Dann nahm er die Prinzessin bei der Hand und führte sie in den stickig heißen, ungelüfteten Raum.

Mit einem unterdrückten Schreckenslaut blieb Merit plötzlich stehen und drängte sich an Piay. Da stand er, der schreckliche Gott Seth, der Herr der Wüsten und Fremdländer, der Mörder seines Bruders Osiris, der Gott der Metalle, dessen Atem die Würmer aus der Erde lockt, der Herr aller Hinterlist, der Gott des Donners, der Stürme und der Meere – aber auch der alte Gott des südlichen Kemi, der zusammen mit Horus die beiden Länder, das der Binse und das der Biene, das der Schlange und das des Geiers, zusammenfügt und vereint.

Als lebensgroße vergoldete Bronzestatue stand Seth auf dem Altar aus schwarzem Granit, sein spitzmäuliges Tierhaupt mit den langen, eckigen, starr aufgerichteten Ohren wirkte tückisch und abweisend, die schmalen roten Augen blickten lauernd, die rostrot eingefärbte Perücke mußte Ägypter abstoßen, denn Rot war die Farbe des Bösen. Die in Kemi am meisten gefürchteten Tiere – das Nilpferd und das Krokodil – flankierten den Gott, und jedem hatte er eine Hand auf das Haupt gelegt.

Und doch hatte Osiris Seti sich als »geliebt von Ptah und Seth« bezeichnet und den Namen des Schrecklichen als Thronnamen gewählt.

»Ich kenne den Gott«, flüsterte Merit, »aber in seinem Tempel in Piramesse sieht er freundlicher aus. Laß uns wieder weggehen ...«

Piay hatte den Arm um sie gelegt und sagte:

»Es ist ja eigentlich auch mein Gott, denn mein Vater kam aus der Fremde, die Seth untertan ist. Mein fremder Name, meine grauen Augen – nun, ich müßte Seth zu meinem Hausgott machen. Aber das ist ...«

Ein Geräusch unterbrach ihn. Die halboffene Tür hatte sich knarrend geschlossen, der Riegel war eingerastet. Piay rüttelte an der schweren, metallbeschlagenen Holztür, doch sie rührte sich nicht.

»Wer kann das gewesen sein?« fragte Merit, und es klang nicht ängstlich, eher neugierig.

»Jemand muß uns gefolgt sein. Doch er muß unsere Stimmen gehört haben. Es ist also Absicht, wenn ...«

»Gibt es einen anderen Ausgang?«

»Nein, ich glaube nicht.«

Piay nahm die noch brennende Fackel aus der Halterung und ging hinter den Altar. Gott Seth schien ihn dabei höhnisch zu beobachten. Links und rechts vom Altar gab es einen kleinen, fensterlosen Raum, wo einst Weihrauch, Opfergaben und Kultgerät untergebracht waren. Bis auf einige Tonscherben und ein niedriges, mit Weidenruten bespanntes Bett waren die Räume leer.

»Was machen wir nun?« fragte Merit, als Piay von seiner Erkundigung zurückkam.

Der zuckte die Schultern.

»Die Fenster sind zu schmal, da käme nicht einmal ein Kind durch. Das sind ja nur Luftlöcher. Wir können bis Tagesanbruch warten und dann um Hilfe rufen. Das Bett des Tempelwächters steht noch da hinten. Ich möchte nur den Schurken in die Hände kriegen, der uns in diese Lage gebracht hat!«

Sie trat nahe heran und legte ihm eine Hand auf den Arm.

»So schlimm ist es doch nicht – oder?«

Als Merit so vor ihm stand, fielen Piays Sorgen ab, und er spürte einen magischen Strom aus dieser schmalen, gepflegten Hand in seinen Körper fließen. Er hatte lange mit keiner Frau mehr geschlafen, und das Blut schoß mächtig in seine Lenden.

Ungestüm umarmte und küßte er sie, und Merit erwiderte den Kuß, preßte sich an ihn und kicherte leise:

»Was wird Seth sich denken?«

»Das ist nur Metall«, sagte Piay, »eine Figur aus Bronze und Farbe denkt nicht.«

Er hob die Prinzessin hoch, trug sie in die kleine Kammer und legte sie aufs Bett.

»Jetzt sind wir Frau und Mann ...«

Piay küßte sie heftig.

»Ja – die Prinzessin und der Baumeister sind draußen geblieben.«

»Und was tun Frau und Mann in einer solchen Lage?« fragte Merit, als sie wieder zu Atem gekommen war.

Piay streifte das Kleid von ihrem Körper und legte seinen Schurz ab. Merit nahm die Uräus-Krone mit der Perücke ab und schob sie unter das Bett.

»Sie tun, was eben zu tun ist«, sagte er, küßte ihre Brüste und streichelte ihren Schoß.

»Ich will dich sehen«, verlangte Merit.

Piay holte eines der Öllämpchen und stellte es in die Ecke.

Merit betrachtete den nackten Mann genau.

»Du bist schöner als der Gott da draußen – und fast so groß wie mein Vater«, fügte sie noch hinzu.

Piay kauerte sich vor das Bett und bedeckte den herrlichen, süßen Mädchenleib mit Küssen, biß zärtlich in ihre Brustwarzen, verweilte lange am glatten, sorgsam rasierten Schoß. Merits Körper wand sich wie der Leib der bedrängten Apophisschlange. Sie zog seinen Kopf zu sich herauf, biß in seine Lippen, und Piay spürte, daß sie bereit war. Behutsam und zart drang er in ihren Schoß, und sie kam ihm entgegen, schob und drängte, verlor, ohne viel zu merken, ihre Jungfernschaft und war entzückt von diesem Mann, den sie immer gewollt hatte, schon in ihren Träumen, und der nun endlich, endlich bei ihr lag – der Mann bei der Frau, die Frau bei dem Mann.

Unersättlich und unermüdlich wiederholten sie das schöne Spiel, während das alte, morsche Bett wackelte und mit den Liebenden um die Wette ächzte und stöhnte – doch es hielt aus.

Gegen Morgen fiel Piay in einen unruhigen Schlaf, Merits Kopf lag auf seiner Brust, sie war schon vor ihm eingeschlummert. So war sie es auch, die zuerst erwachte, behutsam ihren eingeklemmten Fuß befreien wollte und damit Piay weckte.

Fackel und Öllämpchen waren längst ausgebrannt, und ein zarter grauer Dämmerschein kam durch die offene Tür aus dem Tempelraum.

Die beiden Liebenden blickten sich an.

»Wenn ich um Hilfe rufe, und man die Tür öffnet, sollen wir dann gemeinsam ... ?«

»Nein«, sagte Merit, »nein, das nicht. Es wäre gefährlich für uns. Komm Liebster, nützen wir die Zeit, die wir noch für uns haben. Du hast mich zur Frau gemacht, und eine Frau braucht einen nein, ihren Mann.«

Sie liebten sich noch einmal, sanft und zärtlich, ohne Hast und Ungestüm, und jetzt gab das alte Bett, das eine so stürmische Nacht überstanden hatte, nun doch seinen Geist auf. Es klang wie ein Seufzer, als das morsche Weidengeflecht durchriß und die beiden Liebenden plötzlich auf dem Boden saßen. Sie blickten sich an und begannen gleichzeitig zu lachen, laut und unbekümmert wie Kinder, denen ein Streich geglückt ist.

Dann aber wurde Piay doch unruhig, ging zur Tür, rüttelte – und sie gab nach. Er schob sie einen Spalt auf und spähte hinaus.

Die Vögel sangen schon ihr noch etwas verschlafenes Morgenlied, doch Re war noch nicht erschienen. Er zog die Tür langsam wieder zu und sagte zu Merit, die gerade im Tempelraum erschien:

»Jetzt ist die Tür wieder offen. Das war also kein Zufall und kein Versehen – wir wurden mit Absicht eingeschlossen. Wer kann das nur gewesen sein, und was steckt dahinter?«

»Ich bin froh, daß es so war. Hätte man uns nicht eingesperrt, wäre da kein Bett gewesen ...«

»Das stimmt«, sagte Piay und schaute sie zärtlich an, »aber seltsam ist es doch.«

Merit streckte sich und gähnte.

»Ich nehme jetzt ein Bad, und dann hole ich nach, was mir an Schlaf entgangen ist.«

»Du hast es schön, mein Liebes. Und ich soll nach einer solchen Nacht aufs Gerüst steigen und das Antlitz Seiner Majestät – er lebe, sei heil und gesund! – bearbeiten. Dabei fallen mir die Augen zu.«

»Schiebe es einen Tag auf, ich erlaube es dir im Namen Seiner Majestät.«

»Aha – es scheint, wir haben beide zurückgefunden in unsere alten Rollen. Du bist wieder die Prinzessin und ich der Baumeister des Königs.«

»Natürlich! Und so soll es ja auch sein«, sagte Merit ein wenig hochmütig, »oder willst du die Weltordnung ändern? Sollen wir in eine Schilfhütte ziehen und so tun, als seien wir für immer Mann und Frau? Was wärst du ohne deine Arbeit, was wäre ich ohne Palast und Diener? Lassen wir es doch so, wie es ist.«

Wie sie dastand, zum Anbeißen schön, mit etwas verschmierter Augenschminke, groß, schlank, königlich – Piay konnte gar nicht glauben, daß er dieses stolze Mädchen besessen hatte.

Merit richtete ihre Perücke, schob die etwas verbogene Uräusschlange in die Mitte der Stirn, zog das Kleid zurecht und sagte:

»Ich gehe zuerst. Mach die Tür auf und schau, ob die Luft rein ist.«

Piay zwängte die verklemmte Tür halb auf. Der kleine Platz war leer, nur ein leiser Morgenwind spielte in den Kronen der alten Akazien.

Merit küßte ihn flüchtig auf die Wange und schritt hinaus – hocherhobenen Hauptes, stolz, unbesorgt – eine Sonnentochter, die sich in den ihr angemessenen Lebensbereich zurückbegab.

Ehe Piay das Tor des kleinen Tempels schloß, warf er noch einen Blick auf den Gott Seth. Das grelle Tageslicht nahm der Kultfigur ihren dämonischen Zauber. Der langschnauzige Tierkopf hatte einen dummen und einfältigen Ausdruck angenommen, und Nilpferd wie Krokodil zu beiden Seiten wirkten lächerlich, da sie viel zu klein und auch nicht besonders gut gearbeitet waren.

Piay verschloß sorgfältig die Tür und machte sich auf den Rückweg. Er spürte die wohlige Leere der befriedigten Liebeslust in sich, und es überkam ihn wieder dieses Gefühl der Unwirklichkeit – als hätte die freundliche Bastet ihm den Traum von der Liebesnacht mit einer Prinzessin geschenkt. Was er bisher immer verdrängt hatte, kam ihm nun machtvoll zum Bewußtsein: Er hatte den Guten Gott tödlich beleidigt, er hatte eine der schlimmsten Sünden begangen, die es hierzulande gab. Das heilige, von Amun-Re gezeugte und durchdrungene Blut war durch seine Berührung, durch seinen Samen verunreinigt worden. Die ganz seltenen Fälle solcher Vergehen wurden mit dem doppelten Tod bestraft: der Vernichtung des Leibes auf dem Scheiterhaufen, womit das Ka heimatlos wurde und der Anspruch auf ein schönes jenseitiges Leben verspielt war. Es wurde ihm heiß und kalt, wenn er daran dachte, aber es gab ein Gegenmittel: Er mußte sich nur Merits schönen, stolzen Leib vor Augen führen, und dann schien ihm die Sünde klein und die Gefahr gering.

14

Merus Pfeilwunde hatte lange gebraucht, um völlig abzuheilen, doch dieser Preis schien ihm gering, verglichen mit der Sicherheit, die er hier im Sobek-Tempel genoß.

Gebu, der alte, seinem Gott so ähnliche Priester, hatte ihm eine der leeren Wohnungen überlassen und dabei wehmütig angemerkt:

»Hier haben früher gut zehnmal so viele Menschen gewohnt. Vier Hauptpriester, jeder mit fünf oder sechs Gehilfen, zahlreiche Tempelsklaven – ja, Sobek war einst groß.«

Während der Zeit, da Meru krank, fiebrig und von Schmerzen gepeinigt im Bett lag, geschah, was er immer befürchtet hatte. Sein Glück war, daß nicht ein Gehilfe, sondern Gebu eintrat, um sich nach seinem Befinden zu erkundigen. Gebu schaute ihn seltsam an, räusperte sich und bleckte verlegen seine gelben Krokodilszähne.

»Äh – Meru, ich glaube – nun, du scheinst etwas verloren zu haben.«

Meru wußte sogleich, was gemeint war. Seine Hände fuhren zu den Ohren – das linke hatte sich gelöst und lag zerbrochen neben der Kopfstütze.

»Nun – das ist so ...«, begann Meru zu erklären, doch Gebu hob die Hand.

»Du mußt nichts sagen, wenn es dir unangenehm ist. Hier bist du in Sicherheit, was immer sich draußen einmal zugetragen hat.«

»Nein, Gebu, gerade dein Vertrauen zwingt mich zu einer Erklärung. Ich bin als junger Mann in schlechte Kreise geraten, habe gegen die Gesetze verstoßen, wurde mehrmals gefaßt und bestraft. So bin ich in die Fremde gegangen und erst zurückgekehrt, als ich das Erbe meines Vaters antrat. Um ein geachtetes Leben führen zu können, bin ich in den Süden gezogen und habe mir vorher Nase und Ohren künstlich anfertigen lassen. Doch ich fand mich im Leben nicht mehr zurecht, und jetzt bin ich hier, und mein Erbe liegt in Sobeks Schatzkammer.«

»Fürchte nichts«, beruhigte ihn Gebu, »es gibt einen Gottessiegler, der mir sehr verpflichtet ist. Er wird dir beistehen und schweigen.«

So wendete sich für den früheren Räuber und Mörder alles zum Guten, doch seine innere Ruhe fand er nicht. Nach einiger Zeit des eintönigen Tempeldienstes vermißte Meru, was sein früheres Leben so bunt und abwechslungsreich gemacht hatte: Kampf, Aufregung, Spannung, Gefahr, auch den gelegentlichen Umgang mit Frauen, an denen es bei den Wüstenräubern nie gemangelt hatte. In seiner Wohnung durfte Meru keine Frau empfangen, denn im

Tempelbezirk mußte Keuschheit geübt werden. Den Bereich der Stadt mied er, weil eine unbestimmte Furcht ihn warnte.

Um dieses friedliche, dem Dienst des Gottes Sobek geweihte Leben nicht zu stören, fand Meru eine andere Lösung für seine nicht zu bändigende Lust nach Gewalt und Zerstörung. Er wurde der Jäger des Tempels und versorgte den Priester Gebu und seine Gehilfen mit dem stets frischen Fleisch von Gänsen, Enten, Wachteln, Hasen und anderem Getier, die er auf dem Tempelgebiet erlegte. Er jagte ausschließlich mit dem Bogen, denn er wollte für den Tag der Rache in guter Übung sein.

Im Gebiet der Oase Fajum durfte kein Krokodil getötet werden, und was Meru an Wild zum Tempel brachte, mußte im äußeren Bezirk zubereitet und verzehrt werden.

Meru brauchte keinen eigentlichen Tempeldienst zu versehen, mit Ausnahme der Sobek-Feiertage, denn da wurde jede Hand benötigt. Da strömten die Pilger herbei, streuten Weihrauch, opferten Tauben, Korn, Wein, Honig und Weihrauch, gelegentlich auch Schmuck und etwas Gold.

Sobek wurde hier auf drei Arten verehrt. Einmal in Form der heiligen, mit Juwelen geschmückten Krokodile, die nach ihrem Tod sorgfältig einbalsamiert und prunkvoll bestattet wurden. Dann als die im Allerheiligsten aufbewahrte goldene Kultfigur eines lebensgroßen Mannes mit Krokodilskopf, den eine hohe Federkrone mit zwei Uräen zierte. Die dritte und volkstümlichste Verehrung genossen die kleinen Bronzekrokodile, die man im Tempel kaufen und als Opfergabe dalassen, aber auch als beliebten Fruchtbarkeitsgott zu Hause aufstellen konnte. Einer von Sobeks Titeln war »Der schwanger und fruchtbar macht«. Das goldene Kultbild wurde an den hohen Feiertagen von vier Gehilfen – auch Meru war meist darunter – herausgetragen, und ein Chor von Sängerinnen stimmte die alte Hymne an Sobek an:

»Sei gegrüßt, der du im Urwasser aufgehst,
Herr des Tieflands, Herrscher des Wüstenrandes,
der die Lagunen durchfährt.
Mächtiger Gott, dessen Zugriff verborgen bleibt,
der vom Raub lebt.

Ebenbild des Re, großer Lichtspender,
der aus der Flut kommt.
Herrscher der Flüsse, Fürst der Winde,
begattender Stier, Herr der Liebe,
Herr der Nahrung, der sich selbst beschenkt,
Gelockter, der die Räuberei liebt.
Erhebe dich, kämpfe für deinen Leib ...

wie schön du bist, Sobek von Schedit,
empfange die Huldigungen
deiner Göttinnen-Frauen.
Keine kann dir ihren Leib entziehen,
sie scharen sich um dich als Anbeterinnen,
sie neigen sich dir zu als Aufwärterinnen,
sie rufen dir zu: Unser Horus kommt,
unser Gott kommt!
Der Herr der Fruchtbarkeit,
groß an Schrecklichkeit,
dessen Angriff niemand abwehren kann.«

Der Tempel war freilich nicht wohlhabend genug, diese Sängerinnen ganzjährig zu beschäftigen. Es waren allesamt Frauen und Töchter von Handwerkern und Fischern aus Schedit, die für eine Jahresgabe von ein paar Scheffeln Korn gerne eine so ehrenvolle Aufgabe übernahmen.

Es waren einige recht ansehnliche Frauen und Mädchen darunter, und einmal passierte es Meru tatsächlich, daß er beim Umhertragen der Sobek-Barke mehrmals an diesem Chor vorüberschritt und sein Phallus sich steil aufrichtete. Eine unbändige Lust zu vergewaltigen überkam ihn, doch er biß die Zähne zusammen und dachte an den schmählichen Tod auf dem Scheiterhaufen. Seine Erregung klang wieder ab, doch seine Sinne blieben in Aufruhr.

Bei seinen Streifzügen fand er schließlich die noch junge Witwe eines Fischers, die ihn gerne für ein Bündel Wachteln oder zwei fette Enten in ihr Bett ließ. Sie hätte Gelegenheit gehabt, sich wieder zu verheiraten, doch sie verpachtete die beiden ererbten Fischerboote und zog es vor, frei und unabhängig zu bleiben. Daß Meru Hilfspriester am Sobek-Tempel war, gefiel ihr zwar, aber noch mehr schätzte sie seine etwas grobe, doch ausdauernde Liebeskraft. Sie hätte sich ihm auch ohne Geschenke hingegeben, aber sie hielt es für klüger, weiterhin auf nützlichen Gegengaben zu bestehen. Manchmal hatte sie Angst vor ihm. In seinen Augen war etwas zutiefst Gemeines, das sie nicht zu deuten wußte. Niemals ließ er sich küssen oder am Kopf berühren, er nahm sie ausschließlich von hinten, umklammerte dabei ihre Brüste und knetete sie oft so stark, daß sie leise aufschrie. Er begründete das mit seinem priesterlichen Amt. Sein kahlrasierter Kopf, sagte er, gehöre dem Gott und dürfe von einer Frau nicht berührt werden.

Meru hatte sich wieder einen Esel angeschafft, denn die geflickte Sehne an seinem Fuß machte ihm zunehmend zu schaffen. Manchmal dehnte er seine Streifzüge bis zum Nordufer aus und versäumte niemals, die Stelle aufzusuchen, wo er beinah einen Angriff der Krokodile ausgelöst hätte. Noch immer war das ihr bevorzugter Platz, und Meru, der sich in gehörigem Abstand hielt, verfiel jedesmal dem Zwang, sich vorzustellen, er wate in das seichte Wasser und die blutgierigen Tiere fielen über ihn her. Er fühlte ihre dolchspitzen Zähne in sein Fleisch eindringen und sie versuchen, es ihm von den Knochen zu reißen. Da stieg er dann schnell auf seinen Esel und trieb ihn mit kräftigen Fersenschlägen weg von dieser entsetzlichen Stätte.

In dieser Zeit ging das Gerücht um, der Pharao wolle die letzten Schemu-Monate zur Jagd im Fajum nutzen. Gebu meinte:

»Nun, unseren Tempel wird Seine Majestät – er lebe, sei heil und gesund! – ohnehin nicht besuchen. Wenn man allerdings bedenkt, daß Seth zu seinen Lieblingsgöttern gehört, dann wäre es schon angebracht, wenn der Gute Gott uns hier einmal die Ehre erwiese. Denn Seth und Sobek sind wesensverwandt, auch wenn manche das nicht wissen.«

Meru aber verdrängte diese Nachricht aus seinem Denken. Sollte König Ramses tatsächlich hier erscheinen und in den Papyrusdickichten auf die Vogeljagd gehen, so konnte er sich das weitere immer noch überlegen. Wie unter einem Zwang begann er neben seiner Jagd auch auf Ziele zu schießen, die er weiter und weiter steckte. Die Zahl seiner Treffer mehrte sich, doch er war niemals zufrieden. Er mußte besser schießen als jeder Bewaffnete im königlichen Gefolge.

Das Arbeitsgerüst umhüllte die Kolossalstatue des thronenden Pharao wie ein schützender Mantel. Es war so angelegt, daß Piay von den Knien bis zur Doppelkrone in jeder gewünschten Höhe arbeiten konnte. Zuerst befaßte er sich mit dem Kopf, denn hier durfte keine andere Hand am Werk sein, so wollte es der Gute Gott. Er hatte eine Modellfigur aus Hartgips in halber Lebensgröße hergestellt, dazu noch eigens den Kopf in doppelter Lebensgröße. Der stand nun neben ihm auf einem Holzsockel hoch oben auf dem schwankenden Gerüst. Daneben lag auf einem Stück Leder sauber und griffbereit ausgebreitet sein Werkzeug: Spitzmeißel, Zahnmeißel, Meißel mit geraden, halbrunden und runden Schneiden, verschieden große Bohrer und Hämmer. Piays Meißel waren aus dem kostbaren und teuren Eisen gefertigt, von dem auch die Fremdländer im Norden nur ungern etwas hergaben. Das hatte den Vorteil, daß er nur selten sein Werkzeug nachschärfen oder gar auswechseln mußte, während die Bronze schneller stumpf wurde und auch häufig zerbrach. Eisen wurde mit dem sechsfachen Gewicht in Gold aufgewogen, und was Piay davon an Werkzeugen besaß, war ein persönliches Geschenk Seiner Majestät.

Er arbeitete nun schon den elften Tag hier oben, der Steinstaub hatte seinen bis auf einen Lendenschurz nackten Körper grauweiß überpudert. An diesem Tag war die Hitze gegen Mittag um ein beträchtliches angestiegen, und dieses Zeichen wies auf den bevorstehenden Chamasin, den gefürchteten, glutheißen Wüstensturm hin, der im zweiten Schemu-Monat einsetzte und manchmal nur einige Stunden, oft aber mehrere Tage dauerte. Dann verschwanden die im Westen jäh aufragenden Wüstenberge hinter einer fahlgelben Mauer aus Sand, und manchmal konnte man kaum noch zehn Ellen weit sehen.

Die Anstrengung der Arbeit und die zunehmende Wärme trieben aus Piays hagerem Körper ganze Schweißbäche, die in die staubbedeckte Haut tiefe Rinnen pflügten.

Hotep, Piays junger, schüchterner Gehilfe, war mit Eifer bei der Sache. Er arbeitete schon am zweiten Bein, und es war, als sei er für diese Tätigkeit geboren. Er warf nur einen Blick auf das Modell oder die Vorzeichnung und übertrug dann alles ins Gigantische, als führe Ptah ihm die Hand. Natürlich erregte das die Mißgunst der anderen Handwerker, die ihn mit scheelen Augen ansahen, und einige meinten gar, er müsse wohl seine bevorzugte Stellung in Piays Bett abbezahlen. Daß Hotep einfach mehr konnte als sie, wollten sie nicht wahrhaben.

Piay arbeitete gerade mit seinem feinsten Meißel am Mund des riesigen Kopfes. Aus langer Erfahrung war ihm bekannt, daß dies einer der heikelsten und wichtigsten Punkte im menschlichen Antlitz war. Änderten sich die Mundwinkel nur um ein weniges, so änderte sich damit der Ausdruck des ganzen Gesichts.

Der Gute Gott hatte ihm einmal genau erklärt, wie er sich gesehen haben wollte:

»Ich will nicht so finster und ernst dargestellt werden wie meine Vorgänger auf dem Horusthron, die in Osiris ruhenden Könige Chakaure und Nimare. Sie sahen mir auch zu menschlich aus. – Nein, Piay, mein Antlitz soll über die Welt strahlen wie das des Re und muß von vier Dingen geprägt sein: Strenge, Güte, Hoheit und Anmut.«

Piay hatte diese Worte niemals vergessen, wie aber sollen Strenge und Güte zugleich in einem Gesicht Platz finden? Er legte Meißel und Hammer beiseite und wischte sich mit dem schon sehr schmutzigen Leinentuch das Gesicht, wobei er Steinstaub und Schweiß nur noch stärker verschmierte.

Maßlos ist der Gute Gott in allen Bereichen, dachte Piay. Maßlos im Bauen, maßlos beim Kinderzeugen, maßlos in seinen Ansprüchen. Dem Sohn der Sonne steht das zu, gewiß, aber an mir ist es, seine Wünsche zu verwirklichen.

Piay faßte den Entschluß: Nun gut, soll es der Mund übernehmen, das königliche Wohlwollen auszudrücken, alles übrige gestalte ich streng und majestätisch.

Da schoß es ihm durch den Kopf: Dieses Gesicht würde alles Wohlwollen verlieren, wenn der König wüßte, daß ich der Geliebte seiner Tochter bin. Dann müßte wohl ein anderer diese Figur vollenden und den Nefertari-Tempel bauen. Der Pharao würde mich hinwegfegen von dieser Welt, der feurige Atem der Uto-schlange würde mich zu Asche verbrennen. Piay schüttelte sich, als wollte er diese Gedanken von sich schleudern.

Er nahm Meißel und Hammer wieder auf und legte die beiden Mundwinkel so an, als beginne der Pharao ein Lächeln. Er lächelte nicht, er machte nur die Anstalten dazu. Er arbeitete so konzentriert, daß er den die Leiter emporklimmenden Hotep nicht bemerkte. Der blieb hinter seinem Meister stehen und schaute ihm erst einmal gebannt zu. Diese zarten und doch kräftigen Schläge! Da sprang kein Splitter zuviel und keiner zuwenig ab.

Als Piay einen Schritt zurücktrat, um die Wirkung zu prüfen, wäre Hotep fast vom Gerüst gestürzt. Er sprang gerade noch beiseite, entschuldigte sich und sagte, die Prinzessin Merit warte unten in ihrer Sänfte und wolle den Meister sprechen. »Gut, gut, ich komme.«

Hotep kletterte schnell wieder hinab; Piay griff nach dem Leinentuch und rieb damit vergeblich in seinem grotesk verschmutzten Gesicht herum.

Und so trat der Erste Baumeister des Königs an die Sänfte der Prinzessin: bis auf das schmale Lendentuch nackt, den schlanken, sehnigen Körper mit einer Paste aus Schweiß und Steinstaub bedeckt, das Gesicht verschmiert wie ein kleiner Bub, der sich im Schlamm gesuhlt hatte.

Merit schaute ein wenig verstört auf ihren Geliebten, doch dann lächelte sie.

»Das soll nun der ehrwürdige Piay sein – der Erste Baumeister des Königs? Nein, nein, da bin ich wohl mißverstanden worden. Das muß irgendein Feldsklave sein, der einen schlammigen Acker gepflügt hat.«

Piay verneigte sich tief.

»Mag der Anblick harter Arbeit auch dein Auge beleidigen, hochwürdige Prinzessin, so ist es doch Piay, dein gehorsamer Diener, der vor dir steht.«

»Gönne dir etwas Erholung, Piay. Ich lade einige Gäste auf mein Boot zum Mahl, und wir werden ein wenig nilaufwärts segeln. Ich erwarte dich in etwa zwei Stunden.«

Piay war froh um diese Unterbrechung. Der heiße Wind verhieß nichts Gutes, und wenn der Chamasin einsetzte, konnte er ohnehin nicht weiterarbeiten. Er badete, ließ sich mit Duftwasser besprühen und in einer Sänfte zum Nil bringen.

Allmählich war die Sonne fahl geworden, und der Wind hatte sich verstärkt. Piay blickte besorgt zum Himmel. Der Chamasin führte den Sand aus der Wüste mit sich und konnte den Tag zur Nacht machen.

Auf der Königsbarke empfing ihn Merits vertrauteste Dienerin und führte ihn unter Deck. Merit selbst hatte ihr den Namen Biket, »Falkenweibchen«, verliehen, denn das frühere Kindermädchen verteidigte bei jeder Gelegenheit ihr »Kind« wie ein erzürnter Vogel seine Brut. Wenn Merit sagte, sie wolle nicht gestört werden, dann scheuchte Biket auch Erbfürsten und Generäle von der Tür ihrer Herrin.

Die Prinzessin empfing Piay in ihrer privaten Kajüte, die mit vergoldeten Möbeln verschwenderisch ausgestattet war.

»Willkommen, mein Freund. Ich mußte mein Gastmahl absagen, es wäre ungehörig, die Leute beim einsetzenden Chamasin aus ihren Häusern zu jagen. Du wirst also mein einziger Gast sein.«

Merit trug ein hauchdünnes Kleid aus Königsleinen, eine kurze, einfache Perücke und kaum Schmuck. Sie war Piay niemals so schön erschienen.

»Ich hatte gehofft, dein einziger Gast zu sein. Bastet muß mein Gebet erhört haben, wir sollten ihr ein Opfer bringen.«

Merit lächelte fein und fragte arglos:

»Welches Opfer bringt man der Katzenköpfigen? Sie wird in Memphis kaum verehrt, ich kenne mich da nicht aus.«

Piay nahm das Spiel auf.

»Man opfert der Lieblichen Früchte, Honig, Milch, auch kleine Vögel ...«

»Vögel? Verwechselst du die Freudengöttin nicht mit der furchtbaren Sachmet? Ich möchte nichts Lebendiges opfern.«

»Es muß ja nicht sein. Ich habe ja auch nur die alltäglichen Opfer aufgezählt. Bei ihrem neuntägigen Jahresfest verlangt Bastet etwas anderes – ich weiß das, ich habe vor Jahren daran teilgenommen.«

»Nun? Was ist Bastets Lieblingsopfer? Gold? Wein?«

Piay schüttelte seinen Kopf.

»Das auch. Man feiert in diesen neun Tagen die Göttin mit Tanz, Gesang, Musik – und mit Liebesopfern. Man bringt sich ihr selbst dar. Mann und Frau paaren sich, wo immer sie aufeinandertreffen. Am Ufer des Nils, in den Häusern und Gärten, vor ihrem Tempel, auf den Schiffen ...«

Großäugig staunend fragte Merit: »Ach wirklich? Und Ehebruch wird nicht bestraft?«

»Nein, Prinzessin. Diesen Begriff gibt es nicht während der neun Festtage. Das Göttliche hat Vorrang.«

»Piay«, sagte Merit leise, »du hast mir so gefehlt. Hast du da draußen bei deiner Arbeit überhaupt an mich gedacht. Bedeutet dir der steinerne Kopf meines Vaters mehr als die lebendige Merit?«

»Mein Kopf ist nicht aus Stein, geliebte Merit. Mein Kopf ist lebendig, und man kann ihn abschlagen. Jede Stunde, die wir allein sind, jeder Augenblick, da ich dich berühre, kann für mich den Tod bedeuten. Ich liebe dich, Merit, und wie es scheint, liebe ich dich mehr als mein Leben.«

Sie streckte ihre schlanken Arme aus. »Hier kann dir nichts geschehen, Piay, Geliebter.«

Fast gleichzeitig rissen sie sich die Kleider vom Leib, preßten sich aneinander, umarmten und küßten sich, sahen sich an und verschmolzen, wie Zinn und Kupfer zu Bronze verschmelzen, zu einem Fleisch, zu einem Körper.

Draußen begann der Chamasin zu toben, jagte riesige gelbe Sandwolken vor sich her, verdunkelte Re und wandelte den hellen Nachmittag in die Dämmerung des Abends.

Die Königsbarke begann zu schlingern und an ihrer Verankerung zu zerren, der Bootsführer wurde unruhig und wollte die Prinzessin verständigen. Doch Biket wachte vor der Tür ihrer Herrin und schüttelte störrisch den Kopf.

In Merits Kabine blähten sich die Vorhänge unter dem Gluthauch des Südwindes; feiner Sand drang ein und hüllte die Liebenden in einen goldgelben Schleier, doch die beiden hörten weder den Wind, noch spürten sie den Sand, sie waren zu sehr miteinander beschäftigt, mit ihrem Opfer an Bastet, das sie so oft wiederholten, bis ihre Körper kraftlos wurden und sich ermattet trennten.

Der Chamasin dauerte zweieinhalb Tage, und während dieser Zeit blieben Merit und Piay auf dem Schiff. Der Bootsführer wagte keinen Einwand. Er hatte die Segel abschlagen lassen und das Schiff dreifach vertäut.

Merit und Piay aßen und tranken, wann sie Lust dazu hatten, gossen sich gegenseitig Krüge mit Wasser über den Kopf, um ihre von der Liebe und der Hitze des Chamasin glühenden Körper abzukühlen. Beide trugen weder Kleidung noch Perücken, sie konnten sich nicht satt sehen aneinander.

Merit bewunderte Piays gebräunten, sehnigen Körper; sie wurde nicht müde, seine harten Muskeln zu betasten, und freute sich wie ein Kind, als sie seine kitzligen Stellen entdeckte.

Piay betrachtete mit Hingabe Merits schönen Frauenkörper; die liebliche Rundung der Hüften, die kleinen festen Brüste, die honigfarbenen, langen Schenkel, die herrlich geformten Waden und über allem das stolze königliche Haupt mit den von der Mutter ererbten schrägen, dunklen Augen, der schmalen, kühnen Nase und den vollendeten Lippen, die – sooft er sie auch küßte – seine Lust, sie wieder zu küssen, immer von neuem entfachten.

Als der Chamasin sich erschöpft hatte und Re auf seiner Sonnenbarke wieder friedlich seine Bahn über den tiefblauen Himmel zog, löste sich Piay aus Merits Armen, um in den Dienst Seiner Majestät zurückzukehren.

Am Ufer aber erwartete ihn ein Bote und bat ihn mit einer tiefen Verbeugung, eine Stunde seiner kostbaren Zeit dem Priester Thotmes zu schenken.

Piay hatte schon einige Male mit dem Zweiten Propheten des Amun zu tun gehabt und schätzte ihn nicht besonders. Der Mann schien ihm so verschlagen wie starrsinnig, und Piay hatte den Eindruck gewonnen, daß Thotmes eigene, vom Hohenpriester Nebunef – den Amun selbst erwählt hatte – unabhängige Ziele verfolgte. Thotmes war damals überzeugt gewesen, man werde ihn, der als Zweiter Priester so lange das unbesetzte Amt des Ersten verwaltet hatte, nun zum Hohepriester ernennen, doch das war nicht geschehen – er war der Zweite geblieben.

Thotmes erwartete Piay in seiner Dienstwohnung beim Tempel. Der kleine, eher unscheinbare Mann wirkte alterslos, er konnte vierzig, aber auch schon fünfzig oder sechzig Nilschwellen erlebt haben. Sein runder Kahlkopf mit den verschlossenen Zügen zeigte noch kaum Falten, seine seltsam farblosen, etwas wäßrigen Augen mieden im Gespräch den Blick des anderen, auch hatte Piay nie das Gefühl, mit einem Menschen zu reden, der auch lachen, weinen, toben, sich freuen oder enttäuscht sein konnte. Es war, als spräche eine Statue, und diesen Eindruck gewann er auch jetzt wieder.

Piay hatte drei fast schlaflose Nächte hinter sich. Sein Körper war erfüllt von der schönen Merit, er fühlte noch ihre Küsse auf seinem Mund und das Streicheln ihrer Hände auf seinem Körper. Er war müde, und seine Gedanken schweiften ab, denn Thotmes redete Alltägliches, lobte den großen neuen Tempel, fragte ihn nach der Arbeit an der Riesenstatue seiner Majestät, und Piay gab lustlose einsilbige Antworten.

Plötzlich nahm das Gespräch eine Wendung, die Piay hellwach und aufmerksam werden ließ.

Thotmes schaute auf Piays rechte Schulter und sagte.

»Du kennst doch sicher den kleinen Seth-Tempel drüben im Palast. Er liegt hinter dem verfallenen Harem, wird kaum noch benutzt …«

»Ja, ich kenne ihn«, sagte Piay abwartend.

»Du hast ihm kürzlich einen längeren Besuch abgestattet?«

»Ich war öfters dort. Wir werden uns überlegen müssen, ob wir ihn mit dem Frauenhaus abreißen und dafür eine große Gartenanlage schaffen. Ich glaube, Seine Majestät wäre dem nicht abgeneigt. Als Theben noch Residenz war, wurde der Platz knapp, und der wachsende Baukomplex fraß einige der schönen Gärten auf.«

Thotmes ging nicht darauf ein.

»Wir wissen, daß du öfters dort warst. Ich denke jetzt aber an diesen einen nächtlichen Besuch, der bis in den Morgen dauerte …«

Piay spürte die Gefahr und fragte sich, was diese sprechende Statue wirklich von ihm wollte.

»Daß ich so lange blieb, hatte seinen guten Grund. Jemand schloß die Tür von draußen ab.«

Thotmes nickte mehrmals.

»Ja, ja – das kann schon vorkommen. Ein dummes Versehen. Und Prinzessin Merit, wie hat die erhabene Erstgeborene seiner Majestät die Nacht überstanden?«

Er weiß alles, dachte Piay, vermutlich wurden wir auf Schritt und Tritt beobachtet. Nun beschloß er den Angriff.

»Die Prinzessin erwartet noch immer, daß man den Schuldigen zur Rechenschaft zieht. Ich habe ihr damals versprochen, mich darum zu kümmern, aber durch meine Arbeit am Totentempel ...«

Für einen Moment hoben sich die farblosen und wäßrigen Augen und suchten Piays Blick.

»Den Schuldigen?« Der Blick schweifte wieder ab. »Es wäre zu fragen, wer hier der Schuldige ist.«

Piay wollte empört antworten, doch Thotmes schnitt ihm mit einer knappen Handbewegung die Rede ab.

»Darum geht es auch nicht – noch nicht! Du sollst nur wissen, daß Amun König von Theben ist und nichts seinem Auge verborgen bleibt – nichts! Und er kann dieses Wissen weitergeben oder nicht, ganz nach den Erfordernissen.«

»Willst du mich erpressen oder mir drohen? Wenn ich der Prinzessin von dieser Schnüffelei Mitteilung mache, kann es sein, daß sie euch alle in die Steinbrüche jagt und Männer an eure Stelle setzt, die treu zu Seiner Majestät stehen. Weiß der ehrwürdige Nebunef davon?«

»Wir wollen nicht streiten, Piay«, sagte Thotmes ruhig, »ich möchte dir weder drohen noch dich erpressen. Ich wollte dir nur Kenntnis geben von dem, was geschieht. Du warst ja so besorgt um das Wohl der Prinzessin, daß du ihr auf dem Schiff während des Wüstensturms Beistand geleistet hast. Im alten Harem hat der Sturm das halbe Dach eingedrückt, es war vernünftig von ihr, sich auf das Schiff zu flüchten.«

»Sie ist eine Sonnentochter und tut, was sie will, und was sie tut, ist immer richtig. Ich hoffe, du weißt das.«

»Wer weiß das nicht ...«, sagte Thotmes und hob bekräftigend die Hände. Dann sagte er:

»Es ist bekannt geworden, daß Seine Majestät – er lebe, sei heil und gesund! – an der Grenze zu Kusch der Göttin Hathor und zugleich seiner Gemahlin Nefertari einen Tempel errichten will. Was nicht jeder weiß, wenn ich es auch kaum noch als Gerücht bezeichnen möchte, ist die Absicht Seiner Majestät – er lebe, sei heil und gesund! –, daneben einen über doppelt so großen zweiten Tempel anzulegen. Gewiß ein löbliches Vorhaben, doch ich als Priester bin ziemlich neugierig, wem der Tempel geweiht sein wird. Hast du Näheres erfahren?«

Ein kurzer Blick der wäßrigen Augen traf ihn. Natürlich wußte es Piay, doch jetzt ließ er den Priester zappeln.

»Nichts Genaues. Doch vieles weist darauf hin, daß der Einfluß des Schöpfergottes Ptah auch auf den Süden ausgedehnt werden soll. Vielleicht wird er auch dem Ptah und seiner Gemahlin Sachmet gemeinsam geweiht. Die schreckliche Göttin mit dem Löwenkopf – sie gilt ja als Mutter des Krieges – könnte eine Warnung für die Südvölker sein, nie mehr das Haupt gegen den Herrn beider Länder zu erheben. Aber die Angelegenheit wird in Memphis von den Priestern beraten, und Seine Majestät trifft dann die Entscheidung.

Es freute Thotmes gar nicht, was er hörte, doch sein alterloses Gesicht verriet keine Regung.

»So, so, Ptah, dem sogenannten Schöpfergott. Warum tritt dieser Schöpfer in Mumiengestalt auf? Seltsam, nicht?«

»Aber das weißt du doch genausogut wie ich. Im Delta wird er auch als Totengott verehrt. Er hat eben – wie Amun-Re – mehr als nur ein Gesicht.«

»Lassen wir das. Vielleicht könntest du, verehrter Piay, Seine Majestät – er lebe, sei heil und gesund! – in aller Ehrerbietung darauf hinweisen, daß man Ptah im Süden nicht – nun, nicht besonders gut – kennt und es daher angebracht wäre, den Tempel Re, also Amun-Re, zu weihen.«

»Aber Ehrwürdiger! An der früheren Grenze zu Kusch gibt es ja kaum noch echte Ägypter. Dort sind weder Ptah noch Amun besonders geschätzt, sondern man hält sich an alte Stammesgötter, die hier niemand kennt. Dieser Tempel ist ein Programm. Er soll die strahlende Macht des Sonnensohnes in seiner ganzen Herrlichkeit gerade dort verkörpern, wo es nichts gibt außer Wüste und Wasser. Ich kann dir versichern, daß dies nicht gegen Amun gerichtet ist.«

»Freilich, freilich ...«, sagte Thotmes und seufzte verhalten. Dann straffte er sich.

»Piay, du kannst dir große Verdienste um Amun erwerben, wenn du Seiner Majestät – dessen Ohr du ja bekanntlich hast – vielleicht eine Zwischenlösung vorschlägst. Der Tempel könnte Amun und Ptah zugleich geweiht sein – das ist doch kein schlechter Gedanke, wie?«

»Ich habe leider keinen Einfluß auf die Entschlüsse Seiner Majestät. Es ist schon ein Glück, wenn der Gute Gott sich überhaupt einen Rat anhört. Ob er ihn befolgt, steht dahin, doch ich kann dir versichern, meistens tut er es nicht.«

»Deinen Rat aber hört er sich zumindest an, das ist doch bekannt.«

»Ja, gelegentlich. Ich möchte den Amun-Priestern nicht undankbar sein, denn sie haben mich hier in Theben häufig unterstützt. Jedenfalls trage ich deine Bedenken – die ich übrigens verstehen kann – dem König vor.«

Das Aufatmen des Zweiten Propheten war nicht zu überhören.

»Ich weiß, daß du ein redlicher Mann bist, Meister Piay, und nichts versprichst, was du nicht halten kannst. Du sollst es auch nicht umsonst tun, und wer immer dir einen ungehörigen Umgang mit der Prinzessin Merit vorwirft, wird von unseren Zeugen widerlegt werden. Es kann ja sein, daß du einmal unser Zeugnis brauchst.«

Piay wußte recht gut, daß er mit dem Feuer spielte, und so achtete er das Angebot des Priesters nicht gering.

Merit war in den Palast zurückgekehrt und nahm ein langes Bad, Biket stand dabei und überwachte die Bademägde. Schlanke, geschickte Nubierinnen, die sehr stolz waren, für diesen Dienst auserwählt zu sein.

Vor ihrem früheren Kindermädchen hatte Merit keine Geheimnisse. »Ach, Biket, ich habe jetzt ein ganz neues Gefühl kennengelernt. Seit Piay weg ist, scheint mir, die andere Hälfte meines Körpers sei abhanden gekommen. Er fehlt mir so! Kennst du das?«

Die etwa doppelt so alte Biket kannte es sehr wohl.

»Freilich, mein Täubchen, welche Frau kennt es nicht? Das haben die Götter wohl so eingerichtet, daß Mann und Frau, wenigstens solange sie jung und verliebt sind, ständig diese Sehnsucht in sich tragen. Sie wollen vereint sein, Tag und Nacht, zu jeder Stunde – für immer. Genieße diese Zeit, bald wird dein erhabener Vater, der Gute Gott, hier eintreffen, und dann muß es wohl aufhören.«

Empört schlug Merit mit der Faust ins Wasser, daß die Bademägde sich furchtsam duckten.

»Aufhören? Ich denke nicht daran aufzuhören! Wir lieben uns, Biket, wir lieben uns, wie noch nie eine Frau und ein Mann sich geliebt haben!«

»Ich glaube es ja ...«, versuchte Biket sie zu beschwichtigen, »doch du darfst Piay nicht in Gefahr bringen. Jeder, der nicht vom Blute Amun-Res ist, hat sein Leben verwirkt, wenn er einen von euch nur berührt. Das weißt du doch auch! Nicht einmal dein Vater – er lebe, sei heil und gesund! – könnte dieses alte Gesetz aufheben – es stammt von Maat und ist göttliche Wahrheit.«

»Die beiden Mädchen da berühren mich ja auch, und niemand ruft den Henker.«

»Bei Dienern wird eine notwendige Ausnahme gemacht. Piay ist weder dein Diener, noch begnügt er sich damit, dir den Rücken zu waschen. Du mußt die Dinge sehen, wie sie sind, mein Täubchen. Je weniger du ihn gefährdest, um so sicherer kannst du sein, daß er dir und deiner Liebe erhalten bleibt. Es wird ja noch eine Weile dauern, aber wenn der Gute Gott erscheint, dann darf auf Piay nicht der Schatten eines Verdachtes fallen.«

»Du hast ja recht, Biket, aber ist es nicht so, daß uns ohnehin tausend Augen beobachten? Niemand wird entgangen sein, daß ich während des Chamasin mit Piay auf dem Schiff war, und wer uns damals in den Seth-Tempel eingeschlossen hat, wird es auch nicht ohne Grund getan haben.«

»Da gebe ich dir recht, aber wer dich beim Guten Gott verdächtigt, wagt seinen Kopf. Er wird dir, seiner geliebten Tochter, eher glauben als jedem anderen. Was ihr auf dem Schiff getrieben habt, blieb verborgen – nicht einmal ich habe etwas gesehen. Der kleine Tempel hat keine Fenster, in die man hineinspähen könnte – nein, nein, mein Täubchen, solange ihr vorsichtig seid, kann euch nichts geschehen.«

Merit war beruhigt; sie fürchtete nicht für sich, aber Piay konnte bei der jähen aufbrausenden Art ihres Vaters leicht in Gefahr kommen. Und sie würde sich eher eine Hand abhacken als den Geliebten zu gefährden.

König Ramses hatte in seiner neuen Hauptstadt alles geordnet. Denn die Reise in den Süden sollte in den nächsten Tagen angetreten werden. Da ein längerer Aufenthalt geplant war, durfte ihn diesmal seine ganze Familie begleiten: Nefertari mit ihren Söhnen Amani, Jonam und dem jetzt zweijährigen Merire, dann Isis-nefert mit Ramose und dem kleinen Merenptah, während Chamwese, ihr Zweitgeborener, schon seit einigen Jahren als Zweiter Prophet am Ptah-Tempel in Memphis wirkte. Ihm lag nichts an Reisen und Abenteuern, er war ein richtiger Gelehrter geworden, der auf vielen Gebieten Bescheid wußte und nach dem Tod des alten Huy für das höchste Priesteramt in Memphis vorgesehen war.

Für Isis-nefert bedeutete es einen kleinen Triumph, daß Chamwese sich zum geachteten Gelehrten entwickelt hatte und nun das zweithöchste Priesteramt in Memphis bekleidete. Das befriedigte ihren Ehrgeiz nicht weniger als diese Reise nach Theben in die geliebte Heimat an der Seite – wenn auch nur an der linken – des Guten Gottes, dem sie schon drei wohlgeratene Söhne geboren hatte. Was immer man von ihr in Theben erhoffte oder erwartete, sie hatte sich vor Amun und seinen Priestern bewährt und konnte guten Gewissens vor sie hintreten.

In Memphis sollte nur ein kurzer Aufenthalt eingelegt werden, doch am Hafen empfing sie eine Trauerdelegation mit Huy und Chamwese an der Spitze. Die »lebende Seele des Ptah«, sein Ebenbild und Stellvertreter auf Erden, der hochheilige Apisstier, war verstorben und die Gottessiegler waren dabei, ihn einzubalsamieren.

Dieses heilige Tier des Schöpfergottes Ptah wurde durch einen Lichtstrahl in einer noch unberührten Jungkuh erzeugt und unterschied sich durch neunundzwanzig Merkmale von gewöhnlichen Kälbern. Die wichtigsten waren ein weißer Fleck auf der Stirn, ein tiefschwarzes Fell, bestimmte weiße Flecken auf Brust und Rücken, zweierlei Haare am Schweif und ein Knoten in Form des heiligen Skarabäus unter der Zunge. Sobald der alte Stier zum Osiris geworden war, schwärmten die Priester und ihre Gehilfen aus, um seine Wiedergeburt aufzuspüren. Stall um Stall, Feld um Feld mußten abgesucht werden, bis man das heilige Kalb endlich entdeckte. Es wurde dann mit seiner Mutter in den großen Stall im Vorhof des Ptah-Tempels gebracht, wo es die Gläubigen besuchen und anbeten konnten. Viele Feste wurden in seinem Namen gefeiert, und sobald der Stier geschlechtsreif war, bekam er einen eigenen Harem mit makellos gewachsenen, sorgfältig ausgesuchten Kühen.

Manche dieser Stiere erreichten ein hohes Alter, und ihr Tod wurde von der ganzen Stadt aufrichtig betrauert. Viele hatten sich mit Gebeten, Bitten und Gelübden an ihn gewandt, und vielen hatte er geholfen.

So konnte der Pharao nicht umhin, an verschiedenen Trauerzeremonien teilzunehmen, die sich über Tage hinzogen. Chamwese, den der König sehr schätzte, gab in respektvollen und wohlgesetzten Worten dem Wunsch der Priester und der ganzen Stadt Ausdruck, Seine Majestät möge doch das Auffinden der Wiedergeburt des Apis abwarten.

Ramses mochte diesem gescheiten Sohn nichts abschlagen und sagte schnell entschlossen zu, wie es eben seine Art war. Doch er wollte auch nicht in Memphis bleiben, sondern beschloß, die Wartezeit mit seinen Söhnen auf der Jagd zu verbringen. Da war der Jubel groß, denn Amani, Ramose und Jonam hatten die Jagdleidenschaft ihres Vaters geerbt, und wenn Amani am geschicktesten mit dem Wurfholz umging, so waren die beiden anderen vorzügliche Bogenschützen. Auf diesem Gebiet hatte sich inzwischen auch ein anderer Sohn des Königs hervorgetan, Sproß einer schon vor Jahren verstorbenen Nebenfrau. Der Bursche trug den Namen des Großvaters und wurde dem Pharao äußerlich immer ähnlicher. Es gab niemand im ganzen Palast, der den jungen Seti nicht mochte. Seine Brüder schätzten ihn als immer bereiten Spiel- und später Jagdgefährten. Er war weder hochmütig noch nachtragend, lernte leicht, ohne durch besondere Gelehrsamkeit aufzufallen, war weder eitel noch ehrgeizig – kurz, er war ein Mensch, der niemandes Mißgunst oder Eifersucht erregte, und deshalb gab es keinen, der ihm damals nicht zugetan war.

Mit diesen vier Söhnen zog der Pharao ins Fajum auf die Jagd, und wenn der Apisstier gefunden war, konnten sie von hier aus schnell zurück sein.

Piay arbeitete wie ein Besessener. Der Chamasin und seine dreitägige Abwesenheit hatten die Fertigstellung der Kolossalfigur verzögert. Dazu kam noch, daß sein Zeitplan falsch berechnet war. Er hatte die Schwierigkeiten dieser Arbeit unterschätzt und für die Schleifarbeit eine wesentlich kürzere Zeit angesetzt. Doch gerade sie verlieh dem königlichen Antlitz Leben und Würde.

Er war gerade dabei, die Vertiefungen zwischen der Nasenwurzel und den Augenhöhlen auszuschleifen. Piay hatte schon Dutzende von Schleifsteinen verbraucht, seine Hände waren aufgerissen und wund, der Steinsand reizte seine Augen und ließ Tränenbäche über seine staubverkrusteten Wangen fließen. Alle zwei Stunden legte er eine Pause ein, dann kam Hotep und arbeitete unter Piays Aufsicht weiter. Mit ihm hatte er den richtigen Griff getan. Aus dem schüchternen und schmächtigen Jungen war ein selbstbewußter Handwerker geworden, der aber, wie es schien, seine Fähigkeiten noch immer unterschätzte. Hotep bekam viel Lob zu hören, und für Piay war es, als wiederholte sich in ihm seine eigene Lehrzeit bei Iramun. Alles, was diesem hochbegabten, aber ein wenig schwächlichen Burschen fehlte, war die Kraft. Zwar entwickelten sich zusehends seine Muskeln, aber er ermüdete schnell und konnte dann nicht mehr so genau arbeiten, wie es hier gefordert war.

»Du mußt aufhören«, rief ihm Piay zu, »wenn du spürst, daß mit deiner Kraft auch die Güte deiner Arbeit nachläßt. Besser eine Pause zuviel als eine zuwenig.«

Hotep ließ den Schleifstein sinken und klopfte auf sein Herz.

»Hier habe ich es, aber die Leitung zur Hand ist unterbrochen. Ich weiß, wie es geht, aber mein Arm gehorcht mir nicht mehr. Hätte ich nur deine Kräfte, Meister Piay!«

Der winkte ab.

»Setz dich her zu mir und verschnaufe etwas. Bedenke, was ein unbegabter Kraftprotz hier anrichten könnte! Er braucht vielleicht zehn Schleifsteine auf und verdirbt das erhabene Antlitz Seiner Majestät. Ein Schaden, der nicht mehr gutzumachen wäre. Nein, nein, ruhe dich nur aus und sammle neue Kräfte. Wie alt bist du jetzt?«

Hotep zögerte.

»Ganz genau weiß ich es nicht – fünfzehn oder sechzehn Nilschwellen werden es wohl sein.«

»Da ist es keine Schande, wenn du Kräfte sammeln mußt. In deinem Alter ging es mir auch nicht leichter von der Hand. Halte dich von den Frauen fern, solange es geht, denn später wirst du einen Teil deiner Kraft für sie brauchen.«

»Wie ist das zu verstehen, ehrwürdiger Piay?«

Piay schmunzelte.

»Es wäre nutzlos, dir das jetzt zu erklären. Irgendwann kommt es auf dich zu, und du kannst ihm nicht entfliehen. Dann gehört es zu deinem Leben wie die Arbeit hier, wie Essen, Trinken und Schlafen, und es kann wohl sein, daß es dir mehr Vergnügen macht als alles andere. Trotzdem, Hotep, kleiner Freund, laß dir raten – nur wenige Frauen sind es wert, daß man über sie die Arbeit vernachlässigt. Du mußt versuchen, alles miteinander in Einklang zu bringen.«

»Ich werde es mir merken«, sagte Hotep und griff nach einem neuen Schleifstein.

Piay aber wußte, wovon er redete. Alle paar Tage trieb es ihn hinunter nach Theben, wo ihn Merit mit offenen Armen erwartete. Der Geliebte hatte in ihrem Leben den ersten Platz eingenommen.

Das Schiff war zu ihrem ständigen Treffpunkt geworden, und offiziell hieß es, daß die Prinzessin Merit in Vertretung Seiner Majestät mit dem Ersten Baumeister Pläne zu besprechen habe.

Merit war reif und verständig genug, die vertraute Biket in weiblichen Angelegenheiten um Rat zu fragen. Ihr ging es vor allem darum, eine Empfängnis zu vermeiden, und die Dienerin wußte natürlich Bescheid:

»Du mußt auf eines achten, mein Täubchen. Einige Tage, ehe deine Reinigung einsetzt, und einige Tage danach kannst du kein Kind empfangen. Ich weiß nicht, warum es so ist, aber alle erfahrenen Frauen wissen es. Man sagt, daß bis zu acht Tagen vor und nach dem Blutfluß eine Empfängnis kaum zu erwarten ist. Während der übrigen Zeit ist ein Beischlaf nicht anzuraten. Da Piay nicht wie ein Gemahl ständig an deiner Seite ist, mußt du es eben so einrichten, daß ihr euch nur zu den ungefährlichen Zeiten trefft. Sollte trotzdem etwas geschehen, dann gibt es geeignete Gegenmittel – da kannst du deiner Biket vertrauen, mein Täubchen.«

In diesen Tagen aber kam die Nachricht, daß der König sich verspäten würde, da der heilige Apisstier den Gang nach Westen angetreten hatte. Piay atmete auf, denn er konnte nun hoffen, seine Arbeit zu vollenden, ohne die Geliebte vernachlässigen zu müssen.

Prinz Chamwese, der Ptah-Priester, meinte, es sei vielleicht nicht angebracht, während der Trauerzeit für den Apisstier auf die Jagd zu gehen. Jagd sei ein Vergnügen, und dem habe man sich aus Ehrfurcht vor der »Seele des Ptah« zu enthalten.

König Ramses aber lachte darüber.

»Unsere Herzen trauern, doch zugleich freuen wir uns über den wiedererstandenen Apis, der ja bald gefunden werden muß. Wir werden ihm von unserer Beute einen redlichen Anteil opfern.«

So zog also der Sohn der Sonne, Usimare Ramses, mit vieren seiner Söhne nach Süden in das eine knappe Tagesreise entfernte Fajum, wo die Sumpfdickichte um den großen See, den die Ägypter »das Meer« nannten, reich an Vögeln und an anderem jagdbaren Wild waren. Ein Trupp von etwa hundert Mann Schirdanu – Elitesoldaten der Leibwache – begleitete den König und seine Prinzen.

Sie donnerten auf ihren prächtigen, zweispännigen Jagdwagen dahin, an der Spitze der Pharao mit seinem Jugendfreund, dem Wagenlenker Menna, gefolgt von Amani, Ramose, Jonam und Seti, von denen jeder – auch der Konkubinensohn Seti – den goldenen Uräus auf der Stirn trug und einen Bogen in der Hand hielt. Amani hatte im Gürtel noch sein geliebtes Wurfholz stecken, mit dem er so geschickt umging.

Der Pharao trug die Chepresch-Krone, den funkelnden, blaugoldenen Kriegshelm der ägyptischen Könige. Um seinen nackten, muskulösen Oberkörper wand sich der Riemen des prall gefüllten Köchers, sein Bogen hing außen am Wagen.

Auf dieser Fahrt begegneten ihnen Hirten, Bauern und Fischer, die sich ganz unterschiedlich verhielten. Die einen warfen sich sofort in den Staub, andere rissen vor Schreck Mund und Augen auf und standen wie erstarrt. Manche zeigten keine Ehrfurcht, sondern äußerten ihre Freude über den Anblick des Guten Gottes wie Kinder, indem sie laut jubelten und der Wagengruppe noch ein paar Schritte nachliefen.

Weder die Leibtruppe noch der Pharao und seine Prinzen kümmerten sich darum. Sie rasten in einer gelbgrauen Staubwolke dahin und fieberten den Freuden der Jagd entgegen.

Die Nachricht aber, daß der König plötzlich im Fajum auftauchte, verbreitete sich so schnell, als trüge ein Adler sie im schnellen Flug über den See und in die Dörfer.

»Wie man hört, beehrt uns Seine Majestät ganz überraschend. Vier seiner Söhne sollen ihn begleiten – vielleicht erwägt der König diesmal einen Besuch des Tempels.«

Gebu grinste und bleckte seine gelben Krokodilszähne. Meru ließ sich nichts anmerken, doch diese Nachricht verstörte ihn so sehr, daß er unter einem Vorwand seine Wohnung aufsuchte und schnell ein Glas Wein trank.

Wie hatte er auf diese Gelegenheit gewartet und doch gefürchtet, sie möge sich zu bald ergeben! Dann überfiel ihn jäh der Gedanke an seine Zukunft. Jahraus, jahrein würde er denselben langweiligen Tempeldienst tun, mußte an den Festtagen die Götterbarke umhertragen, konnte sich nur auf der Jagd ein wenig austoben, und da war auch noch die Fischerswitwe, die ihm willig ihren Schoß darbot und die er nicht einmal küssen durfte, weil er fürchten mußte, dabei Nase und die Ohren zu verlieren. Das war so unwürdig und lächerlich, daß er sich schämte, sobald er daran dachte. Außerdem mußte er noch immer damit rechnen, entdeckt und verraten zu werden, und dann erwarteten ihn grausame Folter und ein schimpflicher Tod.

Keine schönen Aussichten, Freund Meru, flüsterte ihm sein Ka ins Ohr, aber es gibt ja noch die Möglichkeit der süßen Rache und eines, wenn auch nicht schönen, so doch ehrenvollen Todes.

Meru straffte sich. Er konnte zunächst einmal herumstreifen und versuchen, die königliche Jagdgesellschaft wenigstens aus der Ferne zu beobachten.

Da man nun mit allem rechnen mußte, ließ der aufgeregte Zweite Prophet des Sobek die Hilfspriester und Tempelarbeiter antreten und erteilte seine Befehle.

»Der ganze Tempel muß bis in die kleinsten Ritzen gesäubert werden! Die Krokodile dürfen ab sofort nicht mehr gefüttert werden! Der Tempel wird geschlossen, und wer opfern will, soll es draußen tun! Die Hilfspriester müssen saubere Kleidung bereitlegen, um jederzeit vor dem Guten Gott würdig auftreten zu können!«

Es hagelte Befehle und Verfügungen, und Gebu träumte den alten Traum der Sobek-Priester, daß für ihren Gott einst wieder königliche Tage anbrechen würden. Im stillen freute er sich darüber, daß der pflichtvergessene Erste Prophet in Memphis lebte und sich mit seinem Titel – den er sich erkauft und erschwindelt hatte – brüstete. Da konnte sich Seine Majestät – er lebe, sei heil und gesund! – selber überzeugen, wer hier die Arbeit tat.

Gebu hatte eine Ausgangssperre angeordnet, so daß Meru den geplanten Streifzug vorerst aufgeben mußte.

Doch dann ging es ganz schnell. Am Morgen des dritten Tages erschien ein königlicher Herold und verkündete die frohe Botschaft: Der Gute Gott, Sohn der Sonne und Herr beider Länder, User-Maat-Re setep-en-Re Ramses würde geruhen, dem alten Sobek-Tempel bei Schedit einen Besuch abzustatten. Seine Majestät werde dem Gott ein schönes Opfer bringen und den heiligen Tieren einen Besuch abstatten. Der König – er lebe, sei heil und gesund! – müsse am nächsten Tag um die dritte oder vierte Stunde erwartet werden.

»Doch«, so fügte der Herold hinzu, »Seine Majestät hat schon oft ganz schnell seine Entschlüsse geändert, und ihr müßt damit rechnen, daß er erst am Nachmittag oder vielleicht auch gar nicht erscheint.«

Der schlaue Gebu sagte schmeichlerisch:

»Auch wenn Seine Majestät nicht erscheint, so baden wir uns doch in dem Wohlgefühl, daß der Gute Gott sich unser erinnert hat, und das ist mehr, als sein untertäniger Diener Gebu erwarten kann.«

Der Herold nickte wohlgefällig.

»Ich sehe, du hast die rechte Einstellung, Priester Gebu. Ich werde nicht versäumen, Seine Majestät davon in Kenntnis zu setzen.«

Den heiligen Krokodilen war es ungewohnt, daß sie tagelang nicht gefüttert wurden, und die trägen, schmuckbepackten Tiere wurden unruhig. Sie gingen an Land, krochen an die Rampe, von der ihre Nahrung herabgeworfen wurde und bewegten die plumpen, gepanzerten Köpfe, daß die schweren Goldringe klirrten.

Gebu hatte diese Anordnung nicht ohne Grund getroffen, und er wünschte, der Pharao möge sich Zeit lassen, damit die großen Echsen noch viel hungriger würden.

Doch Ramses traf wider Erwarten genau zur angekündigten Stunde ein, denn er wollte seinen Söhnen ein Beispiel geben, und erklärte, einen Gott lasse man nicht ohne Grund warten.

Die schwerbewaffneten Schirdanu umstellten den Tempel, so daß keine Fliege ungesehen heraus- oder hereinkam. Diese übertriebene Vorsichtsmaßnahme gründete sich nicht auf einen Befehl des Königs, sondern es war alter Brauch, auf solche Weise die Heiligkeit und Bedeutung des Pharao zu unterstreichen.

Viel Volk hatte sich aus der Umgebung eingefunden. Vor allem aus der kleinen Stadt Schedit war jeder gekommen, der schon oder noch auf den Beinen stehen konnte. Diese Oasenbewohner fielen nicht wie die Hofbeamten in den Staub, wenn der Gute Gott erschien, sondern hüpften, sprangen, klatschten und schrien durcheinander. Ramses, der sonst nur gebeugte Rücken sah, erfreute sich an der Zuneigung seines Volkes, die trotz der drückenden Steuern nicht geringer geworden war. Der Haß und die Empörung blieben an den Steuereintreibern hängen, die mit prügelbewehrten Bütteln unterwegs waren und vor denen sich jeder verkroch. Daß sie als Beamte des Königs auftraten, half ihnen wenig – die einfachen Leute hielten sie für Bösewichter, der Gute Gott aber stand hoch über solch profanen Dingen und bescherte mit seinem Auftreten dem Volk einen hohen Festtag.

Für den jungen Seti war dies alles wie ein Traum. Wenig beachtet war er im Palast mit den zahlreichen anderen Königskindern herangewachsen, denn aller Glanz fiel immer nur auf die Sprößlinge der beiden Hauptfrauen. Nun hatte er selber an allem teil, trug den Uräus auf der Stirn und war halb taub vom lauten Jubelgeschrei, das dem König und den Prinzen – also auch ihm selbst – galt.

Als der königliche Zug hinter dem Tor des großen Pylons verschwand, war es, als gingen sie von einer Welt in die andere. Draußen war Lärm, Leben, Farbe – hier drinnen herrschte feierliche Tempelstille, und wieder einmal schaute der König auf eine Reihe tiefgebeugter Rücken.

Um den Tempel zu ehren, hatte der König die Doppelkrone aufgesetzt, die Prinzen trugen mit Goldfäden durchflochtene Prunkperücken und kleine Kronreifen mit der Uräusschlange. So zogen sie in den inneren Tempelhof, begleitet von Dienern, die das Opfervieh mit sich führten: Ein makelloses Stierkalb, drei schneeweiße Ziegen und in einem Holzkäfig Gänse und Tauben. Doch das Vieh wurde nur gezeigt, um dann wieder hinausgeführt zu werden, denn die Opferung durfte nur im Vorhof des Tempels stattfinden.

Gebu und seine in frisches Leinen gewandeten Hilfspriester fielen auf die Knie und streckten anbetend die Arme vor. Im Hintergrund kniete der Frauenchor, und so manche der Sängerinnen spitzte zwischen den vorgestreckten Armen hindurch, um den stattlichen König und seine schönen Prinzen zu sehen.

Als Gebu seinen Hymnus anstimmte, warf Meru einen verstohlenen Blick auf die Königsfamilie. Und er spürte mit Befriedigung, wie mächtig sein Haß aufkeimte. Da standen sie nun in all ihrer Pracht, vom Volk wie Götter bestaunt, mit unendlicher Macht ausgestattet. Sie durften alles, und was sie taten, war wohlgetan. Er aber, Meru, wurde verstümmelt und in ein Leben getrieben, das aus Mord, Raub und Vergewaltigung bestand.

Und wenn dieses üppige königliche Leben sich dem Ende zuneigte, dann wartete eine wohlausgestattete Wohnung der Ewigkeit, und sie konnten ihr sorgloses Leben in der gewohnten Pracht für alle Zeiten fortsetzen. Für ihn aber würden sie in Memphis den Scheiterhaufen errichten, hätte er es gewagt, sich wieder unter ehrliche Menschen zu begeben.

Mit grimmiger Genugtuung hörte er die bellende Stimme des Priesters Gebu, der den Pharao lobpries:

»Oh Horus, du starker Stier, geliebt von Maat, du Kriegsgott unter den Königen, du Stier unter den Herrschern, groß und stark wie dein Vater Seth. Du bist es, der Aufrührer als Gefangene nach Kemi bringt, der die Fürsten mit ihren Geschenken in seinem Palast empfängt. Sie sind in Furcht, und ihre Glieder zittern vor dir, König Usimare Ramses. Du bist es, der das Land der Chatti zertritt und es zu einem Leichenhaufen macht, wie die grimmige Sachmet, wenn sie die Pest aussendet. Du schießt deine Pfeile auf sie, und die Fürsten der Fremdländer ergeben sich.

Du bist der König, der unter den beiden Kronen erstrahlt, der Starke von Kemi, der Siegreiche auf dem Schlachtfeld, der grimmige Kämpfer mit starkem Herzen, der seine Arme wie eine Mauer um seine Soldaten legt, der ewig lebt wie Re, der Gute Gott User-Maat-Re setep-en-Re Meri-Amun-Ramses!«

Als der Choral verklungen war, stand Ramses auf, ergriff die dargebotene Räucherpfanne und ging allein ins Allerheiligste, wo er dem Gott Sobek ein Weihrauchopfer darbrachte.

Vom äußeren Hof war unterdessen das Brüllen des Stierkalbs zu vernehmen, dem ein Hilfspriester einen langen Dolch ins Herz stieß. Den Ziegen wurde der Hals durchgeschnitten, und, wie schon dem Kalb, die Innereien herausgenommen und in bronzene Eimer gelegt.

Sobek wurden als einzigem Gott nur selten Brandopfer dargebracht, denn er selbst konnte sich ja die geopferten Tiere in Gestalt seiner heiligen Krokodile einverleiben.

Unter vielen Verbeugungen führte Gebu den König und die Prinzen zu dem Wasserbecken hinter dem Allerheiligsten, wo die lebende Inkarnation Sobeks in Gestalt zweier schmucküberladener Krokodile wartete. »Es ist nun so, Majestät und ehrwürdige Prinzen, daß Sobek sich geneigt und gnädig zeigt, wenn er die dargebrachten Opfergaben annimmt, also wenn die heiligen Tiere sie verschlingen.«

Die Hilfspriester stellten die mit Innereien gefüllten Eimer hin und boten den hohen Gästen große zweizinkige Gabeln aus vergoldeter Bronze. Der Pharao spießte das Herz des Kalbes auf und warf es den Tieren vor. Fast noch im Flug fing das schnellere Krokodil es auf und verschwand aufspritzend im trüben Wasser. Was so vielen Pilgern Enttäuschung bereitet hatte, weil die übersättigten Krokodile keine Lust verspürten, etwas zu verzehren, hatte Gebu für den Pharao klug verhindert.

Auch die Prinzen bedienten sich, holten die Eingeweide der drei Ziegen aus den Eimern und schleuderten sie mit Begeisterung hinunter, wo die beiden Krokodile schmuckklirrend hin und her schossen, um möglichst viel zu ergattern.

»Welches Glück!«, stammelte Gebu ergriffen, »man sieht, daß Seine Majestät den Gott Seth verehrt, denn diesen verbindet eine innige Freundschaft mit Sobek. Noch nie habe ich die heiligen Tiere so hungrig gesehen wie bei dir, Horus, geliebt von Maat, groß an Macht und schön an Jahren, und deinen jungen Falken, schon jetzt stark wie Löwen und herrlich von Gestalt.«

Meru wartete mit einigen anderen Hilfspriestern im Hintergrund und beobachtete das spielerische Tun der Prinzen. Er konnte sie nicht unterscheiden, wußte nicht, wer von Nefertari, wer von Isis-nefert oder anderen Frauen stammte. Er beobachtete Amani, der offenbar der älteste und würdigste war, denn die anderen machten Platz, und der König schien ihn bevorzugt zu behandeln.

Vielleicht sein Lieblingssohn oder gar der Thronfolger, überlegte Meru, sah, wie Amani eine Zunge aufspießte und sie hinabwarf, doch die beiden Krokodile beachteten sie nicht, trampelten darauf herum und nahmen andere Stücke. Ein schlechtes Zeichen, dachte Meru, vielleicht will Sobek mir einen Wink geben?

Dann versuchte er sich vorzustellen, wie diese hochgewachsenen anmutigen jungen Männer ohne Nase und Ohren aussehen würden. Doch da war niemand, der sie verstümmelte, und wenn sie hundertfach gemordet hätten. Denn sie waren Sonnensöhne, trugen den heiligen Samen Amuns in sich und standen über den Gesetzen.

»Es stinkt!« sagte der König leise und blinzelte Amani zu.

Sie brachen dann schnell auf, und Gebu, der gehofft hatte, noch einige Worte mit seiner Majestät wechseln zu können über seine Verdienste, sein schweres Amt und die Nachlässigkeit des Ersten Propheten, wurde schnell, aber in Gnaden verabschiedet und erhielt einige Deben Gold für den Tempelschatz.

Er dachte bitter: Dieser König wird es nicht sein, der Sobek wieder groß macht oder ihm gar seine alte Stellung als Reichsgott zurückgibt.

Alle am Tempel Beschäftigten aßen tagelang gebratenes Kalb- und Ziegenfleisch, auch Sobeks Krokodile wurden noch reichlich bedacht. Meru aber bat gleich am nächsten Tag um Urlaub, denn der Besuch des Pharaos habe ihn so mitgenommen, daß er sich draußen bei der Jagd etwas erholen müsse.

Der alte Gebu nickte verständnisvoll und bleckte die gelben Krokodilszähne.

»Ja, mein Lieber, das ist schon etwas fürs Leben, wenn der Gute Gott uns in seinem Glanz gegenübersteht, sogar das Wort an uns richtet – da haben mir schier die Knochen gezittert. Geh nur und hole dir draußen neue Kräfte. Ab morgen wird der Tempel wieder für Pilger geöffnet sein.«

15

Piay schaute zu, wie die Bauarbeiter das Gerüst von der Kolossalstatue abnahmen. Neben ihm stand Hotep, sein tüchtiger Gehilfe, und in respektvollem Abstand warteten die Handwerker am großen, dem Amun geweihten Totentempel des Königs auf den Augenblick, da das Monumentalwerk unverhüllt vor ihnen aufragen würde.

Einer der Bauarbeiter mühte sich vergebens mit der fest verankerten Plattform unterhalb des Kopfes, er zog und klopfte, da riß plötzlich etwas ab, der Mann taumelte zurück und stürzte mit einem hellen Schrei kopfüber hinab auf den frischgepflasterten Tempelhof.

»Die Statue holt sich ihr erstes Opfer ... ein böses Zeichen ... wie dieser Mann wird auch ihr Schöpfer stürzen ... «, flüsterten die Handwerker untereinander.

Piay wandte sich ab. Es hatte bei den Bauarbeiten immer wieder tödliche Unfälle gegeben, er maß dem keine besondere Bedeutung bei. Seine Gedanken weilten schon im Süden beim Tempel der Nefertari, und doch zog es ihn nicht dorthin, denn in Theben war Merit, seine Geliebte. Kaum waren sie einige Tage getrennt, sehnte er sich so nach ihr, daß er zerstreut und kraftlos wurde und dem geschickten Hotep für einen Tag die Arbeit überließ.

Der hatte sich in der Zwischenzeit aufgerichtet wie eine Pflanze, die nach langem Dursten mit reichlich Wasser begossen wird. Je deutlicher ihm bewußt wurde, daß er mehr konnte als die anderen und fast soviel wie Piay, desto mehr verlor sich seine Schüchternheit. Die regelmäßige harte Arbeit hatte seine Glieder gekräftigt; stolz und aufrecht ging er umher, und niemand durfte ihm etwas befehlen, ausgenommen Piay, dem er verbissen nacheiferte. Hotep wollte werden wie er, genauso berühmt, genauso tüchtig, vom König geschätzt, von den Beamten beneidet, von den Handwerkern bewundert. Er freute sich auf die Arbeit im Süden und sehnte den Tag herbei, da der Gute Gott in eigener Person Piays und sein Werk bewundern und ihn persönlich auszeichnen würde. Sollte Piay etwas zustoßen, eine Krankheit, ein Unfall – nun, der Pharao müßte sich über die Nachfolge keine Gedanken machen, er, Hotep, stand bereit.

Niemand wußte genau, wohin Piay verschwand. Schließlich war er der oberste Baumeister und hatte mit den Priestern, den Beamten, vielleicht sogar mit der erhabenen Prinzessin selbst einiges zu besprechen. Zwar wurde dies und jenes gemunkelt, aber nur wenige kannten die Wahrheit. Für die meisten war es auch unvorstellbar, daß die Erstgeborene des Guten Gottes intimen Umgang mit einem Handwerker pflegte, auch wenn er ein Günstling des Pharao war.

Merit aber, zusammen mit ihrer Vertrauten Biket, erdachte immer neue Pläne, um Piay zu helfen und ihre Umgebung irrezuführen. Doch den besten Gedanken hatte Piay selbst gehabt, als er ein kleines Segelschiff kaufte und mit der zielstrebigen Kraft eines Verliebten schnell seine Bedienung erlernte.

Merit hatte ihrem kleinen Hofstaat zu verstehen gegeben, daß sie es vorziehe, sich ganz ohne Begleitung und Bewachung in und um Theben zu bewegen. Erst nach Ankunft des Pharao wolle sie wieder die ihr zukommende Stellung in der Königsfamilie einnehmen.

»Hat es da Widersprüche oder Fragen gegeben?« wollte Piay wissen.

Merit zog erstaunt die Brauen hoch:

»Widersprüche? Fragen? Du vergißt, wer ich bin. Hier vertrete ich den König, und die Leute – auch die Amun-Priester – werden sich hüten, dergleichen zu äußern. Wer es im Laufe seines Lebens zu einer guten Stellung gebracht hat, will sich nicht durch ein unbedachtes Wort ins Unglück stürzen.«

Piay lächelte spöttisch.

»Und ich? Was ist mit mir? Jede Stunde, die ich mit dir verbringe, setze ich Amt und Leben aufs Spiel.«

Merit blickte Piay lange an, als wollte sie den Grund seiner Seele erforschen:

»Liegt dir denn soviel an deinem Amt – am Leben?«

»Du bist es mir wert, Merit, sonst säße ich nicht mit dir auf meinem Boot, denn ich habe allen Grund zu der Vermutung, daß halb Theben über uns Bescheid weiß.«

Auf solchen Ausflügen trug die Prinzessin einfache Kleidung, kaum Schmuck und hatte – auf Piays dringenden Wunsch – auch den Uräus abgelegt. Nun sah sie aus wie irgendeine hübsche Ägypterin aus guter Familie, wäre nicht der königliche Stolz in ihrem schönen Antlitz gewesen, ein Erbe des Vaters. Seit je war es ihr erspart geblieben, lügen, sich verstellen oder jemandem schmeicheln zu müssen, und das hatte ihr Wesen nachhaltig geprägt.

»Meine kleine Löwin«, sagte Piay zärtlich, »hat es nie nötig gehabt, sich vor etwas zu fürchten, denn Chnum hat sie in eine goldene Wiege gelegt. Meine Wiege aber war die schlammverkrustete Ackererde, in die ich aus dem Leib meiner Mutter fiel, denn eine Sklavin muß arbeiten, auch wenn ihre Geburt bevorsteht. Von Millionen im Schlamm Geborener steigen vielleicht drei oder fünf zur Stellung eines ›Einzigen Freundes des Königs‹ empor, und wer einmal aus goldenen Schüsseln gegessen hat, wer Haus, Grund, Vieh und Sklaven besitzt, möchte nicht wieder in den Schlamm zurück. Verstehst du das, geliebte Merit?«

»Ja, mein Freund, ich verstehe es, aber du hast vergessen, deinen wertvollsten Besitz zu erwähnen – mich! Ich gehöre dir, und du gehörst mir, und solange sich daran nichts ändert, sollten wir weder in die Vergangenheit noch in die Zukunft blicken. Und vergiß eines nicht: Du kommst zwar von ganz unten, aber du hast etwas, das sich selbst mein Vater – dem ganz Kemi gehört – nicht kaufen kann. Du bist nämlich der einzige, der seine Tempel im Süden so gestalten wird, wie er es sich vorstellt.«

Merit schwieg und blickte verträumt ins Wasser. Auch Piay antwortete nicht, sondern steuerte eine ihm bekannte, versteckte Stelle am Ufer an. Da sprach Merit weiter.

»Ich weiß, daß der König meine Mutter liebt, wie kaum zuvor eine Königin geliebt worden ist. Und er zeigt es ihr auf eine Weise, die selbst für den Sohn der Sonne ungewöhnlich ist. Noch keiner seiner Vorgänger hat es gewagt, seiner Gemahlin einen Tempel zu errichten, sie mit einer Göttin gleichzusetzen, und zwar so, daß niemand den geringsten Zweifel haben kann, wie es gemeint ist. Eigentlich müßte ich meine Mutter beneiden ...«

»Das mußt du nicht!« sagte Piay fast zornig, »ich liebe dich nicht weniger als Seine Majestät die Königin Nefertari, und da du nun vom Tempel sprichst, so höre: Der Pharao – er lebe, sei heil und gesund! – erbaut diesen Tempel nicht selber, sondern hat mir den Auftrag dazu gegeben. Ich habe die Pläne entworfen und werde die Außenfiguren eigenhändig gestalten. Über mein Leben und meinen Körper kann der König verfügen, nicht aber über meine Gedanken! Und bei jedem Hammerschlag, den ich dort tun werde, denke ich: Das ist Merits Tempel! Ich baue den Tempel für meine Geliebte! Diese Gedanken meißle ich unsichtbar in den Fels, und sie werden zur Wahrheit, weil du und ich sie kennen. Für die ganze Welt mag es Hathor-Nefertaris Tempel sein, aber vergiß nicht, Geliebte, was der eigentliche Schöpfer dieses Bauwerks dir sagt: Es ist dein Tempel, Majt-scherit, kleine stolze Löwin, dein Tempel, von mir geschaffen, dir geweiht – für alle Zeiten!«

Piay band das Boot am schilfumsäumten Ufer fest und wandte sich Merit zu. Die stolze Prinzessin hatte Tränen in den Augen. Sie küßte Piay zart auf die Lippen.

»Heute hast du mir ein großes Geschenk gemacht. Ich werde deine Worte bewahren wie einen heimlichen Schatz, von dem nur wir beide wissen.«

Im Schutz des Papyrusdickichts liebten sie sich heftig und selbstvergessen auf dem kleinen, bescheidenen Segelboot, das lustig zu schaukeln begann, obwohl kein Wind es bewegte.

Nebunef, der Erste Prophet des Amun, vom König der Götter selbst erwählt, Herr über alles, was dem Tempel gehörte: die Schätze, die Kornspeicher, Äcker, Vieh, Sklaven, Bewaffnete, Handwerker, Werkstätten, Steinbrüche, die Tempelanlagen im Norden, Süden und Westen, dieser Hohepriester Nebunef hatte es in den ersten Jahren nach seiner Amtsübernahme nicht leicht gehabt. Thotmes, der Zweite Prophet, konnte es nicht vergessen, daß er jahrelang das unbesetzte Amt des Hohenpriesters ausgefüllt und sich damit in seinen Augen einen Anspruch darauf erworben hatte. Er begegnete Nebunef mit kaum verhohlener Feindschaft und wurde von einer kleinen Gruppe altgedienter Tempelbeamter und Priester insgeheim unterstützt. Nebunef galt als Mann des Königs, der ihn ja durch Amun hatte »erwählen« lassen, doch mit ihm war im Laufe der Jahre im Dienste des Gottes eine Veränderung vorgegangen. Er merkte es selber kaum, aber dieses hohe Amt übte einen Sog aus, dem auch er sich auf die Dauer nicht entziehen konnte. Trotz der Einbuße an Macht und Einfluß, welche die Verlegung der Königsresidenz für Theben mit sich brachte, war der Große Tempel des Amun für die meisten Ägypter noch immer das Zentrum des religiösen Lebens, und so kam der Hohepriester im Ansehen gleich nach dem Pharao.

Ramses und seine Vorgänger hatten aus dem Schicksal des Königs Amenhotep-Echnaton die richtige Lehre gezogen, und keiner wagte es mehr, Amun als Gottheit antasten oder gar ausmerzen zu wollen wie jener unselige Pharao, dessen Name aus allen Tempeln und Archiven getilgt und dessen ketzerische »Gottesstadt« Achetaton dem Erdboden gleichgemacht war.

Nebunef also spürte an seiner eigenen Person, wie hoch sein Amt geachtet war und daß er gerade weil der Pharao nicht hier residierte, für das Volk die Funktion des Heiligen und Göttlichen übernommen hatte. Nun aber war Nebunef kein Emporkömmling, der seine Stellung mißbraucht oder ausgenützt hätte, sondern ein Mann aus uraltem Adel, dessen Vorfahren viele Generationen immer Priester oder Beamte in den höchsten Rängen gewesen waren, doch niemals im Zusammenhang mit dem Amun von Theben. Kaum merklich rückte Nebunef langsam vom König ab und begann ein treuer und redlicher Diener des Amun zu werden, ohne dabei – wie Thotmes – von Haß und glühendem Eifer erfüllt zu sein und alles, was nicht Amun unterstand, zu verachten. Für Thotmes war er nach wie vor ein Eindringling, der sich das hohe Amt erschlichen und im Grunde kein Recht darauf hatte.

Als Dritter Prophet amtierte seit einigen Jahren der junge, gescheite und etwas undurchsichtige Bekenchons, der sich lange im Tempel emporgedient hatte und den seit seiner Novizenzeit jedermann Beki nannte. Er war kein Eiferer wie Thotmes, aber auch kein Günstling des Königs. Er hatte alles sich selbst, seiner Klugheit und Tüchtigkeit zu verdanken. Er drängte sich niemals vor, stand aber auch nie zurück, wenn Recht und Pflicht etwas von ihm forderten. Beki lebte noch bei seinen Eltern, kleinen, bescheidenen Leuten, denen er ein schönes Haus erbaut hatte. Mit ihm kam Nebunef sehr gut aus, doch den Weg zu Bekis Herzen fand er nicht, wie es auch Thotmes mißlungen war, ihn in seine Kreise zu ziehen. So stand jeder der drei Amun-Propheten allein, und doch geboten sie gemeinsam über ein Heer von Priestern und Hilfskräften, die für den Tempeldienst, die Verwaltung und den Kult zuständig waren. Dazu kamen noch die Sänger, Musikanten und die vielen mit niedrigen Diensten beschäftigten Tempelsklaven.

Jeden Tag ging der Hohepriester Nebunef mit seinem Sekretär die wichtigsten Schreiben durch. Es gab Nachrichten von den weit im Land verstreuten Gütern des Tempels, wo Pferde- und Rinderzucht, Schweinemast, Geflügelhaltung neben dem Anbau von Gemüse, Korn, Flachs und vielem anderen getrieben wurde. Aus fast allen ober- und unterägyptischen Gauen trafen diese Berichte ein, denn Amun war nach wie vor der mächtigste und reichste Gott des Landes Kemi.

Königliche Schreiben genossen natürlich Vorrang vor allen anderen. Die mußte der Schreiber dem Hohenpriester selbst aushändigen, der aufstand, sich verbeugte, das Siegel küßte, um sie dann stehend zu lesen.

An diesem Morgen war es eine Trauerbotschaft, die in Theben eintraf und die Nebunef bewog, die Prinzessin, Thotmes, Beki und Piay um ihr Erscheinen zu bitten.

Die Sonnenbarke des Re stieg auf am Horizont, sandte Strahl um Strahl gebündelten Lichts über den großen See, überhauchte Bäume, Sträucher und die Rispen des Schilfes mit ihrem goldenen Schein. Sie spiegelte sich in den silbernen Trompeten der königlichen Wache, die ihren hellen Weckruf über die weißen Leinenzelte mit den davor aufgepflanzten bunten Fahnen ertönen ließen.

Der Gute Gott liebte das freie Leben in den lichten, luftigen Zelten, er liebte diese kühlen Morgenstunden, wenn die Fanfaren einen neuen Jagdtag verkündeten und ihn nur schieres Vergnügen, aber keine lästigen Pflichten erwarteten. In einem besonderen Zelt wurde dem Sohn der Sonne das Bad bereitet. Dort wartete auch der Barbier, denn der Pharao, wie alle seine männlichen Untertanen, fühlte sich nur wohl, wenn er von sämtlichen Körperhaaren befreit war. Weil aber vor Tausenden von Jahren der ägyptische König einen Bart getragen hatte, banden sich seine Nachfolger bei feierlichen Gelegenheiten einen falschen um, der mit Bändern an den Ohren befestigt war.

Der königliche Haarpfleger gehörte zu den Auserlesenen, denen es gestattet war, den Guten Gott zu berühren, und dieses hohe und ehrenvolle Amt hatte ihn reich und angesehen gemacht. Hori trug den Titel »Freund des Königs«, besaß eine gutgehende Rinderzucht, die den Ptah-Tempel mit Opfertieren versorgte, und konnte durch seinen unmittelbaren Kontakt mit dem König vieles erfahren und einiges bewirken. Im Grunde war sein Amt als Haarpfleger nur eine Nebentätigkeit. Er war so etwas wie ein vertrauter Kammerherr, der für den König manches erledigte, was dieser nicht über die amtlichen Kanäle abwickeln wollte. Es war ihm zwar nicht erlaubt, den Sohn der Sonne von sich aus anzureden, aber das war seine geringste Sorge, denn am Morgen liebte Ramses ein kurzes, heiteres Gespräch und ließ sich gerne vom Hofklatsch berichten.

Hori hatte weder einen Harem noch eine Gemahlin. Dafür bevölkerten sein Haus gutgewachsene, schmachtäugige Sklaven, von denen er seine Lieblinge eher wie Söhne denn wie Diener behandelte. Der König wußte das natürlich und machte sich öfter den Spaß, seinem Kammerherrn eine hübsche Sklavin zu verehren. Da ein königliches Geschenk weder zurückgewiesen noch umgetauscht oder weiterverschenkt werden durfte, brachte ein solches weibliches Wesen in Horis Haus Unruhe und Verwirrung. Diese niederträchtigen Geschöpfe verführten die jungen Sklaven, und einige von ihnen wurden dadurch störrisch und aufsässig, da sie nun etwas verkostet hatten, was ihnen besser behagte als das von Hori gebotene. Wie gesagt, es entstand Unruhe, und Hori beklagte sich beim Pharao darüber in verschleierten und gewundenen Worten. Doch Ramses ließ ihn zappeln und tat so, als verstehe er ihn nicht.

So war es auch heute. Der König hatte sein lauwarmes Bad genommen, einer seiner »Diener mit geschickter Hand« rieb duftendes Öl in seine Haut und knetete dabei auf angenehmste Art die Muskeln. Danach kam Hori mit dem frischgeschärften Schermesser und entfernte kundig und schnell die Haare im Gesicht, unter den Armen und am Geschlecht.

Ramses ließ ihn eine Weile schweigend arbeiten, dann klopfte er auf den Busch.

»Beim letzten Sokar-Fest habe ich dir eine außerordentlich schöne Sklavin ins Haus gesandt, und ich hoffe diesmal endlich, deinen sehr anspruchsvollen Geschmack getroffen zu haben. Bist du zufrieden mit ihr? Taugt sie was im Bett?«

Hori war gerade dabei, das königliche Haupthaar auf die Länge des kleinen Fingers zu stutzen. Er ließ die Schere sinken.

»Zufrieden, Majestät? Nun, du weißt ja, daß die Frauen, ob jung oder alt, ob hübsch oder häßlich, schwierige Geschöpfe sind – launisch, undurchsichtig, störrisch, unwillig, meistens auch unfähig, die Wünsche ihres Herrn ...«

»Aber Hori«, unterbrach ihn Ramses, »dafür gibt es doch den Stock! Ein Dutzend Hiebe auf den Hintern, und die meisten der von dir genannten Probleme sind gelöst. In meinem Harem befinden sich über dreihundert Frauen, und doch gibt es keine Schwierigkeiten. Du mußt sie nur im Bett richtig hernehmen, und schon fühlt sie sich wie deine Gemahlin und wird ganz zahm. Hast du es damit noch nicht versucht?«

Hori seufzte.

»Aber Majestät, meine ganze Kraft gehört dir, ich kann und darf sie nicht mit Frauen verschwenden. Da wäre ich vielleicht müde und ungeschickt und würde mir deine Gunst verscherzen. Nein, nein, das ist es mir nicht wert!«

Ramses lachte aus vollem Hals, und Hori hätte ihn beinahe ins Ohr geschnitten.

»Ach, Hori, du alter Knabenschänder bist doch um Worte nie verlegen. Also schicke das Mädchen in Bastets Namen an den Hof zurück und wähle dir dafür einen Sklaven aus. Sind meine Söhne schon aufgestanden? Das junge Volk ist ja schwer aus den Betten zu scheuchen.«

Aber sie waren schon längst auf den Beinen, die vier Söhne, hatten gebadet, hastig ein paar Löffel Hirsebrei mit Honig vertilgt und übten jetzt schon mit ihren Bogen das Schießen auf dünne Tonkrüge, die über mannshohe Stöcke gestülpt, bei einem Volltreffer so herrlich klirrend auseinandersprangen.

Ramses trat hinzu und beobachtete den Wettkampf. Der neunzehnjährige Amani zeigte sich wieder einmal aufgeregt und ungeduldig und schoß häufig daneben. Zornig warf er den Bogen hin.

»Da sind mir zu viele Zufälle im Spiel!« rief er wütend, »jeder Pfeil fliegt ein wenig anders, auf den Wind muß man achten und was sonst noch. Ich ziehe das da vor ...«

Er nahm sein Wurfholz, holte wie spielerisch aus, und der anvisierte Tonkrug zersprang in tausend Stücke. Ein Diener reichte ihm zwei weitere Hölzer, und keines verfehlte sein Ziel.

Amani grinste stolz.

»Das sollt ihr mir mit euren Pfeilen einmal nachmachen!«

Seti grinste zurück.

»Warum nicht? Du hast natürlich recht: Jeder Pfeil ist anders, und von irgendwoher weht immer ein Wind. Aber das läßt sich alles berechnen.«

Ehe er ihn auf die Sehne legte, prüfte er den Pfeil genau, zielte sorgfältig, und der Krug fiel in Scherben von seiner Stütze. Sein zweiter Pfeil zerbrach allerdings nur den Henkel eines Kruges, der dritte aber traf wieder ins Ziel.

Der König trat unter sie, und die Söhne küßten ehrerbietig seine Hand.

»Ihr hättet bei Kadesch dabeisein müssen, da wäre die Schlacht schon in der ersten Stunde entschieden gewesen. Amanis Wurfholz hätte zahlreiche Chattischädel zertrümmert wie die Tonkrüge hier, und eure kraftvollen Pfeile hätten jeden Lederpanzer durchschlagen.«

Wenn es auch nicht ganz so ernst gemeint war, so strahlten die jungen Männer ihren Vater an, als hätte er sie gerade zu seinen Mitregenten ernannt. Dann sprach der König weiter.

»Jetzt zu den heutigen Plänen. Unsere Berufsjäger meinen, wir hätten das Wild hier am Ostufer schon vergrämt und sollten unser Revier nach Süden verlegen. Da man immer auf Leute hören soll, die aus beruflicher Erfahrung sprechen, werden wir den Rat befolgen. In einer halben Stunde brechen wir auf.«

Etwa um diese Zeit hatte sich Meru auf den Weg gemacht, doch er benutzte seine unzugänglichsten Schleichpfade, um nicht einem der Schirdanu in die Hände zu laufen. Als er von ferne Schilfgeraschel und menschliche Stimmen vernahm, duckte er sich, lauschte und spähte angestrengt in die Richtung der Geräusche. Er stand bis zu den Knien im Wasser, wagte sich aber wegen der überall lauernden Krokodile nicht weiter hinein. Ein Boot hatte er nicht benutzen wollen, weil er da nicht so beweglich war und leichter entdeckt werden konnte.

Geduckt spähte er durch das Schilf und sah, wie die Jagdgehilfen mehrere der schmalen, leichten Papyrusnachen ins seichte

Wasser schoben. Dann tauchten einige Männer am Ufer auf, und Meru glaubte, einen goldenen Uräus blitzen zu sehen.

Das mußte wohl einer der Prinzen sein, der jetzt ins Wasser watete und mit Hilfe eines Dieners das gefährlich schwankende Boot bestieg. Unendlich langsam griff Meru nach seinem Bogen, legte einen Pfeil auf und zielte. Bald ließ er die Waffe wieder sinken, die Entfernung war zu groß, und es wimmelten zu viele Menschen herum. Er duckte sich noch tiefer und kroch langsam wie eine Schnecke Elle um Elle vorwärts. Meru spürte weder Furcht noch Haß, ihn beherrschte nur ein einziger Gedanke: Einer der Sonnensöhne war für seinen Pfeil bestimmt, nur deshalb kroch er hier im Schilf herum. Ein fast priesterliches Gefühl ergriff ihn jetzt, denn es war ja Sobek, dem er einen der Prinzen opfern wollte – als Sühne und Ausgleich für die Mißachtung, die der Gott unter dem jetzigen König erdulden mußte.

Ramses zog es vor, zunächst ein wenig am Ufer entlangzustreifen, während seine Söhne in die federleichten Papyrusnachen kletterten, wobei es viel zu lachen gab. Seti bestieg zum ersten Mal ein solches Boot und wäre zweimal damit umgekippt, hätten ihn nicht seine Begleiter aufgefangen. Endlich saß er einigermaßen sicher, und hinter ihm nahm sein Ruderer Platz.

Der Kronprinz Amani hatte lange geschwankt, ob er sich seinen Brüdern anschließen oder seinen Vater begleiten sollte. Er hatte seinem Bruder Jonam gerade ins Boot geholfen, schob es tiefer ins Wasser, richtete sich auf und stieß einen leisen Schrei aus. Seine Hände fuhren zum Hals, den ein gefiederter Pfeil so kräftig durchschlagen hatte, daß die Spitze auf der anderen Seite über eine Spanne weit herausragte.

Seti und Ramose, die – mit ihren Booten beschäftigt – Amani den Rücken zukehrten, hatten nichts bemerkt, riefen sich Scherzworte zu, lachten und alberten herum.

Jonam aber, der schon im Boot saß und seinen Bruder gerade fragen wollte, ob er nun mitmache oder nicht, hatte den Luftzug des sausenden Pfeils im Gesicht gespürt.

»Ramose und Seti, sofort zurück!« brüllte der König, während er den leise stöhnenden Amani aus dem Wasser zog, bei ihm niederkniete und den Kopf des Sterbenden in seinen Schoß bettete.

Unglaublich schnell hatte Seti reagiert. Er ließ sich einfach aus dem Boot fallen, lief ans Ufer und hörte Jonam aufgeregt sagen:

»Da! Von da ist der Pfeil gekommen, ich habe deutlich sein Zischen gehört!«

Seti riß einem der herbeilaufenden Leibwachen den Speer aus der Hand und rannte in die von Jonam gewiesene Richtung. Die heftig bewegten Papyrusstengel verrieten das Versteck des Mörders, der nun die Flucht ergriff.

Meru hatte sofort nach dem Schuß seinen Bogen fallen lassen und sich davongemacht. Keuchend stapfte er durch das seichte schlammige Uferwasser, die Papyrusstengel peitschten sein Gesicht, zerschnitten die Wangen und rissen ihm kurz nacheinander beide Ohren vom Kopf. Er merkte nichts davon, hastete vorwärts und tastete nach dem kurzen Dolch in seinem Gürtel. Einmal rannte er fast einem der Schirdanu in die Arme, warf sich schnell zur Seite und stieß dem Mann, noch ehe der um Hilfe rufen konnte, den Dolch bis zum Heft in den Nacken.

Weiter! Weiter! Weiter! trieb ihn sein Ka an, und Meru watete vor Anstrengung keuchend durch den Schlamm, während von seinem zerschrammten Gesicht das Blut tropfte. Immer häufiger stürzte er zu Boden, verlor dabei auch die Nase, achtete nicht darauf, wollte nur eines: sein Ziel erreichen.

Endlich erschien die kleine halbmondförmige Bucht, doch von dort tauchten schon Bewaffnete auf, und hinter sich vernahm Meru die sich nähernden Stimmen seiner Verfolger.

An ihrer Spitze kämpfte sich Seti durch das Papyrusdickicht, die Hand um seine Lanze gekrampft und mit maßlosem Zorn im Herzen. Der neidlose und noch unverdorbene Sechzehnjährige dachte keinen Augenblick daran, daß Amanis Tod vielleicht auch ihn ein Stückchen dem Thron näher bringen könnte. In ihm brannte nur der Wunsch nach Vergeltung für diesen ungeheuren Frevel.

Für den hochgewachsenen Seti war es nicht leicht, in dem sumpfigen Schilfdickicht voranzukommen, doch seine vom Zorn vervielfachte jugendliche Kraft ließ ihn die Papyrusstengel niederstampfen wie Gras, und schließlich kam er so nahe an Meru heran, daß er dessen schweißüberströmten blutig zerschrammten Rücken einige Male auftauchen sah. Jedesmal hob er die Hand mit der Lanze, doch ehe er nur ausziehen konnte, war der andere wieder verschwunden.

Mit letzter Kraft brach Meru aus dem Papyrusdickicht, erkannte die kleine, vertraute Bucht, lief vom seichten Wasser ins tiefere, schaute kurz um, sah, wie Seti am Ufer erschien und sofort mit einer kraftvollen Bewegung seinen Speer losschleuderte.

Meru warf sich zur Seite, so daß die Lanze seine Schulter nur streifte und eine tiefe Wunde riß.

Seti aber lief seinem Speer nach, warf sich ins seichte Wasser, um schwimmend den Mörder seines Bruders einzuholen. Der stand schon bis zum Hals im See und sah nur noch wenige Ellen entfernt, was das Ziel seiner Flucht war. Die flachen horngebuckelten Köpfe wandten sich ihm träge zu, die schuppigen Schwänze begannen immer erregter das Wasser zu peitschen.

Als die Bewaffneten vom Ufer aus sahen, was sich da abspielte, riefen sie:

»Zurück, Prinz Seti! Sofort zurück! Die Krokodile greifen an!«

Dann sollen die mein Werk tun, dachte Seti, warf seinen Körper herum und schwamm mit schnellen Stößen ans Ufer zurück.

Furchtlos, ja freudig empfing Meru die Kinder des Gottes Sobek, die ihre daumenlangen, dolchspitzen Zähne in sein Fleisch schlugen, denn jeder wollte etwas von dieser leichten Beute.

Meru fühlte kaum einen Schmerz, er wartete begierig auf die Befreiung seines Ka und genoß im voraus die Freuden eines durch den Krokodilstod vor Osiris Gerechtfertigten. Er würde in sicherer Obhut des Tempels wohnen, an den Opfergaben teilhaben, sein Ka konnte frei und furchtlos an den Ufern des Sees herumstreifen, die Jäger und Fischer begleiten, unversehrt, unsterblich, ewig jung ...

In wenigen Augenblicken war sein Körper zerrissen, und jedes der hungrigen Tiere machte sich mit seiner Beute davon.

Das aufgewühlte, rotgefärbte Wasser beruhigte sich wieder, ein paar Fetzen von Merus Schurz schwammen träge im Kreis und sanken dann langsam auf den Grund. So ging der Räuber, Mörder und Frauenschänder Meru als Gerechtfertigter in das Reich des Osiris ein. Bei den Männern am Ufer schwirrten die Fragen herum wie aufgestörte Bienen.

»Wer war das? Warum hat er auf Amani geschossen? Ein Mensch ohne Nase und Ohren … Ein Verbrecher … Ein Ausgestoßener … Warum? Warum?«

Eine Antwort darauf wurde auch nach monatelangen Ermittlungen nicht gefunden.

Als Meru nach zehn Tagen nicht in den Tempel zurückkam, ging Gebu, der Zweite Prophet des Sobek, in das Schatzhaus des Tempels und zählte das von seinem seltsamen Gehilfen hinterlassene Gold und Silber. Er bleckte die langen gelben Zähne und schloß zufrieden grinsend für einen Augenblick die schmalen Echsenaugen. Der Priester sah seinem Gott wieder sehr ähnlich. Er hoffte von Herzen, daß Meru für immer verschwunden sei, und er spürte, daß ihm Sobek diesen Wunsch nicht versagen würde.

Einige Tage nach Amanis Tod war der junge Apisstier im westlichen Delta entdeckt worden, doch niemand wollte sich so recht darüber freuen, denn die Trauer um den Erbprinzen überschattete alles andere.

Die erste Reaktion des Guten Gottes war maßloser Zorn. Wie konnte es ein Mensch wagen, die Hand gegen den jungen Horusfalken zu erheben? Ramses stellte seinen Freunden, den Priestern und Beamten immer wieder diese Frage. Die meisten schüttelten nur stumm und hilflos die Köpfe. Einige gescheite Priester meinten, so ein Mensch könne nur in den Fängen von Dämonen und seiner Sinne nicht mehr mächtig gewesen sein.

Ramses sandte Hunderte seiner Schirdanu, verstärkt durch einen Sondertrupp der Niu-Wüstenpolizei in das Gebiet des Fajum. Sie sollten dort jeden Bauern und Fischer befragen, jedes Dorf durchkämmen, sich in Schedit umtun und alles unternehmen, um diese Untat aufzuklären.

Diese Männer fahndeten nun allerdings nach einem an Nase und Ohren Verstümmelten, und einen solchen wollte niemand gekannt haben. Nur der Sobek-Priester Gebu ahnte einen Zusammenhang, doch er behielt seine Ahnung klug für sich.

Was blieb also den Männern des Pharao anderes übrig, als sich an jene zu halten, die schon von der Hand des Gesetzes gezeichnet waren? Alle kleinen und großen Sünder, denen Ohren, Nase oder eine Hand fehlten, wurden in Fajum aufgespürt und zusammengetrieben. Aber was konnte man aus diesen Dieben und Betrügern schon herausprügeln als irgendwelche Namen, die sie in ihrer Verzweiflung nannten und die wieder auf falsche Spuren führten? Ein paar dieser Gauner wurden totgeschlagen, einigen gelang die Flucht, und dann verlief die Sache im Sand.

Nefertaris Sinn stand nicht nach Rache oder Vergeltung. Die Große Königliche Gemahlin versank in stummer Trauer. Gerade dieser unstete, aber liebenswerte und liebevolle Sohn hatte – ohne daß sie es erkennen ließ – ihrem Herzen am nächsten gestanden. Ramses tröstete seine Lieblingsgemahlin auf ungeschickte Art, versprach ihr, die »Verschwörung« aufzudecken, und gab zu bedenken, daß der Mörder seine gerechte Strafe bereits gefunden hatte. Natürlich gab es keine Verschwörung, wenn auch Nes-Amun sich vor Isis-nefert brüstete und aufspielte, als sei dies insgeheim sein Werk gewesen.

Der fette, kahlköpfige Vorlesepriester mit dem gutmütig-väterlichen Gesicht sagte zu seiner Herrin, als sie alleine waren:

»Nun, erhabene Königin, ist doch noch eingetreten, was ich dir im Namen Amuns versprochen – äh – geweissagt hatte: Der Erstgeborene des Guten Gottes heißt jetzt Ramose. Nefertari mag künftig noch so viele Kinder zur Welt bringen – Ramose ist und bleibt der Erbprinz. Wir müssen jetzt nur ...«

»Du vergißt nur eines, Nes-Amun«, schnitt ihm Isis-nefert das Wort ab, »Ramose wird erst Thronfolger sein, wenn der König ihn dazu erwählt. Solange ihm die Kinder dieser Bauerstochter mehr wert sind, kann er auch Jonam und nach ihm Merire dazu bestimmen.«

Der dicke Priester nickte:

»Ja, das stimmt, doch der erste Schritt ist getan. Wir werden behutsam diesen Weg weiterverfolgen, verlaß dich ganz auf mich.«

Nun wußte aber Nes-Amun selbst nicht, ob der Tod des Thronfolgers Absicht oder ein Unfall gewesen war, doch das war ihm jetzt einerlei. Amun wurde zornig, das spürte er, und hatte ein Zeichen gesetzt, das der Pharao hoffentlich verstand. Wenn die königliche Familie nach Ablauf der Trauerzeit mit der Mumie Amanis nach Theben reiste, würde man weitersehen. Dort würde er mit Thotmes, diesem treuesten Diener Amuns, das Weitere bereden.

Als Isis-nefert ihren Erstgeborenen daran erinnerte, daß nun er der rechtmäßige, wenn auch noch nicht vom König bestätigte Thronfolger sei, sagte Ramose nur bitter:

»Das weiß ich selbst, aber um diesen Preis wollte ich es nicht werden. Darüber hat mein erhabener Vater das letzte Wort, und ich werde mich bemühen, ihm die Entscheidung zu erleichtern – mehr kann ich nicht und mehr will ich nicht tun!«

Das war die erste Reaktion des Prinzen Ramose auf die neue Sachlage, doch das die Herzen vergiftende Spiel um die Macht würde auch ihn in seinen Bann ziehen.

Nun mußten wieder die Gottessiegler in den königlichen Palast gerufen werden, und sie verrichteten unter der Aufsicht des schakalköpfigen Anubis ihr Werk.

Zu Nefertari sagte Ramses:

»Das Traurige ist nun geschehen, und wir können nichts mehr daran ändern. Nur gut, daß meine einzig Geliebte mir weitere Söhne geschenkt hat. Was ich dir jetzt sage, werde ich erst in Theben nach der Bestattung aller Welt verkünden. Der neue Erbprinz heißt Jonam. Er ist wohlgeraten und hat sich geistig und körperlich großartig entwickelt. Das ist der Sohn, an dem ich mein Wohlgefallen habe, und sollte ich heute zu Osiris gehen, so sitzt er morgen auf meinem Thron.«

Nefertari wußte recht gut, daß Isis-neferts Kinder keine Aussicht auf den Thron hatten, solange noch eines der ihren lebte. Doch sie war beunruhigt, und zu dem Schmerz um Amani kam nun die Sorge um ihre lebenden Söhne. Sie bestellte eine Leibwache für Jonam, die ihn überallhin begleiten mußte, und ließ das Kinderzimmer des kleinen Merire Tag und Nacht von erprobten und zuverlässigen Leuten bewachen.

Mit Wehmut dachte Nefertari an die unbeschwerten Tage nach ihrer Hochzeit, als die Zukunft wie ein goldener Morgen vor ihr lag und sie sich so geborgen fühlte in der Zuneigung des Königs, daß sie kaum einen Gedanken an seine Vernunftehe mit Isis-nefert verschwendete. Nun aber spürte sie seit längerem, daß von dieser Frau eine Bedrohung ausging, die bis jetzt noch gestaltlos und unbestimmt war. Die immer vertrauensselige und wohlmeinende Nefertari begann nun ihr Herz gegen die Zweite Gemahlin zu verhärten und nahm sich vor, sie durch ihre Leute überwachen zu lassen, sobald der Pharao in Theben die Thronfolge des Prinzen Raherunemef, genannt Jonam, vor aller Welt verkündet hatte.

16

Als Merit von einem Kurier ein Schreiben des Hohenpriesters Nebunef erhielt, ahnte sie, daß etwas Schlimmes geschehen war, denn der Priester hätte es sonst nicht gewagt, die königliche Prinzessin zu sich zu bitten.

Um ihren Rang zu betonen, erschien sie so spät, daß alle anderen schon längst versammelt waren. Die Gegenwart von Piay ließ sie stutzen, doch sein betont unbesorgtes Gesicht verriet ihr, daß die Angelegenheit nicht sie beide betraf.

Alle erhoben und verneigten sich, bis Merit auf einem erhöhten Sessel Platz genommen hatte.

Nebunef blieb stehen und entrollte das königliche Schreiben.

»Erhabene Prinzessin, ehrwürdige Priester, Meister Piay, ich kenne das Schreiben Seiner Majestät – er lebe, sei heil und gesund! – inzwischen auswendig und teile euch seinen Inhalt in kurzen Worten mit. Der Erbprinz Amani ist durch den Anschlag eines Unbekannten ums Leben gekommen, so daß sich die Ankunft des Guten Gottes, der Großen Königlichen Gemahlin Nefertari und der Zweiten Gemahlin Isis-nefert um Monate verzögern wird. Der Pharao befiehlt, für den Osiris Amani ein geeignetes Grab vorzubereiten. An Meister Piay ergeht die Anordnung, er möge nach dem Abschluß seiner Tätigkeit am Totentempel sogleich nach Kusch reisen, um dort seine Arbeit zu übernehmen. Für dich, verehrte Prinzessin, hat Seine Majestät – er lebe, sei heil und gesund! – ein eigenes Schreiben beigelegt.«

Nebunef überreichte ihr die schmale Schriftrolle, und die Männer ließen sie allein. Das Schreiben kam von ihrer Mutter, der Königin Nefertari.

»Geliebte Tochter, Hathor schenke dir Gesundheit und Glück. Unser Amani ist tot, die Gottessiegler sind gerade dabei, seinen Leib für die Ewigkeit zu bereiten. Den Mörder haben auf seiner Flucht die Krokodile verschlungen, die Ursache des Anschlags konnte noch nicht ermittelt werden. Unsere Trauer ist groß; dein Vater glaubt an eine Verschwörung, obwohl es keine Hinweise darauf gibt. Hätte ich nicht deine Brüder Jonam und Merire, die mich auf liebe, wenn auch ungeschickte Art trösten, so würde ich schier verzweifeln. Der König will, daß du weiterhin in Theben bleibst und auf die schnelle Fertigstellung der Ewigen Wohnung für unseren Osiris Amani achtest. Es ist mir ein großer Trost, daß wir uns alle einst im Westen wiedersehen werden, und so sage ich mir, daß Amani uns nur dorthin vorausgegangen ist. Lebe, sei heil und gesund, bis wir uns in Theben wiedersehen.«

Jetzt, da sie allein war, ließ Merit ihrem Schmerz freien Lauf. Sie weinte, die Tränen liefen über ihr Gesicht, und immer wieder murmelte sie: »Amani, Amani, lieber kleiner Bruder …«

Für Thotmes, den Zweiten Propheten des Amun, war diese Trauerbotschaft eine freudige Nachricht. Er hatte sich nur mühsam beherrscht, um sich seinen Triumph nicht anmerken zu lassen. Während er in seine Wohnung eilte, flüsterte er freudig bewegt: »Dank sei Amun! Dank sei Amun! Du hast uns neue Hoffnung gegeben, König der Götter!«

Thotmes zweifelte nicht daran, daß auch der Pharao den Wink des Gottes verstehen müsse und sich seinem Willen nun nicht mehr widersetzen würde. Der erste Schritt dazu mußte die Ernennung Ramoses zum Erbprinzen sein und der zweite die Erhebung der Isis-nefert zur gleichberechtigten Gemahlin, denn als Mutter des Thronfolgers stand sie dem Rang nach jetzt über Nefertari. Geduld – nicht alles auf einmal, Schritt um Schritt.

Inzwischen war auch bekannt geworden, daß der Große Felsentempel im Süden den Göttern Amun-Re von Theben und dem Re-Harachte von On geweiht werden sollte, während für den in Memphis so mächtigen Ptah nur ein Nebenkult geplant war. Amun triumphiert allerorten, dachte Thotmes zufrieden, und wenn Piay daran beteiligt war, soll es ihm nicht vergessen werden.

Thotmes ließ sich einen Krug Wein bringen und feierte die Freudenbotschaft auf seine Weise. Am Ende würde der Pharao schon erkennen, wo seine wahren Freunde zu suchen seien, und dann war auch der Tag nicht mehr fern, da er, Thotmes, den Platz des unwürdigen Nebunef einnehmen würde. Er lächelte grimmig. Beki muß dann Farbe bekennen, denn Tüchtigkeit allein reicht nicht aus, um Amun zu dienen; auch die rechte Gesinnung gehört dazu. Thotmes leerte den ganzen Krug Wein und entschlummerte in seligen Zukunftsträumen.

Piays erste Empfindung war die Sorge über eine bevorstehende Trennung von Merit. Amani bedeutete ihm nicht viel, und seine Trauer war die eines Mannes, der mit seiner Geliebten empfindet. Merit würde in Theben bleiben, während er im hitzeglühenden Kusch dem Felsen einen Tempel abzuringen hatte. Sosehr Piay seinen Beruf liebte – in diesem Augenblick verfluchte er ihn. Er konnte sich ein Leben ohne Merit nicht mehr vorstellen. An Flucht war nicht zu denken, die Hand des Königs würde ihn überall erreichen, ob in Süd oder Nord, und jeder Fürst in den Fremdländern täte dem Pharao gerne den Gefallen, einen Flüchtigen auszuliefern. Wie würde Merit sich verhalten? Nur darauf kam es jetzt an.

Sie trafen sich zwei Tage später im Königspalast und nahmen auf der schattigen Gartenterrasse eine Mahlzeit ein. Wieder fiel es Piay auf, wie leicht sich in den Liebesstunden zärtliche, verrückte, sinnlose Worte fanden, und wie schwer es oft war, sozusagen amtlich miteinander zu verkehren. In ungeschickten Worten versuchte er, seine Trauer wegen Amanis Tod auszudrücken, doch Merit wies ihn fast schroff zurück.

»Versuche nicht, Empfindungen vorzutäuschen, die du nicht hast – nicht haben kannst. Amani war ein Teil meiner Kindheit, für dich bleibt er ein Fremder, auch wenn er zufällig der Bruder deiner Geliebten ist. Reden wir also nicht von ihm, sondern von uns.«

»Ja«, sagte Piay, »reden wir von uns, also von unserer bevorstehenden Trennung. Mich hat der König – er lebe, sei heil und gesund! – nach Kusch beordert, und du wirst, so nehme ich an, hier in Theben bleiben, bis Seine Majestät erscheint. Ich – ich weiß nicht, wie ich das durchstehen soll. Schon nach zwei Tagen wirst du mir so fehlen, als habe man mir das Herz aus dem Leib geschnitten ...«

»Und ich?« fragte Merit zornig. »Meinst du, ich empfinde nichts? Wofür hältst du mich? Glaubst du, mein Herz sei aus Granit? Mein Körper sehnt sich nach dem deinen auf eine für eine königliche Prinzessin geradezu ungehörige Weise. Abscheu müßte ich haben vor deinem profanen Leib. Die Sonnentochter müßte nach einem Prinzen ihres Blutes verlangen, so hat man es mich gelehrt, in diesem Glauben bin ich aufgewachsen. Nun weiß ich aber, daß es nicht so ist, es sei denn, in dir verbirgt sich ein Prinz.«

Da mußte Piay wider Willen lachen.

»Ich weiß sehr wenig von meinen Eltern, aber fürstlichen Geblüts waren sie wohl beide nicht. Bei meiner Mutter, der Feldsklavin, kann ich da wohl sicher sein, und bei meinem Vater – nun, er war ein Kriegsgefangener, es mag sein, daß er aus einer guten, vielleicht sogar fürstlichen Familie gekommen ist.«

»Nimm nicht ernst, was ich sage. Mir ist es ganz einerlei, was du bist und wo du herkommst. Mein Körper hat dich als den richtigen Mann erkannt, das weiß ich so sicher, als hätte es mir Hathor selber ins Ohr geflüstert.«

»Wie soll es dann weitergehen? Vielleicht sollten wir uns gemeinsam den Tod geben, dann könnten wir im schönen Westen für immer und ewig vereint bleiben.«

»Mag sein«, sagte Merit, »doch ich schätze deinen und meinen Körper viel zu sehr, um ihn vorzeitig den Gottessieglern auszuliefern. Nein, ich habe einen anderen Vorschlag. Du fährst – wie es mein Vater befohlen hat – ins elende Kusch zu deinen Tempeln, und ich bleibe, um kein Mißtrauen aufkommen zu lassen, etwa zehn Tage in Theben. Dann komme ich nach, um den für meine Mutter geplanten Tempel sorgfältig zu inspizieren. Schließlich vertrete ich hier Seine Majestät, und mein Vater ist für die nächste Zeit verhindert. Es wird keinen Widerspruch geben, glaube mir.«

»Widerspruch wohl nicht, weil niemand es wagt, dir zu widersprechen. Aber es kommt auch darauf an, was die Leute denken, denn eines Tages könnten sie davon Gebrauch machen.«

Mit einer knappen Handbewegung wischte Merit diesen Einwand beiseite.

»Ach was! Niemand mischt sich ungestraft in die Angelegenheiten der königlichen Familie. Ich nehme nur Biket und meine vertrautesten Dienerinnen mit. Meinem Hofstaat sage ich, daß es sich um einen kurzen Ausflug handelt, weil der König von mir einen Bericht erwartet. Und dann dauert es eben länger.«

Piay schaute die Geliebte zärtlich an.

»Mir ist alles recht, wenn ich nur dich nicht entbehren muß. Bringe diese Dinge nach deinem Ermessen in Einklang – die Macht dazu hast du ja. Ich bin nur ein Handwerker und dein Diener.«

Merit lächelte leise.

»Du bist mein Mann und somit – wenn wir allein sind – mein Herr. Vertraue deiner Frau, Geliebter, es wird alles nach Wunsch gehen.«

Biket hatte wieder einmal dafür gesorgt, daß die Luft rein war, und so zogen sich die Liebenden in Merits Privatgemächer zurück, um auf ihre Weise Abschied zu feiern.

Immer wenn die Prinzessin sich dem Geliebten hingab, legte sie als erstes die Perücke mit der goldenen Uräusschlange ab und verwandelte sich so, wie sie sagte, in eine einfache Frau.

»Es macht mir großen Spaß, diese zwei verschiedenen Leben zu führen«, bemerkte Merit, »auch wenn ich weiß, daß ich mit dem Ablegen der Utoschlange mich dir ganz ausliefere. Ich bin dann nur noch eine schwache und schutzlose Frau, die ihrem Mann eine Liebesstunde schenkt. Und du brauchst dir keine Sorgen zu machen, etwas Verbotenes zu tun, weil du eine Prinzessin verführst.«

»Dein Vater wird die Dinge anders sehen, fürchte ich. Für Seine Majestät bist du immer die Prinzessin, mit und ohne den Uräus.«

»Die Liebenden schaffen sich ihre eigenen Gesetze!« sagte Merit weise und küßte Piays Brustwarzen. Gleichzeitig streiften sie ihre Kleider ab. Piay legte sich auf das für ihn viel zu kurze Bett und zog Merit an sich.

»Manchmal möchte ich die Barke des Re am Himmel festhalten, damit die Zeit für uns stehenbleibt. Ich könnte dich tagelang betrachten, Majt-scherit, meine kleine Löwin, und wäre doch nie gesättigt von deinem Anblick.«

Er strich ihr sanft über Augen, Nase und Mund, küßte sie lange, bis sie nach Luft rang, während seine Hand ihren warmen, feuchten Schoß erkundete.

Ihre schweißglänzenden Körper begannen spielerisch miteinander zu ringen. Merit liebte es, dabei seine Muskeln zu betasten, die von den vielen Tagen schwerer körperlicher Arbeit steinhart geworden waren. Sie wälzten sich lachend auf dem schmalen Bett, bis Piay sich als »besiegt« zu erkennen gab, während Merit über ihm kniete und seine beiden Arme niederpreßte.

»Jetzt bist du gefesselt, mein Sklave, und ich kann mit dir machen, was ich will.«

»Gnade«, winselte Piay mit hoher, ängstlicher Stimme, »Gnade, edle Fürstin, ich tue auch alles, was du willst.«

»Dann liebe mich!«, befahl Merit, schob sich auf seinen vor Steifheit schon schmerzenden Phallus und stieß einen leisen, hellen Schrei aus, den er so gut kannte und schon so oft gehört hatte.

Das alles gehört nun dir, dachte er flüchtig, dieser heiße Nachmittag im Königspalast, dieser herrliche Mädchenkörper, diese Brüste, dieser warme, feuchte Schoß, der helle Schrei – und du kannst es doch nicht halten, es ist flüchtig und geht vorbei.

Piay hatte sich angewöhnt, diese kostbaren Liebesstunden so lange wie nur irgend möglich auszudehnen. Er war kein grüner Junge mehr, der sein Mädchen hastig besprang wie ein Kaninchenbock und sich dann wegdrehte. So hatte er gelernt, sich zurückzuhalten, bis in Merit die Lust langsam vom Grund ihres Körpers aufstieg wie eine träge Luftblase in einem tiefen Teich. Geduldig beobachtete er an ihrem Gesicht, wie die Wollust ihren Leib ergriff, und wenn der Rhythmus ihrer Körper immer schneller, immer ungestümer wurde, wenn sie ihre Finger in seine Lenden krallte, die kleine Löwin, dann gab auch Piay sich ganz hin, verströmte sich in diesen geliebten Frauenkörper. Die erfahrene Biket führte genau Buch über die fruchtbaren Tage ihrer Herrin, die sie sorgfältig von Reinigung zu Reinigung berechnete. Merit richtete es so ein, daß sie während der empfängnisbereiten Zeit nie in Piays Nähe kam, denn sie fürchtete ihrer beider heftige Leidenschaft, die dann alle Bedenken beiseite schieben würde.

Die Trauer über den Tod des Kronprinzen hatte sich bald verflüchtigt. Die Menschen wußten, daß der König noch zahlreiche andere Söhne besaß, außerdem verdrängte die Freude über das Eintreffen des neuen Apis alles andere. So hatte sich die Trauer ganz in den Königspalast zurückgezogen, wo die Mumie des Amani in ihrem prächtig bemalten Sarg der Überführung nach Theben harrte.

An diesem Tag machte der Ptah-Priester Chamwese der Großen Königlichen Gemahlin seine Aufwartung. Der gescheite Sohn Isis-neferts verspürte nicht die geringste Abneigung gegen die erste Frau seines Vaters, schon um der uralten heiligen Gesetze willen, die er als Priester besonders achtete.

Sie unterhielten sich eine Weile über den neuen Apis, bis Nefertari ganz plötzlich fragte:

»Chamwese, du giltst trotz deiner Jugend als gelehrter und vielwissender Mann. Beantworte mir also eine Frage. Der Pharao hat an Amanis Körper die Mundöffnung schon vollzogen; seine Mumie ist also belebt, wenn sie auch noch nicht das Haus der Ewigkeit bezogen hat. Wo ist jetzt Amanis Ka? Sage mir, wo?«

Chamwese sah, wie Nefertaris Augen feucht wurden und einige Tränen über die runden, lieblichen Wangen rollten. Sie wandte sich ab.

»Ich kann ihn einfach nicht vergessen, er war ... er war ... ja, dir sage ich es, Chamwese. Er war mein liebster Sohn. Du bist Priester und kannst ein Geheimnis bewahren. Das habe nur ich gewußt, vielleicht hat es auch Amani gespürt, daß er mir der liebste von allen war. Jetzt beantworte meine Frage, Chamwese. Wo ist Amani, nachdem er jetzt doch wieder lebt?«

»Das ist leicht zu beantworten, Königin. Nur wenn du sagst, sein Körper ›lebt‹, so ist das in einem anderen Sinn zu verstehen. Sein Ka, sein Körperschatten lebt, doch in einer anderen, uns nicht zugänglichen Sphäre. Jetzt, in diesem Augenblick, kann Amunherchopsef unter uns sein, unserem Gespräch lauschen, doch von Zeit zu Zeit kehrt sein Ka in die Mumie zurück, denn nur sie ist sein Ruhepunkt, seine Stütze in der jenseitigen Welt. Das Ka braucht Nahrung, die wir durch regelmäßige Opfergaben sichern, während die Ba-Seele als Vogel mit Menschenkopf frei herumschweifen kann und weniger an die Mumie als an das Grab als Wohnung und Versteck gebunden ist.« Chamwese nannte seinen Halbbruder immer bei seinem vollen Namen, denn er konnte Abkürzungen und Koseformen nicht leiden.

Nefertari fragte weiter:

»Woher wissen wir das alles, wenn keiner es gesehen hat? Das Ka eines Menschen wird doch niemals sichtbar, lebt, wie du sagst, in einer anderen Sphäre. Woher also unser Wissen? Oder hast du schon einmal einen Ba-Vogel gesehen? Ich habe bisher darüber kaum nachgedacht, sondern einfach geglaubt, was man mich lehrte. Doch jetzt, da Amani tot ist ...«

Chamwese lächelte geduldig:

»Ein Priester hat die Pflicht, solche Fragen zu beantworten, sonst ist er für sein Amt kaum geeignet. Es stimmt, noch niemand hat das Ka eines anderen gesehen, und doch gibt es schlüssige Beweise, daß es existiert. In den Tempelarchiven liegen Berichte aus vergangenen Jahrhunderten – es gibt aber auch Beispiele aus der Gegenwart –, die beweisen, was jeder Ägypter glaubt. Ich nenne dir ein Beispiel. Etwa vor zwanzig Jahren ist ein Handwerker bei Bauarbeiten an einem Tempel von einem losen Stein erschlagen worden. Der Stein fiel ihm auf den Kopf, drückte den Schädel ein, und der Arzt stellte seinen Tod fest. Seine Familie hatte etwas Vermögen und vertraute die Leiche den Gottessieglern an, um sie für die Ewigkeit zu bereiten. Da der Schädel am Hinterkopf ohnehin eingedrückt war, beschlossen die Balsamierer, das Gehirn nicht durch die Nase, sondern von dort zu entfernen. Sie hoben das zerschmetterte Knochenstück ab, und im selben Augenblick öffnete der Tote die Augen, hob den Kopf und fragte: »Wo bin ich, was ist geschehen?« – Um es kurz zu machen: Der Mann erzählte später, daß er im Augenblick des tödlichen Steinschlags seinen Körper verlassen habe und sich selbst vor der Tempelmauer liegen sah. Er konnte die Namen der Männer nennen, die herbeiliefen, ihn wegtrugen, einen Arzt holten. Sein Ka hatte sich also schon vom Körper gelöst und betrachtete dies alles von außerhalb. Als aber der Gottessiegler seinen Schädel öffnete, empfand er einen ungeheueren und, wie er es nannte, schmerzhaften Sog, der sein Ka wieder in den Körper zog, und im selben Augenblick erwachte der Mann. Wäre dies der einzige Fall, von dem wir wissen, so könnte man sagen, dieser Mensch war nicht wirklich tot, hat alles nur geträumt. Aber es gibt Dutzende solcher Berichte, aus verschiedenen Zeiten und von den verschiedensten Leuten, die sich alle gleichen. Immer sahen die Betreffenden ihren eigenen Körper leblos daliegen, sahen die Menschen – und erkannten sie sogar später wieder –, die sich als erste um den Toten kümmerten und empfanden ein Unlustgefühl, als ihr Ka, weil eben doch noch ein Funke Leben da war, für diesmal wieder in den Leib zurückmußte. Aus dem Gefühl der Unlust bei der Rückkehr der Seele in den Leib ist zu schließen, daß das eigentliche, das schönere Leben uns im Jenseits erwartet. Beim endgültigen Tod also bleibt das Ka so lange außerhalb des Körpers, bis es durch die magische Mundöffnung in den Leib zurückkehren darf. Da dies aber kein irdischer Leib mehr ist, sondern für die Ewigkeit bereitet wurde, ist der Tote durch Hilfe des Gottes Osiris zu einem Geistwesen geworden, das unsterblich und in ewiger Jugend im Jenseits weiterlebt.«

Nefertari hatte sich die Tränen abgetupft und sagte:

»Ich glaube dir, mein Lieber, in solchen Dingen weißt du freilich mehr als ich. Wenn du willst, besuchen wir jetzt gemeinsam den Osiris Amani.«

Sie gingen in die früheren Wohnräume des Prinzen, wo in seinem Schlafraum der Mumiensarg auf einem Podest stand. Nefertari küßte das geschnitzte und bemalte Haupt und schauderte etwas vor dem starren Blick der künstlichen Augen zurück. Chamwese sprach einige magische Gebete und strich mit einem fingerlangen goldenen Anch über Augen, Nase und Mund der geschnitzten Sargmaske.

Als Chamwese sich von Nefertari verabschiedete, sprach er eine Bitte aus.

»Du würdest mich, die Priester des Ptah und das ganze Volk von Memphis erfreuen, wenn du das Apiskalb mit deinem erhabenen Besuch ehren würdest. Die Menschen strömen in Massen zu dem Tempel. Der neue Apis ist besonders schön, alle beten mit Hingabe zu dieser verjüngten ›Seele des Ptah‹.«

»Ja«, sagte Nefertari, »ich komme, schon um dir eine Freude zu machen.«

Mit einer respektvollen Verbeugung küßte Chamwese die Hand der Königin.

Einige Tage später ließ Nefertari sich in einer offenen Sänfte zum Ptah-Tempel tragen. Sie hätte auch den kürzeren Weg durch das Westtor des Palastviertels nehmen können, doch sie wollte das Volk nicht enttäuschen, denn die Herolde hatten schon am frühen Morgen ihren Besuch bei Apis angekündigt. So verließ die Prozession mit Leibwache, Priestern und hohen Beamten die »Weiße Mauer« im Osten und zog in einem weiten Bogen durch Memphis zum großen Tempel.

Nefertari trug ihr Staatsgewand mit dem langen, gefältelten Kleid, dem mehrfach geschlungenen, breiten Gürtel, dazu die Geierhaube mit der hochaufragenden Federkrone. In ihrem rechten Arm ruhte eine goldene Lotosblume, heiliges Zeichen des Gottes Nefertem, Sohn von Ptah und Sachmet. Die Prozession beschloß ein Ochsenkarren mit Opfergaben für den Apisstier: einige Dutzend Scheffel Korn, dazu mächtige Krüge mit Öl, Wein und Honig und als Krönung zwei Stiere, die ein Priester untersucht, als makellos befunden und damit zur Opferung freigegeben hatte.

Als Große Königliche Gemahlin besaß Nefertari eine eigene kleine Leibtruppe, deren Lanzenträger ihre Tragsänfte umringten und deren Vorhut die Straßen freimachte.

Nefertari, die schon fünf Kinder geboren hatte – vor kurzem war ihre kleine Tochter Henut zur Welt gekommen –, wirkte noch immer wie ein junges, zierliches Mädchen und hatte nichts von ihrem Liebreiz verloren. Sie zauberte ein kleines Lächeln in ihr Gesicht und ließ die schrägen, dunklen Augen über das jubelnde Volk wandern.

»Du Anmutsvolle! Du Liebliche! Du Schönste von allen! Du Liebling des Guten Gottes! Hathor mache dich weiter fruchtbar!«

Bei solchen Anlässen hatte sie immer die Empfindung, der Jubel gelte nicht ihr als Mensch und Frau, sondern der Krone, die sie trug, und dem Gatten, der sie erwählt hatte. Nefertari war frei von Stolz und Anmaßung und klug genug, um zu wissen, daß gestern noch diese Hochrufe der Königinmutter Tuja gegolten hatten und daß in wenigen Jahren eine andere Frau unter der Geierhaube vom Volk bejubelt werden würde.

Die Prozession kam nur langsam voran; zähe Menschenmassen verstopften die Straßen, Bittsteller warfen sich vor der Sänfte zu Boden, Mütter hoben ihre Kinder hoch, um ihnen die Königin zu zeigen. Es dauerte Stunden, bis das Westtor des Ptah-Tempels erreicht war. Dort empfingen sie die vier Propheten des Ptah, darunter der uralte Hohepriester Huy und der Zweite Prophet Chamwese, der wohl bald die Nachfolge Huys antreten würde.

Ein wenig beneidete Nefertari die Zweite Gemahlin um diesen Sohn, dessen Klugheit alle rühmten.

Die Priester führten die Königin zu dem Gehege des Apis, einem munteren Stierkalb, das in Gesellschaft seiner Mutter auf dem sorgfältig gepflegten Rasen herumsprang und an dem ein unwissender Fremder nichts Heiliges entdeckt hätte. Doch die Zeichen waren vorhanden: das weiße Dreieck auf der Stirn, der Adler auf dem Rücken, das seidig schwarze Fell, der Skarabäus unter der Zunge und alles andere, das zweifelsfrei die Echtheit des Apis bewies.

Nefertari verneigte sich voll Ehrfurcht und betete kurz zur »Lebenden Seele des Ptah«. In ihr Gebet schloß sie die Bitte um einen weiteren Sohn ein, weil sie hoffte, damit den herben Verlust ausgleichen, ihren Schmerz mildern zu können.

Mit wortreichem Dank nahmen die Priester die reichen Opfergaben entgegen und boten der Königin an, der zeremoniellen Schlachtung der beiden Stiere beizuwohnen. Doch Nefertari lehnte ab. Sie trank mit den Ptah-Priestern einen Becher Wein, besuchte nochmals das Apiskalb und ließ sich diesmal auf dem direkten Weg in den Palast zurückbringen.

Der König hatte die Abreise nach Theben für den nächsten Monat festgesetzt, und Nefertari freute sich auf das Wiedersehen mit Merit, von der schon länger keine Nachricht mehr gekommen war.

Als Piay die Baustelle im Süden erreichte, wurde er mit so vielen Fragen und Problemen überhäuft, daß er tagelang nicht zu seiner eigentlichen Arbeit kam. Erfahrene Geologen hatten nämlich festgestellt, daß der Uferfels aus Schichten von weichem und hartem Gestein bestand, so daß man sorgfältig darauf achten mußte, die weicheren Schichten nicht als Decken oder Säulen zu verwenden, da sie kaum tragfähig waren.

Trotzdem waren die Steinmetzen bereits tief in die Felswand eingedrungen, hatten beim Hathor-Nefertari-Tempel bereits den großen Saal ausgehöhlt und sechs Stützpfeiler stehenlassen. Auch die Außenfassade war schon grob in sechs Nischen gegliedert, aus denen Piay die knapp zwanzig Ellen hohen Figuren des Königs und der Königin herausmeißeln mußte. Beim weiter südlich gelegenen Großen Tempel arbeiteten die Männer noch an der ersten Pfeilerhalle mit ihren Nebenkammern, doch zeigte sich schon jetzt, daß die angestrebte Symmetrie wegen des unterschiedlich harten Gesteins nicht zu erreichen war. Da und dort ergaben sich geringe Abweichungen, doch Piay war mit den Arbeiten sehr zufrieden und lobte die verantwortlichen Bauleute und Geologen. Die Arbeiter bewohnten ein um das Felsmassiv herum angelegtes Lager, das zum größeren Teil aus einfachen Zelten bestand. In den Häusern aus Nilschlammziegeln lebten die Bauleiter, Handwerker und Aufseher. An einer schönen Stelle über dem Nil hatte man einen kleinen Palast für den König errichtet, und in dem dazu angelegten Garten grünten und blühten schon die sorgsam bewässerten Pflanzen.

Die verantwortlichen Bauleiter hatten an alles gedacht, und die Zuverlässigkeit der ägyptischen Beamten bewährte sich auch hier auf das beste.

Der täglich anfallende Schutt wurde in Lastkähne verladen und an verschiedenen Stellen in den Nil versenkt. Die Verpflegung der etwa zweihundert Arbeiter erfolgte durch einen Bootsdienst aus dem Süden, der täglich frisches Gemüse, Obst und lebendes Schlachtvieh heranschaffte. Die haltbaren Nahrungsmittel wie Korn, Dörrobst, Öl und Honig waren in luftigen Magazinen untergebracht und wurden Tag und Nacht von einigen Bewaffneten bewacht.

Der König hatte ausdrücklich untersagt, für diese Bauten Zwangs- oder Strafarbeiter zu verwenden. Die meisten der Männer waren Nubier, die sich freiwillig verpflichtet hatten und die ihre Arbeit gut und ohne Murren verrichteten, weil sie hervorragend verpflegt und reichlich entlohnt wurden.

Auf Wunsch des Königs mußte der kleinere Tempel zuerst fertiggestellt werden, so daß sich Piay am vierten Tag nach seiner Ankunft an die Gestaltung der Fassade machte. Den Plan, mit Holzgerüsten zu arbeiten, hatte er verworfen. Er ließ aus dem ständig anfallenden Bauschutt eine Rampe errichten und oben auf der Plattform ein Sonnensegel aufstellen. Die grobe Arbeit des Aushauens überließ er kräftigen Steinmetzen, die in Schichten von jeweils vier Stunden vom ersten Morgendämmer bis zur anbrechenden Nacht arbeiteten. Piay verfolgte ihr Tun mit Hilfe seiner Pläne und Modelle genau, denn er wußte, daß auch bei dieser groben Arbeit kein Steinbrocken zuviel weggeschlagen werden durfte. Sein Gehilfe Hotep folgte ihm auf dem Fuß, schaute, verglich, lernte und fieberte dem Tag entgegen, da er selbst mit Hand anlegen durfte.

Im großen Saal des Nefertari-Tempels waren die Bildhauer schon dabei, die quadratischen Pfeiler mit Hathorköpfen in Form von Sistren und mit Inschriften zu versehen, während Maler die Reliefs an den Wänden vorzeichneten. Die Darstellungen zeigten das Königspaar im Verkehr mit den Göttinnen Isis, Hathor und Anuket, einer im Süden verehrten Lokalgottheit. Aber Ramses wollte sich seiner Geliebten auch als Kriegsheld präsentieren, und so zeigte ihn ein großes Wandrelief beim Niederknüppeln eines Nubiers, während hinter ihm Nefertari die Szene beobachtete. Das war aber nur symbolisch zu verstehen, denn Kusch war seit vielen Jahren ein friedlicher Vasallenstaat, und für etwaige Aufstände reichten die dort stationierten Truppen aus. Die Darstellung seines Sieges bei Kadesch war für den großen Tempel vorgesehen, und sie war dem König so wichtig, daß sie Piay eigenhändig auszuführen hatte.

Die Arbeit auf der hohen Rampe wurde durch die sengende Hitze und gelegentliche Sandstürme erschwert, Piays Augen entzündeten sich, seine Gelenke schwollen an, und manchmal fiel ihm der Meißel geradezu aus der Hand. An weniger schwierigen Stellen arbeitete der jetzt größer und kräftiger gewordene Hotep.

Trotz seiner völligen Hingabe an die kraftzehrende und schwierige Arbeit vermißte Piay seine Geliebte von Tag zu Tag schmerzlicher. Da er jeden Abend todmüde und zerschlagen auf sein Lager fiel, wäre es ihm kaum möglich gewesen, eine Liebesstunde mit Merit durchzustehen, doch daran dachte er nicht. Sie steckte ihm in allen Gliedern, die kleine Löwin, sie hatte in ihm einen Durst erweckt, den nur sie selbst stillen konnte. In seiner Verzweiflung holte sich Piay eine hübsche Nubierin ins Bett, doch er versagte erbärmlich. Müde legte er seinen Kopf an ihre ebenholzschwarze Schulter und schlief sofort ein. Er hoffte, Merit würde ihr Versprechen wahr machen können und im Laufe der nächsten Tage eintreffen. Immer häufiger wandte er sich auf der hohen Rampe von seiner Arbeit ab und schaute auf den Nil, wo im Norden Merits Barke auftauchen mußte. Boote gab es da allerdings genug: die schwerbeladenen Frachtschiffe mit ihren schmutzigen, oft geflickten Segeln und den nackten, kräftigen Ruderern. Dann die federleichten Schnellsegler, die den ständig wehenden Nordwind geschickt nutzten und kaum Ruderhilfe brauchten, oder die kleinen vollgepackten Boote aus Kusch, die ohne Segel stromabwärts nach Norden trieben, um Waren oder Tribute nach Suenet zu bringen. Doch Merits prunkendes, mit vergoldeten Hathorköpfen verziertes Boot war nicht dabei – Piay hätte es sofort erkannt.

Der neugierig gewordene Hotep wagte in einer der seltenen Arbeitspausen die Frage, was Meister Piay so dringend erwarte.

Der antwortete unwirsch:

»Den König natürlich, du Dummkopf. Warum glaubst du, daß wir uns hier die Haut von den Händen schuften? Wenn Seine Majestät – er lebe, sei heil und gesund! – hier eintrifft, sollte die Arbeit möglichst weit fortgeschritten sein, vor allem, was den kleinen Tempel betrifft.«

Da Piay wußte, daß Ramses den Hathor-Tempel als Huldigung an seine geliebte Gemahlin Nefertari errichten ließ, hatte er bei den Fassadenfiguren eine Statue der Königin begonnen, die in ihrer Eigenschaft als vergöttlichte Hathor das hochaufragende Kuhgehörn mit der Sonnenscheibe auf dem Kopf trug. Ihre linke Hand hielt das Sistrum, unter der herabhängenden Rechten war die etwa lebensgroße Figur der Prinzessin Merit-Amun vorgesehen. Neben dem vorgestellten linken Fuß der Kolossalstatue sollte Henut ihren Platz finden, der Symmetrie wegen in gleicher Größe wie ihre viel ältere Schwester.

Diese Stelle war noch von der Rampe verdeckt, und Piays fieberhafte Arbeit diente natürlich auch dem Zweck, der Geliebten das eigene Abbild vorzuführen. So hatte Piay sich in zwei Personen aufgespalten. Der Mann sehnte mit allen Fasern die Geliebte herbei, der Künstler wünschte ihre Abwesenheit so lange, bis das Werk vollendet war. Um Zeit zu sparen, mußte Hotep gleichzeitig an der Henutfigur arbeiten. Er tat es mit Eifer und Talent, und es gab weder Fragen noch Schwierigkeiten, denn die beiden Prinzessinnen unterschieden sich nur durch ihren daneben gesetzten Namen.

17

Immer wieder traten irgendwelche Ereignisse ein, die eine Abreise des Pharao verzögerten. Es war, als wolle ihn die Stadt, der er vor Jahren den Rücken gekehrt hatte, festhalten, um seine heilige Anwesenheit voll auszukosten. Gegen Ende des dritten Achet-Monats kamen die Anfragen der Priester, ob er nicht eines der vielen Feste, die der vierte Achet-Monat brachte, durch seine Anwesenheit ehren wolle. Da gab es das Hathor-Fest, das große Amun-Fest, die Reinigung der Neunheit, das Salben der Neunheit, das Aufrichten des Djed-Pfeilers und schließlich die für Memphis so wichtigen und altvertrauten Sokar-Feste. Im Delta wurde diese alte Gottheit weitgehend mit Osiris gleichgesetzt, als Mumie mit Falkenkopf dargestellt, vom Volk aber hauptsächlich als ein Gott der Fruchtbarkeit verehrt und empfunden. Er war der Herr der dunklen Ackerkrume, in die das Korn versenkt wird, um später als Pflanze wieder aufzuerstehen. Da dieser Wunsch auch den Menschen bewegt, wenn er stirbt und in die Dunkelheit seines Grabes eingeschlossen wird, übernahm Sokar zugleich das Amt des Totengottes, der dem Menschen im Jenseits neues Leben schenkt. Am Rande der Wüste bei Memphis, wo im Osten die Spitzen zahlreicher Pyramiden aus früher Zeit den Horizont begrenzten, erhob sich der kleine, altehrwürdige Sokar-Tempel, dessen östliches Tor auf den von Palmen gesäumten Heiligen Acker hinausführte, während das westliche der Wüste und den Gräbern zugekehrt war.

So ließ sich der König überreden, dem Sokar-Fest noch vorzustehen, doch unmittelbar darauf sollte die Reise nach Süden angetreten werden. Wie es der Brauch forderte, erschien der Pharao allein, nur von einigen Männern der Leibwache begleitet. Um den Heiligen Acker hatte sich viel Volk versammelt, doch es ertönte kein Jubelruf, denn Sokar war ein Gott der Stille, der in einer geheimen Höhle des Totenreichs wohnte.

Die Priester hielten sein uraltes Kultbild auf einer Götterbarke im Vorhof des Tempels bereit. Der auf einem Stein sitzenden mumienförmigen Menschengestalt mit Falkenkopf hatte man nachträglich die weiß-goldene Atef-Krone des Osiris aufgesetzt.

Auf ein Zeichen des Königs hin hoben die Priester den Sokar hoch und stellten die Barke auf einen Schlitten. Zusammen mit den Priestern und deren Gehilfen ergriff Ramses ein Seil und zog den Schlitten hinaus auf den Heiligen Acker.

Dort entschied der König:

»Das mache ich jetzt allein!«

Er raffte die Stricke zusammen und zog mit schnellen Schritten das Kultbild über die weiche dunkle Erde. Es war keine leichte Last, doch dem König machte es Spaß, diese kultische Arbeit ganz alleine zu verrichten.

Etwa fünfzig ausgewählte Bewohner von Memphis – Männer, Frauen und Kinder – schritten in schicklichem Abstand hinter dem Kultbild her und trugen dabei schwere Kränze aus frischen Zwiebeln um den Hals. Niemand von diesen Menschen kannte noch die Bedeutung dieser Handlung, doch es war ein uralter Brauch, den man getreulich einhielt.

Mit stummer Bewunderung betrachteten sie ihren gewaltigen König – er überragte sie alle um mindestens eine Haupteslänge – bei seiner Tätigkeit. Die Frauen bewunderten seine kraftvolle Männlichkeit und königliche Anmut, den Männern gefiel sein schneller Entschluß, diese schwere, ungewohnte Arbeit ganz allein zu tun. Und er tat sie gut! Ohne seinen Schritt zu verlangsamen, zog Ramses den Schlitten in einem halbmondförmigen Bogen über den Heiligen Acker und stellte ihn vor dem östlichen Tempeltor wieder ab.

Daß der Pharao als oberster Priester des Landes dem Sokar-Fest durch seine kultische Arbeit eine besondere Weihe verliehen hatte, sprach sich schnell in der Stadt herum. Da es eines der kleineren Feste war, hatte seit Menschengedenken kein König mehr daran teilgenommen, und so wurde Ramses nach Abschluß der Zeremonie mit lauten Zurufen gepriesen.

»Du sollst tausendmal tausend Sed-Feste feiern, goldener Horus! Starker und mächtiger Stier! Sonnensohn! Ernährer des Landes! Du Guter Gott in seiner Herrlichkeit und Kraft! Geliebter der Götter!«

Ramses genoß solche Huldigungen immer wieder, denn er wußte, diesen Leuten waren sie nicht anbefohlen, sie kamen aus dem Herzen und gehorchten keinem Zeremoniell, wie die faden Lobpreisungen der Priester und Beamten. Er spürte geradezu, wie die Zurufe dieser vielen namenlosen Menschen seinen Körper mit neuer Kraft erfüllten, wie diese Tausende von Stimmen in sein Herz drangen und dort den göttlichen Funken nährten.

Ramses ließ sich ein Bad bereiten, kleidete sich um und ging hinüber in Isis-neferts Haus.

»Verzeih, daß ich unangemeldet komme, aber ich wollte dir selbst mitteilen, daß unsere Reise nun kurz bevorsteht. Ich kann mir denken, daß du nach Theben Sehnsucht hast. Jetzt kehrst du in deine Heimat zurück als Königin unter der Geierhaube, die dem Herrn beider Länder drei Söhne geboren hat.«

»Ja«, sagte Isis-nefert stolz, »und darunter ist dein Erstgeborener.«

Ramses bezähmte den aufsteigenden Zorn.

»Ich glaube, du solltest das anders ausdrücken. Unter deinen Kindern ist mein ältester Sohn. Den Rang eines Erstgeborenen kann nur ein Kind der Großen Königlichen Gemahlin erhalten, und da ist Jonam seinem verstorbenen Bruder gefolgt. Aber ich wollte mit dir nicht über die Erbfolge diskutieren, denn darüber – merk es dir! – bestimme allein ich. Seti zum Beispiel ist ein sehr gutgeratener Sohn, der mir zum Verwechseln ähnlich sieht. Da muß Gott Chnum sich etwas dabei gedacht haben, wenn er dieses Kind auf seiner Töpferscheibe nach meinem Bilde formte.«

Isis-nefert senkte den Kopf und schwieg verstockt. Ihr von jeher herbes Gesicht war mit den Jahren hart, wenn auch nicht unschön geworden. Die unverändert empfundene Bitterkeit, für alle Zeiten neben Nefertari die zweite zu sein, hatte ihre Spuren hinterlassen. Andere Frauen hätten ihren Widerstand aufgegeben, sich abgefunden und aus ihrer Stellung das Beste gemacht. Isis-nefert aber fand sich nicht ab und sah jetzt erst recht keinen Grund dazu. Amani war tot, Nefertari hatte zuletzt eine Tochter geboren – sie spürte deutlich Amuns lenkende Hand und tröstete sich mit der alten Weisheit, daß das Wirken der Götter seine Zeit brauche und nicht mit menschlichen Maßstäben zu messen sei.

Da sie weiterhin schwieg, sagte Ramses versöhnlich:

»Wir werden gemeinsam in Theben einziehen, du und Nefertari an meiner Seite, gefolgt von euren Kindern. Die Amun-Stadt soll dich feiern, Isis-nefert, du bist ihre Tochter, und die Priester haben mir damals nahegelegt, dich ... Nun, ich hoffe, du hast es niemals bereut.«

»Hast du es bereut, Majestät?«

»Hätte ich es, so würdest du jetzt vergessen in einem Haremswinkel dein kleines Leben führen, oder ich hätte dich den Priestern zurückgesandt. Du bist eine spröde Schöne, meine Liebe, aber du bist auch klug, stolz und unbeugsam und hast einen Teil dieser Eigenschaften deinen Söhnen vererbt: die Klugheit, wie es scheint, vor allem dem Chamwese, den Stolz und die Unbeugsamkeit, wie es sich zunehmend zeigt, unserem Ramose.«

»Der deinen Namen trägt, Majestät.«

»Du bist nun fast zwanzig Jahre lang meine Frau und nennst

mich beharrlich Majestät. Fällt dir kein vertrauteres Wort ein, nachdem du so oft mein Bett geteilt hast?«

Ramses meinte es ironisch, aber Isis-nefert verstand in solchen Dingen keinen Spaß.

»Du bist der Sonnensohn und gibst den Samen des großen Amun-Re weiter. Da ziemt sich keine andere Anrede.«

Sie hatte feierlich gesprochen wie eine Priesterin, und obwohl Ramses diesen Ton kannte und seit je bespöttelte, respektierte er doch im Grunde seines Herzens ihre Einstellung – ja, er teilte sie sogar. Alle Ehre, alle Würde, Hoheit und Heiligkeit des Landes Kemi mündete schließlich in seiner Person, und wenn Nefertari ihm gelegentlich spöttisch oder respektlos begegnete, so war dies eine nur ihr erlaubte Ausnahme. Seine Allerschönste durfte das, und nur sie durfte es, weil er sie maßlos liebte und über alles schätzte und weil er in ihren Armen sein Königtum – sosehr er es auch hochhielt – für einige Stunden vergessen konnte. Wenn ihre schrägen, dunklen Augen ihm auf den Grund seiner Seele blickten, wenn die Lachgrübchen über die lieblichen Wangen tanzten, dann war Ramses nur ein Mann wie jeder andere Ägypter – ein Mann, der seine Frau begehrte und sich von ihr geliebt wußte.

Mit dem Tod des Prinzen Amani begann sich die Eintracht zwischen den Ramsessöhnen allmählich aufzulösen. Ramose, von seiner Mutter und deren Haushofmeister Nes-Amun immer wieder daran erinnert, daß er nun eigentlich Anspruch auf die Thronfolge habe, entwickelte einen Hochmut, der ihm früher fremd gewesen war. Er sprang mit den Hofbeamten um, als sei er schon Mitregent seines Vaters, legte sich einen Harem zu und äußerte gelegentlich den Wunsch nach einer Gemahlin aus der Reihe seiner Halbschwestern. Isis-nefert verbot ihm nachdrücklich, diese Gedanken außerhalb ihres Palastes zu verbreiten.

»Es genügt, wenn Nes-Amun und ich es wissen, aber bedenke, daß ein wirklicher Anspruch auf den Thron nur von einer Nefertari-Tochter ausgehen kann. Es kommen also nur Merit und die kleine Henut in Frage. Bei beiden sehe ich vorläufig keine Möglichkeit. Vielleicht wird sich in Theben einiges entscheiden.«

Auch bei Jonam, dem nun ältesten der Söhne Nefertaris, machte sich eine Veränderung bemerkbar. Bisher war er nichts weiter als der treue Vasall und Nachahmer seines älteren Bruders Amani gewesen. Übte der mit dem Wurfholz, tat Jonam es auch, zog er auf Gazellenjagd hinaus in die Wüste, folgte ihm Jonam nach. Nun aber fehlte dieses Vorbild, und der schon bald Achtzehnjährige wurde in wenigen Wochen – was er längst hätte sein sollen – nämlich erwachsen.

Einige Tage nach Amanis Tod hatte der König mit ihm ein Gespräch unter vier Augen.

»Sosehr wir alle Amani betrauern, was ich dir zu sagen habe, duldet keinen Aufschub. Der Nächstgeborene der Großen Königlichen Gemahlin bist du. Du allein bist bestimmt, die Thronfolge anzutreten, Amuns göttlicher Same wird nach mir aus deinen Lenden kommen, daran kann nicht einmal ich, der Pharao, etwas ändern. Zwar könnte ich jeden beliebigen meiner Söhne durch Dekret zum Thronfolger ernennen. Ich würde dadurch Recht schaffen, aber unrecht tun, und davor soll ein König sich hüten. In Theben werde ich deinen Rang vom Thron herab verkünden, versiegle bis dahin deine Zunge! Bedenke auch, was dein voller Name Raherunemef bedeutet: ›Re ist auf seiner rechten Seite‹. Auch wenn in Kemi viele Götter verehrt werden, so besteht doch kein Zweifel daran: Re, die göttliche Sonne, ist in allen, und alle zusammen, ob Ptah, Seth, Amun, Osiris, Isis, Hathor, Sachmet oder Chnum – bedeuten Re. Jeder Gebildete weiß es, und das Volk fühlt es. Wie falsch es aber ist, einen davon allen aufzuzwingen, werde ich dir auf unserer Reise noch zeigen. Und nur dir, Jonam, dem Erbprinzen!«

Diese Worte hatten den Prinzen verändert. Nun stand nicht mehr Amani zwischen ihm und den Ereignissen – er selbst war es, der ganz vorne stand.

König Ramses aber hatte in der Nacht darauf einen Traum, der ihm lange in Erinnerung blieb. Wieder erlebte er die Stunde, da die Gottessiegler ihr Werk vollendet hatten und Amani in seinem bemalten Mumiensarg aufbahrten. Ramses vollzog die langwierige Zeremonie der Mundöffnung, und dann war es plötzlich Nacht, und er war mit der Mumie allein. Ein fahles Dämmerlicht ließ die

Umrisse des Sarges nur noch ahnen, und Ramses wollte gerade den Raum verlassen, als zwei Diener eine weitere Mumie hereintrugen. Ohne daß ein Wort fiel, wußte er sofort, es war der verstorbene Jonam, den die Männer neben Amani stellten. Und so ging es fort: Ramose, Chamwese, Nefercharu, Merire, Amunemja, Seti, Setenpre und noch viele andere seiner Söhne von zahllosen Nebenfrauen wurden eingesargt hereingetragen, bis der Raum so voll war, daß Ramses zur Türe zurückweichen und schließlich hinausgehen mußte. Draußen aber stand Nefertari und empfing ihn mit einem freundlichen Lächeln. Ihren Kopf krönte das Kuhgehörn und eine sanft leuchtende goldene Sonnenscheibe. Da wußte Ramses, daß auch sie nicht mehr unter den Lebenden weilte, sondern als vergöttlichte Hathor auftrat, und er fühlte sich plötzlich so einsam und verlassen, daß er weinte.

Da erwachte Ramses und spürte, daß seine Wangen naß waren. Es fiel ihm eine Last von der Seele, denn er wußte ja, daß sie außer Amani alle noch lebten. Doch er behielt den Traum für sich, ließ keinen Ausdeuter holen, und auch Nefertari erfuhr nichts davon.

Bei der Vielzahl seiner Söhne hatte der König allerdings übersehen, daß Merenptah unter den Verstorbenen fehlte.

Auch für Seti, den seinem Vater äußerlich so ähnlichen Sohn einer namenlosen, schon vor Jahren verstorbenen Haremsfrau, änderte sich das Leben. Amani, der sie alle zusammengehalten hatte, war nun tot, die anderen gingen ihre eigenen Wege, doch der Pharao hatte diesen Sohn, der ihm die eigene Jugend vor Augen führte, nicht vergessen. Für seine mutige Verfolgung des Mörders bis vor die Rachen der Krokodile war Seti mit einer großen goldenen Fliege ausgezeichnet worden. Ramses nahm diese beherzte Tat zum Anlaß, Setis kriegerische Fähigkeiten weiter ausbilden zu lassen. Er durfte nun die Niu auf ihren langen Streifzügen in die Wüste begleiten, lernte mit dem Schwert um sein Leben kämpfen, auch wenn hinter ihm zwei Leibwächter standen, bereit, sofort einzugreifen, schoß mit dem Bogen besser denn je, treffsicher auch herab vom Streitwagen oder dem galoppierenden Pferd. Später wollte Ramses ihn zum Obersten seiner Leibwache ernennen, doch nun stand erst einmal die Reise nach Theben bevor, und neben den Söhnen seiner beiden Frauen – ausgenommen Chamwese, der in Memphis blieb – durfte auch Seti an der Fahrt teilnehmen.

Es war die größte königliche Flotte, die jemals den Nil befahren hatte, und bestand aus vierundzwanzig Booten, wovon je eines für den Pharao, Nefertari, Isis-nefert und den Osiris Amani bestimmt war. Seine oft unstete und sprunghafte Lebensführung – alles mußte sofort und sehr schnell erledigt werden – fiel vom König ab, sobald er ein Boot betrat. Reisen bedeutete für Ramses Atemholen, Besinnung und Kräftesammeln. In ruhiger Behaglichkeit genoß er den Anblick des langsam vorbeiziehenden Fruchtlandes mit seinen dunklen, vom Weiß der Kuhreiher getupften Äckern, den windbewegten Palmen, den ihre Arbeit unterbrechenden Menschen, die oft nur still die königliche Flotte bestaunten, manchmal auch ans Ufer liefen, winkten, begeistert herumsprangen oder laufend die Boote eine Weile begleiteten. Dabei spürte Ramses, wie die Kraft dieses Landes in ihm zusammenströmte, wie sein Herz vor Stolz und Lust schwoll, wenn er daran dachte, daß dies alles – Menschen, Tiere, Pflanzen, Land – ihm und nur ihm allein gehörte. Er spürte seinen Körper ins Riesenhafte wachsen, bis er das ganze Land bedeckte, mit ihm verschmolz und eins wurde. Sein Kopf war das Delta, seine ausgestreckten Arme umfaßten es von Ost nach West, seine Schultern waren Memphis, seine Brust das herrliche Fajum, seine Lenden waren Theben, denn der göttliche Samen stammte von Amun-Re, seine Knie waren der Nefertari-Tempel, denn sie betete er an, sie war seine irdische Göttin, und mit den Füßen stand er auf dem elenden Kusch, das seine Vorgänger erobert hatten und aus dem er hohe Tribute preßte.

Sie legten nirgends länger an, bis sie Schmunu erreicht hatten, die heilige Stadt des Thot. Dieser trat in Gestalt eines Ibis oder Pavians auf, galt ursprünglich als Gott des Mondes und war zum Schutzherrn all jener geworden, die mit Sprache, Schrift, Wissenschaften und verwandten Dingen zu tun hatten.

König Ramses empfing eine Abordnung der Stadt und des Thot-Tempels auf seinem Schiff und drückte den Herren sein Bedauern aus, daß er nicht an Land gehen könne, versprach aber, es auf der Rückreise nachzuholen. Dann bat er seinen Vertrauten, den Offizier Menna, insgeheim einen leichten Schnellsegler zu besorgen, den er mit Jonam vom Wasser her bestieg. Sie hatten einfache Kleidung und die üblichen kurzen Perücken angelegt, wie sie jedermann im Volk trug. Nur das schmale Goldband mit einem winzigen Uräus wies bei Ramses und seinem Sohn auf ihren hohen Rang.

Sie segelten einige Stunden flußaufwärts, und Jonam sah seinen Vater, zusammen mit Menna, zum ersten Mal in seinem Leben an der Ruderbank.

»Früher ruderten wir um die Wette, weißt du noch?«

Menna nickte keuchend und wischte sich den Schweiß von der Stirn: »Da fiel es mir auch leichter, muß ich sagen.«

»Du wirst zu dick, mein Freund. Es wird Zeit, daß ich dich irgendwohin in den Krieg schicke.«

Menna grinste. »Wäre nicht schlecht, Majestät, doch gibt es zur Zeit keinen.«

»Es wird auch keinen mehr geben, obwohl ...« Der König zögerte.

»Was wolltest du sagen, Sessi?«

Menna nannte den König ganz in Gedanken bei seinem Kosenamen, den sie in der Schule gebraucht hatten.

Ramses lachte:

»Wie lange wurde ich nicht mehr so gerufen? Der ›lange Sessi‹, so habt ihr mich genannt. Mir fiel vorhin nur die Insel Keftiu ein, von der mein seliger Vater manchmal gesprochen hat, weil noch zu Anfang seiner Regierung ein lebhafter Handel mit ihr stattfand. Sie lieferte Bronze, Hölzer, Gewürze, Harz zum Einbalsamieren und manches andere, ja sogar ein symbolischer Tribut wurde von dort entrichtet. Und das riß plötzlich ab, von einem Tag auf den anderen. Niemand wußte so recht, was dort geschehen war, denn die Insel liegt weit im Norden des Grünen Meeres (Mittelmeer), etwa zwanzig Tage Schiffsreise entfernt. Nun brauchen wir aber gerade jetzt sehr dringend Bronze und Holz. Vielleicht werde ich jemand dorthin schicken, um die Lage zu erkunden.«

Menna keuchte und rang nach Atem. Ramses grinste schadenfroh:

»Jonam, löse unseren Menna am Ruder ab, sonst rührt ihn noch der Schlag, und ich muß ihm ein Grab in Theben schenken.«

Jonam ging ans Ruder, und Menna übernahm das Steuer.

»Was wissen wir schon von Keftiu? Zwanzig Tagesreisen übers Meer ist eine lange Zeit, unsere Schiffe sind dafür nicht ausgerüstet. Die Ägypter haben das Grüne Meer kaum jemals befahren, wir müßten also erst eine Flotte bauen, Seeleute ausbilden ...«

»Vergiß es wieder, mein Freund, der Pharao hat eben nur laut gedacht.«

Bald darauf steuerten sie einen Punkt am Ufer an.

»Das muß es wohl sein! Ich war erst zweimal hier; als Junge mit meinem Vater und ein paar Jahre nach seinem Tod.«

»Die alte Hafenanlage ist noch gut zu sehen«, sagte Menna, während sie versuchten, mit dem Boot anzulegen. Jonam sprang ans Ufer, die anderen folgten, und gemeinsam zogen sie den leichten Segler an Land.

Jonam schaute sich erstaunt um.

»Was gibt es hier zu sehen? Kein Dorf, kein Haus, keine Äcker, nur Wüste und ein paar Steine.«

Wie aus dem Boden gewachsen, tauchten zwei Bewaffnete auf, und einer rief schon von weitem:

»He, was sucht ihr hier? Das ist verbotenes Gelände, hier gibt es nichts zu sehen. Haut schnell wieder ab, oder ich helfe mit meiner Lanze nach!«

Er schwang drohend seinen Speer, bis Menna sagte:

»Schau einmal meine Begleiter genau an, du Dummkopf!«

Der Mann näherte sich, musterte die ihn weit überragenden Gestalten des Königs und Jonams. Da wurde er unsicher.

»Nun, ich weiß nicht – seid ihr hohe Beamte? Wo sind eure Diener, was soll ich ... was kann ich für euch tun?«

Menna grinste.

»Du kannst dich auf deinen dicken Bauch werfen vor dem Guten Gott und dem Prinzen Jonam!«

In diesem Augenblick erkannte der Bewaffnete die Utoschlangen an den Stirnen der Fremden und fiel, als hätte ihn jemand niedergeschlagen, wie der Blitz zu Boden und mit ihm sein Begleiter.

Menna stieß sie mit dem Fuß an. »Steht auf und führt uns zu eurem Hauptmann.«

Die kleine Wachstation bestand aus einigen Lehmziegelhütten, die vom ständig wehenden Wüstensand eingefärbt waren, so daß man sie erst sah, wenn man davorstand. Es gab eine große Aufregung, der Hauptmann hatte geschlafen, erschien mit schief sitzender Perücke und konnte nicht glauben, daß er vor dem Sohn der Sonne stand.

»Aber warum bin ich nicht ... ich meine ... eine Nachricht ... Verzeih, Majestät, um diese Zeit ruhe ich zuweilen ...«

»Beruhige dich«, sagte der König »niemand verübelt dir deinen gewiß nötigen Erholungsschlaf. Es ist nichts Amtliches – nur ein kleiner Besuch. Wir brauchen für einige Stunden zwei Streitwagen, und du vergißt am besten, daß wir hier waren.«

»Jawohl, Majestät, Guter Gott – lebe, sei heil und gesund! –, aber wir haben nur einen.«

»Dann laß ihn sofort anspannen!« forderte Menna ungeduldig, denn er freute sich darauf, seine alte Tätigkeit als Wagenlenker des Königs wieder einmal auszuüben. Ramses und er bestiegen den Wagen, Jonam schwang sich auf ein Pferd, und dann preschten sie los, immer am Ufer entlang, bis Menna die Hand des Pharaos auf seiner Schulter spürte und die Zügel anzog. Ramses sprang vom Wagen.

»Wir sind jetzt fast eine halbe Stunde unterwegs und haben noch nicht einmal die Grenze der Stadt erreicht, die früher hier stand. Menna, bleibe bei den Pferden, wir sind gleich zurück.«

Ramses legte einen Arm um Jonams Schulter, und sie gingen landeinwärts, bis sie außer Hörweite waren.

»Was ich dir jetzt sage, geht nur dich als Kronprinz etwas an, Menna braucht es nicht zu hören. Für den Herrn beider Länder gilt der Satz: Der König darf alles, aber sollte so klug sein, einiges nicht zu tun. Wir stehen hier auf dem Boden der verschwundenen Stadt Achet-Aton, die der aus der Geschichte und dem Gedächtnis der Menschen getilgte Pharao Amenhotep – später nannte er sich Echnaton – gegründet hat. Auch er kam mit den Amun-Priestern nicht zurecht, weil er dem Sonnengott Aton anhing und dessen alleinige Verehrung befahl. Er gab seine Residenz in Theben auf und schuf sich hier – wie ich es im Delta tat – eine neue Hauptstadt. In wenigen Jahren wurden Paläste, Tempel, Wohnhäuser, Gärten und anderes errichtet, doch im Gegensatz zu Piramesse hättest du hier vergeblich nach Götterbildern gesucht. Es gab nur den großen Aton-Tempel, den der gestaltlose Gott bewohnte. Er wurde ausschließlich als Sonnenscheibe mit einem Strahlenkranz dargestellt. Diese Strahlen endeten in Händen, die sich segnend über den König und – wie er es sah – über die ganze Menschheit breiteten. Ein schönes Bild, ein achtenswerter Entschluß, den jeder hingenommen hätte, wenn ... Erinnerst du dich, mein Sohn, was ich dir zu Anfang als Regel der Könige empfahl?«

Jonam nickte: »Der König darf alles, aber er sollte so klug sein, einiges nicht zu tun.«

»So klug war der Schwärmer Echnaton leider nicht, und er verbot neben dem Amun-Kult auch die Verehrung aller anderen Götter. Nur Aton sollte angebetet werden, nur ihn ließ der König gelten. Der Amun-Tempel in Theben wurde geschlossen, die Priester vertrieben und eingekerkert. Der Pharao ließ Tausende von Steinmetzen im ganzen Land ausschwärmen, und sie hatten nur eine Aufgabe: Sie mußten in sämtlichen Tempeln des gesamten Reiches die Bilder und den Namenszug des Amun austilgen. Nichts anderes kümmerte diesen König. Im Westen fielen die Vasallen reihenweise von Kemi ab, seine Beamten hintergingen und verrieten ihn, auf dem Land bildeten sich Räuberbanden und preßten Gutsbesitzer und Bauern aus. Echnaton aber saß hier in seiner heiligen Stadt und dichtete Hymnen an seinen Gott. Aus seinem »Lobgesang an Aton« habe ich mir einiges aufschreiben lassen. Also höre:

»Du erscheinst so schön am Horizont des Himmels,
lebendiger Aton, Ursprung des Lebens,
wenn du erstrahlst am östlichen Himmel
und alle Länder mit deiner Schönheit erfüllst.
Herrlich bist du anzuschauen, groß, strahlend und hoch über dem Land.
Deine Strahlen umfassen die Welt bis zum Ende alles von dir Geschaffenen.

Wie zahlreich sind doch deine Werke,
verborgen dem Auge des Menschen,
du einziger Gott, außer dem es keinen anderen gibt!
Du hast die Erde geschaffen nach deinem Sinn,
du einzig und allein!
Mit Menschen, Rinderherden und anderem Getier.
Alles, was auf Erden mit Füßen geht,
was in der Luft mit Flügeln fliegt,
die Gebirgsländer Syrien und Kusch und das flache Kemi.
Du setztest jeden Mann an seine Stelle,
sorgst für alle Bedürfnisse,
ein jeder hat zu essen
und berechnet ist seine Lebenszeit.

Du machst die Jahreszeiten,
damit deine Geschöpfe gedeihen,
den Winter, um sie zu kühlen,
des Sommers Glut, damit sie dich spüren.
Du hast den Himmel über die Erde gespannt,
um von dort herabzuleuchten,
damit alles sichtbar wird, was du – einzig und allein du! –
an Sichtbarem geschaffen hast!«

Nun, das klang recht schön, aber das Volk verlangte nach den alten, vertrauten Göttern, und die vertriebenen Amun-Priester schürten diese Unzufriedenheit. Nach etwa fünfzehnjähriger Herrschaft brach das Traumreich des Pharao Echnaton zusammen. Niemand weiß, wie er zugrunde ging, sein Grab blieb unvollendet, seine Mumie ist verschollen. Seine Nachfolger kehrten reumütig zu Amun zurück, der Kult des Aton verschwand, diese Stadt hier wurde abgetragen und zerstört. Du kannst noch einige Stellen finden, die uns ihre Ausmaße verraten, und drüben beim großen Aton-Tempel ragen noch ein paar Säulenstümpfe aus dem Boden. Ich habe dich hierhergeführt, Jonam, damit du siehst, was ein König, wenn er klug ist, vermeiden muß. Bevorzuge unter den Göttern, welchen du willst, oder meinetwegen verlache sie alle, aber tue es für dich. Zwinge dem Volk und den Priestern nichts auf, was ihnen widerstrebt, nimm ihnen nichts, was durch alte Tradition geheiligt ist. Du kannst launisch und ungerecht, verschwenderisch und hart sein, kannst dein Volk auspressen und deine Beamten in den Steinbruch schicken – tue es, wenn du Lust hast, aber tue es mit Maßen und – ich sage es noch einmal – laß ihnen die alten Götter! Dann werden sie dir zujubeln und dich achten, und dein Thron wird so sicher stehen wie ein Felsblock in der Wüste.«

Schweigend gingen sie zurück, wo Menna mit den Pferden wartete.

Der Hauptmann erhielt ein Säckchen mit Kupferdeben zur Verteilung unter seine Leute. Ihm selbst hängte der Pharao eine kleine goldene Fliege um für sein »tapferes Ausharren an diesem wüsten Ort«.

Als sie wieder im Boot saßen, fragte Jonam:

»Warum wird diese Stadt noch immer bewacht? Es gibt doch nichts zu stehlen, nichts zu sehen?«

Ramses schmunzelte:

»Die Wache wird vom Amun-Tempel in Theben gestellt und unterhalten. Es ist keine Notwendigkeit, sondern ein Prinzip. Dieser ›gefallene König‹, wie sie ihn nennen, soll noch Jahrhunderte nach seinem Tod gestraft, seine Stätte gebannt sein. Kein Amun-Priester wird jemals seinen Namen aussprechen, doch ich hielt es für nötig, dir vorzuführen, was einem König geschehen kann, der seine Ziele zu weit steckt.«

Piay saß vor seiner Hütte und schaute zu, wie die Barke des Re in die Unterwelt tauchte und die Apophisschlange dies wieder einmal zu verhindern suchte.

Immer wieder versucht sie es, dachte Piay, und jedesmal verliert sie den Kampf und vergießt ihr Blut. Vielleicht bleiben dadurch die Dinge im Himmel und auf Erden in Bewegung, weil Götter wie Menschen es immer wieder versuchen. Würde ich bei meiner Arbeit auf eine Gesteinsschicht stoßen, die zu weich oder zu undurchdringlich wäre, so würde ich an anderer Stelle von neuem beginnen.

Piay hatte ausnahmsweise heute seine Arbeit eher eingestellt, weil die Arbeitsrampe ein Stück abgetragen werden mußte. Er war schon bei den Schenkeln der Statue angelangt und wollte die weitere Arbeit seinem Gehilfen Hotep überlassen – ausgenommen freilich die Figur der Merit, die mit ihrer kleinen Schwester Henut zu Füßen Nefertaris stand.

Ein Kurier aus Theben hatte ihm Nachricht gebracht, daß die Prinzessin in den nächsten Tagen hier eintreffen werde. Fast war Piay zu erschöpft, um sich darüber zu freuen. Er spürte jetzt, daß sich Liebe mit Müßiggang besser vertrug als mit harter Arbeit. Nach ihrer Ankunft mußte er eine Pause einlegen; ein Grund dafür würde sich finden.

Von ferne hörte Piay Gelächter aus den Zelten der Arbeiter. Diese zähen Nubier schufteten sich von früh bis spät die Haut von den Händen und hatten dann noch die Kraft, die halbe Nacht mit Bier und Mädchen durchzufeiern. Nun, das waren junge, kräftige Burschen, keiner älter als zwanzig, während er, Piay, nicht weniger hart arbeitete, aber heuer schon die vierzigste Nilüberschwemmung erlebt hatte. Gut die Hälfte aller Ägypter erreichte nicht einmal dieses Alter, doch Piay war – wie der König – niemals krank gewesen und spürte bis jetzt keine wesentliche Minderung seiner Kraft. Der Schöpfergott Ptah, der »Große Handwerker«, hatte ihm nicht nur das Talent in die Wiege gelegt, sondern schenkte ihm auch die Jahre, es zu nützen.

Er lehnte sich zurück und trank einen Schluck Wein.

»Du kannst zufrieden sein, Piay«, flüsterte sein Ka ihm zu, »denn schließlich ist es nicht alles, was du erreicht hast. Du bist der Freund und Berater des Pharao, gehst mit seiner Tochter ins Bett und mit ein wenig Glück ...«

Das Ka schwieg eine Weile; Piay hielt den Atem an und lauschte angestrengt, bis er das Wispern wieder vernahm.

»... mit ein wenig Glück könntest du sogar der nächste Pharao sein.«

»Schweig!« befahl Piay, »schweig, du lästerst den Guten Gott und seine Familie!« Doch es flüsterte weiter:

»Warum denn nicht? Es gab genug Könige, die aus dem Volk kamen und sich den Thron durch die Heirat mit einer Sonnentochter sicherten. Eje, Haremhab, auch der erste Ramses stammten aus einfachen Familien und trugen am Ende die heilige Doppelkrone.«

»Nur weil die königlichen Familien damals fast ausgestorben waren«, setzte Piay das Gedankengespräch mit seinem Ka fort. »Der Gute Gott aber besitzt unzählige Kinder, mehrere Dutzend Söhne, noch mehr Töchter, du kannst dir also deine giftigen Einflüsterungen sparen.«

Die Stimme blieb hartnäckig:

»Arme Haremswürmer, ohne jede Bedeutung. Nur auf die Kinder der beiden Gemahlinnen kommt es an. Gestern ist Amani gestorben, heute kann es Jonam sein und morgen Ramose oder Chamwese. Ist kein legitimer männlicher Thronfolger mehr da, so wird Merit, die Erstgeborene, zur Trägerin des Thronrechts, zur Erbprinzessin. Wer immer sie auch heiratet, durch sie wird er zum Pharao.«

»Ich weigere mich, an so etwas auch nur zu denken!« gab Piay zurück. »Die von dir genannten Könige waren allesamt hohe Offiziere, auf sie hörten die Truppen, und so war es nur ein Gebot der Klugheit, daß noch lebende Schwestern oder Töchter des Königs ihren Thronanspruch durch sie sicherten. Wer aber bin ich? Ein kleiner Handwerker, ein Bildhauer, den morgen schon Hotep ersetzen könnte. Würde meine Verbindung mit Merit bekannt, so gewänne ich dadurch kein Anrecht auf den Thron, aber ein sicheres auf den Scheiterhaufen.«

Das Ka schwieg einen Augenblick und sagte dann:

»Schau zu deinen Füßen, Piay, was siehst du da?«

Re war schon hinter den Horizont getaucht, doch das Licht des Abends reichte noch aus, Steinchen zu erkennen. Piay bückte sich und sah einen Skarabäus, der eine taubeneigroße Mistkugel mühsam vor sich herschob. Immer wieder traf das heilige Tier auf Hindernisse. Steine, kleine Erhöhungen oder winzige Täler stellten sich ihm in den Weg, und es bedurfte großer Anstrengungen, die Mistkugel durch alle diese Schwierigkeiten zu steuern.

Da begann das Ka erneut zu flüstern.

»Was auch kommen mag, der Skarabäus wird sein Ziel erreichen, denn er läßt sich eher vernichten, als die Mistkugel, die seine Brut beherbergen wird, aufzugeben. Das könnte doch auch für dich ein Vorbild sein …«

»Es ist ein Vorbild«, gab Piay zurück, »aber eines für meine Arbeit und nicht für deine lästerliche und absurde Idee, nach dem Thron zu schielen. Mir genügt, was ich erreicht habe, und nun bitte ich dich, schweig!«

Erregt trank Piay seinen Becher leer und stand auf. Das Gelächter aus dem Lager der Arbeiter war lauter geworden und wiederholte sich in gewissen Abständen. Piay ging hinüber und sah seine Leute im Freien auf dem Boden sitzen, um einen Mann geschart, der laut und gestenreich etwas erzählte.

In den Kreisen der Gaukler und Landfahrer hatte es sich schnell herumgesprochen, daß es hier eine Baustelle mit Hunderten von gutbezahlten Arbeitern gab, und schon strömte das lose Volk auf kleinen, schäbigen Booten herbei, um sich etwas von dem Kuchen abzuschneiden.

Die Leute sprangen auf, als Piay sich näherte, doch er winkte ab.

»Tut, als ob ich nicht da wäre. Ich setze mich zu euch und höre mir die Geschichten an.«

Der Erzähler verneigte sich tief,

»Weil du, Ehrwürdiger, den Anfang meiner Geschichte nicht gehört hast, beginne ich noch einmal von vorne. Im Gegensatz zu der vorigen, wo es viel zu lachen gab, ist dies nun eine ernste Geschichte, auch wenn sie gut endet. So höre also:

In früherer Zeit lebte ein König, dem noch kein Sohn geboren war, bis die Götter schließlich seine Gebete erhörten und seine Gemahlin ihm einen Prinzen schenkte. Die Schicksalsgöttinnen umstanden seine Wiege und prophezeiten: Er wird durch ein Krokodil oder eine Schlange oder einen Hund sterben. Die Amme des Kindes hörte diese Worte und berichtete sie Seiner Majestät. Da wurde der König sehr besorgt und ließ seinem Sohn ein Haus mitten in der Wüste bauen, das streng bewacht war und das der Prinz niemals verlassen durfte.

Als das Kind größer wurde, kletterte es auf das Dach des Hauses und sah einen Mann, den ein Windhund begleitete. Der Prinz fragte seinen Erzieher, was das für ein Wesen sei, das hinter dem Mann herlief, und der Lehrer sagte, dies sei ein Windhund. Da hatte der Prinz nur noch den einen Wunsch: Er wollte auch ein solches Tier besitzen. Der König hörte davon und schenkte seinem Sohn einen Hund, damit – wie er meinte – sein Herz in der Wüste nicht traurig sei.

Aus dem Prinzen wurde ein junger Mann, den die Unruhe packte und der schließlich seinen Vater bat:

›Laß mich weg von hier – mögen die Götter nach ihrem Ermessen über mein Schicksal bestimmen, denn hier in der Einsamkeit verdorrt mein Herz, und ich gehe zugrunde.‹

Der König sah das ein und gab seinen Sohn frei.

Der nahm seinen Windhund und zog nach Norden, bis er Naharina erreichte. Dem Fürsten dieses Landes waren alle Kinder gestorben bis auf eine Tochter, die nun sein Erbe war und die er sorgsam hütete. Sie lebte in einem hohen Turm, und als es an der Zeit war, sie zu verheiraten, ließ der König alle Fürstensöhne des Landes herbeiholen und verkündete: ›Wer von euch das unterste Fenster des Turmes erreicht, soll meine Tochter zur Frau haben.«

Der Prinz wurde mit diesen jungen Männern bekannt und sagte auf ihre Fragen:

›Ich bin der Sohn eines Generals aus Kemi. Meine Mutter ist gestorben, und mein Vater nahm sich eine andere Frau, die mich haßte, deshalb bin ich hier.‹

Da umarmten ihn die anderen und nahmen ihn in ihren Kreis auf. Sie erklärten ihm auch ihr Hiersein, und so erfuhr der ägyptische Prinz, daß alle sich – und bisher vergebens – bemüht hatten, die Bedingung des Fürsten zu erfüllen. So hoch sie auch sprangen, sie erreichten niemals das bestimmte Fenster. Insgeheim aber übte sich der Prinz täglich im Hochspringen und brachte es zu einer solchen Fertigkeit, daß sein Versuch gelang. Die Prinzessin zog ihn ins Gemach, küßte und umarmte ihn. Sie hatte schon die Hoffnung aufgegeben, auf diese Weise einen Gatten zu gewinnen.

Der Fürst von Naharina kam sogleich, um den jungen Mann anzusehen und fragte:

›Wo kommt er her, welcher Fürst ist sein Vater?‹

Man sagte ihm, er sei der Sohn eines ägyptischen Generals, der vor seiner Stiefmutter geflohen sei. Da wurde der Fürst sehr zornig:

›Soll ich meiner Tochter einen Flüchtling aus Kemi zum Mann geben? Jagt ihn augenblicklich davon!‹

Da fiel ihm seine Tochter ins Wort:

›Vater, wenn man ihn wegreißt von mir, dann werde ich von nun an weder essen noch trinken, bis der Tod mich erlöst.‹

Da sah der erzürnte Fürst keine andere Möglichkeit, als den jungen Mann töten zu lassen, und er beauftragte einige Diener damit. Die Prinzessin aber erfuhr es rechtzeitig und sagte zu ihrem Vater:

›Bei den Göttern! Wenn man ihn tötet, so werde ich keine Stunde länger leben als er!‹

Da gab der Fürst nach und ließ den Prinzen holen. Der junge Mann gefiel ihm über alle Maßen und erschien ihm bald wie ein Sohn. Die jungen Leute feierten Hochzeit, und als sie vertrauter wurden, deckte der Prinz das ihm bestimmte Schicksal auf.

›Mir wurde geweissagt, ich müsse entweder durch ein Krokodil oder eine Schlange oder einen Hund sterben.‹

Da schlug die Prinzessin vor:

›Lasse sogleich deinen Hund töten!‹

Ihr Gemahl aber sagte:

›Nein, das kann ich nicht. Der Hund hat mich von Kindheit an begleitet, das bringe ich nicht übers Herz.‹

Von da an ließ die Prinzessin ihren Ehemann auf allen seinen Wegen sorgsam bewachen.

Aber von dem Tage an, da der Prinz von zu Hause geflohen war, folgte ihm das vom Schicksal bestimmte Krokodil. Es ließ sich in einem See nieder, der vor den Mauern der Stadt lag, doch dieser See stand unter der Herrschaft eines mächtigen Wassergeistes. Der ließ das Krokodil nicht mehr fort, und das Krokodil ließ auch ihm keine Ruhe, so daß kaum ein Tag verging, an dem sie nicht miteinander kämpften.

Eines Abends legte sich der Prinz zu Bett und schlief bald ein. Seine Frau füllte zwei Schalen mit Wein und Bier, die sie vor sein Lager stellte. Das lockte eine Schlange an, die vom Schicksal den Auftrag hatte, den Prinzen zu töten, und nun statt dessen von Wein und Bier so reichlich naschte, daß sie betrunken einschlief. Die Prinzessin hatte dies alles aus einem Versteck beobachtet und hackte die Schlange in Stücke. Als ihr Gemahl dabei erwachte, sagte sie:

›Eines deiner drei Schicksale haben wir nun bewältigt, und ich bete täglich zu Re, er möge dich auch vor den beiden anderen bewahren.‹ Sie opferte dem Gott jeden dritten Tag einen jungen Stier und pries laut seine Macht.

Bald darauf sprach der Hund des Prinzen mit menschlicher Stimme: ›Ich bin dein Schicksal!‹

Da floh der Prinz, lief hinaus vor die Stadt und sprang in den See. Sofort packte ihn das Krokodil und schleppte ihn an die Stelle, wo der Wassergeist hauste.

Dann sprach es:

›Zwar bin ich dein Schicksal, das dich bis hierher verfolgt hat, doch mich selber bedrängt dieser Wassergeist. Wenn du mich von ihm befreist, werde ich dich nicht mehr behelligen.‹

Einer der Erzieher des Prinzen hatte viel von Magie verstanden und ihm mächtige Zaubersprüche gegen böse Dämonen beigebracht. Einen solchen wandte der Prinz nun an, so daß der Wassergeist heulend aus dem See fuhr und nie mehr gesehen wurde. Sogleich ließ das Krokodil den Prinzen los und freute sich seines nun freien und ungefährdeten Daseins.

Der Hund aber, der seinen Auftrag nicht erfüllen konnte, floh in die Wüste, wo ihn bald die Schakale zerrissen.

Der Prinz kehrte mit seiner Frau nach Kemi zurück, wo sein glücklicher Vater ihn empfing und sogleich zum Mitregenten ernannte.«

Atemlos hatten die Zuhörer der Geschichte gelauscht, wenn auch Piay manch heimlicher Blick traf, denn die Arbeiter wollten wissen, wie dem Freund des Pharao die Geschichte gefiel. Piay stand auf, bedankte sich und warf dem Erzähler einen Kupferdeben zu.

»Deine Geschichte beweist, daß man mit Klugheit, Tatkraft und Geschick sein Schicksal verändern kann. Darüber sollten wir alle nachdenken.«

Mit offenen Mündern blickten die Leute dem ehrwürdigen Meister nach, und keiner verstand so recht, was er gemeint hatte. Das war doch nur eine spannende Geschichte gewesen, weiter nichts …

Der Gute Gott und Sohn der Sonne Usimare Ramses hatte seinen Einzug in Theben festlich geplant. Er hatte die Stadt lange nicht mehr besucht, und doch war seine Anwesenheit stets spürbar, denn auf sein Geheiß wurden alte Tempel vergrößert und neue wuchsen aus dem Boden, die alles Bisherige an Ausdehnung und Pracht übertrafen. Vielfach gegenwärtig war der Pharao in Amuns heiliger Stadt durch Hunderte von Statuen, wovon ein gutes Dutzend in gigantischer Größe die Macht und Herrlichkeit des Herrn beider Länder verdeutlichten. Dazu kamen noch Tausende von Namenskartuschen an Decken, Wänden und Säulen, die jedem, der lesen konnte – und alle Priester konnten es –, täglich, stündlich, den Namen des Guten Gottes ins Gedächtnis riefen. Aber nicht nur für die Priester war der Pharao allgegenwärtig, auch das Volk hatte seinen Teil daran. Das bisher elf Tage dauernde Opet-Fest wurde von Ramses auf die doppelte Zeit verlängert, und das Volk durfte während dieser Festtage auf Kosten des Königs nach Herzenslust essen und trinken.

Nun aber kam der Gute Gott in eigener Person in Begleitung beider Gemahlinnen und deren Kinder. Erprobte und zuverlässige Zeremonienmeister hatten bereits Tage zuvor alles bis ins kleinste vorbereitet. Als die königliche Flotte in Sicht kam, standen schon Tragsessel, Sänften, Wagen und Pferde bereit. Fahnen- und Wedelträger, Weihrauchschwinger, Fanfarenbläser, Trommler, Sängerinnen und Priester aller in Theben verehrten Gottheiten warteten am Hafen – jeder hatte seine Aufgabe, jeder wußte genau, was zu tun war.

Auf des Pharaos Wunsch war eigens ein dreisitziger Tragsessel gefertigt worden, den ein prächtiger, bestickter Baldachin überspannte, und den der Gute Gott nun mit seinen beiden Gemahlinnen bestieg. Nefertari nahm zu seiner Rechten, Isis-nefert zu seiner Linken Platz. Für die Prinzen Jonam, Ramose und Seti stand je ein Streitwagen mit prachtvoll aufgezäumten Pferden bereit, die kleineren Kinder saßen in offenen Sänften und wurden – damit man sie nicht übersah – vor dem Thron der Eltern hergetragen.

Die von Menna geführte Leibtruppe formierte sich, die Wedelträger traten zu beiden Seiten des Thrones, junge Novizen mit schwelenden Weihrauchpfannen schritten, ihr Gesicht dem Pharao zugewandt, rückwärts in den Reihen der Priester. Zu den Klängen einer feierlichen Musik setzte sich die Prozession in Bewegung. Der König trug die rot-weiße Doppelkrone und den langen Zeremonialbart, Nefertari die Geierhaube mit den hochaufragenden Goldfedern, Isis-nefert die einfache Geierhaube. Nefertari hatte ihren linken und Isis-nefert ihren rechten Arm um die Schulter des Pharao gelegt, der mit Krummstab und Peitsche in seiner Größe und Pracht dem Volk wie ein unirdisches Wesen erschien. Die Blicke der Mädchen ruhten vor allem auf den drei jungen Prinzen, von denen jeder schön gewandet hinter seinem Wagenlenker stand, in der Rechten eine kurze, goldene Lanze, die in der Morgensonne funkelte wie ein Szepter.

Das zuerst andächtige Staunen machte bald einem lauten Jubel Platz, die Menschen klatschten und schrien durcheinander, wobei es in Theben schon seltsam erschien, daß Nefertaris Name weit öfter gerufen wurde als der von Isis-nefert, die doch eine Tochter dieser Stadt war.

Dem Prinzen Seti erschien dies alles wie ein Traum. Noch vor wenigen Jahren hatte er im Harem gelebt als einer unter vielen, kaum beachtet, nach dem Tod der Mutter herumgestoßen, ohne Zukunft oder Aussichten, denn die Zahl der Söhne und Töchter des Guten Gottes vermehrte sich von Jahr zu Jahr beträchtlich – bis der Vater die auffallende Ähnlichkeit bemerkte und nicht umhinkonnte, diesen achtzehn Jahre jüngeren »Zwillingsbruder« zur Kenntnis zu nehmen und sein Erscheinen als Wink der Götter zu verstehen. Dies, und daß er zudem noch den Namen seines Großvaters trug, hob ihn heraus gegenüber den anderen, machte ihn erst wirklich zum Sohn des Guten Gottes, der wie seine Halbbrüder den goldenen Uräus tragen und überall dabeisein durfte. So wurde mit den Jahren aus dem eher bescheidenen Jungen ein ziemlich anmaßender Prinz, der es nicht ungern hörte, wenn die Hofbeamten hinter seinem Rücken, doch durchaus vernehmlich flüsterten: »Dem Guten Gott wie aus dem Gesicht geschnitten! Der kann es noch weit bringen.«

Ramose, Isis-neferts ältester Sohn, war von anderen Gedanken bewegt. Ob diese jubelnden Menschen überhaupt wußten, wer er war? Sie mußten doch einsehen, daß er dem Thron jetzt am nächsten stand, daß die heilige Doppelkrone ihm gebührte! Seiner Empfindung nach wurde er zu wenig beachtet, nur ganz vereinzelt hörte er seinen Namen aus den Zurufen. Er rief sich ins Gedächtnis, was Nes-Amun, der Vorlesepriester und Haushofmeister seiner Mutter, ihm unter vier Augen vor dieser Reise eingeschärft hatte:

»Du mußt die Amun-Priester in Theben für dich gewinnen! Auch ich werde alles versuchen, um dich als den geeigneten Thronfolger herauszustellen, vor allem beim Hohenpriester Nebunef. Ihm traut der Pharao noch am meisten, und wenn er sich für dich einsetzt, ist viel erreicht. Und vergiß eines nicht: Du wirst als König die Residenz nach Theben zurückverlegen, das mußt du ihnen – wenn sie darauf bestehen – schriftlich geben. Jonam kann und wird dies nicht tun, das wissen sie genau.«

Ramose hatte jedes Wort behalten, doch er wußte noch keineswegs, wie dies zu bewerkstelligen war: die Amun-Priester für sich zu gewinnen. So fühlte er sich unsicher und irgendwie erniedrigt. Er wünschte dem vor ihm fahrenden Jonam, daß er sich sogleich den Hals bräche. Jeder würde dies als Wink Amuns verstehen, und er bräuchte sich keine Gedanken mehr zu machen.

Jonam aber, der nun wußte, daß ihn sein Vater zum Nachfolger bestimmt hatte, fühlte in sich einen Anflug des Göttlichen, einen Funken, der von der Doppelkrone des Guten Gottes auf seine goldene Utoschlange übersprang, seinen Körper durchdrang und ihn von den Menschen weg den Göttern entgegenrückte.

Die Gedanken seiner Mutter, der Großen Königlichen Gemahlin Nefertari, waren ganz nach innen gerichtet, wo wieder der heilige Same Amuns aufgegangen war. Seit sie wußte, daß sie schwanger war, erhielt der Chnum-Tempel in Memphis als tägliche Opfer zwei weiße Ziegen und alle zehn Tage drei Golddeben. Sie wollte den göttlichen Menschenformer dazu bewegen, auf seiner Töpferscheibe einen Knabenkörper zu bilden, als Ausgleich und Ersatz für den verstorbenen Amani.

Der zum Osiris gewordene Prinz harrte in dem bemalten Mumiensarg seiner Bestattung. Im übrigen hatte man ihn fast schon vergessen. Sein Tod lag einige Monate zurück, die Trauerzeit war längst vorbei, und jetzt war es nur noch seine Mutter, die täglich mit Wehmut an ihn dachte, vor allem an die Zeit, da er klein und hilflos gewesen war und sie, wenn die Amme ihn hereinbrachte, fröhlich und zahnlos angelächelt hatte. Auch war Nefertari enttäuscht, daß sie Merit nicht in Theben antraf. Der Pharao hatte nichts dabei gefunden, als der Hohepriester Nebunef ihm mitteilte, die erhabene Prinzessin wolle den Tempelbau einige Zeit in eigener Person überwachen und werde Seine Majestät und die Große Königliche Gemahlin dort erwarten, es sei denn, der Gute Gott habe andere Befehle für seine gehorsame Tochter.

Der Pharao schmunzelte, als er diese Nachricht hörte.

»Gehorsam? Nun ja.« Er blickte auf Nefertari: »Wir haben da andere Erfahrungen gemacht.«

Nefertari kannte ihre Kinder besser, und ein banges Gefühl beschlich sie. Es paßte so gar nicht zu Merit, daß sie einen Tempelbau »überwachen« wollte, es mußte also etwas anderes dahinterstecken. Aber was? Behutsam fragte sie Merits zurückgebliebenen Hofstaat aus, hörte aber nur Belangloses, bis auf den immer wiederkehrenden Hinweis, die Prinzessin habe sich auch in Theben sehr für die Bauarbeiten interessiert und habe oft mit Meister Piay darüber verhandelt. Aha, dachte Nefertari, und jetzt ist Piay in Theben, und sie ist es auch. Doch sie wollte diesen Gedanken nicht zu Ende denken, ehe sie Näheres wußte.

In den nächsten Tagen sollte ein Empfang im Großen Audienzsaal stattfinden, und dabei wollte der Pharao die Ernennung des Prinzen Raherunemef, den alle Jonam nannten, zum Thronfolger bekanntgeben.

»Gleich danach reisen wir in den Süden, nur wir beide, und ich zeige dir deinen Tempel, auch wenn noch nicht sehr viel zu sehen sein wird.«

»Und die Kinder?« fragte Nefertari, »sollen die auch hierbleiben?«

»Für die Großen ist Theben viel abwechslungsreicher als die Fahrt zu einer Baustelle. Die Kleinen sind hier im Palast bei ihren Ammen auch besser aufgehoben als auf einer anstrengenden Reise. Isis-nefert wird dann uns vertreten und kann sich vom Amunklüngel feiern lassen. Merit werden wir ja dort unten treffen, ich frage mich nur, wie sie es da so lange aushält.«

Nefertari hatte eine Antwort parat, doch sie schwieg.

18

Piay arbeitete mit Hingabe und äußerster Sorgfalt an der etwa lebensgroßen Figur seiner Geliebten, die mit ihrer Schwester Henut zu Füßen der Königin stand. Stand? Nein, der Pharao hatte sich für diesen Tempel etwas Besonderes ausgedacht. Jeder in Kemi – und nicht nur die damit befaßten Handwerker – wußte, daß stehende Frauenfiguren nach alter Regel mit nebeneinandergestellten oder nur wenig voneinander getrennten Füßen dargestellt wurden, während die Männer zügig voranschreitend aus den Nischen der Gräber und Tempel traten.

Dies aber, so hatte Ramses bestimmt, sei ein reiner Frauentempel, Hathor und Nefertari geweiht, und darum müsse es hier umgekehrt sein: Nefertari und ihre Töchter sollten kühn vorausschreitend gezeigt werden, die Söhne aber mit geschlossenen Beinen.

»Und du selbst, Majestät? Auch mit geschlossenen Beinen?«

»Nein!« hatte Ramses in jähem Zorn gebrüllt. »Hüte dich, weiterhin so dumme Fragen zu stellen! Für meine Majestät gilt das natürlich nicht!«

Piay hatte wieder einmal vergessen, daß er mit dem Guten Gott und nicht mit einem Menschen sprach.

Gerade als er liebevoll die kleinen Brüste nachschliff, hörte er Hoteps Ruf:

»Meister Piay! Meister Piay!«

Hotep arbeitete an der Figur der Henut beim linken Fuß der Nefertari, denn Piay wollte die beiden Prinzessinnen gleichzeitig fertig haben. Und nun deutete er aufgeregt nach Norden, und Piay sah, worauf er die letzten Tage so inbrünstig gewartet hatte.

Festlich leuchtete die goldene Hathor-Maske am Bug, während die kunstvoll in lebhaften Farben bemalte Kajüte wie eine kostbare Truhe wirkte.

Eine Truhe, die einen Schatz birgt, dachte Piay und schickte Hotep zu den Aufsehern, damit diese für einen angemessenen Empfang sorgten. Er selbst vollendete die Brüste der Figur, sprang von seiner nur noch ellenhohen Rampe und nahm ein gründliches Bad.

Die Bootsanlegestelle war südlich der beiden Tempel errichtet worden, da der ständige Abtransport des Bauschuttes nicht behindert werden durfte.

Mit einigen Oberaufsehern empfing Piay die Prinzessin. Auch eine einfache Sänfte stand bereit, doch sie meinte:

»Nein, meine Herren, die wenigen Schritte möchte ich zu Fuß gehen, und zwar gleich zu den Tempeln.«

Für Piay hatte sie nur einen flüchtigen Blick, niemand, auch nicht der Mißtrauischste, hätte zwischen diesen beiden Menschen eine Verbindung vermutet. Wie immer verbreitete die Prinzessin mit ihrer schlanken Gestalt und ihrem schönen, kühnen, etwas hochmütigen Gesicht königlichen Glanz. Über ihrer Stirn funkelte die drohend aufgerichtete Uräusschlange, ein Schmuckkragen aus Gold und Lapis bedeckte Hals und Schultern, das blütenweiße, hauchdünne Leinenkleid war mit feinen goldenen Borten bestickt und raschelte leise, während Piay in schicklichem Abstand an ihrer linken Seite schritt.

»Wie weit seid ihr mit dem Großen Tempel, Meister Piay?«

»Es wird gerade der hinterste Raum ausgehöhlt, die Wandbilder in der großen Halle sind schon vorgezeichnet, meine besten Bildhauer arbeiten an den Pfeilerfiguren des Guten Gottes, der hier als Osiris auftritt.«

»Und warum machst du das nicht selbst? Mein erhabener Vater schätzt doch deine Hand über alles.«

Du schätzt sie auch, dachte Piay, wenn sie über gewisse Stellen deines Körpers wandert ...

»Dazu fehlt mir leider die Zeit. Seine Majestät hat mir nur die Ausführung der Fassadenfiguren an beiden Tempeln befohlen sowie die Reliefarbeiten an der Schlacht von Kadesch. Schon diese Arbeiten werden mich für einige Jahre hier festhalten.«

Merit blieb stehen, und der Gleichmut schwand aus ihrem Gesicht. Sie wußte natürlich, daß Piay hier viel Arbeit zu leisten hatte. Nun sah sie selbst die gewaltigen Tempel, die den Geliebten für Jahre beschäftigen würden, und was sie bisher immer wieder aus ihrem Herzen verdrängt hatte, stand nun drohend und unübersehbar vor ihren Augen: das Gespenst der Trennung, und sie besaß kein Mittel, es zu verscheuchen.

»Einige Jahre?« wiederholte sie kleinlaut. »Aber gibt es denn niemand, der dich ablösen oder ersetzen könnte? Der Gute Gott will sicherlich nicht, daß du deine kostbare Gesundheit gefährdest, denn es gibt ja noch anderes zu tun, in Theben, in Piramesse, in Memphis ...«

Fast flehend blickten ihre schrägen, dunklen Augen ihn an, als bäten sie ihn um eine bessere Auskunft.

»Niemand ist unersetzbar ...«, sagte Piay, und weil er wußte, was sie fühlte und weil er selbst genauso betroffen war, schossen ihm die Tränen in die Augen. Er räusperte sich und sagte mühsam beherrscht: »Wenn du gestattest, zeige ich dir jetzt den kleinen Tempel.«

Sie gingen hinüber, und Merit blieb vor der fertigen Figur ihrer Mutter stehen, die als strahlend schöne Hathor mit dem linken Fuß voran aus ihrer Nische schritt. Merit trat näher, um ihr eigenes Abbild zu betrachten, das mit den noch unfertigen Beinen in der niedrigen Rampe steckte. Sie lächelte mühsam.

»Wer sind denn diese Mädchen zu Füßen der göttlichen Hathor? Sie sehen aus wie Zwillinge ...«

Sie beugte sich näher und las:

»Merit-Amun, und ihre Zwillingsschwester heißt Henut-ta-ui ...«

Biket, die treue Dienerin, konnte nicht mehr an sich halten und platzte heraus:

»Aber das bist doch du selbst, Prinzessin, mit deiner kleinen Schwester.« Sie schüttelte ehrfürchtig den Kopf. »Meine Merit an einer Tempelwand ...«

Merit tat verwundert.

»Ich wußte gar nicht, daß Henut schon so groß ist! Sie kann doch jetzt höchstens sechs Jahre alt sein.«

Piay lächelte entschuldigend, obwohl er wußte, daß sie die Zusammenhänge genau kannte.

»Wenn Königskinder zu Füßen ihrer Eltern dargestellt werden, ist es üblich, sie aus Gründen der Symmetrie gleich groß zu formen. Sie wird ja auch noch wachsen, die kleine Henut. Leider bin ich nicht mehr ganz fertig geworden, doch der Rest ist in wenigen Stunden zu schaffen.«

Sie betraten das Innere des Felsentempels, wo man die Arbeit wegen des hohen Besuchs unterbrochen hatte. Dafür hatte man ein Dutzend der Nubier gebadet, in frische Schurze gesteckt, und diese standen nun mit Fackeln an den Wänden und Pfeilern. Die Reliefs waren zum Teil schon ausgeführt, zum Teil aber erst mit schwarzen und roten Strichen vorgezeichnet.

»Schön, schön ...«, murmelte Merit, doch sie war offenbar nicht ganz bei der Sache.

»Ich möchte jetzt ein wenig ruhen. Heute abend speisen wir gemeinsam, dann erstattest du mir Bericht, Piay. Bringe auch den Bauaufseher und einen Geologen mit.«

»Wie du es wünschst, erhabene Prinzessin.«

Piay suchte inzwischen Hotep auf und sagte:

»Ich werde dir jetzt eine Frage stellen, die du nicht sofort beantworten mußt. Es genügt, wenn du mir deinen Entschluß während der nächsten Tage mitteilst. Traust du es dir zu, die Fassade des Kleinen Tempels allein fertig zu machen? Wenn du Schwierigkeiten hast, kannst du jederzeit zu mir kommen. Ich will dadurch erreichen, daß wir beide nicht unser halbes Leben hier in der Wüste verbringen müssen. Vielleicht finden wir tüchtige Gehilfen für die gröberen Arbeiten.«

In Wahrheit aber fürchtete Piay die lange Trennung von Merit und wollte alles tun, um die Arbeit hier abzukürzen.

Merit nahm ein Bad, ließ sich von Biket duftende Öle in die Haut reiben und schmückte sich sorgfältiger denn je. Biket rieb die letzten Tropfen mit der flachen Hand in Merits Schenkel, gab ihr einen Klaps auf die Rückseite und sagte:

»Es tut mir leid, es sagen zu müssen, mein Täubchen, aber du hast heute deinen fruchtbarsten Tag. Es wäre also besser, du plaudertest nur mit Meister Piay.«

»Ach Biket«, Merit seufzte. »Jeder Tag kann für lange Zeit unser letzter sein. Der Gute Gott trifft schon bald in Theben ein, und wenn ich Pech habe, holt mich bereits morgen ein Eilkurier zurück. Wie kann ich mich ihm da verweigern.«

»Dann muß halt er einmal etwas dazu tun und darauf achten, daß er seinen Samen nicht in deinen Leib ergießt. Das ist weniger schlimm, als ein Kind abzutreiben, glaube mir.«

»Ich würde sein Kind niemals abtreiben!« sagte Merit empört, »lieber ertrage ich den Zorn meines Vaters. Er hat schon ein Dutzend Enkel, da käme es auf meinen auch nicht an.«

»Möge Chnum dir beistehen und diesmal nicht zur Töpferscheibe greifen.«

Kurz vor Sonnenuntergang fand sich Piay mit den für den Bauablauf verantwortlichen Männern ein. Die Prinzessin empfing sie sehr freundlich, stellte viele vernünftige und einige dumme Fragen, speiste mit ihnen bei heiterem Gespräch, und dann wurden sie verabschiedet. Piay sagte, er gehe noch an der Baustelle vorbei, wartete, bis die Schritte der anderen verklungen waren und schlüpfte ins Haus. Eigentlich hätte der kleine Palast bewacht werden müssen, doch was sollte hier, am Rande der Wüste, schon geschehen?

Wie immer öffnete Biket, die wachsame Falkin, die Tür zu ihrer Herrin und ließ Piay ein. Sie verstand recht gut, daß dieser große, sehnige Mann mit seinen verwirrenden grauen Augen ihrer Herrin gefiel, doch heute, da sie um deren fruchtbare Tage wußte, hätte er lieber fernbleiben sollen.

Merit saß auf der Gartenterrasse und blickte auf den großen, träg dahinfließenden Strom, der im Nordosten zwischen den flachen, ockerfarbenen Wüstenbergen verschwand. Die Tageshitze hatte nachgelassen, ein leiser, kühler Wind kam auf, und mit fortschreitender Nacht würde es hier so kalt werden, daß die Schlafenden sich gerne in dicke Wolldecken hüllten.

Sie küßten sich, und Piay meinte:

»Ich glaube, es ist besser, wir gehen ins Haus. In den Nachtstunden fliegen hier die Schnupfengespenster herum, so zahlreich wie Fledermäuse. Wenn man untertags vor Hitze fast vergeht, glaubt man gar nicht, wie kalt es nachts werden kann. Die Geologen haben sich schon überlegt, ob die beiden Tempel im Laufe der Jahre durch den krassen Temperaturunterschied bersten könnten. Wir sollten vielleicht ...«

»Piay, mein Lieber, warum erzählst du mir das alles? Vorhin bei Tisch wurde es doch schon durchgesprochen. Hinter deiner Flut von Worten verbirgst du etwas, habe ich recht?«

Sie gingen ins Haus und setzten sich auf eine Bank aus Bambusrohr. Piay legte einen Arm um Merit.

»Ich weiß einfach nicht mehr, wie es weitergehen soll. Während der Arbeit zergrüble ich mir stundenlang den Kopf, wie sich unsere bevorstehende Trennung abkürzen ließe. Mein Gehilfe Hotep ist jetzt soweit, daß er die Fassade am Kleinen Tempel allein übernehmen kann. Doch die vier Sitzfiguren am Großen Tempel hat Seine Majestät – er lebe, sei heil und gesund! – ausdrücklich mir anvertraut. Und wir alle schulden doch dem Guten Gott Gehorsam oder nicht? Die einzige Möglichkeit einer Beschleunigung – dein erhabener Vater hätte gewiß nichts dagegen – wären tüchtige Gehilfen, die mir einen Teil der gröberen Arbeit abnehmen. Dazu kommt noch das Kadesch-Relief, das Seine Majestät von mir wünscht und das einige Monate in Anspruch nimmt. Wenn ich dies alles zusammenrechne, sind es mindestens …«

Merit hielt ihm den Mund zu.

»Ich will keine Zahlen hören, will einfach nicht wissen, wie lange es dauert. Alles, was mir bleibt, ist die Hoffnung – bitte nimm sie mir nicht. Ich habe mir schon überlegt, was ich selbst tun kann. Vielleicht könnte ich meinen Vater dazu überreden, daß er mich in Theben läßt – als seinen verlängerten Arm, um dem Amunklüngel ein wenig auf die Finger zu schauen. Von Zeit zu Zeit würde ich dann den Fortgang der Arbeiten überprüfen. Was hältst du davon?«

Piays Gesicht hellte sich auf.

»Ein großartiger Plan! Ob Seine Majestät damit einverstanden sein wird?«

»Warten wir's ab. Bei Liebenden ist es oft wie bei Menschen in Todesgefahr. Sie entwickeln ungeheure Kräfte, greifen zu Finten und Listen, auf die sie sonst nicht gekommen wären.«

Piay preßte Merit an sich, fühlte, wie das Blut machtvoll in seine Lenden schoß und sein Begehren aufflammte. Eng aneinandergepreßt gingen sie in den Schlafraum.

Er deutete auf das Bett.

»Schau dir die Wolldecken an. Die habe ich aus Suenet kommen lassen, damit meine Geliebte in den Wüstennächten nicht erfriert.«

Merit lachte und schlug die Decke auf. Mit einem leisen Schrei fuhr sie zurück. Es hatte sich ein Skorpion darunter verkrochen, der nun angriffslustig seinen Giftstachel krümmte.

»Schlag ihn tot! Schlag ihn sofort tot!«

Piay aber schüttelte den Kopf:

»Nein, das geht hier nicht. In dieser Gegend verehrt das Volk die Göttin Selket, und ihr ist dieses Tier heilig.«

Er nahm seinen Schurz ab, warf ihn schnell über den erregten Skorpion und rollte ihn ein.

»Wenn er dich nun gestochen hätte«, sagte Merit vorwurfsvoll, »vielleicht sogar in ganz wichtige Körperteile.«

Piay lachte.

»Vielleicht hätte ich dann unsere Liebesstunde unendlich ausdehnen können, denn was ein Skorpion sticht, schwillt unheimlich an.«

Er ging zum Fenster, schüttelte den Schurz aus, und legte sich an Merits Seite.

»Wofür ist sie eigentlich zuständig, die Göttin Selket?«

»Ich glaube, hier betrachtet man sie als eine der Schutzgöttinnen der vier Nilquellen. Sie hat auch irgend etwas mit der Unterwelt zu tun, ich kenne mich da nicht aus.«

Daß Selket vom Volk als alte Fruchtbarkeitsgöttin verehrt wurde, wußte Piay freilich nicht, vermutlich hätte er es auch verschwiegen. Er hatte sich dieses Wiedersehen immer und immer wieder vorgestellt, hatte Merit in Gedanken viele Male umarmt, und jetzt, da er bei ihr lag, ihre Brüste und Hüften spürte – jetzt wurde er zum kraftlosen Eunuchen. Auch Merits liebevolles Streicheln half nichts, Piay ruhte keusch wie ein Säugling in den Armen seiner Mutter.

Merit streichelte tröstend seinen Kopf.

»Mach dir nichts draus. Deine harte Arbeit hat dir die ganze Kraft genommen. Ruh dich aus, schlaf ein wenig – wir haben noch die ganze Nacht.«

Piay schlummerte sofort in Merits Armen ein und hätte wohl bis zum Tagesanbruch geschlafen, doch das laute Heulen der Schakale weckte ihn kurz nach Mitternacht, und auch Merit wurde wach.

Piay erklärte:

»Das Lager zieht die Schakale an. Unsere Leute werfen die Knochen der verspeisten Hühner, Gänse und Lämmer in die Wüste, und nachts raufen sich die Tiere um das Futter.«

»Es klingt wie eine Stimme aus der Unterwelt – schauerlich, beängstigend ...«

»Der Ruf des Anubis ... Aber nicht wir sind gemeint, sondern die Abfälle da draußen. Nützen wir lieber die Zeit!«

Plötzlich war seine Manneskraft wiedergekommen, und er zog die schlafwarme Merit an sich.

Sie scherzte:

»Siehe da, der Herr Piay ist munter geworden – ich aber bin müde und möchte weiterschlafen!«

Piay tat, als gäbe er nach, doch setzte er sein sanftes Streicheln fort, seine Hand wanderte über ihren Körper, machte da und dort halt, kroch weiter über die warme, glatte Haut, erkundete jeden Winkel, bis Merit ihm sacht ihren Schoß entgegenschob, in den er langsam und sanft eindrang. Die Wolldecke fiel zu Boden, und die kalte Wüstennacht mußte sich vor der Hitze der Liebenden geschlagen geben.

Spät erst schliefen sie ein, und bei Tagesanbruch war es Biket, die Piay an der Schulter faßte.

»Wach auf, Piay! Sie suchen dich schon, du bist sonst um diese Zeit an der Arbeit gewesen.«

Er sprang aus dem Bett, wickelte schnell den Schurz um die Hüften und setzte die Perücke auf.

»Verzeih, kleine Löwin, aber wir wollen ihnen keinen Anlaß zum Mißtrauen geben.«

Merit gähnte und sagte unwillig.

»Wer könnte dich zur Rechenschaft ziehen? Du bist nur dem Pharao verantwortlich!«

»Gerade das ist es ja – lebe wohl, geliebte Schwester!«

Natürlich wagte es niemand, ihn nach dem Grund seiner Verspätung zu fragen, doch entgingen ihm nicht die neugierigen Blicke und manches Getuschel, das erstarb, wenn er auftauchte. Er ärgerte sich, aber er tat, als hätte er nichts bemerkt.

Am Tage vor dem großen Empfang, den der Pharao den Priestern und Amtsträgern in Theben geben wollte, ließ sich Nes-Amun beim Prinzen Ramose melden. Der dicke Priester wartete, bis der Diener verschwunden war, und flüsterte:

»Es ist soweit, Prinz! Thotmes erwartet uns. Ich werde so tun, als zeigte ich dir etwas draußen am Tempel.«

Auf verschwiegenen Wegen gelangten sie vom Palast zur Tempelanlage, wo plötzlich Thotmes auftauchte und sie in einen kleinen Raum zog.

»Hier sind wir ungestört, wenigstens während der nächsten Stunde. Verzeih, wenn ich gleich zur Sache komme, Prinz Ramose, aber wir haben wenig Zeit. Du kennst Amuns Wünsche, der Vorlesepriester deiner erhabenen Mutter – sie lebe, sei heil und gesund! –, unser vortrefflicher Nes-Amun hat dich diesbezüglich schon unterrichtet. Wir sind nun der Ansicht, daß die geheiligte Tradition der Thronfolge des Erstgeborenen beibehalten werden soll, und da Amani tot ist und du nicht der Sproß irgendeines Haremsmädchens bist, wie dieser dünkelhafte Seti, sondern einer Königlichen Gemahlin, fällt nach Brauch, Recht und Tradition die Erbfolge an dich. Wir werden deinen Anspruch vor Seiner Majestät – er lebe, sei heil und gesund! – unterstützen und befürworten. Wir tun es allerdings nicht ganz umsonst, denn unser oberstes Ziel muß es sein, Amun, dem König der Götter, wieder zu seinem Recht zu verhelfen. Wir wollen nichts weiter von dir als die Zusage – wenn du einstmals Herr beider Länder bist –, deine Residenz aufzuteilen. Wenn man dir bisher erzählt hat, die ränkesüchtigen Amun-Priester möchten den Pharao wieder in Theben haben, so ist das falsch und – wie so oft – eine Verleumdung unserer Gegner. Amun-Re hat uns in einem Orakel wissen lassen, er möchte zusammen mit dem Guten Gott seine Stadt und das Land regieren. Zusammen, das heißt in brüderlicher Einheit und Eintracht, und deshalb ist er bereit, das heilige Theben für ein halbes Jahr dem Pharao zu überlassen. Trägst du also einmal die Doppelkrone, dann ist es doch angemessen, daß du die beiden Länder je zur Hälfte mit deiner Anwesenheit beehrst – ein halbes Jahr in Memphis oder Piramesse, ein halbes Jahr in Theben.«

Ramose tat, als denke er nach. Er traute diesen Priestern nicht und ahnte, daß sie ihn auf irgendeine Weise hintergehen würden. Doch die Zusage konnte er ruhig machen, ihm selbst gefiel Theben über alle Maßen, und er hätte nichts dagegen gehabt, für immer hierzubleiben. So setzte er sein Siegel unter das Dokument, das Nes-Amun ihm vorlas. Zuletzt fragte er noch:

»Weiß der Hohepriester von unserer Abmachung?«

Thotmes, der keinem Menschen in die Augen sehen konnte, blickte an Ramose vorbei auf die Tür, räusperte sich und sagte:

»Nein, er weiß nichts davon, obwohl er es gewiß billigen würde. So gut er auch sein Amt versehen mag, sein Herz gehört nicht Amun-Re, und sollte deine Thronfolge bald eintreten, Ramose, dann wäre wohl zu überlegen, ob man ihn nicht von seinen Aufgaben entbinden müßte. Doch diese Entscheidung steht dann allein dem Sohn der Sonne zu.« Ramose verstand, und fast bereute er es schon, sich in die Hände des Amunklüngels begeben zu haben. Aber als Pharao stand er weit über ihnen, und dann würden sie schon lernen müssen, wer in Kemi die Befehle zu erteilen hatte.

Die große, luftige, von bunten Säulen gestützte Audienzhalle war von den Malern völlig neu gestaltet worden. Sie hatten die Schicht mit den alten Bildern abgeschlagen, Wände und Decken neu verputzt und mit Szenen ausgemalt, die allein vom Guten Gott Usimare Ramses handelten. Man sah ihn zusammen mit Nefertari den Göttern opfern, sah ihn mit der Königin beim Opet-Fest, und ein großer Teil der Bilder war seiner Rolle als Krieger gewidmet. Er schlug die Feinde bündelweise mit seiner Keule nieder, schritt an endlosen Reihen von Gefangenen vorbei und war in dreifacher Lebensgröße auf seinem Streitwagen in der Schlacht von Kadesch zu sehen, wo er unzählige Pfeile in die Reihen der Feinde sandte. Isis-nefert aber tauchte in diesen Bildern niemals auf. Auf den Wänden, Decken und Säulen der Tempel und Paläste schien es, als hätte der Gute Gott nur eine einzige Gemahlin: Nefertari, die Anmutsvolle unter der Geierhaube, angenehm an Geist und süß in der Liebe.

Nefertari saß zur Linken des Guten Gottes auf dem Doppelthron, neben ihr, doch etwas tiefer, Isis-nefert, und zur Rechten des Königs standen Prinz Jonam und der Bürgermeister von Theben, Ptahmose, der auch »Wesir des Südens« war und der nun die Gäste im Namen seiner Majestät begrüßte, um dann die Schönen Befehle und Verfügungen des Guten Gottes vorzutragen.

Es gab Lob und Tadel, es wurden Auszeichnungen verliehen und Geschenke verteilt. Unter den Beschenkten war auch Thotmes, den Ramses dafür belohnen wollte, daß er jahrelang als Zweiter Prophet das nichtbesetzte Amt des Hohenpriesters mitverwaltet hatte. Ihm wurde ein kleines Landgut im Süden von Theben übertragen, und als er seinen Dank aussprach, konnte er endlich einflechten, was ihm so am Herzen lag.

»Du Erwählter des Amun-Re, vollkommener Gott, Sohn der Sonne, Horus, geliebt von Maat, groß an Macht – nimm meinen Dank für dein großherziges Geschenk. Deine Majestät – du mögest leben, heil und gesund sein! – soll Millionen Sed-Feste feiern, der junge Horus im Nest, der Erbprinz Ramose möge an deiner Seite wachsen und ...« Ramses, der bisher im Schmuck der Doppelkrone und der beiden Szepter stumm und unbeweglich neben Nefertari gethront hatte, sprang auf. Sein Zeremonialbart war durch die plötzliche Bewegung verrutscht, doch niemand achtete darauf. Mit dem Heka-Szepter wies er zornig auf Thotmes, der mit unbewegtem Gesicht verharrte.

»Du wagst es, meiner Entscheidung vorzugreifen und bezeichnest angesichts dieser ehrwürdigen Versammlung meinen Sohn Ramose als Erbprinzen! Hat Amun deinen Verstand verwirrt, oder gehören Verrat und Frechheit jetzt zu den Eigenschaften seiner Priester? Schafft mir diesen Menschen sofort aus den Augen, er verpestet die Luft dieses Palastes! Mit deinen Ämtern wirst du auch deine Zunge verlieren, die solchen Frevel aussprach. Werft ihn gebunden in den Kerker, über dieses Stück Unrat werde ich später ein Urteil sprechen.«

Einige Bewaffnete nahmen Thotmes in die Mitte und wollten ihn abführen, da fand der fanatische Priester seine Sprache wieder.

»Überlege dir dein Urteil gut, Majestät, denn es könnte sein, daß du ein zweites sprechen mußt über deine Tochter und ihren ...«

»Schweig!« rief der Wesir des Südens, »die Majestät hat dir nicht erlaubt zu sprechen!«

Ein häßliches Grinsen verzerrte das Gesicht des Zweiten Propheten, als er wieder zum Reden ansetzte:

»Das will niemand hören! Aber ganz Theben weiß, daß die Prinzessin ...«

Einer seiner Bewacher schlug ihm den Speerschaft über den Mund. Thotmes keuchte, spuckte Blut und Zähne, schrie etwas Unverständliches und wurde hinausgeschleift.

Der Pharao war stehengeblieben und sprach jetzt ruhig zu der erschreckt auf die Knie gesunkenen Versammlung.

»Erhebt euch und hört gut zu. Was ich noch verkünden wollte, ist dies: Prinz Raherunemef, den alle Jonam nennen, wird mein Nachfolger auf dem Horusthron. Sollte er den Weg nach Westen vor mir gehen, folgt ihm sein Bruder Merire und nach ihm die noch ungeborenen Söhne meiner geliebten Gemahlin Nefertari. Sollten sie, Amun möge es verhindern, sich alle im Westen versammelt haben, ehe ich dorthin aufgebrochen bin, dann gelangt der Mann auf den Horusthron, den ich meiner erstgeborenen Tochter Merit anvermähle. Die Kinder der Isis-nefert treten erst in das Recht der Thronfolge ein, wenn kein Sproß der Großen Königlichen Gemahlin mehr unter den Lebenden weilt. Zwei Schreiber haben meine Worte festgehalten, und jeder von den Anwesenden wird als Zeuge das Protokoll unterschreiben. Damit, so glaube ich, wird es keinen Zweifel mehr über meine Nachfolge geben. Ihr seid entlassen! Nur Ptahmose und der Hohepriester Nebunef bleiben.«

Schweigend verließen die Männer den Raum. Ramses hatte sich wieder neben Nefertari gesetzt und legte zärtlich einen Arm um ihre Hüfte. Er ließ Hocker herbeibringen, und die beiden Würdenträger nahmen Platz.

Ptahmose, der Bürgermeister von Theben und Wesir des Südens war ein treuer Gefolgsmann des Königs, der sich klug aus den Ränken des Amun-Klüngels heraushielt. Auch Nebunef, der »von Amun selbst erwählte« Hohepriester, genoß das Vertrauen des Pharao, und ihnen stellte Ramses nun verschiedene Fragen.

»Meine Fragen richte ich an euch beide, und meine Majestät befiehlt ehrliche Antworten, auch wenn sie für mich unangenehm sind. Also – was wollte Thotmes mitteilen, als er zweimal ansetzte, um meine Tochter zu verleumden? Was immer es auch gewesen sein mag, ich hielt es für die Ohren der Versammlung nicht geeignet. Warum soll ich über Merit ein Urteil sprechen? Was wirft man ihr vor?«

Nebunef sagte:

»Majestät, ich nehme an, daß Thotmes dir bei einem Gespräch unter vier Augen die Antwort nicht schuldig bleiben wird. Vermutlich spielt er darauf an, daß Prinzessin Merit sich vielleicht stärker, als es angemessen wäre, um die Arbeit deines Bildhauers Piay gekümmert hat. Sie saßen oft gemeinsam über den Plänen, trafen sich auf ihrem Schiff – ich kann nichts Verwerfliches daran finden.«

Ramses schaute zu Ptahmose. Der hob verwundert die Hände.

»Nicht einmal davon weiß ich etwas. Wenn Thotmes sagte, daß ganz Theben von diesen Dingen weiß, dann spricht er gewiß die Unwahrheit. Thotmes ist ein haßerfüllter Mensch, der es dir übelnimmt, daß du Nebunef statt seiner zum Hohenpriester gemacht hast. Aus ihm sprechen Neid und enttäuschter Ehrgeiz. Er hat es bewußt darauf angelegt, dich zu verärgern, wenn er Ramose als Kronprinzen bezeichnete und über die Prinzessin Nachteiliges sagen wollte. Soll ihm wirklich die Zunge ...«

»Nein, das war nur im Zorn gesagt. Seine Zunge soll er vorerst behalten, denn ich möchte noch einmal selbst mit ihm reden. Dann gebe ich mein Urteil bekannt. Eines aber steht jetzt schon fest: Er wird von heute an sein Amt verlieren, und ich überlasse es dir, die Stelle des Zweiten Propheten zu besetzen.«

Nebunef zögerte kaum merklich und sagte:

»Dann soll der Dritte Priester nachrücken. Es ist Bekenchons, den alle Beki nennen. Ein gescheiter und tüchtiger Mann, der sich am Tempel emporgedient hat und der treu zu Deiner Majestät steht.«

Ramses erhob sich.

»Einverstanden, du kannst noch heute die Ernennung bekanntgeben.«

Nefertari hatte der Unterredung stumm beigewohnt und sagte zu Ramses, als sie allein waren:

»Mit dem endgültigen Urteil über Thotmes solltest du warten, bis wir Merit gehört haben.«

Ramses brauste auf:

»Du stellst dich also auf die Seite dieses Verräters und Verleumders, du die Erste Königliche ...«

»Beruhige dich, Geliebter! Der Zorn ist ein schlechter Richter, das weißt du so gut wie ich. Thotmes hat sich hinreißen lassen, und das verdient Strafe, aber du solltest auch bedenken, daß er bei den fanatischen Amunverehrern eine gewisse Anhängerschaft besitzt. Jeder Priester, jeder Tempelbeamte wird dir das bestätigen. Man darf die Leute nicht in Haß und Aufruhr treiben. Oft genügt es schon, wenn man die Zügel ein wenig anzieht.«

Ramses, der sich schnell beruhigt hatte, drohte mit dem Finger:

»Ich glaube, bei dir muß ich sie stärker anziehen, sonst raubst du mir noch den Thron, wie Maat-Ka-Re ihrem Halbbruder Thutmosis. Dann bindest du dir wie sie einen Bart um und trittst als Pharao auf. Komm, versuchen wir es einmal.«

Ramses schickte den erstaunten Diener um einen Bart und band ihn der lachenden und nur scheinbar widerstrebenden Nefertari ans Kinn. Dann nahm er den länglichen Behälter für seine aus Binsenstengeln gefertigten Schreibfedern und drückte ihn ihr als Szepter in die Hand. Ramses fiel auf die Knie, streckte die Arme vor und säuselte wie ein Höfling:

»Horus Nefertari, geliebt von Maat, groß an Macht, schön an Jahren, starker Stier ...«

Da prustete Nefertari los und sagte:

»Falsch, erhabener Gemahl, diesen Titel darfst du mir nicht verleihen, es sei denn, du bindest mir noch so etwas Längliches um, freilich nicht ins Gesicht.«

Ramses sprang auf, nahm den Bart aus Nefertaris Gesicht und hob sie hoch, als wiege sie nicht mehr als ein Papyrusstengel.

»Achte auf unseren ungeborenen Sohn, Liebster, der will in einigen Monaten ans Licht.«

»Auch eine Tochter wäre mir recht ...«

»Psst!« Nefertari verschloß mit ihrer zierlichen Hand seinen Mund. »Mit solchen Worten verwirrst du die Götter. Ich will Amanis Lücke schließen und spreche immer wieder laut und deutlich von einem Sohn. Tu das bitte auch, damit Chnum unsere Worte wahrnimmt und auf seiner Töpferscheibe einen Knaben formt.«

»Also gut, geliebte Schwester, hast du dir schon einen Namen ausgedacht für unseren Sohn?«

»Ja, ich habe an Atum, den Schöpfergott von On gedacht. Auch er gilt als Ursprung alles Seienden, als der ›Selbstentstandene‹, und ich glaube, daß keines deiner Kinder seinen Namen trägt. Wenn du einverstanden bist, soll unser Sohn Meri-Atum, geliebt von Atum, heißen.«

Ramses schaute seine Erste Gemahlin verliebt an:

»Wann wäre ich je mit einem deiner Vorschläge nicht einverstanden gewesen?«

Nefertari lächelte, und die Grübchen tanzten über ihre runden Wangen.

»Und weißt du auch, warum? Weil ich dir nur etwas vorschlage, wenn ich sicher weiß, daß du nichts dagegen hast. Ich kenne nämlich deine Gedanken, denn ich besitze ja dein Herz.«

Ramses nickte ernst:

»Du sollst es auch behalten, bei dir weiß ich es in guter Hut. Nun zu etwas anderem: Mir läßt die Sache mit Thotmes keine Ruhe. Er ist immerhin der Zweite Amun-Prophet gewesen und hat ein Recht darauf, daß ich ihn anhöre, und zwar heute noch.«

Nach Sonnenuntergang ließ der König den entmachteten Priester vorführen und sagte zur Wache:

»Wartet draußen vor der Tür!«

Thotmes stand da wie ein geprügelter Hund mit blutbefleckter Kleidung, verschwollenem Mund, die Augen gesenkt und murmelte etwas Unverständliches.

Ramses betrachtete ihn schweigend und sah eine Aura von Halsstarrigkeit, Feindschaft und gekränktem Stolz um diesen Mann, doch er empfand kein Mitleid.

»Du bist heute mit Recht gehindert worden, in der Versammlung etwas auszusprechen, was nur dich und mich angeht. Jetzt aber kannst du frei reden, und ich befehle dir bei Amun, die Wahrheit zu sagen!«

Thotmes räusperte sich, blickte auf die Füße des Königs und sagte mit undeutlicher Stimme:

»Ich wollte Deiner Majestät nur mitteilen, daß die erhabene Prinzessin Merit dem Bildhauer Piay Freiheiten gewährte, die zwischen einer Sonnentochter und einem Diener Deiner Majestät ungewöhnlich sind. Sie unternahmen gemeinsame Bootsfahrten, verbrachten eine Nacht zusammen in dem kleinen Seth-Tempel hinter dem Harem, sie ...«

»Hast du diese Dinge selber gesehen? Woher weißt du überhaupt davon?«

»Nun – es blieb eben nicht verborgen, es gab Diener und Beamte, die ... ich meine ... was im Tempel- und Palastbereich geschieht, kommt uns irgendwann zu Ohren ...«

»Uns? Wem uns?« Die Stimme des Königs wurde lauter und schärfer.

»Wir sind alle treue Diener des Gottes«, sagte Thotmes störrisch.

»Und welche Schlüsse ziehst du aus diesen Beobachtungen?«

»Ich? Keine! Ich maße mir nicht an, über Mitglieder der königlichen Familie Schlüsse zu ziehen.«

»Aber du hast dir sehr wohl angemaßt, eigenmächtig und gegen den Willen meiner Majestät einen Thronfolger zu benennen.«

»Ich habe nur den Namen deines lebenden erstgeborenen Sohnes genannt. Viele deiner Vorgänger ...«

»Was meine Vorgänger getan haben, ist ohne Belang. Mein Wille ist das Gesetz des Landes, und wenn ich einen namenlosen Sohn aus dem finstersten Haremswinkel zum Nachfolger bestimme, so ist dies gut und recht und wird augenblicklich zur Wahrheit. Geht das in deinen Kopf, du störrischer Priester? Ich bin der einzige Hohepriester des Ptah, des Amun, des Amun-Re und aller anderen Götter, und da ich diese Aufgabe nicht allein bewältigen kann, ernenne ich Stellvertreter. Muß ich dir solche allgemein bekannten Tatsachen erst ins Gedächtnis rufen? Du hast deinem Gott viele Jahre treu gedient, warum wirst du jetzt an seinem leiblichen Sohn zum Verräter? Amun-Re hat die Gestalt meines Vaters angenommen, als er mich zeugte, ich bin der vollkommene Gott, der einzige auf Erden lebende Sohn der Sonne! Das weiß jedes Kind in Kemi, jeder Sklave, jeder meiner geringsten Diener weiß es – und warum nicht du?«

Thotmes starrte schweigend auf die Knie des Königs. Er hätte auf diese Vorwürfe antworten können, doch ein letzter Rest von Besonnenheit hinderte ihn daran.

»Du schweigst? Auch das ist eine Antwort, und ich nehme sie zur Kenntnis. Ich werde erst ein Urteil über dich fällen, wenn ich mit Prinzessin Merit gesprochen habe. Zwar schenke ich dir die Freiheit, aber du darfst das Tempelgelände nicht verlassen und wirst vorerst als Hilfspriester im Ptah-Tempel arbeiten. Du wirst dort den Tempelhof kehren, Wasser holen und niedere Dienste tun, bis ich etwas anders verfüge.«

»Ich höre und gehorche, Majestät – du mögest leben, heil und gesund sein!«

Der winzige Tempel des Ptah spielte in Theben kaum eine Rolle und führte ein wenig beachtetes Dasein in einer Ecke des Tempelbezirks. Zwei Priester versahen dort den Dienst, und die wenigen Besucher waren meist Reisende aus dem Norden, die ein paar Hühner oder eine Ziege opferten. Daß Thotmes nun dem Stadtgott von Memphis dienen mußte, war für ihn eine schlimmere Strafe als der Kerker.

Thotmes hütete sich, Nes-Amuns Namen zu nennen. Den ränkesüchtigen Vorlesepriester der Königin Isis-nefert konnte man vielleicht später noch brauchen, denn Thotmes dachte nicht daran, die Hoffnung aufzugeben. Fast genoß er es, für seinen Gott zu leiden, und er war fest davon überzeugt, daß seine Prüfung als Hilfspriester im Ptah-Tempel bald vorüber sein würde.

Merit und Piay genossen jeden Tag, an dem sie noch unbehelligt blieben, dachten nur an das Heute und hatten es aufgegeben, besondere Vorsichtsmaßnahmen zu treffen. Eigentlich wußte jeder, was hier vorging, doch niemand fühlte sich berufen, der Sonnentochter und dem Freund des Pharao Vorhaltungen zu machen.

Hotep war inzwischen zu der festen Überzeugung gelangt, er könne nun mindestens genausoviel wie sein Meister. Er schwieg, hielt Augen und Ohren offen und hoffte insgeheim auf den Tag, da er der Erste Bildhauer des Königs sein würde. Er wünschte Piay nichts Böses, hätte es aber nicht besonders bedauert, wenn ihm etwas – was immer es sein mochte – zugestoßen wäre.

Piays Frage, ob er die Arbeit an der Fassade des kleinen Tempels allein übernehmen könne, hatte er schon am nächsten Morgen bejaht. Natürlich konnte er es! Und irgendwann würde wohl auch der Pharao davon erfahren, daß Piay nicht der einzige im Lande war, solche Aufgaben zu verrichten.

Die Anwesenheit der Geliebten ließ Piay zerstreut und ohne innere Beteiligung seine Arbeit tun, so daß er sich schon am zweiten Tag heftig auf das Handgelenk schlug. Sein Herz hatte diesen Unfall wohl herbeigesehnt, obwohl es gewiß nicht bewußt geschah. Er übertrieb seine Schmerzen, ließ sich einen dicken Verband anlegen und verbrachte untertags nur noch einige Stunden am Großen Tempel, wo die riesigen Rampen schon aufgeschüttet waren und erfahrene Steinmetze nach Piays Anweisungen die vier Häupter des Guten Gottes in ihrer rohen Form aus dem Felsen schlugen. Die Arbeiten im Inneren des großen Felsentempels waren schon abgeschlossen, und jetzt arbeitete ein gutes Dutzend Bildhauer an der plastischen Ausschmückung.

So gewann er einige Nachmittage für Merit, doch nach dem Nachtmahl ließ er sich von Dienern mit Fackeln zu seinem Haus geleiten, damit jeder wußte, daß er die Nächte nicht im kleinen Palast verbrachte.

Neun Tage waren den Liebenden gegönnt, dann ertönte eines Morgens die Fanfare des Herolds, der den Guten Gott und seine Gemahlin ankündigte. Der königliche Herold hatte einen halben Tag Vorsprung und erschien mit den persönlichen Dienern des Pharao, die sich sogleich mit fieberhafter Eile ans Werk machten, um alles für seine Ankunft vorzubereiten.

Piay heuchelte große Freude, doch sein Herz war traurig, und die Leber schmerzte ihn. Ihm war es erschienen, als verkünde die Fanfare sein eigenes Todesurteil. Nun, wenn dies das Ende war, dann hatte er mehr erreicht, als einem Mann seiner Herkunft üblicherweise möglich war. Bildhauer und Architekt des Königs, Oberaufseher über alle Bauarbeiten im Reich, »Einziger Freund des Pharao«, mit Besitz und Geschenken überhäuft und Beischläfer der Sonnentochter Merit. War das nichts?

Piay setzte seine Staatsperücke auf, legte den Schmuck an und ließ sich mit Duftwasser besprühen. Eine Abordnung der Aufseher und Handwerker holte ihn in seinem Haus ab, vom Palast her kam Merit in Begleitung ihrer Frauen und Diener, hochgewachsen, das Haupt mit der funkelnden Utoschlange stolz erhoben, und auf Piay wirkte sie so fremd, als säße die wirkliche Merit noch im Palastgarten und erwarte ihn.

Der Pharao erschien auf seinem mit Gold, edlen Steinen, Elfenbein und bemaltem Schnitzwerk verzierten Prunkschiff, doch nur zwei andere Boote begleiteten ihn. Es sollte ja nur ein kleiner, nicht allzu langer Besuch werden.

Unter den Augen der Arbeiter und ihrer Aufseher begrüßte Merit ihre Eltern zeremoniell und feierlich, und alle fielen nieder und bargen ihr Haupt im Sand, als der Gute Gott mit Nefertari und Merit unter einem Baldachin zum Palast schritt.

Für den Abend war ein Festessen geplant, zu dem die Bauleiter mit den Bildhauern und Malern geladen waren.

Während Nefertari und Merit von ihren Dienerinnen angekleidet und geschminkt wurden, fragte die Königin:

»Gibt es etwas Besonderes zu berichten, Merit? Wir waren sehr überrascht, dich nicht in Theben anzutreffen.«

»Ich war einfach neugierig und wollte deinen Tempel sehen«, sagte Merit ganz unbefangen, aber ihre Mutter spürte, daß sie etwas verschwieg. Mit einer Handbewegung schickte Nefertari die Dienerinnen hinaus.

»Ich habe dich in meinem Leib getragen, ich habe dich heranwachsen sehen, ich kenne deine guten und schlechten Eigenschaften. Du bist ein stolzes Mädchen und hast mich, soviel ich weiß, nie belogen, doch jetzt scheint mir, du verschweigst etwas.«

»Etwas verschweigen, liebe Mutter, ist nicht dasselbe wie lügen. Ich bin deine Tochter, aber ich bin kein Kind mehr.«

Nefertari lächelte bitter:

»Freilich, freilich – in deinem Alter hatte ich dem Pharao schon eine Tochter – nämlich dich – und einen Sohn geboren. Allmählich frage ich mich, für wen du deine Jungfernschaft bewahrst. Seine Majestät, dein erhabener Vater, hat dich, weil er dich liebt, niemals zu einer Ehe ermuntert oder dir gar einen Gatten aufgezwungen. Du lebst gegen den Willen der Götter, Merit! Keiner von ihnen lebt allein – Ptah ist mit Sachmet, Osiris mit Isis, Amun mit Mut, und sogar der finstere Seth ist mit Nephtys verheiratet. Warum sträubst du dich gegen die Weltordnung? Auf diese Weise lästerst du Maat und betrübst deine Eltern. Oder gibt es da einen Mann, von dem wir nichts wissen?«

Was sollte Merit darauf antworten? Sie konnte ihren Geliebten nicht preisgeben, und lügen mochte sie auch nicht. Also schwieg sie. Nefertari fragte nicht weiter, doch ihre Unruhe wuchs.

Zum ersten Mal in seinem Leben verbarg auch der Pharao etwas vor seiner Gemahlin, denn von seinem Gespräch mit Thotmes hatte er ihr nichts erzählt. Er tat es aus Liebe, da er sie nicht beunruhigen und erst das Gespräch mit Merit abwarten wollte. Doch nun schob er es auf. Er, der nie ein Zauderer gewesen war, zögerte nun, den Fall aufzuklären.

Nach dem Festmahl hatte er ein kurzes Gespräch mit Piay, der ihm vom Fortgang der Arbeiten an beiden Tempeln berichtete und den König mit der Nachricht erfreute, daß der kleine Tempel schon fast fertig sei.

»Wir werden sie morgen gemeinsam besichtigen, mein Freund.«

Piay verneigte sich und hörte den König noch leise hinzufügen: »... und dann sehen wir weiter.«

Während des Heimwegs mußte er ständig an diese Worte denken. Wie war das gemeint: Und dann sehen wir weiter? Sollte dies auf eine Gnadenfrist hinweisen? Zuerst darfst du deine Arbeit vorführen, und dann befasse ich mich mit deiner Person.

Merit hatte während des ganzen Festmahls nicht das geringste Zeichen einer Unsicherheit erkennen lassen. Sie hatte Piay mit leiser Herablassung behandelt, wie es eben einem Diener des Guten Gottes zukam. Nur der Pharao hatte ihn, so glaubte er, manchmal mit einem Ausdruck finsterer Neugierde beobachtet, doch das währte nur kurz und konnte auch eine Täuschung gewesen sein.

Obwohl Piay einen Krug Wein leerte, um seine Sorgen zu ertränken, fand er nur schwer in einen von Träumen zerrissenen Schlaf.

Einmal wähnte er sich im Innern des Großen Tempels, wo in der ersten Halle die gewaltigen Pfeilerfiguren des Guten Gottes in Gestalt des Osiris drohend auf ihn herabsahen. Da begannen alle gleichzeitig zu sprechen, und es klang wie ein dumpfer, schauriger Chor.

»Weh dir, Piay, wenn Anubis dein Herz mit der Maat-Feder aufwiegt, und es wird als zu leicht befunden! Du hast meine Tochter entehrt, Anubis wird dich hohnlachend ins ewige Feuer stoßen, wo die blutgierigen Dämonen dich erwarten und dir Herz, Leber, Lunge und Magen aus dem Körper reißen. Immer wieder! Denn deine Strafe währt ewig, und ewig brennt auch das Feuer, ohne deinen sündenbefleckten Leib zu zerstören.«

Dann begannen die Statuen sich vom Pfeiler zu lösen und wankten mit ihren in Binden gewickelten Beinen auf Piay zu, der schreiend und schweißgebadet erwachte. Er stand auf, weckte seinen Diener und ließ sich ein paar Krüge mit Wasser über Kopf und Leib gießen. Ein anderes Traumbild begann freundlich und verheißungsvoll mit einem Besuch des Tempels in Per-Bastet, wo er zusammen mit Merit die katzenköpfige Liebesgöttin anbetete. Dann legte er den Arm um seine Geliebte und führte sie auf ein Boot, wo sie unter Deck gingen, um im Kreise anderer Pilger das Liebesopfer für Bastet zu feiern. Es war jedoch kein Geräusch zu hören, und Piay wunderte sich, denn er hatte ja erlebt, wie laut und heftig es dabei zuging. Sie bückten sich und betraten den niederen, von einem grünlichen Licht erfüllten Raum. Mit einem seltsam entrückten Lächeln wies Merit auf den Boden und sagte:

»Da schau, Geliebter – sie sind alle tot.«

Auf dem Boden lagen ineinanderverkeilte Gerippe, über- und nebeneinander, manche noch mit der Knochenhand an Brust und Schoß eines anderen Skeletts, in ewiger schauriger Liebkosung erstarrt. Piay wandte sich zur Flucht – Merit war plötzlich verschwunden – und wollte das Deck betreten, doch da war kein Schiff mehr, er stürzte in einen brodelnden Sumpf und erwachte.

Dieser Morgen sah die große, sonst laute und lebhafte Baustelle verlassen. Ramses hatte den Arbeitern drei freie Tage geschenkt, ohne ihren Lohn zu kürzen, und so priesen sie alle die Freigebigkeit des Guten Gottes. Der König wollte die Tempel ungestört und in aller Ruhe betrachten. Zusammen mit Nefertari, Merit und

Piay stand er vor der halbfertigen Fassade des Kleinen Tempels. Er wandte sich an seine Gemahlin: »Dein Tempel!«

Nefertari beschaute sich ihre schon fertige Statue mit den beiden Töchtern und sagte:

»Ich danke dir, mein geliebter König.«

Arm in Arm verschwanden sie im Innern des Tempels, nur von zwei Leibwachen mit Fackeln begleitet. Ramses hatte Merit und Piay gebeten, draußen zu warten. Der flüsterte ihr zu:

»Was Seine Majestät nicht weiß: Es ist dein Tempel, Geliebte, mit jedem Meißelschlag habe ich deinen Namen in den Stein gehämmert.«

Merit blickte ihn zärtlich an.

»Wir wollen es als unser Geheimnis bewahren. Daß der König meiner Mutter einen Tempel erbaut hat, weiß schon alle Welt, doch daß der Erste Bildhauer des Pharao ihn seiner Geliebten geweiht hat, wissen nur wir.«

Vom Tageslicht geblendet, erschien das Königspaar am Eingang. Ramses sagte:

»Es ist schön geworden, Piay. Auch die Farbproben gefallen mir. Die Maler sollen dabei bleiben. Jedenfalls möchte ich, daß dieser Tempel zuerst fertiggestellt wird. Schauen wir uns jetzt den Großen Tempel an.«

Plötzlich überfiel Piay der wahnwitzige Gedanke, daß er ja eigentlich schon ein Glied der königlichen Familie sei. Er begleitete den Pharao und seine Frau, an der Seite des Königspaares schritt Merit – eine kleine, in heiterem Gespräch vereinte Familie. Es herrschte Eintracht und Zufriedenheit, der Pharao lobte auch den Großen Tempel, ließ sich Einzelheiten erklären, machte Vorschläge und betrachtete lange die schon in groben Umrissen erkennbaren Köpfe, die aus dem Schutt der aufgetürmten Rampe ragten.

Es war, als spräche ein Familienvater dem Tochtermann seine Zufriedenheit aus. Selbst Merit geriet in Versuchung, diesem scheinbaren Frieden zu trauen und schöpfte neue Hoffnung. Nur Nefertari, die Feinfühlige, ließ sich nicht täuschen. Das war die Ruhe vor dem Sturm. Ehe der Chamasin einsetzte, erstarb jedes Lüftchen, und es herrschte eine gefährliche Stille, die nur Unerfahrene irreführte.

Piay wurde in Gnaden verabschiedet, und die königliche Familie zog sich in den kleinen Palast zurück. Er war es nicht mehr gewohnt, einen Tag ohne Arbeit zu verbringen, und wußte nichts mit sich anzufangen. So ging er in sein Haus, legte sich hin, stand wieder auf, blätterte Baupläne durch und wünschte, der Pharao möge bald wieder abreisen, und alles beim alten bleiben.

König Ramses war nahe daran, diesen Wunsch seines Obersten Baumeisters zu verwirklichen. Die Arbeit an den Tempeln hatte ihn so beeindruckt, daß er versucht war, alles zu vergessen, was er von Thotmes erfahren hatte. Schließlich stand es in seinem Ermessen, gewisse Dinge ungeschehen zu machen. Da wäre nur ein Eilkurier nach Theben zu schicken und der Wesir des Südens, der treuergebene Ptahmose, würde dem Thotmes das Todesurteil zusammen mit einem Krug vergifteten Weins überreichen. Bei hochgestellten Persönlichkeiten war es alter Brauch, daß sie nicht in Schande vor den Augen der Öffentlichkeit hingerichtet wurden, sondern daß der Pharao ihnen erlaubte, ihrem Leben ehrenvoll selbst ein Ende zu bereiten. Damit wäre das Problem gelöst, und es gäbe einen fanatischen Amun-Priester weniger auf der Welt.

Das würde natürlich bewirken, daß Merit und Piay ihr Verhältnis fortsetzten, immer mehr Menschen würden davon erfahren. Nein! Das göttliche Blut der königlichen Familie durfte nicht verunreinigt werden, damit hätte Ramses sich und sein hohes Amt selbst in Frage gestellt. Merit war ein heiliges Gefäß, das jeder profane Samen verunreinigte und entwertete. Sie konnte nur einen ihrer Halbbrüder heiraten, und Piay mußte hart bestraft werden. Flüchtig dachte Ramses an eine Verbindung zwischen Ramose und Merit, aber das hätte den Amun-Priestern nur neuen Auftrieb gegeben und so ausgesehen, als wolle der Pharao etwas gutmachen. Nein! Ramses sprang auf und griff nach der Handglocke.

»Prinzessin Merit soll kommen!«

Da trat sie nun ein, die stolze Prinzessin, seine Erstgeborene, die der Gott Chnum so kunstvoll nach dem Bild beider Eltern geformt hatte. Sie küßte dem Vater die Hand und sah ihn erwartungsvoll an.

»Du weißt, warum ich dich rufen ließ?«

Sie wußte es, sagte aber lächelnd:

»Ich weiß es nicht, werde es aber wohl gleich erfahren.«

»Man hat dich und Piay in Theben beobachtet. Ihr habt eine gemeinsame Nacht in dem verlassenen Seth-Tempel verbracht, habt gemeinsam Bootsausflüge unternommen, und so nehme ich an, du hast das Lager dieses Verräters geteilt.«

Merits Gesicht wurde zornig: »Piay ist kein Verräter, und was man in Theben erzählt, ist boshaftes Geschwätz. Ich bedauere nur, daß mein erhabener Vater darauf hört.«

Nun wurde auch Ramses zornig, als er den Widerstand seiner Tochter spürte. Seine Stimme schwoll an.

»Ich will jetzt von dir die Wahrheit erfahren, ehe ich sie aus Piay herausprügeln muß! Ihr werdet doch kaum die ganze Nacht im Seth-Tempel gebetet haben? Und warum hast du nicht mit deinen Hofdamen die Lustfahrten auf dem Nil unternommen? Die Amun-Priester wissen das alles und lachen hinter meinem Rücken – du hast meinen Namen geschändet! Also rede jetzt, aber ohne Lügen und Ausflüchte!«

Stolz und Zorn mischten sich in Merits furchtlosem Herzen. Sie warf ihren Kopf zurück, die dunklen Augen glühten vor Empörung. »Ich habe dich niemals belogen, ich dachte nur, die Wahrheit wäre dir in diesem Fall gar nicht so willkommen. Ja, Piay ist mein Geliebter, mein Mann, mein Beischläfer. Wir lieben uns! Doch wir sind es schon lange leid, es vor aller Welt zu verbergen. Laß mich weggehen mit ihm, aus deinen Augen, erkläre uns für tot. Ich möchte seine Frau und er soll mein Mann sein, und alles andere lassen wir zurück: Die erstgeborene Prinzessin, den Obersten Baumeister des Königs, den Bildhauer und ›Freund des Pharao‹, die Paläste und Diener – wir legen all das in deine Hand, wenn du uns nur gehen läßt.«

Ramses sprang auf, fegte beiseite, was ihm im Weg stand und packte Merit so hart am Arm, als wolle er ihr den Knochen brechen. Doch die stolze Prinzessin verzog keine Miene und blickte ihrem Vater trotzig in die zornfunkelnden Augen.

»So also habt ihr euch das gedacht! Ich soll euch einfach laufenlassen und für tot erklären! Das ändert aber nichts daran, daß du eine Sonnentochter bist, auch wenn du den Uräus und deinen königlichen Schmuck ablegst! So, wie Piay sein Leben lang der

Sohn von Feldsklaven bleibt, so bleibst du eine Prinzessin. Du kannst nicht einfach den Ratschluß der Götter ändern! Das ist ein Frevel ohnegleichen! Diesen Piay werde ich in Stücke hacken und an die Nilfische verfüttern lassen, und du wirst Zeugin sein! Danach gehst du sofort nach Piramesse zurück und heiratest irgendeinen Prinzen, es sind ja genug da!«

»Wenn du Piay das antust, kannst du mich gleich mit ihm in den Nil werfen! Was wird dann aus deinem großmächtigen Tempel? Wer wird die vier Riesenfiguren meißeln? Kein anderer Bildhauer wird sich an eine solche Arbeit wagen, und was so groß geplant war, bleibt zu deiner ewigen Schande unvollendet.«

»Wie redest du mit mir?« brüllte Ramses, »was heißt hier Schande? Du hast dich in Schande begeben und wirst, wie dein elender Beischläfer, dafür büßen müssen! Geh jetzt und bleibe so lange im Haus, bis ich über euch entschieden habe.«

Doch Merits Vorhaltungen hatten ihren Eindruck auf den Pharao nicht verfehlt, und als sein Zorn nun langsam verrauchte, kam ihm zu Bewußtsein, was er mit Piay verlieren würde. Freilich könnte auch ein anderer die Kolossalfiguren ausführen, aber wer? Ramses hatte in Theben lange vor seiner thronenden Riesenfigur im Totentempel gestanden, hatte Piay aus tiefstem Herzen bewundert und sich zu diesem Meister beglückwünscht. Und nun stand er mit leeren Händen da! Er konnte doch nicht seinen besten Bildhauer in den Nil werfen lassen!

Von den widerstrebendsten Gefühlen zerrissen, suchte der König Zuflucht bei Nefertari. Sie würde ihm raten und mit ihm eine Lösung finden müssen.

Umständlich legte er ihr den Fall vor, sprach von Schande, Niedertracht, Bestrafung, sprach auch von den Tempeln und wie die Arbeit ohne Piay weitergehen solle.

»Ich habe ihn manchmal als einen Bruder im Geist empfunden, fühlte eine Art Seelenverwandtschaft, und nun das! Noch nie hat ein Mensch mich so enttäuscht, noch nie mein Vertrauen so mißbraucht!«

»Ich kann deinen Zorn nachfühlen, Geliebter, auch ich bin entsetzt und niedergeschlagen. Aber deine Empörung sollte nicht so weit gehen, daß du dein bestes Werkzeug zerbrichst und von dir wirfst. Du würdest damit einen Menschen von der Erde tilgen, den die Götter dir – ja, ausdrücklich dir, dem Pharao! – zu ihrer und deiner Verherrlichung gesandt haben. Daß er unsere Tochter – nun, entehrt hat, ist freilich unverzeihlich und verlangt eine Bestrafung.«

Ramses atmete auf. Seine Gemahlin gab ihm in allen Dingen recht, doch sie erinnerte ihn auch an seine Verpflichtung den Göttern gegenüber.

»Was schlägst du vor?«

»Du mußt meinen Rat nicht annehmen, aber ich denke mir das so: Piay hat erwähnt, daß sein Gehilfe Hotep den Kleinen Tempel – meinen Tempel – nun auch alleine fertigstellen kann. Es schadet also nichts, wenn er für einige Zeit abwesend ist; vielleicht –«

»Halt! Da fällt mir schon etwas ein. Ich werde Piay zu Zwangsarbeit verurteilen, lasse aber offen, für wie lange. Am zweckmäßigsten wäre es, ihn gleich nach Suenet in die Granitbrüche zu schicken. Dort kann er dann bei schwerer Arbeit darüber nachdenken, was es bedeutet, eine Prinzessin zu entehren.«

Nefertari unterdrückte den Einwand, daß Piay bis jetzt nicht weniger schwer gearbeitet hatte, und fragte:

»Was soll mit Merit geschehen?«

»Merit muß heiraten – sofort! Sie ist ja nun an eine Art Eheleben gewöhnt, und das wird sie mit einem standesgemäßen Gatten fortsetzen können, weit weg von Piay. Ganz Kemi soll künftig zwischen beiden liegen! Auch wenn ich Piay wieder brauche, werde ich ihn auf Lebenszeit nach Suenet verbannen, während Merit in Piramesse die Pflichten einer Sonnentochter erlernen kann, viele Tagesreisen von dem Verräter getrennt.«

Man sah dem Pharao die Zufriedenheit über diese Lösung an. Aller Zorn war aus seinem Antlitz verschwunden, und wieder einmal hielt er, was Nefertari angeregt hatte, für seine eigene Entscheidung. Sie fragte ihn nun:

»Hast du schon einen Gemahl für Merit ausgewählt?«

»Jedenfalls keinen von Isis-neferts Söhnen.«

Er dachte nach und rief plötzlich:

»Seti! Ja, Seti wäre der Richtige. Er ist mein Ebenbild, und sie werden schöne reinblütige Kinder zeugen. Was hältst du davon?«

Nefertari enthielt sich eines Gegenvorschlags, auch wenn sie fürchtete, daß Seti der stolzen Merit nicht gewachsen war. In dieser Ehe würde er, der aus den dunklen Winkeln des Harems kam, das Nachsehen haben. Auch würde Merit einen Mann, den ihr Herz zum Geliebten erwählt hatte, nicht so ohne weiteres vergessen können. Doch Ramses hatte sich beruhigt, und Nefertari vermied es, in ihm neuen Zorn zu erwecken.

»Er ist ein fähiger und stattlicher Mann, warum nicht? Vielleicht sollten wir ihr aber doch ein wenig Zeit lassen ...«

Ramses brauste sofort auf.

»Nein und nochmals nein! Andere Frauen ihres Alters haben schon ein halbes Dutzend Kinder. Wir haben ihr nun genügend Zeit gegeben, nach ihren Wünschen zu leben. Jetzt soll sie die Pflichten ihres hohen Standes kennenlernen.«

»Da magst du schon recht haben, mein Freund. Ich glaube, du hast wieder einmal klug und gerecht gehandelt; gewiß steht Maat sehr wohlwollend hinter deinen Entscheidungen.«

Zweites Buch

1

Hotep fühlte sich auserwählt und emporgehoben. Er schritt wie auf Wolken, denn er hatte ja nicht damit rechnen können, von einem Tag auf den anderen in Piays Rolle zu schlüpfen und dessen Aufgaben übernehmen zu dürfen. Der Gute Gott in eigener Person hatte ihn empfangen; auf Knien und mit tiefgebeugtem Haupt hatte Hotep die mächtige Stimme vernommen:

»Wie ich höre, hat Meister Piay dir die schwierige Arbeit am Kleinen Tempel übertragen, und ich nehme an, er tat es nicht ohne Grund. Es sind nun Ereignisse eingetreten, die dich nichts angehen, die mich jedoch veranlassen, dich zu fragen, ob du dir auch die Arbeit am Großen Tempel zutraust? Du darfst dich erheben!«

Hotep stand auf, betäubt von dieser überraschenden Frage.

»Majestät, gewaltiger Horus, geliebt von Maat – lebe, sei heil und gesund! –, ich habe die Modelle und Pläne zur Verfügung, vielleicht wird dein Schöner Befehl Ptah dazu bewegen ...«

Ramses wurde ungeduldig:

»Modelle, Pläne, vielleicht – das ist mir zuwenig, Hotep! Sage geradeheraus: Traust du es dir zu oder nicht?«

Hotep wand sich. Wenn er ja sagte und es mißlänge, dann würde er sehr tief fallen:

»Es käme auf einen Versuch an, Majestät.«

»Und wenn er mißlingt? Der gewachsene Fels läßt sich nicht einfach erneuern. Was verdorben ist, bleibt verdorben ... Es ist gut, Hotep, setze deine Arbeit am Kleinen Tempel fort, du wirst wieder von mir hören.«

Piay verspürte den dringenden Wunsch, vor dem Nachtmahl ein Bad im Nil zu nehmen, und wollte gerade das Haus verlassen, als er einen Trupp der königlichen Leibwache herankommen sah, an ihrer Spitze ein Beamter mit einer Papyrusrolle in der Hand.

»Bist du der Bildhauer Piay?«

»Ja, der bin ich.«

»Dann muß ich dich bitten, wieder in dein Haus zurückzugehen.«

Dies war nun das Ende. Piay hatte gewußt, daß dieser Augenblick einmal kommen mußte, so sicher, wie der Tod zu jedem Menschen kommt.

Als sie allein waren, stellte sich der andere als Geheimschreiber Seiner Majestät vor, entrollte das Schriftstück und begann zu lesen.

»Seine Majestät, der Gute Gott und Sohn der Sonne, User-Maat-Re setep-en-Re Meri-Amun-Ramses – er lebe, sei heil und gesund! –, verfügt hiermit, daß der Bildhauer Piay seiner Ämter als Oberster Bauaufseher und Erster Handwerker Seiner Majestät entkleidet und sein Titel als ›Einziger Freund des Pharao‹ ihm aberkannt wird. Alle seine Besitztümer fallen an Seine Majestät zurück, er selbst gilt von nun an als Gefangener und wird auf unbestimmte Zeit zu harter Zwangsarbeit in den Steinbrüchen von Suenet verurteilt.«

Der Beamte machte eine Pause und schaute Piay erwartungsvoll an: »Hast du alles verstanden, Piay, oder soll ich dir etwas erläutern?«

»Ich habe verstanden, es ist gut.«

»Dann unterschreibe hier.«

Piay setzte mit zitternder Hand seinen Namen an die bezeichnete Stelle. Der Schreiber rollte das Schriftstück ein.

»Von nun an unterstehst du den Befehlen der Leibtruppe Seiner Majestät – er lebe, sei heil und gesund! –, die dich morgen nach Suenet begleiten wird.«

Piay bedankte sich förmlich und geleitete den Beamten zur Tür. Dann klatschte er nach dem Diener, doch der hatte sich schon davongemacht, und so holte Piay sich selbst einen Krug Wein aus der Vorratskammer.

Vermutlich die letzte Gelegenheit, Wein zu trinken, dachte er, denn als Zwangsarbeiter werde ich mich wohl mit Wasser begnügen müssen. Das ist nun das Ende von allem, und es ist doch so schön gewesen.

Er fand keinen Becher und setzte gleich den Krug an die Lippen. Wenn er jetzt Gift besäße, ließe sich die Sache abkürzen. Was erwartete ihn denn noch? Stumpfe Schwerarbeit bei glühender Sonne, Prügel, elende Quartiere, Verachtung, Spott; jeder Sklave war besser dran.

Wieder trank er in tiefen Zügen aus dem Krug. Er hatte nichts gegessen, und der Wein stieg ihm schnell zu Kopf. Nun, schwere Arbeit war er zwar gewöhnt, aber es war schöpferische Arbeit, die ihn erfreute und befriedigte. Den ganzen Tag aber mit Hartsteinkugeln am Granit herumklopfen, während hinter einem der Aufseher mit dem Prügel steht und nur darauf lauert, daß man Atem schöpft – das ist stupid, demütigend und schwer zu ertragen. Bleibt also nur die Hoffnung, daß der Körper bald seine Kraft verliert und stirbt, oder man findet eine Gelegenheit, sich den Schädel am Granit einzurennen.

Dieser Gedanke und der reichlich und schnell genossene Wein stimmten Piay etwas hoffnungsvoller. Und schließlich war auch Merit noch da, die sich gewiß nicht damit abfinden würde, daß ihr Geliebter im Steinbruch zugrunde ging. Der Krug enthielt ein halbes Hekat, und Piay trank unentwegt weiter.

Und es hat sich doch gelohnt, dachte er trotzig, auch wenn unserer Liebe nur ein paar Monate beschieden waren. Alles, alles gäbe ich auf, bliebe mir nur meine kleine Löwin... Was ist das schon: »Einziger Freund des Pharao« und »Erster Baumeister Seiner Majestät«? Das bringt Ehre und Reichtum, aber das Herz bleibt leer. Was wird ihr geschehen? Wird der Pharao sie bestrafen, sie zu irgend etwas zwingen?

Schwankend stand Piay auf, der Wein brauste in seinen Ohren, die Öllampe führte einen lustigen Tanz auf, als sei sie lebendig geworden. Er taumelte hinaus zum Abtritt, und sofort trat ihm ein Bewaffneter in den Weg.

»Pissen werde ich wohl noch dürfen«, lallte er, »kannst ja dabei zusehen, wenn es dir Spaß macht.«

Der Mann ließ ihn nicht aus den Augen, bis er wieder ins Haus zurückwankte.

»Einziger Freund des Pharao! Erster Baumeister des Königs! Ober-Ober-Oberaufseher über ganz Kemi!« rief Piay laut, während er sich in den Sessel plumpsen ließ.

»Beischläfer der Prinzessin Merit«, flüsterte er, »ja, das ist der einzige Titel, der zählt, und so, wie keiner mein Werk austilgen kann, so wird niemand mir diese Stunden und Tage und Monate mit Merit wegnehmen können. Auch der König nicht! Da helfen keine Befehle, Dekrete, Anordnungen, Verfügungen und Erlasse. Es läßt sich nicht ungeschehen machen!«

Er kicherte, trank wieder, verschluckte sich und erstickte fast. Er hustete sich frei und sank auf sein Lager. Einmal, nur einmal noch Merits schlanken Leib umfangen, die festen kleinen Brüste küssen, ihren Schoß streicheln, in ihre dunklen Augen schauen dürfen.

Das kann doch nicht einfach so zu Ende gehen, als seien wir füreinander gestorben! Es gibt uns noch – mich, Piay, und dich, Merit! Bastet kann doch nicht gestatten, daß man Liebende auseinanderreißt? Ich habe dir gehuldigt in Per-Bastet, du Katzenköpfige, jetzt erhöre du mein Gebet: Laß mich einmal, einmal noch im Leben die Geliebte wiedersehen! Nur darum bitte ich dich! Eine so kleine Bitte kannst du doch erfüllen, du mächtige Göttin. Schau, ich habe einen ganzen Krug Wein dir zu Ehren geleert, und sollte ich jemals die Freiheit wiedererlangen, so fertige ich eine Katze aus purem Gold und schenke sie dir. Ja, das tue ich! Ich tue es ...

Volltrunken vom Wein glitt Piay in einen tiefen berauschten Schlaf. Als man ihn bei Morgengrauen weckte, war der Bildhauer Piay in einem Zustand, als hätte er versucht, sich zu vergiften. Mit zitternden Händen und aschfahlem Gesicht ließ er sich hinausführen. Sein Kopf schmerzte, als sei er zwischen zwei Steine geraten, sein Magen krümmte sich vor Übelkeit, zugleich peinigte ihn ein rasender Durst. Er trank schnell einige Becher Wasser und wurde dann von den Bewaffneten zum Boot geleitet.

Scheu betrachteten ihn einige Arbeiter aus der Ferne – ach, wie gerne hätte er jetzt mit diesen Menschen getauscht! Sie waren jung und frei und freuten sich des Lebens, während er ins Elend der Zwangsarbeit abgeführt wurde. Er könnte sich in den Nil stürzen ... Doch die Männer hatten seine Hände auf den Rücken gefesselt, und einer von ihnen führte ihn am Strick wie einen Hund.

Zu dieser Stunde hatte der König schon sein Bad genommen und setzte sich jetzt zu Horis Verfügung in den Sessel. Der schärfte das Bronzemesser sorgfältig an einem Streifen Rindsleder. Dann nahte er sich mit einer tiefen Verbeugung dem Sohn der Sonne, tauchte einen Pinsel in feines, mit Duftstoffen versetztes Zedernöl und bestrich damit Wangen und Kinn seines Herrn.

»Was sagst du zu den beiden Tempeln, Hori? Etwas Derartiges hat es nie zuvor gegeben und schon gar nicht mitten in der Wüste.«

»Einem großen Pharao sind große Bauwerke angemessen. Kleines und Unbedeutendes gibt es auf der Welt genug.«

»Du schmeichelst mir wieder, Hori, und trotzdem höre ich es gern. Morgen reisen wir zurück nach Theben, dann werde ich dir zur Belohnung eine schöne Sklavin schenken. Nicht jeder Bartscherer begleitet seinen Herrn auf gefahrvoller Reise in die Wüste.«

»Verbindlichen Dank, Majestät. Vielleicht könnte es auch ein junger Mann sein, der mir zur Hand geht, den ich ausbilden kann ...«

Ramses lachte schallend:

»Ausbilden nennst du das! Da kann ich mir schon denken, wie das aussieht. Der arme Kerl müßte in dein Bett kriechen und würde von dir nur Unfug lernen.«

»Da wage ich kaum zu widersprechen, Majestät. Dieser junge Bildhauer, Hetep oder Hotep heißt er, könnte mir schon gefallen. Die kräftigen und doch schlanken Glieder, die schmalen Hüften und das fein gerundete Hinterteil ...«

»Hör auf, Hori, hör auf! Ich kenne deinen Geschmack und kann ihn ganz und gar nicht teilen. Hotep wird künftig ein wichtiger Mann hier sein.«

»Ich habe davon gehört ...«

»Was hast du noch gehört, was reden die Leute?«

»Verzeih, Majestät, aber in meiner hohen Stellung ziemt es sich nicht, unter die Leute zu gehen. Gestern saß ich auf einen Krug Bier mit den Aufsehern zusammen, als deine Miliz gerade zu Meister Piay ging. Natürlich sind alle sehr erstaunt, aber wer würde es schon wagen, deine Schönen Befehle zu kritisieren. Was du tust, ist wohlgetan, Majestät. Da weiß ganz Kemi sich einig.«

Ramses schmunzelte.

»Das will ich hoffen. Dabei ist Piay noch gut weggekommen. Eigentlich hätte er den Scheiterhaufen verdient. Schweige über diesen Fall, das geht nur die königliche Familie etwas an.«

Hori hatte den König mit ruhigen, sicheren Strichen glattgeschabt. Er wischte das Öl und die Bartstoppeln an einem Tuch ab, das er nachher feierlich verbrennen würde. Nichts, was vom Körper des Guten Gottes stammte, durfte an die Öffentlichkeit. Es hatte schon Fälle gegeben, da ein Bartstutzer an den Galgen mußte, weil er Haare oder Fingernägel des Guten Gottes verkauft hatte. Doch auf Hori war Verlaß, und der Pharao schätzte – und neckte – ihn über alle Maßen.

»Hoffentlich steigt Hotep die neue Stellung nicht zu Kopf. Dem Jungen wächst ja noch kaum der Bart, und nun wird er mit einer Arbeit betraut, die jeden anderen überfordert hätte. Außer Piay ...«

»Ja«, sagte Ramses, »außer Piay ... Nun, wir werden sehen.«

»Darf ich dir jetzt deinen Schurz abnehmen, Majestät?«

»Ja, aber beeile dich!«

Hori öffnete den goldenen Gürtel, wickelte den Schurz ab, und Ramses legte sich aufs Bett. Wieder wurde der Pinsel gebraucht und Ramses lachte:

»Mußt du mich denn immer kitzeln, Hori? Spare dir solche Scherze für deine Knaben auf.«

»Jeder Mann ist an dieser Stelle kitzlig, da macht nicht einmal der Gute Gott eine Ausnahme.«

Mit der linken Hand zog Hori sanft den Penis hoch, während die Rechte mit dem Schabmesser sorgsam die Stoppeln der Schamhaare mit leise kratzendem Geräusch abhobelte.

In ihrem Zimmer lief Majt-scherit, die kleine Löwin, wütend auf und ab. Sie hatte von Nefertari erfahren, was mit dem Geliebten geschehen war, und sie empfand es als persönliche Kränkung, daß man ihn wie einen Sklaven in den Steinbruch schickte, während sie diesen Seti heiraten sollte. Als ihre Mutter dies andeutete, trat ein so wilder Blick in die Augen der Tochter, daß die Königin einen Schritt zurücktrat: »Diesen Emporkömmling, dieses Nichts soll ich heiraten – ich, die Erstgeborene des Pharao? Nein und tausendmal nein! Lieber verkaufe ich mich auf dem Markt in Memphis als Hure! Dieser aufgeblasene Esel, dessen bißchen Verstand in seinen Armen sitzt! Nur weil er dem Pharao ähnlich sieht und geschickt mit dem Bogen ist! Wenn das alles sein soll ... Nein! Wenn es wirklich soweit kommt, nehme ich ein Messer und schneide mir Nase und Ohren ab. Dann wird Seti mich kaum noch mögen, und ich habe endlich meine Ruhe. Warum läßt man mich nicht in Frieden? Warum?«

»Beruhige dich doch, Merit, bitte beruhige dich. Noch ist das letzte Wort nicht gesprochen. Laß uns erst einmal nach Piramesse zurückkehren, und du wirst sehen ...«

Merit unterbrach sie erregt:

»Was werde ich sehen? Ein ödes Hofleben, ohne Aufgaben und Pflichten, mit den täglichen Gedanken an Piay, der in dem Steinbruch zugrunde geht. Versetze dich doch einmal in meine Lage! Du und Vater, ihr liebt euch; das ganze Land weiß es, denn es gibt ja kein Bild und keine Statue von Nord bis Süd, wo du nicht an seiner Seite bist. Und nun erst dieser Tempel, Hathor geweiht, aber dir errichtet! Ich aber liebe Piay nicht weniger als du den Pharao, und wenn er die Mittel dazu hätte, würde mein Geliebter auch mir einen Tempel erbauen, mitten in Kemi, für alle sichtbar. Aber da dies nun einmal nicht möglich ist, so laßt uns doch wenigstens unsere Liebe – wir haben ja nichts anderes! Wem schaden wir denn, wer leidet darunter, wen stört es, daß wir uns lieben! Seine Majestät hat noch dreißig oder vierzig andere Töchter, die er mit Seti oder sonstwem verheiraten kann – warum ich? Warum ich?«

Nefertari schüttelte stumm den Kopf und streichelte Merits Hand.

»Warum du?« sagte sie schließlich. »Weil du meine Tochter bist, die Erstgeborene der Großen Königlichen Gemahlin, und weil dein Blut kostbarer ist als das der anderen Töchter. Der König kann es einfach nicht zulassen, daß du dich vergeudest. Ich darf dich daran erinnern, daß du neben deinen zahlreichen Rechten auch einige Pflichten hast, und dies gehört eben dazu. Auch Piay müßte es einsehen, er ist schließlich hier geboren und aufgewachsen, er muß Recht und Unrecht unterscheiden können. Weil er dies mißachtete, büßt er im Steinbruch.«

So redete Nefertari, weil ihre Stellung als Große Königliche Gemahlin es gebot, doch im Herzen gab sie ihrer Tochter recht.

Merit aber sagte störrisch:

»Seine Majestät wird ihn wieder freilassen müssen, weil ich sonst Seti nicht heirate!«

Nefertari schüttelte kummervoll den Kopf:

»Du kannst doch mit dem Pharao nicht feilschen – auch als seine Tochter nicht. Dazu muß ich dir noch sagen, daß dein Vater, nachdem er die Wahrheit erfuhr, Piay sofort in Stücke hacken und in den Nil werfen lassen wollte. Er hat es nicht getan, weil ich ihn flehentlich darum bat und weil er dich liebt. Wenn du ihn unter Druck setzt, könnte er seine Meinung ändern – bedenke das!«

Mit einemmal erkannte die stolze, aber auch kluge Merit, daß sie mit ihrem Verhalten dem Geliebten mehr schaden als nützen konnte. Und so sagte sie ganz ruhig:

»Ein wenig Bedenkzeit wird mir der König wohl zugestehen, wenn er mich so liebt, wie du es hinstellst. Daß ich Seti sofort freudig jauchzend in die Arme falle, wird auch er nicht annehmen. Aber ich freue mich, daß Vater sein Urteil gemildert hat und Piay nun wenigstens am Leben ist. Wäre er es nicht mehr, so kann ich dir versichern ...«

Doch Merit brach mitten im Satz ab, denn von nun an wollte sie vor allem klug sein.

Der kleine Ptah-Tempel in Theben lag vor dem Nordtor zum gewaltigen Amun-Tempel und wirkte fast wie dessen Pförtnerhäuschen. Doch er hatte schon bessere Zeiten gesehen, als der große und siegreiche Kriegerkönig Men-cheper-Re Thutmosis ihn aus Dankbarkeit über seine zahlreichen Siege in den nördlichen Fremdländern – die ja dem Bereich des Ptah viel näher lagen – errichten ließ. Der Tempel bestand nur aus einem kleinen Hof mit einer winzigen Säulenhalle, an die sich die drei Kapellen der Ptah-Familie anschlossen. In der mittleren stand das Kultbild des Gottes in seiner strengen und abweisenden Mumienform, auf dem Kopf die enganliegende Kappe, während die beiden Hände Szepter und Anch-Zeichen umklammerten.

Thotmes, der hier zu niedrigem Dienst verurteilte ehemalige

Prophet des Amun, verrichtete seine Arbeit mit solch verbissenem Zorn, daß ihn täglich seine Leber schmerzte. Er fegte den Boden, füllte die Opferschalen mit glimmender Holzkohle, wusch die Kleider des Gottes und diente zugleich dessen zwei Priestern – beide schon alte Herren, die dieses Amt als bequeme Pfründe erhalten hatten. Sie waren keine Eiferer, versahen abwechselnd ihren Dienst, und es konnte auch geschehen, daß sie beide tagelang dem Tempel fernblieben. Es gab noch ein paar andere Hilfspriester, dumme, ungebildete Geschöpfe, die weder schreiben noch lesen konnten und deren Gesellschaft Thotmes mied. Er verbrachte seine freien Stunden lieber mit seinen Freunden aus früheren Tagen, von denen ihm die meisten treu blieben, denn sie waren überzeugt, daß diese Strafmaßnahme bald vorüberging. Sie schmiedeten eine Reihe sinnloser Pläne, sahen in Ramose weiterhin den Kronprinzen und warteten auf einen Fingerzeig des Amun, der ihren Schritten eine genauere Richtung geben sollte. Doch es kam kein Zeichen, der Gott ließ sich Zeit.

Im Westen von Theben war inzwischen auf Wunsch des Königs mit dem Bau von zwei Gräbern begonnen worden, seinem eigenen und dem der Großen Königlichen Gemahlin. Um seiner geliebten Frau ihr »Haus der Ewigkeit« möglichst bald vorführen zu können, hatte der Pharao angeordnet, daß es nicht mit zeitraubenden Reliefs, dafür aber mit prächtigen Malereien auf blütenweißem Putz auszustatten sei. Bei einer der nächsten Reisen nach Theben wollte Ramses sie damit überraschen.

Hier im Westen war es auch, wo die Prinzen Jonam und Ramose sich zufällig begegneten. Ihre Freundschaft war erloschen, sie mißtrauten einander und mieden sich. Jonam als der Kronprinz und damit Ranghöhere sah keine Veranlassung, sich bei seinem Halbbruder in Gunst zu setzen, während Ramose vom Amunklüngel in Theben hofiert wurde und als der eigentliche Thronfolger galt. In diesen Kreisen hatte sich schnell herumgesprochen, daß Ramose ein Geheimdokument abgezeichnet hatte, das Theben unter seiner Herrschaft wieder den alten Glanz einer Residenzstadt verleihen würde. Ramose verspürte keine Lust, mit seinem Bruder zu verkehren; er sehnte den Tag herbei, da er wieder zu Hause im Kreise seiner Freunde den gewohnten Tätigkeiten und Vergnügungen nachgehen konnte.

Doch nun hatte es sich ergeben, daß beide Prinzen sich in dem einsamen Steppen- und Wüstengebiet südlich von Theben bei der Jagd begegneten. Dieses Gebiet war reich an Gazellen, Antilopen, Wildziegen und -schafen. Auch Damhirsche, Steinböcke und Strauße wurden manchmal gesehen.

Seit der König die Nachfolge Jonams verkündet hatte, hielt Seti sich an den Kronprinzen und ging Ramose aus dem Weg. Er begleitete Jonam überallhin, verhielt sich unaufdringlich und trat nur in Erscheinung, wenn er zu kleinen Diensten gebraucht wurde. Bald gehörte er zu Jonams Gefolge, das ihn aber mit Hochachtung behandelte, weil alle wußten, daß der Gute Gott ihn schätzte.

Obwohl Jonam der bessere Bogenschütze war, hatte Ramose heute mehr Glück gehabt, denn auf einem der leichten Jagdwagen lagen drei Gazellen, zwei Wildziegen und ein Steinbock, während Jonam erst zwei Gazellen und einen räudigen Fuchs erlegt hatte.

Sie begrüßten einander recht kühl, die beiden Prinzen, doch Jonam, der ein freundlicheres Herz besaß, erinnerte sich der früheren Eintracht und bat den Halbbruder:

»Lassen wir unsere Begleitung zurück und wandern wir ein wenig nach Osten.«

Ramose nickte. Sie ergriffen ihre Bogen, banden sich die Köcher um und gingen auf ein paar ockerfarbene, in der Sonne gleißende Wüstenberge zu. Sie waren beide fast gleich alt, hatten das achtzehnte Jahr schon überschritten, und beide sahen eher ihren Müttern gleich als dem gemeinsamen Vater. Zwar hatte Ramose die hohe, kräftige Gestalt vom König geerbt, sein Antlitz aber war ganz das der Isis-nefert, während Jonams sehniger, doch feingebauter Körper ihn als Sproß der Nefertari auswies. Sein angenehmes Gesicht ähnelte den Eltern kaum, sondern glich in seiner einfachen, geraden Männlichkeit mehr dem des Großvaters Seti.

Lange gingen sie schweigend nebeneinanderher, bis Jonam als erster das Wort ergriff:

»Du brauchst nicht glauben, daß ich etwas gegen dich habe, Ramose. Mir scheint es eher umgekehrt: Seit ich zum Thronfolger ernannt bin, meidest du mich. Eigentlich sollten wir alle den Willen des Guten Gottes respektieren und keine Feindschaft aufkommen lassen. Meinst du nicht?«

Ramose blieb stehen.

»Feindschaft? Ich bin nicht dein Feind, da haben dich wohl andere aufgehetzt.«

»Ich lasse mich nicht aufhetzen! Mir scheint das eher bei dir der Fall durch deinen Umgang mit dem ränkesüchtigen Amunklüngel.«

Ramose grinste frech:

»Kein schlechter Umgang, Bruder. Die Könige wechseln, aber die Macht des Amun bleibt bestehen, das wurde uns schon in der Schule eingebleut.«

Jonam winkte verächtlich ab.

»Ich glaube, da verwechselst du etwas. Es ist ein Unterschied, den Gott Amun zu verehren oder nach der Pfeife seiner Priester zu tanzen. Und das hat Seine Majestät, unser erhabener Vater, nicht nötig. Er ist der Oberste Priester, er allein!«

»Das brauchst du mir nicht zu sagen. Aber es hat ja einen Grund, daß seit Jahrhunderten die vier Propheten des Amun ernannt werden zur Pflege des Gottes und seines Tempels, weil der König sich nicht darum kümmern kann.«

»Das würdest du wohl ändern, was?«

Ramose erschrak. Hatte Jonam etwas von dem Dokument erfahren, das Thotmes ihn unterzeichnen ließ? Doch das konnte nicht sein, der Amunklüngel war in diesen Dingen zu schlau. Er tat erstaunt:

»Ich? Was sollte ich daran ändern können? Du bist doch der Thronfolger! Mich geht das nichts an, und ich bin eigentlich recht froh darüber. Man lebt sorgloser und unbeschwerter. Glaube ja nicht, daß ich dich beneide.«

Lügen, nichts als Lügen, dachte Jonam. Es scheint zu stimmen, was Vater mir sagte: Je näher man dem Thron steht, desto schwieriger ist es, die Wahrheit zu erfahren. Schweigend schritten sie weiter in das hitzeflirrende gleißende Ocker der Wüste, hörten ein Geräusch und blieben als erfahrene Jäger sofort stehen.

Mit trägen, schlappenden Flügelschlägen flogen zwei Geier auf, offenbar bei ihrer Mahlzeit gestört. Jonam riß den Bogen von der Schulter und schickte den Aasvögeln einen Pfeil hinterher, dem er sofort einen zweiten nachsandte. Dieser traf, und einer der Geier stürzte sich überschlagend in die Tiefe. Ramose hatte sich nicht gerührt und sagte jetzt mit leisem Spott:

»Ich fürchte, du hast da etwas falsch gemacht. Ein Angehöriger des Königshauses darf keinen Geier töten, weil er in seiner Gestalt als die Göttin Nechbet den Süden des Landes verkörpert. Geier und Schlange, Binse und Biene, Lotos und Papyrus, Seth und Horus, das sind die beiden Länder, Nord und Süd. Du als Kronprinz müßtest das wissen!«

»Natürlich weiß ich es!« fauchte Jonam. »Ich brauche deine Belehrungen nicht!«

Wütend machte er kehrt und ging im Laufschritt zu den anderen zurück. Ramose schlenderte hinterher und war recht zufrieden mit sich.

Auf dem Schiff wurden Piay die Fesseln wieder abgenommen. Er starrte auf die vorbeigleitende Landschaft, und die bizarren, ständig wechselnden Formen des felsigen Ufers gaukelten ihm Bilder aus seiner Vergangenheit vor.

Was war das für eine schöne Zeit bei Iramun gewesen, weg von der schmutzigen Sklavenarbeit auf den Feldern, vom ständigen Geprügelt- und Herumgeschobenwerden, hin zu den vollen Fleischtöpfen des Osiris-Tempels. Wie sein Talent sich entfaltete und ausreifte, wie Iramun ihn lobte und an Sohnes Statt annahm, die erste Begegnung mit dem Kronprinzen Ramses, das bunte und lehrreiche Jahr auf Reisen durch ganz Kemi: Memphis, Per-Bastet, On mit seinem Sonnentempel; die kleine Merit, wie sie immer hereinplatzte, wenn der König mit ihm verhandelte, Merit, die ihn schon als Achtjährige heiraten wollte – Bilder, Lebensbilder vom Aufstieg eines Mannes, der nun zu seinen Anfängen zurückkehrte, wieder Sklave wurde, um diesmal nicht die Erde zu bearbeiten, sondern harten Stein.

Piay lächelte bitter und dachte: Dabei bin ich mein ganzes Leben mit Stein umgegangen, doch immer als ein Meister, der dem rohen Klotz die Form abzwingt. Jetzt aber bin ich dazu verurteilt, den Klotz seinem Boden zu entreißen, eine Schwerarbeit für Sklaven, die man nicht einmal dem schäbigsten Steinmetzen zumutet. Wie lange werde ich es durchhalten? Ein halbes Jahr, ein ganzes, zwei oder fünf Jahre? Prügel, Krankheiten, Unfälle, verdorbene Nahrung, allzu lange wird es wohl nicht dauern.

Da es mondhell war, fuhr das Boot auch die Nacht hindurch, und Piay mußte wieder seine Fesseln tragen. Am dritten Reisetag bat er um ein Ruder, doch wurde ihm gesagt, der Befehl laute, ihn bei den Steinbrüchen in Suenet abzuliefern, wo er im übrigen noch reichlich Gelegenheit haben werde, seine Arbeitslust zu befriedigen.

So starrte Piay weiterhin aufs Ufer und versuchte, wenigstens in Gedanken der Geliebten nahe zu sein. Hatte man ihr gedroht, sie zu einem Geständnis gezwungen? Vermutlich würde der Pharao seiner Erstgeborenen bald alles vergeben, doch er, der Frevler, der freche Emporkömmling, verdiente keine Nachsicht, ihn traf das Urteil zu einem langsamen Tod im Steinbruch.

Wie mochte sie es aufgenommen haben, die kleine Löwin? Entsetzt, wütend, trotzig, demütig? Nein, in Demut gewiß nicht, das hätte kaum zu ihr gepaßt. Zärtlich umfingen seine Gedanken ihr vertrautes Bild, bis ihn wie ein Keulenschlag die Erkenntnis traf, daß er sie nie mehr wiedersehen würde. Zumindest nicht auf Erden. Niemals! Nie! Ihm war die Schrecklichkeit dieses Wortes kaum jemals bewußt geworden, doch jetzt erschien es ihm wie ein scharfes Messer, das tief in sein Herz drang und das Schriftzeichen »niemals« unter grausamen Schmerzen hineinritzte.

Wenn es zutraf, was die Priester verkündeten, und vorausgesetzt, man würde ihn ordentlich bestatten, so gab es vielleicht noch die Möglichkeit, im jenseitigen Leben miteinander zu verkehren. War dies unter solchen Umständen überhaupt möglich? Ihn, Piay, würde man in der Wüste bei Suenet verscharren, während die Geliebte ein schönes Grab im Westen von Theben beziehen würde. Das bedeutete, daß sein Ka von dem der Geliebten viele Tagereisen getrennt war, und er hatte noch nie darüber reden hören, wie weit der Körperschatten sich vom Grab, von der Mumie entfernen könne.

Freilich, vom Ba, der frei herumschweifenden Menschenseele,

wurde gesagt, daß sie in Form eines Vogels die alten Stätten wieder aufsuchen könne. Sie würden sich dann gemeinsam in Vogelgestalt in den Ästen jener Akazien niederlassen, die bei dem verlassenen Seth-Tempel standen und dabei ihrer ersten Liebesnacht gedenken.

Obwohl er sonst an diese Dinge glaubte, erschienen sie ihm mit einem Mal so fremd und unwirklich, daß ihm Zweifel kamen. Vielleicht war es doch nur dieses Leben, das zählte und das allein von Bedeutung war.

Um so schlimmer! Dann gab es keine Hoffnung, Merit jemals wieder zu begegnen, dann wäre es vielleicht doch das beste, er würde sich bei der nächstbesten Gelegenheit das Leben nehmen.

Die Steinbrüche von Suenet erstreckten sich über ein weites Gebiet am Ostufer des Nils. Hunderte von Männern waren hier damit beschäftigt, den kostbaren grauen und rosafarbenen Granit abzubauen. Diesen schönen, harten Stein gab es nur hier am ersten Katarakt, doch er war in ganz Kemi begehrt und wurde von Suenet aus bis in das Delta verschickt.

Der Gute Gott war vernarrt in diesen Stein, und wenn unter seinen Vorgängern nie mehr als zweihundert Arbeiter mit dem Abbau beschäftigt waren, so war deren Zahl jetzt auf das Dreifache angewachsen, und schon von weitem hörte man das zu einem Dauerton verschmolzene Geräusch von Sägen, Hämmern und Meißeln, das sich zu einem ohrenbetäubenden Lärm steigerte, je näher man kam.

Die Arbeiter waren in zwei Gruppen geteilt: die Freien und die Sträflinge. Um die Fluchtgefahr zu mindern, arbeiteten die Gruppen streng getrennt, doch unter den Zwangsarbeitern hatten sich deutliche Hierarchien herausgebildet. An ihrer Spitze standen Hilfsaufseher, die keine schwere Arbeit leisten mußten und deren Wohlergehen sich auf die regelmäßigen Bestechungen von Verwandten gründete. Solange diese Zahlungen in Form von Wein, Öl, Korn oder Metallbarren eintrafen, ging es dem Sträfling gut. Wenn sie aber ausblieben, fand er sich plötzlich in die Arbeitsgruppe versetzt, und seine Aussichten, die Strafzeit zu überleben, sanken beträchtlich. Dann setzte es Hiebe, das Essen wurde schlechter, die Unfallgefahr wuchs. Es kam aber auch vor, daß ein Verurteilter ohne Zuwendungen von irgendeiner Seite zum Hilfsaufseher aufstieg, weil man seine Härte und Rücksichtslosigkeit erkannt hatte und ihn als idealen Sklavenhalter schätzte. Diese Leute waren gefürchtet und mußten auf der Hut sein wie wilde Tiere. Sobald sie sich eine Blöße gaben, rutschte etwa eine Hartsteinkugel ab und schlug dem Betreffenden den Schädel ein. Wenn der Täter nicht gerade auf frischer Tat ertappt wurde, so verzichteten die Aufseher klugerweise darauf, den Fall aufzuklären. Man gestand den Sträflingen stillschweigend zu, sich auf diese Weise Luft zu verschaffen, doch immer wieder fanden sich neue Freiwillige für das gefährliche Amt. Am schlimmsten erging es denen, für die es keine Hoffnung auf Hilfe oder Unterstützung gab, die nichts waren und nichts hatten, und kaum einem von ihnen gelang es – auch wenn ihre Strafe nur begrenzt war –, den Steinbruch lebend zu verlassen.

Zu dieser Gruppe gehörte nun auch Piay, dem es nichts half, daß er sich noch vor einigen Tagen »Einziger Freund des Pharao« nennen durfte. Davon wußte man hier nichts, und er war nicht der einzige, der aus höheren Kreisen kam und sich hier unter Räubern, Mördern und Brandstiftern wiederfand.

Die Bewachung übergab den Sträfling Piay an den Oberaufseher der dritten Granitgrube – es gab deren acht –, und dies war auch das einzige Mal, da der Hohe Herr sich mit einem seiner Sträflinge befaßte.

Der zerstreute dicke Mann hatte ein vom Weingenuß aufgedunsenes Gesicht und schien sein Amt zu genießen:

»Piay? Ehemals Bildhauer, so, nun das wird nur von Vorteil sein. Kannst deinen Namen jetzt vergessen, kriegst die Nummer ...«, er blickte fragend zum Schreiber, »also dreiundzwanzig. Das heißt nun nicht, daß du der dreiundzwanzigste Sträfling hier bist, sondern daß dein Vorgänger mit dieser Nummer vor einigen Tagen zermatscht worden ist.«

Der Oberaufseher schmatzte genießerisch mit seinen dicken, violetten Lippen und wiederholte behaglich:

»Ja, zermatscht, zermanscht, zerquetscht – wie immer man das nennen mag. Er ist einem Felsblock, der gerade zum Nil hinunterbefördert wurde, nicht schnell genug ausgewichen und dann: platsch! Da bleibt nicht mehr viel übrig, weißt du. Du kriegst jetzt seine Nummer, wirst sie vielleicht nicht lange tragen ...«

Dann kam der Schmied, legte Piay eine kupferne Halsfessel um, die ziemlich verbeult aussah und die Zahl dreiundzwanzig trug.

»Dein Vorgänger trug sie bei seinem Unfall, und ich mußte sie danach wieder zurechtklopfen«, bemerkte der Schmied.

Inzwischen war es Abend geworden, und Piay wurde in das Schlaflager der Sträflinge gebracht. Das war nichts weiter als ein Quadrat von mannshohen, dicken Mauern aus Schlammziegeln, mit Schilf und Bambus abgedeckt und mit stinkendem, von Ungeziefer wimmelndem Stroh ausgelegt. Da lagen die Sträflinge, Seite an Seite, mit einer Bronzekette, die durch die Ösen der Halsfesseln lief, verbunden. Der große Raum stank bestialisch nach Schweiß, Urin, Kot und fauligem Stroh.

Piay war so verzweifelt, daß er keinen Schlaf fand und sich, vom Ungeziefer und bitteren Gedanken gepeinigt, herumwälzte, was ihm Flüche und Beschimpfungen seiner Nachbarn eintrug, weil die klirrende Kette an ihren Halsfesseln zerrte. Als er gegen Morgen endlich erschöpft einschlief, wundgekratzt und von Flöhen zerbissen, dauerte es nicht lange, und ein gräßlich fluchender Aufseher riß ihn wieder aus dem Schlaf:

»Aufstehen, Ihr stinkenden Eber! An so viel faulem Fleisch hätten die Krokodile ihre Freude! Ich prügle euch die Haut vom Rücken, wenn das nicht schneller geht!«

Draußen mußten sich die Sträflinge in zwei Reihen aufstellen; verschlafen, in der Kälte zitternd, darunter wahre Jammergestalten, bei denen man sich wunderte, daß sie überhaupt noch aufrecht stehen konnten. Ein Unteraufseher löste die gemeinsame Kette, ein anderer verteilte Holznäpfe mit einer übelriechenden Masse, die sich als ein Brei aus grob geschroteter Gerste und allerlei totem Ungeziefer erwies. Piay warf den Napf angeekelt zu Boden, worauf sofort eine seltsame Stille eintrat.

Ein Aufseher trat heran. Mehr neugierig als erzürnt fragte er:

»Was soll das? Hast du keinen Hunger? Du bist der Neue, nicht wahr? Haben unsere Köche deinen Geschmack nicht getroffen?

Nun, das tut mir leid. Als Ersatz kann ich dir nur Prügel anbieten, etwas anderes haben wir leider nicht. Hinknien!«

Da und dort flackerte ein grundloses Gelächter auf, und der Aufseher befahl: »Und jetzt die Hände auf den Boden!«

Und schon sausten die Schläge mit dem Bambusstock herab, schnell aufeinander, und brannten wie Güsse von kochendem Wasser. Piay begann zu wimmern, hilflos, gedemütigt, preisgegeben, ein Stück geprügeltes Fleisch, das sich nicht wehren konnte.

So begann der erste Arbeitstag des Strafgefangenen Nummer dreiundzwanzig in der dritten Granitgrube von Suenet.

Kurz vor der Abreise ernannte der Pharao den Bildhauer Hotep, Piays früheren Gehilfen, zum Aufseher über sämtliche plastischen Arbeiten an beiden Tempeln und verfügte, daß er die Figuren an den Fassaden eigenhändig zu gestalten habe, aber auch verantwortlich sei für die tadellose Ausführung aller anderen von Bildhauern gefertigten Statuen und Reliefs. Der knapp zwanzigjährige Hotep war wie betäubt. Was er sich so lange erträumt hatte, war nun eingetreten, war Wirklichkeit geworden: Der Gute Gott hatte ihn zum Vorgesetzten über alle Bildhauer gemacht und ihm zudem die schwierigsten Arbeiten anvertraut. Jetzt mußte er zeigen, was er konnte und daß er bisher zu Unrecht im Schatten Piays gestanden hatte. Er wollte nicht nur ebenso gute, sondern noch bessere Arbeit leisten! So nach und nach würde Seine Majestät die Ämter des verbrecherischen Piay auf ihn, Hotep, übertragen. Doch er würde nicht so dumm sein, den Pharao zu verärgern. Sich an einer Sonnentochter zu vergreifen! Es gab eben Leute, denen stieg ihr hohes Amt zu Kopf.

Hotep schlenderte hinüber zum Großen Tempel, eigentlich ohne Absicht, nur um sich die Fläche noch einmal anzuschauen, die er in den nächsten Tagen bearbeiten sollte. Wie drohend geballte Riesenfäuste ragten die vier grob herausgehauenen Köpfe aus dem Schutt der aufgetürmten Rampe. Ja, Hotep empfand und verstand diese Drohung und versuchte mit ihr fertig zu werden.

Re hatte schon seine Nachtfahrt begonnen, und ein kühler Wind kam auf, doch er fühlte keine Erfrischung. Sein Körper war fiebrig, der Schweiß brach ihm aus allen Poren.

Was Piay kann, schaffst du auch, versuchte er sich zu beruhigen. Die Modelle stehen bereit, das ist nur noch eine Sache der genauen Vermessung, was soll da schon schiefgehen? So redete er sich gut zu, der junge, begabte Bildhauer Hotep, doch sein Herz glaubte nicht an diese Worte.

Er bewohnte nun Piays früheres Haus. Dort setzte er sich in den kleinen, etwas vertrockneten Garten und sagte sich: Eins nach dem anderen! Zuerst mußt du den Kleinen Tempel fertigstellen, und der Gute Gott erwartet, daß du die Fassadenfiguren selbst vollendest. Das bedeutet noch die Arbeit von vielen Tagen, bis der Feinschliff angebracht ist. Und nebenbei bereitest du dich in aller Ruhe auf den Großen Tempel vor, ohne Hast, gründlich, genau, denn du kannst dir ja Zeit lassen – zwei, drei Jahre. Der Gute Gott hat nicht gedrängt, für den Großen Tempel ist keine Frist gesetzt.

Hotep spürte, wie seine Erregung nachließ, und jetzt fröstelte es ihn im kühlen Abendwind. Bei den anderen würde er nicht die kleinste Schlamperei dulden, die sollten ihn noch kennenlernen! Der Gedanke an seine künftigen Machtbefugnisse kühlte ihn ab, stärkte sein Rückgrat, gab ihm das stolze Bewußtsein, über den anderen zu stehen. Die Furcht vor der großen Aufgabe hatte sich in eine Ecke seines Herzens zurückgezogen: Sie machte sich klein, aber sie schwand nicht.

2

Kaum in Theben angelangt, befahl der Pharao seinen jüngeren »Zwillingsbruder«, den Prinzen Seti, zu sich. Doch das war nicht so schnell zu bewerkstelligen, denn Seti hatte im Gefolge Jonams eines jener Häuser aufgesucht, wo reiche und angesehene Männer sich im Kreis schöner Mädchen vergnügten. Die beiden Prinzen hatten mit einigen Freunden das ganze Haus für sich, denn der »Aufseher der lieblichen Blumen«, wie der Besitzer des Freudenhauses sich hochtrabend nannte, hatte nach dem Eintreffen der Sonnensöhne die anderen Gäste hinauskomplimentiert.

Eine dieser »lieblichen Blumen« wand sich gerade kichernd in

Setis etwas unbeholfener Umarmung, als der Palastbote – daß die Prinzen sich gerne hier aufhielten, war bekannt – die eilige Nachricht überbrachte.

»Bist du sicher, daß nicht der Erbprinz Jonam vor den Augen Seiner Majestät erscheinen soll, sondern ich?«

»Ja, Herr, es wurde ausdrücklich nach Prinz Seti verlangt.«

Seti, an dem noch die schwülen Düfte des Freudenhauses hafteten, machte sich eilig zurecht und erschien vor den Augen des Pharao, seines erhabenen Vaters – das Herz voll Furcht, weil es nicht wußte, was ihn erwartete. Doch das Antlitz des Guten Gottes strahlte Wohlwollen aus, und als Seti aufgefordert wurde, es sich bequem zu machen, fand sein aufgeregtes Herz wieder in den gewohnten Takt.

Nefertari hatte zwar inzwischen zaghafte Versuche gemacht, ihrem Gemahl den Plan auszureden, denn sie war eine Frau und fühlte mit ihrer Tochter, die nun aus den Armen des geliebten Mannes in ein aufgezwungenes Ehebett wechseln sollte. Aber der Pharao hatte diesen Entschluß nun einmal gefaßt, und so sollte er, wie es seine Art war, auch schnell verwirklicht werden. Deshalb wollte sie an dieser Unterredung auch nicht teilnehmen. Im übrigen hegte sie eine Abneigung gegen diesen Seti, denn sie fand es ungehörig, daß er ihrem Gemahl derart ähnelte. Den Pharao Usimare Ramses durfte es nur einmal geben, und dieser eine gehörte ihr.

»Ich habe einen Entschluß gefaßt, Seti, der dich erfreuen und beglücken wird«, begann Ramses die Unterredung, während der Angesprochene mit demütig gesenktem Kopf auf einem Hocker saß und nicht wußte, wie er seine langen Beine unterbringen sollte. Der König fuhr fort:

»Ich habe eine Frau für dich gefunden, die meinem Herzen besonders nahesteht und die geeignet ist, deinen Rang und deine Bedeutung um ein Beträchtliches zu erhöhen.«

Seti dachte natürlich sofort an die kleine Henut, die zwar erst acht Jahre alt war, aber es war ja durchaus üblich, daß königliche Ehen schon im Kindesalter beschlossen wurden. Als er aber dann den Namen hörte, fiel er fast vom Stuhl:

»Ich, Majestät, soll … soll die erhabene Prinzessin Merit heiraten? Das ist aber eine … eine sehr große Ehre …«

»Ja, das ist es tatsächlich, und darum mußt du auch die Gründe meines Entschlusses erfahren. Du wirst davon gehört haben, daß Merit ein wenig ins Gerede kam, weil sie sich zu sehr um Dinge kümmerte, die sie eigentlich nichts angehen. Im übrigen war es schon lange mein Wunsch, für meine Erstgeborene einen geeigneten Gemahl zu finden. Nun, Merit ist etwas eigenwillig, keiner gefiel ihr, das heißt, ihr gefielen die falschen – kurzum, sie ist alt genug für die Ehe, und da die Götter mich mit deiner mir sehr ähnlichen Erscheinung offenbar erfreuen wollten, finde ich es angebracht, daß ich mich auf diese Weise dafür bedanke. Für dich wird sich freilich einiges ändern. Sobald Merit dir ein Kind geboren hat, stehst du in der Reihe der Thronfolge an vorderster Stelle nach den Söhnen meiner beiden Gemahlinnen. Du wirst irgendein hohes Amt bei der Truppe, in der Verwaltung oder an einem der Tempel übernehmen müssen, denn ich leide es nicht, daß königliche Prinzen dem Müßiggang frönen. Nun, was sagst du?«

Seti kniete vor Ramses nieder und küßte seinem Vater die Hand:

»Ich danke dir, Majestät, für diese Auszeichnung und werde Merit ein guter Gemahl sein. Wir werden dich bald mit Enkeln beglücken, die Chnum, so hoffe ich, auch wieder nach deinem Bild formen möge.«

Ramses räusperte sich:

»Also – Merit ist, wie ich schon sagte, etwas störrisch, doch in der Ehe wird sich das legen. Der Kontrakt wird noch hier in Theben ausgefertigt und im Südlichen Tempel zu Füßen der Göttin Mut niedergelegt. Du solltest deiner künftigen Gemahlin bald einen Besuch abstatten, meinst du nicht?«

Seti war nicht besonders feinfühlig, doch er ahnte, daß etwas mit dieser überstürzten Heirat nicht in Ordnung war. Andererseits hatte er allen Grund, Amun-Re eine kostbare Opfergabe zu spenden, denn als Gemahl der Prinzessin Merit war er den legitimen Prinzen gleichgestellt, auch wenn er diesen Rang nicht durch Geburt, sondern durch die Ehe erworben hatte. Zum Priester oder Hofbeamten taugte er freilich nicht. Für ihn kam nur die Truppe in

Frage, und insgeheim verehrte er als Vorbild den General Haremhab, den die Heirat mit einer königlichen Prinzessin auf den Horusthron gebracht hatte. Doch Haremhab war nicht einmal fürstlicher Herkunft gewesen, während er als Sohn des regierenden Königs zur Welt kam. Kein schlechter Beginn, dachte er zufrieden.

Seti nahm ein gründliches Bad, ließ sich nochmals am ganzen Körper rasieren, mit Duftölen einreiben und sorgfältig schminken. Dann erst bat er um eine Unterredung mit Prinzessin Merit. Sein Gesuch wurde abgelehnt. Biket teilte ihm mit sorgenvoller Miene mit, die Prinzessin leide an Kopfschmerzen und sei im übrigen sehr ruhebedürftig. Der Prinz möge es doch in einigen Tagen wieder versuchen.

Da stand er nun, der langaufgeschossene Seti, frisch gebadet, geschminkt und nach kostbaren Ölen duftend und wurde weggeschickt wie ein lästiger Bittsteller. Zorn stieg in ihm auf, doch er war klug genug, ihn sofort niederzukämpfen. Einer Prinzessin Merit gegenüber schickten sich solche Gefühle nicht. Er würde es morgen oder übermorgen nochmals versuchen und dabei die Rolle eines ungeduldigen Verliebten überzeugend spielen.

Biket ging zu ihrer Herrin zurück. Merit, die keineswegs leidend war, fragte mit gerunzelter Stirn:

»Nun, wie hat er es aufgenommen?«

Biket wiegte den Kopf:

»Allem Anschein nach recht geduldig, auch wenn ich den Eindruck hatte, er müsse seinen Zorn unterdrücken.«

»Der hat ja allen Grund, zornig zu sein! Ich werde an diesen Tölpel verschachert, und er ärgert sich, wenn man ihn nicht sogleich freudig empfängt! Soll ich ihm jubelnd in die Arme stürzen, oder wie denkt er sich das?«

Biket seufzte:

»Ach, mein armes Täubchen … Aber bedenke, daß er vielleicht auch dein Retter sein kann. Der fällige Tag deiner Reinigung ist schon um einen halben Monat überschritten. Da du ihn nun einmal heiraten mußt, dann besser sofort. Niemand zweifelt an einem Achtmonatskind. So etwas kommt häufiger vor, als man denkt. Hättest du nur damals auf mich gehört, dann wäre alles viel einfacher! Es war dein fruchtbarster Tag …«

»Ich bereue es nicht!« sagte Merit heftig. »Was ist mir von Piay sonst noch geblieben? In Suenet werden sie ihm bald das Leben aus dem Leib geprügelt haben – ich mag gar nicht daran denken. Es ist kein Stückchen Haut an ihm, das ich nicht tausendmal geküßt habe ... Sie dürfen sie nicht wegprügeln, meine Küsse! Ach Biket, wie können wir ihm nur helfen?«

»Den ersten Schritt haben wir schon getan. Unser Vertrauensmann ist mit der Bestechungssumme unterwegs. Das ist nur, um dem Oberaufseher zu zeigen, daß Piay Gönner und Freunde hat. Das dürfte fürs erste genügen, um ihm eine bessere Behandlung zu sichern. Wir müssen behutsam vorgehen, sonst schaden wir ihm nur. Dein nächster Schritt aber sollte sein, diesen Seti zu heiraten. Wenn ich, deine Dienerin, dir das rate, dann hat es seinen guten Grund. Du weißt, daß ich mich für dich verbrennen ließe, aber in diesem Fall wäre es einfach dumm, sich weiterhin störrisch zu verhalten. Denk an das Kind!«

»Ich denke an nichts anderes! Seti ist mir völlig gleichgültig, aber wenn ich durch diese Heirat Piay helfen kann, dann schließe ich die Augen, beiße die Zähne zusammen und gehe mit diesem Tölpel ins Bett. Aber nur einmal! Ein einziges Mal! Danach kann er sich mit seinen Sklavinnen vergnügen. Die Ehe mit mir bringt ihm so viele Vorteile, daß er auf meinen Körper leicht verzichten kann. Es ist einfach ein Tauschgeschäft, allerdings zu meinem Nachteil. Wenn Piay sein ganzes Leben im Steinbruch verbringen muß, ertränke ich mich lieber im Nil, als Seti zu heiraten. Ich muß meinen Vater dazu bringen, daß er die Strafzeit auf ein oder zwei Jahre begrenzt. Wenn der Oberaufseher dann noch regelmäßig seine Zuwendungen erhält, wird Piay es gewiß überstehen.«

Biket nickte eifrig:

»Bist ein kluges Täubchen! Das klingt alles sehr vernünftig. Nur nichts überstürzen!«

Zuerst aber wollte Merit mit ihrer Mutter sprechen und ließ sich bei ihr melden. Dort befand sich schon Jonam, der sie begrüßte:

»Du kommst wie gerufen, Schwesterchen, wir reden gerade über dich und Seti. Der schleicht wie ein geprügelter Hund im Palast herum und betrübt sich zu Tode, weil du ihn nicht empfängst.

Auch unsere Mutter meint, daß du den armen Kerl besser behandeln solltest. Es muß ja nicht gleich …«

»Du hältst jetzt den Mund, Prinz Jonam!« fiel Merit ihm ins Wort. »Auch für dich wäre es übrigens Zeit, daß du eine Familie gründest. Ich werde unseren Vater daran erinnern müssen.«

Jonam grinste:

»Die Frauen und Kinder in meinem Harem sind kaum noch zu zählen. Sei bedankt für deine Sorge, Schwesterchen, doch mir geht nichts ab.«

»Reden wir jetzt vernünftig«, bat Nefertari, »und überlegen einmal, was für eine Ehe mit Seti spricht. Ihr wißt ja selbst, daß die Spannungen zwischen der Hofhaltung Isis-neferts und der meinen dauernd zunehmen. Hathor ist meine Zeugin, daß ich der Zweiten Gemahlin niemals etwas Böses wünschte, ja sogar den König ermunterte, mit ihr endlich die Ehe zu vollziehen, denn er zögerte damals unziemlich lange. Seit Jonam nun Erbprinz ist, spüre ich ihre Feindschaft, und ich finde, wir sollten uns dagegen wappnen. Isis-nefert glaubt sich hier in Theben von allen unterstützt, Ramose wird als heimlicher Kronprinz herumgereicht, und man munkelt, er würde als Pharao seine Residenz sofort wieder hierher verlegen. Was du vielleicht nicht weißt, Merit: Ein Lieblingsplan deines Vaters ist es seit je, die Kinder seiner beiden Frauen zu verbinden, das heißt also, dich mit Ramose oder Chamwese zu verheiraten. Nun ist zum Glück Seti aufgetaucht, der den König mit seiner Ähnlichkeit beeindruckt, und Seti ist von jeher auf unserer Seite und …«

Jonam lachte:

»Aber Mutter, wer nur einen Funken Verstand hat, muß auf unserer Seite sein. Nur Dummköpfe stellen sich gegen den königlichen Willen und somit gegen das Recht. Nimm ihn, Schwesterchen! Setis Herz gehört der Truppe, er wird dich nicht allzuoft behelligen.«

Wider Willen mußte Merit lachen:

»Wenn die ganze Familie über mich herfällt … Eine Bedingung muß ich allerdings daran knüpfen, das heißt zwei. Die eine wäre, daß Jonam jetzt verschwindet.«

Der grinste:

»Aha, Mutter und Tochter wollen allein ihre Ränke schmieden. Nun, ihr habt meine Meinung gehört. Bei der Hochzeit sehen wir uns wieder ...«

Ehe ihm Merit einen Granatapfel nachwerfen konnte, war Jonam verschwunden.

Merit betrachtete liebevoll ihre hochschwangere Mutter:

»Ist alles in Ordnung mit dir? Was sagen die Ärzte? Eigentlich bist du ja ... nun, ich meine, das Kind kommt ein wenig spät ...«

»Du meinst, ich bin zu alt? Was soll ich machen, dein Vater findet das nicht, und solange Amun es zuläßt, werde ich ihm Kinder in die Wiege legen. Diesmal wird es ein Sohn, und er hat schon einen Namen: Meri-Atum.«

Sie ging zu einem kleinen Hausaltar, wo eine ellenlange bemalte und vergoldete Holzfigur des Gottes Chnum in Gestalt eines Mannes mit Widderkopf stand.

»Herr des zukünftigen Lebens«, redete Nefertari ihn an, »der du Götter und Menschen auf deiner Töpferscheibe gebildet hast, du lebende Seele des Re, höre mich und sei mir gnädig! Gib diesem Kind eine männliche Gestalt, und ich werde deinen Tempel mit schönen Dingen überhäufen! Schlage deiner Dienerin Nefertari diese Bitte nicht ab!«

Merit war drauf und dran, der geliebten Mutter die eigene Schwangerschaft einzugestehen, doch ihre Vernunft siegte. Nein! Alle Welt mußte glauben, daß dies Setis Kind sei. Als Nefertari ihr Gebet beendet hatte, sagte Merit:

»Du weißt natürlich, daß Chnum auf der Insel Jeb bei Suenet seinen Haupttempel hat. Und wenn ich an Suenet denke, kommt mir Piay in den Sinn. Ich sehe ihn dort im Graben unter einem Steinblock liegen und verzweifelt gegen den Fels hämmern, während ein Aufseher ihn überwacht und ihn mit der Peitsche erbarmungslos antreibt. Mit solchen Gedanken im Herzen kann ich Seti nicht heiraten, das mußt du doch verstehen! Du mußt den Pharao dazu überreden, daß er seine Strafe zeitlich begrenzt und ihm so wieder Hoffnung gibt. Du kannst das! Nur du!«

»Mir tut er ja auch leid. Ich werde es jedenfalls versuchen, doch es darf nicht so aussehen, als stelltest du eine Bedingung. Empfange morgen den armen Seti, gib ihm dein Jawort, und ich werde den

König so lange bearbeiten, bis er nachgibt. Vertrau auf mich! Da es nun einmal so ist, werden wir aus der Sache das Beste machen.«

Mit einem leisen Stöhnen streichelte sie ihren aufgetriebenen Leib.

»Er regt sich schon recht heftig, der kleine Meri-Atum.«

Wieder ging sie zum Hausaltar und flüsterte dem Gott Chnum ins Ohr:

»Meri-Atum, so soll der Knabe heißen, den deine Göttlichkeit auf der Töpferscheibe formt. Zu Ehren des Gottes Atum-Re, dessen lebende Seele du bist. Meri-Atum! Behalte diesen Namen gnädig im Herzen.«

Merit verneigte sich und ging leise aus dem Zimmer. Ihre Mutter hatte die dreißigste Nilschwelle schon um einige Jahre überschritten, und sie nahm sich vor, der nilpferdgestaltigen Toëris, der göttlichen Geburtshelferin, schon jetzt reiche Gaben darzubringen, wobei sie auch ein wenig an sich selber dachte.

Während eines Gesprächs erinnerte Nebunef, der Hohepriester des Amun, den Pharao daran, daß über Thotmes noch immer kein endgültiges Urteil gesprochen sei.

»Ich will diesen Menschen nicht verleumden, Majestät, aber es gibt Anzeichen, daß er auch als Hilfspriester des Ptah eine kleine Gruppe von Unbelehrbaren um sich schart, die von ungehörigen Dingen träumen und deine Schönen Befehle mißachten. Man kann ihm nichts nachweisen, aber wenn er durch den Tempelbezirk schleicht, fällt es schon auf, daß sich manche immer noch sehr tief vor ihm verneigen. Warum eigentlich? Mir scheint, er stört die friedliche Eintracht, die deine Weisheit zwischen den Amun-Priestern und Deiner Majestät hergestellt hat.«

Nebunef wußte, wovon er redete, und er hätte diesen undurchsichtigen Störenfried gerne losgehabt.

Der Pharao hatte mit gerunzelter Stirn zugehört, und schon flammte sein Zorn auf wie immer, wenn er einen Widerstand spürte:

»Thotmes muß hier weg! Ich werde ihn wieder in Amuns Dienste stellen, dort unten an der Grenze von Kusch, mitten in der Wüste. Wie du weißt, soll im Großen Tempel auch Amun-Re verehrt werden, neben Re-Harachte und meiner eigenen göttlichen Majestät. Dort mag er als Opferpriester Dienst tun und die armseligen Gaben erschreckter Kuschiten entgegennehmen. Um ihn aber zeitlebens daran zu erinnern, daß der Wille meiner Majestät oberstes Gesetz in Kemi ist und damit er seine Zunge – die ich ihm gnädig lasse – in Zukunft hütet, soll sie mit meinem Namen gesiegelt werden.«

Nebunef, der insgeheim aufgeatmet hatte, als er den Entschluß des Königs vernahm, wußte nicht recht, wie eine solche »Versiegelung« vor sich ging, und fragte bescheiden an.

»Ganz einfach. Du kennst doch die bronzenen Ziegelstempel, die meine beiden Hauptnamen tragen. Ein solcher soll glühend gemacht und auf die freche Lästerzunge des zukünftigen Opferpriesters gedrückt werden. Jedesmal, wenn er meinen heiligen Namen in unziemlicher Weise aussprechen will, wird seine Zunge ihn daran hindern. Ein sehr bewährtes Mittel, auch mein Vater hat es gelegentlich angewandt.«

Am schlimmsten war das Erwachen. Gegen Morgen, wenn der Schlaf seicht wird und Traumbilder ihn umgaukeln, hatte Piay in kurzen glücklichen Augenblicken von der Freiheit gekostet, hatte sich in Merits Armen gewähnt oder andere, bessere Zustände erlebt, die nichts mit seinem Elend im Steinbruch zu tun hatten.

Aus diesem Zustand der Freude, des Behagens, der Hoffnung herausgerissen zu werden von der rohen lauten Stimme eines Aufsehers, der sofort die Peitsche sausen ließ, wenn es ihm nicht schnell genug ging, das war die Hölle, so etwa mußte es sein, wenn Osiris das Herz als zu leicht befand und den Toten in die Verdammung stieß.

Bei den Aufsehern mußte es sich herumgesprochen haben, welche Stellung der neue Sträfling früher bekleidet hatte, und die meisten ließen es ihn spüren. Besonders das »Schwein« tat sich dabei hervor. Dieser heimtückische, grausame und außerordentlich schlaue, lebenslange Sträfling hatte das Amt eines Hilfsaufsehers erhalten, weil er nichts vergaß und genau zu unterscheiden wußte, wie die einzelnen Zwangsarbeiter zu behandeln waren.

So hatte einer, der bald entlassen und während der ganzen Zeit von seiner Familie unterstützt wurde, nichts zu befürchten. Die lange Peitsche aus Nilpferdhaut traf dann immer den Felsen und nie den Rücken des Betreffenden, und die sonst eifrig notierten Strafpunkte wurden unterschlagen. Anders war dies freilich bei Piay. Bis jetzt kam nirgendwoher eine Bestechung, zudem machte es natürlich besonderes Vergnügen, einen ehemaligen Freund des Pharao und Ersten Baumeister spüren zu lassen, daß er jetzt nicht mehr war als ein stinkendes Stück Fleisch, das man ausbeutete und in den Tod prügelte.

So war Piay schon am ganzen Körper mit schwärenden Wunden bedeckt, die niemals abheilen konnten, weil es immer neue Hiebe setzte. Sein Ich war ausgelöscht, er war nur noch ein Werkzeug in der Hand seiner Aufseher – ein Werkzeug, das man wegwarf, wenn es zerbrach.

Piay hatte schon einige seiner Genossen sterben sehen. Einer war während der Arbeit tot umgefallen, ein anderer hatte beim Morgenappell trotz ermunternder Peitschenhiebe nicht mehr aufstehen können. Man ließ ihn auf seinem stinkenden Lager verrecken, ohne Beistand, ohne Hilfe. Die Toten wurden von ihren Genossen in die Wüste hinausgeschafft und dort liegengelassen. Schakale und Geier besorgten schnell den Rest. Die Aufseher fanden es dann immer besonders lustig, die noch Lebenden daran zu erinnern, wie bald auch sie diesen Weg antreten würden. »Schwein«, der sich gerne reden hörte, meinte dazu:

»Im Grunde seid ihr nur Futter für Geier und Schakale, wenn man euch auch zuvor noch ein wenig im Dienste Seiner Majestät verwenden kann. Aber das dauert ja nicht lange – zehn Monate, höchstens ein Jahr. Nur gut, daß ständig neue Räuber, Totschläger, Verräter und anderes Gesindel nachwachsen.«

Dabei vergaß er freilich, daß er selbst aus Verbrecherkreisen kam und es von der Laune der freien Aufseher abhing, wie lange er als Hilfsaufseher im Amt bleiben durfte. Doch »Schwein« beging einen Fehler, den schon viele Sträflinge in seiner Stellung begangen hatten: Er glaubte, durch besondere Härte die Männer gefügig zu halten, überschritt aber dabei das Maß des Erträglichen. Leute, die er nicht mochte, erhielten Strafpunkte untergeschoben und wurden während der Arbeit für nichts und wieder nichts blutig geprügelt. Da bildete sich dann ganz von selbst eine Verschwörung gegen ihn. Da und dort eine geflüsterte Frage, ein Nicken, ein längeres Getuschel im Schlafquartier, und das Urteil war gesprochen: »Schwein« mußte weg. Es beteiligten sich nicht nur die unmittelbar Betroffenen, die fast zu Tode Geprügelten, sondern auch andere, die es morgen treffen konnte. Nun kam es auf die günstigste Gelegenheit an, und die ergab sich bald.

Piay arbeitete an der Freilegung eines Granitblocks für eine lebensgroße Figur. Zu viert vertieften sie mit Hartsteinkugeln und -hämmern den zuvor schon handbreit aufgemeißelten Spalt. Die Arbeitsstelle lag etwas abseits, denn aus diesem eigens ausgesuchten, besonders schönen Rosengranitblock sollte eine Statue der Göttin Mut gemeißelt werden.

»Schwein« hatte die Aufsicht und umkreiste mit der Nilpferdpeitsche in der Hand unablässig die vier Männer. Wie zuvor abgesprochen, stieß der jüngste und schwächste der vier Sträflinge plötzlich einen Schrei aus, taumelte zurück und stürzte zu Boden. Die anderen unterbrachen ihre Arbeit, und »Schwein« rief sofort:

»Gafft nicht lange, oder ich prügle euch das Fleisch von den Knochen!« Und schon schnellte die Peitsche vor und traf Piay so hart am Oberschenkel, daß es ihn umriß. Doch »Schwein« kümmerte sich nicht darum, sondern beschäftigte sich mit dem Gestürzten, dem er probeweise ein paar Hiebe versetzte. In diesem Augenblick sprang der kräftigste der Männer herbei und schlug dem Hilfsaufseher die faustgroße Hartsteinkugel auf den Kopf. »Schwein« taumelte, drehte sich, und Piay nützte dies, als er von der Seite auf ihn losstürzte und ihm den eiförmigen Steinhammer ins Genick schmetterte. Jetzt brach »Schwein« in die Knie, die Peitsche entfiel seiner Hand, doch er war nicht tot, seine kleinen, bösen Augen flackerten, er würgte, als wollte er etwas sagen, aber die Männer hörten nur das einem Schwein angemessene Grunzen.

Der in Piay angestaute Haß war plötzlich verraucht, er ließ seinen Hammer fallen und wandte sich angewidert ab. Doch sein Genosse, die Nummer neunundsechzig, ein früherer Bronzegießer, geriet in einen maßlosen Blutrausch. Er schlug wie ein Verrückter auf den Sterbenden ein, zertrümmerte ihm den Schädel und das

Gesicht, trat ihm den Brustkorb ein, trampelte auf seinen Genitalien herum, bis die anderen ihn gewaltsam wegrissen.

»Hör auf! Der Kerl ist tot, du lockst nur die anderen herbei.«

Sie warfen den Körper des Erschlagenen in eine schmale Grube, die durch Herauslösen eines kleinen Obelisken entstanden war und häuften Bruchsteine darauf, bis vom toten »Schwein« nichts mehr zu sehen war. Dann arbeiteten sie ruhig weiter, bis nach einer halben Stunde ein Aufseher vorbeikam. Der blickte sich erstaunt um und fragte: »Wo ist euer Bewacher?«

Die Männer unterbrachen ihre Arbeit.

»Eben hat er mir noch einen Hieb versetzt«, sagte Piay und wies auf die frische blutige Strieme an seinem Oberschenkel.

»Vielleicht holt er sich Wasser oder geht pissen ...«

Der Aufseher schüttelte verwundert den Kopf:

»Das darf er nicht, und wie ich den kenne, täte er es auch nicht.«

Die Blutspritzer am Boden hatte der Aufseher inzwischen entdeckt, doch er wußte, daß es besser war, sie zu übersehen. Wenn ein Hilfsaufseher verschwand, so nahm man es stillschweigend hin und gönnte den Männern die Rache. Sie hatten ja nur einen der Ihren erschlagen, und falls sie nicht auf frischer Tat erwischt wurden, gestand man ihnen diese Art von Selbstjustiz zu.

Piay, wie fast jeder, der länger hier arbeitete, war innerlich und äußerlich verroht und vergaß beim täglichen Kampf ums Überleben die von ihm mitverübte Mordtat sehr schnell. Nach und nach erstickte die Arbeit im Steinbruch jede bessere Regung, löschte Erinnerungen aus. Das Leben in Freiheit erschien nur noch wie ein ferner Traum – vor dieser grausamen Realität wurde alles andere zunichte. Ab und zu erinnerte sich Piay seiner Geliebten, doch ihr Bild verblaßte mehr und mehr wie auch alles andere: Der Pharao, die Königin, Iramun, das schöne Haus in Piramesse, dies alles wurde unwesentlich vor einer so erbarmungslosen Wirklichkeit, da man sich um eine verschimmelte Dattel prügelte, da man Menschen mit Steinen totschlug, ohne mehr dabei zu empfinden als eine flüchtige Genugtuung.

Die Tätigkeit in den acht Granitsteinbrüchen bei Suenet erschöpfte sich freilich nicht nur im mühsamen Ablösen von großen und kleinen Felsblöcken. Unter den freien Arbeitern gab es auch geschickte Steinmetzen, die einige der Werkstücke schon vorbereiteten und sie in eine rohe Form brachten. So geschah dies mit etwa zwei sechs Ellen hohen Granitblöcken, die zu Sitzfiguren des Guten Gottes bestimmt waren. Wie immer erforderte die Arbeit höchste Eile, denn die beiden Figuren waren für den Kleinen Ramses-Tempel in Abydos gedacht. An jedem der Blöcke waren zwei Steinmetzen beschäftigt, die mit ihren Spitzmeißeln Stück um Stück des harten Granits wegschlugen, bis die grobe Form des sitzenden Pharao erschien. Manchmal aber kam es vor, daß ein von außen nicht sichtbarer Sprung durch das Gestein lief, der erst beim Vordringen in das Innere entdeckt wurde und meist zur Aufgabe des Werkstücks führte.

So war es auch diesmal. Als einer der beiden Steinmetzen dabei war, die linke Halsgrube auszumeißeln, stieß er auf einen ellenlangen Sprung, der sich offenbar bis hinauf zum Hinterkopf zog. Vorsichtig hämmerte er weiter, um die Tiefe des Sprunges zu erkunden, als sich mit einem leisen Knacken der Kopf löste, den Steinmetz zu Boden riß und ihm die Brust eindrückte. Zu dem toten Steinmetzen kam nun auch noch das verlorene Werkstück. Der verantwortliche Oberaufseher tobte, doch was half das schon? Während die Arbeiter darangingen, einen neuen Block vom Fels zu lösen, ließ der Vorsteher aller acht Granitgruben nach einem tüchtigen Steinmetzen forschen. Dabei stieß man auf Nummer dreiundzwanzig, denn in der Grube drei wußte jetzt jeder Aufseher, was Piay früher gewesen war.

Plötzlich kümmerten sich alle um ihn, er durfte ins Badehaus der Aufseher, seine schlimmsten Wunden behandelte man mit Heilkräutern und Verbänden, sein vor Schmutz starrendes Lendentuch wurde durch einen sauberen Leinenschurz ersetzt. Nach einer üppigen Mahlzeit mit Gänsebraten, frischem Sesambrot, Datteln und verdünntem Wein führte ihn der Oberaufseher zum Vorsteher der Granitgruben. Das war ein dürrer Mensch mit grimmigem Gesicht, der ewig fürchtete, er könnte abberufen oder ersetzt werden, und deshalb härter arbeitete als so mancher seiner Aufseher. Seine Besorgnis trieb ihn ständig auf den acht Gruben herum, jeder Zeitverlust ließ ihn erzittern und das schlimmste befürchten. Er war weder grausam noch besonders habgierig, doch da er in ewiger Angst lebte, diese aber nicht zeigen durfte, hatte er sich eine grimmige Miene zugelegt.

Er bot Piay Platz an und erklärte ihm die Lage:

»Es wird natürlich Tage dauern, bis ein neuer Block freigelegt ist, doch du warst ja früher ein Bildhauer im Dienst Seiner Majestät ...«

»Sogar der Erste Bildhauer«, unterbrach ihn Piay, »von mir stammt die Kolossalstatue im Thebaner Totentempel des Königs – er lebe, sei heil und gesund!«

Der Vorsteher räusperte sich:

»Also gut ... ja, was ich sagen wollte: Du könntest inzwischen die eine Sitzfigur ein bißchen weiter als üblich bearbeiten. Das wäre dann ein Ausgleich für die verspätete Lieferung.«

»Ich könnte sie sogar vollenden, da ich die Pläne des Kleinen Ramses-Tempels in Abydos kenne. Die beiden Sitzfiguren Seiner Majestät – er lebe, sei heil und gesund! – sind für den ersten Pylon gedacht und sollen neben dem Eingang aufgestellt werden. Der König muß mit Doppelkrone und beiden Szeptern dargestellt werden. Welche Beschriftung geplant ist, weiß ich allerdings nicht.«

Der Vorsteher sprang auf, und sein grimmiges Gesicht zeigte etwas wie ein zähnefletschendes Lachen:

»Bei Ptah, unserem göttlichen Handwerker! Das ist heute ein Glückstag! Ich überlege mir schon, wie ich dich hierbehalten könnte, doch in dieser Grube arbeiten nur freie Männer. Zu wieviel Jahren hat man dich verurteilt?«

»Das weiß ich nicht, Verehrungswürdiger. Der König – er lebe, sei heil und gesund! – war sich über meine Strafe noch nicht klar. Vielleicht bin ich morgen schon frei, vielleicht ...«

»... dauert es das ganze Leben«, ergänzte der Vorsteher und setzte wieder seine finstere Miene auf.

»Eine dumme Geschichte, Piay. Was hast du eigentlich verbrochen?«

»Darüber darf ich auf Wunsch Seiner Majestät – er lebe, sei heil und gesund! – nicht reden. Jedenfalls habe ich niemanden getötet und auch nichts gestohlen.«

Der Vorsteher seufzte und blickte Piay grimmig an:

»Im Grunde können wir uns eine solche Verschwendung nicht leisten. Du arbeitest dich in der Strafgrube zu Tode, und hier fehlen gute Steinmetzen. Doch der Wille Seiner Majestät – er lebe, sei heil und gesund! – ist heilig, das weißt du so gut wie ich. Ich schlage jetzt folgendes vor: Du ruhst dich einen Tag aus und vollendest dann die eine Figur bis auf die Inschrift. Inzwischen wird der Block für die andere herausgelöst sein, und du kannst gleich weitermachen. Unterdessen sende ich einen Brief an die königliche Bauverwaltung und frage an, ob ich den Strafgefangenen Piay für eine andere Arbeit ausleihen kann. Natürlich mußt du jeden Abend in die Grube drei zurück, denn ich kann dich als Sträfling nicht gut mit freien Männern in einen Schlafraum legen.«

»Ich verstehe das, Herr, möchte aber zu bedenken geben, daß dort fast täglich ein Mensch an Hunger, Schlägen, verdorbener Nahrung und Krankheit zugrunde geht.«

Der Vorsteher hob die Brauen:

»An verdorbener Nahrung? Das kann ich mir kaum vorstellen. Die vorgesehene Kraftnahrung aus Korn, Trockenfrüchten und Honig ist doch für jeden bekömmlich.«

»Es ist Abfall, was die Leute zu essen kriegen. Die Trockenfrüchte sind meist verschimmelt, vom Honig ist nichts zu spüren und das Korn – nun ...«

»Das ist gegen die Bestimmung!« sagte der Vorsteher zornig. »Ich werde mir morgen das Nachtmahl selber ansehen.«

»Du wirst staunen, Herr! Aber du mußt überraschend erscheinen, ohne dich irgendwie anzukündigen, und auch darauf achten, daß man dir nicht einen Napf mit dem Essen der Aufseher vorweist. Das Essen für die Sträflinge wird vor dem Schlafraum ausgeteilt.«

»Gut, Piay. Ich hoffe, daß wir beide etwas davon haben. Du erhältst die Möglichkeit, deine Strafzeit hier zu überleben, und ich werde meine Fristen besser einhalten können.«

Das war nun der erste wirkliche Ruhetag, den Piay, seit er hier war, genießen konnte. Er war fast zum Skelett abgemagert, und jetzt, da er nicht mehr unter dem Druck von Stock und Peitsche stand, fühlte er sich kraftlos und wie ausgepreßt. Schließlich war er kein junger Mann mehr, und er spürte die Last seiner vierzig

Jahre. Ein oder zwei Monate hätte er vielleicht noch durchgehalten, und dann hätten sie ihn den Schakalen vorgeworfen.

Am nächsten Abend erschien der Vorsteher und sagte:

»Das Essen ist tatsächlich schauerlich. Der Oberaufseher verhökert die gute Kraftnahrung und läßt auf dem Markt von Suenet die Abfälle zusammenkaufen. Ich habe es ihm auf den Kopf zugesagt und ihm Meldung angedroht, falls er seine Habgier so weitertreibt. Da ich es nicht wagen möchte, dich dort nochmals hinzuschicken, habe ich mir gedacht, du schläfst in der Werkzeugkammer, die ohnehin nachts bewacht wird. Inzwischen warten wir in aller Ruhe auf den Bescheid aus dem königlichen Bauamt.«

Piay verbeugte sich dankbar. Zwar war er davon überzeugt, daß der Vorsteher an dem Nahrungsbetrug seinen Anteil hatte, doch diese Meinung behielt er für sich.

»Eines Tages werde ich dir dein Entgegenkommen auf irgendeine Weise vergelten. Du hast mir das Leben gerettet und wirst mich dankbar finden.«

Der Vorsteher lächelte düster:

»Dankbarkeit? Ob es so etwas überhaupt gibt? Nun, wir werden sehen. Du warst ja, wie es scheint, noch vor kurzem ein berühmter und hochgeehrter Mann. Gestattest du mir eine Frage, die dir vielleicht ungehörig erscheint?«

»Ich bin dir zu so großem Dank verpflichtet, du kannst mich, wenn du willst, stundenlang befragen.«

»Dazu fehlt mir die Zeit, aber eines möchte ich gerne wissen: Du als ehemaliger Freund des Pharao hast persönlich mit dem König – er lebe, sei heil und gesund! – verkehrt, hast ihn begleitet, hast lange mit ihm gesprochen. Seine Majestät muß doch anders sein als wir, die wir ihn als Guten Gott bezeichnen: Er stammt aus dem heiligen Samen des Amun-Re, wic wirkt seine Erscheinung auf gewöhnliche Menschen? Wagt man da überhaupt den Blick zu erheben?«

Piay brachten diese Fragen ein wenig aus der Fassung. Er durfte den neugierigen Vorsteher nicht enttäuschen, wollte ihm aber auch nicht geradewegs die Unwahrheit sagen.

»Schon äußerlich überragt der Gute Gott alle seine Untertanen, wen er anblickt, der erschauert und fühlt den Hauch des Göttlichen. Er ist klug wie ein Schreiber und hat ein Gedächtnis wie Thot. Seine Befehle bewegen die Welt und ändern alles zum Guten. Er ist ein Krieger, gewaltig wie Month. Die ihn bei Kadesch gesehen haben, berichten von den völlig verstörten feindlichen Truppen, die vor seinem Pfeilhagel die Flucht ergriffen. Seine Hauptstadt im Delta hat er in wenigen Jahren aus dem Sumpf gezaubert, alles strömt dort zusammen, sie ist der Nabel der Welt. Sein Harem ist wie eine kleine Stadt, von zahllosen Frauen aus aller Welt bevölkert, die Söhne und Töchter Seiner Majestät sind so zahlreich, daß niemand mehr alle ihre Namen kennt. So läßt sich zum Abschluß sagen: Alles, was der Gute Gott – er lebe, sei heil und gesund! – unternimmt, befiehlt, plant, in die Wege leitet, ist gigantisch, einmalig und beispiellos.«

Der Vorsteher hatte mit leuchtenden Augen zugehört und sagte schließlich:

»Ich beneide dich so sehr, Piay, und wünschte, ich wäre nur einen Tag an deiner Stelle gewesen.«

»Wünschst du das wirklich? Dann bedenke auch, wie tief ein Mann fallen kann, den der Pharao so hoch erhoben hat. Du siehst es ja an mir, und wenn du nicht gewesen wärst, läge ich vielleicht schon draußen in der Wüste und die Geier zerhackten meinen Körper.«

»Es gibt auch noch hilfreiche Götter, und wenn sie dich durch meine Mitwirkung gerettet haben, so gewiß nicht ohne Grund. Wir sollten jetzt einfach abwarten und die Dinge auf uns zukommen lassen.«

Der von Merit auf den Weg nach Suenet geschickte Geheimbote hieß Hapu und war ein vielerfahrener Mann. Seine Eltern hatten ihn schon als Kind verschneiden lassen und an den königlichen Palast verkauft. Als geschätzter Haremsdiener erwies er den Frauen allerlei Gefälligkeiten, die von der Übermittlung harmloser Nachrichten bis zur Besorgung von Abtreibungsmitteln reichten, denn fast alle Männer am Hof waren unverschnitten, und immer wieder kam es zu heimlichen Liebesbeziehungen, an denen auch Hapu nicht unbeteiligt war. Der Arzt hatte ihm als Dreijährigen nur die Hoden zerquetscht, sie jedoch nicht entfernt, so daß er zwar nicht zeugungsfähig, aber noch einigermaßen potent geblieben war. Mit Biket, die er verehrte und respektierte, verband ihn eine lose Beziehung, die – falls sie dazu aufgelegt war – auch zu einigem Getändel im Bett führte und den Vorteil hatte, daß sie immer folgenlos blieb. Hapu war in der Tat ein in jeder Beziehung erfahrener Mann, er hatte sich immer als treu und zuverlässig erwiesen, doch er war – wenn auch auf eine behutsam-besonnene Art – ziemlich habgierig. Er schlug nicht die kleinste Verdienstmöglichkeit aus und eine große noch weniger. Diese Möglichkeit war ihm nun hier geboten, und so ging er an seinen Auftrag mit aller gebotener Sorgfalt heran.

Er trug ein kurzes Schreiben von Merit bei sich, aus dem – auch wenn es entdeckt worden wäre – niemand auf die Prinzessin und Piay hätte schließen können. Es lautete:

»Geliebter, du bist auch im Unglück nicht vergessen, und wir tun alles, um deine Leiden abzukürzen. Halte aus und vergiß niemals, daß du für immer einen Platz hast im Herzen deiner Majtscherit.«

Nur Piay kannte den Kosenamen »Kleine Löwin«, und Hapu wußte von der ganzen Sache nichts. Er hatte schon oft die Erfahrung gemacht, daß es in jedem Fall besser ist, nichts zu wissen, sondern nur den Auftrag im Auge zu behalten. Ihm war ein Golddeben versprochen, wenn es ihm gelang, das Schreiben einem gewissen Piay zu übergeben, der als Zwangsarbeiter in den Granitbrüchen arbeitete.

Es war gar nicht so einfach gewesen, einen Menschen zu finden, der bereit war, gegen einen Befehl des Pharao zu handeln, bis Biket meinte:

»Dafür kommt nur Hapu in Frage. Für einen Golddeben geht der in die Unterwelt und bringt uns Anubis gefesselt in den Palast. Doch er ist zuverlässig und würde einen bezahlten Auftrag auch unter Lebensgefahr durchführen. Von der Sache mit Piay kann er nichts wissen, und das ist auch besser so.«

»Und wo ist dieser Hapu?« fragte Merit.

»Bereits unterwegs aus Piramesse. Ich habe geahnt, daß wir ihn brauchen werden, und schon vor Tagen nach ihm geschickt.«

»Das wird aber noch Monate dauern«, sagte Merit verzweifelt.

»Er nimmt einen Schnellsegler, der bei Mondlicht auch nachts fährt. Wir müssen eben Geduld haben.«

So vergingen dann über zwei Monate, bis Hapu in Suenet eintraf. Er wußte, daß es bei solchen geheimen Aufträgen vor allem darauf ankam, nicht aufzufallen.

Da Suenet ein lebhafter Handels- und Umschlagplatz war, gab es eine Reihe von großen Herbergen, in denen ein ständiges Kommen und Gehen herrschte und die Gesichter so schnell wechselten wie die Dörfer bei einer Nilfahrt. Jeden zweiten Tag suchte sich Hapu eine andere Unterkunft, untertags betrieb er seine Nachforschungen, und bald schon wußte er, daß von den acht Granitgruben drei durch Zwangsarbeiter und Sträflinge betrieben wurden. Er gab sich als Bruder eines gewissen Piay aus, der vor einiger Zeit verschwunden sei und von dem das Gerücht gehe, er sei hier als Strafarbeiter beschäftigt. Dabei ließ Hapu durchblicken, daß er nicht unvermögend sei und alles unternehmen würde, um das Los seines Bruders zu erleichtern.

Schließlich blieb nur noch die Grube drei, doch dort war der Oberaufseher für einige Tage abwesend und sein Stellvertreter kannte keinen Piay.

»Die Namen werden hier ausgelöscht, und die Leute tragen nur noch Nummern. Kennst du die deines Bruders?«

Natürlich kannte Hapu sie nicht, doch er schilderte Piays Aussehen, wie es ihm Biket beschrieben hatte. Der andere dachte nach und sagte: »Sehr groß, grauäugig, ein ehemaliger Baumeister und Bildhauer? Das könnte Nummer dreiundzwanzig gewesen sein, doch der ist, soviel ich weiß, vor einigen Tagen verstorben.«

Hapu, der es sich angewöhnt hatte, nichts so ohne weiteres zu glauben, reichte dem Mann ein Säckchen mit fünf Kupferdeben.

»Ich möchte dich um einen Gefallen bitten, damit ich meiner Familie nichts Falsches berichte. Frage doch in deiner Grube ein wenig herum, wann und unter welchen Umständen mein Bruder verstorben ist. Deine Nachricht hat mein Herz schwer und meinen Sinn trüb gemacht. Ich werde morgen wieder nachfragen.«

Der Aufseher wog das Säckchen in seiner Hand und versprach, genaue Nachforschungen anzustellen. Doch wen er auch fragte, sie alle waren vom Vorsteher informiert worden, daß Piay tot sei. Mit dieser traurigen Nachricht machte sich Hapu auf den Rückweg nach Theben.

Nefertari war es gelungen, ihren Gemahl zu dem Versprechen zu bewegen, den Bildhauer Piay nach spätestens zwei Jahren wieder aus der Zwangsarbeit zu entlassen. Der zutiefst beleidigte Pharao hatte vor dem besessenen Bauherrn Ramses allmählich den Rückzug angetreten. Der König hatte sich schon mehrmals die Frage gestellt, ob die Sache mit Merit es wert sei, seinen besten Bildhauer an eine sinnlose und vielleicht sogar tödliche Arbeit zu vergeuden. Es gab noch soviel für ihn zu tun, und eigentlich hatte ja niemand einen Schaden davongetragen. Er sah diesen Piay vor sich, mit den furchtlosen grauen Augen, hörte seine kühnen Vorschläge, spürte die Begeisterung des anderen und wie jeder von ihnen das gleiche Ziel verfolgte. Nun gut, er hatte die Erstgeborene des Königs verführt, hatte ein paarmal das Lager mit ihr geteilt – wen ging das etwas an?

Merit war seit einigen Tagen mit Seti verheiratet, Thotmes war bestraft und durch Beki ersetzt worden, und was das Volk dachte, war ohne Belang. Insgeheim hatte Ramses schon beschlossen, Piay nicht einmal zwei Jahre in den Granitbrüchen zu lassen. Gleich nach der Ankunft in Piramesse wollte er den Befehl erteilen, ihn wieder nach dem Süden zu schicken, damit er seine Arbeit am Großen Tempel fortsetzen könne. Diesem jungen Hotep traute er nicht so recht, der wurde am Ende mit den vier Kolossalfiguren doch nicht fertig. Ramses sah schon die hämischen Gesichter der Nubier, wenn sie über den Guten Gott mit der schiefen Nase oder den ungleichen Ohren lachten. Schließlich waren die Figuren weithin sichtbar für jedermann, der mit dem Boot vorbeifuhr. Und die Schlacht bei Kadesch? Sollte er diesen Bericht über seinen größten Triumph als Heerführer einem zweitklassigen Handwerker überlassen?

Nein! Da fiel ihm ein, was der Chatti-König Muwatalli damals nach der Schlacht in seinem Schreiben gesagt hatte: »Warum sollen wir unser Eigentum vergeuden, wir schaden uns doch nur selbst damit.« Schließlich war auch Piay, wie alle Kinder des Landes Kemi, Eigentum des Pharao, und er dachte nicht daran, es zu vergeuden. Doch ein wenig sollte Piay noch für seine Sünde büßen müssen, allzuleicht durfte die Strafe nicht ausfallen.

Nach seinem zweiten Besuch gewährte Merit dem Prinzen Senti eine kurze Unterredung. Eigentlich ist er ein ganz ansehnlicher Bursche, dachte sie. Er ähnelt verblüffend dem Vater und hat doch etwas an sich, das mir nicht gefällt. Vielleicht war es eine gewisse Steifheit, die Seti nicht ablegen konnte, etwas Gestelztes, das er sich angewöhnt hatte, weil er es für unvereinbar mit der Würde eines königlichen Prinzen hielt, sich zu geben wie jedermann.

Die beiden Männer, die Merit am meisten liebte, Piay und ihren Vater, bewegten sich auf natürliche und unverstellte Art, denn sie waren im Einklang mit sich selbst. In Seti aber standen sich zwei Wesen ablehnend, ja feindselig gegenüber. Das eine war der namen- und bedeutungslose Haremssproß, an dessen Mutter sich niemand mehr erinnerte und dessen Laufbahn als Hauptmann in der Palastwache oder als Dritter Priester eines kleinen Tempels schon vorgezeichnet war. Doch dann war das Auge des Guten Gottes auf ihn gefallen und hatte plötzlich mehr aus ihm gemacht, als ihm eigentlich zustand, und zwar nicht aufgrund eines besonderen Talents, wie bei Piay, oder einer sonstigen herausragenden Fähigkeit, sondern nur wegen einer Ähnlichkeit, für die er nichts konnte.

Ohne es sich einzugestehen, fühlte er sich Merit weit unterlegen, zugleich aber sollte er ihr Gemahl werden und mußte dementsprechend auftreten.

»Nimm Platz, Seti, willst du einen Schluck Wein mit mir trinken?« Merits Stimme klang freundlich und eher ermunternd, doch das erhöhte nur Setis Unsicherheit. Eine zornige und abweisende Merit wäre ihm lieber gewesen.

Er verbeugte sich steif und, wie Merit spöttisch feststellte, für einen künftigen Gemahl viel zu tief.

»Gerne, Prinzessin.«

»Du wolltest mich sprechen? Kann ich etwas für dich tun?«

Seti erstarrte. Sollte Merit nichts davon wissen, daß sie zu seiner Gemahlin bestimmt war?

»Nun … also, der Gute Gott, unser allzeit erhabener Vater – er lebe, sei heil und gesund! – hat gemeint … also, er hat befohlen …«

Seti schwieg verwirrt, er fand einfach nicht die richtigen Worte.

»Was hat Seine Majestät befohlen und wem?« forschte Merit freundlich weiter.

»Ja, weißt du davon nichts?« platzte Seti heraus, »daß wir beide heiraten sollen?«

»Natürlich weiß ich es, doch ich dachte, du bist gekommen, mich um mein Einverständnis zu bitten – mein Herz zu gewinnen.«

»Dein Herz zu gewinnen?« wiederholte Seti verblüfft.

»Ja, was dachtest du denn? Ich bin doch keine Sklavin, die man zu deiner Verfügung in den Harem steckt! Ich bin eine Tochter der Sonne! Ich bin das Gefäß Amuns, und erst in mir gewinnt dein bedeutungsloser Samen eine höhere Weihe. Der Pharao ist nun der Ansicht, daß Gott Chnum dich nicht ohne Grund ihm selber so ähnlich gemacht hat, und meint, dies erheische sozusagen eine Gegengabe, und die bin nun ich, seine Erstgeborene. Seti, du mißfällst mir nicht gerade, aber du mußt schon noch einiges tun, um dich höher zu entwickeln. Ein guter Krieger magst du ja sein, wie ich höre, aber wie steht es mit dem Schreiben und Lesen, wie mit dem Rechnen und den Geschichtskenntnissen? Durch mich rückst du ja in die Thronfolge ein, und da sind die Anforderungen weit höher als bei einem der vielen Söhne von Kebsweibern.«

Seti schluckte schwer, hob den Becher, trank zögernd, obwohl er ihn gerne auf einen Zug geleert hätte.

»Also – mit dem Schreiben, nun, mir fehlt die Übung … Ein wenig lesen kann ich schon … Geschichte – ja, da müßte ich vielleicht einiges nachholen. Mir erschien das bisher nicht so wichtig, weißt du. Mit dem Bogen, mit dem Schwert, mit Wurfholz und Lanze, da bin ich besser vertraut, ich hielt das …«

Merit runzelte ihre hohe, glatte Stirn. Die schrägen, dunklen Augen – Nefertaris Erbteil – funkelten spöttisch:

»Auch mein erhabener Vater stand ursprünglich nicht an vorderster Stelle in der Thronfolge. Trotzdem kann er schreiben und lesen wie sein tüchtigster Sekretär, kann rechnen wie ein Magazinverwalter und weiß über unsere Geschichte mehr als so mancher Lehrer. Da gibt es einiges nachzuholen, Seti! Vielleicht gelingt es dir mit der Zeit, meine Achtung zu gewinnen. Ob du jemals mein Herz gewinnst, bezweifle ich, doch darauf kommt es ja nicht an, wenn der Gute Gott nun einmal unsere Heirat beschlossen hat. Präge dir meine Worte gut ein, Seti, wir werden es dann leichter miteinander haben.«

Damit war der Prinz entlassen. Ihm dröhnten die Ohren von Merits Worten, und er schalt sich einen Feigling, daß er nicht anders aufgetreten war, sie nicht zurechtgewiesen hatte, wie es dem künftigen Gemahl zukam. Doch da war insgeheim die Angst, wieder zurückgestoßen zu werden in die Schar der namenlosen Sprößlinge, sein Leben als Unterführer bei der Palastwache zu beenden, jetzt, da er schon so hoch gestiegen war, und bald dem innersten Kreis der königlichen Familie angehören würde.

Aus der Hochzeit wurde keine große Zeremonie gemacht, und das Volk nahm nicht an ihr teil. Der Heiratskontrakt wurde vom Wesir des Südens gesiegelt und eine Abschrift davon im Tempel der Mut niedergelegt. Danach gab es eine kleine Feier mit einigen Priestern und Beamten, an der auch der König eine halbe Stunde teilnahm.

Der Hochzeitsnacht sah Merit gelassen entgegen. Sie würde Setis Umarmung erdulden um des Kindes willen, das sie trug.

Für Seti war der Beischlaf bisher eine rein körperliche Angelegenheit gewesen. Er befahl eine Sklavin in sein Bett, geilte sich an ihrem Körper auf, schaute ihr kaum ins Gesicht, entleerte seinen Samen in ihren Schoß, schickte sie weg und vergaß sie. Freilich gab es die eine oder andere, die ihm besser gefiel, die er öfter kommen ließ, deren Namen er sich für einige Tage merkte. Er maß der Sache keine besondere Bedeutung bei; ein Sieg beim Bogen-Weitschießen bewegte ihn weit mehr als die ständig wechselnde Schar der Mädchen in seinem Bett. Nun aber würde er einer Sonnentochter beiliegen und grübelte verzweifelt, wie er sich verhalten sollte. Ihr Herz gewinnen! Das war leicht gesagt, wenn man nicht wußte auf welche Weise.

Beim Festmahl hatte er sich mit dem Trinken sehr zurückgehalten, denn er kannte die lähmende Wirkung des Weines auf die Liebeskraft, doch jetzt wünschte er, er hätte einige Becher mehr geleert, um die Beklemmung zu überwinden, die er vor dem Schlafgemach seiner Gemahlin empfand. Er konnte sich tausendmal vorsagen, sie sei nur eine Frau wie jede andere, denn zugleich wußte er, daß es eben nicht so war.

Vor der Tür zum Schlafraum wachte die Falkin. In ihrem Blick war keinerlei Respekt zu finden, eher Spott, Neugierde oder Mitleid. Nach einer ungehörig langen Zeit gab Biket den Weg frei, und Seti trat ein. Merit stand am Fenster und blickte in den dunklen Garten hinaus, denn es herrschte Neumond, und die Sterne hauchten nur einen ganz schwachen Lichtschimmer über die schlafende Stadt. Sie wandte sich um. »Nun, mein Gemahl – vollziehen wir den Hochzeitsbund, wie es der Brauch ist und wie die ordnungsliebende Maat es will.«

Mit einer achtlosen Bewegung streifte sie ihr Kleid ab, ging zu den beiden Öllampen und blies sie aus. So war es Seti nur für einige Augenblicke gegönnt, Merits Nacktheit zu erblicken, doch er wagte keine Bemerkung, sondern tappte im Finstern zum Bett und legte sich neben seine Gemahlin. Merit aber flüchtete sich in die Vorstellung, Piay läge bei ihr, und sie tat es so intensiv, daß Seti den Eindruck gewann, er sei seiner Gemahlin nicht unwillkommen. Sie stöhnte ein wenig, streichelte flüchtig seinen Rücken, empfand aber nichts. Seti war es nicht gewöhnt, bei seinen Sklavinnen auf einen Gleichklang der Gefühle zu achten. Seine eigene Wollust war ihm genug, was die Frauen dabei fühlten, kümmerte ihn nicht, und da er es nicht anders gelernt hatte, behielt er seine Gewohnheiten auch in der Hochzeitsnacht bei.

Als Merit ihn nach einer Stunde höflich bat, sie alleine zu lassen, gehorchte Seti ohne Widerrede. Biket schlüpfte sofort zu ihrer Herrin ins Zimmer.

»Mein armes Täubchen ...«

»Es gibt Schlimmeres, Biket. Laß mir ein Bad richten, ich habe einiges abzuwaschen.«

3

Thotmes wurde vor einen Richter geführt und vernahm mit unbewegtem Gesicht sein Urteil: Einzug des halben Vermögens, Verbannung an die nubische Grenze, ein Priesteramt am großen, schon fast vollendeten Tempel und die Versiegelung der Zunge wegen Majestätsbeleidigung. Im »Haus der Strafen und Martern« warteten schon die Büttel mit dem Siegelstempel aus Bronze, der die beiden Namenskartuschen des Guten Gottes trug: User-Maat-Re setep-en-Re Meri-Amun-Ramses.

Thotmes wurde auf einen Stuhl gefesselt, einer der Gehilfen hielt seinen Kopf, ein anderer drückte seine Nase zu. Als er, um Luft zu holen, den Mund öffnete, packte ein Büttel die Zunge mit einer flachen Zange und zerrte sie heraus, und ein anderer preßte schnell das rotglühende Siegel darauf. Es zischte und stank nach verbranntem Fleisch. Thotmes stieß einen gurgelnden Schrei aus und zerrte an seinen Fesseln wie ein wildes Tier.

»Nur ruhig!« sagte der Büttel, »die Zunge bleibt ja drin. Den meisten anderen geht es nicht so gut. Da heißt es, das Messer ansetzen und ratsch! Du glaubst gar nicht, wie das blutet und wie lange es braucht, bis die Wunde geheilt ist. Bei dir geht es schnell, und eine Ehre ist es auch, denn du trägst jetzt dein Leben lang die Namen Seiner Majestät – er lebe, sei heil und gesund! – auf der Zunge.«

Der ächzende Thotmes wurde hinausgeführt, andere kamen herein, um ihre Nasen, Ohren, Zungen oder Hände an dieser Stätte der Gerechtigkeit zu verlieren.

Tagelang litt Thotmes Höllenqualen an den Brandwunden, aber noch mehr schmerzte ihn die Verbannung aus Theben, auch wenn er wieder seinem Gott dienen durfte. Für ihn war das fast ein Todesurteil, denn Theben und der Amunklüngel, das war sein Lebensinhalt, seine Freude, seine Welt, und dies alles wurde ihm nun genommen. Je lebhafter er es sich ausmalte, desto verzweifelter wurde er. Und dann diese schändlichen Narben: Sie hatten die Namen des Königs in seine Zunge gebrannt, doch sie hatten sein Herz, seinen Priesterstolz getroffen.

In seiner Verzweiflung bat er bei Nebunef um eine Unterredung. Der Hohepriester empfing ihn sofort, denn Thotmes war fast sein Leben lang Diener des Amun gewesen, und das ließ sich nicht einfach wegwischen.

Thotmes beugte sein störrisches Haupt.

»Ich weiß, Ehrwürdiger, du hast mich nie gemocht, doch immerhin dienten wir dem gleichen Gott, und ich habe mir nichts anderes gewünscht. Nun soll ich Priester des Amun dort unten in Kusch werden, an einem Ort, den niemand kennt und den der Gute Gott – er lebe, sei heil und gesund! – in seiner Weisheit für diese Tempel erwählte. Eine Ehre für mich – gewiß! – und nach meiner Stellung als Hilfspriester am Ptah-Tempel eine Verbesserung. Doch bin ich nicht mehr jung und habe in Theben Wurzeln geschlagen, die schwer auszureißen sind. Ich würde lieber hier weiterhin dem Ptah dienen als bei den Nubiern dem Amun. Du hast das Ohr des Königs, Nebunef, und ich habe dich nie um etwas gebeten. Jetzt aber bitte ich dich: Lege ein gutes Wort für mich ein, damit ich bleiben kann, wo mein Herz und meine Wurzeln sind: in Theben.«

Nebunef wurde es unbehaglich. Er hatte nicht die geringste Lust, den Pharao wegen dieses störrischen Priesters zu behelligen, obwohl er Thotmes' Bitte gut verstand.

»Du siehst da einiges falsch, ehrwürdiger Thotmes. Der Pharao – er lebe, sei heil und gesund! – hat dir eine Aufgabe übertragen, um die viele dich beneiden würden, nämlich den Namen unseres Amun-Re bei den Anbetern von kleinen Lokalgöttern bekanntzumachen, sie hinzuführen zum König der Götter. Und noch eines, der König hat geruht, dein Los zu verbessern: Du bist dort nicht irgendein Priester, sondern der Hohepriester des Amun, neben denen des Re-Harachte, des Ptah und anderen. Du wirst hoch geehrt sein, hast eine schöne Wohnung, Diener – es mangelt dir an nichts. Eines kann ich dir versprechen. Ich werde mich beim Pharao – er lebe, sei heil und gesund! – dafür einsetzen, daß du nicht endgültig dorthin verbannt bist, sondern von Zeit zu Zeit in Theben Bericht erstatten darfst. Es ist eine Mission, Thotmes, eine große Aufgabe, ein Lebenswerk. Nicht ohne Grund hat Seine Majestät diese Aufgabe gerade dir anvertraut. Er straft und belohnt nach seinem erhabenen Willen, doch immer gerecht und mit einem tieferen Sinn. Du hast seine Majestät sehr verärgert, doch anstatt dich auf Lebenszeit an einen wüsten Ort zu verbannen, macht er dich zum Hohenpriester in einem seiner gewaltigsten Tempel – du solltest ihm dankbar sein!«

Der Hohepriester Nebunef war ein sehr geschickter Redner und hatte den Fall von einer Seite dargestellt, die Thotmes nun doch beeindruckte. Eine Mission! Ja, das war es tatsächlich, und Thotmes fing Feuer, sein Ehrgeiz war angestachelt. Er wollte es denen schon zeigen, wie hoch Amun-Re über den anderen Göttern stand. Thotmes konnte eine widerwillige Bewunderung für die vorausschauende Klugheit des Pharao nicht verhehlen, obwohl ihn jedes Wort, das er sprach, schmerzhaft an seine Strafe erinnerte. Seine Zunge war noch immer sehr empfindlich, doch die Büttel hatten gut gearbeitet: Die beiden Namenskartuschen waren deutlich zu erkennen.

Das Land Kemi war von alters her ein Staat, an dessen Spitze der Gottkönig stand, das aber von Beamten regiert wurde. Und weil dies schon immer so war, hatten sich Familien herausgebildet, deren Söhne seit Jahrhunderten als Staatsdiener die Geschicke des Landes – geleitet von den Schönen Befehlen des Königs – lenkten und dabei ein System entwickelten, das so vorbildlich war, daß andere Völker es nachzuahmen versuchten. Da der Pharao seine hohen Beamten großzügig entlohnte und diese fast immer aus reichen Familien kamen, gab es unter ihnen sehr wenige, die bestechlich waren. Doch wie das bei einem großen Beamtenapparat eben ist, manchmal bewegte er sich schwerfällig, oder es geschahen Dinge ohne Sinn und Nutzen.

Nur damit war es zu erklären, daß das Schreiben des Vorstehers der Granitbrüche nicht in Theben den Palast des Königs erreichte, sondern nach Piramesse weitergeschickt wurde. Es bestand die strenge Vorschrift, daß Schriftstücke, die an den König gerichtet waren oder von ihm kamen, überall vorrangig befördert wurden. Meist geschah dies ohnehin auf königlichen Schiffen, doch nicht immer stand gerade eines zur Verfügung. Und so gab es den Befehl, daß jedes Boot – wem immer es gehören mochte – verpflichtet war, die Papiere auf Geheiß mitzunehmen, um sie, wenn nicht ans Ziel, so doch in seine Nähe zu bringen, oder sie nötigenfalls an ein anderes Boot, das in die gewünschte Richtung fuhr, weiterzureichen.

Genau das geschah auch mit Sepis schriftlich formulierter Bitte, den Sträfling Piay für wichtigere Arbeiten verwenden zu dürfen. Im Hafen von Theben hörte der Bootsführer, daß der Pharao schon ins Delta zurückgereist sei, und so vertraute er Sepis Eingabe einer nach Norden segelnden Barke an. Doch die Auskunft war falsch. Zwar wollte Ramses schon mehrmals abreisen und hatte auch schon Teile seiner Flotte vorausgeschickt, aber die fortgeschrittene Schwangerschaft Nefertaris hielt ihn weiter in Theben fest.

So wanderte das Schreiben bis Memphis, wo der Bootsführer hörte, daß der König in Theben zurückgeblieben war, und sofort reichte er es an einen Schnellsegler weiter, der nach Süden unterwegs war.

Der von Merit nach Suenet entsandte Geheimbote kam inzwischen zurück, trat mit Biket in Verbindung und teilte ihr das Ergebnis seiner Erkundungen mit.

»Tot?!« Biket spürte den Boden wanken.

»Bist du ganz sicher, Hapu? Piay kann doch nicht tot sein! Ich lasse das nicht zu, das wird meinem Täubchen das Herz brechen. Hast du sein Grab gesehen, hast du Zeugen gesprochen, woran ist er gestorben?«

Hapu seufzte schwer:

»Ach Biket, wie gerne hätte ich dir eine bessere Nachricht gebracht, doch ich schwöre dir, daß ich mit dem Oberaufseher gesprochen habe, und der hat zur Sicherheit noch jeden seiner Aufseher befragt. Zwar wußte niemand genau, woran Piay starb, doch alle bestätigten, daß es so war.«

»Hast du sein Grab gesehen?«

Hapu blickte verlegen zu Boden

»Für die Sträflinge gibt es keine Gräber – das heißt, es gibt sie schon, doch sind es keine Wohnungen der Ewigkeit, sondern Gruben im Wüstensand. Einfacher ausgedrückt: Die Zwangsarbeiter werden irgendwo in der Wüste verscharrt, auch das wurde mir von verschiedenen Leuten bestätigt.«

Hapu griff unter seinen Schurz und holte einen Beutel hervor. Er grinste schwach:

»Wenigstens habt ihr euch das Bestechungsgeld gespart. Was ist mit diesem Piay eigentlich los? Irgendein Sträfling kann doch dich und deine Herrin nicht interessieren?!«

»Das geht dich nichts an!« fauchte Biket und nahm den Beutel an sich.

Hapu winkte ab: »Ich will's auch gar nicht wissen. Wenn du mich wieder brauchst ...«

»Ja, ja, ist gut. Sei bedankt, Hapu.«

Biket hatte nun einen inneren Kampf auszufechten. Verschwieg sie die Nachricht, würde Merit nach einiger Zeit weitere Nachforschungen anstellen. Irgendwann kam es ja doch heraus. Andererseits wollte sie ihrem geliebten Täubchen nicht weh tun, denn sie war doch da, um von Merit alle Unbill fernzuhalten. Aber wie sollte sie das jetzt anstellen? Auch der Pharao mußte unterrichtet werden ...

Biket ging in den Palastgarten und lief zehnmal um den Lotosteich, weinte, riß sich die Perücke vom Kopf, setzte sie wieder auf, stieß mit dem Gärtner zusammen, der einen Fluch verschluckte, als er die Vertraute der Prinzessin erkannte. Doch es half alles nichts. Merit würde sie vermissen, sie mußte zurück und ihr die Wahrheit sagen.

Als Merit die Falkin mit gesenktem Kopf, verrutschter Perücke und verweinten Augen hereinkommen sah, wußte sie gleich, was geschehen war.

»Piay ist tot? Hapu hat die Nachricht gebracht, so ist es doch?«

Biket fiel ihrer Herrin weinend zu Füßen und stammelte:

»Schlag mich tot, laß mich auspeitschen, bestrafe die Unglücksbotin ...«

Merit setzte sich in einen Sessel, ganz langsam, als fürchte sie, ihn zu zerbrechen.

»Und ich glaube es trotzdem nicht, Biket, ich glaube es einfach nicht. Man stirbt nicht an ein paar Monaten Zwangsarbeit, daran stirbt man doch nicht. Piay war die schwere Arbeit gewöhnt, sie hatte ihm nichts ausgemacht. Er kann doch nicht einfach tot sein, Biket, das geht doch nicht.«

»Ach, mein Täubchen ... Hapu hat sämtliche Aufseher befragt, er ist immer zuverlässig, wir müssen es glauben, mein Liebling, uns bleibt nichts anderes übrig.«

Mit steinernem Gesicht schaute Merit auf ihre Dienerin.

»Und sein Grab? Hat er wenigstens ein Grab, damit sein Ka in Frieden weiterleben kann?«

Jetzt mußte Biket lügen, sie konnte nicht anders:

»Natürlich hat er ein Grab! Weit draußen in der Wüste, allerdings ein sehr kleines ... «

»Hat man ihn einbalsamiert?«

»Davon hat Hapu nichts erwähnt, aber man hat sicher seinen früheren Rang respektiert, ich glaube, das ist so üblich ... «

Doch Merit hörte gar nicht zu.

»Das hat er nun erreicht, mein gestrenger Herr Vater, daß sein bester Handwerker in den Steinbrüchen zugrunde ging, da wäre es menschlicher gewesen, ihm gleich den Kopf abzuschlagen.«

Plötzlich brach Merit in die Knie, schlug die Hände vors Gesicht und begann zu schluchzen:

»Piay, mein Geliebter, mein über alles Geliebter, wir hätten noch eine so schöne Zeit haben können ... Dein Tod macht alles schwarz um mich herum, ach könnte ich dich nur hinüberbegleiten ... mit dir gemeinsam zu Osiris gehen ... Hand in Hand ... «

Sie konnte nicht mehr weitersprechen, blieb zusammengekrümmt auf dem Boden liegen, bewacht von der Falkin, die neben ihr kniete und ihr den Rücken streichelte.

Von diesem Tag an nahm die Prinzessin Merit-Amun keine Nahrung mehr zu sich. Während der ersten Tage sah man sie mit versteinertem Gesicht durch den Palast gehen. Alle wichen ihr scheu aus, wenn sie daherkam, doch sie erkannte niemanden, sprach mit niemandem, auch nicht mit ihren Eltern.

Den Pharao hatte die Todesnachricht schwer getroffen, und zum ersten Mal in seinem Leben empfand er etwas wie Reue. Natürlich fühlte er sich im Recht, schließlich lag das Verbrechen des Piay offen zutage, doch er bedauerte es, seinen ersten Rachegelüsten gleich nachgegeben zu haben. Er bedauerte auch, die Verfügung mit dem Straferlaß immer wieder hinausgeschoben zu haben. Doch nun war es zu spät. Da nun nichts mehr zu ändern war, wollte Ramses seinem verblichenen »Freund« wenigstens eine würdige Grabstätte bereiten und gab sogleich den Befehl zum Bau eines Grabes der mittleren Ordnung im Westen von Suenet. Als König eines Beamtenstaates und von klein auf daran gewöhnt, daß alles einen »amtlichen« Verlauf nahm, störte es ihn allerdings, daß in diesem Fall nicht der amtliche Weg eingehalten wurde, denn die Todesnachricht kam ja nicht vom Vorsteher der Granitbrüche, sondern – wie man ihm gesagt hatte – über Freunde des Piay.

Nefertari sorgte sich nicht um amtliche Wege und würdige Grabstätten, sondern allein um ihre Tochter, die sich allmählich in einen Schatten verwandelte. Merit nahm nur Wasser zu sich und war jetzt schon so schwach, daß sie ihr Lager nicht mehr verließ.

Seit Tagen schon empfand sie keinen Hunger mehr. Ihr Körper fühlte sich so leicht an wie eine Feder, und bisweilen glaubte sie, nicht auf dem Bett zu liegen, sondern eine Elle darüber zu schweben. Sie erkannte nun plötzlich Zusammenhänge, die ihr früher verborgen geblieben waren, und hatte das Gefühl, sie nähere sich von Tag zu Tag einem Ziel, das sie etwas verschwommen als »Wahrheit« empfand. Nun wußte sie auch, warum Maat, die Göttin der Wahrheit und der Weltordnung, in Form einer Feder verehrt wurde. Die Wahrheit nämlich war etwas Leichtes, Flüchtiges, das es zu erhaschen galt, das man nicht aus den Augen verlieren durfte. Ihr ganzer Körper verwandelte sich in eine Feder, in Maat, in die Wahrheit. Merits Trauer um Piay hatte sich vergeistigt und war nun der unbestimmten Erwartung gewichen, ihn auf einer jenseitigen Ebene wiederzufinden. Sie konnte über ihre Gefühle nicht sprechen, wollte es auch nicht, sondern lauschte nur stumm in sich hinein oder schenkte der gramerfüllten Biket ein abwesendes Lächeln.

Ihre Nächte hatten sich in eine Flut von Traumbildern verwandelt, die zuerst düster und bedrohend waren, dann aber zunehmend heiterer, leichter und hoffnungsfroher wurden. Zuerst war ihr mehrmals der Gott Seth erschienen. Bei seinem Auftreten wurde die Luft im Zimmer schwarz, der Atem stockte, und alle Dinge ringsum nahmen die fahle Farbe der Verwesung an. Sein Atem stank nach dem Aas der Jahrtausende, sein abstoßendes Tiergesicht mit den kleinen tückisch roten Augen, den häßlichen, wie abgeschnittenen Ohren und der rostroten Perücke flößte ihr einen solchen Abscheu ein, daß sie versuchte, seinem Anblick zu entgehen, indem sie den Kopf abwandte oder die Augen schloß. Doch Seth war überall, er folgte der Drehung ihres Kopfes und schlüpfte hinter die Augenlider. Er tat nichts, sagte nichts, war nur bedrohende und grauenerregende Gegenwart.

Doch Seth verschwand allmählich aus Merits Träumen, ihm folgte der koboldgestaltige, zwergenhafte Gott Bes mit der heraushängenden Zunge, den lustig abstehenden Ohren, dem gekräuselten Bart und den lächerlichen krummen Beinen, zwischen denen das Geschlecht wie eine Frucht baumelte. Bes war häßlich, doch er flößte keine Furcht, sondern Zutrauen ein, und als er einmal ihre Hand nahm, scheute sie nicht vor der Berührung zurück, sondern ließ sich vertrauensvoll aus dem Zimmer führen. Sie kam in einen herrlichen Garten, wo sich Palmen, Tamarisken und Akazien im köstlich kühlen Wind sanft bewegten, wo der Lotos duftete und ein kleiner Brunnen leise plätscherte. Bes grinste aufmunternd und wies mit seinem krummen Zwergenarm auf einen Granatapfelbaum. Dort hockte unbeweglich ein wunderschöner Vogel mit buntem Gefieder, der einen kleinen Menschenkopf trug. Merit trat neugierig näher und erkannte voll Freude das Gesicht ihres Geliebten. Piay lächelte ein winziges Lächeln, Merit streckte verlangend eine Hand aus, und sofort flog der Vogel mit lautlosen Flügelschlägen herbei und setzte sich auf ihre Hand. Sie spürte deutlich die Krallen der Vogelfüße, bewunderte sein glänzendes Gefieder und fragte sich verwirrt, ob sie diesen Vogelmann, dieses winzige Gesicht küssen sollte. Zugleich ergriff sie der innige Wunsch, selber ein solcher Vogel, dem Geliebten gleich, zu sein. Die kleinen grauen Augen blickten sie liebevoll an, und ein leises dünnes Stimmchen sagte etwas, das sie nicht verstand.

»Bald werde ich sein wie du, Geliebter – es dauert nicht mehr lange.«

Der Vogelmann lächelte und schwebte lautlos davon, hob sich in die blaue Luft, stieg höher und höher, löste sich in einen schwarzen Punkt auf und verschwand. Merit spürte noch die Krallen auf ihrer Hand, küßte die Stelle und war traurig und hoffnungsfroh zugleich.

Die treue Biket spürte, daß ihre Herrin sich in eine Sphäre zurückzog, die für andere nicht zugänglich war, und sie wußte, daß es nur noch eine Frage von einigen Tagen sein konnte, bis sie ganz darin verschwand.

»Denke doch an dein Kind, mein Täubchen. In dir wächst Piays Samen zu neuem Leben heran, es ist ein Stück von ihm, das du bewahren mußt, in dem er weiterlebt. Wenn du selbst schon nichts zu dir nehmen willst, so tue es doch wenigstens für das Kind. Chnum hat es schon geformt, es ist schuldlos an allem, es hat ein Recht zu leben. Wenn du es verhungern läßt, ist das eine Mißachtung der Götter.«

Diese Worte drangen zwar in Merits Ohr, aber sie erreichten nicht ihr Herz. Dieses Kind hatte in ihren Träumen keinen Platz. Sie war schwanger, doch sie nahm es nicht zur Kenntnis.

Seit Merit ihr Lager nicht mehr verließ, wurde Prinz Seti der Zutritt verwehrt. Sie hatte ihn schon zuvor wie einen Fremden behandelt, und Seti wagte es nicht, irgendwelche Rechte geltend zu machen. Er spürte, daß sie ihm nie wirklich gehört hatte und daß er jetzt ganz außerhalb ihres Lebens stand. Er wußte nicht recht, wie er sich verhalten sollte, trieb sich wieder viel mit Jonam in Theben herum und glaubte manchmal, seine Heirat habe gar nicht stattgefunden. Alles sei nur ein Traum gewesen, und nichts habe sich geändert. Einmal fragte er Jonam, wie er sich verhalten solle, doch der wußte auch keinen Rat.

»Sie tut mir leid, mein Schwesterlein, doch mit diesen Weibergeschichten kenne ich mich nicht aus. Es muß da etwas gegeben haben, von dem wir nichts wissen. Wir können nur abwarten, Bruder, vielleicht kommt alles noch ins Lot.«

Die hochschwangere Nefertari fürchtete, Merit, ihr erstes Kind, zu verlieren, während die Geburt ihres letzten bevorstand. Sie grübelte den ganzen Tag, auf welche Weise sie ihrer Tochter helfen könne, und nach einem Besuch bei der schon zum Skelett abgemagerten Merit kam ihr ein rettender Gedanke. Sogleich ließ sie Biket rufen.

»Höre Biket, du weißt so gut wie ich, daß Merits Leben nur noch an einem dünnen Faden hängt. Sie hat sich selber aufgegeben und will dahin gehen, wo ihr Geliebter ist. Um sie zu retten, müssen wir ihn wieder zum Leben erwecken.«

In das sorgenzerfurchte Gesicht der Falkin kam etwas wie Hoffnung.

»Zum Leben erwecken, erhabene Königin? Wie soll das geschehen?«

»Nicht wirklich, sondern durch eine Lüge. Wir werden ihr erklären, daß Piays Tod irrtümlich gemeldet wurde, weil eine Verwechslung vorlag. Wenn sie wieder gesund werde, erlaube ihr der Pharao einen Besuch in Suenet.«

»Ich würde sogar die Götter belügen, um mein Täubchen zu retten. Wie soll es gemacht werden?«

»Dir glaubt sie noch am ehesten. Ich werde einen Bericht entwerfen, der angeblich aus Suenet kam, und ein Schreiber wird es ihr in deiner Gegenwart vorlesen. Es muß alles einen amtlichen Anstrich haben, damit es glaubhafter wirkt.«

Doch es hätte dieser Notlösung gar nicht bedurft, denn zwei Tage später kam die Antwort auf den Befehl des Pharao, für Piay ein Grab anzulegen. Sepi, der Vorsteher der Granitbrüche von Suenet, schrieb an den König.

»An den großen Herrscher von Kemi, den Sohn der Sonne und Herrn beider Länder, den Horus, geliebt von Maat, groß an Macht und schön an Jahren, Seine Majestät User-Maat-Re setep-en-Re Meri-Amun-Ramses, von Sepi, dem Vorsteher der Steinbrüche von Suenet.

Dein Schöner Befehl ist wohlbehalten hier angelangt, doch er kann nicht verwirklicht werden, denn der Strafgefangene Piay, ehemals Bildhauer und Baumeister, lebt, ist gesund und bei Kräften. Ich habe mir erlaubt, ihn an anderer Stelle für wichtigere Arbeiten einzusetzen, und so hat sich an seinem vorherigen Arbeitsplatz durch einen Irrtum die Kunde verbreitet, er sei gestorben. Hier sterben viele Menschen, und da sie Verbrecher sind und ihre Schuld abbüßen, wird es nicht so wichtig genommen. Ich selbst habe an deine Majestät schon vor längerer Zeit die Anfrage gerichtet, ob du eine andere Verwendung des Piay gestattest und wie lange seine bisher noch unbestimmte Strafzeit dauert. Diese Anfrage wiederhole ich nun und erwarte in Demut deine Entscheidung.

Der Gute Gott Usimare Ramses lebe, sei heil und gesund! Mögest du tausend und abertausend Sed-Feste feiern zur Freude deines Volkes und zum Gedeihen des Landes!«

Das war nun wirklich eine gute Nachricht! Ramses lachte und scherzte, las das Schreiben jedem vor, der in seine Nähe kam und übergab es schließlich Nefertari:

»Hier, meine Liebe, gehe damit zu Merit. Da sieht man einmal wieder, was Gerüchte bewirken können! Ich habe ja nie daran geglaubt, daß dieser Piay – ein so zäher Bursche! – von einem Tag zum anderen stirbt. Wer hat diese falsche Nachricht eigentlich verbreitet? Der sollte Piay im Steinbruch ablösen! Ich werde ...«

»Nein, mein Geliebter, nicht schon wieder eine Bestrafung. Lassen wir die Dinge auf sich beruhen und sehen zu, wie unsere Merit zu retten ist.«

Seit Tagen war Piay wie verwandelt. Endlich durfte er wieder richtige Handwerkerarbeit leisten, wenn er auch die empfindlichen Bronzemeißel verfluchte, weil sie schon nach einer halben Stunde stumpf wurden. Sein kostbares, aus Eisen gefertigtes Werkzeug war bei den Felsentempeln zur Verfügung Hoteps geblieben.

Es hatte sich schnell herumgesprochen, daß der ehemalige Erste Bildhauer des Königs hier an einer Sitzfigur arbeitete, und jeder der Steinmetzen – die alle davon träumten, zum Bildhauer aufzusteigen –, schlich in diesen Tagen um Piays Arbeitsstätte herum. Die meisten wollten nicht allzu deutlich zeigen, daß die Arbeit eines Mannes, der den Halsring der Sträflinge trug, ihre Aufmerksamkeit erregte, doch einige fanden nichts dabei, nahe heranzutreten und genau zuzusehen. Piay legte sein ganzes Geschick in die altvertraute Arbeit, und seine staunenden Zuschauer erlebten die Geburt einer Sitzfigur mit, die in wenigen Tagen aus einem Felsklotz herauswuchs.

Sepi, der Vorsteher aller Granitgruben, war entzückt. Bei Ptah, dem göttlichen Handwerker, wenn er diesen Mann behalten könnte! Ohne Vorlage oder Modell zauberte dieser Mensch eine Figur aus dem Stein, als sei es ein Kinderspiel. Und so einer mußte den kupfernen Halsring tragen! Er nahm sich vor, alles zu tun, um diesen Zustand bald zu ändern, und dann würde er Piay das Angebot machen, gegen gute Bezahlung hier zu arbeiten.

»Piay! Piay!«

Doch der hörte nichts, weil seine schnellen, harten Hammerschläge die Stimme des Vorstehers übertönten. Sepi berührte ihn am Arm.

»Piay, hör zu! Der zweite Block wird in wenigen Tagen zur Verfügung stehen. Wenn du hier fertig bist, machst du eine Pause, wir überlassen den Steinmetzen das grobe Zuhauen, und dann arbeitest du weiter. Unterdessen hoffe ich auf eine günstige Antwort aus Theben oder Piramesse, und dann werde ich dir einen Vorschlag unterbreiten – aber davon später.«

Sepi wollte gerade in sein Haus zurückgehen, als ein Arbeiter herbeilief und atemlos verkündete:

»Herr, es ist soweit! Der Obelisk kann verladen werden!«

»Gut, ich komme sofort.«

Es war Tradition, daß bei dieser langen und schwierigen Arbeit der Vorsteher zugegen war, um damit zu zeigen, daß er die Verantwortung dafür trug. So setzte Sepi die bessere Perücke auf, legte einen Schmuckkragen um und ließ sich in seiner Sänfte hinunter zum Nilkanal tragen.

Dieser Kanal war eigens zum Verladen der schweren Werkstücke auf die Lastkähne angelegt worden. Der mittelgroße, etwa dreißig Ellen hohe Obelisk war auf einer Rampe vom Steinbruch bis zum Nilkanal, teils auf angefeuchtetem Schlamm gezogen, teils auf Rollen bewegt worden, bis er nun hier am Kanalufer auf das Verladen wartete.

Kaum hatte Sepi seine Sänfte verlassen und auf einem Sessel Platz genommen, begann die Arbeit. Der Obelisk lag im rechten Winkel zum Kanal, seine Spitze war dem Wasser zugekehrt. Um die Stricke befestigen zu können, hatten die Steinmetzen auf der glatten Oberfläche handlange Steinbolzen stehenlassen. Die dicken Seile reichten bis zum anderen Ufer, wo gut hundert Arbeiter regungslos und schweigend auf die Befehle warteten. Quer über den Kanal waren Lastflöße vertäut worden, die aus besonders leichten und tragfähigen Hölzern bestanden. Alles war bereit. Sepi blickte zu den Vorarbeitern und hob seinen Stab. Unter rhythmischen Rufen, es klang wie ein Gesang, zogen die Arbeiter am anderen Ufer den Obelisk Stück um Stück über den Kanal, bis der

Punkt erreicht war, da die Spitze überkippte und von den Flößen aufgefangen wurde.

Die Vorarbeiter überprüften alles sehr genau, und dann glitt die riesige Steinnadel weiter über die ölgetränkte Oberfläche der Flöße, riß dort krachend eine tiefe Bahn in die Hölzer, doch unaufhaltsam bewegte sich die steinerne Spitze auf das andere Ufer zu. Zuletzt wurden vier Zugochsen zur Hilfe genommen, und ihre Kraft zog den oberen Teil des Obelisken etwa drei Ellen weit auf das feste Land, während der schwere Sockel am jenseitigen Ufer festsaß. Der Obelisk lag jetzt wie eine steinerne Brücke quer über dem Kanal. Nun ließen die Männer ihre Stricke fahren und hüpften jubelnd auf und ab, denn für diese Arbeit gab es reiche Belohnung.

Der Vorsteher Sepi ließ es geschehen, daß die schweigende Anspannung in lauten Jubel umschlug. Auch er selber freute sich jedesmal, wenn die schwierige Arbeit gelungen war. Sein grimmiges Gesicht entspannte sich ein wenig, er ließ sich einen Becher Wein reichen und trank ihn langsam leer. Als er den Becher abstellte, war dies das Zeichen, mit der eigentlichen Verladung zu beginnen.

Mit großer Mühe, aber unter lautem Gelächter, wurden die unter dem Obelisk festsitzenden Tragflöße zerlegt und fortgeschafft. Langsam näherte sich der von vier Ruderern gelenkte Lastkahn. Er war so schwer mit Sand beladen, daß der Bootsrand gerade noch eine Handbreit über das Wasser ragte. Geschickt steuerten die Männer den Kahn genau unter den Obelisken, warfen Seile an beide Ufer, die dort festgezurrt wurden. Dann legten sie die Ruder beiseite und schaufelten den Sand mit schnellen Bewegungen ins Wasser. Das immer leichter werdende Boot hob sich dem Obelisken entgegen, erfaßte ihn, stützte ihn und trug ihn, als die letzten Schaufeln Sand ins Wasser flogen.

Ein großes Aufatmen ging durch alle Beteiligten, Sepi hob beide Hände, als wolle er allen seinen Dank aussprechen. Nicht immer lief alles so reibungslos ab, es hatte schon schlimme Unfälle gegeben, und so manches Werkstück hatte schon unter großen Mühen wieder aus dem Wasser geholt werden müssen. Es war ein immerwährender Kampf, den Sepi zu bestehen hatte, und nicht ohne Grund lag auf seinem Antlitz ein ständiger Zug des Grimmes.

Ein paar Tage später kam dann dieses seltsame Schreiben aus Theben. Sepi geriet jedesmal in Aufregung, wenn er eine Botschaft mit dem königlichen Siegel entgegennahm. Schließlich konnte ein Schreiben Seiner Majestät alles enthalten: Strafe, Belohnung, Mahnung, Erhöhung, Erniedrigung – einfach alles. Wie jeder in Kemi, der einen hohen Posten innehatte, war auch Sepi des Schreibens und Lesens kundig, und er zog sich mit dem gesiegelten Papyrus in sein Haus zurück. Beschwörend küßte er das Siegel, wie um es günstig zu stimmen, öffnete die Rolle mit fahrigen Händen, las – und lachte schallend. Noch niemand hatte den grimmigen Sepi jemals laut lachen gehört, und er tat es auch nur, wenn er allein war.

Das Schreiben mit der Verfügung des Königs, für Piay eine Grabstätte zu errichten, die etwa seinem früheren Rang entsprach, hatte Sepi so überrascht, daß ihn das Lachen anfiel wie ein plötzlich einsetzender Chamasin. Dann ließ er gleich Piay rufen. Als er, noch vom Staub der Arbeit bedeckt, eintrat, hielt Sepi das Schreiben in die Höhe und rief:

»Piay, ich muß dich leider umbringen, denn der Pharao – er lebe, sei heil und gesund! – hat den Schönen Befehl erteilt, dir im Westen ein Haus der Ewigkeit zu errichten, dich einzubalsamieren und dort mit den gehörigen Zeremonien zu bestatten. Da ich dich ja schließlich nicht lebendig den Gottessieglern übergeben kann, muß ich den Befehl Seiner Majestät als Todesurteil für dich auslegen.«

Piay, noch erschöpft von der Arbeit, verstand nur Todesurteil und spürte, wie seine Knie zu zittern begannen.

»Ich soll … ich soll also jetzt doch … doch sterben … Wenn Seine Majestät ... wenn also der König ... wenn er es so bestimmt …«

Als Sepi bemerkte, welchen Schrecken er dem armen Piay bereitet hatte, sagte er schnell:

»Unsinn, Piay. Das war nur ein Scherz. Aber der Befehl lautet tatsächlich, dich in einem angemessenen Grab zu bestatten. Ich kann mir auch schon denken, wie dieses Gerücht entstand. Ich habe damals dem Oberaufseher der Grube drei geraten, er solle dich einfach als tot betrachten, damit bei den anderen kein Gerede entsteht, von wegen Bevorzugung eines Sträflings oder dergleichen. Der Mann ist meiner Weisung gefolgt, mußte aber am nächsten Tag wegen eines Todesfalls in seiner Familie auf längere Zeit verreisen. Sein Stellvertreter, einer der Aufseher, wußte nichts anderes, als daß du bei der Arbeit in einer anderen Grube gestorben bist. Und diese Nachricht muß irgendwie nach Theben gedrungen sein. Ich werde dem König – er lebe, sei heil und gesund! – sogleich antworten, daß dies ein bedauerlicher Irrtum ist und du unter meiner Aufsicht Steinmetzarbeiten ausführst. Das habe ich zwar in meinem ersten Schreiben auch schon dargelegt, das aber Theben bis jetzt offenbar nicht erreicht hat. Aus dem Schreiben des Königs könnte man schließen, daß er dir verziehen hat, denn es heißt ausdrücklich, die Grabstätte soll deinem früheren Rang angemessen sein.«

Piay mußte sich setzen. Er lächelte schwach, als er sagte:

»Seit ich hier in Suenet bin, lebe ich am Randes des Todes. Schon dein Oberaufseher hat mir zur Begrüßung freundlich mitgeteilt, wie schnell man hier zermanscht, zermatscht und zerquetscht werden kann. Dazu die ständigen Prügel, das verdorbene Essen ... Kaum bin ich dem vorläufig entronnen, will der König – er lebe, sei heil und gesund! – mir schon ein Grab errichten lassen. Ich glaube fast, es wäre einfacher, ich ginge wirklich bald nach Westen ...«

»Unsinn!« brummte Sepi mit mürrischem Gesicht. »Manchmal erregt ein Mensch die Aufmerksamkeit von verfeindeten Göttern und wird dann hin- und hergezerrt. Doch ich glaube, du hast das Schlimmste überstanden, und wir brauchen jetzt nur noch die Antwort des Königs – der offenbar noch immer in Theben ist – abzuwarten.«

Hotep war mit seiner Arbeit am Kleinen Tempel schon vor längerer Zeit fertig geworden, doch an den Großen hatte er sich immer noch nicht gewagt. Er fand stets von neuem einen Vorwand, die Sache hinauszuschieben, hatte auch schon einige Male die Rampe erklettert, wo ein zwei Ellen hohes Modell und verschiedene

Zeichnungen ihrer Umsetzung harrten. Ja, er hatte sogar schon nach Hammer und Meißel gegriffen, ein wenig herumgeklopft, doch irgend etwas zwang ihn, gleich wieder aufzuhören. Er fluchte ausgiebig, kletterte von der Rampe, betrachtete die grob herausgehauenen Köpfe aus einiger Entfernung, stieg nochmals hinauf und nahm das Werkzeug in die Hand, setzte den Meißel an und fühlte wieder jenen Hitzeschauer, der ihm den kalten Schweiß auf die Stirn trieb, seine Augen trübte und die Hand lähmte.

Vor zwei Tagen hatte Hotep seinen letzten Versuch gemacht, und nun irrte er zwischen den Tempeln umher, brüllte die Leute grundlos an, ging in sein Haus – früher hatte Piay dort gelebt – und trank einige Becher des schweren Südweines. Die zunehmende Trunkenheit besänftigte zwar seinen Zorn, nahm ihm aber keineswegs die Furcht vor dieser dreimal verfluchten Arbeit. Er wußte es, er wußte es ganz sicher, daß er fähig war, diese Aufgabe zu lösen, ja, er sah schon in Gedanken die Köpfe und die mächtigen Oberkörper aus dem Felsen wachsen: viermal Seine Majestät mit der mächtigen Doppelkrone, viermal die ins Göttliche gesteigerten Abbilder des Herrn der beiden Länder.

Hotep wußte, daß er dieser Aufgabe gewachsen war, doch etwas hinderte ihn, sie zu beginnen. Auch als er sich vorstellte, wie der Pharao ihn loben und beschenken würde, wie er in den Rang und das Ansehen seines Vorgängers hineinwuchs, auch dieses verlockende Bild bewirkte nur, daß er stehenblieb und lange zu den groben Kolossen hinaufstarrte, ohne sich jedoch zu einer Tätigkeit aufraffen zu können.

Schwankend ging er zurück in sein Haus und ohrfeigte den Diener, weil er geschlafen und keinen neuen Wein beschafft hatte. Jedermann schlief in der brütenden Mittagshitze, doch Hotep war wie von Sinnen, warf Papyrusrollen durcheinander, riß dem beleidigten Diener den Krug aus der Hand und schüttete sich den Wein wie ein Irrer in den Mund. Der rote Traubensaft lief ihm über Gesicht, Oberkörper und Hände, doch Hotep achtete nicht darauf. Wie von Wölfen gehetzt, lief er wieder hinaus, kletterte auf Händen und Füßen die Rampe hinauf, riß Hammer und Meißel aus dem Werkzeugkasten und begann wild herumzuklopfen. Trotz seiner schweren Trunkenheit spürte er, daß jeder Schlag falsch war. Er stieß einen verzweifelten Schrei aus, warf das Werkzeug von sich, als sei es glühend geworden, und setzte sich weinend und in trunkener Verzweiflung auf den mit Schilfmatten belegten Boden der Rampe. Er schlief bald ein. Glücklicherweise lag das Felsmassiv schon im Schatten der Nachmittagssonne, doch es war ein schwerer, gestörter Schlaf, der ihm keine Erleichterung brachte. Schon nach wenigen Stunden erwachte Hotep, sein Kopf schmerzte, als wühlten die Gottessiegler in seinem Hirn, seine Glieder zitterten und seine trüben, blutunterlaufenen Augen starrten die unförmigen Köpfe an, als seien es Fratzen von Dämonen. Hotep war am Ende. Er hatte das zwanzigste Jahr noch nicht vollendet, er war gewiß einer der tüchtigsten Bildhauer des Landes, doch unbefangen und frei hatte er bisher nur gearbeitet, wenn Piay seine Arbeit beaufsichtigte oder er nach einem gleich großen Vorbild arbeiten konnte, wie dies beim Kleinen Tempel der Fall war. Als er nun allein vor einer Aufgabe stand, die in ihren Anforderungen alles Bisherige übertraf, ließ ihn sein Talent im Stich. Seine Hand hätte die Arbeit bewältigt, doch sein Herz weigerte sich, sie auszuführen.

Hotep wußte selbst nicht, wie er auf den Boden gelangte, doch plötzlich stand er unten, und ein Gefühl unsagbarer Angst und Verzweiflung überwältigte ihn. Er hatte nur noch einen Wunsch: weg von hier, weg von diesen Dämonen, deren Anblick seine Hand lähmte.

Hotep ergriff die Flucht. Er lief an den Häusern und Zelten vorbei in die Wüste, stolperte über Steine und verdorrte Sträucher, fiel hin, riß sich die Knie auf, lief weiter, bis ihm der Atem stockte und seine durch das Trinken geschwächte Kraft erlahmte. Die Sonnenbahn des Re neigte sich dem Horizont zu, ein kühler Wind kam auf, und Hotep glaubte ein Trampeln zu hören, als hätten die Kolosse sich aus dem Felsen gelöst und stampften ihm jetzt nach.

»Nein!« schrie der Verwirrte, »ihr kriegt mich nicht! Nicht, solange ich lebe!«

Er raffte sich auf, lief weiter hinaus in die Wüste, langsamer zwar, aber dafür ausdauernder, lief nach Westen, wo Re dabei war, seine Nachtbarke zu besteigen. Das Blut der Apophisschlange übergoß den abendlichen Horizont, Hotep lief keuchend, stolpernd, fiel hin, atmete wie ein zu Tode gehetztes Wild und stand mühevoll wieder auf. Nun lief er nicht mehr, er stolperte nur so dahin, stürzte immer öfter, blieb von Mal zu Mal länger liegen. Zuletzt fehlte ihm die Kraft, sich aufzurichten, und wieder vernahm er das furchterregende Trampeln der Kolosse, das lauter und lauter wurde, über ihm zusammenschlug und dem jungen Bildhauer Hotep den Lebensatem nahm.

4

Es war keine einfache Aufgabe, Merit ins Leben zurückzuholen, denn mit einem Fuß stand sie schon im Reich des Osiris, und es fiel ihr sichtlich schwer, diesen halben Schritt zurückzutun. Doch als ihr der Pharao gestattete, seinem Schreiben nach Suenet einige, wenn auch nichtssagende Zeilen für Piay beizufügen, fand sie langsam wieder Anschluß an die Gegenwart. Sie ließ sich Milchsuppen und mit Honig gesüßten Mehlbrei einflößen, machte nach vielen Tagen wieder die ersten Gehversuche und gestattete sogar Besuche ihres Gemahls.

Nefertari hatte der Kummer um Merit so zugesetzt, daß ihre Wehen um fast einen Monat zu früh einsetzten, und so kam zu den alten Sorgen noch eine neue. Die Wehen waren allerdings so schwach, daß sie nicht genügten, um das Kind auszutreiben, doch die tüchtigen Ärzte von Theben kannten Mittel, um eine unzeitgemäße Geburt zu beschleunigen.

Ramses atmete auf, als das winzige Wesen endlich ans Licht trat, und es sich zeigte, daß Chnum Nefertaris Gebeten Gehör geschenkt und einen Knaben geformt hatte. Sein Name, Meri-Atum, stand zwar längst fest, aber niemand rechnete damit, daß dieses schwache Geschöpf die ersten Lebenstage überstehen könnte. Doch es trank willig die Milch seiner jungen nubischen Amme, und kein Zeichen einer Krankheit machte sich bemerkbar.

Bei Nefertari aber setzten bald nach der Geburt Blutungen ein, die nicht stark, aber stetig waren und Nes-Amun, den Haushofmeister der Isis-nefert, zu der Bemerkung veranlaßten, die königliche Familie müßte nur noch einige Monate länger in Theben bleiben, und alle Probleme hätten sich mit Amuns Hilfe gelöst. Als Nefertari langsam ausblutend im Wochenbett lag, keimte in Isisnefert die Hoffnung auf, die Rückkehr als Erste Gemahlin antreten zu können. Der König aber, wie damals bei der Fehlgeburt, kämpfte um Nefertaris Leben und setzte alle Mittel ein, sie zu retten. Es wurde eine Reihe von blutstillenden Arzneien angewandt, doch ohne anhaltenden Erfolg. Irgend etwas in Nefertaris Leib mußte zerrissen sein, und so half es auf die Dauer auch nicht, ihr blutbildende Mittel wie Rotwein mit Ei und Honig einzuflößen. Da sämtliche Ärzte von Theben angehalten waren, nach Hilfe zu suchen, wurde schließlich eine kürzlich entdeckte Blutstillerin gefunden und eilig in den Palast gebracht.

Der König vermutete, dies sei eine besonders erfahrene Frau, die mit heilenden Kräutern umzugehen wußte, doch als man sie ihm vorführte, dachte er zunächst an einen Irrtum.

Die Frau war im mittleren Alter, hatte einen derben, stämmigen Körper und ein ausgesprochen dummes Gesicht. Sie starrte den Pharao an wie eine Erscheinung und schien gar nicht zu wissen, mit wem sie es zu tun hatte. Weder verbeugte sie sich, noch fiel sie auf die Knie; sie stand nur da, lächelte blöde und stammelte irgend etwas Unverständliches.

»Was wollt ihr mit dieser Frau?« schrie der König erbost, »die kennt ja nicht einmal den Unterschied zwischen Wasser und Blut, wie soll die uns helfen können?«

Der sie begleitende Arzt versuchte den König zu beruhigen:

»Ich muß den Guten Gott sehr um Verzeihung bitten, denn diese Frau versteht tatsächlich nichts von ärztlicher Kunst, auch wenig von anderen Dingen. Doch scheinen die Götter sie zum Werkzeug erwählt zu haben, denn es hat sich schon oft erwiesen, daß allein ihre Berührung, ja manchmal sogar nur ihre Gegenwart das Blut zum Stillstand bringt.«

So wurde die Frau denn sofort zu Nefertari gebracht, die bleich und still auf ihrem Lager ruhte, und aufgefordert, sie zu berühren. Die Blutstillerin setzte sich zögernd ans Bett und griff nach Nefertaris kleinen Händen, die sie eine Weile mit ihren großen und plumpen festhielt. Bald stand sie wieder auf, lachte blöde, lallte etwas und deutete auf ihren Mund.

»Sie will jetzt essen«, sagte der Arzt und führte sie hinaus.

Bei Nefertari aber hatte die Blutung sofort aufgehört, und sie setzte von da an nicht wieder ein. Auf Befehl des Königs mußte die Blutstillerin so lange im Palast bleiben, bis Nefertari ganz wiederhergestellt war. Erst dann wurde sie mit reichen Geschenken nach Hause geschickt, tief beneidet von den gelehrten Ärzten, die für solche Fähigkeiten die Hälfte ihres Vermögens hingegeben hätten.

Nun aber wollte Ramses so schnell wie möglich aus Theben abreisen. Vielleicht hatte dieser Thotmes aus Rache einen starken Zauber ausgesprochen, oder ein anderer aus dem Amunklüngel wirkte mit magischen Kräften gegen die königliche Familie. Die Stadt war ihnen offenbar feindlich gesinnt.

Merit war wieder fast die alte geworden, doch ihre ungestüme Lebhaftigkeit hatte einer stillen Zurückgezogenheit Platz gemacht; ihr schien es vorerst zu genügen, daß Piay lebte und in einiger Sicherheit war.

Am Vortag der Abreise traf die letzte Unglücksbotschaft ein. Es war die Nachricht von Hoteps Verschwinden, die dem König aber wenig Kummer bereitete, denn nun war er gezwungen, wozu er sich sonst erst hätte durchringen müssen, nämlich Piay wieder die ihm von jeher zugedachte Arbeit zu überlassen. Hotep hatte sich anscheinend überfordert gefühlt, zumindest ließ sich das aus dem Bericht schließen. Er habe sich tagelang schwer betrunken, hieß es, habe mehrmals versucht, die Kolossalfiguren zu bearbeiten, sei schließlich in die Wüste gelaufen und dort verschollen.

In einem letzten Gespräch gab der König dem Hohenpriester Nebunef die mündliche Anweisung, einen zuverlässigen Boten nach Suenet zu senden, der folgendes zu übermitteln habe: Der Bildhauer Piay sei aus der Zwangsarbeit zu entlassen, solle auf schnellstem Weg zu den beiden Felsentempeln reisen, um dort seine alte Arbeit wiederaufzunehmen. Die Aufsicht über alle anderen Bildhauer werde ihm von neuem übertragen, ansonsten dürfe er sich über Suenet hinaus nicht nach Norden bewegen. Im übrigen sei er angehalten, in etwa monatlichen Abständen über die Fortschritte am Großen Tempel zu berichten.

Nebunef erledigte den Auftrag sofort und konnte eine stille

Freude über die Abreise des Königs und seiner Familie nicht unterdrücken. Er jedenfalls war mit dem derzeitigen Zustand sehr zufrieden und hätte sich keinesfalls Theben als Residenzstadt gewünscht. Nach Amun war er, der Hohepriester des Tempels, der König von Theben, während ein Aufenthalt des Pharao nur Unruhe und Aufregung brachte und den Ersten Propheten ungebührlich in den Hintergrund rückte.

Nebunef rieb sich lächelnd die Hände, der Gott hatte es gut mit ihm gemeint: Thotmes war aus Theben verbannt, der König abgereist und mit Beki, dem Zweiten Propheten, kam er gut zurecht. Ihm konnte er unbesorgt für einen halben Monat oder länger die Leitung des Tempels überlassen, und ebendas hatte Nebunef vor zu tun. Er wollte mit seiner Familie in die alte Heimat nach Thinis fahren, um dort nach dem Rechten zu sehen und sich als würdigster Sohn seiner Stadt gebührend feiern zu lassen.

Enttäuscht, jedoch ungebrochenen Mutes, reiste Nes-Amun mit seiner Herrin nach Piramesse zurück. Was er in Theben für Isis-nefert und ihren Sohn Ramose tun konnte, hatte er getan, und an ihm sollte es nicht liegen, wenn es galt, im Delta für Amun und die Königin weiterzuwirken. Daß sie ihn trotz der Rückschläge unterstützen würde, war ihm klargeworden, als Isis-nefert nach der Bekanntmachung von der Thronfolge des Prinzen Jonam zu ihm gesagt hatte:

»Vielleicht ist das nur ein Zwischenspiel, mein Freund. Amun-Re hat den längeren Arm und wird in jedem Fall den Sieg davontragen. Zweimal stand Nefertari schon mit einem Fuß im Westen, beim dritten Mal wird sie den ganzen Schritt tun. Und dann kommt unsere Stunde, Nes-Amun, darauf vertraue ich!«

Isis-neferts Zuversicht hatte noch einen anderen Grund. Während Nefertaris Krankenlager hatte der König sie mehrmals mit seinem Besuch als mächtiger Stier beehrt, und die Zeit der Reinigung war vorübergegangen. Wieder spürte sie den heiligen Samen Amuns in sich aufgehen und hoffte nun auf einen vierten Sohn, um der anderen voraus zu sein. Außerdem war sie jünger als Nefertari, und bald würde der Tag kommen, da diese Bauerndirne keine Kinder mehr gebären konnte, und dann war sie das fruchtbare Gefäß, und die Geierhaube mit dem Federschmuck gebührte ihr allein – ihr allein! Isis-nefert verlor sich in Zukunftsvisionen, die Nefertari und ihre Brut ausschlossen, und sah sich als Große Königliche Gemahlin an der Seite des Guten Gottes.

Auf dieser Rückreise führte der König lange Gespräche mit seinem Jugendfreund, dem Offizier Menna, und es ging um ein Thema, das weit außerhalb des Landes Kemi lag, nämlich um die Insel Keftiu, die irgendwo fern im Norden des Grünen Meeres ihre geheimnisvolle Existenz führte.

»In den ersten Jahren meiner Regierung habe ich den Vorsteher des Reichsarchivs beauftragt, mir über die Handelsbeziehungen meiner Vorgänger mit Keftiu zu berichten, und ich kann dir sagen, Menna, da hat sich Erstaunliches getan. Besonders unter der Herrschaft des Osiris Men-cheper-Re Thutmose hat ein lebhafter Warenaustausch stattgefunden; die Urkunden füllen noch heute mehrere Räume. Es waren dies hauptsächlich Metalle, also Kupfer, Bronze und Silber, dazu Edelsteine, Hölzer, Heilkräuter, Gewürze, Harz für die Gottessiegler, und dieser Handel setzte sich auch unter den späteren Königen fort. Unter dem Träumer Echnaton ging der Handel zurück, doch das muß nicht an ihm, sondern an Keftiu gelegen haben. Aus der Regierung meines Vaters waren noch vereinzelt Dokumente zu finden, und dann riß die Verbindung plötzlich ab. Kein einziges Schiff kam mehr von dort, als sei die Insel im Meer verschwunden. Wer aber früher imstande war, ganze Schiffsladungen mit Kupfer und Bronze auszuführen, ganze Wälder mit Edelhölzern zu verschiffen, den muß es auch heute noch in irgendeiner Weise geben. Ich sehe da vor allem eine Möglichkeit: Die Insel wurde durch Krieg zerstört und von Eroberern ausgebeutet, so daß kein Handel mehr möglich ist. Mir geht die Sache einfach nicht aus dem Sinn, ich glaube, wir sollten dort einmal nachsehen. Was meinst du, Menna?«

Der frühere Wagenlenker räkelte sich träge in seinem Sessel und blickte auf das vorbeiziehende Land mit seinen schlanken Palmen und den grünen Äckern, auf denen die weißen Kuhreiher herumpickten. Er gähnte ausgiebig und sagte dann:

»Verzeih, Sessi, die lange Fahrt hat mich müde gemacht. Ich sehe das Hauptproblem darin, daß wir Ägypter so gut wie niemals das Grüne Meer mit eigenen Schiffen befahren haben. Es waren also immer die Leute aus Keftiu, die diesen Handel in Gang hielten, und als kein Schiff mehr von dort kam, hat man die Sache einfach einschlafen lassen. Wir werden also seetüchtige Schiffe bauen und Leute anwerben oder ausbilden müssen, um solche Fahrten durchführen zu können. Hast du herausfinden können, wie lange ein Schiff nach Keftiu unterwegs ist?«

»Da werden unterschiedliche Zeiten genannt. Bei günstigen Winden scheinen die Schiffe von Keftiu bis zur kanopischen Nilmündung nicht länger als eine Woche gebraucht zu haben. Es gibt aber auch Berichte von ägyptischen Reisenden, die bei der Rückfahrt zwanzig Tage und mehr unterwegs waren.«

»Bei Seth, dem Gott der Fremdländer! Du wirst kaum einen Ägypter finden, der so etwas auf sich nimmt. Einen Monat auf dem Nil, das schreckt keinen, denn das liebe Land ist ja immer in Sicht, aber auf der grenzenlosen Weite des Grünen Meeres ...«

Ramses lachte.

»Da hast du schon recht, aber so etwas läßt sich auch mit gutbezahlten Söldnern unternehmen. In unseren nördlichen Vasallenländern gibt es genug tüchtige Seefahrer. Ein paar Ägypter möchte ich aber auch hinsenden, es müßten kühne, unternehmungslustige Leute sein, darunter einige von Rang, damit die Sache einen offiziellen Anstrich hat.«

Menna richtete sich auf und sagte eifrig:

»Da wüßte ich schon jemand! Prinz Montu, dein Sohn von dieser Schasu-Prinzessin, die später verschwunden ist. Erinnerst du dich, Sessi?«

Und ob Ramses sich erinnerte! Als sein Vater ihn zum Mitregenten ernannte, trafen von überall her die Geschenke ein, darunter auch die Tochter eines Stammesfürsten der Schasu, die Menna mit dem übertriebenen Titel »Prinzessin« bedachte. Es war eine richtig freche Wüstenkatze, die ziemliche Unruhe in seinen damals noch kleinen Harem brachte. Sie zu entjungfern war ein lebensgefährliches Wagnis, doch in seinen jungen Jahren hatte er großen Spaß an solchen Abenteuern. Sie gebar ihm einen Sohn, noch ehe Nefertari ihr erstes Kind zur Welt brachte.

Kurz darauf floh sie aus dem Harem und wurde nie wieder gesehen.

Montu aber erbte das Wesen und die kleine stämmige Gestalt seiner Mutter. Schon als Junge war er kaum zu bändigen, und die Lehrer zerschlugen bündelweise die Bambusstöcke auf seinem Rücken, doch nichts half. Er lernte kaum Schreiben und Lesen, konnte aber mit sieben Jahren schon reiten wie ein Nomade, lenkte als Zwölfjähriger einen Streitwagen, und seine Pfeile verfehlten selten ihr Ziel. Seine Streiche waren das Stadtgespräch von Memphis, wo er als Hauptmann bei der Wüstenpolizei seinen Dienst tat – wenn er ihn tat. Immer wieder verschwand Montu, ohne sich zu entschuldigen, doch man konnte schließlich einen Sohn des Guten Gottes nicht einsperren oder auspeitschen lassen.

»Für diesen Montu ist Kemi zu eng«, stellte Menna fest, »in ihm gärt das Blut der Nomaden, ein regelmäßiger Dienst ist für ihn eine Zumutung. Andererseits hat er bei den Niu schon stolze Erfolge vorzuweisen. Einmal rettete er ganz allein einen Trauerzug vor dem Überfall von vier Grabräubern, von denen er einen erschoß, einen erschlug, einen mit der Seilschlinge fing, an sein Pferd band und zu Tode schleifte. Der vierte entkam und wird wohl die Räuberei aufgegeben haben. Diesen Montu würde ich an deiner Stelle zum Haupt der Gesandtschaft nach Keftiu machen. Er ist dein Sohn, er ist furchtlos und wird auch vor einer langen Seereise nicht zurückschrecken. Das weitere kann ich in die Wege leiten. Ich werde bei unseren Söldnern anfragen lassen, wer schon zur See gefahren ist, dann muß in einer der nördlichen Hafenstädte ein seetüchtiges Schiff gekauft oder gebaut werden, und das wird wohl nur in Tyros oder Byblos möglich sein. Du hast mich neugierig gemacht, Sessi, ich möchte jetzt selbst wissen, was aus Keftiu und seinen Schätzen geworden ist.«

»Bis es soweit ist, wird noch viel Nilwasser ins Grüne Meer fließen. Veranlasse, daß Montu bald in Piramesse erscheint und ich mir den Burschen einmal anschauen kann.«

Menna gähnte, grinste und sagte gespreizt: »Wird erledigt, Majestät.«

Der Gute Gott verzieh seinen alten Freunden, die ihn früher den »Langen Sessi« gerufen hatten, solche Respektlosigkeiten.

Seit Piay wußte, daß er nun endgültig von der Zwangsarbeit befreit war, fühlte sein Herz sich an wie ein lustiger Vogel: Es hüpfte vor Freude in seiner Brust, und er hatte fast Angst, es könnte ihm davonfliegen. Immer wieder befühlte er seinen vom Sklavenring befreiten Hals, als müsse er sich vergewissern, daß die kupferne Fessel wirklich verschwunden war. Obwohl er wußte, daß an der Entscheidung des Pharao das Verschwinden und vermutlich der Tod seines früheren Gehilfen einen entscheidenden Anteil hatte, tat ihm Hotep leid. Der Junge war an seinen eigenen Ansprüchen gescheitert. Nun gab es ein großes Talent weniger auf der Welt, und Piay hätte es ehrlich gefreut, wieder mit ihm zusammenzuarbeiten.

In den nächsten Tagen wollte er nach Süden aufbrechen, doch vorerst genoß er seine Freiheit, schlenderte in Suenet herum, das er kaum kannte, und mußte jetzt häufiger als während der Strafarbeit an die verlorene Geliebte denken. Doch er wäre nicht er selbst gewesen, hätte er jetzt die Hoffnung auf ein Wiedersehen – irgendwann – einfach aufgegeben. Freilich, er war von Merit so weit getrennt, wie dies in Kemi nur möglich war; denn Piramesse lag im äußersten Norden und Suenet war die südlichste Stadt des Landes. Es war eine angenehme, lebhafte kleine Stadt mit überwiegend dunkelhäutigen Menschen, die hier ihren Geschäften nachgingen.

Piays Atemluft wölkte in der empfindlichen Morgenkühle vor seinem Mund, und er zog fröstelnd seinen Wollumhang enger um sich. Doch er wußte, daß eine Stunde später der heiße Atem des Re die kalte Luft fortblasen würde, und dann begann man sich nach einem Schatten umzusehen.

Am Hafen trafen die ersten Boote aus dem Süden ein, große und kleine. Die Arbeiter kamen herbei, sie auszuladen, hinter ihnen schritten würdevoll die Schreiber in ihren knielangen, gestärkten Schurzen und den untadeligen Perücken. Piay trat näher. Da wurde schon das erste Boot gelöscht, ein plumper Lastkahn, der Elefantenzähne, in Balken geschnittenes Hartholz und kleine schnatternde Äffchen in geflochtenen Käfigen mitgeführt hatte.

Die beiden Schreiber begannen eifrig zu notieren, während die

Ware sich am Ufer stapelte. Später würde sie dann durch Träger oder auf Karren etwas stromabwärts geschafft und auf andere Schiffe umgeladen werden, da bei dem jetzt herrschenden Niedrigwasser die Felsen des Kataraktes eine Sperre bildeten.

Daneben wurde ein kleineres Boot entladen, doch die Arbeiter hatten nicht schwer zu tragen, denn es waren nur Kräuterbündel, kleine verschnürte Päckchen, federleichte Säcke, in denen es wie Stroh raschelte. Der Duft dieser Ware verriet Piay, was hier an Land gebracht wurde. Es waren die vielfältigen Gewürze aus Kusch: Pfeffer, Zimt, Ingwer, Nelken, Muskat, Safran und andere Spezereien, die man in den Küchen der Wohlhabenden sehr schätzte und von denen manche in Gold aufgewogen wurden.

Piay ging ein paar Schritte weiter am Ufer entlang. Drüben erstrahlte die langgestreckte Insel Jeb im Glanz der Morgensonne. Sie warf einen rötlichen Schein auf einen festungsartigen, mit einer hohen Mauer umgebenen Bau. Das war der Sitz des Militärstatthalters und seiner nubischen Söldner. Im Norden erhob sich der Tempelbezirk, auch er von einer Mauer umgeben, doch die hellen Pylonen und Säulen aus Kalkstein schauten feierlich und würdevoll darüber hinweg. Es war dies das zentrale Heiligtum des Schöpfergottes Chnum, der dort mit den Göttinnen Anuket und Satis – seiner Frau und seiner Tochter – verehrt wurde.

Das hohe Ansehen des Chnum im Süden des Landes hatte seinen guten Grund. Zu Zeiten der frühen Könige, also etwa vor anderthalb Jahrtausenden, hatte die Nilschwelle für sieben Jahre ausgesetzt, und das Land war am Verhungern gewesen. Da hatte Imhotep, der als heilig verehrte Arzt und Magier, dem Pharao Djoser geraten, dem Gott zwölf Landparzellen an den Ufern des Flusses zu übereignen, woraufhin Chnum dem Nil wieder die Schleusen öffnete. Seitdem wagte es niemand mehr, sein Heiligtum zu vernachlässigen, und Chnum erfreute sich eines starken Zustroms von Pilgern, die seinen Tempel mit Opfergaben überhäuften.

Ihnen wollte Piay sich nun anschließen, denn der Pharao hatte seinem gnädigen Schreiben auch ein Säckchen mit Gold- und Kupferdeben beigelegt. Schließlich sollte er als nun fast wieder freier Mann auch würdig und seinem Rang gemäß auftreten können. Die zwei Zeilen von Merits eigener Hand hatten Piay überrascht und erfreut, doch er wußte, daß sie unter den Augen des Königs geschrieben waren:

»Prinzessin Merit wünscht dem Vorsteher der Bildhauer Piay Ptahs Hilfe bei der Arbeit für Seine Majestät – er lebe, sei heil und gesund!« Das war nicht viel, aber es war ein Zeichen, das Hoffnung machte.

Das Fährboot zum Tempel war noch kaum halb voll, doch die Menschen warteten geduldig, denn es war kostenlos und fuhr nach Bedarf von Sonnenaufgang bis eine Stunde vor Sonnenuntergang.

Der frohgelaunte Piay warf dem Fährmann einen Kupferdeben in den Schoß und rief:

»Kannst heute mal eine Ausnahme machen, der Gott erwartet mich!« Die anderen blickten erstaunt auf den hochgewachsenen, grauäugigen Mann, der gut gekleidet war und als Zeichen seines Standes die Vermessungsschnur am Gürtel trug.

Der Fährmann grinste und griff in die Ruder. Es war kein weiter Weg, und bald legte das Boot an den Stufen zur Tempelpforte an. Die Pilger betraten den äußeren Tempelhof, wo Hilfspriester verschiedene Waren anboten, denn wer kein Opfer mitbrachte, konnte hier eines erwerben. Man durfte den Gott mit Nahrung versorgen und Tauben, Gänse, Ziegen, Fische, Korn, Honig, Öl oder Wein erwerben, aber Chnum erfreute sich auch an Gaben von Weihrauch, Votivfiguren oder Metallbarren, von denen er, wie die Priester versicherten, das Gold am höchsten schätzte. Nicht weil es den größten Wert besaß, oh nein, sondern weil es »Die lebende Seele des Re«, des goldenen Tagesgestirns, darstellte, und als solches liebte Chnum den sonnengleichen Glanz des edlen Metalls.

Piay dachte nicht daran, einen seiner wenigen Golddeben zu opfern, sondern erwarb ein Säckchen vom besten Weihrauch, den er in eine der glimmenden Opferpfannen streute. Dann schritt er langsam an der Mauer entlang, wo Chnum in seinen verschiedenen Funktionen dargestellt war. Man sah ihn als Wächter der Nilquelle, als Schöpfergott mit der Töpferscheibe einen Menschen formen, wie auch in seiner seltenen vierköpfigen Gestalt, denn in ihm vereinigte sich die Wirkungskraft von Sonne, Luft, Erde und Unterwelt, deren Götter Re, Schu, Geb und Osiris er selbst geschaffen hatte.

Ein eifriger Novize erklärte Piay diese Zusammenhänge, die in Memphis nur Staunen und Kopfschütteln erregt hätten, da dort Ptah als der Schöpfer alles Bestehenden galt. Doch Piay dachte wieder an das Wort des alten Priesters: Dies seien nur verschiedene Namen für das vielfältige göttliche Wirken, und so hatte der Verehrer des Ptah ebenso recht wie der des Chnum oder Atum-Re.

Piay ging hinüber zur Kapelle der Satis, die hier die Aufgabe der Bastet als Göttin der Liebe, Freude und Fruchtbarkeit erfüllte. Auf den Mauern der Kapelle war sie als schlanke Frau mit der weißen Krone des Südens dargestellt; ihren Kopf zierten anmutig gedrehte Antilopenhörner.

»Da du dic Liebenden schützt und begünstigst, erhabene Satis, schaue herab auf deinen Diener Piay, dessen Herz entzweigerissen ist, weil ihm die Geliebte genommen wurde. Füge es, daß ich sie wiedersehen darf, und ich werde dich anbeten und dir opfern, bis mich der Weg nach Westen führt.«

Piay erwarb eine weiße Ziege und übergab sie den Priestern als Opfer für die anmutige Satis. Auf wunderbare Weise beruhigt und mit Hoffnung im Herzen stieg Piay in das Fährboot, das ihn nach Suenet zurückbrachte.

Seit Prinz Seti wußte, daß Merit schwanger war, stolzierte er wie ein Pfau durch das Palastviertel. Ramses hatte dem Ehepaar ein eigenes Haus errichten lassen und Seti zum General der Schirdanu ernannt. Zwar besaß diese Elitetruppe aus fremdländischen Söldnern schon mehrere Generäle, aber die meisten trugen den Titel nur ehrenhalber, ohne praktische Aufgabe. Prinz Seti aber widmete sich seiner Stellung mit Leib und Seele. Er inspizierte alle paar Tage die Truppe, nahm an den Waffenübungen teil, kümmerte sich um die Personalakte jedes einzelnen Mannes. Jetzt bereute er, nicht lesen gelernt zu haben, und behandelte seinen Schreiber mit einer Mischung aus Neid und Respekt.

General Seti war nicht unbeliebt bei den Leuten, gerade weil er sich nicht scheute, die oft anstrengenden Übungen mitzumachen, und wenn die Männer sahen, daß er sie fast alle mit dem Bogen übertraf, dann klopften sie beifällig auf ihre Schilde. Hier verstand man ihn, hier respektierte man ihn, und keiner der Söldner sah ihn scheel an, weil er nicht schreiben und lesen konnte. Generäle, die eigentlich Schreiber waren und sich dreimal im Jahr zu Festtagen oder Jubiläen parfümiert und geschminkt in ihrer Sänfte zeigten, genossen bei den Schirdanu kein Ansehen. Man beugte vor ihnen den Rücken und grinste sich eins. So war Seti in seinem Element, und bald ließ sich von ihm sagen, er gehöre zu jenen Heerführern, die mit ihrer Truppe »verheiratet« waren.

Aber von der Frau, mit der ihn der Gute Gott verbunden hatte, erfuhr er weder Respekt noch Anerkennung. Seit jener Hochzeitsnacht ließ sie ihn nicht mehr in ihre Privatgemächer. Seti konnte froh sein, daß sie bei öffentlichen Anlässen mit starrem Gesicht ihre Rolle als Gemahlin spielte, doch darüber hinaus hatte er nichts zu erwarten. Durch Biket ließ sie ihm mitteilen, daß eine schwangere Frau sich schicklicherweise von ihrem Gemahl fernzuhalten habe, und er möge doch mit seinem Harem vorliebnehmen.

Im Grunde seines Herzens war Seti froh, daß die Sonnentochter ihn abwies, wenn auch sein Stolz manchmal aufbegehrte, da man ihm seine Rechte als Gatte vorenthielt. Aber wohin sollte er sich wenden? An den Pharao? Nein! Seinem erhabenen Vater, dem Sohn der Sonne, wollte Seti nur seine Stärken zeigen, nicht seine schwachen Seiten. War das Kind einmal da, würde er weitersehen.

So trat Seti in seinem Harem als starker Stier und als Herr auf. Hier fühlte er sich willkommen und brauchte keine Rücksichten zu nehmen. Aber es gelang ihm doch nicht, die Erinnerung an jene Hochzeitsnacht zu tilgen, da er die Sonnentochter für einen Augenblick nackt gesehen hatte. Vergeblich versuchte er sich einzureden, sie sei eine Frau wie jede andere, habe Brüste, Schenkel, Bauch und einen Schoß, der sich dem Manne öffnete wie bei jeder beliebigen Sklavin. Das waren Tatsachen, denn schließlich hatte er mit Merit ein Kind gezeugt und dabei feststellen können, daß ihr

Fleisch nicht aus Gold war wie bei den Göttern. Doch konnte er niemals vergessen, daß sie das heilige Gefäß des Amun-Re darstellte und sein Samen in ihrem Schoß veredelt und verwandelt wurde, anders als im Bauch der Sklavin, die – wie man unter Kriegern sagte –, wenn ihre Zeit gekommen war, ein Junges warf.

Der zu früh geborene Meri-Atum, Nefertaris sehnlich erwarteter Sohn, wuchs ohne Schwierigkeiten heran, doch er war ein sehr zartes Kind, das leicht erschrak, viel schrie, und nur ganz selten lächelte. Nefertari spürte, daß dies ganz ihr Kind war, daß es nichts von der Kraft und Stärke seines Vaters geerbt hatte. Wenn Ramses sich über das Bettchen seines Sohnes beugte, verzog der Kleine das Gesicht und begann zu weinen. Auch sein ältester Bruder, der Kronprinz Jonam, konnte ihm kein Lächeln entlocken, während er den halbwüchsigen Merire und die lustige, gerade zehnjährige Henut mit großäugiger, doch unerschrockener Neugier betrachtete. Nur die vertrauten Gesichter der Mutter und der Amme erweckten in ihm eine schüchterne Fröhlichkeit, und manchmal gelang dies auch Merit, die nun hochschwanger war und ihre Mutter häufig besuchte. Sie freute sich auf die Geburt ihres Kindes, weil es ein Stück von Piay war, das ihr niemand nehmen konnte. Seit das Schicksal des Geliebten sich wieder zum Guten gewendet hatte, schöpfte sie neue Hoffnung, ihn doch noch in dieser Welt wiederzusehen. Aber sie richtete sich auf eine lange Zeit des Wartens ein – des Wartens, nicht der Untätigkeit. Ein Brief an Piay war unterwegs, und irgendwann würde sie darauf Antwort bekommen. Solange ihre Körper getrennt waren, mußte die Schrift ein Band sein, das sie zusammenhielt und umschlang.

Erst jetzt verstand sie so richtig, warum das Volk in den Schreibkundigen höhere Wesen sah – Magier, die eine Kunst beherrschten, mit der sie die Sprache des Menschen in etwas Dauerndes verwandelten. Das gesprochene Wort verhallte spurlos, und wer keinen Zeugen besaß, konnte nicht beweisen, daß es einmal da war. Das geschriebene Wort hingegen überdauerte die Zeit, legte Zeugnis ab auf Papyrus, Holz, Stein und Metall und trug nun ihr Wort zum Geliebten, der es viele Tage später empfing und seine Antwort auf die weite Reise nach Norden schicken konnte. Jetzt war Merit froh, daß sie noch lebte, daß sie sein Kind im Leib trug, und sie glaubte fest daran, Piay eines Tages wiederzusehen. So nahm sie also den Kampf auf, die »Kleine Löwin«, mit Stolz, Zuversicht und Hoffnung.

Auch Isis-nefert war bereit, den Kampf aufzunehmen. Seit der Rückkehr aus Theben versank sie wieder im Schatten der anderen, der Großen Königlichen Gemahlin, und sie wußte nun, so würde es bleiben, wenn es ihr nicht auf irgendeine Weise gelang, aus diesem Schatten herauszutreten. Der Aufenthalt in ihrer Heimatstadt hatte sie eines gelehrt: Seit Thotmes entmachtet war, konnte sie außer einem unverbindlichen Wohlwollen von der Amun-Priesterschaft nichts erwarten. Seit der Gute Gott in Theben für Amun gebaut hatte wie kein Pharao je zuvor, waren sie versöhnt und hielten an der nie deutlich ausgesprochenen, doch insgeheim verbreiteten These fest: In Theben regiere Amun als König, da sei für einen zweiten kein Platz. So hatte sich in Isis-nefert die Meinung verfestigt, sie könne niemand anderem trauen als sich selbst, und auf die Hilfe Amuns sei nicht unbedingt Verlaß. Seit Jonam vom König zum Thronfolger bestimmt war und nach ihm Merire und Meri-Atum seinen Platz einnehmen würden, gab es für ihre Söhne kaum noch Hoffnung. Ramose war mit verschiedenen hohen Ämtern abgespeist worden. Er trug den Titel eines Generals, war Zweiter Prophet des Seth, Oberster Schatzmeister des Königs und noch so manches mehr. Chamwese hatte vor kurzem den Platz des verstorbenen Hohenpriesters des Ptah eingenommen, und für den vierzehnjährigen Merenptah würde auch gesorgt sein. Doch Isis-nefert schien das zuwenig. Jetzt war sie wieder schwanger, doch selbst wenn sie noch ein Dutzend Söhne gebären würde – solange Jonam, Merire und Meri-Atum lebten, bestand für ihre Brut nicht die geringste Hoffnung einer Nachfolge. Sogar dann käme noch diese vor Hochmut strotzende Hure Merit mit ihrem Gemahl an die Reihe.

Von den vielen namenlosen Kindern des Königs hatte mindestens schon ein Dutzend den Weg nach Westen angetreten, doch Jonam und seine Brüder waren gesund wie junge Stiere, und da half es nichts, ruhig abzuwarten und auf Amun zu vertrauen. Das hatte Isis-nefert bisher getan, und Amanis Tod hielt sie damals für ein deutliches Zeichen des Königs der Götter. Damit war es nun vorbei, und die Zweite Gemahlin faßte den Entschluß, sich mit ihren Söhnen nach vorne zu drängen, doch in aller Stille. Und sollten dazu Tücke und Verleumdung, Gift und Dolch nötig sein, so würde sie diese Mittel unbedenklich anwenden, doch so, daß kein Verdacht auf sie fiel. Auch Nes-Amun sollte erfahren, wozu sich seine Herrin entschlossen hatte.

Der dicke Vorlesepriester und Haushofmeister der Zweiten Königlichen Gemahlin hatte inzwischen seine ehrgeizigen Hoffnungen begraben. Er wurde alt, und seine Sorge galt der Ewigen Wohnung, die er sich bei Memphis erbauen ließ und die sein ganzes Einkommen aufzehrte. Es müßte schon ein Wunder geschehen, wenn er jetzt noch zu einem höherem Amt käme, aber an Wunder glaubte der alte Priester nicht mehr, und so hatte er sich eben abgefunden, bis Isis-nefert jetzt neue Hoffnungen in ihm weckte.

»Wir können uns doch mit diesem Zustand nicht zufriedengeben! Für den Amun-Tempel in Piramesse ist noch immer kein Hoherpriester ernannt. Das Amt stünde dir am ehesten zu, mein Freund, und nicht einem der zahllosen unnützen Söhne des Königs. Warum soll ich nicht dich vorschlagen? Wenn ich mir diese Frage selbst stelle, muß ich einwenden: Was hat Nes-Amun in letzter Zeit für seine Königin getan außer sein Amt versehen? Die Antwort magst du selbst finden ...«

Nes-Amuns schon fast begrabener Ehrgeiz bekam neue Nahrung. Hoherpriester des Amun! Da konnte er sein Grab gleich doppelt so groß anlegen, es mit vielen schönen Dingen ausstatten, einen Opferpriester anstellen, damit sein Ka nicht Hunger litt, da würde sich sein jenseitiges Leben ganz anders gestalten ...

»Was erwartest du von mir, erhabene Königin?«

Isis-nefert zuckte die Schultern, und ein böses Lächeln glitt über ihr herbes Gesicht.

»Ich könnte jetzt sagen: Gehe hin und vergifte Nefertaris Söhne, doch so, daß niemand Verdacht schöpft. Das ist natürlich Unsinn, so verlockend der Gedanke auch sein mag. Und so sage ich: Schau dich um, mische dich in ihre Kreise, hetze sie gegeneinander auf, stifte Unruhe, verbreite Gerüchte – jedenfalls tue etwas!

Sobald du einen Erfolg vorzuweisen hast, betreibe ich deine Ernennung zum Hohenpriester. Daß du zugleich mein Haushofmeister bleibst und mir nach Kräften dienst, versteht sich von selber. Jetzt ziehe dich zurück, mein Freund, und bedenke meinen Vorschlag. Ich hoffe, du zwingst mich nicht dazu, ein anderes Werkzeug zu wählen.

5

Das von den dunkelhäutigen Nubiern bewohnte Land Kusch – von den Ägyptern in ihren Schriften verächtlich »das elende Kusch« genannt – hatte seit vielen Jahren jeden Widerstand gegen den mächtigen und weit überlegenen Nachbarn aufgegeben. In den größeren Orten lagen ägyptische Truppen, die aber seit langem nur noch die Aufgabe einer Sicherheitspolizei erfüllten, wenn verfeindete nubische Stammesfürsten – und dies geschah von Zeit zu Zeit – sich erbittert bekämpften. Den Gedanken, gemeinsam gegen den Zwingherrn zu rebellieren, hatten sie längst aufgegeben.

Die in Kusch amtierenden ägyptischen Beamten und Truppenführer umgaben sich mit dem Prunk ihrer hochstehenden Kultur und führten den erstaunten Nubiern vor Augen, was Technik, Kunsthandwerk und Religion vermochten. Sie erbauten Tempel und Paläste, traten als Vertreter des Guten Gottes mit Pracht und Würde auf und erreichten so im Laufe der Jahre, daß die nubischen Kleinkönige und Stammesführer die ägyptische Lebensweise nachahmten und einander damit zu übertreffen suchten. Der in Napata residierende ägyptische Statthalter, der »Prinz von Kusch« war dabei ihr unmittelbares Vorbild. Sein Amtssitz war ein prächtiger Palast mit einer riesigen Audienzhalle, und gerne führte er seine nubischen Besucher durch blühende Gärten mit Lotosteichen und wies sie auf die Wandmalereien hin, die Seine Majestät im Umgang mit den Göttern zeigten.

Der Vizekönig ließ auf dem alten Kultplatz von Napata einen Amun-Tempel errichten und durch ein Dekret verbreiten, daß der dort ursprünglich verehrte Gott nur eine der vielen Erscheinungen von Amun-Re gewesen sei. Die Nubier nahmen es hin und wurden eifrige Verehrer des Königs der Götter. Sie sandten ihre Söhne zur Erziehung nach Kemi, und diese Knaben gingen als Nubier nach Theben, Memphis oder Piramesse und kehrten als ägyptische Jünglinge zurück. Sie beherrschten kaum noch ihre Heimatsprache, die Begabteren hatten schreiben und lesen gelernt, und sie begegneten den nubischen Sitten und Bräuchen wie auch den alten Göttern mit leisem Spott und brachten, wenn sie ihren Vätern nachfolgten, der ägyptischen Sache mehr Gewinn, als dies Kriege und Unterdrückung vermocht hätten.

Doch nicht alle nubischen Stammesfürsten zeigten sich so aufgeschlossen, und es gab einige, die zäh am Altüberlieferten festhielten, die ihre Söhne nicht nach Kemi schickten und es vorzogen, den alten, vertrauten Göttern zu opfern. Sie hatten sich damit freilich selbst zum Untergang verurteilt.

So erging es auch einem der kleinen Stammesfürsten in der Nähe des dritten Nilkataraktes. Er geriet mit einem ägyptischen Militärführer in Streit, stellte sich in sinnlosem Widerstand dessen Truppen entgegen, wurde besiegt und mit seiner Familie gefangengenommen. Er besaß etwa dreißig Frauen und einige Dutzend Kinder. Die Ägypter machten sich nicht einmal die Mühe, den Aufrührer hinzurichten, sondern sandten ihn und seine arbeitsfähigen Söhne in die berüchtigten Goldminen im Nordosten von Kusch. Dort gingen sie bald an der mörderischen Arbeit in dem sonnendurchglühten Wüstental zugrunde.

Die Töchter des Fürsten wurden als Sklavinnen von den Ägyptern übernommen, und darunter war auch Takka, deren Brüste sich gerade zu runden begannen und die nach Stammesbrauch für dieses Jahr zur Beschneidung vorgesehen war. Sie wurde in die eine Tagesreise weiter nördlich gelegene Festung Kumma gebracht, wo sie als Küchensklavin Verwendung fand.

Für Takka, die zehn oder elf Jahre alt war, brach eine Welt zusammen. Sie war als Tochter einer der Nebenfrauen geboren worden, und ihr Schicksal wäre es gewesen, mit einem freien, geachteten Mann ihres Stammes eine Familie zu begründen. Nun aber tat sie in der stinkenden Küche einer Militärfestung niedere

Dienste, wurde geprügelt, herumgestoßen, angebrüllt und konnte sich nicht wehren, wenn betrunkene Söldner ihr zwischen die Beine griffen oder sie schmerzhaft in ihre noch kaum entwickelten Brüste zwickten. Mit Bangen erwartete sie den Tag, da einer sie niederwerfen und in einem schmutzigen Winkel vergewaltigen würde. Dabei war sie noch nicht einmal eine Frau, hatte weder ihre monatliche Reinigung erlebt, noch war sie beschnitten. Nach altem nubischem Glauben war eine Unbeschnittene nur eine halbe Frau, da sie einen kleinen Penis in ihrem Schoß trug, und erst wenn dieser entfernt war, durfte sie als vollwertig in die weibliche Gemeinschaft aufgenommen werden.

Und dann kam, was nicht aufzuhalten war: An einem Feiertag zu Ehren Amuns erhielten die Söldner eine Sonderzuteilung des starken Bieres, und Takka wurde von ein paar Betrunkenen hinaus vor die Festungsmauer geschleppt und mehrmals vergewaltigt. Sie empfand es, als risse man sie mitten entzwei, weinte und schrie und zog dadurch die Aufmerksamkeit der Frau eines Hauptmanns auf sich, die gerade ihre beiden Hunde ins Freie führte. Die Männer wurden festgenommen und am nächsten Tag grausam ausgepeitscht. Takka lag einige Tage krank, doch sie war eine starke Natur und suchte mit Klugheit ihre Lage zu verbessern. Die gutmütige Hauptmannsfrau nahm sie schließlich als Magd in ihre Dienste und bildete sich im stillen noch etwas darauf ein, eine nubische Prinzessin als Sklavin zu besitzen. Takka, die bald Ägyptisch sprechen lernte, schilderte ihrer gutmütigen Herrin ihr eigenes Schicksal in bewegten Worten, machte aus ihrem Vater einen durch Hinterlist gestürzten Stammeskönig, der die Tochter seiner über alles geliebten Hauptfrau an einen anderen nubischen Fürsten verheiraten wollte. Die Hauptmannsfrau glaubte es, weil sie es glauben wollte. Von da an lebte sie in Frieden, und man sah sie im gesteiften Schurz über den Hof der Festung schreiten und dabei einen zierlichen Sonnenschirm über das Haupt ihrer Herrin halten.

Wenig später erlebte Takka ihren ersten Blutfluß, doch es bedrückte sie, noch immer unbeschnitten und damit keine richtige Frau zu sein. Sie vertraute ihre Sorgen der Herrin an, doch diese lächelte nur.

»Aber Kindchen, das ist doch kein Grund, traurig zu sein! In Kemi lassen sich nur die Männer beschneiden, und das ist für uns Frauen ein Vorteil – du wirst schon noch merken, warum. Mit den rohen Kerlen, die dich vergewaltigt haben, hat das freilich nichts zu tun. Eine beschnittene Frau empfindet beim Liebesspiel so gut wie nichts mehr! Was man euch da wegnimmt, ist unser eigentlicher Schatz, der Sitz des weiblichen Empfindens, für den man den Göttern nur dankbar sein muß. Man nimmt dir damit dein Bestes, Kindchen, glaube mir! Eure nubischen Männer scheinen den Frauen das Vergnügen nicht zu gönnen, oder wie hat man vor euch diese scheußliche Verstümmelung gerechtfertigt?«

Takka war verwirrt und wußte nicht recht, was sie auf die sonderbare Rede ihrer Herrin antworten sollte.

»Was du da sagst, Herrin, ist für mich so ... so fremd und ungewohnt ... Nach unserem Glauben wird ein Mädchen erst zur Frau, wenn dieses Ding, dieser kleine Penis, weggeschnitten ist, wie man eben eine häßliche Warze entfernt.«

Die etwas dickliche und sonst auf ihre Würde sehr bedachte Frau des Hauptmanns lachte schallend:

»Und du hast diesen Lügen geglaubt? Eines Tages wirst du mit deinem Liebsten ins Bett steigen, und wirst dann sehen, daß ich recht hatte. Danke Hathor und Bastet, daß du der Beschneidung entgangen bist! Ich bin eine erfahrene Frau, habe vier Kinder geboren und mit meinem Gemahl – wenigstens früher – sehr häufig das schönste aller Spiele getrieben. Ich befehle dir einfach, mir zu glauben!«

Takka verneigte sich tief. »Was könnte eine dumme und unerfahrene Sklavin dagegen sagen? Ich habe nicht den geringsten Zweifel, daß du die Wahrheit sprichst, Herrin.«

Diese nickte zufrieden und meinte: »Das will ich auch hoffen, mein Kind!«

Etwa zehn Tage später schleppten ein paar neue Söldner eine Seuche ein, der die Truppenärzte hilflos gegenüberstanden. Die Leute bekamen hohes Fieber, am dritten Tag erschien ein häßlicher Ausschlag auf dem Körper, die Kranken schrien nach Wasser, konnten aber durch ihre entzündeten Kehlen nichts mehr zu sich nehmen und starben am vierten oder fünften Tag. Etwa die Hälfte der Besatzung von Kumma fiel der Seuche zum Opfer, darunter auch der Hauptmann und seine Frau. Takka wachte bei ihrer Herrin bis zur letzten Stunde, und es gelang ihr, dem dankbaren Hauptmann einen Passierschein nach Norden abzuschmeicheln, Vier Tage später starb auch er. Dieser Schein entband Takka nicht von ihrer Leibeigenschaft und der Verpflichtung, für die Ägypter zu arbeiten. Doch sie konnte sich jetzt selber eine Stellung suchen, konnte, wenn sie wollte, auch heiraten, doch dann mußte sie ihr Gemahl aus der Dienstpflicht freikaufen.

Das Erlebnis der Vergewaltigung hatte sie verdrängt, als sei es einer anderen geschehen. Doch sie trug seither einen kleinen, nadelspitzen Dolch unter ihrem kurzen Kleid – ein Geschenk ihrer verstorbenen Herrin, und sie war entschlossen, im Notfall auch davon Gebrauch zu machen.

Takka verließ mit dem nächsten Boot das verseuchte Lager und trat den Weg nach Norden an. Sie war jetzt ein schönes Mädchen von etwa zwölf Jahren, mit einem festen, schlanken Körper und dem schmalen, edlen Gesicht der reinrassigen Nubier.

Es gab keinen großen Empfang, als Piay bei den Tempeln im Süden eintraf. Der Vorsteher der Bildhauer und Maler begrüßte ihn an der kleinen Anlegestelle, denn Piay war jetzt wieder sein Vorgesetzter. Eine Sänfte und ein paar Diener standen bereit, doch Piay sagte, er wolle zu Fuß gehen, und bat den Vorsteher, ihn zu begleiten.

Zuerst fragte er nach Hotep:

»Mit Verlaub zu sagen, Herr, der junge Meister war bei den Leuten unbeliebt. Freilich konnte er eine Menge, und was er mit seinem Meißel in Angriff nahm, war ohne Fehl. Doch das stieg ihm zu Kopf, er wandelte herum wie Ptah in eigener Person und schalt die Leute wegen harmloser Fehler. Als er dann an die Hauptarbeit hätte gehen sollen, begann er zu trinken, schlich herum wie ein geprügelter Hund, jeder ging ihm aus dem Weg und manchmal schien es, als habe er sich mit Tollwut angesteckt. Er fletschte die Zähne, knurrte, lief ruhelos zwischen den beiden Tempeln hin und her, bis dann der Tag kam, da er hinaufstieg, ein paarmal den Meißel ansetzte und zusammenbrach. Später rannte er in die Wüste hinaus nach Westen und ist nicht wiedergekommen.«

»Habt ihr ihn gesucht?«

»Freilich, Herr. Aber du weißt ja selbst, wie das ist. Eher findet man auf der Straße einen Golddeben, als einen Menschen in der Wüste.«

Sie gingen zu Piays früherem Haus, das Hotep inzwischen bewohnt hatte.

»Mein Werkzeug?« fragte Piay.

Der Vorsteher wies auf das Haus.

»Geh nur hinein, Herr. Alles liegt für dich bereit. Es ist, als seist du nur einige Tage fortgewesen.«

Piay war tatsächlich nicht sehr lange weggewesen – etwa sieben Monate –, doch es schien ihm, als sei er um viele Jahre gealtert. Gerührt betrachtete er sein altes Werkzeug aus dem kostbaren Eisen – ein Ehrengeschenk des Guten Gottes. Er nahm Spitz- und Zahnmeißel in die Hand, streichelte den schweren Hammer, prüfte die Schärfe der anderen Meißel mit den geraden und runden Schneiden.

Da es schon auf den Abend zuging, wollte Piay keine Arbeit mehr beginnen, sondern schlenderte hinüber zu den beiden Tempeln. An der ehemals so lebhaften Baustelle war es in den letzten Monaten ruhig geworden. Seit man die Aushöhlung des Großen Tempels beendet hatte, waren die meisten der Arbeiter fortgezogen, und nur noch ein paar Dutzend Bildhauer und Maler waren mit ihren Hilfskräften am Werk. Die Schlafzelte der Arbeiter waren verschwunden, am Abend gab es weder Gesänge noch Gelächter, und kein Gaukler oder Märchenerzähler wäre auf den Gedanken gekommen, hier für einige Zeit haltzumachen.

Der ganze Ort beginnt sich zu wandeln, dachte Piay. Das Klopfen und Hämmern der Steinmetzen und Bildhauer wird bald den Gebeten und Gesängen der Priester weichen müssen.

Das Heiligtum der Hathor-Nefertari war nun auch im Innern vollendet, und während ein Diener die Fackeln holte, betrachtete Piay die Fassade mit den sechs Kolossalfiguren, jede von ihnen etwa zwanzig Ellen hoch. Geschmückt mit Doppelkrone und Königsbart, trat der Pharao aus seiner Nische heraus; sein Antlitz strahlte in altersloser Majestät, und Piay lobte im stillen die geschickte Hand des verschwundenen Hotep, der hier die Hauptarbeit geleistet hatte. Lange blickte er auf das liebliche Gesicht der Nefertari, deren Haupt mit Sonnenscheibe und Kuhhörnern geschmückt war – den Attributen der Göttin Hathor.

Endlich – als hätte er sich das Beste für zuletzt aufgespart – wanderte sein Blick hinab zum rechten Bein der Königin, wo die hohe, schlanke Gestalt der Merit-Amun für alle Zeiten in Stein gebannt war.

»Majt-scherit«, redete Piay sie leise an, »nun stehen wir einander wieder gegenüber, du in Stein und ich in Fleisch und Blut. Weißt du eigentlich, daß du in Wahrheit viel schöner bist als dein steinernes Abbild? Obwohl die Künstler versucht haben, dir mit geschickter Bemalung einen Hauch von Leben zu verleihen, übertriffst du doch in Wirklichkeit alle ihre Bemühungen. Das Feuer deiner stolzen, dunklen Augen, die sanfte Wölbung deines Mundes, deine hohe, herrische Stirn, dein rundes, etwas trotziges Kinn – all das habe ich nur andeuten können, da meinem Meißel die magische Kraft des Chnum fehlt, der die Menschen mit seiner göttlichen Hand formt. Du weißt ja, wem ich diesen Tempel geweiht habe. Das ist unser Geheimnis, ich nehme es mit nach Westen, und du wirst es auch tun. Und wenn es stimmt, daß nach unserem Absterben die Seele als Ba-Vogel frei herumschweifen darf, dann, meine Geliebte, werden wir uns für alle Zeiten hier treffen, versteckt im Gezweig der Akazien und hinüberschauen zu unserem Tempel. Ich blicke jetzt in deine Steinaugen und denke dabei so fest an dich, daß du es dort, im fernen Piramesse, spüren mußt. All meine Liebe lege ich in diesen Gedankenstrom ...«

»Herr, hier sind die Fackeln!«

Piay schreckte aus seinem Zwiegespräch auf, als habe man ihn bei etwas Unrechtem ertappt.

»Ja, gut ...«, murmelte er und nahm eine der knisternden Pechfackeln in die Hand. Zwei Diener gingen voraus und holten die zart bemalten Reliefs aus dem Schatten ihrer ewigen Dunkelheit.

Nefertaris Körper war in Goldocker gehalten, eine Anspielung auf ihre Vergöttlichung als Hathor, die den Beinamen »die Goldene« trug.

»Gute Arbeit!« lobte Piay dann und wann die schönen, ausgewogenen Reliefs. Lange blieb er vor dem Bild stehen, das die Krönung der Nefertari durch Hathor und Isis darstellte, womit »die Allerschönste« in den erhabenen Kreis der Götter aufgenommen wurde.

Als sie wieder ins Freie traten, war Re schon in seine Nachtbarke umgestiegen, und das helle Gelb des Sandsteins begann sich in zartes Grau zu verwandeln. Piay entließ die Diener und ging allein hinüber zum Großen Tempel, wo die vier Sitzfiguren bis zu den grob herausgearbeiteten Köpfen im Schutt der Rampe steckten und darauf warteten, von seiner Hand in Götter verwandelt zu werden. Die Doppelkronen, die Wangenknochen und das Kinn zeichneten sich schon undeutlich ab, doch alles in allem waren es noch grobe Felsmassen, denen Piay eine Seele einhauchen mußte.

Nicht der geringste Zweifel bewegte Piay vor der Größe der Aufgabe, er zagte und zauderte nicht, sie morgen bei Sonnenaufgang in Angriff zu nehmen. Er sandte ein kurzes Gebet an Ptah, den »Obersten Handwerksmeister«, und es war keine Bitte um Unterstützung und Hilfe bei der Arbeit, es war ein Dankgebet für die ihm verliehene Schöpferkraft, die ihn, den Menschen Piay, für kurze Zeit in die Nähe der Götter rückte und ihm das heimliche, nie ausgesprochene Gefühl gab, dem Pharao zeitweise ebenbürtig zu sein.

Der Gute Gott und Sohn der Sonne Usimare Ramses wollte endlich einen Plan verwirklichen, den er schon in Theben bei Merits Heirat gefaßt hatte: In einer einzigen großangelegten Hochzeitsfeier wollte er seine bisher unverheirateten Sprößlinge – soweit sie von Bedeutung waren – mit geeigneten Partnern verheiraten.

Sobald der König sich dazu entschlossen hatte, drängte er auf schnelle Verwirklichung, und so summte das Palastviertel in Theben vor Geschäftigkeit. Da nach des Pharaos Wunsch alle Familienmitglieder an dem Fest teilnehmen sollten, erwies sich auch der größte Thronsaal als zu klein. Zu den Frauen, Kindern und Enkeln des Königs kamen noch Hunderte von weiter entfernten Verwandten, so daß mit etwa sechshundert Festteilnehmern gerechnet wurde.

Für neun seiner Söhne und elf seiner Töchter hatte der König die Ehepartner ausgewählt. An der Spitze der jungen Paare stand der Thronfolger Jonam, der die schöne, noch kaum erwachsene Sat-Hathor – eine Halbschwester – zur Frau erhielt, gefolgt von Ramose und Chamwese, der die ihm aufgedrängte Ehe mit spöttischem Gleichmut hinnahm. Er war beileibe kein Frauenverächter, der kluge und vielgewandte Hohepriester Chamwese, doch er hielt die Existenz einer Hauptgemahlin in seinem Fall für durchaus entbehrlich. Die Fülle seiner Aufgaben ließ ihm wenig Zeit für ausgedehnte Liebesstunden, und wenn ihm die Triebe lästig wurden, dann fand sich schnell eine Sklavin, die Abhilfe schaffte. Weit über die Freuden des Geschlechts stellte Chamwese die Lust an der Gelehrsamkeit und an seinem Wirken als Priester und Baumeister. Gerade jetzt arbeitete er bis in die Nacht hinein an den Plänen zur Erweiterung des Serapeums, also der Grabstätte für die verstorbenen Apisstiere. Bisher waren die heiligen Tiere in Gewölben unter dem Ptah-Tempel in Memphis beigesetzt worden, doch seit eine Reihe von Stieren in jugendlichem Alter den Weg nach Westen angetreten hatte, wurde der Raum knapp. Chamwese plante eine ausgedehnte Galerie, wo sich eine Grabkammer an die nächste reihte, mit einem Gang dazwischen, damit die riesigen Sarkophage bequem fortbewegt werden konnten. Als Hoherpriester des Ptah war Chamwese Herr über den großen Tempel von Memphis mit seinen Priestern, Beamten und Sklaven, mit seinem gewaltigen Schatz an Gold, Silber, Vieh und Land. Einer seiner weiteren Titel lautete: »Oberster Leiter der Künste«, doch das war keineswegs ein Ehrenamt, sondern die verantwortliche Aufsicht über die königlichen Werkstätten der Bildhauer, Steinmetzen, Maler, Metallgießer, Holzschnitzer und all jener, die im Zeichen des Gottes Ptah ein Handwerk ausübten. War es da ein Wunder, daß Chamweses Sinn nicht nach einer Hauptgemahlin stand? Doch es wäre ihm – wie auch den anderen Söhnen – nie in den Sinn gekommen, sich einem Wunsch des Vaters zu widersetzen.

Montu, den Hauptmann bei der Wüstenpolizei, hatte man lange suchen müssen, denn seine Teilnahme am Familienfest war vom Pharao ausdrücklich gewünscht. Wie so mancher der weniger wichtigen Söhne des Königs tat Montu bei den Niu seinen Dienst, und niemand wäre auf den Gedanken gekommen, ihn als Prinz anzureden, obwohl die anderen von seiner Herkunft wußten. Er selbst schien keinen Wert darauf zu legen, und wenn er sich auch als Ägypter verstand, so fühlte er sich ebenso dem Volk seiner Mutter verbunden, deren Vater einer der Stammesfürsten der Schasu gewesen war. Montu hatte nichts Näheres herausfinden können, doch er spürte in sich das unruhige Blut der Wüstensöhne und wäre lieber zugrunde gegangen, als hinter den Mauern einer Stadt oder eines Palastes zu verkümmern.

Als ihn die Boten des Königs fanden, zeigte er sich keineswegs erfreut von der ehrenvollen Einladung zu dem Familienfest.

»Ich hatte bisher nicht den Eindruck, in dieser Familie willkommen zu sein«, sagte er mürrisch, und in seinen schmalen Augen blitzte der Spott.

»Du wirst dich doch einem Schönen Befehl des Guten Gottes – er lebe, sei heil und gesund! – nicht widersetzen wollen, Prinz Montu«, entgegnete der Königsbote entsetzt.

Der grinste frech:

»Habe ich so etwas gesagt? Du bist übrigens der erste, der mich mit Prinz anredet. Will der Pharao, mein erhabener und mir weitgehend unbekannter Vater, den kleinen Niu-Hauptmann im Rang erhöhen?«

»Davon weiß ich nichts!« sagte der Bote abweisend. »Doch ich hatte den Auftrag, den Prinzen Montu an den Hof in Piramesse zu laden. Alles Weitere wirst du dort erfahren.«

In der Residenzstadt wurde Montu sogleich vom Wesir Parahotep empfangen:

»Man hat mir berichtet, daß du dieser Einladung nicht mit besonderer Freude gefolgt bist. Ich verstehe das, Prinz Montu, und ich muß zugeben, daß wir dich ein wenig aus den Augen verloren haben. Glaube aber nicht, daß du hier vergessen bist! Dein Ruf als kühner Hauptmann der Wüstenpolizei ist an das Ohr Seiner Majestät – er lebe, sei heil und gesund! – gedrungen, und soviel ich weiß, hat dir der Gute Gott eine ehrenvolle und wichtige Aufgabe zugedacht. Seine Majestät wird es dir selbst zu gegebener Zeit mitteilen.«

Am nächsten Tag war der Hofgoldschmied erschienen und hatte an Montus Kopf Maß genommen. Nun trug er den schmalen Goldreif mit dem Uräus, und vom geringsten Diener bis zum höchsten Beamten wurden ihm die Ehrenbezeigungen eines Mitglieds der königlichen Familie zuteil. Montu nahm es scheinbar gelassen hin, doch fand in ihm eine Wandlung statt. Allmählich begann er zu begreifen, daß er nicht nur ein einfacher Niu-Hauptmann war, sondern ein Sproß des Guten Gottes, des Herrn der beiden Länder, und dies hob ihn, ob er wollte oder nicht, über alle anderen Menschen hinaus.

Am Tag des Festes befand sich Montu im erlauchten Kreis der kronentragenden Prinzen und Prinzessinnen. Zuerst trafen ihn erstaunte Blicke, da niemand wußte, wer er war, bis es sich herumsprach: Das ist Montu, der Niu-Hauptmann, vom Pharao erhöht und für eine besondere Aufgabe vorgesehen.

Als alle in dem riesigen Zelt versammelt waren, kündeten Fanfarenstöße das Erscheinen des Guten Gottes, Seiner Majestät Usimare Ramses, der, begleitet von seinen beiden Gemahlinnen, in ihren Kreis trat. Da es ein Familienfest war, trug Ramses keinen Königsornat, sondern nur eine schlichte Uräus-Krone über dem schimmernden Nemes-Kopftuch. Die beiden Gemahlinnen trugen prächtige gold- und edelsteinverzierte Perücken, doch jede mied den Blick der anderen – sie behandelten einander wie Luft. Wie stets bemerkte Ramses von solchen Dingen nichts. Er hielt diese Massenhochzeit für einen glänzenden Einfall, und dieses vielköpfige Verwandtentreffen entsprach seiner Neigung zum Gigantischen, nie Dagewesenen. So war der Gute Gott in glänzender Laune und blickte sich lächelnd um.

An der Stirnseite des Zeltes war sein Thron errichtet worden. Ramses nahm auf einem geschnitzten Sessel Platz, neben ihm saßen die beiden Königinnen, vor ihm die frischgetrauten Paare, dahinter die Prinzen und Prinzessinnen.

Bei dieser festlichen Gelegenheit zeigte sich Prinzessin Merit an der Seite ihres Gemahls, des Generals Seti. Sie hatte vor drei Monaten eine Tochter geboren, ihr geliebtes Kleinod, das sie kaum der Amme überließ und zum allgemeinen Befremden meist bei sich behielt, wie eine Frau aus dem Volk. Daß sein Kind graue Augen hatte, erklärte sich Seti mit der Herkunft seiner namenlosen Mutter, die vielleicht aus dem Norden gekommen war. Jedenfalls hielt er Neferure für sein Kind und machte sich weiter keine Gedanken darüber. Ein Sohn wäre ihm allerdings lieber gewesen, weil er schon vor Augen sah, wie er dem kleinen Prinzen das Bogenschießen beibringen würde. Merit aber wußte, daß die Augen der kleinen Neferure die Augen Piays waren, und wenn sie das Mädchen küßte, so galten ihre Liebkosungen zugleich dem fernen Geliebten.

Leutselig wie sonst nie, mischte sich der Pharao unter seine Verwandten, von denen er allerdings die wenigsten kannte. Aus der Höhe seiner dreieinhalb Ellen fragte er den einen oder die andere nach Namen und Herkunft, nickte zerstreut und zog sich bald gelangweilt auf seinen Sessel zurück, wo er behaglich Becher um Becher eines vorzüglichen Deltaweines leerte. Während die Diener das Essen auftrugen, fiel ihm Montu ein. Er winkte den Wesir herbei.

»Parahotep, mein Lieber, konntest du Montu finden?«

»Selbstverständlich, Majestät. Es war nicht einfach, doch nun sitzt er dort drüben unter den Prinzen.«

Der Wesir deutete in die bestimmte Richtung. Ramses gähnte.

»Ich habe keine Lust mehr, mich unter die vielen schwitzenden Vettern und Basen zu mischen, laß den Burschen herholen.«

Montu, mit seinem von sengender Sonne und dem Wüstenwind braungegerbten Gesicht erschien vor dem Vater, verbeugte sich lässig und sah dem Pharao ohne Scheu direkt in die Augen – mit einem Anflug von Frechheit, wie der Wesir meinte. Ramses aber merkte nichts davon, da es seine Vorstellungskraft überstieg, daß ihm, dem Guten Gott, irgendein Mensch ohne Respekt begegnen könnte.

Was der Wesir für Frechheit hielt, war freilich eine Art von wacher, mißtrauischer Gespanntheit, die den meisten Wüstenbewohnern eigen ist und die Montu bei den Niu angenommen hatte.

»Setz dich!« Montu ließ sich auf dem Hocker nieder, während Ramses sich im stillen wunderte, einen solchen Sohn gezeugt zu haben. An dieser gedrungenen Gestalt mit den etwas krummen Reiterbeinen, diesem Gesicht mit der Habichtnase und der niedrigen Stirn sollte er, der Sonnensohn, einen Anteil haben? Nun, es gab eine Menge Kinder, die ihm kaum oder gar nicht ähnelten, und so mußte Montu wohl seiner Mutter, dieser ungebärdigen Wüstentochter, nachgeschlagen sein.

»Mir wurde von der Kühnheit und dem Listenreichtum berichtet, die dich als Hauptmann bei der Wüstenpolizei besonders auszeichnen. Ich wollte, ich hätte mehr Söhne in deiner Art ...«

Ramses sah diesen seltsamen Sohn neugierig an, wollte ihn zu einer Stellungnahme ermuntern. Montu dachte eine Weile nach und meinte: »Vielleicht übertreiben diese Berichte ein wenig, Majestät. Doch ein Niu, der nicht ein gewisses Maß an Mut und Schlauheit besitzt, wird kaum sehr lange leben. Auch die Wüstenräuber und die Schasu besitzen meist die von dir genannten Eigenschaften.«

Ramses lächelte.

»Gut geantwortet, mein Sohn. Du bist der lebende Beweis dafür, daß der Kühnere und Schlauere am Leben bleibt. Wieviel Männer hast du schon getötet?«

Wieder dachte Montu nach:

»Mit eigener Hand, Auge in Auge, werden es wohl ein paar Dutzend gewesen sein. Welcher Pfeilschuß aber tödlich war, bleibt oft ungewiß. Manche der Verletzten sterben später, andere sind tot und werden von ihren Genossen davongeschleppt – da wird wohl noch ein Dutzend dazukommen.«

»Gut, lassen wir das. Ich habe dich hierherbefohlen, weil ich etwas vorbereite, das ohne kühne und geschickte Männer nicht durchzuführen ist. Hast du jemals von der Insel Keftiu gehört?«

»Nein«, sagte Montu, »wo soll sie sein?«

»Weit im Norden des Grünen Meeres, und es ist eine sehr große Insel, ein Reich für sich. Vor einigen Jahrzehnten kamen noch Waren und Tribute von dort, doch diese Verbindung ist plötzlich abgerissen. Es handelte sich um für uns sehr wichtige Waren: Kupfer, Bronze, Hölzer, Spezereien, Baumharz und manches andere, das hier dringend benötigt wird. Ich möchte Kundschafter übers Meer senden, um herauszufinden, was dort geschehen ist. Du sollst diese Gesandtschaft anführen, im Range eines königlichen Botschafters. Wir werden unter unseren Söldnern nach

Männern fahnden lassen, die die dortige Sprache beherrschen, weil ihre Eltern oder Großeltern von Keftiu stammen. Ich möchte, daß der Handel mit diesen Leuten wieder in Gang kommt!«

Der letzte Satz klang nach einem königlichen Befehl und duldete keinen Widerspruch.

»Wie lange dauert die Seereise?«

»Je nach den Windverhältnissen zwischen zehn und zwanzig Tagen.«

»Aber ich bin noch nie zur See gefahren, Majestät, bin im ganzen Leben niemals auf einem Boot gewesen, die Nilfähre ausgenommen. Ich bin ein Mann der Wüste! Ich glaube kaum, daß ich dir auf dem Wasser von Nutzen wäre.«

»Du mußt nichts von Seefahrt verstehen«, sagte Ramses ungeduldig. »Dafür sind andere zuständig. Ich brauche deine Kühnheit, Prinz Montu, deinen Einfallsreichtum, deine Schlauheit. Ich kann nicht jeden Beliebigen dorthin senden. Vielleicht gibt es einen König in Keftiu, der sich geschmeichelt fühlt, wenn ein leiblicher Sohn des Pharao als Botschafter auftritt. Wir wollen etwas von diesen Leuten, und darum müssen wir ihnen mit Respekt begegnen. Möglich, daß ich einmal Truppen hinschicke, aber davon kann erst die Rede sein, wenn wir die Verhältnisse dort kennen. Also?«

Einesteils war Montu geschmeichelt, als Prinz und Botschafter auftreten zu dürfen, andererseits gab es an diesem Plan soviel Fremdes und Unvertrautes, daß er zurückschreckte – nicht aus Angst, sondern aus angeborener und angelernter Vorsicht. Ein Wüstenmensch muß häufig abwägen und darf sich nicht kopfüber in eine Gefahr stürzen, deren Ausmaße er nicht kennt.

Jeder andere hätte sofort zugesagt, weil man einem Wunsch des Pharao nicht widerspricht, doch Montu hob zweifelnd die Hände.

»Als Niu-Hauptmann bin ich es gewöhnt, bis zu fünfzehn Mann zu führen, und meist geht es um die Jagd auf Räuber, flüchtige Gefangene oder aufsässige Nomaden. Und nun soll ich plötzlich als Prinz und Botschafter auftreten, soll mit Königen und Staatsmännern verhandeln... Majestät, ich fürchte, du überschätzt mich.«

»Es gab Hauptleute bei der Truppe, die sich zu Generälen hochdienten und am Ende auf dem Horusthron saßen wie etwa Haremhab«, gab der Wesir zu bedenken.

Ramses lachte schallend.

»Du siehst, was aus einem Krieger manchmal werden kann. Da hast du es ja noch einfach: Niemand verlangt von dir die Fähigkeiten eines Generals oder gar eines Pharaos. Ein königlicher Prinz bist du schon, und schließlich überbringt ein Botschafter nur die Worte seines Herrschers. Es ist wirklich ganz einfach, mein Sohn.«

Montu war davon keineswegs überzeugt, doch er war so schlau, nicht geradewegs nein zu sagen:

»Verfüge über mich, Majestät.«

Diese Antwort genügte dem Guten Gott, und Montu wurde gnädig verabschiedet.

Inzwischen hatten die Gäste zu schmausen begonnen, und die Diener trugen immer neue Platten mit gebratenen Lämmern, Spanferkeln, Rinderkeulen, Gänsen, Tauben und eine Vielfalt der köstlichsten Nilfische herbei. Die Krüge mit Wein, Bier oder Milch wurden schnell geleert, die Gespräche belebten sich, und Ramses blickte zerstreut auf seine zahlreiche Verwandtschaft. Seine Gedanken schweiften ab ins ferne Keftiu, wo er vielleicht noch einmal als siegreicher Feldherr auftreten konnte. Seit vielen Jahren war Kemi in Nord wie Süd nur von friedlichen Vasallen umgeben, und die Schlacht bei Kadesch war schon zur Legende geworden, gehörte zum festen Bestand des Geschichtsunterrichts.

Ramses näherte sich dem fünfzigsten Lebensjahr, doch er fühlte sich so gesund und jugendfrisch, als sei er nur halb so alt. Er war niemals krank gewesen, sein Auge erkannte beim Bogenschießen das fernste Ziel, kein Zahn fehlte ihm, und die Haare unter seiner Perücke waren dicht und fest wie bei einem Jüngling.

Hori, der Bartscherer des Königs, lobte von Zeit zu Zeit die erstaunliche Jugendlichkeit seines Herrn:

»Es ist, als hätten die Götter in deinen Jünglingsjahren die Zeit angehalten. Die meisten deiner erlauchten Vorgänger gingen schon mit vierzig oder früher nach Westen, aber ich, der ich jede Falte deines göttlichen Körpers kenne, könnte mit gutem Gewissen deinem Volk verkünden: Euer König lebt, ist heil und gesund, und es wird nach langer Zeit wieder ein Sed-Fest geben, und ich wage zu prophezeien, nicht nur eines!«

Daran mußte Ramses denken, als er auf die essende, trinkende und schwatzende Menge sah. Wie viele von denen würden beim Sed-Fest also in sechs Jahren – noch am Leben sein? Er hob den goldenen Becher und wandte sich an seine Frauen, die ihm zur Seite saßen, wenn auch eine jede tat, als gäbe es die andere nicht:

»Nefertari, geliebte Schwester, meine Allerschönste, ich trinke auf unser künftiges Sed-Fest, auf unsere Kinder«, er wandte sich flüchtig zu Isis-nefert, »und auch auf deine, auf die Hochzeitspaare, auf die Tanten und Onkel, Vettern und Basen, auf Kemi, auf ein schönes Leben im ...«

»... im Westen«, wollte der König sagen, doch er verschluckte das Wort, weil er allmählich an seine Unsterblichkeit zu glauben begann. Isis-nefert hatte vor kurzem ihr letztes Kind geboren, doch es war kein Sohn, wie sie es so sehnlich erhofft hatte. Die kleine Bent-Anta wurde vom König nach einer syrischen Kriegsgöttin benannt, die in Kemi nur wenigen bekannt war, der er aber in Piramesse einen Tempel errichtet hatte. Er wollte sich diese fremde Gottheit geneigt machen und ließ sich auf der Tempelwand Hand in Hand mit ihr darstellen. Auch seine Verehrung für Seth, den Gott der Wüsten- und Fremdvölker, entsprach dem Bestreben, einen Fürsprecher außerhalb Kemis zu haben.

Inzwischen hatte sich die Nacht über Piramesse gesenkt, und die Reihe der Gäste begann sich zu lichten. Die beiden Königinnen und ein großer Teil der anderen Frauen hatten sich zurückgezogen – als erste Merit, die nicht länger als unbedingt nötig neben ihrem Gemahl, dem General Seti, auszuharren gedachte. Ramses, der längst schon hatte aufbrechen wollen, war in der Runde seiner alten Freunde hängengeblieben. Es kreisten die Weinkrüge, dazu erklangen Sauf- und Liebeslieder.

Plötzlich stand der König auf und hielt sich schwankend an einer Stuhllehne fest.

»Mir ist da etwas Großartiges eingefallen, meine Freunde«, sagte er lallend und deutete auf die geduldig ausharrenden Hochzeitspaare.

»Wir werden die Neuvermählten in ihre Betten geleiten, mit Musik und Gesang!«

Ein grölendes Lachen belohnte den königlichen Einfall.

Menna rief:

»Musikanten! Ihr zieht voraus, und dann kommen die Hochzeitspaare, dahinter Seine Majestät und die anderen, und wir singen euch die schönsten Liebeslieder.«

Das festliche Klingen der Sistren begleitete die zarte Harfen- und Flötenmusik, doch die vom König und seinen Freunden lauthals gegrölten »Liebeslieder« übertönten alles.

»Komm – wir begehen den festlichen Tag
und die Nacht und den Tag darauf
mit heiteren Spielen, wie Bastet sie wünscht.
Ich mache dich trunken, Geliebte,
und liege dir bei als starker Stier,
und deine Schenkel öffnen sich
wie der Lotos beim Kuß der Morgensonne.«

»Zuerst der Kronprinz!« befahl Ramses, und so wurde Jonam mit seiner müden, etwas verschreckten Sat-Hathor als erste in die Schlafkammer geleitet.

»Seid fruchtbar wie der Nil im Achet!« wünschte der König dem jungen Paar, und lachend zog die Gruppe wieder davon.

Ramses begleitete noch zwei Paare in ihr Hochzeitsbett, doch dann regte sich in ihm eine mächtige Lust auf seinen Harem.

»Ich muß noch arbeiten!« verabschiedete er sich grinsend von den Freunden und schritt schwankend und eine Melodie summend auf das Frauenhaus zu. Eigentlich hätte er ja gern mit Nefertari geschlafen, doch sie mochte es nicht, wenn er betrunken in ihr Bett stieg. Einmal hatte er es getan, und er mußte tagelang ihre schweigende Mißbilligung ertragen.

»Nein, meine Allerschönste«, murmelte er vor sich hin »dein besoffener Gemahl läßt dich heute nacht in Frieden …«

Als die Haremswächter herbeiliefen und sich vor dem Guten Gott zu Boden warfen, sagte Ramses:

»Laßt die Neuen kommen, dazu ein paar Musikantinnen. Sie sollen tanzen, und ich treffe dann meine Wahl.«

Und es ging wie ein Raunen durch den erwachenden Harem: Der Gute Gott ist erschienen in seinem Glanz – kämmt euch, schminkt euch, salbt euch und seid bereit!

6

Etwa zwei Stunden nach Sonnenaufgang steuerte das kleine Frachtboot zur Anlegestelle bei den beiden Tempeln. Takka war gerade erwacht und wärmte ihre von der Nachtkälte steifen Glieder in der Morgensonne.

»Wir laden Obst und Gemüse aus und müssen zwei Ruder ausbessern«, sagte der Bootsführer zu Takka. »Wenn du Lust hast, kannst du dir inzwischen die beiden Tempel ansehen.«

Daß ältere Männer stets geneigt sind, junge Mädchen zu veralbern, hatte Takka schon öfter erlebt, und da sie weit und breit nur Felsen sah, meinte sie:

»Du willst mich nur anführen! Wo sollen die Tempel denn sein?«

Der Bootsführer lachte.

»Diesmal meine ich es ernst. Du brauchst nur ein paar Schritte zu den Hügeln da vorne gehen – gleich um die Ecke findest du den Großen Tempel.«

Takka lachte ungläubig, doch sie sprang ans Ufer, schon damit ihr warm wurde. Sie ging um den Felsen herum, und ihr stockte der Atem. Der milde Schein des morgendlichen Re beleuchtete die ungefügen Häupter der vier Kolosse, die vom Hals abwärts mit dem Schutt der Rampe bedeckt waren. Um den südlichen Kopf war ein kleines Bambusgerüst gespannt, und dort oben stand ein winziger Mensch, der an den Lippen des Riesen herumhämmerte. Takka vernahm helle, dünne Töne: Kling! kling! kling!, und sie fragte sich, was dieser Mensch mit seinem kraftlosen Hämmern diesen Felsmassen anhaben konnte. Das war doch nicht mehr, als kratze man mit einer Nähnadel an einer Festungsmauer.

Ein vorbeigehender Handwerker rief Takka zu:

»Das hier ist noch nichts! Geh ein paar Schritte weiter, und du findest einen fertigen Tempel!«

Doch so schnell konnte sie sich von dem Anblick der vier Riesenköpfe nicht trennen. Der mit dem Gerüst hatte schon fast ein Gesicht, Nase und Augen waren fertig, Kinn und Mund verdeckten das Gerüst und der Körper des arbeitenden Mannes.

Gerade als Takka neugierig auf die Eingangspforte zugehen wollte, hörte sie hinter sich ein helles Klingen. Sie wandte sich um und sah ein handlanges Metallgerät im Staub liegen. Der Mann von oben rief etwas herab, das Takka nicht verstand, doch sie hob den Gegenstand schnell auf, sah die steile, schmale Treppe seitlich der Rampe und begann hinaufzuklettern. Jung und leichtfüßig, wie sie war, erreichte sie schnell das kleine Bambusgerüst, und da schaute ein mit gelbem Staub verklebtes Gesicht auf sie herab, fragend und erstaunt. Takkas Blick blieb sofort an den großen, grauen Augen hängen. Sie wußte nicht, was sie sagen sollte, und streckte ihm nur stumm das Werkzeug entgegen.

»Mein Meißel ist mir aus der Hand gerutscht. Ich danke dir, Mädchen, du bist so schnell heraufgesprungen wie eine Gazelle.«

Takka achtete nicht besonders auf die Worte des Mannes, doch seine etwas rauhe, freundliche Stimme gefiel ihr, und sie wünschte sich, er möge noch weiter mit ihr reden.

Er machte eine einladende Geste und fragte:

»Möchtest du heraufkommen und dir meine Arbeit ansehen? Dein Federgewicht hält mein Gerüst schon noch aus.«

Er streckte ihr eine Hand entgegen, Takka zögerte einen Augenblick, doch dann griff sie zu und ließ sich auf die schmale, schwankende Plattform ziehen.«

»Das wackelt ein bißchen, aber es hält«, beruhigte er sie und fragte: »Stumm bist du aber nicht? Wo kommst du her? Arbeitest du hier?«

Takka schüttelte den Kopf.

»Ich war in der Festung Kumma Dienerin bei einer hochgestellten Dame. Sie ist gestorben, viele sind gestorben, doch der Hauptmann hat mir einen Schein gegeben, und nun bin ich hier, unten wartet mein Schiff.«

Der Mann wischte sich das Gesicht flüchtig sauber und lächelte sie freundlich an, und Takka lächelte schüchtern zurück. Er schien nicht alles verstanden zu haben.

»Welchen Schein hat der Hauptmann dir gegeben, und warum wartet ein Schiff auf dich?«

Takka vertraute diesem großen, schlanken, sehr fremdländisch wirkenden Mann, holte das Stückchen Papyrus aus einem Säckchen, das sie am Gürtel trug, und reichte es ihm.

»Du gehörst also unserem Pharao – er lebe, sei heil und gesund! – und mußt dir nun eine neue Arbeit suchen. Was hast du vor, kleine Takka, wo willst du hin?«

»Ich soll mich in Suenet umsehen, hat der Hauptmann gesagt. Da ist auch die Insel Jeb, und dort gibt es ein großes Militärlager, und die brauchen immer jemand. Das hat der Hauptmann mir gesagt, und ein paar Tage später ist er gestorben. Es sind so viele gestorben.«

»Waren schon deine Eltern Sklaven, oder hat dein Vater dich verkauft?«

Takka schüttelte zornig ihren dunklen Kopf.

»Das hätte er niemals getan! Er ist mit den Ägyptern in Streit geraten und wurde mit seinen Söhnen zur Zwangsarbeit in einer Goldmine verurteilt. Die Frauen und Mädchen mußten bei den Ägyptern Sklavenarbeit verrichten. Ich wurde von meiner Mutter und den Schwestern getrennt, weiß nicht, wo sie sind und ob sie noch leben. Ich wurde nach Kumma gebracht, und dort sind viele an der schnellen Krankheit gestorben.« Takka erzählte die Geschichte vom Untergang ihrer Familie so ruhig, als beträfe es fremde Leute. Sie hatte ihr Schicksal angenommen, weil sie wußte, daß es nicht in ihrer Macht stand, etwas daran zu ändern. Sie war jetzt nur noch für sich selber verantwortlich, und da sie nun ganz unten stand in der Rangfolge der Menschen, versuchte sie, soweit das einer zwölfjährigen Leibeigenen möglich war, ein kleines Stück nach oben zu kommen.

Takka spürte, daß dieser Mann hier etwas zu sagen hatte und daß er ihr wohlwollte. Das war keiner von jenen Männern, die hilflose Mädchen in schmutzige Winkel zerrten und ihnen Gewalt antaten. Dieser Mann verströmte seine ganze Kraft in den Stein, und was er hier machte, erschien Takka wie Zauberei. Warum wurde der Mund nicht schief, warum standen die Augen des Riesenkopfes genau in einer Linie und die Nase war gerade wie ein Bambusstock? Takka getraute sich nicht, danach zu fragen, auch hätte sie kaum die richtigen Worte gefunden.

»Meine Arbeit scheint dir zu gefallen?«

Sie nickte stumm.

»Ich wußte nicht, daß … ein Mensch überhaupt so etwas machen kann.«

Der Mann schmunzelte und erhob sich behutsam von der kleinen Bank, auf der auch sein Werkzeug lag, und Takka sah jetzt erst, wie groß dieser Mensch war.

»Nicht viele können es, das stimmt schon, und die es können, müssen mit ihren Ruhepausen sparsam umgehen. Wir hatten eine nette Unterhaltung, kleine Nubierin, aber jetzt kehre ich zu meiner Arbeit und du gehst auf dein Schiff zurück.«

Takka suchte den Blick der grauen Augen und hielt ihn fest. Sie spielte jetzt bewußt das kleine, hilflose Mädchen und lächelte ein wenig traurig.

»Könnte ich nicht hierbleiben? Da stände ich doch auch im Dienst Seiner Majestät und müßte nicht weiter in die große Stadt, vor der ich mich fürchte. Ich kann waschen, kochen, nähen, einen Garten pflegen ...«

»Das reicht, das reicht!« unterbrach sie der große Mann, doch sein Gesicht blieb freundlich und ließ Takka hoffen.

»Also gut, gehe zur Baustellenverwaltung und sage, Piay habe dich geschickt, und er möchte, daß sie dir eine Arbeit zuweisen. Merke dir meinen Namen: Piay.«

Takka lächelte ihn dankbar an. »Dein Name ist schon in meinem Herzen, Meister Piay. Du wirst mit meiner Arbeit zufrieden sein!«

Piay deutete auf den Kolossalkopf und sagte:

»Er muß mit uns zufrieden sein, Takka, denn wir beide stehen in den Diensten Seiner göttlichen Majestät Usimare Ramses. Und da es nun so ist, werden wir versuchen, unser Bestes zu tun.«

Piay griff nach dem Meißel und setzte ihn an den Lippen Seiner Majestät an.

Takka kletterte die Rampe hinab und lief zu ihrem Boot.

»Es dauert schon noch eine Weile, laß dir Zeit!« rief der Bootsführer ihr zu.

»Ich fahre nicht weiter, ich bleibe hier!« sagte Takka so stolz, als hätte sie einen Sieg errungen.

Seit Piay Merits Brief erhalten hatte, fühlte er sich hier wie in einem Gefängnis. Zwar wußte er jetzt, was Zwangsarbeit bedeutete, und dankte den Göttern, daß er hier sein durfte, aber dieser

Brief hatte seine Seele verstört, und nie hatte er seine Hilf- und Machtlosigkeit schlimmer empfunden als jetzt. Er konnte nichts tun, als täglich sein kräftezehrendes Tagewerk von neuem zu beginnen, und manchmal wünschte er sich, Re möge einige Stunden später die Nachtfahrt antreten, denn die schwere Arbeit schien ihm das einzige Mittel gegen die bohrenden Gedanken. Piay kannte den Brief längst auswendig und hatte beinahe jedes Wort gedreht und gewendet, um nach einem Doppelsinn zu forschen, doch da gab es nichts zu deuteln, und es wäre auch nicht Merits Art gewesen, etwas zu verschleiern oder zu beschönigen.

Seit der Brief in seinem Besitz war, nahm ihn Piay jeden Abend zur Hand und las ihn immer von neuem, einmal langsam, dann wieder schnell, als ergebe sich dadurch ein neuer Sinn. Merit schrieb:

»Mein Geliebter, wir sind gerade in Piramesse angekommen, und ich habe Jonam überredet, unseren Briefwechsel über sein Hofamt laufen zu lassen. So wirst du künftig das Siegel des Erbprinzen auf jedem meiner Schreiben finden. Du sollst es so halten: verfasse nichtssagende Berichte über die Arbeit an den Tempeln und richte sie an Jonams Palastverwaltung. Diesen Berichten legst du ein verschlossenes Schreiben bei mit der Aufschrift: Nur für den Erbprinzen persönlich! Der Beamte wird es ungeöffnet an Jonam weiterleiten, und so gelangt in meine Hände, was mein Liebster mir zu sagen hat.

So höre jetzt, was deiner Frau inzwischen zugestoßen ist. Noch in Theben hielt es Seine Majestät für angebracht, mich mit dem Prinzen Seti zu verheiraten. Diesen Tölpel, der nur zum Soldaten und zu sonst nichts taugt, schätzt mein Vater seit einiger Zeit, obwohl er aus dem finstersten Winkel des Harems stammt. Ich mußte seine Frau werden, und ich tat es für dich, Geliebter. Doch es ändert nichts an dem Band, das unsere Herzen verknüpft, und niemand kann uns nehmen, was nur uns beiden gehört: das Kind in meinem Leib, das ich in den nächsten zehn Tagen mit Hilfe der Göttin Toëris gebären werde. Ein Teil von dir, Geliebter, ein Pfand, das mich jede Stunde an dich erinnern wird. In meinen Träumen bist du oft an meiner Seite, ich blicke in deine grauen Augen, streichle deinen Rücken, und wenn ich erwache, umarme ich ein

Kissen. Man könnte darüber lachen, doch mir ist eher zum Weinen zumute, wenn ich es auch nicht wirklich tue – so gut kennst du ja deine stolze Majt-scherit. Mein nächster Brief wird schon von unserem Kind berichten, das sich gerade jetzt in meinem Leib regt. Ich wünschte, du könntest dein Ohr an meinen Bauch legen, denn was da strampelt und ans Licht will, gehört dir so gut wie mir. Und ich schwöre dir bei Bastet, der Göttin der Liebenden: Eines Tages wirst du dein Kind in Händen halten, und ich werde wieder in deinen Armen liegen. Wir wollen nicht darüber nachdenken, wie fern dieser Tag noch ist – doch vielleicht ist er näher, als wir denken.

Ptah schütze dich, geliebter Bildhauer, der nach so vielen Werken in Stein, Bronze und Holz in mir ein Wesen aus Fleisch und Blut geschaffen hat. Lebe, sei heil und gesund!«

Was konnte Piay mehr erwarten, nach dem, was geschehen war? Er lebte, tat wieder seine alte Arbeit, Merit lebte und war gesund, sein Kind wurde bald geboren – es hätte ja auch alles anders und viel schlechter ausgehen können. Doch Piay dachte, wie alle Menschen, weniger an diese Möglichkeit als daran, daß es auch besser hätte kommen können. Warum schrieb Merit über ihre Heirat: »Ich habe es für dich getan«? Zwar tat sie diesen Seti als Tölpel ab, aber er war ein Mann, und wenn der Pharao ihm seine erstgeborene Tochter zur Frau gab, dann wollte er auch ihr Bett besteigen. Hatte er dies einmal getan, würde er es auch wieder tun, und diese Vorstellung brachte Piay schier zur Verzweiflung. Er sah die rohen Kriegerhände des »Tölpels« – wie er ihn ab jetzt bei sich nannte – auf Merits schlankem Leib herumtasten, hörte ihn vor Behagen grunzen, und in solchen Augenblicken konnte es geschehen, daß ihm der Meißel entglitt, wie dies jetzt öfter geschah. Piay mußte beim Gedanken an das letzte Mal lächeln. Niemals hatte er sein Werkzeug so schnell wieder in Händen gehabt. Es war, als hätte die kleine Nubierin den Meißel noch in der Luft aufgefangen, um ihn schleunigst zurückzubringen.

Dieses zierliche, schwarze Mädchen war äußerlich das genaue Gegenteil der hochgewachsenen hellhäutigen Merit, und doch erinnerte sie ihn auf eine geheimnisvolle Art an die Geliebte. Piay hätte nicht sagen können, warum es so war, aber schon während ihrer Unterhaltung auf der Rampe hatte er diese Empfindung. Vielleicht war es Takkas freier, furchtloser Blick, vielleicht war es ihre lebhafte Art zu reden oder eine bestimmte Bewegung. Er kam nicht darauf, doch es ließ ihm keine Ruhe, und plötzlich war er fest entschlossen, es herauszufinden.

So ging er in der Mittagspause zur Baustellenverwaltung und fragte den Vorsteher der Arbeiter, ob er für Takka eine Beschäftigung gefunden habe. Seit Piay aus dem Straflager zurückgekommen war, begegneten ihm die Männer mit einer Art von Scheu oder Vorsicht – sie waren höflich, doch sie wichen ihm aus. Sie wußten alle nicht so recht, ob er beim König wieder in Gunst stand oder ob er nur wegen Hoteps Tod begnadigt wurde. Das Eintreffen des vom Erbprinzen gesiegelten Schreibens hatte die Leute noch mehr verunsichert, und sie wußten nun erst recht nicht mehr, wie sie sich verhalten sollten. Piay tat seine Arbeit und gab keine Auskunft, doch ein wenig genoß er seine Lage und die Verwirrung der anderen.

Mit übertriebener Höflichkeit bot der Vorsteher ihm Platz an. Piay lehnte ab, er wolle sich nur kurz nach Takka erkundigen.

»Da du sie mir eigens empfohlen hast, verehrter Meister, nun ja, sie arbeitet vorläufig in der Küche ...«

»Ich hatte meine Gründe, sie zu empfehlen«, sagte Piay steif. »Im übrigen bin ich mit meinem Hausbesorger nicht mehr zufrieden. Anstatt den Garten zu wässern und die Zimmer zu säubern, lungert er im Schatten herum, und die Speisen aus der Gemeinschaftsküche sind meistens kalt, wenn er sie mir auf den Tisch bringt. Du kannst den Mann anderswo einsetzen. In Zukunft soll Takka mein Haus besorgen. Sie hat in Kumma einen Offiziershaushalt geführt, sie scheint mir also sehr geeignet.«

Der Vorsteher unterdrückte gerade noch ein anzügliches Grinsen. Mit diesem Piay hieß es, behutsam umzugehen.

»Selbstverständlich, Meister Piay, noch heute wird Takka ihren Dienst bei dir antreten.«

Piay ging in sein Haus zurück, um wie jedermann die heißen Mittagsstunden im Schatten zu verbringen. Doch er fand keine Ruhe, denn auf dem Tisch lag seit Tagen sein noch immer nicht vollendeter Brief an Merit. Wenn er ihn bis übermorgen nicht fertighatte, mußte er acht Tage warten, bis das nächste königliche Kurierschiff anlegte, und nur einem solchen mochte er sein Schreiben anvertrauen.

Es gab da eine Stelle im Brief, die wirkte wie ein Nilkatarakt auf ein Lastboot, das gezwungen war, vor den Steinklippen anzuhalten. Auch für Piay gab es eine Klippe, die sich nicht umschiffen ließ, und das war Merits Heirat. Was immer er dazu schrieb – es schien ihm falsch. Sollte er ihr Glück für die aufgezwungene Ehe wünschen? Konnte er ihr Vorwürfe machen, oder sollte er sie fragen, warum sie es für ihn getan hatte? Überging er diesen Punkt, würde Merit, die jede Verstellung haßte, sofort spüren, daß er etwas verschwieg oder unterdrückte.

Seufzend nahm Piay den Papyrus und setzte sich in den tiefen, bequemen Sessel auf der schattigen Terrasse. Als der Diener ihn nach seinen Wünschen fragte, scheuchte er ihn fort und hatte dabei schon vergessen, daß der Mann ja entlassen war. Zum zehnten oder zwölften Mal las Piay, was er bis jetzt geschrieben hatte:

»Die Freude über deine Nachricht hat mich so betäubt, daß ich ein paar Stunden keinen Meißel halten konnte. Wir leben, sind heil und gesund, also besteht Hoffnung – Hoffnung auf ein Wiedersehen, wann auch immer, und dieser Gedanke ist es, der mir Kraft verleiht, mich essen, trinken, schlafen und arbeiten läßt. Wenn Sachmet mir – Ehre sei dem göttlichen Auge des Re – keine Krankheit schickt, und Ptah meinen Arm nicht erlahmen läßt, dann wird meine Arbeit in zwölf bis vierzehn Monaten vollendet sein. Stelle dir einfach vor, geliebte Schwester, dein Mann sei in den Krieg gezogen und kehre erst nach einem Jahr von dem Feldzug zurück. Wenn dieser Brief dich erreicht, wird unser Kind – es möge heil und gesund sein! – schon leben, und wenn du es streichelst oder küßt, dann ist es mein Fleisch, bin ich es, den du streichelst und küßt. Wie ich dich darum beneide, meine Geliebte, denn mir bleibt nur die Hoffnung auf das Morgen und die Erinnerung an gestern, die ich hüte wie einen Schatz. Weiß dein Gemahl, daß es unser Kind ist, oder darf er annehmen, es ist das seine?« Das war nun die Klippe, wo Piays Schreibbinse stockte. Ließ er den letzten Satz so stehen und Merit antwortete, Seti hielte es für sein

Kind, so bedeutete dies, sie habe mit ihm geschlafen. Vor dieser Antwort aber hatte Piay Angst, obwohl ihm seine Vernunft sagte, daß es wohl nicht anders sein könne.

Sie wird die Zähne zusammenbeißen, wenn der Tölpel in ihren Schoß eindringt, dachte Piay grimmig, und es wurde ihm ganz heiß vor Empörung. Er wischte sich den Schweiß von der Stirn und brüllte nach dem Diener:

»Mein Schreibzeug und einen Krug Bier, aber schnell!«

Wieder versank er in fruchtloses Grübeln. Er wußte, sie gehörte ihm nicht, die Tochter des Pharao, es war schon ein Verstoß gegen Maat, wenn er sie auch nur begehrte. Doch er hatte nicht nur den Leib, sondern auch das Herz der Sonnentochter erobert, und ihr Brief bewies ihm, daß er es noch besaß. Wenn Merits Körper jetzt Seti gehörte, so war es doch nur eine leblose Hülle, denn Piay besaß ihr Herz – unwiderruflich, auf immer, da konnte selbst der Pharao nichts daran ändern.

Er spürte, wie seine Gedanken im Kreise liefen und trank hastig einige Becher des schäumenden Bieres. Plötzlich fühlte er eine Ruhe in sich einkehren, wie er sie seit Tagen nicht gekannt hatte. Er nahm ein Stück Bimsstein aus dem Schreibzeug und schabte den letzten Satz sorgfältig ab. Statt dessen schrieb er:

»Ich kenne deinen Gemahl nicht, aber ich glaube, er wird an dieser Heirat keine große Freude haben.«

Dieser Satz sprach indirekt aus, daß Piay ihr Problem zur Kenntnis nehme, seine Bewältigung aber vertrauensvoll ihr überlasse. Etwas anderes blieb ihm auch nicht übrig. Er fügte noch ein paar Zeilen hinzu und siegelte das Schreiben. Dann verfaßte er einen trockenen Bericht über die Arbeiten am Tempel. Das meiste davon waren lange Lob- und Segenssprüche für den König und den Erbprinzen. Piay schrieb absichtlich große und ungelenke Buchstaben und bemerkte zufrieden, wie der »Bericht« ein ganzes Blatt füllte.

Während er beide Schreiben zusammenrollte und siegelte, hörte er im Haus einen lauten Wortwechsel, und da kam schon sein Diener auf die Terrasse und sagte empört:

»Herr, da ist ein Mädchen, und es behauptet, daß von nun an sie ...«

Da tauchte sie schon auf, mit zornblitzenden Augen, und die ganze kleine Person steckte voll Kampfgeist und Empörung.

»Es stimmt doch, Meister Piay, daß ab heute ich deinen Haushalt führen darf. Dieser Dummkopf behauptet ...«

»Ist ja gut, Takka, beruhige dich. Der Diener wußte nichts davon, ich habe über meinen Papieren vergessen, es ihm zu sagen.«

Er wandte sich an den verdattert dastehenden Mann:

»Du bist mir zu schlampig geworden und vernachlässigst Haus und Garten. Melde dich bei der Verwaltung und suche dir eine andere Arbeit.«

Takka sah dem Mann triumphierend nach, als er mit gesenktem Kopf hinausging.

»Von nun an wird es hier anders aussehen, das verspreche ich dir, Meister Piay. Du sollst dich hier wohl fühlen, als wärst du zu Hause.«

Zu Hause? überlegte Piay, wo ist mein Zuhause? In Memphis, in Piramesse, Theben, hier oder in Abydos, wo ich geboren bin? Ich werde erst wirklich zu Hause sein, wenn ich meine Ewige Wohnung beziehe, dachte er und fand nichts Bitteres an dem Gedanken.

7

Bei jener in allgemeiner Trunkenheit endenden »Familienfeier« war Prinz Seti seiner Gemahlin nicht gefolgt, als sie sich zurückzog. Es war nicht seine Art, sich zu betrinken, aber in dieser Nacht ließ er keinen vollen Becher stehen. Er sang und grölte mit den anderen und wich nicht aus dem Kreis um den Erbprinzen Jonam, dem er sich als Gemahl Merits zugehörig fühlte. Da gab es auch noch den kleineren Kreis um Isis-neferts ältesten Sohn Ramose, der zwar viele Ämter, aber nur wenig Macht besaß. Solange der Pharao unter ihnen weilte, mieden die beiden verfeindeten Parteien jeden Streit, und als Ramses seinen Vorschlag verwirklichte, die Hochzeitspaare in ihre Gemächer zu begleiten, waren alle so betrunken, daß sie für dieses Mal ihren Hader vergaßen.

Prinz Seti aber vergaß nicht, mit wem er verheiratet war, und da man weiß, daß der Wein die Wahrheit ans Licht holt, so erkannte er plötzlich seine beschämende, für einen General und königlichen Prinzen unannehmbare Lage in greller Deutlichkeit.

Mit jedem Paar, das sie singend und musizierend in die Schlafkammer brachten, wuchs die bittere Wahrheit in Setis Brust zu einer immer größeren Last. Und plötzlich konnte er diese Bürde nicht mehr tragen, weil er glaubte, ersticken zu müssen. Er löste sich aus der lärmenden Gruppe, lief wie gehetzt durch das Palastviertel, stolperte, fiel hin, stieß irgendwelche Leute beiseite und stand schließlich atemlos, betrunken, zornig und geil wie ein läufiger Kater vor Merits Haus, das ja auch seines war – oder hätte sein sollen.

Nun wollte er sich mit Gewalt holen, was keine Frau ihrem Mann vorenthalten durfte, keine – auch nicht eine Tochter des Guten Gottes.

Die Palastwächter schraken aus ihrem Halbschlaf und grüßten ihn stramm, doch als er vor Merits Gemächern stand, war Biket schon wach und verwehrte ihm mit blitzenden Augen den Eintritt.

Immer stellte sich dieses Weib dazwischen, wenn er zu seiner Gemahlin wollte, aber damit sollte nun für alle Zeiten Schluß sein. Er schmetterte ihr seine geballte Faust an die Schläfe, und die Falkin sank auf der Schwelle zusammen. Seti schob sie mit dem Fuß beiseite, trat die leichte Tür ein und stand nach wenigen Schritten vor dem Bett seiner Gemahlin. Merit war von dem Lärm wach geworden und richtete sich auf. Der volle Mond übergoß ihren nackten Oberkörper mit einem hellen sanften Licht, so daß sie aussah wie eine Alabasterfigur.

»Was willst du hier? Wo ist Biket?«

»Was ich hier will?« rief Seti empört mit schwerer Zunge. »Ich werde mir jetzt holen, was mir längst zusteht, was alle Frauen in Kemi ihren Männern gern und freiwillig geben – mit einer Ausnahme: Die hochgeborene Prinzessin Merit ist sich zu gut dafür. Du bist nicht krank, du bist nicht schwanger« – mit einem Ruck riß er die Bettdecke von ihrem Leib, »und wie ich sehe, hindern dich die Tage der Reinigung nicht an deinen Pflichten. Du bist meine Frau!«

Seti warf seinen bier- und weinbefleckten Schurz ab und stürzte sich über die entsetzt aufschreiende Merit. Sie preßte die Schenkel zusammen und versuchte, seinem harten, drängenden Phallus auszuweichen, doch Seti drückte ihre Arme auf das Bett und zwängte ein Knie zwischen ihre krampfhaft geschlossenen Beine.

»Ich bin dein Mann!« rief er immer wieder, »ich habe ein Recht darauf!«

»Du bist ein besoffener Tölpel!« stöhnte die vor Anstrengung keuchende Merit, und als sein Druck auf ihren rechten Arm etwas nachließ, zog sie schnell ihre Hand zurück, tastete nach Setis Hoden und preßte sie mit aller Kraft zusammen. Mit einem rauhen Schrei fuhr er zurück, und Merit schlüpfte blitzschnell unter seinem schweren Körper hervor. Sie lief zur Tür, wo Biket wieder zu sich gekommen war und noch halb betäubt an der Wand lehnte. Merit rief durch das Fenster nach der Wache, die gleich zur Stelle war. Sie deutete auf die Tür.

»Der General ist schwer betrunken und kann seine Gemächer nicht alleine finden. Bringt ihn zu Bett!«

Während die Männer den stöhnenden und vor sich hin fluchenden Seti – er preßte beide Hände auf sein Geschlecht – stützten und hinausführten, half Merit ihrer Dienerin auf die Beine.

»Er hat mich einfach niedergeschlagen«, stammelte Biket und betastete die Beule an ihrem Kopf.

»Er wird es nicht noch einmal tun«, sagte Merit mit gefährlich leiser Stimme.

Auf diesen Augenblick hatte sie gewartet, denn ehe Seti nicht auf irgendeine Art die Beherrschung verlor, konnte sie nichts gegen ihn vorbringen.

Gleich am nächsten Morgen suchte sie ihren Vater auf. Der unverwüstlichen Gesundheit des Königs hatte die durchzechte Nacht nichts anhaben können. Hori schabte ihm gerade den Bart von den Wangen, als Merit eintrat. Sie hatte, wie alle Kinder Nefertaris, jederzeit Zutritt beim Pharao.

Ramses hatte Hori gerade damit geneckt, daß er ihn eigentlich bei der gestrigen Massenhochzeit mit verheiraten wollte.

»... aber dann dachte ich: Das ist heute ein Familienfest, den

Hori spare ich mir für später auf. Und ich stehe zu meinem Wort! Ich werde dir eine Ehefrau besorgen, daß selbst die Götter neidisch werden. Und du wirst Kinder haben, und wenn du nach Westen gehst, kann einer deiner Söhne das Amt des königlichen Barbiers übernehmen. Wäre das nichts?«

Hori, der es gewohnt war, das Ziel des königlichen Spottes zu sein, meinte:

»Ich gedenke aber nicht so bald nach Westen zu gehen, Majestät. Da ich jünger bin als du, ist es wohl anzunehmen, daß ... nun, ich meine ... «

Ramses lachte so laut, daß Hori erschreckt das scharfe Messer zurückzog.

»Du meinst, ehe dein Sohn heranwächst, vorausgesetzt, du hättest einen, wäre ich an der Reihe, mein Haus der Ewigkeit zu beziehen? Du kannst dir wohl nicht vorstellen, daß ich ewig lebe? Ich schon! Ich glaube, Amun-Re hat es so gefügt, daß ich nicht nur Herr der Welt, sondern auch Herr der Zeit bin. Sieh mich doch an! In fünf Jahren feiere ich mein Sed-Fest, dann sitze ich dreißig Jahre auf dem Horusthron und habe über fünfzig Nilschwellen erlebt. Nun frage ich dich: Sah ich vor zehn oder fünfzehn Jahren anders aus? Du kennst jedes Stück Haut an mir – also?«

»Nein, Majestät, du hast dich nicht verändert, das kann ich sagen, ohne dir zu schmeicheln.«

»Siehst du, mein Freund, und wenn ... «

In diesem Augenblick betrat Merit den Raum. »Kann ich dich allein sprechen, Vater?«

Hori verneigte sich tief:

»Ich bin schon fertig, Majestät. Du, Prinzessin Merit-Amun bringst mit deiner Schönheit den Palast zum Strahlen, dein Duft beschämt die Blumen am Lotosteich, dein Antlitz ... «

»Ist schon gut, Hori, ich glaube, die Prinzessin hat mir etwas Wichtiges zu sagen.«

»Möchtest du ein paar Trauben? Ganz frisch!« Ramses schob ihr die Obstschale hin. »Setz dich wenigstens her. Wie geht es der kleinen Prinzessin?«

»Ich bin empört und voll Zorn ... «

Ramses schmunzelte.

»Das hast du jetzt auf dich bezogen? Freilich, du bist auch noch meine ›kleine Prinzessin‹, doch diesmal habe ich dein Töchterchen gemeint.«

Nun mußte auch Merit wider Willen lachen.

»Neferure macht mir keine Sorgen, sie ist mein kleiner Schatz. Aber der mir verordnete Gemahl hat sich gestern nacht benommen wie ein betrunkener Einbalsamierer, und du weißt, was man denen nachsagt. Lange nach Mitternacht ist er in mein Zimmer eingedrungen, hat die Tür zerschmettert, meine Dienerin niedergeschlagen und dann versucht, mir Gewalt anzutun.«

Der König runzelte die Stirn:

»Es mag stimmen, was du da erzählst, nur das letzte kann nicht richtig sein. Jeder anderen Frau kann ein Mann Gewalt antun, nur nicht seiner eigenen. Seti ist dein Gemahl! Der Wein, die Musik, die Tänzerinnen haben ihn ein wenig angeregt, und anstatt sich die nächste Sklavin zu greifen, ist er zu dir gekommen – das spricht doch für ihn.« Merit unterdrückte ihren aufsteigenden Zorn.

»So kann nur ein Mann reden! Auch der eigenen Frau, und noch dazu, wenn sie eine Sonnentochter ist, nähert man sich mit Rücksicht und Anstand. Mußte Seti die Tür meiner Schlafkammer eintreten? Mußte er Biket niederschlagen, daß sie fast gestorben wäre? Außerdem stank er so sehr nach Wein und Bier, daß mir übel wurde. Und du verteidigst ihn noch!«

Das unterscheidet einen Emporkömmling von einem echten Prinzen, dachte Ramses nicht ohne Genugtuung, denn er selbst hatte gestern den Harem aufgesucht, weil er wußte, daß Nefertari das Liebesspiel mit einem betrunkenen Gemahl nicht schätzte.

»Du hast schon recht, Merit, wir wollen ihm ja nicht vorwerfen, daß er zu dir gekommen ist, sondern auf welche Weise. Auch deine Mutter mag es nicht ... also, ich werde mir den Burschen vornehmen und ihm seine Söldnermanieren austreiben. Zufrieden?«

»Nicht ganz. Ich hatte eigentlich erwartet, daß Deine Majestät dieses unglaubliche Verhalten anders einschätzt. Ein Mann wie Seti darf nicht länger Gemahl einer Sonnentochter sein! Du bist sonst mehr auf den Ruf der königlichen Familie bedacht! Wenn ich da an Piay denke ...«

Der Pharao sprang auf: »Rede mir nicht von Piay! Schließlich gehört Seti auch zur königlichen Familie! Du scheinst das zu vergessen!«

Merit wußte, daß sie zu weit gegangen war.

»Seti hat es mich vergessen lassen«, lenkte sie ein. »Du würdest so etwas jedenfalls nie tun. Seine Ähnlichkeit mit deiner Majestät ist eben doch nur äußerlich.«

Ramses setzte sich wieder.

»Da magst du recht haben, aber er ist trotzdem mein Sohn. Außerdem hast du ihm ein Kind geboren, vergiß das nicht. Er ist der Vater deiner Tochter!«

»Er ist es nicht!« fuhr es Merit heraus.

Ramses sah sie mißtrauisch an.

»Was heißt das: Er ist es nicht?«

»Ich meine, es ist mein Kind, ich brauche dafür keinen Vater. Solange es klein ist, gehört es mir allein. Ich liebe Seti nicht, ich mag ihn nicht, das weißt du so gut wie ich. Und darum soll er auch nicht der Vater meines Kindes sein. Neferure gehört nur mir!«

»Ach Merit, du warst immer recht eigenwillig, schon als Kind. Vielleicht habe ich dich gerade deshalb besonders gemocht. Aber nun bist du eine Frau, solltest mit deiner Familie eine Einheit bilden, wie es die Götter uns vorleben. Du aber schließt Seti aus der Familiengemeinschaft aus, tust, als gehöre er nicht zu dir, willst ihn nicht einmal als Vater deines Kindes sehen. Der Arme kann nicht immer nur Soldat sein, obwohl er einer meiner besten Generäle ist. Er will sich zu Hause ausruhen von seinen Pflichten, sich geborgen fühlen ...«

Merit lächelte spöttisch.

»Bedauere ihn nicht allzusehr, Vater. Für Seti kam diese Heirat genauso überraschend wie für mich. Doch ihm hat sie geschmeichelt und eine Reihe von Vorteilen gebracht, mir aber wurde sie aufgezwungen.«

»Um dich von Piay abzulenken, um Maat wiederherzustellen, die göttliche Ordnung, der wir uns alle unterwerfen müssen, vom König bis zum Feldsklaven. Ich will dir nichts befehlen, denn du bist erwachsen und die Erstgeborene meiner geliebten Nefertari. Aber ich bitte dich, behandle Seti künftig nicht wie einen unerwünschten Fremden. Und ich werde dafür sorgen, daß er sich bei dir entschuldigt und daß dergleichen nicht wieder vorkommt.«

Merit kniete kurz nieder und küßte ihrem Vater die Hand. »Ich danke dir, Majestät – lebe, sei heil und gesund!«

Ramses entzog ihr schnell seine Hand.

»Sei nicht so förmlich, ich will nur dein Bestes.«

Nes-Amun, der dicke Haushofmeister der Königin Isis-nefert, hatte ein neues Ziel vor Augen. Seit seine Herrin ihm versprochen hatte, sich für seine Ernennung zum Hohenpriester des Amun einzusetzen, bemühte er sich, in ihrem Sinn zu wirken. Man sah ihn jetzt häufig im großen Palasthof geschäftig hin und her eilen. Seine Biederkeit erregte Vertrauen, sein offenes Ohr für jedermann machte ihn allgemein beliebt, und da er allen, die über ihm standen, nicht speichelleckerisch, sondern mit ruhigem Respekt begegnete, gab es nur wenige, die ihm mißtrauten.

Zu diesen wenigen gehörte Merit, deren unverstellte, jeder Lüge abholde Art den dicken Heuchler unsicher machte. Er fühlte sich von ihr im Innersten erkannt und mied nach Möglichkeit jede Begegnung mit der Prinzessin.

Ansonsten aber wich er niemandem aus, hielt Ohren und Augen offen, und da ein Königspalast immer auch eine Gerüchteküche ist, blieb ihm nur wenig verborgen. Er hatte von Prinz Setis nächtlichem Überfall ebenso gehört wie von den Plänen, die der Pharao in bezug auf Keftiu hegte, und daß Prinz Montu als Gesandter vorgesehen war. Freilich, andere erfuhren dies auch, nahmen es flüchtig zur Kenntnis, tratschten ein wenig herum und wandten sich schnell wieder ihren eigenen Angelegenheiten zu. Nes-Amun aber hatte ein Ziel, und was er erfuhr, versuchte er, diesem Ziel nutzbar zu machen.

Er hatte den Rat seiner Herrin nicht vergessen:

»Mische dich in ihre Kreise, hetze sie gegeneinander auf, stifte Unruhe, verbreite Gerüchte …«

Nein, er hatte es nicht vergessen und konnte zu seinem Erstaunen feststellen, wie schnell ein Gerücht sich verbreitete, wie leicht es manchmal war, Unruhe zu stiften. Der alte, dicke Nes-Amun kannte sich aus, und er wußte, daß bei ruhigen und zufriedenen

Menschen wenig auszurichten ist, und so wandte er sich niemals an den Erbprinzen direkt, was ohnehin schwierig gewesen wäre. Er legte seinen giftigen Samen in einen dafür empfänglicheren Boden, denn es ist nicht schwer, einen unzufriedenen Mann in seinen Gefühlen zu bestärken. Einer der am wenigsten Glücklichen im Königspalast von Piramesse war Prinz Montu. Er mochte das Treiben am Hof nicht, es widerte ihn an. Alle in der Wüste erlernten Fähigkeiten galten hier nichts, und wenn er auch ein Meister der Listen und Verstellung war, so doch auf eine ganz andere Art. Es ist ein Unterschied, ob man in der Wüste den Feind auf eine falsche Fährte lockt oder am Königshof. Montu fühlte sich eingesperrt, unglücklich und überflüssig. Er wartete noch immer auf eine königliche Entscheidung wegen der Gesandtschaft nach Keftiu, hatte sogar schon beim Wesir angefragt, doch immer hieß es: Geduld, Geduld, der Gute Gott hat auch noch anderes zu tun. Seine einzige Erholung war die Jagd, doch hier im sumpfigen Delta besaß er keine Erfahrung mit den Tieren, und er fand es wenig ersprießlich, bei der Vogeljagd jedesmal bis zu den Schenkeln im Schlamm zu versinken. Wie anders war da der feste Wüstenboden! Da stand man auf sicherem Grund und flog auf dem Pferderücken in einer goldenen Staubwolke dahin wie ein Gott. Hier waren Pferde kaum zu gebrauchen, man jagte zu Fuß oder aus dem leichten Papyrusboot, das immer zur unrechten Zeit umkippte. Trotzdem war Montu lieber draußen und versank im Morast, als im Palastviertel wie ein gefangener Schakal herumzurennen. Er fand nirgends Anschluß, weder im Kreis um den Erbprinzen Jonam noch bei Ramose und seinen Freunden, obwohl es bei diesen leichter gewesen wäre, denn ihnen war jede Verstärkung recht. Aber Montu bemühte sich nicht darum, war wortkarg und unzugänglich, so daß man ihn gerne in Ruhe ließ. Er würde ja ohnedies bald im Grünen Meer verschwinden.

Nes-Amun aber warb hartnäckig, jedoch ohne lästig zu fallen, um Montus Gunst, und als der Prinz ihn näher kennenlernte, schloß er mit dem verständnisvollen und umgänglichen Mann eine lose Freundschaft. Sie verplauderten so manchen Abend bei einem Krug Wein, und der dicke Priester hatte schnell den Grund für Montus Unzufriedenheit herausgefunden. Er zeigte sich voll

Mitgefühl für den verpflanzten Wüstensohn und begann behutsam auf ihn einzuwirken.

»Heute bin ich so durstig, mein Freund, daß ich dich bitte, mir bei einem zweiten Krug Gesellschaft zu leisten. Ich trinke nicht gerne allein.«

Montu nickte erfreut. »Gerne!«

Er gab dem Diener ein Zeichen. Sie saßen im Garten des Prinzenhauses, wo die erwachsenen Söhne des Königs wohnten, solange sie keine Familie hatten. Zugleich war es das Gästehaus für Verwandte des Pharao, die nicht in Piramesse lebten. Seit die Teilnehmer am Familienfest abgereist waren, herrschte hier der Frieden eines fast unbewohnten Hauses.

Die beiden Männer hoben ihre Becher und tranken sich zu. Plötzlich fragte Nes-Amun:

»Weißt du eigentlich, mein Prinz, wo genau dieses geheimnisvolle Keftiu liegt? Ich hätte gern mehr darüber gehört.«

Montu lachte bitter:

»Ich auch! Zuerst hat es mich geehrt und gefreut, daß seine Majestät mir die Leitung dieses Unternehmens anvertrauen will. Inzwischen aber glaube ich fast ...«

Über Montus scharfgeschnittenes Gesicht mit den schmalen Augen glitt etwas wie Zorn oder Unwille.

»Nun?« versuchte Nes-Amun ihn zu ermuntern, »was glaubst du fast?«

»Ich glaube, daß die Sache aussichtslos ist! Vielleicht gibt es dieses Keftiu gar nicht mehr, doch es läßt dem König keine Ruhe. Und da er keinen seiner legitimen Prinzen der Gefahr dieser langen Reise aussetzen will, schaut er sich unter den Söhnen seiner Nebenfrauen um. Warum aber gerade ich?«

»Du hast diese Wahl deinem Ruf als listenreicher Draufgänger zu verdanken. Der König kann schließlich keinen Schwächling oder Dummkopf nach Keftiu senden. Das verstehe ich schon. Obwohl es seltsam ist ... Es gibt ja auch andere Söhne des Guten Gottes, die dafür geeignet wären. Prinz Setis Ruf als tüchtiger General ist weithin bekannt, Prinz Setepenre gilt als verschlagener Draufgänger, und ich wüßte noch einige zu nennen. Vielleicht ... Nein! Das darf ich nicht einmal denken!«

Nes-Amun wandte sich scheinbar verlegen ab und schwieg. Nun war es an Montu, den anderen zum Weiterreden zu veranlassen.

»Ich kann schweigen, Nes-Amun. Wir Wüstenleute sind nicht geschwätzig, weil eine lose Zunge manchmal das Leben kosten kann. Sage, was du weißt, und ich verschließe es im Herzen wie in einem Grab.«

»Gräber werden erbrochen, das weißt du am besten.«

Montu nickte heftig.

»Das stimmt. Der Vergleich war schlecht. Dann kann ich dich nur bitten, mir zu vertrauen.«

Nes-Amun nickte gutmütig und sah dabei sehr ehrlich und bieder aus. »Es ist nur so ein Gedanke, wahrscheinlich habe ich unrecht. Aber ich denke mir, daß Seine Majestät – er lebe, sei heil und gesund! – für eine derart gefahrvolle Reise nicht gerade Söhne auswählt, die er besonders schätzt und deren Tod ihm naheginge. Dich kennt er kaum, deine Mutter hat er in schlechter Erinnerung, weil sie geflohen ist, man hat dich ihm als tollkühnen Mann geschildert – nun ...«

Montu grinste schwach.

»Etwas Ähnliches habe ich mir auch schon gedacht. Aber ich lasse mich nicht für einen verrückten Plan opfern wie ein Stück Vieh. Soll er doch Seti schicken! Dem ist er ohnehin noch eine Strafe schuldig. Jedes Kind am Hof weiß, was in jener Nacht geschehen ist. Einen anderen hätte man dafür gehängt.«

»Da hast du wohl recht, Prinz Montu. Aber wie willst du dich dem Befehl des Pharao widersetzen?«

»Ich werde mich nicht widersetzen, für wie dumm hältst du mich? Ich werde Bedenken anmelden, Bedingungen stellen, Vorschläge machen – überlaß das nur mir! Da ich als verschlagen gelte, sollen sie es auch zu spüren bekommen.«

Nes-Amun trank seinen Becher leer und schnalzte mit der Zunge.

»Kein schlechter Wein. Ich mag dich, Montu, und ich verstehe deine Bedenken. Darf ich dir einen Rat geben? Halte dich vom Erbprinzen fern, da findest du keine Unterstützung – im Gegenteil. Dem wäre es am liebsten, er allein trüge den Uräus. Aber es gibt noch andere legitime Kinder, und zwar die meiner Herrin, der Königlichen Gemahlin Isis-nefert. Sie ist immer und überall die Zweite und hat es nicht leicht. Es wäre ganz gut, ihre Stellung ein wenig zu stärken – als Gegengewicht, verstehst du. Isis-nefert hat dem Pharao drei Söhne geboren, darum ist ihre Stimme nicht ohne Gewicht. Wenn du dich ihrem Hof anschließt, werde ich es unterstützen. Du könntest den dreizehnjährigen Prinzen Merenptah im Bogenschießen und Reiten unterrichten. Er ist nur schwer für solche Übungen zu begeistern, vielleicht hast du mehr Erfolg.«

»Wenn du willst, tue ich es. Am liebsten aber würde ich von hier fortgehen, zurück in die Wüste, wo ich hingehöre.«

Nes-Amun erhob sich schwerfällig und strich seinen zerknitterten Schurz glatt.

»Du darfst den Pharao nicht erzürnen. Mit Geduld und Schlauheit kommt man weiter.«

Der als General, Priester und Schatzmeister vielbeschäftigte Prinz Ramose – Isis-neferts Erstgeborener – hatte in der Grenzfestung Pithom Truppen inspiziert. Dabei wurden ihm die neuen Langschwerter vorgeführt, und er verletzte sich dabei leicht am Daumen. Während der Heimreise schwoll die Wunde auf beängstigende Weise an, die ganze Hand verfärbte sich und nach einiger Zeit auch der Arm. In Piramesse versuchten die Ärzte alles mögliche, um die innere Vergiftung aufzuhalten, doch weder halfen die Aderlässe, noch Umschläge, Bäder, magische Beschwörungen, tägliche Opfer an Sachmet – der Prinz wurde immer schwächer, der Arm hatte sich blaurot verfärbt und ließ sich kaum noch bewegen.

Einer der jüngeren Ärzte schlug vor, den Arm sofort abzuschneiden, ehe die Vergiftung sich im ganzen Körper ausbreitete. Noch während man darüber beriet, begann der Kranke wirr zu reden, er glühte vor Fieber und warf sich schreiend auf dem Lager herum.

Isis-nefert wich nicht von seinem Bett, doch Ramose erkannte niemand mehr und fiel am vierten Tag seiner Krankheit in tiefe Bewußtlosigkeit, aus der er nicht mehr erwachte.

Die Zweite Königliche Gemahlin konnte sich mit dem Tod ihres Sohnes lange nicht abfinden. Man mußte sie von der Leiche losreißen, doch dann lief sie schreiend und klagend durch den Palast, und alle lauschten schaudernd ihrer schrillen Stimme. Sie klagte Nefertari der Zauberei an und war nicht mehr zu beruhigen.

»Das hat ihm diese Hexe angetan! Sie haßt mich und meine Kinder bis aufs Blut! Sie hat ihn vergiftet, den armen Ramose, hat durch Zauber sein Blut verfaulen lassen. Verflucht soll sie sein, tausendmal verflucht! Der Pharao muß sie bestrafen! Dieses elende Weib wird uns noch alle umbringen!«

Erst nach Tagen gelang es Chamwese, ihrem zweitgeborenen Sohn, sie zu beruhigen. Er kannte die grausame Rachsucht der Göttin Sachmet und vermutete, daß Ramose sie auf irgendeine Weise beleidigt hatte. Hätte er nur eher von der Krankheit gewußt, es wäre ihm sicher gelungen, die Göttin zu besänftigen. Doch als er aus Memphis eintraf, lag Ramose schon in den letzten Zügen.

Seine ihm vor kurzem angetraute Halbschwester war nun mit fünfzehn Jahren schon Witwe, doch da sie jung war und das Leben noch vor ihr lag, ging ihr Schmerz nicht sehr tief. Der Pharao ordnete eine Trauerzeit von dreißig Tagen an, und wieder einmal kamen die Gottessiegler in den Palast und verrichteten das Werk des Anubis.

Während der Trauerzeit nahm Montu sich des Prinzen Merenptah an und versuchte, ihm die Waffenübungen spielerisch schmackhaft zu machen. Er erzählte packende Geschichten von der Wüstenpolizei, und allmählich gewann der Junge Zutrauen. Montu versuchte die Notwendigkeit der Übungen zu erklären:

»Es ist ja nicht so, daß du mit den Waffen umgehen lernst, um dann als Söldner in den Krieg zu ziehen. Aber ein Mann muß sich einfach wehren können, auch wenn er ein Prinz ist. Kannst du es nicht, so wird deine Leibwache dich zwar beschützen, aber keinen Respekt vor dir haben. Und vergiß eines nicht: Du stehst dem Thron so nahe, daß Amun dich vielleicht zum nächsten oder übernächsten Pharao macht. Du hast ja bei deinem Bruder gesehen, wie schnell die erzürnte Sachmet einen Menschen nach Westen schickt. Morgen kann es Jonam treffen, übermorgen seine Brüder Merire und Meri-Atum. Dann bist nämlich du an der Reihe! Und ein Pharao, der nicht mit Waffen umzugehen weiß ...«

Montu legte eine beredte Pause ein, und Merenptah murmelte: »Das sehe ich schon ein.«

Montu lachte:

»Es freut mich, das zu hören. Weißt du was, wir nehmen uns einen Streitwagen – ich lenke, und du hältst dich an mir fest! Ich glaube, das macht dir Spaß.«

Auch Montu machte es Spaß, und da er nun eine Aufgabe hatte, fiel ihm das Warten leichter.

Unter Takkas Händen begann das Haus sich zu verändern. Was bisher nur eine etwas bessere Hütte aus Nilschlammziegeln gewesen war, wurde jetzt zu einem Heim. Da Piay schon bei Sonnenaufgang mit seiner Arbeit begann und erst zur heißen Mittagszeit heimkehrte, konnte Takka, ohne ihn zu stören, nach und nach ihre Vorstellungen verwirklichen. Zuerst besorgte sie sich ein paar Eimer Kalkfarbe und strich die Wände von innen in mehreren Schichten, bis sie ein makelloses Weiß ausstrahlten. Bei einem nubischen Händler erwarb sie nach langem Feilschen ein halbes Dutzend Webteppiche mit ansprechenden Mustern. Mit ihnen dekorierte sie Piays Räume. Einige hing sie an die Wände, mit anderen bedeckte sie eine schäbige Truhe und den kleinen Eßtisch.

Piay, dem selten etwas auffiel, was nicht in Zusammenhang mit seiner Arbeit stand, blieb überrascht stehen.

»Das hast du hübsch gemacht«, lobte er sie, doch Takka fiel ihm gleich ins Wort:

»Aber es kostet auch was. Heute abend kommt der Händler vorbei und holt sich die achtzehn Kupferdeben. Er hat zuerst dreißig verlangt, aber man muß sich von denen ja nicht übers Ohr hauen lassen.«

Zuerst ärgerte sich Piay, aber dann mußte er lachen:

»Du hättest mich vorher schon fragen können.«

»Entschuldige Herr, aber diese wandernden Händler ziehen schnell wieder fort. Und du hast ja gesagt, es gefällt dir.«

Piay ließ sich in einen Sessel fallen.

»Ein Krug Bier würde mir jetzt ebenso gut gefallen!«

Takka brachte das Gewünschte und goß einen Becher voll.

»Darf ich noch etwas sagen, Herr?«

Piay nahm einen langen Zug und nickte.

»Ich habe schon bemerkt, daß du ein wichtiger Mann hier bist, vielleicht sogar der wichtigste. Du arbeitest allein am Gesicht des Guten Gottes, du bist der Vorsteher sämtlicher Bildhauer und Maler. Ein Herr wie du kann doch nicht in einer schäbigen Hütte wohnen wie ein Steinträger. Warum beziehst du nicht den kleinen Palast auf der anderen Seite? Der würde eher zu deiner Stellung passen.«

»Dieses Haus ist dem König vorbehalten – er lebe, sei heil und gesund! –, falls er noch einmal seine Tempel besuchen will.«

»War er schon einmal hier?«

»Etwa vor einem Jahr hat uns Seine Majestät zusammen mit der Großen Königlichen Gemahlin beehrt. Den Kleinen Tempel hat er zu Ehren der Königin Nefertari errichten lassen.«

Warum erzähle ich ihr das alles? ging es Piay durch den Kopf. Sie ist nur meine Hausbesorgerin, und ich bin müde. Doch Piay spürte, daß ihm das Reden guttat, und der Kleinen konnte es nicht schaden, wenn sie ein bißchen Bescheid wußte.

»Dann kennst du den Pharao, hast mit ihm gesprochen?«

»Ja, ich kenne Seine Majestät. Takka, gewöhne dir bitte an, wenn vom König die Rede ist, zumindest jedes zweite Mal ›er lebe, sei heil und gesund!‹ einzufügen. Du wirst es in Kemi viel leichter haben, wenn du das beachtest. Du sprichst das Ägyptische ohnehin schon besser als die meisten deines Stammes. Du willst doch nicht dein Leben lang in der Küche oder als Hausmagd arbeiten?«

»Nein«, sagte Takka bestimmt, »das will ich nicht. Möchtest du jetzt gleich dein Nachtmahl oder könntest du mir noch einige Fragen beantworten?«

»Ich bin noch nicht hungrig, also frage.«

»Wie sieht der König aus – er lebe, sei heil und gesund! –, wie alt ist er, was tun die Leute, wenn sie ihm begegnen? Ich kann mich noch erinnern, daß mein Vater – er war nur ein kleiner Häuptling – einen der großen Stammesfürsten begrüßte, indem er die Hand auf den Boden legte, sich die Stirn rieb und dann den Fürsten umarmte.«

»Nein«, sagte Piay ernst, »das geht hierzulande nicht. Der Pharao – er lebe, sei heil und gesund! – ist ein heiliges Wesen, das mit den Göttern verkehrt. Du kannst es im Kleinen Tempel an den Wänden sehen. Seinen Körper zu berühren ist streng verboten und wird augenblicklich mit dem Tod bestraft. Das dürfen nur Menschen tun, denen es ausdrücklich erlaubt ist, wie etwa seinem Barbier oder seinen Ärzten. Wer ihm begegnet, wirft sich zu Boden und verbirgt sein Angesicht. Wem die Gnade einer Audienz zuteil wird, der redet den Pharao mit seinen vielen Titeln an. Die wichtigsten lauten: Sohn der Sonne, Guter Gott, Herr beider Länder, Herr der Kronen, Starker Stier. Wer mit ihm häufiger verkehrt, spricht ihn als ›Majestät‹ an. Was willst du noch wissen?«

»Wie sieht Seine Majestät aus? Wie viele Frauen hat er? Ist er schon alt?«

»König Usimare Ramses Meriamun – er lebe, sei heil und gesund! – ist von ewiger Jugendlichkeit, obwohl er in einigen Jahren das Sed-Fest feiert. Er hat zwei Hauptgemahlinnen, doch Königin Nefertari – sie lebe, sei heil und gesund! – bevorzugt er vor allen anderen. Du hast ja ihren Tempel gesehen. Sie hat ihm vier Söhne und zwei Töchter geboren.«

Piay stellte mit Erstaunen fest, daß er eine ganze Weile nicht an Merit gedacht hatte, und das war sehr ungewöhnlich.

Takka kicherte:

»Zwei Gemahlinnen nur? Mein Vater hatte achtzehn ...«

Piay lachte.

»In Kusch war er eben auch so etwas wie ein kleiner Pharao. Doch ich sagte: zwei Hauptgemahlinnen. Sein Harem wird von etwa dreihundert weiteren Frauen bevölkert, und jeden Monat kommen neue hinzu. Seine Majestät hat inzwischen schon über hundert Kinder gezeugt, und seine Enkel gehen schon in die Dutzende.«

Takka riß erstaunt die dunklen Augen auf:

»Dreihundert Frauen«, flüsterte sie voll Respekt. »Wie kann ein Mann allein ..., ich will sagen, da wird es doch auch Mädchen geben, die er nie besucht, die er einfach – übersieht?«

»Man sagt, Seine Majestät vergißt keine der Frauen. Damit wird er seinem Titel ›Starker Stier‹ gerecht.«

»Gibt es auch Nubierinnen in seinem Harem?«

»Ich war noch nie dort, aber ich glaube schon.«

»Dann möchte ich noch wissen ...«

»Halt, Takka, halt! Du kannst mich morgen weiterfragen, aber jetzt möchte ich essen und dann ausruhen.«

»Entschuldige, Herr. Über meiner Neugier habe ich meine Pflichten vergessen.«

Sie lief in die Küche, und Piay hörte sie dort herumrumoren. Er lobte sich selber für den Entschluß, den nachlässigen Diener durch Takka ausgewechselt zu haben. Nun wußte er auch, was ihn bei ihr so seltsam an die Geliebte erinnert hatte. Es war die stolze und freie Art zu reden und den Gesprächspartner dabei nicht aus den Augen zu lassen. Recht ungewöhnlich bei einer Sklavin, dachte er, aber sie ist ja schließlich frei geboren und aufgezogen worden. Bei mir war es umgekehrt: Ich wurde als Sklave geboren und begann in Takkas Alter mein Leben als freier Handwerker. Wir sind Bälle in den Händen der Götter. Sie spielen mit uns nach Belieben.

Drei Arten von Männern hatte Takka in ihrem kurzen Leben bisher kennengelernt. Da waren einmal der Vater, die Brüder, die männlichen Verwandten ihrer Kindheit. Solange ein Mädchen nicht beschnitten war, gab es zwischen den Geschlechtern nur wenige Tabus. Sie alberte mit den Brüdern herum, schmuste mit ihren Onkeln und gehorchte dem Vater. Doch was der Vater anordnete, war niemals willkürlich, war immer eingebunden in Brauchtum, Sitte, Tradition und Religion des Stammes.

Diese Zeit war nun vorbei, sie war herausgerissen und entwurzelt. Alles, was damals galt, hatte hier keine Bedeutung mehr, und zwar zu Recht. Das Verhalten der Menschen im Häuptlingsdorf war von Regeln bestimmt, die anderswo sinnlos gewesen wären. Da gab es etwa am Rande des Dorfes einen Baum, an dem ein Fremder nichts Besonderes gesehen hätte. Doch in ihm hausten die Geister der weiblichen Vorfahren des Stammes, und ein Mann hätte sich eher erschlagen lassen, als sich dem Baum zu nähern oder gar in seinen Schatten zu treten. Auch unbeschnittene Mädchen oder Frauen in der Zeit ihrer Reinigung oder der Schwangerschaft durften nicht in seinen Schatten treten, doch sie durften sich ihm bis zur Schattengrenze nähern. Für alle anderen Frauen war es ein Andachtsort, und an bestimmten Tagen im Jahr setzte man sich unter seine weitausladenden Äste zum ausgiebigen Frauenpalaver. Ebenso gab es Orte, die Mädchen und Frauen zu meiden hatten, es gab aber auch Tabus, die nur für den Häuptling oder nur für seine Hauptfrau galten. Diese Dinge waren hier ohne Belang, weil sie an den Ort ihrer Kindheit gebunden waren.

In dieser übersichtlichen und streng geordneten Welt ihrer Heimat gab es keinen Grund, einen Mann zu fürchten. Wer von ihnen gegen die Tabus verstieß, wurde bestraft, in schweren Fällen mit Verbannung oder dem Tod. Auch diese Strafen wurden gewaltlos vollzogen. Wer verbannt war, verschwand, und wer zum Tod verurteilt war, dem teilte der Dorfpriester es mit, und innerhalb von fünf Tagen trat der Tod ein. Entweder stieg der Mann auf eine Giftschlange, oder er lief in die Wüste, oder er wartete in seiner Hütte, bis der Tod kam und darauf war Verlaß.

Aus diesem behüteten Dasein wurde Takka herausgerissen und in die fremde, grausame Welt der Sklaverei entführt. Hier lernte sie die zweite Art von Männern kennen und verglich sie insgeheim bald mit den Schakalen. Wenn dieses Tier Aas wittert, dann gibt es nur wenig, das es davon abhalten könnte, sich darauf zu stürzen. So verhielten sich die Soldaten in der Festung Kumma den leibeigenen Mädchen gegenüber. Ein roher Griff zwischen die Beine, ein hastiges Kneten der Brüste, ein derber Klaps aufs Hinterteil – das wurde schnell zum Alltag, das waren die eher harmlosen Späße. Nun war der ägyptische Sklave keineswegs rechtlos, auch wenn seine Freiheit und seine Arbeitskraft dem Pharao oder einem Tempel gehörten. Es gab sogar Leibeigene, die selber Sklaven und Güter besaßen, aber aus bestimmten Gründen nicht ihre Freiheit erlangen konnten.

Takka aber stand in Kumma ganz unten auf der Sklavenleiter und mußte sich ständig der geilen und brutalen Nachstellungen der Söldner erwehren. Und wie der Schakal am Ende doch an die Beute kommt, so geschah es auch Takka, und sie konnte von Glück reden, daß sie aus den Klauen der Söldner befreit wurde, als erst der zweite sie vergewaltigte. Es waren nämlich sieben Männer.

Noch auf der Festung kam sie mit der dritten Art von Männern in Berührung. Das war der Gemahl ihrer Herrin, der ägyptische Hauptmann. Er und seinesgleichen beherrschten meistens die

Schrift, erschienen stets frisch rasiert, geschminkt, nach Salböl duftend und in makelloser Kleidung. Takka konnte sich nicht genug darüber wundern, wie ihre Herrin mit ihrem Gemahl umsprang. Sie gab sich launisch, stellte Forderungen, spielte, wenn es ihr gerade gefiel, die demütige Gattin, und die kluge Takka fand schnell heraus, daß immer nur geschah, was ihre Herrin wollte. Seltsamerweise schien der Hauptmann das gar nicht zu bemerken, und wer ihn reden hörte, wenn Gäste geladen waren, mußte glauben, er allein halte das Szepter in der Hand. Zwischen diesem von hoher, aufs äußerste verfeinerten Kultur geprägten ägyptischen Amtsträger und seinen Untergebenen, den Schakalmännern bestand eine Kluft, fast so groß wie zwischen Mensch und Tier.

Diese Art von Mann glaubte Takka auch in Piay zu finden. Er war ein Künstler, konnte schreiben und lesen, war der Vorsteher aller Handwerker, stand im Dienst des Pharao – er lebe, sei heil und gesund! –, und doch unterschied ihn einiges von den ägyptischen Beamten, denen sie in der Festung begegnet war. Die hätten niemals mit einer Sklavin über persönliche Dinge gesprochen, und Takka hätte es niemals gewagt – obwohl sie diese Männer nicht fürchtete –, ihnen irgendwelche Fragen zu stellen, die nichts mit ihrer Arbeit zu tun hatten.

Bei ihrem jetzigen Herrn war das ganz von selbst gekommen. Piay hatte sie keineswegs zum Reden ermuntert, doch als sie es tat, ging er freundlich darauf ein. Wenn er müde oder unlustig war, gab er es ihr zu verstehen, und sie sprachen ein andermal weiter. War dies nun eine vierte Art von Mann? Dazu kam noch eines: Alle Männer, mit denen sie bisher in Berührung gekommen war, hatten auf irgendeine Weise mit Frauen zu tun. Zu Hause war alles einfach: Kaum waren die Burschen beschnitten, gingen sie auf Brautschau und arbeiteten wie verrückt, um den Brautpreis zusammenzubringen. Ein Mann galt erst etwas, wenn er eine oder mehrere Frauen und Kinder besaß. Auch bei den Söldnern war es klar: Sie hechelten wie Schakale hinter allem her, was nach Frau roch. Bei den ägyptischen Beamten hatte Takka kaum einen getroffen, der unverheiratet gewesen wäre. Ein paar jüngere waren zwar unbeweibt, aber sie hielten sich Konkubinen.

Was aber war mit ihrem jetzigen Herrn? In Piays Haus gab es

vor ihr keine Frau, und es wäre ihr nicht entgangen, wenn er nach der Arbeit eine aufgesucht hätte. Doch Meister Piay trank am Abend seinen Krug Bier, blätterte in Papieren, saß im Garten am Teich und starrte nach Norden, oder er unterhielt sich mit ihr. Und doch war er ein richtiger Mann. Takka sah es fast täglich, wenn sie ihm ein Bad bereitete. Sein Penis war beschnitten wie bei den Männern ihrer Heimat, und auch sonst konnte sie an seinem langen, schlanken und sehnigen Körper nichts feststellen, das seiner Männlichkeit widersprochen hätte. Eines aber bemerkte Takka an sich selber: Dieser Mann flößte ihr weder Angst noch Abscheu ein, auch die Grenze zwischen einem ägyptischen Beamten und einer nubischen Sklavin war hier nicht so deutlich und unüberbrückbar wie bei den anderen. Sie fühlte in sich ein Begehren, eine Neugierde, einen zuerst noch verschwommenen und dann immer deutlicher werdenden Wunsch, die Männlichkeit Piays auf die Probe zu stellen, und Takka begab sich behutsam auf den Weg zu diesem Ziel. Sie mußte jetzt häufig daran denken, was die Hauptmannsfrau in Kumma ihr eingeschärft hatte: Die ägyptischen Frauen seien nicht beschnitten, und für sie sei es ein Glück, diesem barbarischen Brauch entgangen zu sein. Jetzt, da sie der Heimat entrissen war, konnte sich das, was sie früher als schlimmen Mangel empfunden hatte, ins Gegenteil verkehren. Sie fühlte sich dem heimatlichen Tabu nicht mehr unterworfen, das es unter schwere Strafe stellte, wenn ein Mann sich einer Unbeschnittenen näherte und diese es geschehen ließ. Takka war bereit, sich umzustellen, und auf dem besten Weg, eine Ägypterin zu werden.

8

Isis-nefert ließ beim Pharao anfragen, ob er die Mumie des Osiris Ramose nach Theben in sein Grab zu begleiten gedenke. Ramses begab sich in den Palast seiner Zweiten Gemahlin, um ihr die Antwort selbst zu geben.

Seit Prinzessin Bent-Anta geboren war, hatte der König Isisnefert nicht mehr beigelegen, und er hegte nicht die Absicht, es jemals wieder zu tun. Er war dieser Frau müde geworden, ihre ewigen versteckten Vorwürfe, ihr feierliches Getue, wenn sie ihn empfing, und nicht zuletzt ihr verblühtes und verbittertes Gesicht töteten in ihm jede Lust auf körperlichen Kontakt. Dann und wann suchte er sie in ihren Gemächern auf, plauderte ein wenig, bewunderte die kleine, hübsche und recht lebhafte Bent-Anta, und dann verabschiedete er sich wieder – höflich, förmlich, kalt.

Auch jetzt kam er gleich zur Sache:

»Ich kann unseren Sohn, den Osiris Ramose nicht in seine ewige Wohnung begleiten, weil ich eine Gesandtschaft des Chatti-Königs innerhalb der nächsten zehn oder zwanzig Tage erwarte. Ich schlage vor, daß du zusammen mit seiner Witwe und mit Chamwese seine Mumie nach Theben bringst. Der König der Götter wird sich gewiß über einen Besuch seiner früheren Dienerin freuen.«

Das herbe, vergrämte Gesicht der Isis-nefert blieb beherrscht, der Spott des Pharao berührte sie nicht, da das Gefühl der Trauer alle anderen Empfindungen überschattete.

»Die Begleitung von Chamwese würde mich freuen, doch sie wäre nicht nötig.«

In Wahrheit fürchtete Isis-nefert, ihr Einfluß könnte schwinden, wenn dieser Lieblingssohn des Pharao mit auf Reisen ging.

»Es ist nicht nur deinetwegen, Chamwese soll sich in Theben umsehen, ob meine Bauprojekte alle zu Ende gebracht wurden. Ich bekomme von dort, wie immer, nur Ausflüchte, aber keine klaren Antworten.«

Das Verhältnis zum Chatti-König Hattusili war durch den Friedensvertrag abgesichert, an den sich beide hielten. Nach einigen Jahren aber trat eine Störung ein, die fast zu einem neuen Krieg geführt hätte. Dem von Hattusili gestürzten rechtmäßigen König Urchi-Teschup gelang die Flucht aus der Verbannung nach Kemi. Er versuchte alles, um Ramses dazu zu bewegen, ihn bei der Rückeroberung seines Thrones zu unterstützen, doch Hattusili saß fest im Sattel, war im ganzen Land beliebt und anerkannt, und so konnte und mochte der ägyptische König seinem ungebetenen Gast nicht helfen. Ramses hielt ihn mit nichtssagenden Versprechungen hin, aber dann kamen Briefe von König Hattusili, der immer dringlicher die Auslieferung seines Neffen verlangte. Der Pharao ignorierte diese Forderungen, weil Urchi-Teschup ein Pfand war, das er nicht so ohne weiteres aus den Händen ließ. Der Chatti-Fürst geriet darüber in solchen Zorn, daß er den König von Babylon um Beistand gegen Ramses bat und auch entsprechende Zusagen erhielt. Die beiden Fürsten witterten eine gute Möglichkeit, Ramses gemeinsam und vernichtend zu schlagen. Usimare Ramses, um vieles älter und klüger als bei der Schlacht von Kadesch, wollte aber um jeden Preis den Frieden bewahren. Mit seinen Vertrauten Menna und Parahotep erwog er eine Lösung des Problems. Der Wesir meinte:

»Ich würde ihn ausliefern, Majestät. Sollen die Chatti ihre Thronstreitigkeiten unter sich ausmachen. Niemand hat Urchi-Teschup gebeten, in Kemi Zuflucht zu suchen. Von einem ungebetenen Gast kann man nach schicklicher Zeit verlangen, daß er wieder abzieht.«

Ramses schwieg und schaute fragend auf Menna. Der Offizier schüttelte störrisch den Kopf.

»Was Parahotep vorschlägt, mag zwar klug sein, doch es verrät Schwäche. Warum sollen wir uns den Forderungen dieses Barbarenfürsten beugen? Mag er doch Babylon zur Hilfe rufen, wenn es darauf ankommt, lassen sie ihn im Stich. Darauf vertraue ich – andererseits ...«, Ramses nickte ermunternd, »andererseits muß ich dem Wesir schon recht geben: Urchi-Teschup hat bei uns wirklich nichts zu suchen. Das beste ist, wir geraten bei einem Jagdausflug in einen Hinterhalt der Schasu, und ein Pfeil oder eine Lanze wird uns von den Sorgen befreien. Parahotep kann dann eine schöne Trauerbotschaft aufsetzen und Hattusili den Tod seines Neffen mitteilen.«

»Das wäre tatsächlich eine gute Lösung«, meinte Ramses, und Parahotep sagte:

»Wenn Menna es übernehmen will – gut. Ich möchte nichts damit zu tun haben.«

»Um dem Pharao einen solchen Dienst zu leisten, muß man Soldat sein«, sagte Menna stolz und ein wenig gekränkt.

Auf diese Weise fand Urchi-Teschup den Tod, und der Friede mit den Chatti war wiederhergestellt. Seither wurden regelmäßig

Gesandtschaften ausgetauscht, und Nefertari führte eine lebhafte Korrespondenz mit Puduchepa, der Hauptgemahlin des Chatti-Fürsten.

Nun hatten Kuriere das Eintreffen einer großen Gesandtschaft angekündigt, die als wichtigstes Geschenk die sechzehnjährige Prinzessin Gutana mit sich führte. In einem Schreiben hatte der Chatti-König seinem Wunsch Ausdruck verliehen, »Prinzessin Gutana, deren Antlitz wie der Vollmond leuchtet, deren Atem süß ist wie Blütenduft, deren Lippen wie Rubine leuchten, die singen, musizieren und Gedichte vortragen kann, möge dem Harem des Königs Usimare Ramses zur Freude gereichen«.

Ohne große Neugierde erwartete Ramses diese Gesandtschaft. Sein Harem wimmelte von echten und angeblichen Töchtern irgendwelcher Fürsten. Jeder am Hof wußte, daß die als »liebste und schönste Tochter« angekündigte Prinzessin in den meisten Fällen das Kind einer bedeutungslosen Nebenfrau oder sogar nur eine ferne Verwandte des Herrschers war. Natürlich tat man so, als glaube man es, und so war jeder zufrieden. Bei König Hattusili freilich, dem mächtigsten Herrscher der nördlichen Fremdländer, fühlte sich Ramses verpflichtet, die Prinzessin mit allem Pomp zu empfangen, und es würde ihm wohl nichts anderes übrigbleiben, als sie zu seiner Dritten Gemahlin zu machen.

Am Ende des zweiten Peret-Monats traf die Gesandtschaft mit Prinzessin Gutana ein, und das Volk von Piramesse lief zusammen. Denn die Chatti-Prinzessin führte einen Brautschatz mit sich, der sogar den verwöhnten Ramses überraschte.

In einer riesigen Staubwolke zogen gewaltige Rinderherden in die Stadt, nach ihnen eine unübersehbare Menge dichtgedrängter Schafe und Ziegen, außerdem ein paar Dutzend der edelsten Pferde und der schönsten Maultiere. Schwerbeladene Ochsenkarren brachten gegerbte Felle von Wildtieren, Bronzebarren, Fässer mit edlen Weinen und vieles mehr, das Hattusili seiner Tochter mit in die Ehe gab – nicht zu vergessen eine Schar verstaubter, verschwitzter, doch erwartungsvoll kichernder Mädchen, die als persönliche Dienerinnen ihrer Herrin die Heimat ersetzen sollten.

König Ramses erschien mit Doppelkrone, Zeremonialbart und

dem Heka-Szepter. Die Große Königliche Gemahlin Nefertari trug die einfache Geierhaube, in ihrem rechten Arm ruhte ein goldener Wedel, das Zeichen königlicher Würde und Macht. Das Königspaar schwebte auf dem Doppelthron über den Häuptern der Beamten, Priester, Musikanten, Sänger, Weihrauchschwinger und der neuerdings berittenen Leibwache. Der Siegeszug des Pferdes war nicht mehr aufzuhalten, und allmählich gewöhnten sich auch die Ägypter daran, zu reiten anstatt auf ratternden Wagen herumgeschüttelt zu werden.

Prinzessin Gutana erschien in einer offenen Sänfte, reizend anzusehen in ihrer fremdartigen, farbigen Kleidung mit der hohen Mütze und den vielen, übereinander getragenen Wollröcken.

Auf die wird sie bald verzichten, dachte Nefertari und lächelte fein, als sie die Schweißperlen auf der weißen Stirn der Chatti-Prinzessin bemerkte.

Der Doppelthron wurde auf die Erde gestellt, Gutana verließ ihre Sänfte und warf sich vor dem Guten Gott und seiner Gemahlin zu Boden. Ein Wink, und zwei Zeremonienmeister halfen ihr schnell wieder auf die Beine.

In ungelenkem Ägyptisch begrüßte sie den Pharao und Nefertari, überbrachte Glückwünsche ihres Vaters, und Ramses bemerkte voll Erstaunen, daß dieses Mädchen türkisfarbene Augen hatte. Der Blick einer Schlange, dachte Nefertari, machte sich weiter aber keine Sorgen. Doch es sollte sich erweisen, daß Gutana viel vom Wesen einer Schlange an sich hatte.

Den Pharao hatte der Tod des Prinzen Ramose nicht allzusehr berührt. Von Isis-neferts Kindern stand ihm nur Chamwese besonders nahe, dessen umfassende Bildung und vielfältige Talente dem König Respekt und Bewunderung abnötigten. Von diesem Sohn wußte Ramses ganz sicher, daß er nicht nach dem Thron schielte, ja, er hatte seinen Vater sogar schon mehrmals ausdrücklich gebeten, ihn – was immer auch geschehen möge – bei der Thronfolge zu übergehen. Er sei Hoherpriester des Ptah und Architekt, erforsche zudem die alte Landesgeschichte, und dafür reiche ein Menschenleben ohnehin nicht aus.

Chamwese war es gelungen, nach langer mühevoller Arbeit die

vom Sand halbverschüttete Pyramide des Chufu bis zum Sockel freizulegen. Dann ließ er im unteren Drittel einige Gänge in den Stein treiben, und erst beim vierten Versuch stießen die Arbeiter auf eine breite Rampe, die zur Grabkammer führte.

Es war Chamweses Vorschlag gewesen, die Geheimnisse der alten Könige zu erforschen, und als die Nachricht aus Memphis kam, eine Begehung der Großen Pyramide sei nun möglich, machte sich Ramses sofort auf den Weg.

Chamwese empfing ihn am Ufer, die Schirdanu trieben Neugierige mit wuchtigen Schlägen ihrer Lanzenschäfte auseinander. Vater und Sohn bestiegen zwei leichte Jagdwagen und rasten, ohne Zeit zu verlieren, hinaus in die Wüste, wo die drei Pyramiden sich erhoben. Auch der große Sphinx sollte freigelegt werden, denn die alljährlichen Sandstürme hatten den kauernden Löwen mit dem Königshaupt im Laufe der Jahrhunderte bis zum Kinn begraben.

Sie betraten gebückt den schmalen Gang und mußten eine Weile fast kriechen, bis sie auf eine weite, höhlenartige Galerie stießen, die steil anstieg und bei der Grabkammer endete.

Ramses blieb stehen und blickte nach oben auf das mächtige Steingebälk. Die Diener erstarrten zu Statuen, nur das Knistern ihrer von der heißen, stickigen Luft bewegten Fackeln durchbrach die Grabesstille.

Ramses winkte seinen Sohn herbei und beugte sich an Chamweses Ohr.

»Glaubst du, er fühlt sich gestört, der Osiris Chufu?« flüsterte er besorgt.

Chamwese schüttelte beruhigend den Kopf.

»Ich habe seinem Ka reiche Opfer bringen lassen und hoffe, daß es gesättigt und zufrieden ist. Außerdem ... Nun, du wirst es ja selber sehen.«

Sie betraten die kleine Vorkammer, und Chamwese wies zur Decke. »Hier war eine Sperre eingebaut. Nach der Bestattung wurde eine Vorrichtung ausgelöst, die den Raum mit herabstürzenden Steinblöcken füllte. Einer hängt übrigens noch oben.«

»Und wo sind die anderen?«

Chamwese zuckte die Schultern.

»Wir sind leider nicht die ersten Eindringlinge. Die vor uns kamen, brachten dem Osiris Chufu keine Opfer, sondern räumten seine Grabkammer aus. Schau es dir an!«

Sie betraten den saalartigen Grabraum, dessen Decke und Wände mit feinstem Granit verkleidet waren. Auch der Sarkophag des Osiris Chufu bestand aus dem edlen Stein, doch er stand offen und war leer. Ramses beugte sich betroffen über das ausgeräumte Grab, blickte sich um und fragte:

»Hier gibt es keine Bilder, keine Inschriften – nichts. Vielleicht ist die Grabstätte unvollendet und Chufu hat sich an einem geheimen Ort bestatten lassen?«

»Ich weiß es nicht, aber das glaube ich kaum. Übrigens gibt es doch eine Inschrift ...«

Chamwese winkte die Diener herbei und befahl einem der Burschen auf die Schultern des Kräftigsten zu steigen. Auf der nun hell erleuchteten Decke, versteckt in einem der fünf aus statischen Gründen ausgesparten Hohlräume, leuchtete in roten Schriftzeichen der Name des Erbauers auf: Chufu.

»Das ist schon seltsam«, bemerkte Ramses, »heute glaubt jeder, das Jenseits sei ihm verschlossen, wenn nicht die wichtigsten Texte aus dem Totenbuch ins Grab geschrieben werden, ganz abgesehen von allem anderen, das die Priester als unbedingt notwendig erachten. Und dieser Pharao begnügte sich mit seinem Namen.«

»Sie dachten zu jener Zeit anders. Nur der König konnte zum Osiris werden, das lag in seiner Person und in seinem Amt begründet. Es stand nun in seinem Ermessen, welche von den Freunden und Verwandten er mit hinübernahm, bis dann der Umsturz kam, und Osiris zum Erlöser aller Menschen wurde. Du kennst diese Dinge ja auch ... Schau dir das hier an.«

Chamwese zeigte seinem Vater die beiden zwei Ellen über dem Boden – einer nach Norden, einer nach Süden – angelegten schmalen Schächte.

»Sie führen ins Freie und sollten Ausgänge für den Ba-Vogel sein. Jedenfalls erwies es sich nicht als vorteilhaft, ein Grab so weithin sichtbar anzulegen. Die Falltüren, Irrwege und mit Schutt angefüllten Gänge konnten nicht verhindern, daß die Frevler hier eindrangen. Die einzige Lösung ist ein völlig sicheres Versteck.«

Ramses schüttelte den Kopf.

»Wenn ich das hier sehe, zweifle ich an der Möglichkeit, ein Grab für Jahrhunderte unsichtbar zu machen, welchen Weg man auch wählt. Irgendwann stößt einer der goldgierigen Wüstenräuber auf den Eingang, und dann ...«

»Dann bleibt uns nur die Gnade der Götter«, sagte Chamwese zuversichtlich. Ich schlage vor, daß wir ein gemeinsames Gebet an Osiris richten ...«

Ramses schüttelte den Kopf. Er fühlte plötzlich den dringenden Wunsch, allein zu sein. Etwas Unnennbares hatte ihn angerührt, er spürte deutlich, daß es hier im Raum war und seine Aufmerksamkeit erheischte.

»Gehe mit den Dienern in den Vorraum. Ich möchte für eine Weile allein sein.«

Mit einem erstaunten Blick verbeugte Chamwese sich stumm und ging mit den Dienern hinaus. Ramses ließ sich mit gekreuzten Beinen auf dem Boden nieder und gab sich ganz der Stille und der Dunkelheit hin. Er richtete seine Gedanken auf das Jenseitige, versuchte an diesem alten und heiligen Ort eine Verbindung mit der anderen Welt herzustellen, und so sprach er leise einige Verse aus dem Hymnus an Osiris:

»Hoch auf deinem Thron strahlst du über die Welten,
wenn dich Menschen erblicken,
hüpfen ihre Herzen voll Freude.
Du bist wahrhaftig der Erste unter den Göttern,
ergreifst mit den Händen Szepter und Peitsche,
mit der weißen Atef-Krone auf deinem Haupt
wirst du ausgerufen zum König der Menschen und Götter ...«

Ramses schwieg, als er sah, wie aus der Richtung des leeren Sarges ein fahlgrünes Licht aufglomm, das sich langsam zu den Konturen einer Mumiengestalt erweiterte.

Ramses empfand weder Furcht noch Schrecken. Die Gestalt blieb undeutlich, doch der Kopf mit dem langen Götterbart und der Federkrone, die gekreuzten Hände mit den Szeptern und die geschlossenen, eingebundenen Beine waren zu erkennen.

»Wer bist du?« flüsterte Ramses, aber er dachte es nur.

»Ich bin der Anfang und das Ende, in meinen Händen liegt die Zeit, und Jahrmillionen sind nur ein Augenblick. Ich bin Chufu, bin Menkaure, bin Haremhab, Seti, Ramses, bin der erste und der letzte Mensch – du bist in mir, und ich bin in dir – ewig – unsterblich.«

Die Stimme der Erscheinung füllte mächtig den Grabraum, zugleich hatte Ramses das Empfinden, als käme sie aus ihm selbst. Die beiden letzten Worte hallten lange in ihm nach, und er vergaß ihren Klang nicht, solange er lebte: ewig – unsterblich.

Takka fand schnell in das Gleichmaß ihrer Aufgaben, sie lebte den ganzen Tag nur auf einen Höhepunkt hin: die Rückkehr Piays von der Arbeit, das Gespräch mit ihm, während er badete oder bei einem Krug Bier im Garten saß und sich von der Arbeit erholte. Nicht immer fand eine Unterhaltung statt, und manchmal währte sie nur eine Viertelstunde oder weniger. Sie spürte dann seine Unlust und zog sich sofort zurück. Fand sie ihn aber aufgeschlossen und forderte er sie zum Sitzen auf, dann war sie es in der Regel, die ihn unaufdringlich ausfragte, hatte sie doch von ihm in den eineinhalb Monaten ihres Hierseins schon mehr über Kemi erfahren als jemals zuvor.

Doch sie war aus ihm nicht ganz klug geworden. Da gab es etwas in seinem Leben, wovon er nicht sprach, in diesen Bereich ließ er niemand eindringen.

Das muß eine Zeit in seinem Leben gewesen sein, vermutete Takka, die so schlimm war, daß er sie gerne vergißt, und sie dachte dabei an die ersten Monate ihrer Sklaverei in der Festung Kumma. Sie hatte ihm alles aus ihrem jungen Leben erzählt, auch von der Vergewaltigung durch die Söldner. Sie sah es ihm an, wie sehr dieser Gewaltakt gegen sein Empfinden verstieß, wie sehr es ihn davor ekelte.

»Diese einfachen Männer haben an dir für ihr eigenes erbärmliches Dasein Rache genommen. Das entschuldigt sie nicht, doch du solltest die Zusammenhänge kennen. Der einfache Soldat wurde hierzulande von jeher von allen Schichten der Bevölkerung verachtet. Nicht einmal ein Gutssklave würde freiwillig mit ihm tauschen, und diese allgemeine Verachtung erzeugt in den Männern einen Haß auf alle anderen.«

»Bei meinem Volk war das ganz anders. Jeder Bursche mußte nach seiner Beschneidung auch als Krieger seinem Häuptling zur Verfügung stehen. Meine Brüder wurden schon von klein auf im Bogenschießen, Steinschleudern und Speerwerfen unterrichtet, und jeder freie Mann war stolz darauf, ein guter und brauchbarer Krieger zu sein. Einmal hörte ich meine Mutter sogar sagen: ›Das Unglück mit den Männern ist, daß sie sich geradezu nach dem Krieg sehnen. Ein allzu langer Frieden ist wie eine Strafe für sie.‹

Daran mag es auch gelegen haben, daß mein Vater einen völlig sinnlosen Aufstand gegen die Ägypter wagte. Heute weiß ich, daß nicht die geringste Möglichkeit eines Erfolges bestand. Sie haben es schwer büßen müssen, die Männer meines Stammes ...«

»Was du da erzählst, Takka, zeigt, wie sehr sich kleine von großen Völkern unterscheiden. Ein Stamm von einigen tausend Menschen braucht zum Überleben die Bereitschaft aller Männer, sich mit der Waffe gegen Eindringlinge zu wehren. Das hat freilich nur einen Sinn, wenn es sich bei den Angreifern um einen nicht viel größeren Nachbarstamm handelt. Bei einem großen Volk aber bilden sich zwangsläufig einzelne Berufsstände heraus, und am Ende mag der Bäcker, der Sandalenmacher, der Zimmermann oder der Steinmetz nicht mehr einsehen, warum er gleichzeitig mit der Waffe umgehen soll. Sein Beruf füllt ihn aus, fordert seine ganze Kraft, er lebt davon und ernährt seine Familie damit. Und so hat sich bei uns der Kriegerstand zu einer eigenen Berufsklasse entwickelt, der natürlich vor allem unstete Menschen, Abenteurer und Gewalttäter anzieht. Nicht umsonst findest du unter den einfachen Soldaten kaum einen geborenen Ägypter. Dagegen triffst du Nomaden aus den Wüsten, Libyer, die Schirdanu und andere Männer aus nördlichen Barbarenländern, und nicht zuletzt Menschen deines Stammes. Ohne nubische Söldner wäre wohl Kusch nicht so schnell unterworfen worden.«

»Mein Vater empfand das immer als schlimme Schande.«

»Es ist Menschennatur«, sagte Piay achselzuckend. »Dein Vater hätte keinen Grund gehabt, sich dafür zu schämen.«

Es drängte Takka, noch ein anderes Thema anzuschneiden, doch sie wußte nicht, wie sie es anfangen sollte, ohne Piay zu verärgern.

Heute früh waren die Boote mit dem Grünzeug angekommen, und Takka hatte sich mit einem großen Korb angestellt, um für ihren Haushalt das Nötige einzuholen. Hinter ihr wartete Piays früherer Diener, den sie abgelöst hatte, und der fing nun an zu sticheln.

»Na, kleine Nubierin, wie gefällt's dir bei unserem prächtigen Meister? Hat er dich schon in sein Bett geholt?«

»Das geht dich nichts an!« fauchte Takka zurück.

Der andere grinste unverschämt:

»Mach dir nichts draus! Der große Meister ist schwarzes Sklavenfleisch nicht gewohnt – ganz im Gegenteil.«

»Was heißt im Gegenteil? Sag, was deine Leber drückt, oder halt dein Maul!«

Der andere kam näher, und Takka roch seinen fauligen Atem nach Rettich und Knoblauch. Er flüsterte speichelsprühend in ihr Ohr.

»Im Gegenteil, das heißt, daß sein Liebchen von ganz oben stammte.« Der Mann deutete nach Osten auf den golden emporsteigenden Re. »Von da kam sie, verstehst du? Aber du kommst ja aus dem elenden Kusch, wovon habt ihr schon eine Ahnung? Jedenfalls hat dein Herr dafür gebüßt, weil man nicht straflos mit der Sonne spielt. Da kann man sich leicht verbrennen ...«

Der Diener wandte sich ab und schwieg, und Takka spürte in diesem Schweigen seine Verachtung für die dumme Nubierin. Sie füllte ihren Korb mit Linsen, Gurken, Zwiebeln, Salat, drei Melonen und einigen Granatäpfeln. Der Schreiber nahm es auf und setzte hinzu: »Haushalt des Bildhauers Piay.«

Es ließ ihr nun keine Ruhe, was der Mann mit der Sonne und dem »Liebchen von ganz oben« gemeint hatte. Sie gab sich einen Ruck.

»Herr, ich möchte etwas fragen, das dich betrifft, weil ich nicht verstehe, was die Leute meinen. Jeder weiß inzwischen, daß ich bei dir arbeite, und dann höre ich Bemerkungen wie: Dein Piay ist der Sonne wohl zu nahe gekommen und hat sich verbrannt – aber er hat dafür gebüßt ... Sie reden von einem ›Liebchen von ganz oben‹ und ähnlichem. Das sind Dinge, auf die ich nichts erwidern kann, weil ich sie nicht verstehe. Ich möchte dich aber verteidigen, möchte mich wehren können ...«

Piay tätschelte Takka die Wange und spürte, wie wohl es ihm tat, die weiche, warme Mädchenhaut zu berühren. Ich sollte das öfter tun, dachte er. Dann sagte er gleichmütig:

»Was du hörst, entspricht einer Mischung aus Spott, Schadenfreude und Neid. Ich werde dir in ganz einfachen Worten erklären, was war. Die Anspielung auf die Sonne, an der ich mich verbrannt habe, bezieht sich auf eine Tochter Seiner Majestät – er lebe, sei heil und gesund! – mit der mich eine Freundschaft verband – verbindet. Ich habe dir erzählt, daß der König auch den Titel Sohn der Sonne trägt, daher diese Anspielung. Der Pharao hat unsere Freundschaft nicht gebilligt – wohl mit gutem Recht – und hat mich dafür mit Zwangsarbeit bestraft, später jedoch begnadigt. Seitdem bin ich wieder hier und führe meine Arbeit zu Ende. Mehr brauchst du nicht zu wissen, Takka, und ich bitte dich, mich nie mehr danach zu fragen. Kümmere dich nicht um das Gerede der anderen, und wenn sie zu aufdringlich werden, frage sie nach ihren Namen. Sie werden dann sofort den Mund halten, glaube mir.«

Takkas empfängliches Gemüt war sofort angerührt. Piay hatte mutig die Gefahren dieser Verbindung nach »ganz oben« auf sich genommen, hatte dafür gelitten, war von der Geliebten getrennt, vielleicht für immer. Sein Vertrauen ehrte sie, er hatte sie eingeweiht, und sie würde jedem über den Mund fahren, der es wagte, über Piay zu spotten. Zugleich meldete sich in ihr das Bedürfnis, ihn zu trösten, ihm über die Trennung hinwegzuhelfen. Takka hatte die Kunst der Verführung nicht erlernt, da man mit unbeschnittenen Mädchen in ihrem Stamm nicht über so etwas sprach. Sie war ganz auf sich allein gestellt und gehorchte einfach den Regungen ihres Herzens, ihrer weiblichen Natur.

Sie blickte nun öfter in den halbblinden Bronzespiegel, mit dessen Hilfe Piay jeden dritten Tag seinen Bart abschabte. Er hätte Anspruch auf einen Barbier gehabt, doch er hielt sich die Leute vom Leib, so gut es eben ging.

Takka schaute es den anderen Frauen ab, wie man sich schminkte, sie tauschte ein wenig Duftwasser ein, mit dem sie sich, ehe Piay nach Hause kam, besprühte, und da jetzt ohnehin die heißen Monate der Schemu-Zeit kamen, trug sie nur noch ein leichtes, sehr kurzes Kleid, dessen dünne Träger ihre kleinen, festen Brüste kaum bedeckten.

Eines Tages fragte sie Piay, ob er etwas dagegen habe, wenn sie im Hause – natürlich nur im Haus! – der Hitze wegen nur einen Lendenschurz trage. Wenn es ihn freilich störe ...

»Nein, nein, es stört mich nicht. Die jungen Sklavinnen am Hof seiner Majestät – er lebe, sei heil und gesund! – tragen auch nicht mehr, und niemand findet etwas dabei.«

Piay mochte sich nicht eingestehen, daß ihm der feste, schlanke Körper der jungen Nubierin gefiel. Neuerdings duftete sie nach Sandelholz, und Piay ließ sie am Abend kaum aus den Augen, wenn ihr dunkler, geschmeidiger Leib beim Bereiten des Abendmahls um ihn war, ihn gelegentlich streifte, wofür sie sich aber sofort entschuldigte. Takka entging die Aufmerksamkeit ihres Herrn nicht, und ihr Instinkt warnte sie vor einer Übertreibung. Ja, eines Abends empfing sie ihn sogar wieder in ihrem Trägerkleid.

»Ich glaube, es stört dich doch, Herr, wenn ich hier wie eine Feldsklavin oder eine Tänzerin im Lendenschurz herumwirtschafte. So heiß ist es nun auch wieder nicht ... Findest du es nicht auch schicklicher so?«

Großäugig und harmlos stellte sie diese Frage, und Piay freute sich ihrer naiven Unbefangenheit.

»Das geht nur uns beide etwas an. Hätten wir Gäste, so würdest du in jedem Fall dein Kleid anlegen. Also mich stört es nicht, Takka, wirklich nicht. Schone doch dein Kleid für die kühlere Jahreszeit.«

»Wenn du es so wünschst ...«

Takka legte ihr Kleid wieder ab, und Piay folgte ihr wohlgefällig mit seinen Blicken.

»Du hast mir von Piramesse, der Stadt des Pharao erzählt – er lebe, sei heil und gesund! Gibt es dort nur hellhäutige Menschen oder auch solche aus Kusch?«

»Die eingeborene Bevölkerung im Norden ist natürlich von heller Hautfarbe, aber Nubier findest du auch am Hof seiner Majestät.«

»Vermutlich als Sklaven?«

Piay lächelte:

»Aber nein, du triffst sie in allen, auch in den höchsten Ämtern. Beim Pharao – er lebe, sei heil und gesund! – zählt nur das Können, nicht die Hautfarbe. Ein Leibkoch des Königs war schwarz wie Ebenholz, zwei Generäle und einige hohe Beamte stammen aus Kusch, abgesehen von königlichen Dienern, Wedelträgern, Ammen und Haremsmädchen.«

»Da ich ja ohnehin Leibeigene des Königs bin, könnte auch ich am Hof eine Stellung erhalten?«

Piay lächelte geduldig:

»Ganz so einfach ist das nicht, weil die Ämter am Hof – auch die niedrigsten – begehrt und hoch angesehen sind. So bleiben sie meist in der Familie oder werden durch Empfehlung erlangt. Früher hätte es mich nur ein Wort gekostet, aber jetzt ... Möchtest du gerne am Königshof arbeiten?«

»Nein, Herr, ich bin lieber bei dir.«

Piay faßte Takkas Hand und zog sie näher.

»Das hast du schön gesagt. Es gibt nicht viele Menschen in Kemi, die lieber mir als dem König dienen möchten. Vermutlich bist du die einzige, kleine Nubierin.«

»Weil ich dich mag. Der Gute Gott ist so fern, auch wenn man ihm dient und nahe ist. Ich glaube nicht, daß er mir so lange zuhören würde wie du, daß er meine Hand nähme ...«

Noch vor wenigen Augenblicken hätte Piay nicht daran gedacht, Takka zu küssen, doch jetzt tat er es, zart und liebevoll, zog das Mädchen auf seine Knie, streichelte ihren dunklen, nach Sandelholz duftenden Körper, küßte die noch kindlichen Brüste, spürte ein leises Widerstreben und fragte sogleich:

»Möchtest du nicht? Hast du Angst?«

Doch Takka schüttelte nur stumm den Kopf und drängte sich ungestüm in seine Arme. Er trug sie zu seinem Lager, löste ihren Lendenschurz und begann sanft über ihren Schoß zu streichen, wobei es ihm flüchtig durch den Kopf zog: Du liebst die Gegensätze, Piay, zuerst eine Sonnentochter, dann eine geschändete nubische Sklavin, doch er empfand keinen Unterschied. Takka hatte ihm gesagt, daß sie unbeschnitten war, und nun freute er sich, die

Vorzüge dieses »Mangels« zu beweisen. Sie begann schneller zu atmen, warf den Kopf zurück, als er in ihren Schoß eindrang und stöhnte leise. Als Piay zögerte, rief sie: »Bleib da, bleib in mir!«

Sie umfaßte seine Hüften und preßte ihn an sich, als wolle sie ihn verschlingen.

Später sagte sie:

»Beim ersten Mal war es so häßlich, und ich fühlte mich wie ein Tier, das geschlachtet wird. Und jetzt ist es so schön ...«

»Wenn beide es wollen, ist es meistens schön. Weißt du, daß ich seit – seit damals mit keiner Frau mehr geschlafen habe? Ich war tot wie eine Mumie vor der Mundöffnung, nur noch ein Werkzeug, das seine Arbeit tat – und jetzt ...«

Er sah sie liebevoll an. »Sehnst du dich jetzt noch immer nach der Beschneidung, um eine ›richtige Frau‹ zu werden? Ich kann dir als Mann versichern: Alles an dir ist, wie es sein soll.«

»Ich werde meine Heimat nicht wiedersehen und will es auch nicht. Was dort richtig war, kann hier falsch sein und umgekehrt. Ich habe die Landessprache erlernt, du hast mir von den Göttern und vom Pharao – er lebe, sei heil und gesund! – erzählt. Wenn du mich noch einige Monate länger im Haus behältst, hast du aus mir eine Ägypterin gemacht.«

»Warum sollte ich dich davonjagen?«

»Du kannst meiner überdrüssig werden, außerdem gilt deine Liebe einer anderen Frau. Ich bin eine Leibeigene, mein Körper gehört nicht mir allein.«

»Da hast du recht, etwas davon besitze nun ich. Gegen dich bin ich ein alter Mann, vielleicht hast du mich bald satt und sehnst dich nach einem jungen Geliebten mit mehr Kraft in den Lenden.«

»Männern mit Kraft in den Lenden bin ich bereits begegnet. Ich möchte es nicht noch einmal erleben. Bei dir schon ... So oft du willst – so lange du mich magst.«

Sie machten beide keine große Sache daraus. An ihrem täglichen Leben änderte sich nicht das geringste, sie verkehrten so unbefangen miteinander wie bisher. Takka leitete keine besonderen Rechte daraus ab, und Piay behandelte sie auch weiterhin wie eine gleichgestellte Hausgenossin. Im Grunde lebten sie wie ein Ehepaar, doch sie wußten, es war eine Ehe auf Zeit.

Der König hatte Prinz Seti zu sich befohlen und ihn streng verwarnt: »Du bist kein Söldnerhauptmann, der, wenn er betrunken ist, nach Lust und Laune in seinen Harem eindringt und sich über die nächstbeste Frau wirft. Mit dieser Heirat solltest du geehrt und emporgehoben werden, erst sie hat dich zu einem legitimen Prinzen gemacht. Und was tust du? Du trittst Türen ein und willst dir gewaltsam holen, was ein Mann, der auf sich hält, mit Zärtlichkeit und Liebe zu erlangen sucht.«

»Verzeih, Majestät, aber ganz so ist es nicht. Ich wollte dich niemals damit behelligen, aber nun muß ich es dir sagen: Abgesehen von der Hochzeitsnacht war mir Merits Schlafkammer seitdem verschlossen. Einmal war es wegen der Schwangerschaft, dann war sie müde, hatte Kopfschmerzen oder befand sich in der Zeit der Reinigung. In letzter Zeit gebrauchte sie nicht einmal mehr die üblichen Ausreden. Biket, dieser weibliche Höllendämon, wies mich regelmäßig vor der Tür ab. Gut, ich habe meinen Harem und besitze einige recht ansehnliche Frauen. Mir würde das ja auch genügen, aber da du mich, wie du richtig sagst, mit dieser Heirat geehrt und erhoben hast, sehe ich es für meine Pflicht an, weitere Kinder zu zeugen, eine richtige Familie zu gründen. Merit aber lehnt das ab. Verzeih, wenn ich es sage, Majestät, aber ich glaube, du hättest uns nicht verheiraten sollen.«

Ramses sah nachdenklich drein, der Fall verursachte ihm Unbehagen. Was der Pharao tat, war wohlgetan, so hatte man ihn erzogen, und daran glaubte er. Es wäre ihm ein leichtes gewesen, die Ehe wieder aufzulösen, doch damit hätte er eingestanden, falsch gehandelt zu haben, aber das widersprach Maat, der göttlichen Ordnung. Ein Pharao konnte nicht falsch handeln!

»Seti, ich rate dir folgendes: Du mußt dein Verhalten von Grund auf ändern. Begegne Merit mit Zärtlichkeit und Respekt, mache ihr kleine Geschenke, fordere aber nichts. Sie ist eine stolze Frau und kann Vergangenes schwer vergessen. Du mußt ihr Herz gewinnen! Bemühe dich, versuche es!«

»Jawohl, Majestät, ich werde mein Bestes tun, obwohl ich nicht viel Hoffnung habe.«

Prinz Montu hatte eine neue Aufgabe gefunden, die ihm Spaß und seinen Aufenthalt am Hof erträglicher machte. Es war ihm tatsächlich gelungen, den halbwüchsigen Merenptah auf den Umgang mit Waffen und Pferden neugierig zu machen. Da Montu die Geduld der Wüstenbewohner besaß und niemals darauf bestand – wie sein Vater das zu tun pflegte –, daß etwas gleich und sofort geschah, faßte Merenptah zu ihm Vertrauen. Das ging sogar soweit, daß er Montu seine heimliche Freundschaft mit dem ein paar Monate jüngeren Merire gestand.

»Schließlich sind wir Halbbrüder! Er hat sich seine Mutter nicht ausgesucht, genausowenig wie ich. In der Schule reden wir kein Wort miteinander, damit es nicht auffällt, aber wir treffen uns heimlich und haben viel Spaß miteinander. Meri ist ein netter Kerl! Wir nennen uns ›die beiden Meris‹, aber erzähle ja niemand davon!«

Montu schlug dem Jungen auf die Schulter:

»Schließlich sind auch wir Halbbrüder. Meine Mutter ist schon vor langer Zeit vom Hof verschwunden, eure Mütter können sich nicht leiden – um so besser sollten wir zusammenhalten, meinst du nicht?«

»Ja – und da ist noch etwas. Meri möchte gern an unseren Übungen teilnehmen, doch er fürchtet, daß man es ihm verbietet. Was ließe sich da tun?«

»Ganz einfach: Wir vergessen unsere verschiedenen Mütter und wenden uns an den Vater, denn da haben wir nur einen.«

Ramses war sogleich damit einverstanden. Er sagte zum Wesir:

»Bis ich Montu für die Gesandtschaft brauche, soll er ruhig die beiden Jungen unterrichten. Bei ihm sind sie in den besten Händen.«

Nes-Amun hatte diese Entwicklung von ferne beobachtet und faßte einen teuflischen Plan. Da es für ihn zu gefährlich und ziemlich aussichtslos war, an den Erbprinzen heranzukommen, sollte Merire das Opfer sein. Wenn Jonam etwas zustieße, wäre dieser dreizehnjährige Prinz sein Nachfolger.

Die Umstände konnten nicht günstiger sein: Isis-nefert war dabei, mit Chamwese und dem Osiris Ramose nach Theben aufzubrechen. Nes-Amun hatte seine Herrin gebeten, hierbleiben zu dürfen. Er fühle sich zu alt für eine so lange Fahrt und hoffe, der Königin hier dienlicher sein zu können. Der sich heftig sträubende Merenptah mußte allerdings mit auf die Reise, denn Isis-nefert wollte sich im Glanz ihrer Mutterschaft sonnen. Im übrigen gehörte es sich, daß die beiden ihren Bruder zu seinem Haus der Ewigkeit begleiteten. So blieb Montu nur noch der eine Schüler, und dem schien es ohne dem Freund wenig Spaß zu machen.

»Ich weiß, was wir machen!« sagte Montu begeistert, »die Prozessionsstraße zum Tempelbezirk ist jetzt endlich gepflastert und mindestens sechstausend Ellen lang. Wir erbitten uns einen der neuen leichten Streitwagen und probieren ihn auf der Straße aus.«

Merire ließ sich von Montus Begeisterung anstecken, wandte aber ein:

»Ob man uns das erlaubt?«

»Warum nicht? Wir werden uns an General Seti wenden, der hat dafür am meisten Verständnis.«

Auch Nes-Amun teilte Montu bei einer abendlichen Plauderei diesen Plan mit.

Der dicke Haushofmeister seufzte:

»Manchmal bedauere ich es, die Laufbahn eines Priesters gewählt zu haben. Bei der Truppe ist das Leben bunter, abwechslungsreicher – oder gar bei der Wüstenpolizei! Du könntest sicher einige Tempelwände mit deinen Abenteuern beschriften.«

»Ganz so aufregend ist es auch wieder nicht«, wehrte Montu ab, doch er fühlte sich sehr geschmeichelt.

»Kann man sich diese neuen Streitwagen anschauen? Du hast mich doch ein wenig neugierig gemacht.«

»Natürlich! Es gibt erst einige Dutzend davon, sie stehen auf dem Übungsplatz der Schirdanu.«

»Jedenfalls möchte ich dabeisein, wenn ihr die Strecke abfahrt. Vielleicht könnte ich selber einmal ...«

»Einen Wagen lenken?« fragte Montu mit leisem Spott.

»Nein, nur mitfahren. Vermutlich bin ich zu dick und unbeholfen dafür. Und auch zu schwer ...«

»Du hast keine Übung, es wäre zu gefährlich.«

Es wird auch für andere gefährlich sein, dachte Nes-Amun grimmig und begann verschiedene Pläne zu wälzen.

9

»Solltest du mit der Hochzeit nicht warten, bis deine Zweite Gemahlin und Chamwese aus Theben zurück sind?«

Schon seit längerer Zeit sprach Nefertari den Namen der anderen nicht mehr aus. Trotzdem hielt sie es für schicklich, erst nach Rückkehr Isis-neferts das Hochzeitsfest für Gutana zu feiern. Künftig würde es also eine Dritte Königliche Gemahlin geben, doch Nefertari fand nichts Ungewöhnliches daran.

»Ich glaube, das geht nicht. Nicht meine eigene Ungeduld« – Ramses lächelte sie beruhigend an – »treibt mich zu einer schnellen Eheschließung, sondern die der Chatti-Gesandten. Im nächsten Monat wird dort irgendein wichtiges Jubiläum gefeiert, und darum drängen sie auf Abreise. Ich kann mir denken, daß ihnen ihr König, der Erzgauner Hattusili, unter Androhung der Todesstrafe eingeschärft hat, erst abzureisen, wenn sie Zeugen der Hochzeit gewesen sind. Warum soll ich die armen Burschen in Bedrängnis bringen? Du bist die Hauptgemahlin an meiner Seite, und somit kann das Fest stattfinden.«

Doch diesmal hatte der Pharao seine Erste Gemahlin angelogen. Zwar stimmte es, daß die Gesandten ihn drängten, doch nicht weniger drängte ihn die eigene Ungeduld, mit dieser türkisäugigen Schlange die Hochzeit zu vollziehen. Es durchschauerte ihn wohlig, wenn ihre Edelsteinaugen ihn ansahen, und machte ihn neugierig auf ihren Körper unter den vielen Wollröcken – es war seit vielen Jahren das erste Mal, daß eine Frau ihn unruhig werden ließ, daß sie seine Neugier und sein Verlangen erweckte.

Der Pharao ließ das Volk von Piramesse an der Hochzeit teilnehmen. In jeder Straße wurden Brot, Wein und Bier verteilt, und im Palast konnten die zufriedenen Gesandten aus Chatti miterleben, wie die Tochter ihres Königs mit dem Uräus gekrönt wurde und als Dritte Frau des Guten Gottes nun auch einen ägyptischen Namen erhielt. Von diesem Tag an wurde sie als die Königliche Gemahlin Merit-Anta – geliebt von der Göttin Anat – bezeichnet, denn Ramses fand es glückverheißend und passend, daß eine ausländische Prinzessin von der ihm besonders nahestehenden Göttin geliebt wurde.

Am Abend des Hochzeitsfestes fragte Nefertari ihren Gemahl mit leisem Spott: »Freust du dich auf die Brautnacht mit der Chatti-Prinzessin? Bei deiner Zweiten Gemahlin mußte ich dich bitten und ermuntern, das Bett Isis-neferts zu besteigen. Weißt du es noch?«

»Ich habe sie damals nicht sehr gemocht, und sie steht auch heute meinem Herzen nicht viel näher. Es war ein Gefallen, den ich den Priestern von Theben erwies und kein Herzensbedürfnis.«

Nefertari sprach jetzt ganz leise, denn Merit-Anta thronte zur linken Seite des Königs und schaute hoheitsvoll auf die Festgäste hinab.

»Aber diesmal ist es doch nicht anders: Hattusili hat dir seine Tochter gesandt mit der Erwartung, du würdest sie zu deiner Frau machen. Und du erfüllst seinen Wunsch, um deinen Bündnispartner nicht zu verärgern. Du hast diese Frau nicht ausgesucht. Sie wurde dir aufgezwungen – wie damals Isis-nefert.«

Die sonst so sanfte und verständnisvolle Nefertari schien es heute darauf angelegt zu haben, den Pharao zu verärgern. Es war, als triebe eine unbestimmte Furcht sie zu solchen Äußerungen, doch sie mochte sich den Grund zu dieser Furcht nicht eingestehen.

Nefertari hatte das vierzigste Lebensjahr vor kurzem überschritten. Sie fühlte, wie ihr bisher so fruchtbarer Leib austrocknete, ließ sich jeden Morgen die immer deutlicher werdenden Augenfältchen mit kostbaren Ölen behandeln und brachte sie doch nicht zum Verschwinden. Zwar war sie schlank geblieben wie ein junges Mädchen, aber ihre Brüste wurden schlaff, und ihr einstmals so schöner Nabel war in lockere Hautfalten gebettet. Sie achtete darauf, daß die Liebesstunden mit dem Pharao nachts oder zumindest bei Dämmerung stattfanden, denn sie wollte die zunehmenden Spuren des Alters nicht dem gnadenlosen Tageslicht und damit seinem Blick aussetzen.

Ramses schien nichts davon zu bemerken, oder – wie Nefertari befürchtete – er zeigte es nicht. Er plauderte mit ihr so ungezwungen wie immer, war zärtlich und liebevoll, vertraute ihr seine geheimsten Gedanken an und hatte sie niemals wissentlich belogen.

Nefertari wiederholte ihre Frage, denn er hatte sie nicht beantwortet.

»Die Hochzeitsnacht? Was soll damit besonderes sein? Ich glaube kaum, daß ihr Schoß anders gestaltet ist als der der Ägypterinnen.« Er lächelte Nefertari spöttisch an. »Es ist ja auch nicht das erste Mal, daß ich mit einer Ausländerin schlafe. Im Harem wimmelt es von Mädchen aus Mitanni, Naharina, Amurru und Kusch, und noch jedesmal fand ich Lippen, Brüste, Schenkel, einen willigen Schoß ...«

Nefertari spürte genau, daß Ramses ihr auswich, doch sie ließ es auf sich beruhen. Gutana aber, die sich jetzt auch Merit-Anta nennen mußte, tat, als nehme sie das geflüsterte Gespräch des Königs mit seiner Ersten Gemahlin nicht wahr. Sie dachte an die bevorstehende Brautnacht und sah ihr mit Gleichmut entgegen. Sie war schon in ihrem zwölften Lebensjahr im Dienste der Göttin Ischtar entjungfert worden und hatte es danach mit vielen Männern am Hof getrieben. Die Verlockung für manchen jungen Höfling, eine Tochter des Königs zu verführen, erwies sich als zu groß, und wer Gutana gefiel, fand ihre Schlafkammer offen. War sie eines Liebhabers überdrüssig, streute sie das Gerücht aus, der oder jener habe sie mit Gewalt verführt, und der Unselige wurde im Palasthof gepfählt. Gutana schaute ungerührt dabei zu, wie sich ihr früherer Liebhaber am Pfahl wand, sie verfluchte, vor Schmerzen brüllte und nach Wasser wimmerte.

König Hattusili besaß eine ganze Anzahl von Töchtern, doch Gutana war ein rechter Weibsdämon, und eigentlich hatte sie es ihrem Verhalten zu verdanken, daß sie jetzt ägyptische Königin war. Als nämlich die Frage auftauchte, wer von den Töchtern mit der Gesandtschaft nach Kemi gebracht werden sollte, zögerte Hattusili keinen Augenblick. Er war froh, die lasterhafte Gutana loszuwerden. Doch zuvor mußte man sie wieder zur Jungfrau machen.

»Eine kleine Buße für deine Untaten«, hatte ihr Vater schadenfroh bemerkt, und dann wurde sie von vier kräftigen Männern festgehalten, während eine erfahrene Frau mit Nadel und Faden das Jungfernhäutchen wiederherstellte. Sie hatte die Zähne zusammengebissen und keinen Laut von sich gegeben. Es freute sie maßlos, daß ihre faden und tugendsamen Schwestern bestenfalls einen fetten Höfling oder einen tributpflichtigen Kleinfürsten zum Mann bekommen würden, während sie, die Lasterhafte, der Weibsdämon, Königin von Ägypten wurde. Doch Hattusili hatte einige Bedingungen daran geknüpft:

»Wenn der Pharao dich, was ich sicher annehme, zu seiner Dritten Gemahlin macht, dann erwarte ich von dir, daß du für mich und unser Land wirkst. Mir liegt vor allem daran, den Westteil von Amurru wieder an mich zu bringen. Da gibt es wichtige Hafenstädte, der Küstenstrich ist sehr fruchtbar, und ich habe dieses Gebiet damals um des Friedens willen den Ägyptern zugestanden. Du mußt versuchen, es ihm wieder abzuschmeicheln. Schenke ihm einen Sohn und erbitte dir Amurru als persönliche Zuwendung. Für ihn soll es nur eine Geste sein, denn wenn er dir das Land schenkt, bleibt es ja bei Kemi. Der nächste Schritt könnte dann sein ...«

»Verzeih, erhabener Vater, wenn ich dich unterbreche. Du selbst hast öfter geäußert, man solle nicht den dritten Schritt vor dem ersten tun. Bis jetzt ist es noch nicht einmal sicher, daß König Ramses mich überhaupt zur Dritten Gemahlin machen wird. Vielleicht sperrt er mich in seinen Harem, und ich gerate dort in Vergessenheit, was unter einigen hundert Frauen leicht möglich ist.«

»Das wird er nicht wagen!« brauste Hattusili auf. »Meine Gesandten werden ihn rechtzeitig daran erinnern, daß du keine namenlose Wüstenprinzessin bist, sondern die Tochter des Großkönigs und Herrn der Welt, Hattusili, dem die Vasallen zu Füßen liegen, der über die Meere gebietet ...«

»Aber nicht über das Land am Nil, und das ist sehr groß und wird von einem gewaltigen Heer bewacht und geschützt. Ich werde mich deinen Wünschen gehorsam erweisen, lieber Vater – so gut ich kann.«

»Ischtar stehe dir bei!« sagte der König, und nun tat es ihm doch ein wenig leid, daß diese, wenn auch sehr ungeratene Tochter nach Kemi entschwand.

Nefertari wußte von diesen Dingen nichts, doch sie spürte, daß Gutana nicht so harmlos und schüchtern war, wie sie sich ihr gegenüber gab. Mit züchtig niedergeschlagenen Augen hatte sie

Nefertari begrüßt, demütig die Stufen zum Thron geküßt und nie vergessen, sie mit ihren vollen Titeln anzureden. Manchmal aber, wenn Nefertaris Aufmerksamkeit abgelenkt war, traf sie ein schneller Schlangenblick aus den türkisfarbenen Augen – abschätzend, neugierig, kalt. Es hatte sich längst bis an den Hof ihres Vaters durchgesprochen, wie sehr der Pharao die Königin Nefertari bevorzugte, und Puduchepa, Hattusilis Große Gemahlin, hatte einmal bemerkt: »Der ägyptische König besitzt viele Frauen, doch verheiratet ist er nur mit einer.«

Wir werden sehen, dachte Gutana kämpferisch, wir werden sehen, ob es so bleibt. Schließlich ist Nefertari eine alte Frau, die ihre Falten überschminkt und ihre Brüste stützen muß.

Sie fühlte sich jung und stark und zu allem bereit, als der König das Fest verließ und seine Dritte Gemahlin Merit-Anta in ihre Schlafkammer begleitete. Die Gäste waren aufgesprungen und riefen ihnen nach:

»Der Segen Amuns begleite dich, du Starker Stier, der die Länder regiert und die Feinde bezwingt. Sei süß in der Liebe und erfülle den Palast mit Wohlgeruch, Königin Merit-Anta!«

Ein greiser Schriftgelehrter aber blickte dem König nach und erinnerte sich eines alten Weisheitsspruches:

»Hüte dich vor einer Frau aus der Fremde, denn sie gleicht einem großen tiefen Wasser, dessen Strudel man nicht kennt. Der Kluge entsage ihrem Umgang ...«

Dann aber schalt er sich selbst, dem Pharao, wenn auch nur in Gedanken, eine Lehre erteilen zu wollen. Was für uns Menschen gilt, dachte er respektvoll, hat für den Guten Gott Usimare Ramses keine Bedeutung. Der alte Mann erhob sich, gähnte und verließ den Festsaal. Doch er war recht froh, daß ihn zu Hause keine Fremde erwartete, sondern seine langjährige, vertraute Gemahlin, auch wenn sie nur noch acht Zähne hatte und die Runzeln des Alters ihr Gesicht überzogen.

Prinz Chamwese hatte seine Mutter nach Theben begleitet und den Osiris Ramose, seinen verstorbenen Bruder, im Haus der Ewigkeit bestattet. Die junge Witwe des Prinzen beklagte ihren Gemahl nach den zeremoniellen Vorschriften, doch sie hatte den Vielbeschäftigten nur selten gesehen und mußte jetzt alle Kraft aufbieten, um bei ihren laut gerufenen Klageworten nicht zu kichern.

Chamwese aber machte sich auf den Weg, um die verschiedenen Tempel zu besichtigen, wie es ihm sein Vater aufgetragen hatte, und es war nicht immer erfreulich, was er sah. Im großen Saal des Amun-Tempels bemerkte er, daß etwa nur die Hälfte der Säulen an der Südseite mit Reliefs und Schriftzeichen bedeckt waren, bei anderen hatte man die Arbeit begonnen, und wie es schien, seit geraumer Zeit abgebrochen. Des weiteren zählte er siebzehn Papyrussäulen, deren Oberfläche glatt und unberührt war. An Chamweses Seite schritt Beki, der Zweite Prophet des Amun, aufmerksam, höflich, zurückhaltend und bemüht, jede der Fragen knapp und gründlich zu beantworten. Der Prinz blieb stehen und wandte sich an seinen Begleiter. »Priester Bekenchons, ich will dir mein Erstaunen und Befremden nicht verbergen. Die Weisung meines erhabenen Vaters – er lebe, sei heil und gesund! – lautete: Der von Osiris Seti begonnene große Säulensaal soll fertiggestellt werden. Nun sehe ich keinen Arbeiter hier, statt dessen siebzehn unberührte Säulen. Bitte erkläre mir das!«

Der tüchtige Priester Bekenchons, den alle Beki nannten und der sich vom Novizen zum Zweiten Propheten emporgedient hatte, überlegte blitzschnell eine geeignete Antwort. Wenn er zu lange zögerte, würde der Prinz es ihm als Schuldgeständnis auslegen.

»Die Arbeit wurde unterbrochen, ja, das stimmt. Es gab einfach nicht genügend Leute, um alle Schönen Befehle seiner Majestät – er lebe, sei heil und gesund! – gleichzeitig auszuführen. Wir hatten schon für diese Arbeit zuwenig Bildhauer, und diese mußten auf Weisung des Pharao an seinem Totentempel arbeiten, andere wurden nach Süden zu den beiden Felsentempeln geschickt. Es wäre respektlos und ungehörig, schlechte oder nur halb ausgebildete Handwerker einen Auftrag des Pharao – er lebe, sei heil und gesund! – ausführen zu lassen.«

Chamwese schüttelte zweifelnd den Kopf.

»Ich höre nur Ausflüchte, Priester Bekenchons. Der Pharao hat seinem Totentempel eigens eine Schule für Maler und Bildhauer angegliedert. Damit ist doch für Nachwuchs gesorgt! Oder gibt es diese Schule nur auf dem Papier?«

»Dafür bin ich nicht zuständig, erhabener Prinz. Der Tempel auf der Westseite ist unabhängig und hat eine eigene Verwaltung. Du müßtest also …«

»Ja, das werde ich tun!« entgegnete Chamwese grimmig, »aber zuvor inspiziere ich noch den Südlichen Tempel.«

Chamwese ließ sich in einer Sänfte auf der schnurgeraden Prozessionsstraße nach Süden tragen; begleitet von Hunderten von Löwensphingen, die den heiligen Weg zu beiden Seiten säumten. Natürlich konnte sein Besuch niemanden überraschen. Tempeldiener waren vorausgeeilt und hatten ihn angekündigt.

Am großen Eingangspylon empfing ihn der Hohepriester Nebunef in eigener Person.

»Sei gegrüßt, Prinz Chamwese. Die Priester sind hoch erfreut, und das Volk von Theben jubelt über deinen Besuch. Möge er lange währen!«

»Ich begleite nur den Osiris Ramose, seine Witwe und meine Mutter, die Königin Isis-nefert. Ob die Priester einen Grund haben, über meinen Besuch erfreut zu sein, wird sich noch erweisen. Ich jedenfalls war entsetzt, als ich im Großen Tempel den noch immer nicht vollendeten Säulenhof sah.«

Nebunef machte ein betrübtes Gesicht und hob hilflos die Hände.

»Ich nehme an, Beki hat es dir erklärt – uns fehlen einfach die Leute.«

Chamwese schwieg, verließ die Sänfte und betrachtete genau die sechs Monumentalfiguren und die beiden hochaufragenden Obelisken aus Rosenquarz vor den gewaltigen Mauern des Pylons. Er schritt von Statue zu Statue und übersah nicht die schlanke, zierliche Figur der Nefertari, deren Hand zärtlich die Wade ihres Riesengemahls berührte. Chamwese war ein Gelehrter, der seine Kraft nicht an Hofintrigen vergeudete, doch nun empfand er im Herzen einen leisen Stich und konnte seine Mutter verstehen, die seit Jahren über ihre Vernachlässigung klagte. Nirgends im ganzen Land, von Nord bis Süd, war Isis-neferts Name festgehalten, und Chamwese, der sich bisher aus allem herausgehalten hatte, begann Partei zu ergreifen. Schließlich hatte seine Mutter dem Pharao auch vier gesunde Kinder geboren, und Ramoses Tod war nicht ihre Schuld. Ihn selbst schätzte der Pharao über alles, und ein wenig davon, fand Chamwese, könnte er auf seine Zweite Gemahlin übertragen. Dafür werde ich sorgen, nahm er sich vor. Er wandte sich ab und betrat mit schnellen Schritten den großen Hof.

»Das letzte Mal war ich hier mit Meister Piay«, sagte Chamwese mehr zu sich und betrachtete die Kolossalstatuen zwischen den Papyrussäulen. »Das ist doch der Osiris Neb-Maat-Re?«

»Jetzt nicht mehr …«, sagte Nebunef und verzog dabei keine Miene.

Chamwese trat näher. Tatsächlich! Da war unterhalb des Gürtels die Riesenkartusche des Usimare Ramses eingemeißelt. Chamwese schüttelte den Kopf, doch er enthielt sich jeder Äußerung. Ihm hatte es nie gefallen, wie unbekümmert sein Vater die Standbilder anderer Pharaonen usurpierte.

Ohne sich umzublicken, ging er schnell weiter in den von Pharao Amenhotep erbauten Säulenhof, blieb stehen und schaute zu den Inschriften empor.

»Das ist doch nicht möglich!« rief Chamwese in jähem Zorn. »Da hat vor hundert Jahren ein ketzerischer König den ehrwürdigen Namen des Amun-Re im ganzen Land austilgen lassen, und hier, an seiner heiligsten Stätte, ist er noch immer nicht erneuert! Da, da, da, da! –« Chamwese deutete erregt auf verschiedene Stellen an den Säulen und Wänden.

»Ihr habt es also nicht für nötig gefunden, den Namen eures Gottes zu erneuern? Hier in Theben, wo ihr verkündet, Amun sei der einzige König? Während mein Vater – er lebe, sei heil und gesund! – den Tempel erweiterte, wäre es doch leicht möglich gewesen, die paar Schriftzeichen wieder einzumeißeln. Ich bin neugierig auf deine Antwort, Priester Nebunef.«

Der Hohepriester ließ sich nicht aus der Ruhe bringen. Als der Pharao ihm – durch Amuns eigenen Wink! – dieses Amt übertrug, fühlte er sich noch eher dem König verpflichtet, doch die Jahre im Dienst des mächtigen Gottes hatten ihn langsam, aber stetig gewandelt. Natürlich stand er noch immer treu zum Pharao, doch Amun besaß den Vorrang. So erklärte er, ohne unsicher oder verlegen zu werden:

»Diese Unterlassung hat ihren Grund, erhabener Prinz. Du

wirst an anderen Tempeln festgestellt haben, daß dort der Name Amuns durchwegs erneuert wurde. Hier jedoch – und dieser Entschluß wurde vor langer Zeit von meinen Vorgängern gefaßt – ließ man die Freveltat des aus der Geschichte getilgten Ketzers als warnendes Beispiel bestehen. Du bist ein gelehrter Mann, Prinz Chamwese, der die Geschichte unseres Landes kennt, und wirst mir recht geben, wenn ich sage: Schon jetzt hält man es kaum noch für möglich, daß ein Pharao es wagte, nicht nur den Namen seines göttlichen Vaters Amun-Re auszutilgen, sondern die Existenz unserer sämtlichen Götter zu leugnen. Was an seinen unseligen Kult erinnert, ist längst vernichtet, seine Stadt Achetaton dem Boden gleichgemacht. Spätere Zeiten werden glauben, es habe ihn gar nicht gegeben, doch das würde Amun-Re zugleich um seinen Sieg, um seine triumphale Wiederkehr bringen. Hier allein ist die Freveltat noch sichtbar, und wenn der Gute Gott – er lebe, sei heil und gesund! – es nicht ausdrücklich anordnet, soll sie auch weiterhin sichtbar bleiben.«

»Du hast gewichtige Gründe genannt«, gab Chamwese widerwillig zu. »Ich werde sie dem Pharao nicht verschweigen.«

Am nächsten Morgen überquerte Chamwese den Nil und suchte den Totentempel seines Vaters auf. Als die Priester und Tempelbeamten ihn begrüßten, sagte er:

»Ich will keine Begleitung, möchte mir in Ruhe ein Bild machen. Danach werde ich meinen Eindruck schildern.«

Im ersten Hof verharrte er staunend vor der monumentalen Sitzfigur seines Vaters, dem großen Werk des Bildhauers Piay, den Chamwese schätzte und verehrte. Langsam ging er um den Koloß herum, blieb stehen und strich behutsam über den spiegelglatten, makellos bearbeiteten Granit.

In der Vorhalle entdeckte er schmunzelnd seinen eigenen Namen unter den elf dort aufgeführten Söhnen Seiner Majestät. Hier wenigstens schien alles vollendet, wenn auch an den Säulen im großen Saal zwischen Bildern und Inschriften große Lücken klafften. Chamwese ging weiter bis zu der von acht Säulen gestützten Tempelbibliothek. Sie war so reich ausgestattet, daß der gelehrte Prinz beim Stöbern in den Schriftenrollen seine Umgebung vergaß und erst der Sonnenuntergang ihn an die Rückkehr erinnerte. Darüber versäumte er auch, die Werkstätten zu besuchen, und die Priester atmeten auf. Zwar arbeiteten dort einige Maler, Bildhauer und Bronzegießer, und sie bildeten auch Lehrlinge aus, doch es waren viel zuwenig, weil sie immer wieder für dringende Arbeiten weggeholt wurden.

Chamwese trat ins Freie und betrachtete noch einmal im milden Schein des Abendlichtes den Koloß aus Rosengranit, und wieder war es Nefertari, die zu Füßen des Guten Gottes stand und leise lächelte.

Als König Usimare Ramses von der Hochzeitstafel aufgestanden war und seine Dritte Gemahlin an der Hand hinausgeleitete, hatte er plötzlich das Empfinden, nicht er führe sie, sondern sie ihn.

Der Wesir Parahotep und der Erste Gesandte des Königs Hattusili gingen aus zeremoniellen Gründen bis vor die Tür des Schlafraumes mit. Als der Gesandte auch noch mit eintreten wollte, hielt Parahotep ihn zurück:

»Nein, mein Freund, das ist hier nicht üblich. Beim Liebeslager will Seine Majestät ungestört bleiben.«

Der Gesandte sprach kaum Ägyptisch, und der Wesir verstand so etwas wie:

»Ich warten! Bis morgen geht Sonne auf und Gutana«, er verbesserte sich »und Merit-Anta ist ... ich meine, bis ...«

Er fand das Wort nicht.

»Ich verstehe dich schon«, sagte Parahotep und schickte die Leibwache nach einem bequemen Stuhl für den ehrwürdigen Gesandten.

Ramses führte seine neue Gemahlin zu dem mit einem Leopardenfell belegten Brautbett und begann sie auszukleiden. Im Flackerlicht der Öllampen hatte die Türkisfarbe ihrer Augen etwas Stumpfes angenommen, erinnerte an Grünspan auf blind gewordenen Kupferspiegeln. Merit-Anta tat züchtig und verschämt, denn ihre Jungfernschaft hatte man wiederhergestellt, und es wäre nicht klug gewesen, die erfahrene Frau zu spielen.

Sie achtete darauf, daß das zeremonielle weiße Leinentuch unter ihrem Körper lag und streckte schüchtern die Arme nach ihrem Gemahl aus.

Ramses, von der Unberührtheit des Mädchens überzeugt, wollte sie nicht verschrecken und behandelte sie behutsam. Lange streichelte er ihren Körper, saugte an den vollen, schweren Brüsten, streichelte lange die Innenseiten der Schenkel und war erstaunt, wie schnell das Mädchen auf seine Liebkosungen reagierte.

Es gibt Menschen, deren besondere Begabung sich schon früh zeigt, und man sagt, das ist eben ein geborener Maler, Bildhauer, Musiker oder Sänger. Gutana, die jetzt Merit-Anta hieß, war die geborene Hure. Schon als Achtjährige hatte sie spielerische Versuche unternommen, ihre Brüder zu sich ins Bett zu locken, und seit ihrem zwölften Lebensjahr frönte sie ziemlich ungehindert ihrer angeborenen Neigung, die für ihre Liebhaber oft schlimme Folgen hatte. Nun, da sie die kraftvolle, erfahrene Männlichkeit des Pharao spürte, fiel die gespielte Jungfräulichkeit von ihr ab wie eine alte Schlangenhaut, und es zeigte sich ihre wahre Natur. Hätte Ramses nicht deutlich den Widerstand des Hymens gespürt, er hätte glauben müssen, Hattusili habe ihm anstatt einer unberührten Tochter eine Tempelhure untergeschoben.

Die vielerfahrene Gutana kannte den männlichen Körper bis in seine geheimsten Regungen. Ob sie nun das Scrotum mit zärtlichem Druck umfaßte oder den Penis mit ihren geübten Scheidenmuskeln lustvoll umklammerte – alles, was sie tat, diente der Steigerung der Lust des Mannes und damit ihrer eigenen. Ramses, der geglaubt hatte, beim Liebesspiel mit Hunderten von verschiedenen Frauen nun wirklich alles kennengelernt zu haben, fühlte sich wie ein junger Gott.

»Dich hat die Freudenbringerin Bastet in mein Bett gelegt!« bemerkte er begeistert, konnte sich aber nicht enthalten zu fragen, woher ein unberührtes Mädchen eine solche Fülle von Liebeserfahrungen beziehe.

»Wir werden auf unsere Hochzeitsnacht sorgfältig vorbereitet. Du wirst wissen, daß der Kult unserer Göttin Ischtar mit dem Liebesdienst der Tempelmädchen eng verbunden ist. Ihre Künste teilen sie den Mädchen am Hof mit, und so gehen wir zwar jungfräulich, aber mit reichem Wissen in die Ehe.«

Ramses glaubte ihren Erklärungen und empfand es als einen Mangel, daß es in Kemi nicht Ähnliches gab.

Gutanas Kenntnisse erstreckten sich auch auf das Erwecken neuer Kräfte in erschöpften Liebhabern, und sie war darin so tüchtig, daß Ramses erst eine Stunde vor Sonnenaufgang einschlief und in der dritten Tagesstunde fast vom besorgten Wesir geweckt worden wäre. Doch Merit-Anta legte einen Finger auf die Lippen und deutete auf den an ihrer Seite tief schlafenden König. Mit spitzen Fingern reichte sie Parahotep das blutbefleckte Leinentuch, begleitet von einem hochmütigen Wink, er möge schnell verschwinden.

Draußen wartete schon der Gesandte, riß dem Wesir das Tuch aus der Hand und stieß einen Freudenlaut aus. Er kannte natürlich das Vorleben seiner Prinzessin und hatte sich bis zuletzt große Sorgen gemacht. Nun war seine Aufgabe erfüllt, und er konnte guten Gewissens die Heimreise antreten. Sein Kopf saß wieder fest auf den Schultern, denn er hatte alle Befehle seines Herrn getreulich erfüllt.

Von dieser Nacht an mochte Ramses die Liebeskünste seiner neuen Gemahlin keinen Tag missen. Nie zuvor hatte er sich so sehr als Starker Stier gefühlt als in den Armen der türkisäugigen Merit-Anta, deren lockender, alles verheißender Blick ihn seine Staatsgeschäfte vergessen ließ.

Als erste schöpfte die alte Königin Tuja Verdacht. Die greise Mutter des Pharao lebte noch immer auf ihren Gütern und zeigte sich dann und wann am Hof. Mit ihrem etwas groben, breitflächigen Gesicht sah sie aus wie eine alte Bäuerin, als die sie sich auch gerne bezeichnete. Diesmal kam sie, um sich die Dritte Frau ihres Sohnes vorstellen zu lassen, und es kostete sie nur einen Blick, um zu sehen, daß Ramses dieser grünäugigen Schlange verfallen war.

Merit-Anta überschlug sich vor Höflichkeit und Respekt, doch die kalten Türkisaugen blieben wach, hart und aufmerksam.

Am selben Tag hatte die Königinmutter ein Gespräch mit dem Wesir. »Du beehrst uns viel zu selten mit deinen Besuchen, Majestät. Es gibt auch viele neue Enkel, die dich sehen wollen, außerdem ...«

»Spare dir deine Worte, Wesir! Sie sind gut gemeint, aber du kennst meine Auffassung. Ich habe mir eine Aufgabe gestellt, und ihr allein gilt meine Kraft, bis Osiris mich nach Westen ruft. Aber ich habe Augen, und ich sehe, daß mein Sohn von dieser Ausländerin auf ungehörige Art gefesselt und verzaubert ist. Ich hoffe, sie wird ihm nicht Zugeständnisse entlocken, die ihn später reuen. Was sagt Nefertari dazu?«

»Du weißt, Majestät, wie sehr die Erste Gemahlin das Herz des Pharao – er lebe, sei heil und gesund! – gewonnen hatte und festhielt. Sie hat es nie mit anderen Frauen teilen oder gar hergeben müssen. Jetzt aber ...«

Die Königinmutter Tuja erhob sich.

»Ich werde selbst mit ihr reden. Und du habe ein Auge auf die Schlange aus Chatti. Sie wird sich hier ein Nest bauen. Was unsere Landleute mit Schlangennestern anstellen, weißt du hoffentlich?«

Parahotep lächelte grimmig. »Ausräuchern, nehme ich an.«

»Richtig, mein Freund. Giftige Brut wird vernichtet, zum Wohle der anderen. Denk daran!«

»Ich werde es nicht vergessen, Majestät.«

Nefertari klagte Tuja ihr Leid.

»Ich kenne ihn nicht wieder! Seinen Körper habe ich mit Hunderten von Frauen teilen müssen. Er ist der König, das sehe ich ein, doch seines Herzens war ich mir immer sicher. Und jetzt? Beflissen kümmert er sich um alles selber, was Merit-Anta betrifft. Vor einiger Zeit wurden die alten Werkstätten an der Mauer weggerissen, und dort entsteht nun ihr Palast, prächtig und pompös, doppelt so groß wie mein Haus. Nur schnell muß es gehen! Seine Majestät hat alle Arbeiter zusammenziehen lassen, damit er ihr sein Geschenk bald zu Füßen legen kann. Mich sieht er kaum noch! Ein flüchtiger Gruß, keine vertrauten Gespräche mehr, kein Scherz, kein Lachen – immer Eile, damit sie nicht zu lange allein ist. Was soll ich nur tun, Mutter Tuja? Du hast doch Erfahrung, gib mir einen Rat!«

Die alte Königswitwe schien unsicher zu werden und dachte eine Weile nach.

»Einen Rat? Ach Kindchen, welchen Rat sollte ich dir geben, da du ihn doch besser kennen müßtest als alle anderen. Was ich dir raten kann, wird dir schwerfallen, aber ich sehe keine andere Möglichkeit. Warte ab! Zeige du die Geduld, die mein Sohn nie hatte, mache dich rar, entziehe dich ihm. Gehe für eine Weile nach Memphis, dort ist jetzt die Zeit der Götterfeste während der Achet-Monate. Nimm an einigen teil, zeige dich dem Volk, und es wird seiner wahren und wirklichen Königin zujubeln. Wer mag schon die Schlange aus Chatti? Er wird ihrer müde werden und ihr den Platz anweisen, der ihr zukommt.«

»Ich weiß nicht ...« Nefertari blickte hilflos und verstört auf Tuja, senkte den Kopf und begann leise zu weinen.

Tuja tätschelte ihre Schulter.

»Ach Kindchen, so schlimm ist es doch wirklich nicht. Alle stehen zu dir, keiner mag die Fremde. Sollte es aber länger dauern, als ich annehme, sollte er ihr nicht nur diesen Palast schenken, dann ... ja, dann werden wir etwas unternehmen müssen, meine Tochter. Ich habe schon mit dem Wesir gesprochen, und er teilt meine Ansicht. Eine Ägypterin wird aus dieser Schlange nie. Sie hat etwas Lauerndes an sich, als warte sie nur ab, als habe sie noch große Pläne. Jetzt hör zu heulen auf und warte es ab! Was sagt Jonam zu dem Ganzen?«

»Jonam ... Nun, er ist häufig unterwegs, aber sogar ihm ist schon aufgefallen, daß Seine Majestät für nichts mehr Zeit hat. Doch er ist ein Mann und sieht es wohl mit anderen Augen.«

»Er ist dein Sohn! Ich werde mit ihm reden.«

Um dies zu verwirklichen, mußte Tuja noch einige Tage warten, denn Erbprinz Jonam hatte in On einem Fest zu Ehren des Sonnengottes Atum-Re beigewohnt.

»Ich nehme das nicht so ernst«, meinte er unbekümmert. »Seine Majestät hat sich eben einmal vergafft – das geht vorbei. Sie hat schon etwas Besonderes an sich, diese Merit-Anta. Hätte Hattusili mich mit ihr beschenkt, nun – ich weiß nicht ...«

Jonams Augen glänzten lüstern, doch Tuja sah ihren Enkel mißbilligend an.

»Nefertari und ich – übrigens auch der Wesir – sehen diese Entwicklung weniger harmlos. Du mußt nur etwas weiterdenken. Wenn Merit-Antas erstes Kind zur Welt kommt, und es ist ein Junge, dann könnte es sein, daß der Pharao seine Ansicht über die Thronfolge ändert. Auch das hat es schon gegeben.«

Jonam lachte, doch es klang unsicher.

»Bis dahin ist der Rausch wohl verflogen. So besonders ist sie ja auch wieder nicht. Vermutlich bindet sie Seine Majestät mit magischen Künsten an sich. Die Chatti sollen da recht tüchtig sein. Aber so ein Zauber wirkt nicht ewig, verehrte Mutter Tuja, das endet oft schneller als man denkt. Immerhin, man müßte in Betracht ziehen ...«

Jonam sprach nicht weiter, sondern schaute nachdenklich zum Fenster hinaus, wo aus einer Tamariske das leise Gurren der Tauben zu vernehmen war.

Tuja stand auf.

»Ja, tue das! Ziehe es in Betracht!«

Sie gab ihrem Enkel einen zärtlichen Klaps auf die Wange und schritt zur Tür, aufrecht und kraftvoll trotz ihres hohen Alters.

Prinz Montu, der damit gerechnet hatte, daß der Pharao während der Nilschwelle, also in den Achet-Monaten, seine Expedition nach Keftiu auf die Reise schicken würde, mußte nun mit ansehen, wie Ramses die Arbeiter am Palast seiner Dritten Frau zur höchsten Eile antrieb, um dann wieder im Harem zu verschwinden, wo Merit-Anta vorläufig wohnte. Hatte erst einmal die Peret-Zeit begonnen, so wagte sich niemand mehr auf ein Schiff, denn Montu hatte schon herausgefunden, daß in dieser Zeit schlimme Stürme das Grüne Meer unbefahrbar machten. Etwas hatte er immerhin erreicht: Prinz Seti gestattete ihm und seinem Schüler, dem dreizehnjährigen Merire, einen der neuen Streitwagen zu erproben.

Das Prachtstück stand schon bei der gepflasterten Prozessionsstraße bereit, und Montu unternahm eine kurze Probefahrt. Diese neue Art von Wagen kippte nicht so leicht um, weil das Schwergewicht mehr auf den Rädern lag, während das Oberteil niedriger und leichter gebaut war. Die üblichen sechs Speichen hatte man auf fünf vermindert, doch dafür ein härteres und schwereres Holz verwendet.

Merire sah Montu seine Runde drehen und fieberte vor Ungeduld. Er rannte ihm entgegen und rief:

»Darf ich ihn jetzt ausprobieren? Nur ganz kurz, bitte, bitte.«

Montu schüttelte den Kopf und grinste bedauernd.

»Nicht mit diesem Pferd, Merire. Du weißt, ich bin für dich verantwortlich und lasse eigens ein besonders ruhiges Wagenpferd von der Weide holen. Bis dahin aber hat Re seine Nachtfahrt angetreten, und so würde ich sagen, wir sind beide morgen früh noch vor Sonnenaufgang hier zur Stelle. Einverstanden?«

»Bleibt mir ja nichts anderes übrig«, murmelte Merire, folgte seinem Lehrer zögernden Schritts und blickte sich noch mehrmals nach dem Wagen um.

Der dicke Nes-Amun hatte diesen Vorgang aus der Ferne beobachtet und empfand plötzlich Furcht, als er an sein Vorhaben dachte. In solchen Fällen zauberte er sich seine behagliche Wohnung der Ewigkeit vor Augen und malte sich aus, um wieviel schöner sie werden konnte, hätte er nur die Mittel dazu. Er würde sie haben, wenn das Amt des Ersten Amun-Priesters ihm zufiel. Diese Stellung aber war nur zu erlangen, wenn …

Nes-Amun seufzte. Das drehte sich im Kreis, und eine andere Möglichkeit gab es nicht. Er ging in Isis-neferts Haus zurück, wo er seine bescheidene Wohnung hatte und wo jetzt das Nachtmahl auf ihn wartete. Besonders hungrig aber war er heute nicht. Er mußte es ja nicht tun! Das Amt des Hohenpriesters war mit mancherlei Mühen verbunden, um so mehr, als er ja auch weiterhin Isis-neferts Haushofmeister bleiben wollte. Aber verlockend wäre es schon, mit seiner Herrin emporzusteigen, wenn Nefertari und ihre Brut besiegt, verschwunden, vergessen war. Er hätte jünger sein müssen, denn da konnte man es sich leisten, abzuwarten, Geduld zu haben. Aber er war nicht mehr jung, und wenn ihm die Götter noch acht oder zehn Jahre gewährten, war es schon viel. Freilich, das eigentliche, das sorglose Leben begann erst im Westen, im Haus der Ewigkeit. Da ist es schon recht seltsam, dachte Nes-Amun, daß die Leute so am irdischen Dasein hängen, gerade solche, die es sich leisten können, ein geräumiges und wohlausgestattetes Grab vorzubereiten. Wenn ein Bauer so denkt, mag es angemessen sein, denn ihn wird man in der Wüste verscharren, und bald nach seinem Tod werden sich die Schakale um seine Knochen balgen. Aber wer weiß schon, ob diese Leute überhaupt denken?

Nes-Amun ging zu seinem Bett, hob die mit feinen Duftkräutern ausgestopfte Unterlage und holte die beiden kleinen Sägen aus gehärteter Bronze hervor. Er fuhr mit dem Daumen über die nadelspitzen Zähne, prüfte die Festigkeit der Sägeblätter und steckte beide sorgsam in seinen Gürtel, so daß nur die hölzernen Griffe hervorschauten. Dann legte er den aus doppeltem Leinen gefertigten Mantel über seine Schultern und raffte ihn über seinem beachtlichen Bauch. Als Amun-Priester durfte er nichts am Körper tragen, dessen Material von Tieren stammte, schon gar nicht Kleider aus Schafwolle.

Nes-Amun blickte auf seine Wasseruhr, deren Pegel etwa zwei Stunden vor Mitternacht stand. Es war anzunehmen, daß um diese Zeit jeder im Palastviertel schlief, einige Wachen ausgenommen, und, dachte Nes-Amun grinsend, vielleicht der Gute Gott, der jetzt nächtlich seine Fähigkeiten als Starker Stier im Bett dieser Ausländerin erprobte.

Da Nefertari als Große Königliche Gemahlin sich eine eigene Palastwache hielt, hatte auch Isis-nefert eine haben müssen, denn, so argumentierte sie, sie fühle sich bedroht und finde keinen Schlaf mehr, solange ihr Haus nicht bewacht sei. Seit seine Herrin in Theben war, stand das Haus fast leer, auch die Wachen waren abgezogen.

Nes-Amun griff nach dem kleinen Drahtkäfig mit den Leuchtkäfern und schob ihn unter den Mantel. Dann stahl der dicke Vorlesepriester sich ungesehen hinaus und fand auch in der stockdunklen Neumondnacht seinen Weg, denn hier kannte er jeden Stein und jeden Strauch. Er wußte genau, wo die Bewaffneten ihre Streifen gingen, und wich ihnen sorgfältig aus, wartete, lauschte, ließ sich Zeit.

Ja, hier stand der Wagen. Nes-Amun tastete nach den Rädern, fühlte die feinpolierten Speichen aus Hartholz. Er zog eine der Sägen heraus und setzte sie ganz oben an, wo die Speiche mit dem Rad verbunden war. Er arbeitete nur in kurzen Abständen, dazwischen lauschte er angestrengt nach allen Richtungen. Schon lange hatte er sich einen Holzkitt besorgt, mit dem er die Einschnitte sorgfältig bestrich. Danach zog er den Käfig mit den Glühwürmern hervor, hielt ihn ganz nahe an die Schnittstelle. Im sanften grünlichen Licht prüfte er seine Arbeit genau. Es durfte auch bei näherem Hinsehen keine Spur zu erkennen sein.

Plötzlich hörte Nes-Amun Schritte. Er zog schnell das Lämpchen unter den Mantel und duckte sich hinter den Wagen. Er hörte Stimmen und sah, wie sich im trüben Licht einer flackernden Öllaterne zwei Männer der Palastwache näherten.

»Ich habe hier einen Lichtschein gesehen«, sagte der eine und hob die Ölfunzel. Nes-Amun wagte keine Bewegung und drückte sich so nah wie möglich an den Wagen.

»Das werden ein paar Leuchtkäfer gewesen sein, die schwärmen um diese Zeit aus.«

Sie wandten sich um und schlurften davon. Der vor Angst schweißgebadete Nes-Amun wagte kaum zu atmen, bis die beiden außer Hörweite waren. Wieder einmal schien es, als hielte Amun seine Hand über ihn.

10

Prinz Chamwese, der Gelehrte und Hohepriester des Ptah, wünschte kein Aufsehen um seine Person. Wenn er in seinen Ämtern etwas erreichen wollte, konnte es schon sein, daß er auf seinen Rang pochte und sich auf seinen ihm geneigten Vater, den Guten Gott Usimare Ramses, berief. Aber im allgemeinen war sein Auftreten bescheiden, und es konnte durchaus geschehen, daß kein Zeichen auf seine königliche Herkunft wies. Er kleidete sich wie ein einfacher Beamter, hatte sein Schreibzeug und die Vermessungsschnur am Gürtel und legte eher Wert auf den Verkehr mit klugen Menschen als mit katzbuckelnden Höflingen.

Auf seiner Inspektionsfahrt zu den Felsentempeln benützte Chamwese einen der üblichen Schnellsegler und war lediglich von zwei Dienern begleitet. Er hatte Memphis nur ungern verlassen, denn er liebte seine Ämter und Pflichten und haßte es, herumzureisen, weil ihm das wie ein Zeitverlust erschien. Dem Befehl seines Vaters hatte er freilich gehorcht, und nun spürte er, wie er von Memphis Abstand gewann. Frei von allen Pflichten, begann ihm die Reise sogar Spaß zu machen. Er atmete tief die klare, reine Wüstenluft, spürte die stärkere Kraft des Re hier im Süden und freute sich auf die Begegnung mit Piay, der ihm ja früher etwas wie ein Lehrmeister gewesen war.

Als sie anlegten, gab es wenig Aufsehen. Der Hafenmeister, ein tüchtiger, schon weitgehend ägyptisierter Nubier, ließ das ihm unwichtig erscheinende Boot eine Weile warten, um die Bedeutung seines Amtes zu unterstreichen.

»Habt ihr keine Fracht?« rief er verwundert, doch Chamwese schüttelte nur zerstreut den Kopf und bat, den Bildhauer Piay vom Eintreffen Chamweses zu unterrichten. Die beiden Diener grinsten, doch sie waren angewiesen, ihren Mund zu halten. Der Hafenmeister deutete in Richtung des Großen Tempels und meinte:

»Der Meister arbeitet an den Figuren Seiner Majestät – er lebe, sei heil und gesund! –, du kannst ihn von hier aus nicht sehen, aber ich glaube nicht, daß er seine Arbeit unterbrechen wird.«

»Er wird, wenn er meinen Namen hört – und nun beeile dich!«

Das klang so befehlsgewohnt, daß der Hafenmeister sofort losrannte, während die Diener Chamweses das Gepäck ausluden.

Piay ließ den Meißel sinken:

»Chamwese? Der Prinz und Hohepriester?«

Der verwirrte Hafenmeister stotterte herum, doch Piay achtete nicht weiter auf ihn, sondern stieg von der schon niedrigen Rampe und wusch Gesicht und Hände. Da kam ihm Chamwese schon entgegen. Piay verneigte sich tief und streckte die Arme vor.

»Piay!« rief der Prinz, »ich freue mich, dich gesund und munter wiederzufinden. Wie lange ist es her, daß wir uns nicht mehr gesehen haben?«

»Acht oder zehn Jahre mögen es schon sein«, sagte Piay und wunderte sich, wie wenig Chamwese sein Aussehen verändert hatte. Das ernste, kluge Gesicht mit der hohen Stirn, die kräftige, mittelgroße Gestalt und seine zu jedermann freundliche Art hatten ihn schon als jungen Mann gekennzeichnet.

»Du hast dich leider nicht angekündigt, Hoheit, so daß drüben im kleinen Palast nichts vorbereitet ist. Ich sende gleich Diener hinüber. Wir könnten inzwischen in meinem Haus einen Becher Wein trinken – wenn du mir die Ehre erweist.«

»Ein guter Gedanke«, sagte Chamwese freundlich, und so gingen sie Seite an Seite den leicht ansteigenden Weg zu Piays Haus.

Takka, die um diese Zeit ihren Herrn und Geliebten noch nicht erwartete, arbeitete im Garten und trug nur einen Lendenschurz.

»Kleide dich an und begrüße den erhabenen Prinzen Chamwese!«

Erschrocken lief Takka ins Haus, schlüpfte in ihr bestes Kleid und warf sich vor Chamwese zu Boden. Sie stammelte irgend etwas, doch der Prinz unterbrach sie:

»Steh auf, Takka! Ich besuche deinen Herrn als Freund und nicht als Königssohn.«

»Möchtest du ein Bad nehmen?« fragte Piay.

»Das hat Zeit. Jetzt trinken wir zuerst etwas Wein und plaudern ein wenig.«

Piay schlug sich an die Stirn.

»Natürlich, der Wein! Takka, laufe hinüber ins Magazin und hole einen Krug vom besten. Du brauchst nur zu sagen, Piay hat hohen Besuch.«

Chamwese unterrichtete ihn kurz vom Tod des Ramose und vom weiteren Zweck seiner Reise.

»Ich weiß gar nicht, wie ich es meinem Vater – er lebe, sei heil und gesund! – beibringen soll: die unbearbeiteten Säulen im Amun-Tempel, die oft schlampige Arbeit an den Reliefs, der ausgetilgte Name des Gottes Amun ...«

Chamwese hob die Hände und schwieg. Piay sagte vorsichtig:

»Es ist eben zu vieles auf einmal begonnen worden, und – mit allem Respekt – auch ein Befehl des Guten Gottes – er lebe, sei heil und gesund! – kann aus zwei Handwerkern nicht zwanzig machen. Man schob die Leute hin und her, wo sie eben am dringendsten gebraucht wurden, und da, wo man sie abzog, blieb die Arbeit liegen.«

»Es wird wohl so sein. Wie steht es hier? Wie weit ist deine Arbeit fortgeschritten?«

»Hier werden die Schönen Befehle Seiner Majestät ohne Einschränkung erfüllt. Der Kleine Tempel ist fertig, den Großen vollende ich in wenigen Monaten. Willst du sie ansehen?«

Chamwese antwortete nicht, weil Takka eben den Wein hereinbrachte. Sie hatte zwei vergoldete Bronzebecher aufgetrieben, die sie nun sorgsam, um nichts zu verschütten, bis zwei Finger unter dem Rand füllte, wie sie es bei den Ägyptern gelernt hatte. Mit einer leichten Verbeugung zog sie sich zurück.

»Ein nettes Mädchen«, bemerkte Chamwese, »aufmerksam und tüchtig. Piay, ich habe die Sitzfigur des Guten Gottes in Theben gesehen – dein Werk! Ich war sehr angetan, frei herausgesagt, ich war begeistert. Wenn deine Arbeit hier auch so gut gelungen ist ...«

»Ich hoffe schon. Der Sandstein ist wesentlich leichter zu bearbeiten als der Granit, darum geht es hier auch viel schneller.«

»Was wirst du nach Beendigung deiner Arbeit tun?«

»Ich weiß es nicht, ehrwürdiger Prinz. Seine Majestät – er lebe, sei heil und gesund! – hat noch keine Verfügungen getroffen. Vorerst darf ich Suenet nicht verlassen. Du wirst ja wissen, daß der König in seiner Güte und Nachsicht meine Verurteilung zur Zwangsarbeit in Verbannung gemildert hat.«

Weil er dich hier nötig braucht, dachte Chamwese, doch er sagte:

»Ja, da hast du großes Glück gehabt. Ohne meinem erhabenen Vater vorgreifen zu wollen, bin ich doch der Ansicht, daß dein Talent nicht brachliegen darf. Wenn du hier fertig bist, was kannst du in Suenet schon tun? Falls der König dich in Piramesse nicht haben will – in Memphis hätte ich so viel Arbeit für dich, daß drei Leben nicht dafür ausreichen würden. Ich werde dem Guten Gott so lange in den Ohren liegen, bis er deine Verbannung aufhebt. Du hast im Straflager gebüßt, hast seinen Tempel vollendet – ich glaube, man sollte die alten Geschichten jetzt vergessen. Es hat ja schließlich keinem geschadet, nicht wahr?«

Piay war blaß geworden und mußte schwer schlucken, ehe er sagte: »Du würdest dich für mich bei Seiner Majestät einsetzen?«

Chamwese nickte bekräftigend.

»Für dich und für dein Können. Mir als Hohenpriester des Ptah erscheint es wie eine Lästerung unseres Gottes, der ja auch den Titel ›Oberster Handwerker‹ trägt, wenn ein solches Talent nutzlos verkümmert. Verlasse dich darauf, ich werde das dem König – er lebe, sei heil und gesund! – darlegen, und Seine Majestät hört in solchen Dingen auf mich.«

»Glaubst du, der Gute Gott zürnt mir noch wegen – wegen ...«

Chamwese winkte ab.

»Ich weiß ungefähr, was geschehen ist. Warum sollte er? Merit ist mit Seti verheiratet, sie hat ihm ein Kind geboren. Zwar scheint die Ehe nicht so besonders ... Ich weiß nicht, ob es an ihr oder an Seti liegt oder an dir?«

Chamwese hatte die Frage mit leisem Spott untermalt, doch Piay ging nicht darauf ein.

»Verzeih meine unziemliche Neugier, Prinz. Hast du Merits Kind schon gesehen?«

»Ja, ich glaube, es war bei der Namensgebung.«

Chamweses vorzügliches Gedächtnis formte sogleich das Bild des kleinen Mädchens. Er erinnerte sich genau an die großen, klaren, grauen Kinderaugen, und plötzlich wußte er, wo er diese Augen schon gesehen hatte – er brauchte nur den Blick zu heben.

»Es ist dein Kind, Piay. Mich kann man nicht täuschen. Merit wird es wissen, du vermutlich auch ...«

»Ahnt Prinz Seti etwas?«

»Nein, der Arme glaubt, die Augenfarbe leite sich von den Vorfahren seiner Mutter her. Habe keine Angst, mein Lieber, ich werde mein Wissen nicht mißbrauchen und sage dir jetzt ehrlich meine Meinung: Seti ist nicht der richtige Mann für Merit. Daß sie dich nicht heiraten kann, weiß ich, aber wäre ich der König, ich hätte eine andere Lösung gefunden. Nun, ihr seid beide am Leben, und somit ist das letzte Wort noch nicht gesprochen.«

»Das letzte Wort sprechen die Götter, heißt es.«

»Das allerletzte gewiß – im Jenseits. Im irdischen Leben aber gibt das Wort des Königs den Ausschlag, und es kommt darauf an, wer ihn berät. Wie du siehst, bin ich dir freundlich gesinnt, und der Pharao – er lebe, sei heil und gesund! – hört bisweilen auf meinen Rat.«

Nicht ganz ohne Hintergedanken setzte sich Chamwese für Merits Geliebten ein. Er mochte Piay wirklich, schätzte ihn als Mensch und mehr noch als Künstler, doch er wußte natürlich auch, daß seine Rückkehr einige Unruhe in Nefertaris Familie tragen könnte, und seit er sich vorgenommen hatte, Partei zu ergreifen, war ihm diese Möglichkeit im Kopf herumgegangen. So konnte er Piay einen Gefallen tun und zugleich seiner eigenen Familie. Dazu kam noch, daß er Seti, den tüchtigen General, nicht mochte. Dieser Einfaltspinsel konnte ein Hochrelief vom vertieften nicht unterscheiden und war kaum imstande, den eigenen Namen zu schreiben. Chamwese lächelte ein wenig boshaft, als er sich Setis Reaktion ausmalte, wenn Piay zurückkehrte und – womit zu rechnen war – Merit Verbindung mit ihm aufnahm.

»Verzeih, mein Prinz, wenn ich dich ein zweites Mal frage, ob du jetzt geneigt bist, die Tempel zu besichtigen?«

»Ja, meine Gedanken waren woanders. Gut, sehen wir uns die Wunderwerke an.«

Inzwischen hatte es sich herumgesprochen, daß der Königssohn und Hohepriester Chamwese zu Besuch war. So standen die Handwerker Spalier, als die beiden Männer zu den Tempeln gingen, und grüßten den Prinzen durch Zurufe und tiefe Verneigungen. Da sie von Süden kamen, trafen sie zuerst auf den Großen Tempel. Chamwese trat zurück, so weit er konnte, und blickte lange zu den vier erhabenen Göttern auf, die das Antlitz seines Vaters trugen. Sie waren bis zum Gürtel vollendet, Piay formte gerade die auf den Knien liegenden Hände der Kolosse.

Er sandte ein stilles Gebet zu Ptah, der Prinz möge ihn mit der Frage verschonen, ob diesmal neben den Füßen des Guten Gottes auch Isis-nefert abzubilden sei. Dann hätte ihm Piay nämlich sagen müssen, daß die Pläne des Königs, mehrere Statuen der Nefertari, ihrer Kinder und der Königinwitwe Tuja vorsahen, jedoch keine der Zweiten Gemahlin. Doch Chamwese schwieg, ging ein paar Schritte am Ufer entlang, um einen anderen Blickwinkel zu haben, und sagte schließlich:

»Bei dieser Arbeit hat dir Ptah in eigener Person die Hand geführt. Ich finde keine andere Erklärung. Was immer du an Schuld auf dich geladen hast – dieses Werk löscht es aus, du hast es abbezahlt, ja, ich meine sogar, daß jetzt wir in deiner Schuld stehen. Für heute muß das genügen. Ich gehe jetzt zum Palast und werde dich morgen bei der Arbeit besuchen.«

Wie auf Wolken ging Piay zurück zu seinem Haus. Er wäre jetzt nicht fähig gewesen, Hammer und Meißel in die Hand zu nehmen, sein Herz hüpfte vor Glück und Hoffnung. Die ferne Geliebte war ihm plötzlich ganz nahe gerückt. Chamwese war kein Mann, der leere Versprechungen machte. Er würde es zumindest versuchen, den Pharao umzustimmen. In seiner Freude umarmte er Takka, hob sie hoch und drehte sich mit ihr im Kreis.

»Ach Takka, wenn du wüßtest, was mir dieser Besuch bedeutet«, sagte er atemlos und ließ sich in einen Sessel fallen.

»Er hat dir von deiner Geliebten erzählt«, vermutete Takka, und ihr Gesicht wurde traurig.

»Ja, auch, und der Prinz will sich beim Guten Gott – er lebe, sei heil und gesund! – dafür einsetzen, daß ich zumindest nach Memphis zurückdarf. Kannst du dir vorstellen, daß ich dort früher ein reicher Mann war? Ich besaß ein großes Haus, Diener, Vieh, Land, und Seine Majestät machte mir mehrmals im Jahr reiche Geschenke. Das alles habe ich verloren.«

»Hattest du auch einen Harem?«

Piay lachte. »Auf diese Frage habe ich schon gewartet. Ja, so etwas Ähnliches. Es waren auch Kinder da, doch habe ich mich nie sehr darum gekümmert.«

»Würdest du mich mitnehmen? Nach Memphis, meine ich.«

Piay hatte in seiner Freude noch nicht daran gedacht, was aus Takka werden sollte, seiner kleinen schwarzen Bettgenossin. Er empfand Zuneigung für die kleine Nubierin, sie war schon ein Teil seines Lebens geworden.

»Warum sollte ich?« scherzte er, »du siehst ja, welche Last man mit den Geliebten hat. Man muß Zwangsarbeit leisten, wird enteignet und verbannt.«

»Mit mir hättest du keine Last«, sagte Takka mit kleiner Stimme. Dabei standen ihr Tränen in den Augen.

Piay zog sie an sich und setzte sie auf seine Knie.

»Ich lasse dich nicht zurück, mein Liebes. Wenn der König – er lebe, sei heil und gesund! – meine Verbannung aufhebt, wird er mir auch meinen Besitz zurückgeben, zumindest einen Teil davon, und ich werde ihn bitten, deine Leibeigenschaft auf mich zu übertragen. Dann gehörst du mir, mein schwarzes Mädchen, und ich kann mit dir machen, was ich will.«

»Ich gehöre dir auch jetzt schon«, sagte Takka ernst und machte sich aus seiner Umarmung frei.

»Ich habe noch einiges im Garten zu tun. Dein frühes Kommen hat alles durcheinandergebracht.«

»Du redest schon jetzt wie eine Ehefrau! Ich fürchte, ich werde dich heiraten müssen.«

Diese Bemerkung war scherzhaft gemeint, doch lag auch etwas wie Trotz darin. Hatte Merit nicht auch geheiratet? Einen Prinzen, wie es ihrem Rang zukam, und so würde er, seiner Herkunft entsprechend, eine Sklavin heiraten.

Auch Takka nahm seinen »Antrag« nicht ernst, doch seine Worte freuten sie, und in ihr Herz zog die leise Hoffnung ein, daß eines Tages aus dem Spaß Ernst werden könnte.

Merit-Anta, die neue Gemahlin des Königs Usimare Ramses zog in den für sie neuerbauten Palast, und es zeigte sich, daß er keineswegs zu groß war. Die Tochter des Chatti-Königs Hattusili hatte einen eigenen Hofstaat mitgebracht, der aus zahlreichen Dienern und Dienerinnen, Eunuchen, Schreibern, Dolmetschern und Hofdamen bestand. Der vorsichtige Ratschlag des Wesirs, da müsse man wohl einen Teil davon wieder zurückschicken, wurde vom Pharao empört zurückgewiesen.

»Die Arme hat hier niemand, mit dem sie sich richtig verständigen kann. Das sind alles vertraute Leute, die sie schon seit ihrer Kindheit kennt, und die müssen bleiben, wenn sie sich einleben und wohl fühlen soll.«

Der Wesir wußte, daß es nicht klug gewesen wäre, in diesem Fall zu widersprechen, und so residierte Merit-Anta in ihrem großen Haus und nahm auf des Pharaos Wunsch täglichen Unterricht in ägyptischer Sprache. Ein junger, tüchtiger Schreiber versah dieses ehrenvolle Amt, doch nach einigen Tagen beklagte sie sich mit Hilfe ihres Dolmetschers bei Ramses:

»Dieser Schreiber schaut mich immer so sonderbar an, als wolle er mir im nächsten Augenblick Gewalt antun. Du solltest ihn entmannen lassen, dann wäre mir wohler. Am Hof meines Vaters waren es nur Eunuchen, die mit den Prinzessinnen in näheren Kontakt treten durften.«

»Diesen Wunsch kann ich dir leider nicht erfüllen, Liebste. Wir in Kemi verlassen uns auf die Treue unserer Frauen und die Standhaftigkeit unserer Beamten. Ich werde den jungen Schreiber durch einen alten ersetzen.«

Schade, dachte Merit-Anta, ich hätte so gerne das Gesicht des Burschen bei der Ankündigung gesehen, daß er seine Eier verlieren wird.

Noch immer verbrachte der König nahezu jeden Abend und die Nacht bei ihr. Dabei war sie keineswegs eine willfährige und immer bereite Gattin. Sie hatte ihre Launen, verweigerte ihm ihr Bett, und wenn er darauf bestand, lag sie da wie ein Stück Holz, schloß ergeben die Augen und seufzte schwer über die Zumutung. Meistens aber war sie eine wilde, kenntnis- und einfallsreiche Geliebte, die immer neue Spiele erfand und dem Pharao in kurzer Zeit so viel an Geschenken abgeschmeichelt hatte, daß sie bald als die reichste Frau im Harem gelten konnte.

Nefertari war dem Rat der Königinmutter gefolgt und hatte sich für einige Zeit nach Memphis zurückgezogen. Zu ihrem großen Kummer hatte der Pharao keine Einwände erhoben:

»Ein guter Gedanke, wenn du dich dort einmal zeigst und an Götterfesten teilnimmst. Laß dir nur Zeit mit der Rückkehr, hier liegt im Augenblick nichts Wichtiges vor.«

Er küßte flüchtig ihre Wange und lief wie ein Süchtiger ins Haus der anderen.

So klagte sie Merit ihr Leid:

»Er scheint noch froh zu sein, daß ich wegfahre, und zwar möglichst lange. Früher ließ er mich nicht aus den Augen, ich hätte nicht die kleinste Reise ohne ihn unternehmen dürfen. Jetzt warte ich noch darauf, daß er ihr einen Tempel errichtet, am besten gleich mitten in der Stadt.«

Sie brach in Tränen aus.

Merit versuchte, ihre Mutter zu trösten.

»Ich glaube noch immer, daß er diese Schlange schon bald satt hat. Hast du bemerkt, daß er dein halbes Lapisherz nach wie vor um den Hals trägt? Solange er es nicht ablegt … Ich weiß auch nicht, mit welchen Zaubermitteln sie ihn Nacht für Nacht in ihr Bett lockt und darin festhält wie einen Burschen, der sich zum ersten Mal verliebt hat. Reise nach Memphis und vergiß diesen Hof für eine Weile. Ich werde dich auf dem laufenden halten.«

Der Pharao aber fühlte sich in Merit-Antas Bett wie ein mächtiger Stier – verjüngt, kraftvoll, zu allem bereit. Und sie geizte nicht mit ihrer Bewunderung, die türkisäugige Schlange. In holprigem Ägyptisch lobte sie seine Manneskraft und nannte sich die glücklichste Frau von Kemi, weil sie so maßlose Freuden in seinen Armen genießen durfte. Es lag nichts Überschwengliches oder Schmeichlerisches in ihren Worten, sie brachte ihr Lob fast widerwillig hervor, und so wiegte sich Ramses in dem Glauben, es sei echt. Nach ihren Erfahrungen war er eher ein tolpatschiger Liebhaber, der mit Kraft und Ausdauer ersetzen zu können glaubte, was ihm an Feinheiten mangelte. Gutana aber, die jetzt Merit-Anta hieß, gab sich nur vorläufig mit dem Rang einer Dritten Gemahlin zufrieden. Die abwesende Isis-nefert war für sie vermutlich kein sehr großes Hindernis, und die in ihren Augen schon uralte Nefertari würde bald ihre Macht über den König verlieren. Ihre Dolmetscher, die mit offenen Augen und Ohren herumstrichen, hatten ihr zwar versichert, daß Nefertari seit mehr als zwanzig Jahren die über alles verehrte Lieblingsgemahlin des Pharao sei, aber Gutana konnte das nicht glauben. Daß sie als Mutter des Thronfolgers hohe Ehren genoß und von aller Welt respektiert wurde, nahm sie als gegeben hin, das war bei ihr zu Hause nicht anders. Aber daß sie noch immer seine bevorzugte Geliebte war – nein, das hielt sie für ein Gerücht. Doch sie hütete sich, den König darauf anzusprechen.

Wenn im Gespräch Nefertaris Name fiel, dann erkundigte sich Gutana mit tiefem Respekt nach ihrem Befinden, lobte ihre strahlende, jugendliche Erscheinung und setzte nicht ohne Tücke hinzu:

»Ach, könnte ich nur wie sie meine Schönheit bis in ein so hohes Alter bewahren! Kennt deine Erste Gemahlin irgendwelche Zauberkünste? Es wäre freilich ungeschickt von ihr, sie zu verraten.«

Ramses, begriffsstutzig, wie viele Männer in solchen Situationen, hörte den boshaften Unterton nicht heraus, sondern nur das Lob und den Respekt seiner Geliebten. Und er schätzte sie dafür um so mehr.

Eine halbe Stunde vor Sonnenaufgang war Prinz Merire zur Stelle. Seine schlaksige, hochaufgeschossene Gestalt verriet das väterliche Erbe, doch sein rundes, noch kindliches Gesicht glich eher dem seiner Mutter Nefertari.

Prinz Montu, der Wüstenmann, kannte nicht die Pünktlichkeit der Hofbeamten. Seine Zeitbegriffe waren verschwommen und wurden von den Ereignissen bestimmt. Den Abend zuvor hatte er mit Nes-Amun verplaudert und dabei mehr als üblich getrunken, so daß er erst erwachte, als das feurige Auge des Re schon über sein Bett streifte. So traf Montu erst eine Stunde nach Sonnenaufgang ein, mit schwerem Schädel und dicker Zunge. Da ihm der Begriff einer Verspätung fremd war, entschuldigte er sich nicht, sondern grinste zur Begrüßung und fragte:

»Schon aufgeregt? Wo ist das Pferd?«

»Aber dafür wolltest doch du sorgen«, sagte Merire vorwurfsvoll.

»Nur Geduld, mein Freund, wir haben den ganzen Tag Zeit.«

Als das Pferd zur Stelle war und ein Knecht es einspannte, ging Montu um den Kampfwagen herum, prüfte Verschiedenes und nickte schließlich zufrieden.

»Ich glaube, es kann losgehen. Zuerst drehen wir gemeinsam eine Runde, und dann versuchst du es allein. Gut so?«

Merire stimmte begeistert zu, und die beiden ungleichen Brüder sprangen auf den Wagen: der mittelgroße, stämmige und etwas dunkelhäutige Montu mit seinem scharf geschnittenen, wachen Gesicht und der schon jetzt um einen halben Kopf größere, schlaksige Merire.

Inzwischen hatten sich mehrere Zuschauer eingefunden, Palastwachen, die ihre freien Stunden genossen, Hofbeamte, Diener, dazu ein paar der alten Herren, die irgendwie mit dem Königshaus verwandt waren und ihren Lebensabend als Pfründner innerhalb der Palastmauern verbrachten.

Auch Nes-Amun hatte sich eingefunden, sprach einige Worte mit Montu, lächelte dem aufgeregten Merire ermunternd zu und strahlte wie immer freundliche Biederkeit aus.

Montu nahm die Zügel, blickte sich nach Merire um und sagte: »Halte dich gut fest!«

Dann preschten die beiden los, im geraden Weg nach Westen, auf der mit großen hellen Steinplatten gepflasterten Prozessionsstraße. Sie erreichten eine beachtliche Geschwindigkeit, denn das ausgeruhte, kräftige Pferd flog über die breite Straße, daß die Funken stoben.

Als Mitglied der Wüstenpolizei war Montu so mit der Wagenfahrt vertraut, daß er sein Gefährt hätte im Traum lenken können, und so spürte er auch gleich ein seltsames Schlingern, das offenbar vom linken Rad ausging. Er beugte sich seitwärts, um nachzusehen, doch im selben Augenblick lösten sich die angesägten Speichen, sprangen aus dem Rad, und der Wagen kippte zur Seite.

Montu hatte in der Wüste eines vor allem gelernt: Im Augenblick höchster Gefahr denke zuerst an dich selbst! Und gerade er hatte das immer beherzigt – er war kein Mensch, der sich für einen Freund aufopferte. Und doch handelte er jetzt gegen diese Regel und brüllte Merire zu: »Spring ab! Schnell!« Und verpaßte so den geeigneten Augenblick, sich selbst zu retten. Merire ließ sich einfach vom Wagen fallen, stürzte auf sein Hinterteil, überschlug sich mehrmals und blieb reglos liegen.

Montu ließ die Zügel fahren, doch sein Absprung aus dem zerberstenden Fahrzeug mißlang. Er stürzte mit dem Kopf auf die bronzene Nabe des rechten Rades, das sich von der Achse löste und zusammen mit ihm auf das Pflaster prallte. Doch Montu hatte sich im Augenblick des Sturzes zusammengerollt, um Knochenbrüche zu vermeiden, und so schien ihm auch nicht viel geschehen zu sein. Er kam schnell wieder auf die Beine und lief humpelnd zu dem reglos daliegenden Merire.

»Was ist los mit dir? Bist du verletzt?«

Merire lag wie betäubt und flüsterte nur: »Ich weiß nicht, es ging alles so schnell …«

»Versuche aufzustehen!« sagte Montu und griff ihm unter die Arme. Merire stieß einen lauten Schrei aus.

»Nein, Montu, es geht nicht, ich habe solche Schmerzen …«

»Bleib liegen, ich hole Hilfe!«

Montu rannte los, doch plötzlich wich alle Kraft aus seinen Beinen, und er fühlte, wie eine unsichtbare Faust ihn niederdrückte. Er verlor das Bewußtsein und stürzte zu Boden.

Die Zuschauer hatten den Unfall von ferne mit angesehen und standen zuerst wie erstarrt. Nes-Amun handelte als erster, lief mit watschelnden Schritten zum »Haus der Diener Sachmets« und holte einen Arzt. Als der hörte, was geschehen war, schickte er sofort seinen Gehilfen nach zwei Krankentragen und lief inzwischen zur Prozessionsstraße. Als er sich über Montu beugen wollte, sagte Nes-Amun: »Kümmere dich zuerst um Merire, den Sohn der Großen Königlichen Gemahlin.«

Der Arzt tastete den Jungen ab, fand einen gebrochenen Arm und vermutete ein Verstauchung oder einen Bruch der Hüfte. Inzwischen erschienen die Krankenträger mit einem weiteren Arzt. Während Merire weggebracht wurde, untersuchten sie Montu und fanden, was sie bei dem Bewußtlosen vermutet hatten. Sein Schädel war oberhalb der rechten Schläfe eingedrückt. Er atmete ganz flach, sein ohnehin hageres Gesicht war eingefallen, die Nase stach spitz daraus hervor, es war das Antlitz eines Sterbenden.

Prinz Merire wurde in Nefertaris Palast gebracht, wo man ein Krankenzimmer einrichtete. Hier wurde der leise stöhnende Junge noch einmal gründlich untersucht und tatsächlich ein Bruch des Hüftknochens festgestellt.

»Da kann leider nichts geschient werden, Majestät«, sagte der Arzt zu Nefertari. »Wir können nur feste Bandagen anlegen und den Prinzen an sein Lager festbinden, denn jede Bewegung kann von Schaden sein. Der gebrochene Arm macht uns keine Sorgen, der wird in etwa dreißig Tagen geheilt sein.«

»Wie geht es Montu?« fragte Nefertari.

Der Arzt warf einen warnenden Blick auf den Jungen und sagte unbestimmt:

»Da müssen wir abwarten, wie schwer die Kopfwunde ist. In einigen Stunden wissen wir mehr.«

Nefertari verstand den Wink und begleitete den Arzt hinaus. »Also?«

»Wenig Hoffnung, Majestät. Der Schädel ist oberhalb der rechten Schläfe eingedrückt. Unser Fachmann wird eine Trepanation versuchen, doch niemand weiß, wie sie ausgeht.«

»Wie konnte das Unglück nur geschehen? Der Wagen wurde doch mehrmals überprüft.«

»Prinz Seti hat eine strenge Untersuchung angeordnet, die Trümmer des Wagens wurden eingesammelt und in die Werkstatt gebracht.«

»Ich danke dir und bitte dich, an den Gebeten im Sachmet-Tempel teilzunehmen. Solange mein Sohn im Krankenbett liegt, werde ich der Mächtigen und Zauberreichen täglich opfern lassen.«

Prinz Montu lag im »Haus der Diener Sachmets«, und mehrere Ärzte bemühten sich um ihn. Man hielt ihm scharfe Essenzen unter die Nase, um ihn aus seiner tiefen Bewußtlosigkeit zu lokken, doch er bewegte nur unruhig seinen Kopf, und ein schmerzliches Zucken lief über das blasse, eingefallene Gesicht.

»Ich werde eine Trepanation versuchen, sie könnte für ihn die einzige Rettung sein.«

Imhotep, der Fachmann für Knochenverletzungen, wandte sich von dem Kranken ab und ordnete an:

»Rasiert die rechte Schädelseite, aber ganz behutsam!«

Er selbst wusch sich lange die Hände in Kräuterwein und breitete seine blitzenden Instrumente auf einem Leinentuch aus. Da gab es winzige Meißel in verschiedener Größe, dazu kleine Hammer, die wie Spielzeug aussahen, Schablöffel, schmale Messer, Pinzetten, Zangen und noch so manches, das geeignet war, einen Kranken zu quälen, aber auch zu retten.

Bei den vielen Ärzten im Palastviertel hatte es sich schnell herumgesprochen, daß der berühmte Imhotep eine Schädelöffnung vornehmen würde. Begierig, ihm etwas abzuschauen, strömten sie ins »Haus der Diener Sachmets« und sammelten sich um Montus Lager. Das aber erregte Imhoteps Unwillen.

»Meine Herren, ich führe hier kein Schauspiel vor, sondern bin dabei, einen schwierigen Eingriff vorzunehmen, um ein Menschenleben zu retten. Wenn ihr dabei zusehen wollt, so haltet Abstand und macht vor allen Dingen das Fenster frei.«

Die Gehilfen schoben die Bahre an das Nordfenster, denn Imhotep benötigte für seine schwierigen Handgriffe helles Licht. Er drehte Montus Kopf in eine leichte Schräglage und befahl seinen Gehilfen, ihn so festzuhalten. Dann nahm er ein schmales langstieliges Messer und öffnete die Haut über der Bruchstelle mit einem Kreuzschnitt. Ein zweiter Gehilfe zog die Hautlappen zurück und steckte sie mit kleinen Nadeln fest. Als das Blut weggetupft war, erschien der helle, stark zersplitterte Schädelknochen. Mit einer Pinzette entfernte Imhotep die losen Splitter, ergriff den winzigen Hammer, setzte den zierlichen Meißel an und entfernte mit kleinen behutsamen Schlägen die zerstörten Knochenteile, bis auf einer Fläche von der Größe eines Taubeneies die grauweiße Gehirnmasse freilag. Einige der Knochensplitter hatten sich tief hineingebohrt, und Imhotep zog sie mit seiner feinen Pinzette Stück um Stück heraus.

Montu wurde unruhig, versuchte seinen Kopf zu drehen, schlug mit Armen und Beinen um sich.

»Gafft nicht nur herum!« brüllte Imhotep die Ärzte an, »sondern haltet den Kranken fest, bis ich fertig bin.«

Nach einer Weile legte er die Pinzette weg und drückte ganz sacht seinen Zeigefinger auf die Gehirnmasse.

»Ich fühle noch einige kleine Splitter, kann sie aber nicht sehen«, bemerkte er dazu.

Während er seine Hände reinigte, sagte er:

»Um die restlichen Splitter herauszuholen, müßte ich zu tief in das Gehirn eindringen. Es hat sich erwiesen, daß es weniger gefährlich ist, die winzigen Knochensplitter an Ort und Stelle zu belassen, als sie zu entfernen. Ob Prinz Montu den Eingriff übersteht, wird sich bald zeigen.«

Imhotep zog die Hautlappen über die offene Stelle, klebte sie mit Heilharz fest und legte einen leichten, aber straffen Verband an.

Plötzlich trat der Pharao ein. Die Ärzte wichen zurück und neigten sich tief.

»Ich komme gerade zurück und habe von dem Unglück erfahren. Merire wird sich erholen, hat man mir gesagt, wie steht es mit Montu?«

»Schlecht, Majestät. Ich habe eben seinen Schädel trepaniert, doch der Stoß war sehr stark und hat einige Knochensplitter tief ins Gehirn getrieben. Ich werde jetzt noch einmal versuchen, ihn aus seiner Bewußtlosigkeit zu erwecken. Die Zuschauer können sich zurückziehen.«

Die Ärzte verließen schnell den Raum, nur zwei Gehilfen blieben zurück. Imhotep tauchte eine Feder in verschiedene Essenzen und kitzelte Montu damit die Nase. Plötzlich ging ein Zucken über sein schmales Gesicht, und Montu schlug die Augen auf. Der Pharao trat näher.

»Erkennst du mich?«

Montu zeigte keine Reaktion, blickte lange auf den Pharao und sagte dann stockend, mit schwerer, wie betrunkener Stimme: »Wen – wen wirst – du – jetzt nach – Keftiu – senden?«

»Dich, wenn du gesund bist«, sagte Ramses freundlich.

Ein schwaches, aber freches Grinsen glitt über das eingefallene Gesicht.

»Wirst – dir – einen anderen – suchen – müssen.«

Montu schloß die Augen, und Ramses sagte leise zu Imhotep:

»Er redet, als wisse er um seine hoffnungslose Lage.«

»Ganz ohne Hoffnung bin ich nicht, Majestät. Bei meinen Schädelöffnungen hat etwa die Hälfte der Kranken überlebt. Ich werde noch eine Stunde bei ihm wachen, dann löst mich ein Gehilfe ab.«

»Gut«, sagte der Pharao, »und ich werde mich daranmachen, den Urheber des Anschlags herauszufinden.«

»Anschlag?« fragte Imhotep erstaunt, »ich dachte, es sei ein Unfall gewesen.«

»Man hat den Wagen genau untersucht. Von den fünf Speichen des rechten Rades waren drei angesägt. Der Täter muß gewußt haben, daß Merire mit dem Wagen eine Probefahrt unternehmen wollte.«

»Der Anschlag könnte auch gegen Prinz Montu gerichtet gewesen sein, Majestät. Irgendwelche Frauengeschichten, vielleicht eine Rache ...«

»Wir werden es herausfinden. Unterrichte mich, wenn sich an Montus Zustand etwas ändert.«

Imhotep verneigte sich.

»Jawohl, Majestät – lebe, sei heil und gesund!«

11

Die Kolossalfiguren am Großen Tempel waren vollendet. Piay betrachtete sie von allen möglichen Seiten und stieg dann sogar auf ein Boot, das der Ruderer so gegen die Strömung halten mußte, daß es auf derselben Stelle blieb. Zwar fehlte dem Sandstein der Spiegelglanz, den der Granit nach langem Polieren ausstrahlte, dafür aber verteilte sich das Licht auf der Oberfläche gleichmäßiger und verlieh den Kolossen eine transparente Leichtigkeit.

Piay war zufrieden mit seinem Werk. Er hätte die Figuren anders, aber nicht besser machen können. Nun ließ er sich so weit nach Süden fahren, bis die Kolosse hinter der Flußkrümmung verschwanden und befahl dem Ruderer, das Boot langsam nach Norden treiben zu lassen.

Das war es nun, was der Pharao gewollt hatte: Wer aus dem elenden Kusch nach Norden fuhr und sich der Grenze zu Kemi näherte, sah plötzlich am Ufer den gewaltigen Felsentempel auftauchen, der von den Kolossen beherrscht wurde. Diese in majestätischer Ruhe verharrenden Sitzfiguren boten dem unwissenden Nubier in vereinfachter Form den Hauptinhalt der ägyptischen Religion dar, nämlich den vergöttlichten Pharao, zusammen mit Amun und Re, den Hauptgöttern Kemis. Ob der dumme Nubier den Zusammenhang verstand?

Piay wandte sich an seinen Ruderer und fragte:

»Weißt du, wer da in vierfacher Gestalt den Tempel bewacht?«

Der Mann grinste freundlich und gab eine unverständliche Antwort. Piay vereinfachte seine Frage und deutete auf den Tempel:

»Wer ist das? Was siehst du dort?«

Offenbar verstand der Mann kein Ägyptisch, doch Piay hörte aus seiner Erwiderung das Wort »Usimare« heraus. Dann hat es sich wenigstens herumgesprochen, daß dort der Pharao thront, dachte Piay, und jeder wird spüren, daß er etwas Göttliches verkörpert.

Piay ging an Land und ließ sich von zwei Dienern mit Fackeln ins Innere des Tempels begleiten. Ein letztes Mal wollte er sich in aller Ruhe, ungestört und unbehelligt umsehen. In den nächsten Tagen wurden die Priester erwartet, und von da an wandelte sich der Felsentempel vom Bauprojekt zum Heiligtum. Im ersten Peret-Monat würde sich hier im Allerheiligsten das Mysterium des Re vollziehen, und Piay sollte auf Wunsch Chamweses daran teilnehmen. Danach war er frei.

Ja, Chamwese hatte sein Versprechen wahr gemacht. In Piays Haus lag ein Schreiben des Hohenpriesters, dessen Inhalt er Wort für Wort auswendig kannte.

»Prinz Chamwese an Piay, den Vorsteher der Handwerker.

Mein Lob hat das Herz Seiner Majestät – er lebe, sei heil und gesund! – gerührt, und er läßt dir durch mich den Schönen Befehl übermitteln, daß deine Verbannung mit dem Tag der Vollendung des Tempels aufgehoben ist. Dann bist du frei und kannst dich nach Belieben im Land bewegen mit einer Ausnahme: Das Betreten der Residenzstadt Piramesse ist dir auf Lebenszeit untersagt. Ich hoffe, du folgst meiner Bitte und wirst dich in Memphis niederlassen. Ein Haus steht für dich bereit, und Arbeit gibt es genug. Als besondere Belohnung, die bisher noch keinem Handwerker in Kemi zuteil wurde, gestattet dir Seine Majestät – er lebe, sei heil und gesund! –, deinen Namen im Innern des Großen Tempels anzubringen, und zwar in der großen Halle.

Sei glücklich, Piay, denn du hast die Gnade des Guten Gottes wiedererlangt. Bleibe gesund und reise bald!«

Piay gebot den Dienern, vor dem großen Wandrelief stehenzubleiben, das die Schlacht bei Kadesch darstellte. Hotep hatte es begonnen; sein Tod unterbrach die Arbeit, und Piay hatte sie vor kurzem vollendet.

Er nahm einem der Männer die Fackel aus der Hand und schickte die beiden hinaus. Allein wollte er jetzt sein, um seinen Triumph zu genießen. Er, der ehemalige Feldsklave und Zwangsarbeiter im Steinbruch, er hatte nun seinen Namen unter das Bild des Guten Gottes gesetzt, der riesengroß von einem Thronsitz auf seine Truppen und die Horden besiegter Feinde blickte. Piay hielt die Fackel ganz nah an den Fels und las:

»Gemacht von Piay, dem Bildhauer des Ramses Meriamun, Sohn des Nefer-chai, des Seligen.«

So sollte auch sein Vater, der Kriegsgefangene aus dem Norden, dem sie den Namen »Schön an Erscheinung« gegeben hatten, hier verewigt werden. Es war nicht Dankbarkeit, was Piay dazu bewog – er hatte seinen Vater kaum gekannt –, sondern es geschah aus einer Mischung von Trotz und Triumph, um die letzten Spuren des Ackersklaven auszutilgen. Wer in hundert oder dreihundert Jahren die Worte lesen würde, mußte sich sagen: Wenn dieser Piay seinen Namen und den seines Vaters hierhersetzen durfte, dann muß er wohl aus guter Familie und mit dem Guten Gott Usimare Ramses Meriamun, befreundet gewesen sein.

Eine kleine, späte Rache, die ich mir leiste, dachte Piay, ging zum Ausgang und löschte die Fackel. Ein Glücksgefühl durchströmte ihn, wie er es lange nicht mehr empfunden hatte. Um dieses Glück mit einem Menschen zu teilen, ging er in sein Haus und küßte Takka auf beide Wangen.

»Wer immer hierherkommt, ob in hundert, in tausend oder zehntausend Jahren, ob als frommer Pilger oder neugieriger Reisender, ob als Handwerker, der etwas lernen will oder als Priester, der den Göttern einen Besuch abstatten möchte – sie alle werden neben den Namen des Guten Gottes, seiner Gemahlin und seiner Kinder auch den meinen finden: Piay hat es gemacht!«

»Und wenn sie nicht lesen können?« fragte Takka arglos.

Piay stutzte:

»Irgendwer ist immer zur Hand, der die Schriftzeichen beherrscht. Die in den nächsten Tagen eintreffenden Priester werden es jedenfalls lesen können. Ich sehe schon jetzt ihre gerunzelten Stirnen, ihre Mißbilligung. Aber so ist er, der Gute Gott, dessen Freund ich mich einmal nennen durfte: Er steht über den Dingen und reißt Grenzen nieder, die andere nicht einmal anzutasten wagten. Er baut seiner Gemahlin einen Tempel, läßt sich bei einem zweiten als Amun und Re-Harachte darstellen, so daß jeder, der diese Götter anbetet, auch ihn, Ramses, anbetet, und gestattet einem Bildhauer, der ihn einst schwer beleidigt hat, seinen Namen im Tempel anzubringen. Sind das Widersprüche? Ist es Willkür? Sind es Launen? Was meinst du, Takka?«

»Diese Fragen kann ich nicht beantworten«, sagte Takka, »aber schon mein Vater hat mich gelehrt, daß wir das Handeln der Götter hinnehmen müssen, so seltsam es uns auch erscheinen mag.«

»Du hast recht, kleine Nubierin, und da für mich am Ende alles gutgegangen ist, will auch ich es hinnehmen, dankbar und zufrieden. Freust du dich auf die Reise?«

Sie tat erstaunt:

»Warum soll ich mich freuen, wenn du verreist? Was man liebt, läßt man nicht gerne ziehen ...«

»Habe ich dir noch nicht gesagt, daß ich dich mitnehme? Ich muß es dir doch schon gesagt haben!«

»Ach weißt du, die Herren sind launisch, und eine Sklavin soll sich nicht zu früh freuen. Was könnte ich machen, wenn du es dir am Tag der Abreise anders überlegst?«

Piay tätschelte ihre Wange:

»Dazu ist es jetzt zu spät. Ich habe mich so an dich gewöhnt, als seist du meine zweite Frau. Du wirst in Memphis ein großes Haus führen, wirst eine Dienerschaft haben ...«

Takka fragte neugierig:

»Du hast mir nie erzählt, daß du schon eine Frau hast. Wenn ich die zweite bin, wer ist die erste, und wie heißt sie?«

»Du wirst es noch erfahren – vielleicht. Damit hast du nichts zu tun. Ich möchte jetzt nicht darüber reden.«

Drei Tage später trafen die ersten Priester ein, unter ihnen Thotmes, der neue Hohepriester des Amun im Großen Tempel. Er hatte sich längst mit seiner Lage abgefunden und war im Grunde stolz, nun doch noch das Ziel seines Lebens erreicht zu haben, wenn auch nicht in Theben.

Am Tag des Sonnenwunders war die ganze Priesterschaft im Tempel versammelt, Piay und die noch verbliebenen Maler und Bildhauer standen in der zweiten Pfeilerhalle und blickten gespannt nach Westen, wo die lebensgroßen Figuren des Königs und der Götter Amun, Re-Harachte und Ptah in der Dunkelheit des Allerheiligsten auf den Strahl des Re warteten. Die Musiker und Sänger in der Großen Halle stimmten den Re-Hymnus an, die Hilfspriester löschten ihre Fackeln.

»Preis dir, du schöner Re,
der am Morgen aufgeht
und dessen Glanz das Gold übertrifft.
Einzigartiger, der die Ewigkeit durchlebt,
dein Glanz gleicht dem der Himmelsgöttin,
deine Farbe funkelt mehr als ihre Haut.
Alle Augen sehen durch dich,
und nichts wird vollendet, wenn deine Majestät untergeht.
Preis dir, du Sonne des Tages,
der du alle Wesen geschaffen hast …«

Während dieses Lied erklang, traf ein Strahl der aufgehenden Sonne den Eingang des Tempels, durchdrang die Finsternis und schnitt mit seinem grellen Licht die Gestalt des Amun-Re aus der Dunkelheit des Allerheiligsten, wanderte weiter zum Pharao und zu Re-Harachte. Die Gestalt des Ptah jedoch berührte sie nicht. Er verharrte in ewiger Finsternis, um seine Eigenschaft als Totengott anzudeuten.

Nach der Tempeleinweihung gab es ein Festmahl, und Piay wechselte mit Thotmes einige Worte. Aber die Gedanken beider Männer waren zu verschieden, und sie hatten sich wenig zu sagen.

Zwei Tage später bestieg Piay mit Takka ein Schiff nach Norden, doch er wandte sich kein einziges Mal nach den Tempeln um.

Gutana hatte gerade ihr Bad verlassen und ließ sich von den Dienerinnen abtrocknen und einsalben. Sie war eine gefürchtete Herrin, und wenn eine ihrer Sklavinnen einen falschen Handgriff tat, so schlug sie hart zu oder stach die Mädchen mit einer langen Schmucknadel in Arme und Schenkel. Sorgenvolle Gedanken bewegten die Dritte Gemahlin des Guten Gottes, und sie kam zu der Erkenntnis, daß es an der Zeit war zu handeln.

Was wird mit mir geschehen, überlegte sie, wenn der König stirbt? Zuerst werfen sie mich aus meinem Palast und stecken mich in den Harem zu diesen widerlichen Weibern. Es gibt keinen Besitz, auf den ich mich zurückziehen kann wie die alte Tuja, ich bin arm und rechtlos. Nicht einmal Kinder habe ich dem Pharao geboren.

Das war nun etwas, woran sie nicht gerne dachte. Seit sie verheiratet war, lag der König fast jede Nacht bei ihr, und sie wußte, daß aller Samen, der in ihm war, von ihrem Schoß aufgesogen wurde, ohne ihn zu befruchten. Gutana hatte am Hof ihres Vaters mehrere Abtreibungen an sich vornehmen lassen. Das war eine scheußliche Sache mit Blut und Schmerzen, doch als jungfräuliche Prinzessin konnte sie nicht gut mit einem Kind daherkommen. Die Eingriffe wurden von erfahrenen und geschickten Hebammen vorgenommen, aber einmal wäre sie fast daran gestorben. Mit dem Blut strömte das Leben aus ihr heraus, sie war so matt und gleichgültig, daß sie sich in ihr Schicksal ergab. Ihr Vater ließ berühmte Ärzte kommen, doch die zuckten nur mit den Schultern. Einer versuchte als letztes Mittel das Eisbad. Durch einen Stafettendienst von Schnelläufern wurden Schnee und Eis von den Bergen herangeschafft und eine Wanne damit gefüllt. In dieses kalte Bad tauchte man ihren Unterkörper, bis er fast gefühllos war, und die lähmende Kälte brachte die Blutung zum Stillstand. Von da an hatte Gutana das Gefühl, in ihrem Bauch sei etwas abgestorben, wenn es auch ihre Lust mit den Männern keineswegs beeinträchtigte.

Vermutlich aber war sie unfruchtbar geworden, und sie mochte diesen schrecklichen Gedanken kaum zu Ende denken. Eine unfruchtbare Frau ist ein Nichts, aber es gibt für sie noch einige Möglichkeiten: Sie kann als Hebamme, Schankwirtin, Hurenmutter oder dergleichen ihren Lebensunterhalt verdienen. Eine unfruchtbare Königin aber ist weniger als ein Nichts, sie ist ein Unglück für das Land. Gutana war nicht dumm und hatte schnell begriffen, daß in Kemi nicht der Krieger und Held als Vorbild galt, sondern der tüchtige Beamte, den der König schätzte und mit reichen Geschenken bedachte und der das Haupt einer gesunden und zufriedenen Familie war. Die königliche Familie galt dabei als Vorbild, und da fehlte es wirklich an nichts, dachte Gutana bitter. Nicht nur Nefertari und Isis-nefert haben ihm Kinder geboren, auch der ganze Harem quillt über von seiner Brut. Sie jedenfalls konnte sich den Gedanken aus dem Kopf schlagen, jemals zur Zweiten oder gar Ersten Gemahlin aufzusteigen, ohne zuvor Mutter eines Sohnes geworden zu sein.

Also aufgeben? Nein und nochmals nein! Falls ihr Bauch weiterhin taub blieb, wußte sie, was zu tun war. Bei den Chatti war es nicht ungewöhnlich, daß eine unfruchtbare Frau eine Sklavin von ihrem Mann schwängern ließ und in einem symbolischen Wochenbett das Kind als ihr eigenes übernahm. Eine Königin durfte das freilich nicht tun, aber da gab es andere Möglichkeiten. Sie, Gutana, konnte die Schwangere spielen, während eine ihr ergebene Sklavin oder Hofdame das Kind des Königs austrug. Wenn es geboren wurde, war es einfach ihr Kind, während das der anderen angeblich tot zur Welt kam und sogleich verscharrt wurde. Daß der König die Ersatzmutter schwängerte, war Gutanas geringste Sorge. Sie atmete auf. Warum sollte sie sich darüber jetzt schon Gedanken machen? Blieb also nur die Möglichkeit, daß der Pharao in den nächsten Monaten auf irgendeine Weise zu Tode kam. Er galt als wilder Jäger, und was vor kurzem diesen beiden Prinzen zugestoßen war, konnte auch ihm geschehen. Der König näherte sich dem fünfzigsten Lebensjahr, da mußte man mit allem rechnen.

Gutana wandelte sich in Merit-Anta, die Dritte Gemahlin des Pharao, ließ sich sorgfältig ankleiden, schminken und wählte heute einen ganz besonderen Duft. Sie hatte das überaus kostbare Duftöl von zu Hause mitgebracht, es hieß dort »die süße Kupplerin« und galt als sicheres Mittel, auch widerstrebende Männer zu verführen. Dazu hätte Gutana zwar keinen besonderen Duft gebraucht – der König war süchtig nach ihrem Leib wie ein Trinker nach dem Wein –, doch heute wollte sie ganz sichergehen.

Als Ramses den zur Gartenterrasse offenen Raum betrat, fand er eine sorgenvolle Merit-Anta. Sie schmiegte sich an ihn, seufzte leise, und er glaubte sogar eine Träne in den Türkisaugen zu bemerken.

»Was drückt dich denn heute, mein Schmusekätzchen?« fragte er zärtlich.

Ihr kummervolles Gesicht lichtete sich. In ihrem holprigen Ägyptisch sagte sie:

»So gut kennst du mich schon? Ich wollte meine Sorgen vor dir verbergen, aber das ist mir offenbar nicht ganz gelungen. Es geht übrigens nicht um mich, mein Stierchen – meine Sorge gilt dir. Ich mußte vorhin daran denken – nein, ich kann es nicht sagen, ich fürchte, du wirst mir zürnen.«

Ramses blickte sie liebevoll an:

»Ich dir zürnen? Da müßtest du mir schon einen Grund geben. Mache dir keine Gedanken darüber, rede frei heraus.«

Sie druckste herum.

»Es geht, wie gesagt, um dich, um deine Gesundheit – um dein Leben.«

Ramses runzelte die Stirn:

»Um mein Leben? Ist ein Anschlag geplant?«

»Aber nein, geliebter König, dies alles spielt sich in meinem Herzen ab. Jedesmal, wenn du auf die Jagd gehst oder mit dem Kampfwagen über die Straßen donnerst – herrlich und schrecklich wie Month –, dann bleibt mir vor Angst und Sorge das Herz schier stehen. Ich weiß ja, daß dem Guten Gott nichts geschieht, doch dann drängt sich mir die Vorstellung auf, dein Wagen bräche zusammen, ein Krokodil fiele dich an, ein verirrter Pfeil träfe dich ...«

Gutana brach in Tränen aus. Sie strömten wie Perlen aus den Türkisaugen. Ramses war gerührt und erschüttert.

»So viel Angst hast du um mich?«

Sie nickte:

»Damit wäre auch mein Leben zu Ende. Wer bin ich schon, wo sollte ich hin? Im Gegensatz zu deinen beiden anderen Gemahlinnen besitze ich nichts außer ein paar Schmuckstücken. Ich habe kein Land, das mich und meine paar Diener ernähren könnte, aber was wichtiger ist: Kein Mann ist wie du, mein Leben wäre leer und sinnlos. Ich würde Gift nehmen und mit dir in den Westen gehen! Ja, das täte ich! Dann wären wir wieder vereint und könnten unser altes Leben fortsetzen ...«

Ramses war hingerissen. Da sorgte sich dieses Mädchen um ihn, um sein Leben, seine Gesundheit und war sogar bereit, ihm ins Grab zu folgen. Er glaubte ihr jedes Wort, und so bemerkte er auch nicht den Widerspruch. Wie konnte sie sich um ihre Zukunft Sorgen machen und bedauern, daß sie kein Land besaß, wenn sie ihm bei seinem Tod sogleich ins Grab folgen wollte? Ihn bewegte jetzt der Gedanke, ihr etwas Gutes zu tun, sie zu beruhigen, ihren Kummer zu verscheuchen.

»Natürlich hast du recht, du hättest mich schon eher daran erinnern sollen. Was die beiden anderen haben, steht auch dir zu, und ich werde dir einen Besitz übertragen, der dich und deine Diener ernähren kann.«

Gutana umarmte ihn.

»Das hat doch Zeit, Liebster. Es muß übrigens kein Stück von Kemi sein, an das ich denke. Es sollte etwas sein, das mein Heimatland mit Kemi verbindet, etwas, das in der Mitte liegt wie Amurru. Es ist dir untertan und tributpflichtig, aber es gehört nicht zu deinem Land. Du siehst, ich bin bescheiden und fühle mich noch gar nicht als Ägypterin.«

Als er etwas sagen wollte, legte sie ihm einen Finger auf den Mund. »Kein Wort mehr davon, Geliebter, du bist schließlich nicht hierhergekommen, um dir meine Sorgen anzuhören.«

Sie preßte sich an ihn, ihre Hand kroch wie eine flinke Schlange unter seinen Schurz, umschmeichelte seinen Phallus, drückte sanft sein Scrotum, während ihre spitze, harte Zunge tief in seinen Mund fuhr. Wie bescheiden sie ist, dachte Ramses noch, ehe ihn die Leidenschaft übermannte. Sie scheut davor zurück, ein Stück von Kemi zu fordern …

Sie wälzten sich stöhnend auf dem breiten Bett, Ramses vergrub sein Gesicht in den schweren, duftenden Brüsten und sagte scherzend:

»Du solltest dir später keine Amme nehmen. Es muß für unseren Sohn eine Lust sein, an deinen Brüsten zu saugen.«

Gutana fühlte einen Stich bei diesen Worten, doch sie ließ sich nichts anmerken und dachte: Du wirst deinen Sohn bekommen, mein Lieber, verlaß dich drauf!

In den frühen Morgenstunden wurde der Kranke unruhig. Er lag jetzt schon acht Tage fast ohne Bewußtsein. Manchmal kam er kurz zu sich, verlangte Wasser, sprach einige Worte und fiel dann wieder in eine Art unruhigen Schlaf. Jetzt aber begann er um sich zu schlagen, öffnete die Augen, verdrehte sie wie im Krampf und stieß sinnlose Wortfetzen heraus. Der junge wachhabende Arzt schreckte auf. Er rief nach dem Diener und befahl, sofort Imhotep zu holen. Unterdessen versuchte er, den Tobenden festzuhalten, doch Montu schlug um sich, griff mit beiden Händen nach seinem

Kopfverband und versuchte, ihn abzureißen. Da kam auch schon Imhotep herein, der den Kranken genau betrachtete.

»Das wird er kaum durchstehen. Haltet ihn fest, ich werde ihm etwas geben.«

Die Gehilfen packten Arme und Beine des Tobenden, und Imhotep flößte ihm eine Arznei ein. Bald wurden die Bewegungen kraftloser, und schließlich lag der Kranke wieder still, als sei nichts gewesen. Imhotep schlug ihm ganz leicht auf die Wange.

»Prinz Montu! Hörst du mich?«

Und es geschah, was niemand erwartet hatte: Der Kranke öffnete langsam die Augen und richtete einen trüben Blick auf Imhotep. Dann hob er langsam den Kopf und sagte vernehmlich:

»Begrabt mich in der Wüste! Hört ihr? Begrabt mich ...«

Seine Stimme erstarb, der Kopf sank zurück, der Atem wurde pfeifend und unregelmäßig und hörte bald ganz auf. Imhotep wartete noch eine Weile und sagte:

»Ich gebe dem Pharao Bescheid. Verständigt die Gottessiegler.«

Als der Pharao am nächsten Morgen die Todesnachricht erhielt, war sein erster Gedanke, ich muß es Nefertari sagen, damit sie es Merire schonend beibringt. Doch die Große Königliche Gemahlin war noch immer in Memphis, Ramses hatte es vergessen. Er scheute sich, seinem kranken Sohn gegenüberzutreten, und ließ den Wesir kommen.

»Parahotep, sag du es ihm. Es muß ja nicht gleich sein, laß dir damit Zeit, bis es ihm bessergeht. Er hat so an Montu gehangen, ich weiß nicht, warum, aber ich fühle mich irgendwie schuldig.«

Solche Worte sprach Ramses nur vor seinen alten Jugendfreunden aus, und der Wesir blickte ihn mitleidig an.

»Schuldig, Sessi? Warum? Nicht du hast die Speichen angesägt und gnade dem Freveltäter, wenn er gefunden wird. Oder ist es etwas anderes?«

Ramses hätte nun dem Freund antworten können, eigentlich sei es Nefertari, der gegenüber er sich schuldig fühle, denn er spürte, daß ihre lange Abwesenheit an ihm lag. Doch schnell schob er den Gedanken beiseite.

»Du hast recht, es sind Flausen. Vielleicht sollten wir einmal wieder gemeinsam jagen, was meinst du?«

»Kein schlechter Gedanke, Majestät, du findest mich immer bereit.« Das antwortete der Wesir, doch im Gegensatz zum König fühlte er sich nicht mehr so jung und frisch. In seinen Mußestunden saß er lieber im Garten, lauschte dem Gesang der Vögel oder dachte bisweilen auch an sein schönes Haus der Ewigkeit südlich von Memphis, das vor kurzem vollendet worden war. Jedenfalls wollte er noch einige Tage warten, ehe er dem Prinzen Merire die Trauerbotschaft überbrachte.

Dieser lag schon seit fünfzehn Tagen in festgeschnürten Bandagen, damit sein Hüftknochen gut abheilte, doch wenn die Ärzte sein Krankenbett verließen und sich draußen zur Besprechung trafen, machten sie sorgenvolle Gesichter. Die Hüfte würde vermutlich schief zusammenwachsen, wie meistens in solchen Fällen, und der Prinz würde sein Leben lang humpeln, vielleicht sogar auf Krücken gehen müssen.

Merenptah, Isis-neferts letztgeborener Sohn und Merires Genosse bei den Waffenübungen mit Montu war mit seiner Familie inzwischen aus Theben zurückgekehrt und besuchte seinen Freund täglich am Krankenlager. Seine plumpen, aber gutgemeinten Tröstungsversuche erweckten in Merire zwar ein dankbares Lächeln, aber in der Ungeduld seiner Jugend erschien ihm die Zeit unendlich lang, und es machte ihn mißtrauisch, daß die Ärzte seiner Frage, ob er wohl bald aufstehen könne, stets auswichen. So waren die beiden »Meris« gerade beieinander, als der Wesir eintrat.

»Wie geht es dir, mein Prinz? Die Ärzte sind zuversichtlich und wollen dich demnächst aus dem Bett scheuchen. Ist ja auch Zeit, daß du wieder auf die Beine kommst.«

Merire spürte die falsche Munterkeit in den Worten des Wesirs, doch er lächelte nur schwach und sagte nichts. Schnell wurde Parahotep wieder ernst.

»Gut, daß ich euch beide zusammen finde. Es ist eine traurige Nachricht, die euch beide ...«

»Montu ist tot«, unterbrach Merenptah ihn sofort. Er hatte sich schon gewundert, daß niemand den Kranken besuchen durfte, doch beide sprachen sie häufig davon, wie es sein würde, wenn Montu und Merire wieder gesund wären und sie alle zusammen wieder hinausritten und mit dem Wurfholz Kaninchen jagten.

Damit war es nun vorbei. Merenptah ließ den Kopf sinken und versuchte tapfer, die aufsteigenden Tränen zu unterdrücken, doch da flossen sie schon über seine Wangen, und als Merire es sah, begann auch er zu weinen.

»Ja, Montu war ein tüchtiger Lehrer ...«, sagte der Wesir lahm und hielt es dann für besser, leise hinauszugehen und die beiden Jungen ihrer Trauer zu überlassen.

Auch wenn die wenigsten am Hof es merkten: Der Pharao betrieb mit Nachdruck die Ermittlungen wegen des Anschlags. Er hatte dem Wesir Parahotep alle Vollmachten übertragen, und der bediente sich eines alten, erprobten Mittels. Es wurde eine Reihe von »Schnüfflern« ernannt, kluge, tüchtige Beamte verschiedenen Alters und unterschiedlichen Ranges. Keiner kannte den anderen, jeder war bei seinen Ermittlungen ganz auf sich gestellt, und es konnte schon vorkommen, daß ein Schnüffler den anderen belauerte oder ausfragte. Der Wesir kannte sie natürlich alle und ließ sich von Zeit zu Zeit Bericht erstatten. Diese Männer waren angewiesen, zunächst einmal jeden – auch ihre eigenen Vorgesetzten – für verdächtig zu halten, denn sie gingen nach einer ungewöhnlichen Methode vor: Sie suchten nicht den oder die Schuldigen, sondern bemühten sich zuerst einmal, die Unschuldigen auszusondern.

Das waren zunächst jene, die in der Tatnacht nicht im Palastviertel gewesen waren oder von denen man wußte, daß sie nicht den geringsten Grund hatten, Merire oder Montu zu schaden. Dadurch engte sich der Kreis der Verdächtigen langsam ein. Eines Tages trug einer der Schnüffler – ein unauffälliger junger Mann – dem Wesir eine bemerkenswerte Idee vor.

»Ich habe mir folgendes überlegt: Jeder am Hof weiß, daß zwischen der Großen Königlichen Gemahlin Nefertari und der Zweiten Gemahlin Isis-nefert eine – nun, sagen wir mal – Abneigung besteht. Seit Jahren geht das hin und her, die Diener befeinden einander, es ist sogar schon zu Schlägereien gekommen. Ich möchte nur daran erinnern – es sprach sich ja schnell herum –, daß Isis-nefert beim Tod ihres Erstgeborenen sofort laut und vernehmlich die Königin Nefertari beschuldigte. Nun ist auf Merire ein Anschlag verübt worden, und Nefertari hätte allen Grund, einen Racheakt der Zweiten Gemahlin zu vermuten, doch Isis-nefert und ihr Hof waren zu dieser Zeit in Theben, ihr Sohn Chamwese – der als Täter ohnehin ausscheidet – war in Memphis. Ich finde nun aber, gerade ihre Abwesenheit wäre ein Grund, sie zu verdächtigen. Jeder wäre zuerst einmal geneigt zu sagen, Isis-nefert hat nichts damit zu tun, sie war ja schließlich viele Tagereisen entfernt. Aber wenn sie klug ist – und das ist sie ohne Zweifel –, dann wird sie einen so frevelhaften Anschlag eben gerade in ihrer Abwesenheit verüben lassen – aber durch wen? Welche von ihren Vertrauten hat sie in Piramesse gelassen? Ihr Sohn Chamwese scheidet aus, in Frage kommen ein paar alte Diener, ihr Schatzverwalter, einige Schreiber und ihr Haushofmeister Nes-Amun.«

»Warum Nes-Amun? Der hat sie doch sonst immer begleitet?« fragte der Wesir.

Der Schnüffler grinste.

»Ja, das frage ich mich auch, ehrwürdiger Wesir. Doch ich habe auch ihn gefragt, und ich glaube mich nicht getäuscht zu haben, der Mann ist erschrocken. Allerdings gab er einleuchtende Gründe an: Er sei für derart weite Reisen zu alt, und im übrigen habe die Königin es ihm ausdrücklich befohlen, damit jemand hier sei, der ihre Angelegenheiten vertrete. Ich habe sogar schon Nes-Amuns Zimmer durchsucht, aber nichts Greifbares entdeckt, eines vielleicht ausgenommen: Im Ledergeflecht seines Bettes, am Fußende, fand ich Spuren, die darauf hinweisen, daß dort eine Handsäge versteckt gewesen sein könnte.«

»Du bist aber gründlich! Du meinst also, er selber könnte ...«

Der Schnüffler hob die Hände.

»Nur ein leiser Verdacht. Der Täter muß aber in jener Nacht seine Säge irgendwo aufbewahrt haben, und an Nes-Amuns Bett gab es einige aufgerissene Stellen, die nicht so aussahen, als hätte der lange Gebrauch sie verursacht. Ich kann mich freilich auch täuschen, die Spur ist vermutlich falsch, aber wir sollten den Mann trotzdem im Auge behalten.«

Nun hatte der Wesir von anderen Schnüfflern ähnliche Berichte erhalten, und es gab inzwischen sechs oder acht Verdächtige, die man »im Auge behalten« sollte. Parahotep rechnete nicht mit einer schnellen Aufklärung des Falles, doch er hatte sich geschworen, den Täter zu finden, und wenn es Jahre dauern sollte.

Für den dicken Nes-Amun waren schlimme Zeiten angebrochen. Seine Hoffnung, Merire töten und damit als Thronbewerber ausschalten zu können, hatte sich nicht erfüllt. Der Junge lag mit gebrochener Hüfte im Bett, doch er würde sich erholen, und Montus Tod hatte für seine Herrin nicht den geringsten Nutzen. Aber immerhin, er hatte etwas gewagt, um Isis-nefert einen Vorteil zu verschaffen, und erwartete dafür einen Lohn.

Isis-nefert hatte sich seinen Bericht angehört. In ihrem herben, verbitterten Gesicht regte sich kein Muskel.

»Ist das alles?« fragte sie unwillig und mit leisem Spott, »ein verkrüppelter Merire und ein toter Montu? Hättest dich lieber mit der neuen Gemahlin anfreunden sollen, denn die ist imstande und erreicht in einigen Tagen, was mir in Jahren nicht gelang, nämlich die Bauerstochter endlich zu entmachten, vielleicht sogar vom Hof zu vertreiben!«

Isis-nefert hatte natürlich sofort bemerkt, wie die Dinge am Hof standen. Nefertari hatte sich schmollend nach Memphis zurückgezogen, alles scharwenzelte um Merit-Anta herum, deren Absicht sie durchschaute, noch ehe sie ihr vorgestellt wurde. Dieses kleine Biest hatte recht geschickt die Demütige und Rangniedere gespielt, doch Isis-nefert war nicht darauf hereingefallen. Zunächst einmal konnte man sie als Werkzeug benutzen, um Nefertari auszuschalten, und dann mußte sie selber daran glauben, diese dickbusige Hure aus Chatti. Kein Wunder, daß der König an ihr Gefallen fand, denn an Nefertari war ja im Grunde nichts dran, und Isis-nefert war nach wie vor davon überzeugt, daß diese Bauerstochter mit irgendwelchen Hexenkünsten den Pharao an sich band. Diesen Dummkopf von Nes-Amun war sie jedenfalls leid. Alles, was er anfaßte, mißriet ihm, und da erwartete er noch, Hoherpriester des Amun zu werden? Damit war es allerdings vorbei, denn der König hatte vor kurzem einen ernannt, und sie selbst würde sich nach einem neuen Haushofmeister umsehen.

Nes-Amun litt unter dieser für ihn so nachteiligen Entwicklung. Und seit kurzem kam noch etwas hinzu. Irgendwer am Hof schien ihm nachzuspionieren. Es wurde ihm zugetragen, daß ein

Mann, den niemand kannte, längere Zeit in seinen Räumen gewesen war; andere stellten ihm seltsame Fragen. So hatte irgendein kleiner Palastschreiber ihn auf dem Hof angehalten und ihn ganz plötzlich und grundlos gefragt:

»Konntest du die Säge jetzt besorgen?«

Ihm war sofort der Angstschweiß ausgebrochen, und er dachte, nun ist es aus, sie haben dich ertappt. Er brachte vor Schrecken kein Wort heraus, da sagte der andere schnell:

»Verzeih, ich habe dich verwechselt. Du siehst einem anderen so ähnlich, daß ... also entschuldige bitte, daß ich dich so erschreckt habe.«

Nes-Amun mußte sich gleich darauf hinlegen, und stundenlang kreisten seine Gedanken um diese seltsame Frage. Warum hatte der Mann ausgerechnet ihn nach einer Säge gefragt? Dieser Mann war Schreiber, trug am Gürtel das Tintenbrett und ein Bündel Binsenfedern. Was hatte der mit einer Säge zu tun? Er ließ sich zum hundertsten Mal jene Nacht durch den Kopf gehen, um nach einem Fehler zu suchen, den er begangen haben könnte. Nach der Arbeit am Wagen hatte er die beiden Handsägen sofort in den Fluß geworfen, allerdings erst in der beginnenden Dämmerung, weil er sonst den Weg in dieser Neumondnacht kaum gefunden hätte. Selbst wenn ihn dabei jemand beobachtet hätte, so wäre es unmöglich gewesen, den Gegenstand zu erkennen, der da ins Wasser plumpste. Es hätte ebenso ein abgenagter Knochen oder eine Melonenschale sein können. Und genau das würde er antworten, sollte ihm einmal eine solche Frage gestellt werden.

Nes-Amun fand keine Ruhe mehr. Seine Herrin schien ihn neuerdings zu übersehen, fragte ihn nicht um Rat, schloß ihn aus ihrem Leben aus. Und dann mußte er auch noch erfahren, daß der Pharao hinter seinem Rücken einen Hohenpriester des Amun von Piramesse ernannt hatte. Doch das traf ihn weniger, als er erwartet hatte, denn nun fühlte er, daß sein Leben bedroht war, und er wußte nicht einmal, von wo diese Gefahr ausging.

Nes-Amun begann an Gewicht zu verlieren. Die Grabstatue, die er von sich schaffen ließ, zeigte einen beleibten Mann mit einer fast weiblichen Brust und mit dicken Speckfalten um den Bauch. Dies galt von jeher als Zeichen, daß es dem Betreffenden im Leben gutgegangen war und daß er es im Jenseits nicht anders wollte. Doch Nes-Amun glich seiner Grabstatue immer weniger. Seine feisten Wangen hingen faltig herunter, sein Bauch schwand dahin und mit ihm die ganze Persönlichkeit des Vorlesepriesters Nes-Amun. Eigensucht, Stolz, Ehrgeiz, Rücksichtslosigkeit und Gefühlsarmut – dies alles ging unter in einer namenlosen Angst. Fast war er schon soweit, sein Verbrechen dem Wesir einzugestehen um den Preis, daß er nicht auf den Scheiterhaufen mußte. Doch für einen Mordanschlag auf ein Mitglied der Königsfamilie gab es keine Gnade, da half kein Betteln und kein Feilschen. Nes-Amun wußte das, und so bewegte ihn jetzt nur noch eine Sorge: Er mußte unversehrt sein Haus der Ewigkeit erreichen, und bald erkannte er, daß ihm dazu nur ein Weg blieb.

12

Jetzt, da Piay sein Hauptwerk geschaffen, seine Lebensarbeit geleistet hatte, fühlte er auf einmal, wie verbraucht sein Körper war. Wenn er am Morgen aufstand, schmerzte ihn der Rücken, wenn er auf dem Schiffsdeck hin und her ging, spürte er ein Ziehen in der Hüfte, und sein rechter Arm wurde manchmal so kraftlos, daß er keinen Becher Wasser halten konnte.

Dabei genoß er diese Schiffsreise wie keine andere zuvor. Seine frühere Ungeduld, sein Tatendrang waren von ihm abgefallen, er konnte stundenlang an der Reling sitzen und auf die dunklen Äcker schauen, wo jetzt zur Saatzeit sich da und dort schon zartes junges Grün regte. Die Palmen neigten ihre stolzen, gefiederten Kronen nur ganz leicht, wenn ein Windstoß sie traf, denn für den König der Bäume ziemten sich keine zu tiefen Verbeugungen. Nach Norden zu wurde das Fruchtland breiter, und die Wüste trat manchmal so weit zurück, daß man glauben konnte, man sei schon im Delta.

Takka barst vor Fragen, doch sie spürte genau, wann Piay Lust hatte, sie zu beantworten, und wann er in Ruhe gelassen sein wollte. Sie vergaß ihm nicht, was er beim Betreten des Schiffes auf eine

Bemerkung des Bootsmannes geantwortet hatte. Es war üblich, daß auf großen Schiffen die Herrschaften an Deck blieben und dort auch nachts ruhten, während die Dienerschaft in den stickigen unteren Räumen beim Gepäck wachen und auch schlafen mußte. Als der Bootsmann Takka unter Deck weisen wollte, hatte Piay gesagt:

»Das ist nicht meine Dienerin, sondern meine Frau. Sie bleibt bei mir!«

Takka spürte, daß es falsch gewesen wäre, etwas darauf zu sagen oder sich zu bedanken. So nahm sie das Geschenk wortlos hin und vergalt es Piay mit besonderer Aufmerksamkeit. Da er sie als Gemahlin bezeichnet hatte, umsorgte sie ihn auch wie eine treuergebene Haus- und Ehefrau.

Piay dachte: Wie einfach ist der Umgang mit diesem Mädchen, alles geht wie von selbst. Sie ist eben keine Prinzessin, die hohe Ansprüche an ihre Umwelt stellt, sondern sie fügt sich ein, spielt die ihr vom Leben aufgegebene Rolle nicht unwillig, sondern mit Hingabe und Freude. Die Schwierigkeiten kommen erst, wenn man darüber hinauswill, so wie du, Piay, der als »Einziger Freund des Pharao« jedes ägyptische Mädchen zur Frau bekommen hätte, es aber vorzog, die erstgeborene Tochter des Guten Gottes zu verführen, das heilige Blut einer Sonnentochter zu schänden.

Es war nicht Reue oder Bedauern, was Piay bei solchen Gedanken empfand, doch da er dieses Ereignis aus einem gewissen Abstand betrachtete, wunderte er sich über die Frechheit und Maßlosigkeit dieses Piay, als sei er es nicht selbst, sondern ein Fremder. Dabei wußte er es schon jetzt: Er würde auch ein zweites, drittes, zehntes Mal so handeln, er würde es wieder tun, gegen alle Gefahren und Hindernisse und unter Einsatz des eigenen Lebens. Da war kein Grund, auf etwas stolz zu sein, denn er konnte nicht anders. So, wie es dem Skarabäus von der Natur aufgegeben war, die Mistkugel vor sich herzuschieben – gegen alle Hindernisse –, so war es ihm aufgegeben, Merit zu lieben, und daran würde sich auch nichts ändern, wenn sie sich von ihm abwandte. Auch damit muß ich rechnen, dachte Piay. Vielleicht hat sie sich mit ihrem Gemahl versöhnt, vielleicht ist aus ihrer Abneigung Duldung geworden, weil sie es müde wurde, Widerstand zu leisten. Das wäre menschlich, das müßte ich nach so langer Trennung hinnehmen.

So dachte Piay, doch unter diesen Gedanken keimte die Hoffnung, daß es nicht so war. Und diese Hoffnung flüsterte ihm ins Ohr:

»Natürlich wartet sie weiterhin auf dich, ihr Körper sehnt sich nach dem deinen, und die Gegenwart des aufgezwungenen Gemahls ist ihr ein Ärgernis.«

Und Piay war eher geneigt, die Stimme der Hoffnung zu hören und ihren Einflüsterungen Glauben zu schenken.

Was aber würde mit Takka geschehen? Sie hatte sich ihm anvertraut, und er war einverstanden gewesen. Piay blickte sich nach ihr um. Die kleine Nubierin hatte sich in der Hitze des Mittags unter das Sonnensegel gelegt und war eingeschlafen. Ihr dunkler, zierlicher Kopf ruhte auf einem Bündel, die schlanken Beine hatte sie unter ihr langes, schickliches Kleid gezogen. Sie lag da wie ein schlafendes Kind, verletzlich, vertrauensvoll, und Piay fühlte eine starke Zuneigung. Sie war seine Geliebte, seine zweite Frau, aber auch so etwas wie eine Tochter, die den Vater mit ihrer weiblichen Fürsorge umgab, während er sie behütete und schützte.

Ich sollte mir am Pharao – er lebe, sei heil und gesund! – ein Beispiel nehmen. Er liebt Nefertari, ohne seine anderen Frauen zu vernachlässigen. Da habe ich es ohnehin besser als er, denn mein ganzer Harem besteht nur aus Takka. Als hätte sie gewußt, daß er an sie dachte, drehte sie sich um, streckte sich, schlug die Augen auf und gähnte verhalten.

»Ich habe geschlafen?«

»Ja, mein Liebes, und ich habe dir zugesehen.«

Sie stand auf und setzte sich neben Piay.

»Es wird hier auch am Mittag niemals so heiß wie im Süden.«

»In Memphis wird es noch kühler sein, und wenn wir Glück haben, wirst du noch heuer deinen ersten Regen erleben.«

»Regen – ich kann mir das gar nicht vorstellen. Da fällt einfach Wasser vom Himmel, als leere irgendwer über unseren Köpfen einige Kübel aus?«

Piay lachte:

»Nein, ganz so ist es nicht. Das Wasser fällt meist in feinen Tropfen, und es dauert schon eine Weile, bis du richtig naß wirst. Im Delta allerdings kann es schon vorkommen, daß es richtig gießt, und dann stimmt dein Vergleich mit den Kübeln. Ich habe es ein einziges Mal erlebt, in der Gegend von On, der Sonnenstadt.«

»Hast du Lust, mir davon zu erzählen?«

»Wenn du es hören willst.«

Piay erzählte, und Takka hörte ihm zu, gebannt, mit großen Augen, und alles erschien ihr wie ein Märchen.

Nefertari war aus Memphis zurückgekehrt, doch in Piramesse hatte sich nichts geändert. Ramses nahm ihre Anwesenheit mit kühler Höflichkeit, doch zerstreut zur Kenntnis, in Isis-neferts verbittertes Gesicht stahl sich ein hämisches Lächeln, wenn sie einander begegneten, und Merit-Anta, die neue Gemahlin, zeigte ihr gegenüber eine falsche Demut und gespielte Unterwürfigkeit.

Sofort nach Nefertaris Rückkehr ließ der Wesir sich melden. Parahotep, der sonst immer ruhig und sicher auftrat, war fahrig und unruhig und kam nach einer hastigen Begrüßung gleich zum Thema.

»Dank sei Hathor, daß du zurück bist, meine Königin! Wir sind uns alle einig geworden, daß wir jetzt handeln müssen, ehe es zu spät ist.«

»Wer ist wir?«

»Wir, das sind Prinz Jonam, Prinzessin Merit, der Hohepriester Chamwese, Menna, der General Seti, natürlich ich selbst und überhaupt alle, die dem Pharao – er lebe, sei heil und gesund! – wohlwollen und ihn, verzeih, daß ich es sage, vor einer Riesendummheit bewahren möchten. Du wirst bemerkt haben, hochwürdige Königin, daß die Chatti-Prinzessin Seine Majestät noch immer in den Klauen hält, und nun ist es sogar so weit gekommen, daß er große Teile seines Besitzes an sie verschenkt. Vor einigen Tagen legte mir der König eine Urkunde zum Siegeln auf den Tisch, und in der war von nichts Geringerem die Rede, als daß die Einkünfte des uns tributpflichtigen Westteils von Amurru an Ihre Hurenmajestät Merit-Anta zu übertragen sind. Als ich bescheiden einwandte, daß dies ein bißchen viel sei und ob Seine Majestät es nicht zuvor mit seinen Ratgebern besprechen wolle, ergoß sich der ganze königliche Zorn über mein Haupt. Was ich mir einbilde und wer ich überhaupt sei, einen Schönen Befehl anzuzweifeln! Im übrigen könne man unbotmäßige Wesire leicht austauschen. Er wisse schon, daß nicht alle am Hof Merit-Anta nach ihren Verdiensten schätzten, aber schließlich habe auch seine Dritte Gemahlin Rechte, und er, der König, sei dazu da, sie ihr zu verschaffen. Was hätte ich tun sollen? Ich drückte mein Siegel auf den Vertrag, halte aber jetzt den Zeitpunkt für gekommen, gegen diese Giftschlange vorzugehen.«

Nefertari hatte sich alles ruhig angehört und fragte:

»Wie stellst du dir das vor? Was soll unternommen werden?«

»In diesem Fall sehe ich nur eine Möglichkeit: Diese Frau muß weg! Freiwillig wird sie kaum zu ihrem Vater zurückkehren, der König ist ihr verfallen, und Amurru wird nicht sein letztes Geschenk sein. Es geht sogar das Gerücht, Seine Majestät wolle ihr das Landgut der Königinmutter Tuja übertragen, sobald diese ihr Haus der Ewigkeit bezogen hat. Du kannst dir denken, verehrte Königin, daß sich das gefräßige Herz der Merit-Anta auf die Dauer nicht damit begnügen wird. Nicht ohne Grund steckt Isis-nefert jetzt immer mit ihr zusammen, denn zunächst haben beide ein Ziel: Dich, meine Königin, aus dem Herzen des Königs zu verdrängen und dir den Rang einer Großen Königlichen Gemahlin abzujagen. Das ist Isis-neferts Ziel seit vielen Jahren, doch sie hatte keine Aussicht auf Erfolg. Jetzt aber sieht es anders aus. Sollte Merit-Anta einen Prinzen gebären ...«

»Ist sie schwanger?« fragte Nefertari schnell.

»Vorläufig nicht, sie würde es sofort hinausposaunen. Darf ich dir eine Frage stellen, verehrte Königin, ehe ich weiterrede?«

Nefertari nickte.

»Bist auch du der Ansicht, daß Merit-Anta verschwinden muß, und zwar sehr schnell?«

»Wenn alles, was du mir erzählt hast, der Wahrheit entspricht, das heißt, auch von den anderen überprüft und bestätigt wird, dann hast du mein Einverständnis. Diese Frau muß weg! Gibt es schon Pläne?«

»Pläne schon, aber auch Bedenken. Nehmen wir an, ich würde alles veranlassen, Merit-Anta stirbt oder verschwindet, und der König beginnt nachzuforschen. Eine Freundschaft ist schnell dahin, wenn es um Frauen geht, mit anderen Worten, der König würde es mir niemals verzeihen, daß ich die Beseitigung seiner Geliebten veranlaßt habe. Das gilt ebenso für den Erbprinzen Jonam, denn Väter vergeben viel, aber sie hassen es, wenn ihnen die Söhne in Liebesangelegenheiten dreinreden oder gegen sie arbeiten. Der Pharao würde die Thronfolge auf Chamwese übertragen und Jonam nach Kusch verbannen. Chamwese ist selbstverständlich auf unserer Seite, doch auch er möchte Hoherpriester bleiben ...«

»Und wenn ich die Verantwortung übernähme?«

»Du würdest sein Herz verlieren, meine Königin.«

»Habe ich es noch?«

»Ja, denn nur Merit-Antas Körper hält ihn gefangen. Irgendwann wird ihr Zauber erlöschen, vielleicht morgen schon oder in fünf Jahren. Aber darauf können wir nicht warten – jetzt nicht mehr!«

Nefertari dachte nach, schloß ihre schrägen Augen und schien nach innen zu blicken.

»Es gibt nur einen Menschen, der die Schlange zertreten kann, ohne daß der Pharao sich rächen wird. Von ihr wird er es zähneknirschend hinnehmen, denn er ist ein guter und treuer Sohn. Tuja muß es veranlassen, die Königinmutter.«

»Ich könnte dich abküssen, wenn es erlaubt und schicklich wäre. Ich habe mir gewünscht, der Vorschlag käme von dir, meine Königin, denn auch ich sehe keine andere Möglichkeit. Ich werde mich noch heute zu ihr auf den Weg machen.«

Das Landgut der Königinmutter Tuja lag im fruchtbarsten Gebiet des Deltas, nur wenige Schiffstunden von Piramesse entfernt. Aus dieser Gegend stammte die Familie ihres Gemahls, des Osiris Seti. Hier hatte er sich einen weitläufigen Sommerpalast erbaut und den ganzen Besitz noch zu Lebzeiten auf seine Gemahlin übertragen. Tuja nannte sich bescheiden eine »Landfrau«. Sie züchtete mit Erfolg schöne Rinder und Pferde und ließ ihre Äcker nach neuen Erkenntnissen bewirtschaften.

»Ich kann mir schon denken, weshalb du mich aufsuchst. Es geht um die Schlange aus Chatti – habe ich recht?«

»Ja, Majestät, darum geht es. Und wir, das heißt die Große Königliche Gemahlin, der Erbprinz, der Hohepriester von Memphis, ich selbst und viele andere sind der Meinung, daß nur ein Mensch es wagen kann, dem König – er lebe, sei heil und gesund! – die raffsüchtige Geliebte wegzunehmen, ohne sich ins Unglück zu stürzen, nämlich du, Majestät, seine verehrte Mutter.«

Die alte Tuja lächelte still in sich hinein.

»Du meinst, auf diese Weise kann sich die Alte noch einmal nützlich machen, ehe sie nach Westen geht?«

Parahotep fiel in gespieltem Entsetzen auf die Knie.

»Niemals haben mein Herz so respektlose Gedanken bewegt.«

Er stand wieder auf und fügte ernst hinzu:

»Übrigens sagt man, die Chatti-Schlange würde deinen Besitz erben, wenn du dich nach Westen begibst.«

Das traf! Der Wesir sah es der alten Dame an.

»Sagt man das? Nun, wir werden es zu verhindern wissen. Mein bester Wesir, du mußt mir jetzt als Schreiber dienen, weil es um Dinge geht, die nur uns betreffen.«

Der Diener brachte das Schreibzeug, und Königin Tuja wartete, bis er draußen war.

»Du wirst dieses Schreiben eigenhändig dem Hohenpriester der Sachmet übergeben. Er heißt Sethnacht, ist sehr alt und sieht aus wie ein Geier. Wir kennen uns gut, er ist mir sehr verpflichtet.«

Sie schwieg und lächelte in sich hinein.

Könnte ich nur deine Gedanken lesen, Königin, wünschte sich der Wesir.

»Also, jetzt schreibe. Dem hochwürdigen Sethnacht, Erster Prophet der Göttin Sachmet, der Zauberreichen. Lebe und sei gesund, mein Freund! Der Wesir Parahotop wird dir in meinem Auftrag dieses Schreiben übergeben. Höre, was der Wesir dir zu sagen hat, und unterstütze ihn nach Kräften. Diesen Befehl erteile ich dir, Tuja, ehemals Große Königliche Gemahlin des Osiris Seti.«

Die alte Königin siegelte das Schreiben und sagte:

»Es wird dann sehr schnell gehen. Ich habe einen Plan, doch den behalte ich vorerst für mich. Grüße Nefertari, Merit, Jonam und die anderen. Lebt weiter wie bisher, verhaltet euch ruhig und gehorcht den Befehlen des Königs, auch wenn sie euch ungewöhnlich erscheinen. Niemand darf den geringsten Verdacht schöpfen! Die alte Königin Tuja wird euch von der Schlange befreien – und nun vergiß alles, was ich dir gesagt habe!«

Die »Schnüffler« waren jetzt schon einige Monate am Werk, hatten mit unendlicher Geduld die Unverdächtigen ausgesondert, hatten mit Finten, Lügen und Täuschungen ziemliche Verwirrung verursacht und dabei genau die Reaktionen ihrer Opfer verfolgt. Nun waren noch sechs Verdächtige übriggeblieben, und der Wesir, bei dem die Ermittlungen zusammenliefen, hatte ihre Namen untereinander geschrieben. Zwei von ihnen wurden von einigen Schnüfflern als die wahrscheinlichen Täter bezeichnet, und der Name des einen lautete Nes-Amun.

Parahotep unterstrich diesen Namen mit roter Tinte und schalt sich einen Dummkopf, daß er nicht eher auf den Haushofmeister der Isis-nefert gekommen war. Dabei hatte ihn ein Schnüffler noch eigens darauf hingewiesen, daß besonders Nes-Amun verdächtig sei, gerade weil seine Herrin während des Anschlags abwesend war.

Der Wesir überlegte sich die nächsten Schritte. Sollte er alle sechs Verdächtigen peinlich befragen lassen oder nur diese zwei?

Der andere war ein kleiner Beamter, den seine Trunksucht ins Elend gestürzt hatte und der sich von allen verfolgt glaubte. Er brütete finstere Rachepläne aus, die er, wenn er betrunken war, zum besten gab. Schon ein paarmal sollte er geäußert haben, es geschähe dem Guten Gott ganz recht, wenn ihn oder seine Kinder ein Unglück träfe. Das war Lästerung und Majestätsbeleidigung, doch es fehlte bislang an zuverlässigen Zeugen, die solche Aussprüche glaubhaft bestätigt hätten.

Da waren die Schnüffler vermutlich einem Trunkenbold aufgesessen, dachte Parahotep, und seine Gedanken kehrten zu Nes-Amun zurück. Ohne Zweifel ein ganz tüchtiger Mann, der seit vielen Jahren an der Spitze von Isis-neferts kleinem Hofstaat stand, ohne besonders aufzufallen. Er galt als liebenswürdig und umgänglich, war mit Montu, wie die Schnüffler herausfanden, befreundet gewesen, hatte an den Abenden mit ihm häufig einen Krug Wein geleert – sich damit in sein Vertrauen eingeschlichen.

Er muß genau gewußt haben, wann die Probefahrt mit dem neuen Wagen geplant war, und in der Nacht zuvor tat er sein schändliches Werk.

Der Wesir seufzte. Vermutungen, nichts als Vermutungen. Ließ man die Leute dann foltern, lösten sich zwar die Zungen, doch nicht immer kam die Wahrheit ans Licht. Nes-Amun war schließlich nicht irgendwer, auch das mußte in Betracht gezogen werden. Er hatte sich in langen Dienstjahren nichts zuschulden kommen lassen, und wenn er nun auf der Folter den Namen seiner Herrin nannte? Wenn er behauptete, sie habe ihn zu dem Anschlag angestiftet? Der Pharao konnte nicht gut die Mutter eines Chamwese hinrichten lassen, und sei sie tausendmal die Schuldige.

Parahotep erhob sich und lief unruhig auf und ab. Da mußte es doch eine Zwischenlösung geben! Die Schnüffler hatten berichtet, daß Nes-Amun sich in letzter Zeit wie ein Verfolgter gebärde und durch harmlose Andeutungen schon in Angst und Schrecken zu versetzen sei. Das mußte genutzt werden! Und der Wesir fand schnell einen Weg.

Prinz Seti hatte sich genau an die Vorschläge seines Vaters gehalten. Er begegnete Merit rücksichtsvoll und aufmerksam, versuchte, ihre Wünsche zu erraten, und überreichte ihr von Zeit zu Zeit kleine Geschenke – Schmuck, Blumen, ausgefallenes Obst aus dem Norden oder ein Fläschchen kostbaren Öls. Merit wußte natürlich, was er damit bezweckte, und so sagte sie sich eines Tages: Die Treue ist eine Sache des Herzens, nicht des Körpers, und da er nun schon einmal mit mir geschlafen hat, soll er es auch ein zweites Mal tun. Piay wird dort unten auch nicht keusch leben, und ich kann ihm deshalb keine Vorwürfe machen – wir sind schon zu lange getrennt.

So durfte Seti seine Gemahlin in ihrem Schlafgemach aufsuchen. Diesmal mußte er keine Tür eintreten, und Biket, die grimme Wächterin, machte ihm mit abweisendem Gesicht Platz. Er kam mit einem Strauß Blumen, der Prinz Seti, und hatte eigens für diesen Besuch seinen Harem einige Tage gemieden. Als kraftvoller Stier wollte er auftreten und nachholen, was er so lange versäumt hatte.

Merit gab sich etwas steif, begrüßte ihn förmlich mit: »Willkommen, mein Gemahl«, und sah so hoheitsvoll aus, daß Seti ein leises Zittern überkam. Etwas mußte schon dran sein am heiligen Blut der Sonnenkinder, dachte er verzagt und schalt sich einen Feigling. Schließlich bist du ein Krieger, und es gibt wohl Schlimmeres, als mit seiner Gemahlin ins Bett zu steigen!

»So ernst, mein Teurer? Hast du Sorgen?«

»Keineswegs, meine Liebe, ich bin nur etwas befangen, denn es ist ja nicht alltäglich ...«

»Nein«, sagte Merit ernst, »das ist es wohl nicht, und du weißt auch, warum ich dich so lange warten ließ. Jetzt aber hast du dich seit längerem verhalten, wie man es vom Gemahl einer königlichen Prinzessin erwarten kann, und dafür will ich dich jetzt belohnen.«

Seti spürte, wie seine ganze Lust auf diese Frau plötzlich schwand. Er sehnte sich weg von hier, zu seinen Truppen oder in seinen Harem, nur weg von hier. Was hatte er hier eigentlich zu suchen, was war an Merit schon so besonderes? Sie versagte sich ihm – na und! Hübsche Mädchen gab es genug, aber da er nun einmal hier war ...

»Ich dachte, du wolltest deine Rechte als Ehemann wahrnehmen?« fragte Merit spöttisch verwundert, als sie Seti zögern sah.

»Meine Rechte ... ja – ja ... «

Seti begann seine Gemahlin behutsam auszukleiden wie eine kostbare Puppe, legte dann selber seinen Schurz ab und streichelte unbeholfen ihre Brüste. Die einsetzende Dämmerung hüllte ihren großen, schlanken Leib in ein zartgraues Gespinst, doch dieser Frauenkörper, nach dem Seti sich so lange erbittert gesehnt hatte, entzündete in ihm kein Begehren, wirkte so kühl und abweisend, als hätte er sich zu einer Steinfigur ins Bett gelegt. Merit streichelte lustlos sein schlaffes Geschlecht, um ihren guten Willen zu zeigen, doch da rührte und regte sich nichts.

»Mach dir nichts draus, vielleicht bist du nur überarbeitet und benötigst etwas Ruhe. Du kannst mich ja wieder besuchen, wenn du dich erholt hast.«

Eine bittere Antwort lag Seti auf der Zunge, denn er spürte ihren Spott, ihre mitleidige Verachtung. Doch er schwieg, kleidete sich an, verneigte sich und ging schnell hinaus.

Einige Tage später erfuhr Merit von ihrem Bruder Jonam, daß Piay auf dem Weg nach Memphis sei, der Pharao ihm jedoch auf Lebenszeit verboten habe, Piramesse zu betreten.

Merit versank in einen Hoffnungsrausch. Eine Möglichkeit, nach Memphis zu gelangen, würde sich finden. Alles andere war unwichtig wie auch ihr Gemahl Seti, der jetzt wieder so fern rückte wie ein flüchtiger Bekannter.

Ohne zu säumen, hatte der Wesir Sethnacht aufgesucht, den Ersten Propheten der Göttin Sachmet, und in dieser Eigenschaft auch Vorsteher der Ärzte von Piramesse. Der alte Priester war früher Leibarzt des Königs Seti gewesen, hatte diesen überlebt und als Alterspfründe das schöne Amt im Dienste der Göttin erhalten, die nicht nur als Zerstörerin und Verursacherin von Seuchen und Krankheiten bekannt war, sondern auch von den Ärzten als Schutzpatronin verehrt wurde.

Um den uralten Sethnacht woben sich schon Legenden. Er galt als Magier, und es hieß, zu einigen der großen Siege des Osiris Seti habe er mit seiner Zauberkunst wesentlich beigetragen.

Der Wesir hatte ihn einige Male bei religiösen Festen gesehen, kannte ihn aber nicht näher. Seit Jahren schon zeigte er sich nicht mehr in der Öffentlichkeit, und wenige wußten, daß er überhaupt noch lebte. Er hauste in einer kleinen Wohnung hinter dem Sachmet-Tempel, der ein Teil des großen Ptah-Tempels war, und hier suchte Parahotep ihn auf.

»Ah – der Wesir beehrt mich in eigener Person!« krächzte der Alte mit lauter, greisenhaft hoher Stimme. Er sah genauso aus, wie Tuja ihn beschrieben hatte. Auf einem langen, dürren und faltigen Hals saß ein kahler, fast fleischloser Vogelkopf mit kleinen, runden Augen und einer dünnen, schnabelartig gekrümmten Nase. Das hohe Alter hatte den langen Hals etwas gebogen, und so sah Sethnacht einem Geier ähnlicher als einem Menschen.

»Du mußt laut sprechen, hochehrwürdiger Wesir, denn der Erste Prophet hört nicht mehr gut«, sagte der Diener und schob dem Wesir einen Sessel hin.

Parahotep überreichte sein Schreiben, und Sethnacht hielt es sich ganz nahe an die Augen.

»Das alte Mädchen lebt also immer noch? Ich dachte, sie bewohnt längst ihr schönes Haus im Westen – nun, was schreibt sie denn?«

Der Vogelkopf nickte mehrmals beim Lesen, und dann richteten die kleinen, runden Augen sich auf Parahotep.

»Also, Herr Wesir, jetzt bist du dran! Was kann ich für dich oder für Tuja – oder für euch beide tun?«

»Kann uns hier jemand hören?« fragte Parahotep zur Vorsicht, denn er fürchtete, daß seine und des Priesters laute Rede nach draußen drang.

Sethnacht rief den Diener und befahl ihm, vor der Türe zu wachen.

»Mein Anliegen ist schnell vorgebracht. Wir – das heißt, die Königinmutter Tuja benötigt etwas, das krank macht und tötet. Kein Gift, das sofort Verdacht erregt. Es soll wie eine der bekannten Krankheiten aussehen und zum Tod führen. Verstehst du, was ich meine, Hochwürdiger?«

Ein meckerndes Lachen hallte durch den Raum. Parahotep spürte ein Frösteln.

»Du hast dich ja deutlich ausgedrückt – hi-hi-ha-ha, deutlicher geht es gar nicht – ha-ha-ha.«

Schnell beruhigte er sich wieder, rieb sich raschelnd die entfleischten Hände und sagte:

»In einigen Tagen werde ich Tuja etwas überbringen lassen, womit sie Sachmets tödlichen Feueratem entfachen kann – oder nicht. Wie es ihr beliebt – ganz, wie es ihr beliebt.«

Der Wesir bedankte sich und war froh, wieder ans Licht der Sonne treten zu können. Von dem Alten war ein Eishauch ausgegangen, den er nicht mehr lange hätte ertragen können.

Am Sachmet-Tempel dienten einige junge Ärzte als Priestergehilfen. Sie hatten fast kein Einkommen, denn sie behandelten arme und einfache Leute ohne Entgelt, doch dafür sammelten sie Erfahrungen und fanden in dieser Zeit Nahrung und Unterkunft am Tempel.

Mit den vier zur Zeit tätigen Gehilfen führte der alte Sethnacht am nächsten Morgen ein Gespräch – das heißt er redete, und die vier jungen Ärzte hörten ehrfürchtig zu. Auf seine Frage, welche

Krankheit in diesen Tagen häufig anzutreffen sei, hörte er, daß die Blattern in Piramesse und Umgebung grassierten.

»So, die Blattern! Und was tut ihr dagegen, ihr hoffnungsvollen Jünger Sachmets?«

»Zuerst alles beseitigen lassen, was mit dem Kranken in Berührung gekommen ist, um neue Ansteckungen zu vermeiden. Die weitere Behandlung richtet sich nach dem Stadium der Krankheit. Wir verabreichen fiebersenkende und beruhigende Mittel, und wenn die Pusteln auftreten, wenden wir entzündungshemmende und zusammenziehende Salben und Tinkturen an. Sind die Pusteln schon am Abheilen, muß der Kranke gehindert werden, sie aufzukratzen, und so bindet man am besten seine Hände fest. Wenn aber ...«

Der Alte winkte schroff ab.

»Ist gut! Aber bei den Blattern läßt Sachmet sich nicht gern ins Handwerk pfuschen. Wie steht es mit der Sterblichkeit?«

»Die ist diesmal ungewöhnlich hoch. Von zehn Kranken treten sechs bis sieben den Weg nach Westen an.«

Sethnacht rieb sich raschelnd die pergamentenen Hände.

»Wir müssen der Göttin einen kleinen Hinweis geben in Form einer Bitte – eines Opfers ...« Sethnacht streckte seinen faltigen Hals vor. Es war, als hätte der Geier ein Opfer entdeckt und würde gleich mit dem Schnabel zustoßen. Erschreckt fuhren die Männer zurück. Ein dünnes, zufriedenes Lächeln huschte über die schmalen, verkniffenen Lippen. Der alte Priester sprach jetzt ungewöhnlich leise.

»Ich habe einen Auftrag für euch. Wo immer ihr auf einen Blatternkranken stoßt, bringt etwas von ihm mit. Ich meine das so: Ihr zupft mit der Pinzette eine Pustel ab und verschließt sie in einer Dose, dazu noch etwas von dem Eiter, den ihr abtupft. Wie sehr ihr darauf achten müßt, damit nicht in Berührung zu kommen, wißt ihr ja selbst. Wascht euch die Hände lange und gründlich. Hat einer von euch die Blattern schon gehabt?«

Einer der Ärzte trat vor; sein zernarbtes Gesicht enthob ihn jeder Antwort.

»Das ist noch besser! Ihr anderen werdet eurem Genossen alle Blatternfälle melden, und er allein tut, was ich euch vorhin gemeinsam aufgetragen habe. Du bist ja gefeit gegen eine weitere Ansteckung – also mache deine Sache gut!«

Draußen unterhielten sich die jungen Männer noch eine Weile. »Was der alte Hexenmeister wohl vorhat? Vielleicht eine Blatternbeschwörung vor dem Bildnis der Göttin?«

»Warum nicht? Uns geht's nichts an. Je eifriger wir ihm dienen, um so besser wird das Schlußzeugnis ausfallen.«

Darüber waren sich nun alle einig. Und sie gingen auseinander, ohne weiter über den sonderbaren Wunsch ihres Meisters nachzudenken.

Sofort nach seiner Ankunft in Memphis ließ sich Piay beim Hohenpriester des Ptah melden. Wie würdig dieser junge Mann in seinem gegürteten hochgeschlossenen Priestergewand aussah! Sein Schädel war kahlgeschoren und glänzte wie poliertes Holz, seine klugen freundlichen Augen musterten Piay von oben bis unten.

»Da bist du ja endlich – willkommen in Memphis, der Stadt des Ptah! Wie ich sehe, hast du deine tüchtige Hausbesorgerin auch mitgebracht – ja, kleines Mädchen, hier wird es wohl mehr Arbeit geben als da unten im Süden. Auch für dich, Piay, ist gesorgt. Keine so schwere Arbeit freilich, aber du wirst genügend zu tun haben. May, der Oberste Baumeister, ist alt geworden, und hier in Memphis könntest du ihn vertreten, falls Seine Majestät – er lebe, sei heil und gesund! – damit einverstanden ist. Jetzt aber zum Naheliegenden: Mein Diener wird dich zu deinem Haus bringen, ich hoffe es gefällt dir.«

Gemessen an manchen der Wohnsitze am Rande der Stadt, war Piays neues Haus eher bescheiden, doch verglichen mit seiner Hütte im Süden war es fürstlich. Es bestand aus drei Flügeln, die einen gepflegten und üppigen Garten einschlossen, den nach Norden eine hohe Mauer abschloß. Als Dienerschaft übernahm Piay ein altes Ehepaar, das schon unter dem Vorbesitzer bis zu dessen Tod hier gearbeitet hatte. Für den Garten, für Botengänge und andere kleine Dienste gab es einen halbwüchsigen Jungen.

Piay erklärte den dreien:

»Das ist Takka, eure künftige Herrin. Sie gibt jetzt die Befehle im Haus. Euren früheren Herrn habe ich nicht gekannt, doch bin ich sicher, daß wir gut miteinander auskommen werden.«

Als sie allein waren, fragte Takka sofort:

»Wie kannst du mich, eine Sklavin, zur Herrin über diese Leute machen? Das ist doch gegen die Ordnung.«

»Weil du meine Hausfrau bist. Ich weiß nicht, was aus meinem früheren Besitz geworden ist – doch das ist lange her –, ich will es gar nicht wissen. Es liegt so viel dazwischen, das meiste habe ich dir erzählt. Jedenfalls bin ich nicht mehr derselbe, der vor, ich weiß nicht wie vielen Jahren, hier wegzog. Immer war ich unterwegs, ein wirkliches Zuhause hat es für mich nie gegeben. Jetzt habe ich es, und ein Haus braucht eine Herrin. Ich werde bei der königlichen Vermögensverwaltung den Antrag stellen, daß du aus dem Besitz des Pharaos in meinen übergehst. Wir werden heiraten, ich stelle dir den Freibrief aus, und wenn ich nach Westen gehe, bist du mein Erbe. Ich habe sonst niemanden.«

»Und Prinzessin Merit?« fragte die überrumpelte Takka.

»Das ist ein anderer Teil meines Lebens, damit hast du nichts zu tun.«

Jetzt erst kam es Takka zum Bewußtsein, daß Piay sie heiraten wollte. »Du – willst – mich ...«

»Heiraten, ja! Was ist daran so seltsam? Wir schlafen zusammen, vielleicht wirst du mir Kinder gebären – ich will, daß alles seine Ordnung hat.«

»Geht denn das, ich meine, du und eine Nubierin? Hier habe ich kaum Landsleute gesehen. Einige am Hafen ...«

Piay winkte ab.

»Ich habe es dir schon erzählt: Es gibt Nubier in den höchsten Stellen am Hof, es gibt schwarze Priester und Beamte, das ›elende Kusch‹ ist längst hoffähig geworden. Der Pharao – er lebe, sei heil und gesund! – hat Fremden gegenüber keine Vorurteile, im Gegenteil. Manche verübeln es ihm sogar, daß er fremden Gottheiten wie Baal, Ischtar und Anat Tempel errichten ließ. Seine Majestät steht über solchen Dingen.«

Sie betraten die für die Herrschaft vorgesehenen, nach Norden zum Garten offenen Zimmer.

»Wo ist das Schlafzimmer?« fragte Takka neugierig.

Dort war es still und kühl. Die Diener hatten einen Strauß Jasminzweige in einen Krug gestellt, dessen Duft schwer und betörend im Raum lag.

»Sollen wir das Bett einweihen?« fragte Piay.

Takka lächelte.

»Warum nicht? Einmal muß es ja sein ...«

13

Nes-Amun hatte wieder neue Hoffnung geschöpft. Er fühlte sich nicht mehr bedroht und belauert, und ihm schien, man habe die Suche nach einem Verdächtigen vorerst aufgegeben. Was hätte man ihm schon nachweisen können? Einem alten listenreichen Fuchs wie ihm kamen die nicht so schnell auf die Schliche. Auch die Königin Isis-nefert, seine Herrin, behandelte ihn wieder freundlicher, und er konnte sich schon denken, warum. Sie steckte jetzt sehr häufig mit der anderen zusammen, dieser neuen Gemahlin aus Chatti, die der Pharao so überaus schätzte, und mit ihr zusammen konnte Isis-nefert gegen Nefertari arbeiten.

Für die Große Königliche Gemahlin kommen jetzt schlimme Zeiten, dachte Nes-Amun schadenfroh, doch seine Freude war etwas getrübt, da er keinen Anteil daran hatte. Sie brauchten ihn nicht mehr, und er fand sich damit ab. Er wollte sein bißchen Lebenszeit in Frieden verbringen und sich mit dem begnügen, was er erreicht hatte.

»Viel war es nicht ...«, flüsterte sein boshaftes Ka, doch Nes-Amun überhörte es. Das Feuer seines Ehrgeizes war erloschen, da glomm kein Funke mehr, und nichts würde ihn jemals wieder dazu bewegen, von sich aus etwas für seine Herrin zu tun. Er nahm nur noch Befehle entgegen, und wenn sie seinen Rat suchte, dann stand er zur Verfügung. Doch das hatte sie schon lange nicht mehr getan.

Jetzt aber mußte er an seine Arbeit gehen, denn Re stand schon eine Handbreit über dem morgendlichen Horizont. Gerade als er seine Wohnung verlassen wollte, meldete ihm sein Diener einen Besucher. »Bitte ihn herein!« sagte Nes-Amun gut gelaunt.

Ein junger, ordentlich gekleideter Mann verneigte sich und trat höflich näher.

Ein Beamter, dachte Nes-Amun, das sieht man auf den ersten Blick. »Bist du Nes-Amun, Vorlesepriester und Haushofmeister Ihrer Majestät, der Königlichen Gemahlin Isis-nefert?«

»Ja, mein Freund, das bin ich. Was führt dich zu mir?«

»Ich komme vom Gericht«, sagte der Beamte mit leiser, höflicher Stimme, »und soll dich davon in Kenntnis setzen, daß du heute abend, eine Stunde vor Sonnenuntergang, zu einer Vernehmung erscheinen sollst.«

Schon bei dem Wort »Gericht« hatte Nes-Amuns Herz zu rasen begonnen, und am ganzen Körper brach ihm der Schweiß aus.

»Zur Vernehmung ...«, stammelte er.

»Ja«, sagte der junge Mann freundlich, »zum Verhör. Es hängt allein von dir ab, ob es auch ein peinliches Verhör werden wird.«

Nes-Amun stockte der Atem. Sie konnten ihn doch nicht foltern! Nein, dazu hatten sie kein Recht!

»Ich habe nichts mit der Sache zu tun, habe die ganze Nacht geschlafen, hier in meiner Wohnung. Der Täter ist längst über alle Berge. Glaubst du, er würde hier abwarten, bis man ihn festnimmt?«

Der Beamte hatte sich aufmerksam vorgebeugt, als wolle er sich kein Wort entgehen lassen.

»Der Täter? Darf ich fragen, wovon du sprichst? Woher weißt du überhaupt, worum es geht? Du scheinst mir auffallend gut unterrichtet.«

Nes-Amun schaute den Beamten verblüfft an. Hatte er zuviel gesagt? »Aber es kann doch nur um den Anschlag auf die Prinzen Merire und Montu gehen. Jedes Kind am Hof weiß, daß noch immer nach dem Täter gefahndet wird. Auch ich wurde schon befragt wegen irgendwelcher Sägen ...«

»So, so, jedes Kind weiß davon. Gut, mag sein, aber der oder die Täter sind noch immer nicht gefunden. Es hat sich nun ergeben, daß du in den Kreis der Hauptverdächtigen gehörst und deshalb deine Vernehmung heute abend, die auch – ich sagte es schon – in eine peinliche Befragung umschlagen könnte. So ist das eben bei Hauptverdächtigen, wenn sie nicht gestehen.«

»Aber ich habe doch nichts zu gestehen!« rief Nes-Amun verzweifelt.

»Das wird sich finden. Im übrigen bin ich angewiesen, dich über den Vorgang einer peinlichen Befragung zu unterrichten. Jeder Verdächtige soll wissen, was ihn erwartet, nicht wahr?«

Nes-Amun schluckte schwer.

»Meine Herrin, die Königin Isis-nefert, wird dies nicht so ohne weiteres zulassen, ich bin Amun-Priester, Haushofmeister ...«

Der Beamte lächelte geduldig.

»Es sind schon Wesire gefoltert worden. Doch nun zur Sache. Sollte bei einer gründlichen Befragung nichts zutage kommen, dann wird man dir zunächst Stockprügel verabreichen, mit bis zu fünf blutenden Wunden. Das ist allerdings nur der Auftakt, sozusagen ein Anklopfen. Tut sich die Tür deines Mundes dennoch nicht auf, dann wirst du an Stricken hochgezogen – ganz hoch – und zunächst einmal hängengelassen, bis die Gelenke aus den Pfannen springen. Ich sehe, du bist ein etwas schwerer Mann, Nes-Amun, bei dir wird das schnell der Fall sein. Die jungen kräftigen Männer haben es da schwerer. Man muß oft Gewichte an ihre Füße hängen, um etwas zu bewirken.«

Nes-Amun war aschfahl geworden. Mit zitternden Händen griff er nach dem Wasserkrug, um sich einen Becher einzuschenken, doch es gelang ihm nicht. Der Beamte sprang sofort hilfsbereit auf und goß den Becher voll.

»Bist du bereit? Kann ich weiterberichten?«

Nes-Amun nickte nur schwach.

»An diesem Punkt der Befragung werden im allgemeinen die Geständnisse abgelegt. Wenn nicht, so kann man sie durch Hiebe mit der Nilpferdpeitsche verschärfen. Bei einem derart angespannten Körper platzt natürlich sofort die Haut. Kein schöner Anblick. Es gibt freilich noch unendlich viele Möglichkeiten, das peinliche Verhör fortzusetzen, mit Feuer, Zangen, Peitschen, auch die Wasserfolter hat Erfolge gebracht – nun, ich will dich damit nicht langweilen, da ich dich für so klug einschätze, es gar nicht so weit kommen zu lassen. Ein freies, ausführliches Geständnis erspart dir stundenlange Qualen, gegen die der Tod auf dem Scheiterhaufen nur ein Honiglecken ist.«

Der Beamte war noch jung, doch er besaß schon einige Erfahrung. So erkannte er an Nes-Amun deutlich die Zeichen einer Bereitschaft.

Das Verhör war für den Abend angesetzt, und so konnte die Schilderung der peinlichen Befragung noch stundenlang in Nes-Amun wirken, und – davon war der Beamte überzeugt – sie würde einiges auslösen und in Gang setzen. Er verabschiedete sich schnell mit den Worten:

»Halte dich eine Stunde vor Sonnenuntergang bereit. Ein Gerichtsbeamter wird dich unauffällig abholen. Du siehst, wir nehmen durchaus Rücksicht auf deinen Rang.«

Nes-Amun blieb wie betäubt sitzen. Ihm war, als hätte ihn der Tod hier im Zimmer besucht. Sie hatten es herausgefunden, und nun schlugen sie zu. Wieviel sie wußten, behielten sie natürlich für sich, da erwartete man ein Geständnis. Das aber bedeutete für ihn den Scheiterhaufen, ob mit oder ohne Folter. Er war in jedem Fall verloren, ob er nun freiwillig gestand oder erst, wenn die Nilpferdpeitsche auf seinen nackten angespannten Leib niedersauste. Ihn schauderte. Je länger er an eine solche »Zukunft« dachte, desto eher war er geneigt, den einzig möglichen Ausweg zu suchen. Er hatte nur noch ein Ziel: Er mußte unversehrt in die Hände der Gottessiegler gelangen und von da in sein Haus der Ewigkeit, und er wußte, da gab es nur einen Weg: Über das kleine Heiligtum des Anubis, das im Bereich des Osiris-Tempels lag.

Bei Menschen ohne Anhang, ohne Kinder und Verwandte, war es der Brauch, daß sie zu Lebzeiten bei Anubis ihre Einbalsamierung und die Bestattung veranlaßten. Anubis selbst überwachte dann in Gestalt eines seiner Priester die Gottessiegler, vollzog die Mundöffnung und sorgte für eine ordentliche Grablegung.

Auf Nes-Amuns Gesicht trat ein hämisches Grinsen: Ja, er würde entwischen, sich mit Anubis' Beistand davonstehlen aus einer Welt, die ihm mit Folter und Scheiterhaufen drohte. Er holte sein Tintenbrett, Wasser und einige Schreibbinsen. Wie gut, daß er kürzlich ein paar Papyrusblätter aus Isis-neferts Vorrat abgezweigt hatte! Nes-Amun war ein geübter Schreiber, und so benötigte er für die zwei Schriftstücke, die er zu verfassen hatte, eine knappe Stunde. Eines davon war an den Wesir gerichtet. Er übergab es einem Diener und schärfte ihm ein, es gegen Mittag zuzustellen, falls er inzwischen nicht zurückkäme.

Der Diener, daran gewöhnt zu gehorchen, ohne Fragen zu stellen, verbeugte sich nur, als Nes-Amun ihn am Arm faßte.

»Noch eines! Heute abend, eine Stunde vor Sonnenuntergang, wird man nach mir fragen. Sage diesen Leuten, sie sollen sich an den hochwürdigen Wesir wenden, der wisse über alles Bescheid.«

Das andere Dokument steckte er in seinen Gürtel und verließ das Haus. Er wurde nicht aufgehalten, doch zwei Lanzenträger folgten ihm nach einer Weile.

Piramesse war die Stadt des Seth und des Ptah, der vom Pharao bevorzugten Götter. Daß auch Amun hier einen großen Tempel besaß, war nur ein widerwilliges Zugeständnis an seine noch immer lebendige Funktion als Reichsgott. Der kleine Osiris-Tempel lag im Westen des Tempelbezirks. Es war eigentlich nur eine Kapelle mit kleinem Säulenhof und einem Allerheiligsten, das nicht größer war als ein Zimmer im Königspalast.

Nes-Amun suchte den diensttuenden Priester auf, der offensichtlich froh war, gebraucht zu werden, und mit einem verbindlichen Lächeln auf den Besucher zutrat. Nes-Amun schaute sich mißtrauisch um:

»Ich möchte dich allein sprechen, wo wir ganz sicher sind, nicht gehört zu werden.«

An die niedrige Tempelmauer waren die Priesterwohnungen angebaut; sie betraten eines der Häuser, der Diener brachte auf einen Wink zwei Krüge mit Wasser und Wein, und die beiden Männer setzten sich.

Nes-Amun stellte sich vor und sagte:

»Es sind Umstände eingetreten, die mich veranlassen, mein längst vorbereitetes Haus der Ewigkeit aufzusuchen, das heißt, ich werde noch heute meinen Leib den Gottessieglern überlassen. Soviel ich weiß, sind die Diener des Osiris angehalten, Bittsteller dieser Art zu unterstützen?«

»Das stimmt, aber es wird vorausgesetzt, daß die Verhältnisse im Diesseits geregelt sind – in jeder Beziehung.«

Nes-Amun griff in seinen Gürtel, legte das Schreiben auf den Tisch und einen Beutel mit Golddeben dazu.

»Hier ist alles niedergelegt, was ihr wissen müßt. Die Lage meines Grabes im Südwesten von Memphis, nahe der Pyramide des Unas, der Name des dort zuständigen Grabwächters und der im voraus bezahlten Opferpriester. Das da« – Nes-Amun berührte den Beutel – »wird für die Gottessiegler und eine würdige Bestattung genügen. Den Rest bitte ich dich, für Anubis zu verwenden, dessen Hilfe ich mehr als andere benötige, da ich weder Frau noch Kinder habe.«

Der Osiris-Priester nahm den Beutel, schnürte ihn auf und prüfte den Inhalt. Er nickte ernst.

»Es wird alles nach deinem Wunsch geschehen, verehrter Nes-Amun.«

»Da ich ein Amt im Königspalast ausübe, hielt ich es für angebracht, auch dem Wesir eine Mitteilung zu machen, du brauchst dich also nicht bemühen. Und nun möchte ich dich bitten, mich dorthin zu bringen, wo die Gottessiegler meinen Leib vorfinden sollen.«

Der Priester führte Nes-Amun in eine kleine Kammer, deren einzige Lichtquelle aus einer viereckigen Öffnung in der Decke bestand. Der schmale, nur etwa handbreite Lichtstrahl berührte eine Wand mit Texten aus dem Totenbuch. Nes-Amun nahm auf der Steinbank gegenüber Platz, und als seine Augen sich an das Dämmer gewöhnt hatten, erkannte er auch die Malereien. Sie waren ausschließlich dem schakalköpfigen Anubis und seinen Aufgaben gewidmet. Man sah den Helfer des Totengottes als Gottessiegler über die Mumie gebeugt, wie er sie aufrichtet und die Zeremonie der Mundöffnung vollzieht. Auf einem anderen Bild stand Anubis vor der Waage in der Unterwelt, wo er das Herz des Verstorbenen mit der Maat-Feder aufwog, während der Schreibergott Thot das Ergebnis aufzeichnete. Im Hintergrund wartete schon Ammut, die Verschlingerin, in ihrer schrecklichen, aus Löwe, Nilpferd und Krokodil zusammengesetzten Gestalt. Osiris, der Totenrichter, thronte über der Szene; hinter ihm standen die Göttinnen Isis und Nephtys.

Während Nes-Amun ganz versunken die Bilder betrachtete,

kam der Priester lautlos herein und stellte einen kleinen Krug auf die Steinbank.

»Ich wünsche dir eine glückliche Reise, Nes-Amun.«

Diese Worte holten den alten Haushofmeister in die Wirklichkeit dieser engen, fast lichtlosen Kammer zurück. Wie gerne wäre er jetzt hinausgelaufen ans Licht, um den blauen Himmel über sich zu sehen, die reine Luft zu atmen, den süßen Duft der blühenden Akazien zu spüren ... Aber das würde auch heißen, sich seinen Richtern in die Hände zu geben, Folter und Todesurteil auf sich zu nehmen. Neben der Hoffnung auf ein besseres Dasein im Jenseits war es auch Schadenfreude, die Nes-Amun zum Krug greifen ließ. Er versuchte, sich die enttäuschten Gesichter seiner Häscher vorzustellen, wenn sie heute abend kamen, um ihn abzuführen.

Nes-Amun griff nach dem Krug und nahm einen zögernden Schluck. Der Geschmack nach Würzwein war angenehm, wenn auch im Mund etwas Bitteres zurückblieb, das den Gaumen zusammenzog. Er nahm einen zweiten tieferen Schluck und betete dann leise die Hymne an Osiris:

> *»Heil dir, Osiris, gütiges Wesen, Nuts Sohn,*
> *Gebs Erstgeborener, uralter Gott, Meister des Lebensatems,*
> *Großer Fürst des Westens und Ostens,*
> *Herr der Weihen, der geheimen ...«*

Nes-Amuns Stimme wurde lallend, aus seinem Magen stieg ein greller heißer Schmerz auf, der den ganzen Körper umfaßte und ihn zu Boden schleuderte.

Die Lanzenträger waren ihm bis vor den Tempel gefolgt, doch sie hatten nur den Befehl, Nes-Amun am Verlassen des Tempel- und Palastbezirks zu hindern. Als es ihnen zu lange dauerte, fragte einer der beiden nach und erhielt den Bescheid, daß der Priester und Haushofmeister Nes-Amun nicht mehr unter den Lebenden weile. Im übrigen sei der Wesir bereits verständigt.

Kopfschüttelnd traten die beiden Bewaffneten den Rückweg an.

Nefertari, der Wesir Parahotep und Prinz Chamwese, der Hohepriester, trafen sich auf dem Landgut der Königinmutter Tuja. Auf ihren großen, gepflegten Garten war Tuja sehr stolz, und sie hatte dort alles an Gewächsen versammelt, was in Kemi heimisch war. Seine Mauern säumten verschiedene Palmenarten, es gab Alleen von Tamarisken, Sykomoren, Akazien, dazu Nuß-, Granatapfel- und Feigenbäume. Neben einigen von blühenden Büschen umsäumten Lotosteichen hatte sie kleine künstliche Sümpfe mit Schilf und Papyruspflanzen anlegen lassen. Inmitten des größten Teiches erhob sich ein zierlicher Pavillon, der über einen schmalen Steg zu erreichen war.

Hier hatte Tuja mit ihren Gästen Platz genommen, nicht nur, weil es ein schöner Ort für ein Gespräch war, sondern weil man sie hier unmöglich belauschen konnte.

»Nun ist es soweit«, sagte Tuja und zog ein farbiges Glasfläschchen aus ihrem hochgeschlossenen Kleid.

»Dieses feine und betörend duftende Öl werde ich der Dritten Gemahlin als kostbares Geschenk überreichen lassen. Ihm beigemischt sind die giftigen Ausscheidungen von einem Dutzend an Blattern erkrankter Menschen. Ganz gleich, wie sie das Öl gebraucht – ob sie nur ihre Wangen betupft oder ihre unziemlich großen Brüste damit einreibt –, sie wird davon die Blattern bekommen, aber nicht sogleich. Sethnacht hat mir mitteilen lassen, daß die Ansteckung etwa zehn bis achtzehn Tage dauert, und während dieser Zeit besteht die Gefahr, daß auch Seine Majestät, mein erhabener Sohn – der ihr, wie ich höre, ständig beiliegt –, die Krankheit aufnimmt, und das muß natürlich vermieden werden. Ich werde ihr das Öl erst übersenden lassen, wenn sich Seine Majestät im gehörigen Abstand befindet. Wie aber stellen wir das an?«

»Da scheide ich schon aus«, meldete sich Nefertari zu Wort. »Ich habe keinen Einfluß mehr auf ihn, und es besteht nicht die geringste Aussicht, daß er auf meinen Rat hört.«

Tuja blickte den Wesir an.

»Seine Majestät mißtraut mir in letzter Zeit. Er spürt mein Zögern, wenn ich seine unmäßigen Schenkungen an Merit-Anta, wie es der Brauch ist, gegenzeichnen soll. Unsere alte Freundschaft ist brüchig geworden, ich wüßte also nicht, wie ich es anstellen sollte, den König aus Piramesse wegzulocken. Selbst wenn es gelingt, müssen wir damit rechnen, daß Merit-Anta ihn begleitet.«

»Was schlägst du vor, Chamwese?«

»Zunächst einmal bedauere ich es, daß meine verehrte Mutter sich auf die Seite der Ausländerin gestellt hat, auch wenn sie es gewiß nicht ohne Grund tat. Doch davon soll jetzt nicht die Rede sein. Es ist schon länger geplant, daß Seine Majestät die jetzt fertiggestellten Stiergräber besichtigt, und du, Parahotep, könntest dafür sorgen, daß eine Männerrunde daraus wird. Beklage dich beim Pharao, daß er für seine alten Freunde keine Zeit mehr hat, und rege an, daß ihr alle – du, Menna und einige andere – gerne an dem Ausflug nach Memphis teilnehmen würdet. Anschließend könntet ihr dann im Fajum ein wenig jagen. Jedenfalls darf der Pharao erst zurück, wenn die Krankheit sichtbar wird. Er wird kaum so leichtsinnig sein, eine Blatternkranke zu berühren, und wenn die Krankheit ihren üblichen Verlauf nimmt, ist Merit-Anta acht oder zehn Tage später tot.«

»Und wenn sie die Krankheit übersteht?« fragte Parahotep.

»Das wird sie nicht!« sagte Tuja entschieden. »Ein von Sethnacht bestimmter Arzt wird ihre Behandlung übernehmen. Er weiß, was zu tun ist, und der König hat keinerlei Grund zum Mißtrauen. Es ist schließlich nicht ungewöhnlich, daß man an den Blattern stirbt.«

»Nein, das ist es nicht«, sagte Chamwese nachdenklich.

Es erwies sich für Chamwese als gar nicht so schwer, dem König einen Ausflug nach Memphis schmackhaft zu machen. Mit der ihm eigenen Geradheit sagte Ramses:

»Ich habe jetzt genug Zeit im Ehebett vertrödelt und sehne mich ohnehin nach einer handfesten Männergesellschaft. Ob ich überhaupt noch einen Bogen spannen kann? Mit dem Wurfholz war ich ja nie besonders gut, da konnte niemand unseren Amani übertreffen. Wie deutlich sehe ich ihn noch vor mir, als die jungen Prinzen an jenem unseligen Morgen heiter und vergnügt mit ihren Waffen übten. Amani wurde ganz wütend, weil er mit dem Bogen nicht so sicher war wie die anderen. Da seien ihm zu viele Zufälle im Spiel, rief er zornig, außerdem fliege jeder Pfeil anders. Und dann nahm er sein Wurfholz und traf einen Tonkrug nach dem anderen. Eine Stunde später lag er sterbend in meinen Armen ...«

Der König hatte feuchte Augen bekommen, als er Chamwese von diesem Schicksalstag berichtete.

»Ich habe die Stelle seither gemieden, wo es geschah, und ich habe mir immer wieder die Frage gestellt, was diesen ohren-, nasen- und namenlosen Verbrecher zu seiner Tat veranlaßte. Er muß uns lange aufgelauert haben und nahm seinen eigenen Tod in Kauf, als er geradewegs in die Rachen der Krokodile lief. Er muß sich sehr gut am Seeufer ausgekannt haben, wird also jahrelang in dieser Gegend gelebt haben. Und trotzdem konnte sich niemand an ihn erinnern, niemand hatte ihn gesehen oder beherbergt, zumindest war nichts herauszufinden.«

»Nicht jedes Verbrechen ist so schnell aufzuklären wie der Anschlag auf Merire und Montu. Unsere Schnüffler haben da gute Arbeit geleistet«, meinte Chamwese.

»Trotzdem bleiben einige Fragen offen. In seinem Schreiben an den Wesir behauptet Nes-Amun, er habe mit Montu einen Streit gehabt und sich an ihm rächen wollen. Gut, das mag sein, und es paßt auch zu einem Priester, der zu feige oder unfähig ist, mit der Faust Rache zu üben. Aber Streit mit Montu? Unsere Nachforschungen haben genau das Gegenteil ergeben. Fast jeden Abend saßen die beiden einträchtig im Garten bei einem Krug Bier! Sogar am Tag zuvor wurden sie noch bei einem freundschaftlichen Gespräch beobachtet. Und plötzlich eine blutige und heimtückische Rache? Und noch dazu auf Kosten des armen Merire, der seither nur noch humpeln kann! Gut, die Taucher haben die beiden Sägen genau an der Stelle gefunden, die Nes-Amun beschrieb. Er hat den Anschlag verübt, das steht fest, und er ist aus Angst vor Bestrafung freiwillig in den Westen gegangen. Trotzdem bleiben einige Fragen offen.«

Der Pharao stand auf und streckte sich.

»Ich freue mich schon auf unseren Ausflug. Wann soll es denn losgehen?«

»Wann du willst, Majestät, es ist alles bereit.«

Ramses lachte fröhlich:

»Ich brauche wirklich etwas Abwechslung. Meinetwegen fahren wir schon morgen oder übermorgen. Es ist ja keine weite Reise.«

Es dauerte dann noch fünf Tage, bis der Pharao aufbrach. Aber noch am selben Tag sandte der Wesir einen Eilboten auf das Landgut der Königinmutter Tuja.

Isis-nefert war sehr erstaunt, als sie eine dringende Einladung der alten Tuja erhielt. Sie fühle sich einsam, hieß es da, wolle wieder in engere Verbindung mit dem Hof treten, und da Nefertari zur Zeit aus gewissen Gründen unleidlich sei, solle Isis-nefert ihr Gesellschaft leisten und ein wenig vom Hofklatsch berichten.

Alle rücken jetzt von ihr ab, dachte die Zweite Gemahlin zufrieden. Es weht jetzt ein neuer Wind, und das haben wir Merit-Anta zu verdanken. Diese Einladung kam ihr gerade recht, da konnte sie Tuja einmal über alle Zusammenhänge aufklären. Sie sollte ruhig von Nefertaris schlechtem Einfluß auf den König erfahren, sollte wissen, wie glücklich er sich fühlte, seit Merit-Anta seine dritte Frau war.

Tujas vertrauter Diener, der die Einladung überbracht hatte, hielt sich genau an die Anweisungen seiner Herrin, die ihm eingeschärft hatte, das Geschenk an Merit-Anta erst zu übergeben, wenn Isis-nefert abgereist war.

Gutana langweilte sich. Noch immer empfand sie ihren ägyptischen Namen als fremdes Anhängsel, und niemand aus ihrem heimatlichen Hofstaat gebrauchte ihn. Sie hatte sogar versucht, das Men-Spiel zu erlernen, doch von Mal zu Mal vergaß sie die komplizierten Regeln wieder.

Seit der König in Memphis war, beschlich sie das Gefühl einer Bedrohung, wenn sie auch nicht wußte, woher sie kam. Alle verhielten sich unverändert freundlich und aufmerksam zu ihr, und seit sie einigermaßen Ägyptisch sprach, gab es kaum noch Mißverständnisse. Nun war auch Isis-nefert abgereist, und Gutana fehlten die Gespräche mit der ränkesüchtigen Zweiten Gemahlin, die offenbar eine Verbündete gegen Nefertari suchte. Doch Gutana verhielt sich zunächst abwartend, denn sie wollte jetzt keinen Fehler begehen. Sie gab sich verständnisvoll und mitfühlend, wenn

Isis-nefert von ihren »Leiden« während der letzten Jahre berichtete. Man wußte ja nicht, ob man sie später noch brauchen würde.

Gutana dachte ausgiebig darüber nach, auf was sie jetzt Lust haben könnte, und dann fielen ihr die herrlichen in Honig gekochten Früchte aus der Heimat ein: Äpfel, Birnen, Pfirsiche, Melonen – aber hier gab es ja nur Feigen und Datteln, Feigen und Datteln – ewig dasselbe.

Sie rief eine Dienerin und verlangte Früchte in Honig. Es war eines der Mädchen aus Chatti, und sie sah dem Gesicht ihrer Herrin die Mißlaune und Langeweile sofort an. Solche Stimmungen konnten für die Dienerschaft sehr schmerzhaft sein, und so lief sie gleich hinaus und gab in der Palastküche den Wunsch weiter: Früchte in Honig. Da war die Verwirrung groß. Ein flinker Koch erwärmte auf dem Herd in aller Eile einen Topf Honig und warf zerkleinerte Melonen, Trauben und Nüsse hinein. Danach goß er einen Teil davon in eine Silberschale ab und reichte sie der Dienerin. Zitternd ging das Mädchen zu ihrer Herrin zurück.

Die Türkisaugen glitzerten sie böse an:

»Das sollen in Honig gekochte Früchte sein? Ein Schweinefutter ist das!«

Sie warf der Dienerin die Silberschale vor die Füße und sagte:

»Ich frage mich jetzt nur, ob ich dich auspeitschen lassen soll oder nur ein wenig mit Nadeln stechen?«

Das Mädchen fiel ihr zu Füßen: »Es ist doch nicht meine Schuld ...«, wimmerte sie, »in der Küche haben sie ...«

»Ich werde dir einige Nadeln in dein faules, ungehorsames Fleisch treiben«, entschied Gutana. »Komm nur näher!«

Langsam kroch das Mädchen heran, während Gutana aus einer offenen Schatulle die immer bereitliegenden Schmucknadeln nahm. In ihrer Heimat hatten die Mädchen sie in die Haare gesteckt, doch bei den ägyptischen Perücken waren sie überflüssig.

Die Bestrafungsszene wurde durch das Erscheinen eines Boten unterbrochen.

»Verzeih, Königin, ich soll dir ein Geschenk der hochwürdigen Tuja überreichen, dazu einen Brief.«

»Verschwinde!« fauchte Gutana die hurtig und erleichtert aufspringende Dienerin an.

Für den Boten hatte sie ein warmes Lächeln bereit. Doch Tujas alter vertrauter Diener nahm es nicht zur Kenntnis. Er übergab das Päckchen, verneigte sich nicht sehr tief und ging würdevoll hinaus.

Ich scheine allmählich in Kemi an Boden zu gewinnen, dachte Gutana und wickelte das Geschenk aus den kunstvoll gekreuzten Leinenstreifen. Vermutlich hat sie davon gehört, daß der König mir ihr Gut übereignen will, und jetzt biedert sie sich an.

Ihre gute Laune war zurückgekehrt, und sie ließ den Dolmetscher rufen, um sich das Schreiben vorlesen und übersetzen zu lassen.

»Da du Seiner Majestät, meinem erhabenen Sohn, wie ich höre, so viel Vergnügen bereitest, will auch ich dir eine Freude machen. Ergötze dich an dem kostbaren Salböl, das nur für das Königshaus hergestellt wird, dem du, Merit-Anta, jetzt anzugehören die Ehre hast.«

Der letzte Satz erregte Gutanas Zorn:

»Jetzt anzugehören du die Ehre hast!« äffte sie mit erhobener Stimme nach. »Schließlich komme ich nicht aus einem Nomadenzelt wie viele dieser sogenannten Prinzessinnen, sondern bin die Tochter des Großkönigs von Chatti!«

»Beruhige dich, Hoheit«, sagte der Dolmetscher, »das ist ägyptischer Dünkel, da kann man nichts machen. Wenn ich mir die Bemerkung gestatten darf: Etwas davon hast du dem König schon ausgetrieben. In deinen Händen wird er ganz zahm.«

Gutana lächelte selbstzufrieden.

»Das hast du richtig erkannt, und wenn ich erst ..., doch das geht dich nichts an. Verschwinde jetzt!«

Behutsam hob sie das kleine, azurblaue Glasfläschchen hoch. Ein wenig geizig ist sie ja schon, die gute alte Tuja, das Fläschchen hätte ruhig etwas größer sein dürfen. Mit dem Daumennagel sprengte sie das Wachs ab, das den Stöpsel luftdicht verschloß. Sie versuchte, ihn zu lockern, doch er war haargenau eingeschliffen und saß fugenlos. Gutana öffnete schon den Mund, um eine Dienerin zu rufen, da löste sich der Verschluß plötzlich.

Als Prinzessin eines reichen Herrscherhauses waren ihr erlesene Düfte von Kindheit an vertraut, doch was jetzt betörend in ihre Nase stieg, stellte alles in den Schatten. Entzückt sog sie den Duft ein, nahm ein Tuch, goß einen Tropfen des Öls darauf, bestrich damit ihre Wangen, die Nase, die Augenlider.

Während Gutana sich ihrem Duftrausch hingab, war unsichtbar die schreckliche Sachmet eingetreten. Die löwenköpfige Göttin der Zerstörung und der Krankheiten blickte mit ihren gelben, gnadenlosen Augen auf das dumme kleine Mädchen aus Chatti, das keine Ahnung davon hatte, daß mit dem herrlichen Duft auch Sachmets Pesthauch in ihren Körper drang.

In ihrer Freude rief Gutana die vertrauten Hofdamen aus der Heimat und hielt einer jeden das ölgetränkte Tüchlein unter die Nase.

»Ein königlicher Duft! Er paßt zu dir, Hoheit!« riefen die Hofdamen schmeichlerisch, während Gutana plötzlich den Wunsch fühlte, diesen erregenden Duft mit einem Mann zu teilen. Zu Hause wäre es einfach gewesen, doch hier war sie die Gemahlin des Königs und konnte bei ehelicher Untreue kaum auf Verständnis hoffen. Etwas von dem Öl wollte sie aufbewahren, bis der Pharao zurück war, aber jetzt wollte sie einmal so richtig im Wohlgeruch baden, und sie ersann ein herrliches Spiel.

Die Hofdamen wurden entlassen, und Gutana zog sich in ihr Schlafgemach zurück. Sie schlüpfte aus ihrem Kleid, wickelte um ihren Zeigefinger einen Leinenstreifen, tränkte ihn mit dem Öl und legte sich aufs Bett. Zuerst fuhr der duftende Finger spielerisch über die Brüste, kitzelte die Warzen, bis sie steif wurden und ölig glänzten, dann umwanderte er den Nabel, drang sachte ein, glitt tiefer, massierte den glattrasierten Schamhügel, umkreiste streichelnd die Schamlippen, wo sie ein leises, angenehmes Brennen empfand und die aus den Tiefen ihres Körpers aufsteigende Erregung spürte.

Eigentlich brauche ich gar keinen Mann, dachte sie behaglich, außerdem hat der König viel von seiner Kraft verloren. Der »Starke Stier« besteht nur noch in seiner Einbildung. Später werde ich mir junge Liebhaber nehmen müssen – später, wenn ich die Erste bin.

Während ihr Finger weiter zärtlich den Schoß streichelte, dachte Gutana an die stattliche Reihe ihrer Liebhaber am väterlichen Hof. Die meisten hatte sie vergessen, es waren nur Körper und keine Gesichter. Doch dieser eine, der Sohn eines tributpflichtigen Kleinfürsten, der hatte sie Dinge gelehrt ... Die anderen hatten in ihr immer die Prinzessin gesehen, die sie – tollkühn und unter Lebensgefahr – verführten, doch dieser eine Mann hatte sie behandelt wie ein namenloses Stück Weiberfleisch. Er hatte sich ihres Körpers ohne Rücksicht auf ihre eigenen Wünsche bedient, und demütig hatte sie seiner herrischen Stimme gehorcht. Sie hatte ihn dafür gehaßt, und sie haßte ihn bis heute.

Gutanas kundiger Finger hielt inne, verharrte auf dem Zentrum der Lust und begann zuerst ganz sacht darüberzustreichen, verstärkte den Druck, mehr und mehr, bis sie laut zu keuchen begann und ihr Körper sich aufbäumte.

Sachmet, die Vernichterin und Herrin der Pest, hatte schon zuvor den Raum verlassen. Das Schicksal der kleinen Hure aus Chatti bewegte sie nicht weiter. Der Pesthauch aus ihrem Löwenmaul durchzog indessen den prächtigen Palast der königlichen Gemahlin Merit-Anta, doch die ahnungslosen Menschen nahmen nur den Geruch eines kostbaren Öls wahr, mit dem die Königin in diesen Tagen recht großtat.

Der König hielt sich schon zehn Tage in Memphis auf und spürte insgeheim eine Erleichterung, die er sich selber nicht eingestehen wollte. Der allabendliche Besuch bei seiner Dritten Gemahlin war schon fast zur Pflicht geworden, und auch süße Pflichten können nach einiger Zeit zur Last werden. Doch sie sollte nicht spüren, daß seine Kraft nachließ und er dreimal so alt war wie sie. Hatte nicht manchmal schon so etwas wie Spott aus den Türkisaugen geblitzt?

Ramses schob diese unbehaglichen Gedanken beiseite. Für heute war der Besuch im Serapeum vorgesehen, und Chamwese hatte – so ganz nebenbei – angeregt, ob nicht auch Piay daran teilnehmen könne. Es sei denn, der König zürne ihm noch ...

Ramses winkte großzügig ab:

»Das ist vergeben und vergessen. Piay hat sich um meine Majestät verdient gemacht, er hat hart gearbeitet, hat gebüßt, und so mag er jetzt auch mitkommen.«

Für Piay kam die Einladung völlig überraschend. Der Besuch des Königs in Memphis war nicht angekündigt worden, denn es sollte ja nur so etwas wie ein privater Ausflug mit den alten Freunden sein.

Takka flog am ganzen Körper vor Aufregung.

»Der König … der König … ist hier? Und du bist eingeladen, ganz einfach so, wie man eine Nachbarin einlädt? Ich dachte, Seine Majestät – er lebe, sei heil und gesund! – erscheint nur mit Fanfarenklang, von Priestern und Beamten umgeben, hoch über der Menge thronend – und nun lädt er dich ein …«

Sie schüttelte fassungslos den Kopf.

Piay lächelte und sagte:

»Wenn er als Pharao und Guter Gott auftritt, dann ist es so, wie du es geschildert hast. Manchmal aber erscheint er als Mensch, will sich mit alten Freunden vergnügen, und meistens erfährt das Volk nichts davon. Ich möchte dich bitten, es auch in diesem Fall für dich zu behalten.«

Takka nickte ernst:

»Natürlich! Hältst du mich für eine Plaudertasche? Ich kann schweigen wie ein Fisch!«

Seit sie in Memphis lebten, war Takka recht selbstbewußt geworden. Sie war die Herrin des Hauses, und als solche trat sie auf. Doch sie besaß ein gutes Herz, und weder das alte Dienerehepaar noch der Gärtnerjunge konnten sich über sie beklagen.

Piay hatte bei der königlichen Vermögensverwaltung den Antrag gestellt, Takkas Leibeigenschaft auf ihn zu übertragen, doch es war noch keine Antwort erfolgt. In ihm meldete sich immer dringender der Wunsch, die Geliebte wiederzusehen, aber er fand keinen gangbaren Weg, wollte auch nichts Unbedachtes tun, jetzt, da durch die Gnade des Pharao seine Verbannung aufgehoben war. Vielleicht konnte er bei nächster Gelegenheit den ihm sehr gewogenen Chamwese um Rat bitten.

Schon in wenigen Stunden würde er vor dem Pharao stehen, und vielleicht war sogar Merit in seiner Begleitung …

Allein beim Gedanken daran zitterte Piay vor Aufregung. Was auch immer geschehen mochte, er durfte nichts Falsches tun, nichts Falsches sagen.

Der König traf sich mit seinen Freunden im Palast, um von hier aus ungesehen vom Volk zum neuerbauten Serapeum zu gelangen. Ramses saß mitten unter seinen Freunden, als Piay eintrat und sich verbeugte.

»Piay!« rief der König erfreut. »Dein Anblick bewegt mein Herz. Setz dich zu uns und erzähle, wie es dir geht.«

Sie nahmen ihn auf, als sei nichts geschehen. Mit erwartungsvollen, freundlichen Gesichtern hörten sie ihm zu, als er vom Bau der Tempel erzählte und von der gewaltigen Wirkung, die ihr Anblick auf jeden ausübte.

Nach einer Stunde brachen sie auf, gingen die altvertrauten Wege durch das Palastviertel innerhalb der »Weißen Mauer« zum anschließenden Ptah-Tempel, vor dessen Toren einige Sänften und Maultiere warteten, umgeben von einem berittenen Trupp der Leibwache. Niemand mochte die Sänften benutzen, und sie ritten allesamt auf den ausgesucht schönen Maultieren gemächlich nach Nordwesten an den Pyramiden der Könige Djoser und Unas vorbei. Eine neuangelegte Straße führte zu einem kleinen Tempel, dessen Tore zwei lebensgroße Apisstiere aus Alabaster bewachten. Sie betraten den Tempel und stiegen von dort über eine breite Treppe in die Tiefe.

»Hier beginnt die Galerie, und hier«, Chamwese deutete auf eine geräumige Kammer zur linken, »ist der Vorgänger unseres heutigen Apis begraben.«

Sie traten näher, und Chamwese beleuchtete mit seiner Handfackel den kunstvoll bemalten, über vier Ellen hohen Sarkophag aus Zedernholz. Die Wände der Grabkammer waren mit Schriftzeichen und Bildern bedeckt.

Chamwese erklärte:

»Hier ist das Leben des Apis aufgezeichnet – vom Jahr seines Auffindens bis zu seinem Tod. Jeder Besuch des Pharao ist festgehalten, jedes Wunder, das er wirkte, und weitere Einzelheiten aus seinem irdischen Dasein als lebende Seele des Ptah.«

Die anderen Kammern zu beiden Seiten der Galerie standen noch leer und würden künftigen Generationen von heiligen Stieren als ewige Wohnung dienen. Am Ende des Ganges blieb Chamwese stehen und deutete auf eine rohe Holztür.

»Dahinter entsteht mein eigenes Haus der Ewigkeit. Mein Ka verlangt nach dem Umgang mit der heiligen Seele des Ptah. Hier werde ich in guter Gesellschaft sein.«

Die anderen schwiegen. Auch der Pharao sagte nichts, sondern nickte nur feierlich.

Gegen Abend kamen sie in den Palast zurück, wo der König für seine Freunde ein Festessen veranstaltete. Er wandte sich an Piay:

»Du stehst jetzt im Dienst meines Sohnes Chamwese, des Hohenpriesters von Memphis. Sehnst du dich nicht wieder nach einer großen Aufgabe wie bei den Felsentempeln? Dieser Kleinkram hier kann dich doch nicht befriedigen?«

Chamwese runzelte die Stirn bei diesen Worten, doch er schwieg.

»Man kann nicht immer nur schaffen, Majestät, man muß das Geschaffene auch bewahren. Memphis ist eine uralte Stadt, es gibt für mich sehr viel zu tun ...«

Der Pharao grinste spöttisch:

»Ich sehe schon, du hast dich abgefunden, mein Freund.«

Er seufzte wie unter einer schweren Last, doch alle merkten, daß es ihm nicht ernst war.

»Wir werden nicht jünger, Piay, du genausowenig wie meine Majestät und die hier versammelten Freunde. Aber du hast recht. Das Geschaffene muß bewahrt werden, und das ist eine schöne und wichtige Aufgabe. Vielleicht brauche ich dich wieder einmal, mein Freund, wenn der hochwürdige Chamwese dich ausleiht.«

Nach der üppigen Mahlzeit kreisten die Weinkrüge, es wurde gelacht, durcheinandergeredet, und der Pharao genoß es, wieder einmal Mensch sein zu dürfen, als Freund unter Freunden. Es achtete niemand darauf, als etwa zwei Stunden vor Mitternacht die Leibwache einen Boten vor den König führte. Der warf sich zu Boden und winselte:

»Verzeih, Majestät, ich bringe eine schlechte Nachricht.«

Der Lärm war so groß, daß Ramses ihn nicht verstand. Er klatschte in die Hände.

»Laßt für einen Augenblick eure Zungen ruhen, meine Freunde. Der Bote hier hat offenbar eine wichtige Nachricht.«

Der Lärm erstarb, und der Mann wiederholte mit angstvoller

Stimme: »Ich bringe eine schlechte Nachricht aus Piramesse, Majestät. Es geht um ...«

Mit einer schnellen Bewegung packte Ramses das goldgefaßte Lapisherz, das um seinen Hals hing.

»Ist etwas mit Nefertari?« unterbrach er den Boten.

»Nein, Majestät, deine Dritte Gemahlin, die Königin Merit-Anta ist schwer erkrankt und mit ihr einige ihrer Hofdamen. Es setzte ein plötzliches hohes Fieber ein, dazu Schüttelfrost und heftige Kopfschmerzen. Die Ärzte sind noch nicht sicher, welche Krankheit Sachmet verhängt hat.«

Ramses hatte ihr Bild vor Augen: Der schöne, feste Körper mit den schweren Brüsten, das lachende Gesicht mit den betörenden Türkisaugen, die runden Schenkel und ihr unersättlicher Schoß ... Diese Frau durfte ihm nicht genommen werden, auch Sachmet, die Schreckliche, durfte es nicht. Der König sprang auf.

»Ich bin in Sorge, meine Freunde, verzeiht mir, wenn ich mich zurückziehe. Morgen, noch vor Sonnenaufgang, werde ich nach Piramesse zurückkehren.«

Nicht alle waren von dieser Nachricht betroffen. Der Wesir und Chamwese verbargen ihre Befriedigung hinter steinernen Mienen, und Parahotep dachte gerührt an den Augenblick, als der König den Boten mit den Worten unterbrach:

»Ist etwas mit Nefertari?«

Ihm war auch nicht entgangen, wie Ramses sofort nach dem Herzamulett gegriffen hatte. Er nahm dies als eine weitere Bestätigung dafür, daß er und seine Freunde richtig gehandelt hatten.

14

Wenn die heiße Sommerzeit einsetzte, gingen in Kemi allerlei Krankheiten um, besonders im Deltagebiet, da hier die feuchte, schwüle Luft so manches Fieber aus dem sumpfigen Boden lockte. So dachte man sich nicht viel, als Merit-Anta über Kopf- und Rückenschmerzen klagte, während ein starker Schüttelfrost ihren Körper durchraste. Erst als am zweiten Tag die wohlbekannten

Flecken auf ihrem Körper erschienen, wußten die erfahrenen Ärzte, was bevorstand. Zu diesem Zeitpunkt sandte man einen Eilkurier nach Memphis, und während der Pharao unterwegs war, erkrankten fast gleichzeitig zwei Hofdamen und eine Dienerin der Dritten Gemahlin.

Sethnacht, der Vorsteher der Ärzte und Hohepriester der Sachmet, übernahm in eigener Person die Leitung der Behandlung. Er war von zwei Gehilfen begleitet, die schon als Kinder die Blattern überstanden hatten, und seine erste Anordnung bezog sich auf die Gefahr einer Ansteckung. Niemand durfte ohne seine Erlaubnis Merit-Antas Haus betreten. Ihr gesamter Hofstaat mußte sich von Kopf bis Fuß mit scharfen Essenzen abreiben, niemand durfte sein Zimmer verlassen.

Er konnte kaum noch gehen, der uralte geierköpfige Sethnacht, und seine Gehilfen mußten ihn von beiden Seiten stützen, doch seine Tätigkeit als Arzt ließ ihn seltsam aufblühen. Die kleinen, runden Vogelaugen funkelten wach und unternehmungslustig, und seine hohe, krächzende Greisenstimme gewann zusehends an Festigkeit, wenn er seinen Gehilfen Befehle erteilte.

An diesem Morgen – es war der vierte Tag nach Ausbruch der Krankheit – stattete er Merit-Anta einen Besuch ab. Die Kranke lag in einem abgedunkelten Zimmer und war heute zum ersten Mal fast fieberfrei. Doch in der Nacht zuvor waren die Pusteln auf ihrer Haut erschienen, und zwar zuerst im Gesicht und am Hals, und jetzt bedeckten sie – wie ihm der am Bett wachende Gehilfe flüsternd mitteilte – auch schon Brust und Arme. Der dürre kahle Geierkopf des Alten nickte mehrmals, und er sagte:

»Hast du ihre Hände festbinden lassen?«

»Nein, Ehrwürdiger, bis jetzt noch nicht«, gab der junge Arzt erschrocken zu. Doch Sethnacht schien gar nicht böse.

»Dann wollen wir es bald tun, nicht wahr? Es soll nichts versäumt werden, um die Königin zu retten – obwohl ...«

Sethnacht wackelte bedenklich mit seinem Kopf, ohne seine Rede fortzusetzen.

Gutana war in der frühen Morgenstunde aus schweren Fieberstürmen erwacht, und jetzt erst kam ihr so richtig zu Bewußtsein, wie krank sie gewesen war. Das Fieber hatte plötzlich nachgelassen, der Schüttelfrost war verebbt, und sie fühlte sich so wohl, daß sie dachte, nun sei das Schlimmste überstanden. Als sie ihren Handrücken an die Stirn legte, um die Wärme zu prüfen, fuhr sie erschrocken zurück. Wie die Saat nach der Nilschwemme plötzlich aus dem Acker bricht, so war ihre Stirn mit den aufkeimenden Pusteln bedeckt, und wie sie nach zögernder Prüfung feststellte, auch Wangen und Hals. Nun, da sie ganz wach war, fühlte sie ein scharfes Brennen auf der Gesichtshaut und in den Augen. Sie war so entsetzt und verstört, daß sie aufschrie und damit den an ihrem Lager wachenden Arzt aus seinem Halbschlummer schreckte.

»Ich habe die Blattern!« rief Gutana mit hoher Stimme, »mein ganzes Gesicht brennt, ich spüre überall die Bläschen, da muß man doch etwas tun!«

Der junge Arzt versuchte die Königin zu beruhigen, und als ihm dies nicht gelang, ließ er Sethnacht holen. Der setzte sich ächzend und kopfwackelnd auf den Stuhl neben das Bett nieder und richtete seine munteren Vogelaugen auf die Kranke.

»Nun, Königin Merit-Anta, wie ich höre, ist das Fieber verschwunden, und du fühlst dich recht wohl?«

»Ja, ja, das schon, aber hier, im Gesicht und am Hals ...«

»Das sind die Pusteln, Hoheit, sie werden auch noch am Bauch und auf den Schenkeln erscheinen. Sachmet hat dich gezeichnet, wir wissen nicht, warum, du mußt es einfach hinnehmen.«

Sethnacht beugte sich über Gutanas Gesicht und befahl dem Gehilfen:

»Laß für einen Augenblick das Licht herein, ich möchte mir die Augen genauer ansehen.«

Der dürre Geierkopf näherte sich Gutanas Gesicht. »Öffne weit die Augen, Hoheit!« befahl er.

Die schöne türkisfarbene Iris war trübe geworden, die Blattern hatten sich – was manchmal geschah – auch auf die Augen geschlagen.

»Siehst du mich, Hoheit?«

»Nicht sehr deutlich, das Zimmer ist ja verdunkelt.«

Nein, dachte der Geierköpfige hämisch, nicht das Zimmer ist verdunkelt, sondern du bist dabei, blind zu werden.

»Du mußt jetzt Geduld haben, Hoheit, die Krankheit ist noch

lange nicht vorüber. Folge den Anordnungen der Ärzte, und alles wird gut.«

Unter Stöhnen, vom Gehilfen gestützt, kämpfte sich der Uralte aus dem Sessel und ging mit dem anderen hinaus. Dort sagte er:

»In drei Tagen setzt die Eiterung ein. Der ganze Körper ist davon ergriffen, sogar die Augen. Sollte die Königin gesund werden, ist sie blind und bleibt für ihr ganzes Leben entstellt. Aber ich habe wenig Hoffnung. Sie wird diese Krankheit nicht überstehen. Hast du mich gut verstanden?«

Der junge Arzt nickte. »Jedes Wort, Ehrwürdiger. Die Königin Merit-Anta wird ihre Krankheit nicht überstehen. Es ist eine Fügung der Göttin Sachmet.«

Sethnacht nickte ernst. »Genauso ist es, mein junger Freund.«

Während der Rückreise nach Piramesse verfluchte Ramses die Grenzen der menschlichen Fähigkeiten. Jeder Vogel wäre imstande gewesen, die Entfernung zwischen den beiden Hauptstädten in einigen Stunden zurückzulegen, aber der Mensch – auch wenn ihm als Pharao sämtliche Mittel zu Gebote standen – war an die Erde gekettet und nur auf ihr oder ihren Wasseradern konnte er sich fortbewegen.

Auf des Königs Befehl fuhr das Boot auch während der Nacht, was bei dem wolkenreichen Himmel im Delta nicht ungefährlich war. Einige Stunden vor Sonnenaufgang langten sie an, und Ramses ließ sich sofort mit der Sänfte zu Merit-Antas Palast bringen.

Der alte Hohepriester Sethnacht hatte ihn schon erwartet. Da er oft untertags schlief, machte es ihm nichts aus, eine Nacht durchzuwachen, und so blickten seine runden Vogelaugen recht munter auf den König. Sethnacht gehörte zu den wenigen Menschen, vor denen Ramses, der sonst nichts und niemanden fürchtete, eine leise Beklemmung empfand. Um ihn war eine Aura von Magie, und seine Ähnlichkeit mit einem Geier, dem heiligen Vogel der ägyptischen Könige, verstärkte noch dieses Gefühl.

»Du solltest deine Gemahlin nicht gerade jetzt besuchen, Majestät. Die Krankheit ist mit der Vereiterung der Pusteln in ihre schlimmste Phase getreten. Abgesehen von der Gefahr einer Ansteckung ist es auch kein schöner Anblick.«

Ramses hörte die Worte, doch er nahm ihren Inhalt nicht auf.

»Ich will sie sehen!« beharrte er, und Sethnacht, der schon damit gerechnet hatte, sagte mit seiner hohen, krächzenden Stimme laut und nachdrücklich:

»Dann höre, Majestät! Du darfst nichts im Haus oder im Krankenzimmer berühren, erst recht nicht die Königin. Um deinen Atem vor Sachmets Pesthauch zu schützen, werde ich dir jetzt – wenn du es gestattest – eine Mundbinde umlegen.«

»Also gut, aber beeile dich!«

Ramses setzte sich auf einen Stuhl, und Sethnacht band ihm einen Mundschutz aus dreifachem Leinen um, das er vorher mit scharfen Essenzen behandelt hatte.

»Meine Gehilfen werden dich führen, Majestät, und ich werde mich jetzt zurückziehen.«

Schnell hatte Sethnacht seine Kraft aufgebraucht und sah nun aus, als stünde er schon vor Osiris. Seine Vogelaugen waren trüb und müde geworden, die faltigen Lider bedeckten sie zur Hälfte, der kleine, kahle Kopf wackelte bedenklich auf seinem langen, dürren Geierhals. Seine Diener hoben ihn in die Sänfte, und Ramses ging hinter den jungen Ärzten her.

»Wo sind denn die anderen?«

»In ihre Zimmer eingeschlossen, Majestät. Bis jetzt sind schon fünf Frauen und zwei Männer erkrankt.«

Beim Betreten des Krankenzimmers spürte Ramses durch seinen Mundschutz den Geruch nach Eiter und Verwesung.

»Bitte nicht zu nahe herantreten, Majestät!« warnte ihn der Arzt, während er das Öllämpchen hochhielt. Ramses fuhr zurück, als habe er einen Schlag erhalten.

»Das ist nicht Merit-Anta! Das kann sie nicht sein! Wo ist sie? Was habt ihr mit ihr gemacht?«

»Sie ist es, Majestät. Sie liegt jetzt wieder in hohem Fieber, das die Eiterung der Pusteln bewirkt hat.«

Gutana bot einen grauenhaften Anblick. Auf ihrem vom Fieber glühenden Gesicht blühten die gelben Eiterpusteln wie böse kleine Blumen. Sie warf sich unruhig im Bett hin und her, Wortfetzen kamen aus den dicken, verschorften Lippen, manchmal schrie sie laut auf, um dann wieder leise vor sich hin zu wimmern. Ihre mit Pusteln übersäten Hände waren zu beiden Seiten mit breiten Leinenstreifen ans Bett gefesselt.

Ramses konnte den Anblick nicht länger ertragen und wollte sich gerade abwenden, als Gutana ihre Augen aufschlug.

Den König fror es vor Entsetzen, als er sah, was mit den schönen türkisfarbenen Augen geschehen war. Sie waren trüb und fleckig geworden, irrten unruhig umher und schienen nichts wahrzunehmen. Ramses wandte sich ab.

»Was ist mit ihren Augen geschehen?«

»Auch sie wurden von der Krankheit erfaßt, Majestät. Falls sie überlebt, wird die Königin blind sein.«

»Wäre das noch ein Leben?« fragte der König und schaute den Arzt gramerfüllt an. Der verbeugte sich nur stumm und wartete, bis Ramses den Raum verlassen hatte. Dann öffnete er seinen bemalten hölzernen Arztkasten und entnahm ihm zwei Leinensäckchen. Aus jedem davon schüttete er etwas Pulver in einen Becher und goß Wasser darauf. Mit einem Bronzestab verrührte er die Mischung, und das leise Gluckern des Wassers war lange Zeit das einzige Geräusch im Zimmer, neben dem unruhigen Atem der Kranken, die in einen leichten Schlaf gefallen war. Nach einer halben Stunde fuhr sie mit einem Schrei auf, versuchte, die gefesselten Hände loszureißen, und öffnete die trüben, blinden Augen.

»Trinken ...«, krächzte es aus dem verschwollenen Mund, und sofort griff der Arzt nach dem Becher. Er stützte ihren fieberglühenden Kopf und hielt das Gefäß behutsam an ihre verkrusteten Lippen. Gierig trank sie den Becher leer, und der Arzt bettete ihren Kopf wieder in das Kissen. Wenig später wurde ihr Atem röchelnd und unregelmäßig, sie richtete sich halb auf, öffnete die zerstörten Augen und sank mit einem langen, pfeifenden Atemzug zurück.

Im Zimmer war es totenstill geworden. Der junge Arzt goß Wasser in den Becher, schwenkte ihn aus und schüttete den Inhalt aus dem Fenster. Dann nahm er seinen Arzneikasten und verließ leise den Raum.

Als der König spät am Morgen erwachte, ließ der Wesir sich melden. »Sie ist tot, Majestät. Die Königin Merit-Anta ist während der Nacht verschieden. Zwei von den Erkrankten werden – so meinen die Ärzte – den nächsten Tag nicht überstehen. Bei den anderen nimmt die Krankheit einen leichteren Verlauf.«

»Vielleicht hätte ich sie nicht heiraten sollen, die Prinzessin Gutana aus Chatti. Es ist seltsam, daß ich keine Trauer fühle, Parahotep. Woran mag das liegen? Als ich sie heute nacht in ihrem Bett liegen sah, blind, mit Eiterpusteln übersät, da erschien sie mir wie eine Fremde, und insgeheim bat ich Osiris, er möge sie in sein Reich holen. Und doch hat sie eine ganze Zeit mein Herz – nein, meinen Körper gefangengehalten, weißt du, ich war ihr ausgeliefert ... Sie hat alles von mir haben können, es kostete sie nur einen Blick. Diese Türkisaugen ... Die Krankheit hat ihren Zauber gebrochen, die Augen hatten ihre Farbe verloren, waren nur noch blinde Spiegel ... Du mußt an König Hattusili die Todesnachricht senden. Schreibe ihm, es herrsche große Trauer am Hof von Piramesse, schreibe ihm, der Pharao hat sie sehr geschätzt, seine Dritte Gemahlin, schreibe ihm, es war der Wille der Götter ... Schreibe ihm, was du willst, Parahotep, ich möchte nichts mehr damit zu tun haben.«

Ramses erhob sich und gähnte ausgiebig.

»Es ist vorbei, mein Freund, vorbei! Ich müßte Trauer empfinden, doch da ist nichts – nichts! Sie war eine Hexe, Parahotep, ich erkenne das erst jetzt. Sie hat mich allem anderen entfremdet, Nefertari, meinen Freunden, meinen Pflichten. Warum habt ihr dabei zugesehen? Einfach zugesehen? Es hätte doch einer sagen können: Sessi, nimm dich in acht, das Weib saugt dich aus wie einen Granatapfel. Und doch ...«

Der König schüttelte ratlos den Kopf.

»Aber Sessi«, sagte der Wesir, »wir haben es doch versucht. Erinnere dich an meine Warnung, als ich die Schenkungen gegensiegeln mußte. Königin Nefertari war so verstimmt, daß sie nach Memphis – man kann ruhig sagen: flüchtete. Du mußt doch gespürt haben, daß man es für bedenklich hielt, wie du dich ihr ausgeliefert hast. Aber wer sollte sich gegen dich stellen, Sessi? Du bist der Gute Gott, der Herr beider Länder, dessen Wort heilig, dessen Wille Gesetz ist. Einem Verliebten ist schlecht raten, jeder weiß das, und wenn der Verliebte Usimare Ramses heißt – nun, dann ...«

Ramses schlug seinem Jugendfreund derb auf die Schulter.

»Jetzt hör schon auf, Wesir! Was niemand zu tun wagte, hat die schreckliche Sachmet auf ihre Weise gelöst. Sie hat mit ihrem Pesthauch Merit-Antas Palast vergiftet. Wir müssen ihr Werk vollenden, Parahotep, müssen der Göttin zeigen, daß wir ihren Entschluß gutheißen. So ordne ich folgendes an: Man soll abwarten, wer die Krankheit übersteht, und diese Leute mit dem übrigen Hofstaat irgendwohin aufs Land bringen, wo sie keinen mehr gefährden und in Ruhe genesen können. Die Toten aber sollen mit dem Palast und mit allem, was in ihm ist, verbrannt werden. Diese Leute aus Chatti glauben ohnehin nicht an ein Fortleben in der Ewigen Wohnung, da ist es einerlei, was aus ihnen wird. Die Ärzte sagen, daß ein von Blattern verseuchtes Haus noch lange Zeit eine Gefahr für die Gesunden darstellt. So sollen die Flammen vertilgen, was übrig ist. Ich werde gleich morgen wieder nach Memphis reisen, mit der ganzen Familie. Nefertari, Jonam, Isisnefert, Seti, die Kinder – alle sollen mit, auch du, wenn du willst. Die Gefahr einer Ansteckung ist noch zu groß. Wir werden erst zurückkehren, wenn das verseuchte Haus verbrannt und die Asche fortgeräumt ist. Ich will dann keine Spur mehr davon sehen, hörst du, keine Spur!«

»Jawohl, Majestät, ich höre und gehorche. Isis-nefert ist übrigens nicht hier, die Königinmutter Tuja hat sie auf ihr Gut geladen.«

»Meine Mutter hat ...«, Ramses war so verblüfft, daß er nicht weitersprach.

»Ja, schon vor einigen Tagen. Soll sie nach Memphis nachkommen?«

»Nein«, sagte Ramses schnell, »sie kann bleiben, wo sie ist. Und ich werde jetzt der Großen Königlichen Gemahlin einen Besuch abstatten.«

»Ob sie dich nach so langer Zeit wiedererkennt, Sessi?« scherzte Parahotep.

»Eines Tages werde ich dich wegen Majestätsbeleidigung in den Steinbruch schicken, mein teurer Wesir!«

»Das wäre ja fast eine Erholung, verglichen mit meinen Aufgaben an deinem Hof, Majestät.«

»Ich werde es tun ...«, wiederholte Ramses seine Drohung und hob warnend den Finger.

Seit einigen Monaten fühlte Nefertari sich nicht mehr richtig gesund. Ein hartnäckiger Husten quälte sie, untertags war sie oft so müde, daß sie sich hinlegen mußte. Sie hatte keine Schmerzen, und es war auch keine Veränderung an ihr zu bemerken, abgesehen von tiefen Schatten unter den Augen und einer leichten Blässe, die sie aussehen ließen, als hätte sie nicht genügend Schlaf bekommen.

Als Ramses sich bei ihr melden ließ, mußte die Dienerin ihn um etwas Geduld bitten, denn sie sei noch nicht fertig angekleidet.

Hastig legte sie neue Schminke auf, rieb etwas Rot auf die Wangen, blickte in den Spiegel und versuchte zu lächeln. Es gelang ihr nicht recht. »Laß Seine Majestät bitten!«

Ramses, schon ungeduldig geworden, stürmte herein:

»Was ist denn los, meine Liebe? Um diese Zeit bist du doch sonst schon längst auf den Beinen.«

»Ich wurde so wenig gebraucht in letzter Zeit, und da habe ich es mir angewöhnt, ein wenig zu bummeln.«

Ramses verstand den Wink und machte ein zerknirschtes Gesicht.

»Ja, ich habe dich vernachlässigt, ich gebe es zu. Es war eben ... Sie ist übrigens gestorben, heute nacht.«

»Wer?« fragte Nefertari, obwohl sie es sich denken konnte.

»Merit-Anta, meine Dritte Gemahlin. Du weißt ja, daß die Blattern in ihrem Haus wüten und wir täglich damit rechnen müssen, daß auch einer von uns sich ansteckt. Wir werden deshalb gleich morgen nach Memphis reisen: du, die Kinder, Merit, Seti, der Wesir – alle wichtigen Leute eben. Ich werde die Residenz so lange in Memphis aufschlagen, bis jede Gefahr gebannt ist. Ihren Palast lasse ich verbrennen mit allem, was darin ist. Ich möchte jede Erinnerung an sie ... möchte ich ...« Er stockte, als schäme er sich seiner Worte, und blickte ratlos auf Nefertari. Und seltsam:

Seine Allerschönste lächelte, und auf ihren runden Wangen erschienen die reizenden Grübchen.

»Warum möchtest du das? Bist du nicht traurig?«

»Es ist seltsam, aber ich verspüre Erleichterung. Diese Frau hat mich auf ungehörige Weise betört und an sich – an ihr Bett gefesselt.« – Er berührte das Amulett auf seiner Brust – »Mein Herz habe ich ihr nicht geschenkt ... Es gehört noch immer dir.«

Eigentlich wollte Nefertari dieses Geständnis mit einem strahlenden Lächeln belohnen, statt dessen aber sprangen ihr die Tränen aus den Augen, rollten über die Wangen und nahmen einen Teil des hastig aufgetragenen Rots mit sich.

Ramses zog sie auf seine Knie und spürte ihre langvertraute leichte Last. Er wiegte sie wie ein Kind.

»Ja, ja, ich weiß ... Es ist alles meine Schuld. Du hast mir die anderen Frauen immer gegönnt, aber diesmal bin ich wohl zu weit gegangen. Sie muß irgendeinen Zauber angewandt haben, fremdländische Magie, gegen die sich ein Ägypter nicht wehren kann. Aber Sachmet hat die göttliche Ordnung wiederhergestellt, Maat kann zufrieden sein. Ich lasse ihren Namen aus den Chroniken tilgen, alle auf sie ausgestellten Urkunden werden vernichtet. Wer von ihrem Hofstaat am Leben bleibt, muß in die Heimat zurückkehren. Nichts darf an sie erinnern. Ich will es so!«

»Ein wenig ungerecht ist das schon, denn sie war ja immerhin deine Dritte Gemahlin. Aber wenn du es so willst ...«

Plötzlich wurde Nefertari von einem schweren Hustenanfall geschüttelt. Sie glitt von seinen Knien und preßte sich ein Tuch auf den Mund. Noch ganz außer Atem, sagte sie:

»Ich weiß nicht, was das ist, der Husten will nicht weichen. Manchmal verschwindet er für Tage, um dann um so heftiger wiederzukehren.«

Der König runzelte besorgt die Stirn:

»Was sagen die Ärzte?«

»Nicht viel, wie stets. Sie gaben der feuchten Luft im Delta die Schuld, auch den schädlichen Einfluß fremdländischer Götter hielten sie für möglich, da die Grenze so nahe sei ...«

Ramses schüttelte den Kopf.

»Das ist Unsinn. Um diese Götter zu besänftigen, habe ich ihnen hier, auf ägyptischem Boden, Tempel errichten lassen. Baal, Ischtar, Anat und vor allem Seth, der Gott der Wüsten und Fremdländer, werden hier verehrt. Das kann es nicht sein. Vielleicht tut dir der Ortswechsel ganz gut, da Memphis am Rande der Wüste liegt und die Luft dort heiß und trocken ist. Übrigens ist ...«

Da kam plötzlich Merit ins Zimmer.

»Schau, schau, das Töchterchen! Wie ich sehe, hast du deine alten Unsitten bis heute nicht aufgegeben. Schon als Kind bist du immer ins Zimmer geplatzt, wenn ich eine wichtige Besprechung hatte.«

»Woher hätte ich wissen sollen, daß du Mutter besuchst? Du bist ja ein seltener Gast geworden.«

In gespieltem Entsetzen rief der König:

»Jetzt fange du nicht auch noch damit an! Gerade habe ich deiner Mutter lang und breit erklärt – doch das geht dich nichts an! Wir werden morgen alle nach Memphis umsiedeln, auf Anraten der Ärzte. Die Gefahr der Ansteckung ist zu groß geworden.«

»Die Hure ...« – es gelang ihr gerade noch, das Wort halbwegs zu verschlucken –, »die Königin Merit-Anta ist also heute nacht verstorben. Welche Trauerzeit hast du angeordnet? Wo soll sie bestattet werden?«

»Keine Trauerzeit. Sie wird mit den anderen Verstorbenen in ihrem Palast verbrannt. Es ist einfach zu gefährlich ...«

»Ich verstehe«, sagte Merit, »du willst jede Erinnerung austilgen. Da kommen die Blattern gerade recht. Doch es steht mir nicht zu, Sachmets Werk zu beurteilen. Die Göttin weiß, was gut ist für Kemi ...«

Ramses lachte spöttisch:

»Und seinen Pharao, wolltest du hinzufügen. Genug davon! Macht euch für morgen bereit.«

Plötzlich fühlte Merit ihren Herzschlag stocken. Piay! Warum hatte sie nicht gleich daran gedacht! Piay war in Memphis, sie wollte ihn sehen, ihm sein Kind zeigen ...

Seti hatte sich seit jener Nacht gekränkt von ihr zurückgezogen. Merit behandelte ihn freundlich, ja, er gewann sogar den Eindruck, ihre Gemächer würden ihm auch weiterhin offenstehen. Doch er fand keinen Mut zu einem zweiten Versuch und redete sich ein, Merit sei ganz offensichtlich nicht die von den Göttern ihm zugedachte Gemahlin. Als der König ihn aufforderte, sich der Reise nach Memphis anzuschließen, mußte er nicht einmal nach einer Ausrede suchen. In Pithom hatte es Unruhen gegeben, und er wollte dort selber nach dem Rechten sehen. Im übrigen sei er ein Krieger und fürchte die Ansteckung nicht. Das brachte den Pharao auf.

»Du bist ein Dummkopf, Seti! Auch ich bin ein Krieger und habe bei Kadesch die Schwerter und Pfeile der elenden Chatti nicht gefürchtet, aber bei einer Seuche ist das etwas anderes. Nimm doch dein Schwert, gehe hinüber in Merit-Antas Palast und versuche den Gifthauch dort auszutreiben. Zerschlage Möbel und Geschirr, schlitze Betten und Vorhänge auf, stich in Wände und Decken! Du erreichst damit nur, daß die Blattern dir in den Leib fahren, gehst elend daran zugrunde oder überlebst als Gezeichneter, vielleicht als blinder Krüppel. Es ist dumm, Sachmets Pesthauch nicht zu fürchten, einfältig und dumm! Aber – nun gut, das wollte ich dir gesagt haben.«

Eigentlich wollte Ramses hinzufügen: Aber das paßt zu dir, doch er unterdrückte es, um seinen Sohn nicht noch mehr zu beleidigen.

Im Bereich der Werkstätten und Wohnungen des großen Ptah-Tempels von Memphis hatte Piay einige Amtszimmer erhalten, dazu einen schreibgewandten Sekretär. Er war für alle Handwerker und Bauarbeiter zuständig, die zum Tempel gehörten. Es war eine leichte und angenehme Tätigkeit, und Piay machte es Freude, bei den Arbeiten gelegentlich selbst zum Meißel zu greifen, um ein Relief oder eine Figur zu bearbeiten. Chamwese hatte sein Versprechen gehalten und ihm nahe der Unaspyramide einen Platz für ein Grab geschenkt. Das war ein schöner felsiger Boden. Piay hatte schon einen Probeschacht graben lassen und war mit dem Ergebnis sehr zufrieden.

Er beabsichtigte, sein Haus der Ewigkeit in drei Teile zu gliedern. Den Mittelpunkt sollte die große Sargkammer bilden, die er selbst mit Reliefs schmücken wollte. Links und rechts davon wollte er zwei kleinere Nebenkammern anlegen, eine für die Vorräte an Nahrung und Getränken, die andere für Erinnerungsstücke, die er mit in die andere Welt nehmen wollte. Es waren dies seine Werkzeuge, sein Arbeitstisch, einige besonders geglückte Figuren von Göttern und Menschen, von denen er sich nicht trennen mochte. Die Grabkammer hatte er gleich für zwei Särge geplant, denn Takka war vor kurzem seine Frau geworden. Er hatte sie aus dem Dienst der königlichen Verwaltung ausgelöst, und sie war nun in seinen Besitz übergewechselt. Mit dem Heiratskontrakt hatte er ihr zugleich die Freiheit geschenkt, so daß sie ihn nun beerben und über alles nach eigenem Ermessen verfügen konnte. Sie war schwanger geworden und erwartete in etwa drei Monaten ihr erstes Kind.

Nun, da er in seinen Arbeitsräumen bei dem Ptah-Tempel saß und im Augenblick nichts Wichtiges zu tun hatte, skizzierte er auf einem Stück Papyrus den Wandschmuck seines Grabes. Er war ganz vertieft in seine Arbeit, als Chamwese erschien.

»Störe ich, mein Freund?«

»Keineswegs, Ehrwürdiger. Ich überlege mir gerade, wie ich meine Ewige Wohnung – die ich deinem Wohlwollen zu verdanken habe – ausstatten könnte. Vorerst nur eine Spielerei – aber womit kann ich dir dienen?«

Chamwese schloß die Tür und sagte leise:

»Was ich dir mitzuteilen habe, ist vertraulich. Die gesamte königliche Familie befindet sich seit einigen Tagen in Memphis, da in Piramesse die Blattern grassieren. Die Dritte Königliche Gemahlin ist daran gestorben, das wird sich ja herumgesprochen haben. Morgen oder übermorgen werden Seine Majestät – er lebe, sei heil und gesund! – sowie die Große Königliche Gemahlin Nefertari mit dem Erbprinzen Jonam und ihren Söhnen Merire und Meri-Atum dem Apisstier opfern. Prinzessin Merit wird auch dabeisein, soviel ich weiß. Ich dachte, es könnte dich interessieren.«

»Danke, Prinz Chamwese«, sagte Piay mühsam beherrscht.

»Der Besuch ist amtlich, und es wird viele Zuschauer geben. Da du im Dienst des Tempels stehst, hast du Anspruch auf einen der reservierten Plätze ganz vorn.«

»Darf ich – darf ich meine Frau mitbringen?«

»Du hast ja vor kurzem geheiratet, ich erinnere mich. Natürlich kann sie dabeisein. Alle verheirateten Tempelbeamten nehmen ihre Frauen bei solchen Anlässen mit.«

Piay hatte diesen Augenblick herbeigesehnt und sich zugleich davor gefürchtet, denn seine Sehnsucht nach einem ruhigen und sicheren Leben wurde mit jeder Nilschwelle stärker, und jetzt, da er mit seiner Frau im eigenen Haus lebte und eine sichere Stellung besaß, holte ihn seine Vergangenheit wieder ein.

Es ist schon seltsam, dachte Piay, solange ich im Süden bei den Tempeln war, habe ich mich jeden Tag nach ihr gesehnt, und nun, da ihr Besuch bevorsteht, wäre es mir fast lieber ... Nein! Tausendmal nein! Ich liebe sie noch, und ihre Briefe haben mir bewiesen, daß auch ihre Empfindungen unverändert sind. Ich werde sie im Kreis ihrer Familie von ferne sehen, werde dem Guten Gott zujubeln wie die anderen, dann wird sie in ihren Palast zurückkehren zu ihrem Gemahl und ich in mein Haus zu Takka, und nichts wird sich geändert haben. Könnte sich überhaupt etwas ändern?

Piay ging unruhig auf und ab, und er fühlte, daß der Kampf von neuem beginnen würde.

Isis-nefert wußte nicht, was sie von dieser Einladung halten sollte. Tuja behandelte sie höflich und aufmerksam, zeigte ihr das ausgedehnte Landgut mit seinen Äckern, dem Vieh, den Obstbäumen und Kornspeichern, erklärte lang und umständlich das von ihr angewandte Prinzip der Zuchtauslese, nannte Zahlen, die Isis-nefert nichts sagten, und schien ihren Gast so lange wie möglich halten zu wollen. Eine echte Neigung aber fand Tuja zu ihrem Enkel Merenptah, der jetzt schon ein junger Mann von sechzehn Jahren war und seine Großmutter, die er kaum kannte, ganz offensichtlich bewunderte. Anfangs zeigte er sich wenig neugierig, war zurückhaltend und wortkarg, doch dann schien ihm das Landleben mehr und mehr Spaß zu machen. Vergnügt ritt er auf einem alten, geduldigen Esel herum und quälte die Gutsleute mit allerlei Fragen, die sie manchmal selbst nicht zu beantworten wußten.

Eines Tages sagte Tuja zu Isis-nefert:

»Ich erhielt Nachricht, daß Merit-Anta schwer erkrankt ist. Es sind die Blattern, ihr halber Hof soll angesteckt sein. Kanntest du sie näher?«

»Du redest ja, als wäre sie schon tot«, sagte Isis-nefert etwas ungehalten. »Ja, wir kennen uns recht gut. Das arme Mädchen hat es nicht leicht und wäre wohl längst im hintersten Winkel des Harem verschwunden, hätte nicht Seine Majestät eine so große Zuneigung zu ihr gefaßt. Ich hoffe von Herzen, daß sie gesund wird.«

Tuja ging nicht darauf ein, ihr breites Gesicht blieb unbewegt.

»Der König ist mit Nefertari und den Kindern nach Memphis übergesiedelt, bis die Ansteckungsgefahr vorbei ist. Recht vernünftig, nicht wahr?«

In diesem Augenblick ahnte Isis-nefert, daß Tujas Einladung etwas mit Merit-Antas Krankheit zu tun hatte, doch sie konnte keine Zusammenhänge herstellen. So sagte sie:

»Ein glücklicher Zufall, daß ich mit den Kindern bei dir bin. Als hättest du geahnt, daß etwas geschehen wird.«

Kaum merkbar huschte ein spöttisches Lächeln über Tujas würdiges altes Gesicht.

»Es liegt in der Hand der Götter. Sachmet wird einen Grund gehabt haben, ihren Gifthauch in den Palast der Chatti-Prinzessin zu senden. Die Götter kennen keine Launen, meine Liebe. Was sie tun, dient letztlich dazu, Maat, die göttliche Ordnung, zu bewahren. Auch wenn wir Menschen es nicht immer verstehen.«

Die sechsjährige Bent-Anta, Isis-neferts letztgeborenes Kind, sprang herein und hüpfte Tuja auf den Schoß.

»Eine Kuh hat gerade ein Junges gekriegt«, berichtete sie, noch ganz außer Atem, »und jetzt leckt sie es ab, von oben bis unten, und das Kleine ist ganz feucht, und es versucht dauernd, auf die Beine zu kommen, ganz wacklig ist es noch, aber seine Augen sind ...«

»Langsam, langsam, mein Kleines«, sagte Tuja und küßte die hübsche Enkelin auf beide Wangen. »Die Kuh macht nichts anderes als deine Dienerinnen, wenn sie dich am Morgen baden und dir die Haare kämmen.«

»Aber die Kuh ist doch die Mutter von dem Kleinen, und sie macht das selbst.« – Bent-Anta wandte sich an ihre Mutter: »Warum wäschst du mich nicht selbst und kämmst mir die Haare? Ich bin doch dein Kind!«

»Bei den Menschen ist das anders, Benti. Außerdem bist du

eine Prinzessin, und ich bin eine Königin, und so haben wir Diener, die solche Arbeiten für uns tun, das gehört sich so.«

»Aber einmal könntest du mich doch waschen, oder? Nur ein einziges Mal!«

Tuja und Isis-nefert blickten sich lächelnd an, und das verbitterte Gesicht der Zweiten Königlichen Gemahlin war ganz weich geworden.

Später grübelte sie weiter über den Grund ihres Aufenthalts nach und kam zu der Erkenntnis, daß der König sie wieder einmal ausgeschlossen hatte. Anscheinend hatte er schon eher von Merit-Antas Krankheit gewußt und seine Mutter veranlaßt, sie einzuladen, um mit Nefertari, der er sich jetzt wieder zuwandte, ungestört zu sein. Nur so konnte es gewesen sein, wenn alles einen Sinn haben sollte. Die Freundschaft zu Merit-Anta hatte ihre Hoffnung neu aufleben lassen, doch der König hatte der kranken Gemahlin den Rücken gekehrt und feierte jetzt mit Nefertari in Memphis fröhliche Versöhnung. Da konnte er freilich die Zweite Gemahlin nicht brauchen, da waren sie wieder einmal alle unter sich. Wäre nicht Chamwese, der vom Pharao hochgeschätzte Sohn, man würde sie vermutlich schon kaltgestellt und vergessen haben.

Chamwese! Ihm würde sie in Memphis einen Besuch abstatten und damit zeigen, daß sie auch noch da war. Isis-nefert war entschlossen, so bald wie möglich abzureisen, und sie teilte Tuja ihren Entschluß mit.

»Aber natürlich, meine Liebe! Ich habe euch jetzt lange genug gehabt. Geh nach Memphis und vereinige dich mit der Familie. Mein Sohn wird sich freuen, wenn er beide Gemahlinnen zur Seite hat.«

Freuen? dachte Isis-nefert und wandte ihr stolzes, verbittertes Gesicht ab. Freuen wird er sich kaum, der Gute Gott, und sie sagte:

»Ich möchte vor allem meinem ältesten Sohn, dem Hohenpriester Chamwese, einen Besuch abstatten. Der Pharao schätzt ihn über alle Maßen.«

»Ich weiß, ich weiß«, sagte Tuja munter, »übrigens wurde mir gemeldet, daß Merit-Anta ihrer Krankheit erlegen ist. Ist wohl besser für sie, denn ihr ganzer Körper wäre entstellt gewesen.«

»Merit-Anta ist tot ... Da wird der König ... er wird wohl sehr betrübt sein?«

»Vielleicht«, sagte Tuja kalt, »vielleicht auch nicht. Aber er hat ja noch euch, die Mütter seiner geliebten Söhne und Töchter. Ihr müßt ihn trösten, du und Nefertari.«

»Ich reise morgen«, sagte Isis-nefert leise, doch mit Nachdruck.

Um Näheres zu erfahren, machte sie in Piramesse halt und kam gerade dazu, als man Merit-Antas Palast an allen vier Ecken anzündete. Sie erfuhr, daß noch drei Mitglieder des Hofstaats gestorben waren, während man die Genesenden auf ein Landgut geschafft hatte.

»Und Merit-Anta liegt mit den anderen Toten noch in ihrem Haus?«

»Ja, Majestät«, sagte der Beamte, »die Ärzte hielten es für besser so. Wenn die Krankheit sich im Palastviertel ausbreitete, wäre das entsetzlich. So wird alles zusammen eingeäschert, und wir hoffen, daß die Gefahr damit gebannt sein wird.«

Um ein Übergreifen der Flammen zu verhindern, waren alle Anbauten rings um den Palast niedergerissen worden. Dutzende von Männern standen mit gefüllten Eimern bereit, um im Notfall einzugreifen. Isis-nefert bestand darauf, die Verbrennung mit anzusehen, und ließ sich in gehöriger Entfernung einen Sessel aufstellen, während zwei Diener ein Sonnendach über ihren Kopf hielten.

Arme Chatti-Prinzessin, dachte sie. Hast gehofft, du würdest dein Glück hier in Kemi machen, und jetzt gönnt man dir nicht einmal eine Bestattung nach Landessitte. Möge dein ruheloses Ka die andere, die Bauerndirne, heimsuchen, solange sie lebt! Vermutlich hat sie dir die Krankheit angehext, wie sie es auch bei meinem Erstgeborenen tat. Da wundert es mich, daß ich noch lebe ...

Während Isis-nefert ihre bitteren Gedanken wälzte, schlugen die Flammen an dem vierstöckigen Gebäude hoch, fraßen sich schnell ins Innere, wo sie in Türen, Möbeln und Vorhängen neue Nahrung fanden, durchtobten krachend und knisternd das ganze Haus, brachten schließlich das Dach zum Einsturz, wobei die Funken nach allen Seiten stoben. Einige davon sanken auf Isis-neferts Sonnendach, doch die Diener schlugen sie mit ledernen Fliegenpatschen zu Asche. Die mit Häcksel durchsetzten Nilschlammziegel hielten zuletzt der Hitze nicht mehr stand, begannen zu glimmen und zu bröckeln, und ein Teil davon zerfiel zu Staub. Nach einer knappen Stunde war das Haus ausgebrannt, und was von den Wänden noch aufrecht stand, brachten kräftige Männer mit langen Stangen zum Einsturz. Ein scharfer, schwerer Brandgeruch legte sich über den Innenhof.

Isis-nefert erhob sich.

»Was geschieht mit den Trümmern?« fragte sie einen Hofbeamten.

»Zunächst wird alles sorgfältig abgelöscht, und wenn es kalt geworden ist, lassen wir es wegkarren und in den Fluß werfen.«

»Und die Seuche ist damit gebannt?«

»Wir hoffen es, Majestät.«

Takka war ganz verstört, als Piay ihr eröffnete, daß sie ihn zum Besuch Seiner Majestät beim Apisstier begleiten dürfe.

»Das ist nichts Besonderes«, versuchte er sie zu beruhigen, »als Amtsträger am Ptah-Tempel steht es mir wie auch den anderen zu, mit meiner Familie dabeizusein. Wenn der König – er lebe, sei heil und gesund! – den Apis besucht, so ist das immer eine öffentliche Angelegenheit. Wer keinen Zutritt hat, stellt sich draußen an der Prozessionsstraße auf, um den Guten Gott zu preisen.«

»Was soll ich anziehen? Mit meinem Bauch kann ich kein enges Kleid mehr tragen, und außerdem ...«

»Dann trägst du eben ein weites! Eine Schwangerschaft ist schließlich keine Schande.«

Piay ärgerte sich jedesmal selber darüber, daß er so leicht ungeduldig mit Takka wurde. Sie war eine tüchtige Hausfrau, und er durfte mit ihr zufrieden sein, doch manchmal – und gerade bei nebensächlichen Dingen – konnte sie so zögerlich und unentschlossen sein, daß Piay regelrecht wütend wurde. Sie war eben in manchem noch unsicher und wollte nichts falsch machen.

Wie immer, wenn ein hoher Besuch angekündigt war, hatten die Ptah-Priester den Apisstier für einige Tage der öffentlichen Verehrung entzogen. Er wurde in einen engen, finsteren Stall gesperrt, wo er sich nicht bewegen konnte, und vor sein Angesicht stellte man eine lebensgroße Statue des Ptah. So konnte der Gott in aller Ruhe mit seiner »lebenden Seele« Zwiesprache halten und seine Kraft auf sie übertragen. Doch es gab noch einen anderen Grund für diese heilige Handlung. Wurde nämlich der Stier nach einigen Tagen aus seinem dunklen Gefängnis befreit, so sprang er besonders lebhaft in seinem Gehege herum und zeigte sich dabei von allen Seiten. So konnten seine Verehrer das weiße Dreieck auf der Stirn und all die anderen Zeichen seiner Heiligkeit ausgiebig bewundern. Zudem glaubte man, daß Ptah, je munterer seine »lebende Seele« herumtobte, um so stärker in ihm und damit vor den Augen der Gläubigen anwesend sei. Ebenso galt es als gutes Zeichen, wenn der Apis eine seiner Kühe besprang. Eine Frau, die nicht schwanger wurde, mußte in diesem Augenblick ein Gebet an ihn richten und konnte so ihre eigene Fruchtbarkeit anregen. Um dem hohen Besuch auch dieses heilige Schauspiel zu bieten, wurde der Apis von seinem Harem ferngehalten, denn die Priester mochten auch bei heiligen Dingen nichts dem Zufall überlassen.

Das von bemalten Papyrussäulen umstandene heilige Gehege des Apisstiers war mit Granit- und Alabasterplatten ausgelegt, seine Tränke war aus einem kostbaren grünlichen Schiefer gefertigt und wurde über eine Rohrleitung gespeist. Ein sechs Ellen hohes, kunstvoll gearbeitetes Bronzegitter trennte das Gehege vom Tempelhof ab, dahinter befanden sich die Häuser seiner Wärter, das Vorratslager sowie die Ställe für ihn und seinen Harem.

An diesem Morgen drängten sich die Menschen im Tempelhof, als gälte es, einen Festtag des Ptah zu feiern, doch diesmal war es ein Ereignis besonderer Art. Der Gute Gott wollte der »lebenden Seele des Ptah« zusammen mit seiner Familie ein Opfer darbringen.

Von draußen drangen gedämpft die Jubelrufe des Volkes in den mauerumschlossenen Hof, und dann erschienen die stolzen, bis an die Zähne bewaffneten Schirdanu, drängten die Tempelbeamten mit ihren Frauen und Kindern sanft, aber nachdrücklich zurück, bis eine breite Schneise vor dem Gehege frei war.

Seinem Rang entsprechend, stand Piay in der zweiten Reihe; er hatte alle Hände voll zu tun, um die schwangere Takka in dem Gedränge zu schützen.

Das Raunen erstarb, als heller Fanfarenklang das Erscheinen des Guten Gottes ankündigte.

Wie es der Brauch war, erschien der König vor dem Apis zu Fuß. Er trug die blaugoldene Chepresch-Krone, den Zeremonialbart und goldene Sandalen, in seinem rechten Arm ruhte lässig das Heka-Szepter, mit seiner Linken grüßte er freundlich die wartende Menge. An seiner Seite schritt Nefertari im gefältelten knöchellangen Kleid, auf ihrem Kopf funkelte die Geierhaube, ihre rechte Hand hielt ein Sistrum, um den Apis mit seinem Klang zu erfreuen.

Hinter dem Königspaar schritt der Erbprinz Jonam mit seiner Gemahlin Sat-Hathor, gefolgt von seinen Geschwistern Merit-Amun, Merire, Meri-Atum und der hübschen, fast schon erwachsenen Henut. Den schwer hinkenden Merire hatte man so plaziert, daß er von seinen Geschwistern verdeckt war, doch manchmal tauchte sein hin und her schwingender Kopf zwischen den anderen auf.

Die königliche Familie wurde mit gedämpften Zurufen begrüßt, denn hier wollte man sich schon von dem lauten, etwas unschicklichen Jubel des gemeinen Volkes unterscheiden. Unter tiefen Verbeugungen hörte man es murmeln:

»Heil dir, Horus, geliebt von Maat, groß an Macht und schön an Jahren, du mächtiger Stier, der die Herzen belebt!«

Das klang gedämpft und diszipliniert, wie es sich für Beamte gehörte. Auch Nefertari wurde mit Zurufen geehrt:

»Du Geliebte des Guten Gottes, du Anmutvolle, die den Palast mit Freude erfüllt!«

Merit, die Erstgeborene, trug eine golddurchwobene Prunkperücke auf ihrem stolzen königlichen Haupt, dazu große goldene Ohrringe und in der linken Hand das Menat, ein der Göttin Hathor geweihtes Symbol. An der Rechten führte sie die zweijährige Neferure, die recht brav neben ihr herlief und deren große, graue Augen erstaunt und neugierig dreinschauten.

Piay richtete seinen Gedankenstrom auf Merit, deren Blick gleichgültig und hoheitsvoll über die Menge geglitten war, ohne an dem seinen haftenzubleiben. Nun sah er zum ersten Mal seine Tochter mit ihren dicken Pausbacken und den grauen Augen – seinen Augen.

Am liebsten hätte er die Hand gehoben und ihr zugewinkt; doch ein Tempelbeamter tat so etwas nicht. So blieb ihm nur die Kraft seiner Gedanken, die er unentwegt auf Merit richtete.

Die königliche Familie aber befaßte sich jetzt mit dem Apisstier, der genau tat, was die Priester von ihm erwarteten. Froh, seinem dunklen, engen Stall entronnen zu sein, sprang das Tier in dem großen Gehege herum und zeigte so von allen Seiten das weiße Dreieck auf der Stirn, die Adlerschwinge auf dem Rücken, den Mond auf der rechten Seite, während andere Merkmale unauffällig oder verborgen waren, wie etwa der Knoten in Form eines Skarabäus unter der Zunge. Auch sonst bot der Stier ein prächtiges Bild. Seine Hörner steckten in goldenen Hülsen, um den Hals wand sich ein kostbarer Schmuckkragen, und seine Hufe waren frisch vergoldet. In den letzten Jahren war der Apis zu einem gewaltigen, muskelbepackten Tier herangewachsen, hatte im Zorn schon mehrmals seine Wärter angegriffen und einen davon getötet. Vermutlich war er von dem Mann – wenn auch nur in Gedanken – beleidigt worden, und Ptah hatte ihn sofort bestraft.

Der Pharao nahm ein Büschel Kräuter und bot sie durch das Gitter dem Apis an. Der Stier nahm Witterung auf, näherte sich und riß dem König das Büschel aus der Hand. Da ertönte ringsum ein beifälliges Raunen, denn es galt als Zeichen der höchsten Gunst, wenn Apis Futter aus der Hand entgegennahm.

Die Tempelmusik setzte ein, und zu dem Klang der Flöten, Trommeln und Sistren stimmten die Sänger den Hymnus an Apis an.

Der Hohepriester Chamwese überreichte seinem Vater ein Weihrauchgefäß, das der Pharao kräftig durch die Luft schwenkte, bis duftende bläuliche Rauchschwaden durch den Tempelhof zogen. Der Apis war wieder davongerannt, nahm etwas Wasser aus der marmornen Tränke und scharrte unternehmungslustig mit den vergoldeten Hufen.

Jetzt öffnete sich im Innern des Geheges eine Tür, und eine weiße Kuh trat zögernd heraus. Sie witterte, sah die vielen Menschen und wollte gleich wieder in den Stall zurück. Doch ein Wärter schob sie sanft nach vorne, bis sie die Aufmerksamkeit des Apis erregte. Er näherte sich der blütenweißen Kuh mit kecken Sprüngen, beschnupperte ihren Hals, ihre Flanke, ihren Kopf und begann liebevoll ihre Wangen zu lecken. Danach beroch er ihr Hinterteil, und schon sah man den mächtigen Phallus wie einen Speer heraustreten. Schnaubend erhob sich der Apis auf die Hinterbeine, besprang und begattete die Kuh unter den ehrfürchtigen und bewundernden Blicken der Gläubigen. Chamwese schickte ein dankbares Gebet zu Ptah, der sich zu seinem lebenden Ebenbild genauso verhalten hatte, wie seine Verehrer – mit dem König an der Spitze – es von ihm erwarteten.

Doch der Hohepriester konnte sich eines bitteren Gefühls nicht erwehren. Von diesem öffentlichen Auftritt war seine Mutter wieder einmal ausgeschlossen, auch wenn er wußte, daß sie wegen der Ansteckungsgefahr von Tuja aus Piramesse weggelockt worden war. Man hätte warten können, bis sie mit ihren Kindern nach Memphis kam, und dann wäre es wirklich eine Art Familienfeier geworden. Obwohl Chamwese von seinem Vater über alles geschätzt wurde, empfand er doch immer stärker die Zurücksetzung seiner Mutter, und er wußte nicht, was er dagegen machen sollte. Mit Gewalt verdrängte er diese trüben Gedanken und gab den Hilfspriestern ein Zeichen.

Jetzt wurden die Opfergaben des Pharaos dem Apis vorgeführt. Es waren zwölf gemästete Ochsen mit rötlichem Haar, die geduldig vorbeitrotteten. Der heilige Stier beschaute die Rinder mit dumpfer Gleichgültigkeit. Er stand neben seiner Lieblingskuh und rieb seine Flanken an ihren Bauch.

Während die königliche Familie in den inneren Tempelhof weiterzog, wandte Merit ihren Kopf und blickte Piay geradewegs in die Augen, als habe er ihren Namen gerufen. In Gedanken hatte er das auch getan, viele Male, immer wieder, ohne auf den Apis zu achten, und nun schien sie es gehört oder besser gespürt zu haben. Ihre Miene verriet keine Regung, doch die schönen, schrägen Augen öffneten sich weit im Augenblick des Wiedererkennens. Sie blieb kurz stehen, beugte sich zu ihrem Töchterchen und sagte ihm etwas ins Ohr.

Das tut sie, dachte Piay gerührt, um mir mein Kind zu zeigen. Das kleine Mädchen lachte, klatschte in die Hände und lief hinter den anderen her. Merit trat an das Bronzegitter und tat, als betrachte sie den Apis, doch sie wandte Piay ihr Profil zu, drehte sich um, blickte ihn noch einmal kurz an, um dann mit schnellen Schritten den anderen zu folgen.

»War sie das?« hörte er Takka an seinem Ohr flüstern. Er nickte nur und blickte Merit nach, wie sie mit den anderen in dem kleinen Tor zum inneren Tempelhof verschwand.

15

Von Chamwese hatte sich Piay die Erlaubnis geholt, jeden vierten Tag für die Ausstattung seiner Ewigen Wohnung vom Dienst beurlaubt zu werden. Noch vor Sonnenaufgang machte er sich auf den Weg, ganz ohne Begleitung, obwohl Takka ihn immer wieder bat, den jungen Hausknecht mitzunehmen. Aber Piay schüttelte nur den Kopf.

»Ich war es mein Leben lang gewohnt, die meisten Dinge allein zu tun, und dabei werde ich bleiben.«

Er ließ sich einen verschließbaren Krug mit einer Mischung aus Wasser, Wein und Fruchtsaft, einige Brote und ein Säckchen Trockenfrüchte auf das Maultier packen und war dann meist kurz nach Sonnenaufgang an seinem Grab. Die Arbeiter hatten es inzwischen fertig ausgeschachtet und es mit einer rohen Holztür verschlossen. Das hier für wohlhabende Leute aus Memphis neuerschlossene Grabgebiet hatte schon einige Verstorbene aufgenommen, und so wurde ein Grabwächter angestellt, der auch für die regelmäßigen Opfergaben außerhalb der Totenfeste zuständig war.

Piay öffnete die Holztür und stieg die schräge Rampe hinab bis zur Sargkammer. Da sich der Eingang nach Westen öffnete, war vormittags der Lichteinfall dürftig, doch in den frühen Nachmittagsstunden war sie vom goldenen Glanz des Re erhellt.

Bei den beiden dahinter liegenden kleineren Kammern war es mit dem Licht schlechter bestellt, bis Piay sich eines Hilfsmittels erinnerte, das er in Theben kennengelernt hatte. Dabei wurden große Holztafeln mehrmals mit blendendweißer Kalkfarbe bestrichen und danach mit einem farblosen Harz überzogen, bis sie glänzten wie Alabaster. Mit ihnen war es möglich, das Licht auch in die hinteren Kammern hereinzuspiegeln, so daß er bequem arbeiten konnte. Seit er mit diesen Holztafeln arbeitete, konnte er auf die rußenden Fackeln verzichten, die er anfangs benützt hatte.

Im Vergleich mit anderen war Piays Grab bescheiden, und so waren die Wände bald mit den Vorzeichnungen bedeckt, die er nun in Flachreliefs umsetzen wollte. Für sein eigenes Grab lehnte er den Pfusch mit den vertieften Reliefs ab. Er arbeitete langsam und genau nach der guten alten Handwerkstradition.

An der Stirnseite des Sargraumes hatte er sich selber bei der Arbeit am Großen Tempel dargestellt. Da es der Tradition widersprach, auf den Wänden von Tempeln und Gräbern etwas Unfertiges wiederzugeben, war Piay zu sehen, wie er winzig klein vor den vier vollendeten Kolossen stand und gerade seinen Meißel ansetzte. Eine Wand war den üblichen religiösen Szenen vorbehalten. Da sah man, wie sich Anubis über Piays Mumie beugte, wie sein Herz mit der Maat-Feder aufgewogen wurde, wie er vor den Thron des Osiris trat, zu dessen beiden Seiten Isis und Nephtys standen.

Auf der Nordwand aber saß Piay in einem blühenden Garten, vor sich einen Tisch mit Obst, Broten und Wein. Ihm gegenüber hatte eine Frau Platz genommen, und es hätte der Tradition entsprochen, daß die Ehefrau oder die Tochter dem Grabherrn Gesellschaft leistete. Doch es war nicht die dunkelhäutige Takka, die mit Piay den blühenden Garten genoß, sondern Merit mit ihrem schönen, stolzen Gesicht. Sie trug allerdings nicht die goldene Uräusschlange an der Stirn, sondern ein rotes Band, in dem ein blühender Lotos steckte. Die Schriftzeichen über ihrem Kopf nannten auch nicht ihren richtigen Namen, sondern da stand »Majt-scherit«, die kleine Löwin. Wer immer seinen Sarg hier hereinbringen würde – er durfte keinen Zusammenhang mit Merit-Amun, der Königstochter, erkennen.

An dieser Figur begann Piay seinen kleinen Meißel anzusetzen. Selbstvergessen arbeitete er stundenlang, denn es war nicht schwer, ein Flachrelief anzulegen, aber es erforderte viel Erfahrung und eine behutsame, geschickte Hand.

Seit er Merit im Tempel gesehen hatte – das war vor zwei Tagen gewesen –, konnte er keine Ruhe mehr finden. Er hatte von den Ereignissen in Piramesse erfahren und wußte, daß die Geliebte für längere Zeit in Memphis wohnen würde, fast Tür an Tür mit seinen Amtsräumen, denn Tempel und Palast waren nicht weit voneinander entfernt. Vielleicht erwartete Merit, daß er etwas unternahm, doch in seiner jetzigen Stellung waren ihm die Hände gebunden. Für Merit wäre es leichter, sie mußte einen Weg finden, aber vielleicht hatte sie den fernen Geliebten aus ihrem Herzen verdrängt und führte jetzt mit Prinz Seti eine ganz normale Ehe – weil es leichter war, weil es einfacher war, weil man nicht ewig von der Erinnerung an die Vergangenheit zehren konnte.

Piay spürte, daß er unkonzentriert arbeitete, und ließ den Meißel sinken. Die heiße, trockene Luft in der Sargkammer hatte ihn durstig gemacht, und so ging er zu seinem Maultier hinauf, das im Schatten des Grabeingangs vor sich hin döste. Piay löste den Krug aus seiner Halterung und nahm einen tiefen Schluck von der erfrischenden Mischung aus Wasser, Granatapfelsaft und Wein. Dann öffnete er den grobleinenen Futtersack und warf dem Tier einige Büschel Klee vor.

Im nächsten Monat sollte ein Sarkophag aus Kalkstein geliefert werden, der, in der Grabkammer aufgestellt, auf seinen Bewohner wartete, den Osiris Piay. Er sagte es vor sich hin: Osiris Piay, der Gerechtfertigte. Wie feierlich und jenseitig das klang! Und wie es den Unterschied verwischte zwischen Pharao, General, Wesir, Handwerker, Gottessiegler und Sklave. Sie alle würden zum Osiris werden, wenn – ja, wenn sie die Prüfungen in der Unterwelt bestanden.

Piay ging in die Sargkammer zurück. Wie fern dies alles lag, und doch konnte es schon morgen oder in einigen Monaten Wirklichkeit werden. Er wandte sich wieder seiner Arbeit zu und hämmerte mit kleinen, zarten Schlägen die Umrisse von Merits knöchellangem Kleid. Ihre linke Hand griff nach einer Frucht in der überquellenden Obstschale, ihre Rechte führte einen goldenen Becher an die Lippen – Majt-scherit, seine kleine Löwin. So würden sie einander gegenübersitzen in alle Ewigkeit, heiter, sorglos, im Schatten des Feigenbaums, und dann war endlich die Ordnung wiederhergestellt, eine höhere, von den Göttern erdachte Ordnung, die nicht verlangte, daß Liebende getrennt werden, sondern ihnen erlaubt, sich ungestört aneinander zu erfreuen.

Piay arbeitete ohne längere Pause, bis die Schatten der Wüstenberge lang wurden und die Dämmerung einsetzte.

Merit wußte zwar, daß Piay durch Chamwese am Ptah-Tempel Arbeit gefunden hatte, aber sie war nicht darauf gefaßt, ihm so schnell zu begegnen.

Gleich am nächsten Tag suchte sie Chamwese in seiner Tempelwohnung auf. Die Amtsräume des Hohenpriesters waren mit schlanken, feingeschnitzten Palmensäulen geschmückt, die Wände mit Szenen bemalt, die den Gott Ptah in seinen verschiedenen Funktionen zeigten. Man sah ihn als Herrn der Schöpfung bei der Erschaffung von Göttern, Tieren und Menschen, als göttlichen Handwerker, als Richter in der Unterwelt. In seiner starren, aufrechten Mumiengestalt mit dem kahlen Haupt wirkte er hoheitsvoll und unnahbar, seine Hände umklammerten den Djed-Pfeiler, das Symbol für Dauer und Macht.

Chamwese begrüßte seine Halbschwester Merit herzlich und unzeremoniell. Er schickte seinen Schreiber hinaus und verbat sich jede Störung, solange die Prinzessin zu Gast sei. Sie waren sich nähergekommen bei dem gemeinsamen Plan, den König von der Chatti-Prinzessin zu befreien, und davon begannen sie zunächst zu sprechen.

Chamwese meinte:

»Ich fürchte nur, daß König Hattusili sofort eine neue Tochter auf den Weg schickt. Es sind kaum noch zwei Jahre bis zum Sed-Fest, und diesen Anlaß wird der Chatti-Herrscher nutzen, um sich dem Pharao – er lebe, sei heil und gesund! – von neuem verwandtschaftlich zu verbinden. Aber wir können ja nicht jede der Chatti-Prinzessinnen von der Erde tilgen.«

Merit lächelte:

»Da hast du recht, mein gelehrter Bruder. Aber es wird auch nicht jede eine solch habgierige Hexe sein wie diese Gutana – oder Merit-Anta, wie sie unser Vater zu nennen beliebte. Ein hübsches, bescheidenes Mädchen gibt uns keinen Grund, die schreckliche Sachmet um Hilfe zu bitten, nicht wahr?«

Chamwese nickte, trank einen Schluck Wasser und sagte geradeheraus:

»Ich kann mir schon denken, was dich zu mir führt, Merit. Du hast erfahren, daß der Bildhauer Piay im Dienst des Tempels steht, und möchtest ihn wiedersehen.«

»Ja, so ist es«, sagte Merit einfach, »doch ich weiß nicht, wie ich es anstellen soll. So wollte ich dich um deine Hilfe bitten.«

»Wenn ich dir helfe, verstoße ich gegen die Gesetze des Königs – das will und kann ich nicht. Ich darf dir raten, aber nicht helfen.«

»Dann erbitte ich deinen Rat.«

»Mein Rat ist einfach. Piays Diensträume befinden sich im Nordwesten des äußeren Tempelhofs neben den Werkstätten der Bronzegießer. Jeden vierten Tag arbeitet Piay an seinem Grab in der Wüste. In der übrigen Zeit findest du ihn meistens hier. Er ist zwar manchmal unterwegs ...«

»Und ich soll ihn dort einfach besuchen?«

»Warum nicht? Kleide dich unauffällig, lege den Uräus ab, hülle deinen Kopf in einen Schleier – wer soll dich da erkennen?«

»Hast du sonst noch einen Rat für mich?«

»Nein!« sagte Chamwese bestimmt. »Das ist alles. Gutanas Beseitigung haben wir gemeinsam geplant, was du aber jetzt vorhast, verantwortest du allein – vor dem Pharao und vor deinem Gewissen.«

»Mein Gewissen ist rein!« sagte Merit abweisend. »Ich habe mir nichts vorzuwerfen. Was den König betrifft ...«

Chamwese hob die Hand.

»Halt! Ich will davon nichts wissen. Wir haben verschiedene Mütter, die Sache geht mich nichts an. Handle nach deinem Ermessen, aber laß mich aus dem Spiel!«

Merit stand auf.

»Ich danke dir für deinen Rat, Hoherpriester. Wird Isis-nefert auch nach Memphis kommen?«

»Ja, meine Mutter hat ihre Ankunft angekündigt. Da der Pharao – er lebe, sei heil und gesund! – sie nicht aufgefordert hat zu kommen, wird sie mich besuchen und auch beim Tempel wohnen.«

Merit sagte mit Nachdruck:

»Das geht nun wieder mich nichts an, Chamwese.«

Der Hohepriester hielt die Türe auf.

»Ptah behüte dich auf deinen Wegen!«

»Und dich, Chamwese!« gab Merit zurück.

Im Palast beriet sie mit Biket, wie es am besten anzustellen sei, unerkannt in Piays Werkstatt zu gelangen.

»Zuerst einmal werde ich ihn aufsuchen, dann sehen wir weiter.«

Piays Amtsräume an der nordwestlichen Tempelmauer waren bescheiden, und es gab nicht viel Platz. In einem winzigen Nebenraum arbeitete ein junger Schreiber, der aber nur an den Vormittagen zur Verfügung stand. Piays Arbeitsraum war ziemlich groß, wirkte aber trotzdem beengt, da die Wände mit hohen Regalen verdeckt waren, in denen sich die Schriftrollen türmten. Es waren Berichte, Anfragen, Aufstellungen über Materialverbrauch, Klagen über verzögerte Arbeit – eben alles, was mit Piays Tätigkeit zusammenhing. An den Nachmittagen war er häufig unterwegs, um den Stand und die Ausführung der Arbeiten zu prüfen, auch um manchmal selbst mit Hand anzulegen. Am Abend verbrachte er in der Regel noch eine Stunde im Amt, um dringende Anfragen, manchmal sogar Schöne Befehle des Königs zu bearbeiten und für den Schreiber am nächsten Tag vorzubereiten.

Piay war gerade im Begriff, nach Hause zu gehen, als ein Tempeldiener an der Tür erschien.

»Herr, da will dich eine Frau sprechen. Sie sagt, es sei dringend.«

»Kann sie nicht morgen kommen?«

»Nein«, sagte Biket und schob den Diener mit kräftiger Hand beiseite. Sie hatte einen Schleier vor dem Gesicht, den sie jetzt zurückschlug.

»Ist gut«, sagte Piay zum Diener, »du kannst gehen.«

Er schloß die Tür und wartete, bis die Schritte des Mannes verklungen waren.

»Biket – du?«

»Ja, ich bin's, Herr, und du kannst dir denken, warum ich komme.«

»Ich habe auf eine Nachricht gewartet, wußte aber nicht, auf welche Weise.«

»Ja, es ist schwierig. Die Prinzessin möchte dich treffen, und wir meinen, es sei am unauffälligsten in deinen Amtsräumen. Bist du hier immer allein?«

»Vormittags hilft mir ein Schreiber, am Nachmittag bin ich häufig unterwegs, es sei denn, ich erwarte einen Besuch. Am sichersten wäre die Stunde nach Sonnenuntergang. Ich müßte dann allerdings auch die Wachen verständigen, damit sie Merit keine Fragen stellen. Sie soll sich verschleiern, wie du es eben getan hast. Sage deiner Herrin, mein Herz hüpfe vor Freude und Ungeduld.«

Biket schaute kummervoll drein:

»Meines dagegen ist vor Sorgen wie gelähmt. Du begibst dich wieder auf einen gefährlichen Weg, Herr. Blickst du nicht manchmal zurück?«

»Nein, das tue ich nicht, weil ich dann Gefahr laufe, den Mut zu verlieren. Wir müssen uns sehen, das verstehst du doch? Da ich nicht zu ihr in den Palast kommen kann, muß es eben auf diese Weise geschehen.«

Biket seufzte und legte ihren Schleier um.

»Und ich hatte so gehofft, daß die Zeit das ihre tun würde, um Merit und dich – ja, ich sage es frei heraus –, um euch zur Vernunft zu bringen! Damals hat nicht viel gefehlt, und es hätte dich das Leben gekostet, Piay. Das Leben! Meiner Prinzessin würde auch jetzt nicht viel geschehen, doch diesmal machst du dir zwei Feinde: Den Pharao – er lebe, sei heil und gesund! – und dazu den Prinzen Seti, Merits Gemahl. Ein zweites Mal wird der König dir nicht verzeihen, da kannst du gewiß sein. Und was den Prinzen Seti betrifft ... Ich verrate dir kein Geheimnis, wenn ich dir sage, daß er schon jetzt aufs äußerste gereizt ist. Meine Herrin verschließt ihm ihre Gemächer, und er pocht auf sein Recht als Gemahl. Du sollst es ruhig wissen, Piay, die Prinzessin ist dir treu geblieben, all die Jahre über. Sie mag diesen Seti nicht, sie hat dein Kind aufgezogen und nur immer gewartet, bis eine Nachricht von dir kam.«

Biket legte den Schleier um ihr Gesicht und wandte sich zur Tür.

»Ach, Piay, wohin soll das führen? Nicht ohne Grund hat der König dir das Betreten von Piramesse untersagt. Und nun lebt ihr beide sozusagen Wand an Wand ...«

»Und das sollen wir nicht nutzen?« fragte Piay.

»Erwarte Merit morgen nach Sonnenuntergang«, sagte Biket mit leiser, trauriger Stimme und verschwand im Dunkeln.

Piays Unruhe und Zerstreutheit während der letzten Tage waren Takka nicht entgangen. Sie war keine Frau, die ihre Empfindungen lange verbarg.

»Du denkst die ganze Zeit über an sie, so ist es doch?« fragte sie Piay eines Abends.

»Warum soll ich dich anlügen, Takka, da du ohnehin spürst, was mit mir los ist. Ja, Prinzessin Merit, die ich dir gegenüber als meine erste Gemahlin bezeichnet habe – ich kann sie mir nicht aus dem Herzen reißen und will es auch nicht. Sie ist die einzige Frau, die mein Herz ausfüllt. Das war sie von Anfang an und auch während der Zeit unserer Trennung. Schau mich nicht so traurig an, das hat nichts mit dir zu tun, kleine Nubierin. Vor dem Gesetz bist du meine Gemahlin, unser Kind kommt bald zur Welt, und wenn ich nach Westen gehe, werdet ihr, du und dein Kind, meine Erben sein. Ich hinterlasse dir nicht sehr viel, Takka, doch es wird genügen, dich und das Kleine zu ernähren, und solltest du je in Not geraten, so wende dich an den Hohenpriester des Ptah, den Prinzen Chamwese.«

Takka wischte sich die Tränen aus den Augen.

»Du redest ja, als stünde der Tod vor der Tür!« rief sie schluchzend. Piay fuhr ihr tröstend über das Haar.

»Ich sage das nur für alle Fälle. Mancher war heute noch gesund, klagte am nächsten Tag über Fieber, und am dritten kamen die Gottessiegler ins Haus. Sachmet handelt schnell und gründlich, du brauchst nur an die königliche Familie zu denken: Jonam, Ramose, Montu und jetzt die Dritte Gemahlin.«

»Ich denke an dich, Piay, nur an dich. Natürlich weiß ich, daß du vor mir nach Westen gehen wirst, denn es trennen uns gut dreißig Nilschwellen. Aber das muß ja nicht heute oder morgen sein, auch noch nicht in fünf oder zehn Jahren ...«

Piay lachte herzlich.

»Am besten niemals, kleine Takka, das wolltest du doch sagen? Aber schau mich doch an! Ich bin kein junger Mann mehr, habe über vierzig Jahre lang viel und hart gearbeitet, meine Knochen sind mürb, meine Muskeln kraftlos geworden. Trotzdem darf ich nicht undankbar sein. Ptah hat mich für den Guten Gott Werke schaffen lassen, die das Staunen des ganzen Landes erregen und die man noch in tausend Jahren bewundern wird. Ich will dir damit nur verdeutlichen, daß mein Lebenswerk getan ist und daß es nur der göttlichen Ordnung entspräche, wenn Osiris mich bald nach Westen ruft. Ich wünsche es mir freilich nicht, Takka, ich würde noch gerne viele Jahre an deiner Seite leben und mich an den Kindern, die du mir noch schenken wirst, erfreuen, aber hieße das nicht, zuviel von den Göttern verlangen?«

Takka hatte ihre Tränen getrocknet, und ihr Gesicht war trotzig geworden.

»Ich bin ja schließlich auch noch da! Dann sollen die Götter dich mir erhalten, mir und dem Kind. Auch deine hochgeborene Geliebte möchte dich sicher noch lange am Leben wissen. Dem Wunsch zweier Frauen werden Ptah oder Amun oder Osiris oder welcher Gott auch immer sich nicht verschließen. Nimm dir am Pharao – er lebe, sei heil und gesund! – ein Beispiel. Ihr seid doch etwa gleich alt, aber ich glaube nicht, daß er dauernd an seine Ewige Wohnung denkt oder davon spricht, bald nach Westen zu gehen.«

»Da magst du recht haben, Takka. Seine Majestät Usimare Ramses Meriamun denkt gewiß nicht daran. Sein Sed-Fest steht kurz bevor, er wird es in nie gesehener Pracht feiern, wird erneuert daraus hervorgehen. Er ist der Gute Gott, doch für seine Untertanen gibt es keine Sed-Feste mit der Möglichkeit, sich magisch zu verjüngen, und darum soll man eben täglich damit rechnen …«

»Nun ist es aber genug! Denk an das Kind in meinem Bauch – in ihm wirst du dich verjüngen, in ihm wirst du weiterleben. So haben es die Götter gewollt, und so wird es geschehen. Und jetzt trinkst du einen Becher Wein und wendest dich wieder dem Leben zu!«

An dieses Gespräch erinnerte sich Piay, während draußen im Westen die Tagesfahrt des Re ihrem Ende zuging. Er trat vors Haus und wartete, bis eine der Tempelwachen auf ihrer Runde vorbeikam.

Ob sie auch die erste Nachtwache hätten?

Die Männer bejahten es. Piay bat sie, einer verschleierten Frau den Weg zu weisen, die während der nächsten Stunde nach ihm fragen würde.

Als sich einer der Bewaffneten ein geiles Grinsen verkniff, fuhr Piay ihn an:

»Deine blöden Grimassen könnten dir bald vergehen, mein Lieber. Daß ihr nur Bier und Weiber im Kopf habt, weiß jeder. Aber diesmal geht es ums Sed-Fest, um eine Überraschung für den Guten Gott – er lebe, sei heil und gesund! – Es ist also besser, ihr haltet das Maul! Ihr wißt ja, die Steinbrüche sind unersättlich, brauchen immer neue Männer. Hütet ihr aber eure Zungen, gibt es später eine fette Belohnung, das verspreche ich euch bei Ptah.«

»Aber was ... was sagen wir unseren Vorgesetzten?«

»Nichts! Die wissen längst Bescheid und halten ihren Mund, wie ich es auch von euch erwarte.«

Die beiden zogen ab, und Piay wunderte sich, wie ruhig er war, wie leicht ihm die haarsträubendsten Lügen von den Lippen gingen. Er hatte denen irgend etwas vorgeflunkert, was – wie er hoffte – Eindruck auf sie machen würde. Eine Überraschung für den Guten Gott – wenn man das ein wenig anders auslegte, stimmte es sogar. Piay ging kopfschüttelnd ins Haus zurück.

Ich hätte es auch anders haben können, dachte er, aber ich bin verrückt – verrückt nach ihr. Ein friedliches Leben mit Takka wäre mir beschieden gewesen, Kinder, häusliches Glück, eine sichere Stellung, hoch geachtet als Amtsträger des Tempels, gefördert von der Gunst des Hohenpriesters Chamwese, und am Ende wartete das behagliche, wohlausgestattete Haus der Ewigkeit, und das alles – Piay schnippte mit den Fingern – setze ich aufs Spiel, als sei es nur ein Scheffel Korn.

Er steckte ein Öllämpchen an und setzte sich. In irgendeiner Bibliothek war er auf eine Schriftrolle mit Weisheitslehren gestoßen, und er wußte noch, wie er darüber gelacht hatte, als er las: Geh nicht hinter einer Frau her, auf daß sie nicht dein Herz raube.

Er war damals noch jung gewesen und hatte diese Worte als töricht empfunden. Wie gerne wollte er sich sein Herz rauben lassen, käme nur eine, die ihm gefiele! Das war seine unbedachte Antwort auf diesen Weisheitsspruch, aber das lag weit zurück. Er blickte sich um, schaute auf Hunderte von Papyrusrollen, die ihn umgaben wie eine schützende Mauer – seine Welt, seine kleine Welt …

Da hörte er ein leises Klopfen. Piay ging zur Tür und öffnete sie. Eine hohe, schlanke Frauengestalt mit verschleiertem Gesicht stand vor ihm. Er trat zurück und ließ sie ein.

»Hier bin ich«, sagte Merit und schlug den Schleier zurück. Da schrumpften die Jahre der Trennung zu einem Nichts, das Gestern versank, es gab kein Morgen, nur dieser Augenblick zählte, die Zeit stand still. Und so schien es tatsächlich, denn gerade jetzt verstummte das Tropfen der Wasseruhr, ihr Behälter war leer geworden.

»Du siehst müde aus, Piay«, sagte Merit mit leiser, zärtlicher Stimme.

»Müde vom Warten, kleine Löwin, vom Warten auf dich.«

Er küßte sie zart auf die Lippen.

»Wie geht es unserem Kind?«

»Je größer Neferure wird, desto mehr gleicht sie dir.«

»Ich habe sie bei eurem Besuch im Tempel gesehen. Sie gleicht eher dir, finde ich.«

»Und die grauen Augen?«

»Sie hat meine Augen geerbt, das stimmt. Wo ist dein Gemahl?«

»Der ist im Delta geblieben und tut das einzige, wozu er fähig ist: Er inspiziert die Truppen. Reden wir nicht von ihm, das ist verschwendete Zeit. Wie lebst du, wie ist es dir ergangen?«

»Deine Briefe haben mich am Leben erhalten, und die Hoffnung, dich wiederzusehen – und meine Arbeit. Ich habe geheiratet, Merit. Sie heißt Takka und war eine nubische Sklavin. Auch sie hat dazu beigetragen, daß ich nicht verrückt wurde. Sie ist schwanger und wird meinen Besitz erben. Takka ist mir eine gute Frau.«

»Das freut mich, Liebster, aber sie zählt nicht. Sie zählt so wenig wie Seti. Es wird niemandem gelingen, sich zwischen uns zu drängen, kein Mensch und kein Ereignis kann dich jemals aus meinem Herzen reißen, das schwöre ich bei Hathor und Bastet!«

Piay lächelte.

»So gewichtige Zeuginnen! Es hätte des Schwures nicht bedurft. Daß wir uns hier gegenüberstehen, ist der beste Beweis, daß ich in dir bin und du in mir bist. Aber wie soll es weitergehen, Merit? Diesmal sind wir nicht in Suenet oder in der Wüste bei den Tempeln. Deine ganze Familie ist in Memphis, der Pharao …«

»Aber das ist ja unser Vorteil!« unterbrach ihn Merit.

»Gerade weil wir Haus an Haus leben, wird es einfach sein, uns zu treffen. Biket bewacht mein Schlafgemach, ich lebe in Tujas früherem Palast, er ist nicht bewacht, ich kann aus- und eingehen, wann ich will. Nirgends hätten wir es so bequem, nirgends wären wir so sicher!«

Piay ließ sich nicht von ihrer Begeisterung anstecken.

»Es wird aber nicht lange dauern, fürchte ich. Der König – er lebe, sei heil und gesund! – ist doch wegen der Ansteckungsgefahr hierhergekommen. Er wird bald wieder zurückwollen.«

»Jetzt bin ich hier, später werden wir eine neue Lösung finden müssen. Du warst früher nicht so zaudernd, so ängstlich …«

»Wer jemals als Zwangsarbeiter im Steinbruch gearbeitet und es überlebt hat, wird diese Zeit nie vergessen, wird lieber nach Westen gehen wollen als wieder dahin, wo Menschen zu tollwütigen Schakalen werden. Du kannst dir keinen Begriff davon machen, Liebste, und wenn ich dir noch soviel davon erzähle. Ein zweites Mal würde ich keine zehn Tage dort überleben.«

»Es wird nicht mehr dazu kommen«, sagte Merit fest.

»Nein«, sagte Piay, »dazu wird es nicht mehr kommen.«

Sie redeten die halbe Nacht von den vergangenen Jahren, von ihren Sorgen und Gedanken, und ihre Herzen wurden leicht und froh, doch als Piay seine Liebste heftiger umarmte und sie sein Begehren spürte, schob sie ihn von sich.

»Heute nicht, mein Freund, in diesen Stunden sind wir wieder vertraut geworden, haben die Schatten der Vergangenheit mit Licht erfüllt und sie ausgetilgt. Heute war noch von Takka und Seti die Rede, von ihnen wollen wir künftig schweigen, so, wie ich dich bitte, deiner Gemahlin auch im vertrauten Gespräch nichts über mich zu erzählen. Sie soll sich keine Sorgen machen, ich nehme nur dein Herz, den Körper mag sie haben.«

»Du willst also nie mehr mit mir … ?« fragte Piay in gespielter Bestürzung.

»Wir werden sehen ... Vielleicht haben dich die Jahre in der Wüste zur körperlichen Liebe untauglich gemacht? Wer weiß?«

»Frage Takka!« sagte Piay lachend.

Sie hatten zu ihrem alten Ton zurückgefunden und verabschiedeten sich mit einem langen Kuß. Piay teilte ihr mit, was er den Wachen gesagt hatte, und da mußte sie hellauf lachen.

»Eine Überraschung für den Pharao! Du bist ja fast so erfinderisch wie ein Gutsbesitzer, der seine Steuern nicht bezahlen will.«

»Ein guter Vergleich, aber Verliebte sind bekanntlich schlauer und listenreicher als die gesamte übrige Menschheit. Bei mir geht es außerdem um das Überleben – wie schon einmal.«

»Auch bei mir geht es darum, auch bei mir. Ein Leben ohne dich ist kein Leben.«

Sie verschwand in der Nacht.

Der Pharao hatte seinen Sohn Chamwese mit der Vorbereitung des Sed-Festes beauftragt. Auch wenn Chamwese dazu noch reichlich Zeit blieb, so war dies kein Fest, das man im Jahreslauf feierte und das jeder Hilfspriester bis in die Einzelheiten kannte. Die Jubiläumsfeier zum dreißigsten Regierungsjahr war in den dreizehnhundert Jahren der Pharaonenherrschaft, soweit Chamwese es herausfinden konnte, erst etwa ein dutzendmal begründet gefeiert worden – begründet insofern, als der jeweilige König tatsächlich dreißig Jahre regiert hatte. Es fanden nämlich auch Sed-Feste vor diesem Jubiläum statt, und so hatten manche Könige sie schon nach zehn- oder fünfzehnjähriger Herrschaft abgehalten.

»Ich hätte es niemals gewagt, das Sed-Fest verfrüht anzusetzen, mir erscheint das wie ein Sakrileg.«

»So darfst du es nicht sehen, Majestät«, entgegnete Chamwese seinem Vater. »Aus den Berichten ist zu schließen, daß es meist keine richtigen Feste waren. Viele deiner Vorgänger ließen sich auf Tempeln und Palästen in der Kleidung und mit den Attributen des Sed-Festes abbilden, um damit die Zukunft zu beschwören. Mit anderen Worten: Sie probten schon in den ersten Jahren ihrer Herrschaft eine Rolle, in der sie dann beim tatsächlichen Jubiläum auftreten wollten. Dazu kam es allerdings nur sehr selten. Das letzte echte Sed-Fest wurde von deinem erhabenen Vorgänger, dem Osiris Neb-Maat-Re Amenhotep gefeiert, und das war vor mehr als hundertdreißig Jahren. Wie es der Tradition entspricht, setzte er danach in jedem dritten Jahr ein weiteres Sed-Fest an. Zwei konnte er noch feiern, dann ...«

Ramses lächelte:

»Sprich es ruhig aus, mein Sohn. Dann ging er in den Westen. Ich aber gedenke Millionen von Sed-Festen zu feiern ... wer weiß, vielleicht bin ich der letzte König des Landes, der ewig regiert ...«

Chamwese blickte seinen Vater verdutzt an. War dies sein Ernst oder nur ein Spiel mit Worten?

Der Pharao fügte hinzu:

»Eine lange Zeit ist es schon – dreißig Jahre.«

»Etwa ein Menschenalter. Wir nehmen an, daß die Fürsten vor der Reichseinigung, falls sie überhaupt so lange auf dem Thron saßen, nach dreißig Jahren abdanken mußten, wahrscheinlich sogar getötet wurden. Es war noch die schriftlose Zeit, und so können wir nur Vermutungen anstellen. Damals beherrschten mehrere Fürsten die beiden Länder, und so gab es häufig Kriege. Von einem Herrscher, der schon dreißig Jahre regierte, also fünfzig oder mehr Nilschwellen erlebt hatte, war anzunehmen, daß seine Kraft nachließ und er nicht mehr fähig war, seine Männer in den Krieg zu führen. So setzte man einen jungen Nachfolger auf den Thron und tötete den alten König um des inneren Friedens willen. Seit das Land durch König Menes vereint ist und ein König als Herr beider Länder regiert, haben solche barbarischen Bräuche ihren Sinn verloren. Nun findet eine magische Verjüngung statt, und der König bleibt auf dem Thron. Mit Verlaub zu sagen, Majestät, eigentlich hättest du ein Sed-Fest nicht nötig. Wer nicht gealtert ist, braucht keine Verjüngung ...«

Ramses nickte bestätigend.

»Du hast natürlich recht. Aber gerade der Pharao ist unserer alten Tradition verpflichtet, und ich möchte, daß auch das Volk etwas davon hat. Du solltest jetzt schon Vorräte zusammenziehen, denn ich will die Bewohner von Memphis und Piramesse zehn Tage lang freihalten. Es soll ein Fest ohnegleichen werden, eines, von dem der Großvater noch dem Enkel erzählt.«

»Wirst du ... wirst du das Fest in Memphis feiern?« fragte Chamwese zögernd.

»Nein, mein Sohn. Ich weiß, daß es dein Herzenswunsch wäre, die Stadt des Ptah mit dem Fest zu ehren, aber das wäre gegen jedes Herkommen. Meine Vorgänger haben es immer in ihrer Residenzstadt begangen, und das werde auch ich tun: Piramesse, die Ramsesstadt, meine Stadt, muß der Schauplatz des heiligen Festes sein.«

In Memphis hatte sich Nefertaris Husten wesentlich gebessert. Die trockene Wüstenluft erwies sich als heilkräftig, und die Große Königliche Gemahlin begann wieder aufzuleben. Ihre ständige Müdigkeit schwand, wie in alten Zeiten begleitete sie den Pharao überall mit hin und trat bei festlichen Gelegenheiten auf als »die Anmutvolle unter der Geierhaube, die angenehm an Geist und süß in der Liebe ist und die den Palast mit Wohlgeruch erfüllt«.

Inzwischen war auch Isis-nefert in Memphis eingetroffen, doch der Pharao nahm kaum davon Kenntnis. Zwar forderte er sie auf, vom Gästehaus des Ptah-Tempels in den Palast hinter der »Weißen Mauer« überzusiedeln, aber die Königin blieb störrisch. Nicht Seine Majestät, sondern ihr Sohn, der Hohepriester Chamwese, habe sie nach Memphis geladen, und sein Gast wolle sie bis zur Rückkehr nach Piramesse bleiben. Der König ließ es dabei, und die verbitterte Isis-nefert hörte aus der Stadt die brausenden Jubelrufe, wenn der Gute Gott mit seiner geliebten Ersten Gemahlin zum Tempel zog oder eines der vielen Götterfeste mit seiner Anwesenheit beehrte. Ihr einziger Trost waren die Kinder: Prinz Merenptah und die lieblich heranwachsende Bent-Anta, und natürlich Chamwese, der kluge und wohlgeratene Sohn, den der Pharao so überaus schätzte.

In den seltenen Stunden der Besinnung und der Selbsterkenntnis mußte sie sich eingestehen, daß sie es schlechter hätte treffen können. Immerhin war sie die Zweite Gemahlin, hatte dem Pharao Söhne geboren und konnte ihrem Rang entsprechend auftreten. Weiteren Trost fand sie bei dem Gedanken an Gutanas Schicksal, die kinderlos an den Blattern zugrunde gegangen war und auch noch in ihrem Palast verbrannt werden mußte, angeblich aus Sicherheitsgründen. Da blieb nichts – gar nichts.

Wie Chamwese ihr versicherte, würde der Pharao das Sed-Fest zusammen mit seiner Familie begehen, mit den beiden Königinnen, allen Kindern, der Königinmutter Tuja, den engeren Verwandten, aber darauf mußte sie noch über ein Jahr warten. Nun, sie hatte während ihres ganzen Lebens gewartet, sie war geübt im Warten.

Ob Merit und Seti auch in Memphis seien, fragte sie beiläufig.

»Merit und ihre Tochter sind hier, doch Seti hat es vorgezogen, bei seinen Truppen zu bleiben.«

»Merit ist also hier«, sagte Isis-nefert versonnen.

»Ja, verehrte Mutter, und ich sehe dir an, was du jetzt denkst.«

»Also rede, Chamwese, woran denke ich?«

»An Piay, der hier am Tempel arbeitet, nur eine gute Bogenschußweite vom Palast entfernt. Was geht es uns an? Wenn die beiden sich treffen, werden sie die Folgen zu tragen haben.«

»Nur wenn sie entdeckt werden.«

»Ja, Mutter, nur dann, aber ich möchte es wiederholen: Ich mische mich nicht in Merits Angelegenheiten, und Piay schätze ich als vorzüglichen Handwerker und Tempelbeamten.«

»Habe ich gesagt, du sollst dich einmischen? Wer weiß, ob Merit überhaupt noch an Piay Interesse hat. Doch wenn ich daran denke, wie sie ihren Gemahl behandelt, muß ich fast annehmen ...«

Sie blickte Chamwese vielsagend an.

»Ich kann dich nicht hindern, deine Schlüsse zu ziehen, liebe Mutter, doch mich bewegen jetzt andere Sorgen.«

Isis-nefert aber beschloß, ihre Augen offenzuhalten, und nun wünschte sie sich, Nes-Amun wäre noch am Leben. Dieser schlaue alte Mann hätte sicher bald herausgefunden, ob zwischen Piay und Merit etwas im Gange war.

Verlockend wäre es schon, die beiden zu ertappen und damit der anderen eines auszuwischen, dachte Isis-nefert. Die war ja nun wieder ganz obenauf, und da konnte es nicht schaden, ein wenig dreinzupfuschen. Sie erwärmte sich an dem Gedanken und wollte während der nächsten Tage in Ruhe darüber nachsinnen, wie ein solcher Plan zu verwirklichen sei.

16

Niemand innerhalb der »Weißen Mauer« oder im Bereich des Großen Tempels schien zu bemerken, was in den Amtsräumen des Bauaufsehers Piay in manchen Nächten vorging. Die Tempelwächter waren es bei ihren nächtlichen Runden schon gewohnt, daß eine verschleierte Frau zu dem Haus an der nordwestlichen Mauer huschte. Da sie nicht von draußen kam, sondern unmittelbar aus dem Palastbezirk, gab es keinen Grund zum Mißtrauen, und hatte Meister Piay nicht etwas von einer Belohnung gesagt?

Wenn Merit erschien, verschloß Piay sorgfältig die Tür und ließ den aus feinem Stroh geflochtenen Sonnenschutz herab, so daß auch durch das Fenster nichts zu erkennen war. Der große Arbeitsraum mit den vollgestopften, bis zur Decke reichenden Regalen wurde in solchen Nächten von Piay zu einem Liebeslager umgerüstet.

Er legte ein Polster auf eine der breiten Truhen, stellte eine Schale Obst und einen Krug Wein auf den Tisch und füllte die kleinste Öllampe frisch auf. Sie liebten sich nicht gern im Finstern, die Prinzessin und der Tempelbeamte, doch das Licht durfte nicht so stark sein, daß es durch die Ritzen der Strohmatte drang und ungebetene Gäste anlockte.

»Ein erbärmliches Liebesnest, aber vorläufig haben wir kein anderes«, sagte Piay bei Merits zweitem Besuch. Doch es schien sie nicht zu stören.

»Warum sollen wir nicht das kleine Opfer auf uns nehmen? Du hast dein Haus, ich lebe in einem Palast, doch weder da noch dort dürfen wir zusammensein, also –« Merit deutete auf die breite alte Truhe, » – also müssen wir damit vorliebnehmen.«

Unbekümmert nahm sie Platz und streckte die Arme aus.

»Komm her, Liebster, und sei nicht traurig, da ich es auch nicht bin.«

Und Piay verfiel dem alten Zauber dieser Liebe, half Merit aus ihrem Kleid und hielt den schönen, schlanken Körper in den Armen, den er besser kannte als den eigenen. Er küßte sie langsam von oben bis unten, ließ keine Stelle aus, und es war, als betrete er vertrautes, doch lange nicht mehr gesehenes Land.

»Du riechst wie früher, du schmeckst wie früher, meine Majtscherit hat sich nicht verändert.«

»Komm, Piay«, drängte sie ihn, »drücke mich, presse mich, küsse mich, durchdringe mich – ich möchte spüren, daß du da bist, daß es kein Traum ist ...«

Und sie liebten sich heftig und ungestüm, und Piay war entzückt, als er ihren hellen, vertrauten Schrei vernahm. Wieder war er so erfüllt von dieser Liebe, daß er alle Bedenken vergaß, daß alles ihm klein und unwichtig erschien vor dieser Leidenschaft, die ihn – auf Leben und Tod – an die schöne, stolze Prinzessin band.

Merit war glücklich und dankbar, daß sie wieder Frau sein durfte, und es kam ihr zu Bewußtsein, wie arm ihr Leben ohne ihn gewesen war – trotz des gemeinsamen Kindes. Niemals, niemals im Leben wollte sie Piay wieder aufgeben. Doch da war Prinz Seti, ihr Gemahl, und solange er lebte, würde er nicht auf diese für ihn so wichtige Ehe verzichten. Solange er lebte ... Wie einfach war es gewesen, Gutana zu beseitigen, und Ramses hegte nicht den geringsten Verdacht, daß dabei Gewalt im Spiel war. Auch Seti konnte erkranken, auch er konnte sterben ... Nein! Merit rief sich zur Ordnung. Gutana hatte sich schuldig gemacht, war eine Fremde, war gefährlich geworden. Der arme Seti aber konnte nichts für seine Ähnlichkeit mit dem Pharao, war nicht schuld an dieser Ehe. Es mußte einen Ausweg geben. Während Piay in ihren Armen schlummerte und sie durch das dünne Polster die harten Bretter der Truhe schmerzhaft spürte, kam ihr ein Gedanke. Sie kitzelte Piay wach, der schlaftrunken seine Arme um sie legte, doch Merit schob ihn fort.

»Später, mein starker Stier. Jetzt muß ich dir etwas sagen. Während du schliefst, habe ich nachgedacht, denn so, wie es jetzt ist, kann es nicht bleiben. Solange ich in Memphis bin, mag es gehen, aber der König spricht bereits von Rückkehr, es wird also schnell wieder zu Ende sein. Was dann? Du darfst nicht nach Piramesse, und ich kann nicht einfach ohne triftigen Grund nach Memphis oder anderswohin reisen. Und dann wäre es auch nur wie jetzt: Wir müßten uns verstecken und dürften uns nur in irgendwelchen finsteren Winkeln lieben. Das ist unwürdig und darf keine Dauer haben. Ich werde das Sed-Fest abwarten und dann meinen

Vater bitten, mich aus Piramesse und von Seti zurückziehen zu dürfen. Es wäre falsch, eine Auflösung der Ehe zu verlangen, denn Seti brächte es Nachteile, die er nicht in Kauf nehmen wird, mein Vater müßte einen Irrtum eingestehen, und das verträgt sich nicht mit Maat, der göttlichen Ordnung. Wir können für uns nur etwas erreichen, wenn niemand dabei zu Schaden kommt, das habe ich jetzt eingesehen. Sosehr es meiner eigenen Auffassung widerspricht, etwas Halbes zu tun oder etwas vorzutäuschen, aber in diesem Fall geht es nicht anders: Der Schein muß gewahrt bleiben. Ich ziehe mich auf irgendein königliches Landgut im Delta zurück, das mindestens zwei Tagesreisen von der Hauptstadt entfernt ist. Und du wirst dort das Gut verwalten. In Abydos, Theben, Memphis oder Piramesse könnten wir niemals unbehelligt miteinander leben, aber auf dem Land wird es möglich sein, da bin ich ganz sicher. Es muß gehen! Es muß!«

Sie trommelte mit den Fäusten auf seine Brust und rief noch einige Male wie eine Verrückte: »Es muß! Es muß!«

Piay preßte seine Hand auf ihren Mund. »Beruhige dich, Geliebte, beruhige dich! Du lockst mit deinem Geschrei die Wachtposten an. Auch mir gefällt dein Plan, doch alles hängt vom König ab – er lebe, sei heil und gesund! Ich kann nicht das geringste tun, kann nur hoffen, daß es dir gelingen wird, ihn umzustimmen.«

Merit war still geworden, und Piay spürte, daß ihre Wangen feucht waren.

»Ich weine nicht wirklich«, sagte sie trotzig. »Das sind nur Tränen des Zorns und der Hilflosigkeit. Ich werde jedenfalls alles tun, um meinen Vater umzustimmen. Meinen Stolz werde ich begraben, ich werde die kleine, hilflose Tochter spielen, die furchtbar unglücklich ist und sich nicht mehr zu helfen weiß. Was heißt hier spielen? Es ist ja tatsächlich so. Ich werde lügen und winseln und, wenn es sein muß, auf dem Bauch kriechen wie eine Sklavin, die sich eine Gunst erbittet. Mag sich Seti weiterhin als mein Gemahl betrachten, ich gönne ihm alle Vorteile, die er daraus zieht. Aber ich lasse nicht zu, daß man uns – die wir ja tatsächlich Mann und Frau sind – weiterhin die kostbare Zeit stiehlt. Wir werden nicht jünger, Liebster, auch unsere Zeit läuft ab.«

Piay verschloß ihren Mund mit einem langen Kuß.

Isis-nefert hatte die Frauen und Männer ihres kleinen Hofstaates immer gut behandelt, hatte sie nie entgelten lassen, was ihr der König die Jahre über an Zurücksetzung antat. So konnte sie auf einige treue, unbedingt vertrauenswürdige Diener bauen, die sie gebeten hatte, sich unauffällig im Tempelbereich umzusehen und dabei besonders auf Piays Amtsräume zu achten. Die Leute suchten das Gespräch mit den Tempelwächtern, so mancher Kupferdeben wechselte den Besitzer, und aus einer Bemerkung da und einer Andeutung dort formte sich allmählich ein Bild, allerdings ein sehr unscharfes. Isis-nefert wußte am Ende nur, daß Piay etwas vorbereite und zu diesem Zweck nach Sonnenuntergang gelegentlich Frauenbesuch empfange. Das konnte nichts und konnte alles bedeuten.

Isis-nefert wollte der Sache auf den Grund gehen, doch eine Feindschaft mit Merit schien ihr zu gefährlich, mußte unbedingt vermieden werden. Es sollte wie Zufall aussehen, und so klagte sie einige Tage über Schlaflosigkeit und bat zwei ihrer Hofdamen, mit ihr draußen ein wenig umherzugehen. Sie achtete darauf, daß es schon dunkel war und daß sie tunlichst in der Nähe von Piays Haus herumstrichen. Schon am zweiten Tag sah Isis-nefert eine verschleierte Frauengestalt in Piays Haus verschwinden. Als sie die vorbeiziehende Tempelwache fragte, winkten die Männer nur ab.

»Meister Piay hat uns Bescheid gegeben. Diese Frau hat etwas mit ihm zu besprechen, das geheim bleiben muß. Mehr wissen wir nicht.«

Freilich muß es geheim bleiben, dachte Isis-nefert, und ein hämisches Lächeln verzerrte ihr herbes Gesicht. Niemand darf wissen, daß die Hure Merit mit dem langen, dürren Bildhauer wieder ins Bett steigt, aber ich werde dafür sorgen, daß es nicht geheim bleibt, daß es an die richtigen Ohren gelangt. Zuvor aber wollte Isis-nefert sich mit ihrem Sohn beraten. Chamwese war keineswegs erstaunt.

»Ich hatte so etwas erwartet. Die beiden leben ja fast Tür an Tür, aber ich habe dir schon bei unserem letzten Gespräch gesagt, daß ich nicht daran denke, mich in Merits Angelegenheiten zu mischen. Im übrigen war die Frau verschleiert, und du kannst nicht sicher sein, ob sie es war. Aber auch wenn es so wäre, hier am Tempel bestimme ich, und ich möchte dich bitten, deinen Verdacht für dich zu behalten. Es wäre entsetzlich, wenn der Pharao davon erführe. Ich sehe mich sogar gezwungen, dir einen Schwur abzunehmen. Schwöre bei Amun, verehrte Mutter, daß der König nichts von dem erfährt, was du gesehen hast.«

Isis-nefert zierte sich ein wenig, doch diesen Schwur konnte sie gerne leisten. Es mußte ja nicht der Pharao sein, dem sie ihren Verdacht mitteilte ...

Takka gebar einen Sohn, den Piay in Erinnerung an seinen Lehrmeister Iramun nannte. Er freute sich sehr über das Kind und schenkte seiner schwarzen Gemahlin einen kostbaren Schulterkragen mit eingewebten goldenen Sistren und Nefer-Zeichen.

Takka hatte sich damit abgefunden, daß Piay seit einiger Zeit zwei verschiedene Leben führte und daß eines davon sich außerhalb ihrer Welt abspielte. Sein häufiges längeres Ausbleiben an den Abenden hatte er mit Vorarbeiten für das Sed-Fest begründet, doch Takka, die wohl ahnte, daß es mit Merit zusammenhing, stellte keine weiteren Fragen. Sie hatte damit nichts zu tun und wollte es auch nicht. Doch dieser ihr unzugängliche Teil von Piays Leben beunruhigte sie, flößte ihr Furcht ein. Sie hatten sich hier ein Nest gebaut, und Takka wollte es bewahren, wollte – wie jede Nestmutter – Unheil davon abwenden. Aber gegen diese namenlose Bedrohung war sie machtlos. Sie konnte nicht den Kampf gegen etwas Gestaltloses, Unbekanntes aufnehmen. Einmal versuchte sie mit ungeschickten Worten Piay ihre Besorgnis zu erklären, doch er beruhigte sie sofort.

»Es droht uns keine Gefahr, Takka, glaube mir. Dir und deinem Kind kann nichts geschehen, was auch kommen mag.«

»Mir und meinem Kind!« wiederholte sie störrisch. »Und was ist mit dir, gehörst du nicht dazu, ist es nicht auch dein Kind?«

»Freilich ist es auch mein Kind, beruhige dich, Takka. Es wird bald alles wieder wie früher sein.«

Damit spielte er auf die zu erwartende Abreise des Königs an, der sofort nach dem Nilfest mit seiner Familie in die Residenzstadt zurückkehren wollte. Mit Merit war noch ein nächtliches Treffen geplant, doch seltsam, Piay empfand diesmal keinen Trennungsschmerz, hatte nicht das Empfinden, die ganze Welt bräche zusammen, wie damals im Süden.

»Diesmal werden wir uns bald wiedersehen«, sagte Merit zuversichtlich, während sie Mantel und Schleier ablegte. Schweigend betrachtete Piay seine Geliebte. Wie eifrig sie ist, meine Majt-scherit, dachte er belustigt, sie hat schon Pläne gemacht, hat sich alles zurechtgelegt.

»Du bist so sicher«, sagte er, »als sei die Einwilligung des Königs und die deines Gemahls schon erfolgt. Seti wird sich querstellen. Er wird seine Privilegien nicht aufgeben wollen.«

»Das muß er ja nicht!« sagte Merit heftig. »Nur mich soll er aufgeben, nur mich! Mehr verlange ich nicht von ihm.«

Sie redeten hin und her und wußten doch beide, daß sie nur Vermutungen anstellten. Aber sie brauchten diese Zukunftspläne – Merit vor allem brauchte sie –, um weiterleben zu können. Zwischen ihren Umarmungen versicherte Merit immer wieder:

»Es ist kein Abschied, Liebster, es ist nur eine Unterbrechung. Nach dem Sed-Fest wird der König zugänglich sein, ich kenne ihn. Dieses Jubiläum ist eine Gnade der Götter, und mein Vater weiß, daß er zu den ganz wenigen zählt, die es begehen dürfen. Für ihn ist es wie ein Neubeginn, und das soll es auch für uns sein. Vielleicht hat Bastet ein Einsehen und bittet ihre göttliche Schwester – die mit dem Löwenhaupt – um Hilfe für die Liebenden? Seti ist jetzt in Piramesse, und es könnte doch sein, daß etwas von der Seuche zurückgeblieben ist, ein Hauch nur, der ausreicht, um ihn ...«

»Nein!« sagte Piay fest. »Ich möchte nicht mein Glück dem Tod eines anderen verdanken, so bequem es auch wäre, um so mehr, als den armen Seti keine Schuld trifft. Er hat nur den Befehlen des Königs gehorcht. Immerhin ist er dein Halbbruder!«

»Für mich ist er ein Fremder«, beharrte Merit, »der mir aufgezwungen wurde. Diese Ehe ist nicht von den Göttern gesegnet, das hat sich gezeigt.«

Und Merit erzählte ihrem Geliebten, was sie eigentlich verschweigen wollte, nämlich von Setis vergeblichem Versuch, mit ihr zu schlafen. Piay dachte eine Weile nach und sagte:

»Er fürchtet dich, Merit – er fürchtet, die Löwin könnte ihn zerreißen, und das lähmt seine Manneskraft.«

»Ich war ganz friedlich und zeigte ihm weder Krallen noch Zähne. Warum fürchtest du mich nicht?«

Piay umarmte sie heftig und flüsterte ihr ins Ohr:

»Weil du meine Frau bist – freiwillig und mit dem Segen der Götter.«

Und so liebten sie sich auf der knarrenden, harten Holztruhe, und Merits honigfarbene, schlanke Schenkel umklammerten Piays Körper. Als er sich sanft losmachen wollte, verstärkte sie den Druck, und ihre schrägen, dunklen Augen ließen die seinen nicht los, als wolle sie ihn doppelt an sich fesseln.

»Ich lasse dich nicht, Piay, hörst du, ich lasse dich nicht! Nicht, solange ich lebe, und nicht, wenn ich tot bin. Sollte ich vor dir nach Westen gehen, so wird mein Ka deinen Phallus durch Zauber lähmen, daß du keiner Frau mehr beiwohnen kannst, bis du mir nachfolgst in das Reich des Osiris.«

»Das sind ja schöne Aussichten«, scherzte Piay. »Aber ich bin doppelt so alt wie du, und da werde wohl ich vorausgehen.«

»Und du wartest auf mich, drüben?«

»Du bist auch vorher schon bei mir. Das Relief in meinem Grab zeigt einen blühenden Garten, und da sitzen wir beide in der kühlen Abendluft am Lotosteich. Wir sitzen einander gegenüber und blicken uns an. So soll es sein, so möchte ich es haben – in alle Ewigkeit.«

Merits Augen leuchteten, und ihre Schenkel lockerten sich.

»Dann kann ich dich ja vorerst loslassen. Trotzdem will ich dafür sorgen, daß wir auch im Diesseits nicht zu lange getrennt sind. Vertrau auf mich!«

Zwischen Memphis und On, der heiligen Stadt des Sonnengottes, lag Per-Hapi, die uralte Verehrungsstätte des Nilgottes. Dort gab es einen bescheidenen Tempel, einen kleinen Hafen und einige leerstehende, das Jahr über instand gehaltene Gebäude. Hier fand alljährlich zum Beginn der Achet-Monate die Erweckung des Nils statt. Meist war es der Hohepriester von Memphis, der die Kulthandlungen für den Pharao vollzog, doch diesmal kam der König selbst, und viele Menschen säumten die Ufer.

Ramses und Nefertari führten die Prozession auf dem tragbaren Doppelthron an. Beide trugen ihre Kroninsignien, saßen bewegungslos, starr und feierlich, wie es der Brauch verlangte. Ihnen folgten die Götter aller ägyptischen Gaue, deren Standarten als Nilgott Hapi verkleidete Priester trugen. Allen anderen voraus ragte die stolze Standarte von Memphis, die »Weiße Mauer«, ihr folgten in strenger, althergebrachter Ordnung die Gauzeichen des Bienen- und Binsenlandes – zwanzig für Unter- und zweiundzwanzig für Oberägypten. Seltsame, uralte Symbole trugen die Hapi-Priester auf ihren goldenen Stangen. Da gab es einen Erdwall, einen Hasen, ein Feuersteinmesser, eine Rinderkeule, eine Harpune, einen Fisch und manches mehr, dessen Bedeutung und Herkunft nur noch einige hochgelehrte Priester kannten. Dahinter gingen vier als Hapi verkleidete Priester, die brennende Fackeln hochhielten. An einer bestimmten Stelle hielt die Prozession an, die Träger ließen den Thron behutsam zu Boden, und der König ging mit langsamen, feierlichen Schritten zum Nilstandmesser. Das war ein gemauerter, mit Marmor ausgekleideter Schacht, wo der Wasserstand von einer senkrechten Zahlenreihe abgelesen werden konnte. Um diese Zeit herrschte der tiefste Stand, doch in den nächsten Stunden mußte der Nilgott Hapi vom Pharao dazu bewegt werden, den Fluß wieder anschwellen zu lassen. Nur der König oder ein von ihm bestellter Priester konnte als Mittler zwischen den Göttern und den Menschen und mit Hilfe zahlreicher Opfergaben eine neue Nilschwelle bewirken und damit den Fortbestand des Landes Kemi sichern.

Priester, Musikanten und Sänger umgaben den Pharao, der seine Szepter weggelegt hatte und jetzt beschwörend und in Gebetshaltung die Arme zum Fluß hin ausstreckte.

Mit lauter Stimme sprach Ramses den Nilhymnus:

»Wenn du aufgehst, lebt die Menschheit. Spielst du den Habgierigen, leidet das ganze Land. Wenn du aufgehst, jubelt das Land. Du bist der Schöpfer alles Gereiften. Du bringst die Nahrung und füllst die Scheunen. Du gibst alles Gute im Übermaß. Du bist in der Unterwelt, aber Himmel und Erde gehorchen dir. Du arbeitest, ohne angeleitet zu werden. Niemand lehnt sich gegen dich auf, dir sind keine Grenzen gesetzt. Mächtiger Hapi – ewiger Gott!«

Nach diesen Worten setzte eine leise rhythmische Musik mit Flöten, Trommeln und Sistren ein, und die Sänger stimmten das Loblied auf Hapi an:

»Herr des Wassers!
Der das Korn aus der Erde lockt.
Herr der Opfer!
Der die Kräuter gedeihen läßt.
Amme des ganzen Landes!
Der das Land ernährt.
Herr der Fische!
Der die Wasservögel stromauf ziehen läßt.
Herr des Überflusses!
Der die Scheunen füllt und die Speicher weit macht.«

Während diese Gebete über den Nil schallten, standen der Pharao und die Priester in gebeugter Demutshaltung und streckten ihre Arme zum Wasser hin.

Kaum waren Musik und Gesang verklungen, traten die vier Priester vor und stießen ihre brennenden Fackeln in einen Kessel mit Milch, wo sie rauchend und zischend verlöschten. Damit sollte ausgedrückt werden, wie Nahrung und Überfluß – durch die Milch verkörpert – Dürre und Unfruchtbarkeit – die brennenden Fackeln – besiegte.

Der König ging zum Thron zurück, ergriff die beiden Szepter und nahm wieder neben Nefertari Platz.

Jetzt zogen die einzelnen Gaue mit ihren Opfergaben heran, führten Rinder, Schafe und Ziegen an kurzen Stricken, trugen gewaltige Körbe mit Kuchen und Broten, Krüge mit Milch, Bier und Wein, schleppten Blumen und Früchte. Andere wieder brachten Schmuck, Weihrauch und Votivfiguren des Gottes Hapi herbei.

Am Ende dieses langen Zuges mit Opfergaben gingen zwei Priester, die gemeinsam einen langen, aufgerollten Papyrus hielten. Darauf waren in großen, schönen Schriftzeichen die tatsächlichen Opfer magisch vervielfacht. Aus zwei Ochsen wurden tausend mal tausend, aus zehn Hekat Milch oder Wein wurde eine Million. Der vergoldete Bronzeschmuck wurde zum Geschmeide aus purem Gold, und die Körbe mit Grünzeug und Früchten wandelten sich in ganze Wagenladungen.

Damit sollte Hapi freilich nicht getäuscht oder betrogen werden; die ihm dargebrachten Opfer wurden nur auf magische Weise vermehrt, um dem Gott zu zeigen, wie sehr man ihn schätzte und verehrte. Unter Musik und Gebeten wurden nun diese Gaben dem Nil anvertraut, dessen ruhige Fläche sich schnell mit Äpfeln, Brotlaiben und Blumen bedeckte, während das am Ufer geschlachtete Opfervieh sein Blut in den Fluß verströmte.

Auf ein Zeichen des Hohenpriesters stand der König auf, ging zum Ufer und schleuderte mit einem kräftigen Schwung seine beiden Szepter ins Wasser. Daraufhin setzte ein brausender Lobgesang ein, denn nun begann das Wasser am Nilstandmesser langsam, doch sichtbar zu steigen. Hapi hatte die Opfergaben angenommen, hatte den Pharao erhört und das Land gerettet.

Nichts mehr war vom Palast der Merit-Anta geblieben. Die Diener des Königs hatten ganze Arbeit geleistet. Den Hofstaat der Chatti-Prinzessin hatte man mit reichen Geschenken nach Hause geschickt, alle zu ihren Gunsten getroffenen Verfügungen wurden aus den Archiven genommen und vernichtet, ihr Name in den Chroniken gelöscht. So wollte es der Pharao, und so war es geschehen.

Das Sed-Fest rückte immer näher heran, und auf die Schönen Befehle des Gottes zogen Tag um Tag Wagenladungen mit Korn, Wein, Honig und Dörrobst in Piramesse ein, dazu Herden von Rindern, Schafen und Ziegen, die am Rande der Stadt in schnell errichteten Gehegen untergebracht wurden. Alles stand im Zeichen dieses bedeutsamen Festes, und jeder mußte das Seine dazu tun, um es – wie der Gute Gott es wünschte – zu einem Ereignis ohnegleichen zu machen.

Isis-nefert aber, die Zweite Gemahlin des Königs, blieb von diesen Vorbereitungen unberührt. Sie hatte sich ganz in ihren Groll auf »die Andere« verbissen, neidete Nefertari das gute Verhältnis zum König, der nun auch seine Höflichkeitsbesuche bei ihr eingestellt hatte. Isis-nefert fühlte sich übergangen, vergessen, totgeschwiegen und mißachtet wie nie zuvor. Gegen den König konnte und wollte sie nichts unternehmen, doch irgendwohin mußte sie das in ihr angestaute Gift ablassen. So sammelte sie einige ihrer Vertrauten um sich und veranlaßte sie, das Gerücht auszustreuen, ganz Memphis verlache den Prinzen Seti als betrogenen Ehemann, der anscheinend noch immer nichts davon wisse, daß seine Gemahlin Merit ihr Verhältnis mit dem Bildhauer wiederaufgenommen habe.

Ihre Leute machten das sehr geschickt, stellten niemals eine klare Behauptung auf, sondern flüsterten kichernd hinter vorgehaltener Hand, sie hätten in Memphis dies und jenes gehört – aber wer gebe schon etwas auf Gerüchte? So entstand ein wenig Hofklatsch, den niemand sehr ernst nahm, denn alle waren – neben ihren sonstigen Pflichten – mit den Festvorbereitungen beschäftigt.

Einer aber nahm es ernst. Ihm trieben diese Gerüchte einen spitzen Pfahl ins Herz, ließen seine Zunge trocken werden und seine Leber anschwellen. Freilich sagte es dem Prinzen Seti niemand ins Gesicht, was da über seine Gemahlin umging. Aber aus Andeutungen, Ausflüchten und Umschreibungen formte sich ein Bild, das seinen Sinn verdüsterte, sein Leben verbitterte. Doch es war zuwenig, zu ungenau, zu unbestimmt, um nach Soldatenart ohne Umschweife dagegen anzugehen. Bis dann der Tag kam, da einer es wagte, die Dinge beim Namen zu nennen.

Der junge General Nehemi hatte erst vor kurzem sein hohes Amt übernommen. Er entstammte einer alten Erbfürstenfamilie, und Seti dachte zuerst, daß dieser Knabe wie andere seiner Herkunft einmal im Jahr aus einer Sänfte heraus seine Truppen zu besichtigen gedenke, doch diesmal hatte er sich geirrt. Nehemi setzte alles daran, seinem Amt gerecht zu werden. Er übte täglich mit verschiedenen Waffen, konnte einen Streitwagen lenken und zeigte kaltes Blut, wenn einmal die Pferde durchgingen. Seti begann den jungen Adeligen zu schätzen, und der wiederum hatte sich den Prinzen als Vorbild ausersehen. Sie tranken so manchen Krug Wein miteinander, und das war nun die Schwäche des jungen Nehemi. Er trank nicht häufig, doch wenn er einmal damit begann, artete es in ein wildes Saufgelage aus.

An diesem Abend war der zweite Krug bereits halb leer, als Nehemi mit schwerer Zunge sagte:

»Prinz Seti, du mußt den Gerüchten entgegentreten, so geht es nicht weiter. Ich sage es dir ganz offen: Allmählich beginne ich mich für dich zu schämen.«

Seti runzelte zornig die Stirn und wollte etwas sagen, doch Nehemi faßte ihn am Arm.

»Laß mich zu Ende reden! Ich weiß, du hast es nicht leicht, bist mit einer Sonnentochter verheiratet, dir sind die Hände gebunden. Trotzdem! Stelle deine Frau zur Rede, wende dich an deinen Vater – er lebe, sei heil und gesund! –, unternimm etwas! In den Augen unserer Männer stehst du als ein Trottel da, der nichts davon merkte – oder merken wollte? –, daß seine Gemahlin ihn in Memphis betrog. Mit einem Handwerker! Einem ehemaligen Sklaven! Es wird auch davon geredet, daß Neferure nicht dein Kind ist. Graue Augen sind selten in Ägypten ... Und jener besagte Handwerker soll grauäugig sein. Manche vermuten schon, du seist absichtlich hiergeblieben, um in Memphis den Tatsachen auszuweichen. Man verdächtigt dich der Feigheit, Seti!«

Während Nehemi redete, hatte Prinz Seti einen Becher nach dem anderen hinuntergeschüttet. Er starrte finster auf seinen Freund, doch er versuchte nicht mehr, ihn zu unterbrechen, schwieg auch, als Nehemi geendet hatte.

Der blickte ihn ungeduldig an und drängte: »Also?«

»Was also? Soll ich Merit übers Knie legen wie einen Schuljungen? Soll ich sie beim Pharao verpetzen wie ein ränkesüchtiger Höfling? Was die Augen meiner Tochter betrifft, so stammen sie von meiner Mutter, die aus dem Norden kam. Ich kann dir versichern, daß ich das Kind in der Hochzeitsnacht mit Merit gezeugt habe. Aber ich weiß jetzt, was ich zu tun habe. Der andere muß aus der Welt! Solange er lebt, werde ich keine Ruhe haben – er muß aus der Welt! Und ich werde es selbst tun, ohne die Hilfe des Königs, der jetzt ohnehin nur noch an sein Sed-Fest denkt. Selbst werde ich handeln, Nehemi, und dir habe ich zu danken. Du hast ein offenes Wort gesprochen, wie es unter Freunden sein sollte. Und jetzt, mein Lieber, saufen wir noch einen dritten Krug leer und, wenn es sein muß, einen vierten!«

Ein solches Angebot schlug Nehemi nicht aus, und die beiden tranken, bis sie nur noch lallten und sich anstierten.

Piay wagte kaum, es sich einzugestehen, doch er war froh, als die königliche Familie nach Piramesse zurückkehrte. Er vermißte Merit, er vermißte sie sehr, genoß aber zugleich den gefahrlosen, behaglichen Alltag, der nun wieder eingekehrt war. Noch immer arbeitete er jeden vierten Tag an seinem Grab, sonst aber freute er sich an seiner kleinen Familie und beobachtete liebevoll das Heranwachsen des kleinen Iramun.

Auch Takkas Furcht vor unbestimmten Gefahren hatte sich gelegt. Sie war wieder schwanger geworden und hoffte auf eine Tochter.

An diesem Tag war sie gerade in den Garten gegangen, um darauf zu achten, daß Iramun nicht in den Lotosteich fiel, da wurde ihr ein Besuch gemeldet. Zwei Bewaffnete standen an der Tür und fragten nach dem Bildhauer Piay. Sie sagten, sie kämen im Auftrag des Tempels.

Takka wunderte sich.

»Aber dort weiß man doch, daß Piay heute an seinem Grab arbeitet!«

Die beiden versicherten schnell, das wüßten sie natürlich auch, aber sie hätten eine dringende Nachricht und wollten den kürzesten Weg zur Grabstätte erklärt haben. Takka beschrieb ihnen den Ort, so gut sie es konnte. Die beiden bedankten sich hastig und verschwanden. Takka blickte ihnen nach und sah draußen in einiger Entfernung noch einige Bewaffnete zu Pferd und auf einem Streitwagen.

Das muß wohl etwas sehr Dringendes sein, dachte sie und fühlte ein leises Unbehagen aufsteigen. Sie schüttelte energisch den dunklen Kopf. Dumme Ziege! schalt sie sich. Piay ist ein wichtiger Mann, und heute abend wird er mir alles erzählen.

Piay hatte sämtliche Flachreliefs in seinem Grab schon vollendet und war nun dabei, sie mit schönen, zarten Farben lebendiger zu gestalten. Obwohl er im Malen am wenigsten Erfahrung besaß, ging ihm die Arbeit doch leicht von der Hand. Um sich mit der vor vielen Jahren erlernten Technik wieder vertraut zu machen, hatte er mit den weniger wichtigen Bildern im Vorratsraum begonnen, und er sah, daß es gut geworden war. Bedächtig rührte er schwarze Farbe an, ging in den Hauptraum, wo seit kurzem die beiden Sarkophage standen, einer für ihn, einer für Takka. Dort trug er das Schwarz auf, wo es nötig war, wie etwa bei den Perücken der Götter und Menschen oder auf dem Antlitz des schakalköpfigen Anubis.

Als er das Schwarz auf Merits Perücke auftrug, kam ihn die Lust an, ihrer ganzen Gestalt Farbe zu verleihen. Er mischte ein zartes, helles Ocker und tönte damit in liebevollen Strichen ihr Antlitz, die Arme und die Füße. Den Lippen verlieh er ein helles Rot, ein Rot, das er auch für den schmalen Gürtel brauchte, der das Kleid über ihren Hüften zusammenhielt. Die Farben trockneten in der heißen Wüstenluft schnell, und Piay konnte das Weiß des Kleides auftragen, dessen Ärmel Schultern und Oberarme bedeckten, wobei das lichte Ocker der nackten Haut ganz zart durch das Weiß hindurchschimmerte.

Nach einer Weile unterbrach er seine Arbeit und ging hinaus, um frische Luft einzuatmen. Re neigte sich schon nach Westen, und der große Mann, der auf der Rampe stand, warf einen langen Schatten. Piay blinzelte im grellen Sonnenlicht und fragte freundlich:

»Suchst du den Grabwächter?«

»Nein«, sagte der andere, »ich suche dich. Du bist doch der Bildhauer Piay?«

»Der bin ich. Und wer bist du?«

»Ich bin Prinz Seti, Gemahl der Königstochter Merit-Amun.«

Piay stand wie erstarrt. Die Stimme des anderen hatte ruhig und gleichmütig geklungen, und doch ging eine verhaltene Drohung von ihr aus, als fordere sie eine Rechtfertigung. Die hohe Gestalt des Prinzen bewegte sich auf ihn zu, und Piay wich vor ihm zurück, Schritt um Schritt, bis sie vor der Grabkammer standen.

»Darf ich dein Haus der Ewigkeit betreten, Piay?«

Der nickte nur stumm und trat beiseite. Piay schien es, als sei der Gute Gott in eigener Person gekommen, um ihn zur Rechenschaft zu ziehen. Doch die hohe, athletische Gestalt konnte nicht darüber hinwegtäuschen, daß das Gesicht des Prinzen Seti nur eine oberflächliche Ähnlichkeit mit dem des Königs besaß. Es fehlte die natürliche Anmut der Majestät, es war nur ein grobes Abbild, ein dumm-stolzes Kriegergesicht, hochmütig und leer.

»Ich möchte dich etwas fragen, Piay. Es gehen Gerüchte um, daß du getan hast, was allein mir zusteht, was nach den Gesetzen unseres Landes ein Frevel, ein todeswürdiges Verbrechen ist. Es heißt, du habest mit meiner Gemahlin, der Sonnentochter Merit-Amun, Ehebruch begangen.«

Piay stand vor seinem Sarkophag und konnte nicht weiter zurückweichen.

Seti trat einen Schritt näher.

»Hast du meine Frage verstanden, Piay?«

»Warum fragst du nicht deine Gemahlin danach?«

»Ich frage dich, Piay.«

Piay wußte nun, daß der Tod vor ihm stand, und eine seltsame Ruhe erfüllte ihn.

»Was willst du gegen den Ratschluß der Götter tun, Prinz Seti? Bastet hat uns füreinander bestimmt, wer vermag sich dagegen aufzulehnen? Du, ich, der Pharao? Was sind wir gegen die Ewigen?«

»Dann stimmt es also! Du gibst es zu!«

Seti tastete nach der Streitkeule in seinem Gürtel, maßloser Zorn verzerrte sein Gesicht. Er schaute Piay in die Augen und erkannte in ihnen die seiner Tochter. Schwer atmend stieß er hervor:

»Du hast – du hast mich zum – zum Gespött meiner Leute gemacht und nun – nun weiß ich auch, daß Neferure – daß meine – meine Tochter ...«

Setis Stimme erstickte an der grellen Wut, die seinen ganzen Körper entflammte. Er trat einen Schritt zurück, hob die Keule und glich dem Bild des Königs, wie er auf den Pylonen der Tempel beim Erschlagen seiner Feinde dargestellt war. Piays graue Augen blickten furchtlos und stolz.

»Schlag zu, Seti, tu, was du tun mußt! Aber du wirst nichts daran ändern, daß Merit niemals deine, sondern immer und ewig nur meine Gemahlin war. Sie war und ist meine Geliebte, und ich lag ihr bei als starker Stier! Ich, Seti, ich! Ich war es, der ihr Kind zeugte, ich ...«

Nach diesen Worten trat Piay zur Seite und wandte sich nach Merits Bild um. Da saßen sie nun einander gegenüber: Merit in ihrem duftigweißen Kleid, mit der Blüte im Haar und dem noch nicht ausgemalten Schulterkragen, die so frisch und lebendig wirkte gegen Piay, der in seinem feinen, noch farblosen Flachrelief eher einem Schemen glich. Dazu werde ich wohl nicht mehr kommen, dachte Piay, sie wird ewig mit meinem Schatten vorlieb nehmen müssen, aber das macht nichts – dafür strotzt sie vor Leben, meine Geliebte, meine …

»Dreh dich um!« befahl Seti.

Piay schwieg, sein Blick saugte sich an der Geliebten fest, und er wußte, daß es ein gutes Leben gewesen war, daß die Stunden und Tage mit ihr sie vielfach aufwogen, die kurze und belanglose Zeit der Angst, da Seti als Rächer gekommen war und jetzt hinter ihm stand.

»Dreh dich um!« brüllte Seti ein zweites Mal. »Oder ich erschlage dich von hinten!«

Seine laute Stimme brach sich in der kleinen Grabkammer, doch für Piay war es nur ein ferner Klang aus einer anderen Welt, die er schon verlassen hatte.

»Jetzt hast du wohl Angst, du jämmerlicher Feigling«, höhnte Seti, »wagst es nicht, mir in die Augen zu schauen, fürchtest die gerechte Strafe …«

Plötzlich wandte Piay sich um.

»Hör auf mit deinem Geschwätz! Schlag endlich zu, aber damit kannst du die Tatsachen nicht ändern. Merit ist meine Frau und wird es bleiben für alle Zeiten, und Neferure ist mein Kind und wird …«

Da hob Prinz Seti seine schwere Streitkeule und schmetterte sie dem ruhig dastehenden Piay auf die Stirn. Die grauen Augen sahen ihn dabei unbewegt an, und sie blinzelten nicht einmal, als die Keule niederfuhr.

Die Männer des Generals Seti hielten den Grabwächter fest, doch sie taten es nicht mit Gewalt, sondern unter allerlei Scherzen. Ein hoher Herr wolle sich hier ein wenig umsehen, ohne dabei gestört zu werden, und es werde gewiß nicht lange dauern. Als Seti wieder auftauchte, verschwanden sie alle wie ein Spuk, und der Grabwächter nahm kopfschüttelnd seine Runde wieder auf. Als ob es hier etwas zu sehen gäbe! Vor Piays Grab stand der Esel und hechelte, als sei er am Verdursten.

Vielleicht hat der Bildhauer in seinem Eifer vergessen, das Tier zu tränken und zu füttern? Der Wächter ging die Rampe hinunter und fand die Tür verschlossen. Das erschien ihm seltsam, denn er wußte, daß Piay mit dem gespiegelten Sonnenlicht arbeitete, und dazu mußte die Tür offen bleiben. Er klopfte, rief »Meister Piay«, klopfte stärker, doch da drinnen regte sich nichts. Er drückte gegen die Tür, und sie gab sofort nach. Noch einmal rief er nach Piay, ging dann entschlossen zur Grabkammer. Dort fand er ihn neben dem Sarkophag liegen, seine grauen Augen standen weit offen, in ihnen spiegelte sich der rotgoldene Glanz des Re, der sich schon zu seiner Nachtfahrt rüstete. Der Wächter kniete nieder und berührte Piay am Arm, doch er tat es nur aus Pflichtbewußtsein, denn er hatte sofort erkannt, daß hier ein Toter lag. In der Mitte der Stirn, wo die schon angegrauten, kurz geschorenen Haare begannen, klebte etwas Blut, und der Wächter hätte wohl an einen Unfall gedacht, wäre nicht der seltsame Besuch dagewesen, hätten die Männer ihn nicht für eine Weile festgehalten. Er ging wieder hinaus, verschloß die Tür, fütterte und tränkte den Esel mit den Vorräten, die er am Eingang fand, und ging zu seinem Häuschen, das auf einem der kegeligen Wüstenberge stand, von wo das gesamte Grabgelände zu überschauen war. Er konnte noch immer nicht glauben, daß dieser stille, freundliche Mann, der ihm so manchen Kupferdeben zugesteckt hatte, einen Feind besaß, der ihm ans Leben wollte. Und doch mußte es so sein. Der Wächter wußte von Piay nur, daß er am Ptah-Tempel in Memphis eine Stellung hatte, und dorthin ließ er durch einen zufällig vorbeistreifenden Jäger die Nachricht von Piays Tod übermitteln.

Der Hohepriester Chamwese schickte sofort einen Trupp Leute dorthin, ließ Piays Leichnam zu den Gottessieglern schaffen und wünschte, den Grabwächter zu sprechen.

Der verstörte und zitternde Mann mußte erst einmal beruhigt werden. Niemand verdächtige ihn, und man sei ihm sehr verpflichtet, weil er die Nachricht von Piays Tod so schnell und zuverlässig überbracht habe. Chamwese fragte ihn:

»Hast du den Mann, dessen Leute dich festhielten, aus der Nähe gesehen?«

»Nein, Herr, ich sah ihn nur einmal von ferne, als er plötzlich wieder auftauchte, seine Männer um sich sammelte und gleich darauf verschwand. Sie ritten auf Pferden und hatten einen Streitwagen dabei«.

»Gut, du sahst den Anführer der Bewaffneten nur von ferne. Fiel dir trotzdem etwas an ihm auf?«

Der Wächter nickte eifrig:

»Ja, Herr, er war ungewöhnlich groß. Auch Meister Piay hatte eine ganz schöne Länge, doch dieser Mann schien mir noch größer.«

Seti, dachte Chamwese, das kann nur Seti gewesen sein. Und plötzlich tat es ihm leid, Piays Begnadigung erwirkt zu haben. Hätte er im Süden bleiben müssen, so würde er noch leben ...

»Du hast deine Sache gut gemacht, mein Freund. Der Schreiber draußen wird dir einen halben Golddeben überreichen, und ich muß dich bitten, den Mund zu halten. Wer immer dich nach diesen Ereignissen fragt: Du wurdest von den Männern festgehalten, hast nichts gehört und nichts gesehen, auch nicht einen ungewöhnlich großen Mann. Du hast irgendeinen Mann von ferne gesehen, einen Mann wie jeden anderen. Meister Piay aber ist verunglückt, wie du es ja sofort vermutet hast. Er ist gestolpert und hat sich den Schädel an seinem Sarkophag eingeschlagen. Hast du alles verstanden?«

»Jawohl, Herr, ich schwöre es dir bei meinem Leben!«

Takka erhielt die Nachricht, ihr Gemahl sei bei den Arbeiten an seinem Grab tödlich verunglückt, und sie hatte nie einen Grund, etwas anderes zu glauben. Die kleine schwarze Nubierin schien sich ganz aufzulösen in ihrem Schmerz, und doch war ein wenig Stolz in den Klagerufen der Witwe, als sie Piays Mumie auf dem letzten Weg begleitete. Stolz, weil sie seine Frau gewesen war, stolz auch, weil der Hohepriester Chamwese in eigener Person den Trauerzug anführte. Dem Pharao aber, so hatte Chamwese beschlossen, würde er die Nachricht von Piays Tod erst nach dem Sed-Fest mitteilen, denn kein Schatten sollte die seltene und bedeutsame Feier verdunkeln.

Der Hohepriester Chamwese hatte aber eines nicht bedacht: Wenn der Pharao verziehen hatte, dann galt dies für alle Zeiten, und so äußerte er bei den letzten Besprechungen – nur einen knappen Monat vor dem Fest – den Wunsch, Piay einzuladen. Wie alle seine alten Freunde sollte auch er an der Feier teilhaben und für diese Zeit die Stadt Piramesse betreten dürfen.

Chamwese überlegte blitzschnell. Wenn er sagte, Piay sei erkrankt, würde der Pharao ihm vielleicht ein paar eigene Ärzte schicken wollen, wenn er sagte, er sei in Geschäften des Tempels unterwegs, würde er ihn holen lassen. Dafür war noch genügend Zeit, und in beiden Fällen stünde am Ende er, Chamwese, als Lügner da.

»Nun muß ich dir doch mitteilen, verehrter Vater, was mich der Wunsch, dein Sed-Fest nicht zu trüben, verschweigen ließ. Piay ist tot. Er verunglückte bei der Arbeit in seinem Grab. Er ist tot und in allen Ehren begraben, Majestät, und mich schmerzt die Leber, da ich es dir nun sagen muß.«

Der Pharao sagte wehmütig: »Nun hat es dich doch erwischt, Freund Piay, und kein Irrtum macht dich wieder lebendig wie damals in Suenet. Ist er wirklich zum Osiris geworden, Chamwese? Hast du es selbst gesehen?«

»Meine Leute haben die Einbalsamierung überwacht, und ich selbst habe die Mundöffnung vollzogen. Seine Witwe erhält vom Tempel seinen halben Lohn, solange sie lebt, und um seinen Sohn werde ich mich auch kümmern. Takka ist wieder schwanger, doch ich werde dafür sorgen, daß sie niemals Not leidet.«

»Du hast getan, was nötig und recht war. Daß du mich vor dem Fest nicht damit behelligen wolltest, sei dir verziehen. Aber wie konnte Piay, ein so erfahrener Handwerker, in seinem Grab zu Tode kommen?«

»Er muß beim Malen gestolpert oder ausgerutscht sein, vielleicht war es auch ein Schwächeanfall. Jedenfalls ist er mit dem Kopf auf seinen Steinsarkophag geprallt, offenbar mit solcher Wucht, daß – daß seine rechte Schläfe eingedrückt wurde.«

»Trotzdem – ein schöner Tod, mitten in der Arbeit, die ihm so viel bedeutet hat. Er starb als freier Mann, im Besitz meiner Freundschaft, und sein Ka hat die ihm angemessene Ruhestätte.

Für einen ehemaligen Feldsklaven wäre es unbescheiden, mehr von den Göttern zu verlangen.«

»Nur einer darf mehr von ihnen erwarten, und das bist du, Majestät.«

»Ich bin der Gute Gott, und so kommt mir zu, was keinem anderen gebührt«, sagte Ramses mit ruhiger Überzeugung.

Chamwese hatte aber nicht bedacht, wie schnell diese Nachricht zu Merit gelangen würde. Noch am selben Abend erfuhr es Nefertari und von ihr die Prinzessin Merit-Amun.

»Piay soll – soll verunglückt sein? In seinem eigenen Grab? Das kann nicht – nein – nein ...«

Fassungslos sank Merit auf einen Stuhl.

Nefertari unterdrückte den wieder stärker aufflammenden Husten und streichelte ihrer Tochter die Hand.

»Er liegt schon in seinem Haus der Ewigkeit. Chamwese hat alles veranlaßt. Er wollte das Unglück verschweigen, bis das Sed-Fest vorbei ist. Als aber der Pharao davon sprach, daß er vorhabe, Piay einzuladen, mußte Chamwese es ihm sagen.«

Tränenlos und starr saß Merit auf ihrem Stuhl. Sie fühlte, daß alles anders war, und gab sich nicht mit dem »Unglück« zufrieden.

»Gibt es einen Zeugen seines Todes?«

»Nein, ich glaube nicht, vermutlich hat ihn der Grabwächter bei seinem Rundgang gefunden.«

Merit begann nachzuforschen, hartnäckig und erbittert, und als ihre Leute den Grabwächter befragten, sagte er nur, was ihm Chamwese erlaubt hatte. Doch Merit genügte es. Sie ließ Seti kommen und bat den verdutzten Wesir, im Nebenraum Zeuge der Unterredung zu sein.

Sie empfing ihren Gemahl stehend, begrüßte ihn nicht, sondern sagte ihm sofort ins Gesicht:

»Du hast Piay getötet! Warum? Was hat er dir angetan? Wie willst du dich rechtfertigen?«

Seti war so überrascht, daß er es nicht leugnete, sondern sofort mit Anschuldigungen begann:

»Dieser Mann hat mich unmöglich gemacht vor allen meinen Leuten. Als ich dann noch erfuhr, daß Neferure nicht mein Kind sein sollte, stellte ich ihn zur Rede, dort, in seinem Grab. Er hat nicht nur alles zugegeben, er hat mich auch noch verspottet, mich, den Prinzen Seti! Und dann habe ich, dann habe ich ...«

»Dann hast du den Wehrlosen erschlagen, du tapferer Krieger! Geh mir aus den Augen, sofort! Ich will dich weder in diesem noch im nächsten Leben wiedersehen!«

Sie wandte sich ab und ging in den Nebenraum, wo Parahotep alles mit angehört hatte.

»Du kannst es bezeugen, Wesir?«

»Selbstverständlich, Hoheit. Ich hörte jedes Wort, und keines davon war mißzuverstehen, aber ich möchte dich doch bitten ...«

»Nein!« sagte Merit hart. »Fordere nichts, erbitte nichts! Mein Herz birst vor Trauer und Zorn, und ich muß überlegen, was zu geschehen hat. Diese Entscheidung fälle ich allein, Wesir. Ich danke dir.«

Merit verlor keine Zeit. Bei der nächsten sich bietenden Gelegenheit verlangte sie, ihren vielbeschäftigten Vater zu sprechen. Der Pharao war in glänzender Laune.

»Noch genau siebzehn Tage, mein Prinzeßchen, und das Sed-Fest des Usimare Ramses Meriamun wird das ganze Land in einen Taumel versetzen. Ich kann es gar nicht glauben, daß ich schon dreißig Jahre auf dem Horusthron sitze. Mir ist, als hätte ich erst gestern deine Mutter kennengelernt. Ich sehe sie noch am Tisch sitzen, mir gegenüber, zusammen mit meinen Eltern ...«

»Ich habe etwas sehr Ernstes mit dir zu besprechen, Vater, und bitte verzeih, daß ich dich aus deinen schönen Erinnerungen reiße. Du weißt ja, daß Piay tot ist. Angeblich war es ein Unglück in seinem Grab. Das stimmt aber nicht. Seti hat ihn erschlagen, Seti, dein gehätscheltes Ebenbild ...«

Der König runzelte die Stirn:

»Davon weiß ich nichts. Das ist doch nur eine Vermutung, weil du deinen Gemahl haßt –«

»Nein, Vater. Es ist leider keine Vermutung, Seti selbst hat es mir gegenüber zugegeben. Und es gibt einen Ohrenzeugen: deinen Wesir.«

Jetzt blickte Ramses ratlos drein:

»Aber was soll ich – was soll ich –«

»Vater, ich muß dich um etwas bitten, was du mir ungern zugestehen wirst, aber ich glaube, es gibt keine andere Möglichkeit. Wir sollen alle am Sed-Fest teilnehmen, deine ganze Familie. Ich aber kann nur dabeisein, wenn Seti aus Piramesse verschwunden ist. Er hat Piay erschlagen, seine Hände sind blutbefleckt. Seine Teilnahme schändet dein Fest, verärgert die Göttin Maat. Ich will dir keine Bedingungen stellen, Vater, will dich auch nicht erpressen. Aber ich kann nicht anders: er oder ich.«

Ramses war nachdenklich geworden.

»Warum hat er es getan?«

»Warum wohl? Aus Zorn, weil er mir nicht mehr beiliegen kann. Ja, Vater, ich habe ihm mein Schlafgemach geöffnet, habe ihn eingeladen, seine Rechte als Gemahl wahrzunehmen – um des Friedens in der Familie willen. Doch der starke Stier war nur ein Ochse und ist beleidigt davongetrabt. Deshalb mußte Piay sterben, der ein wirklicher ...«

Sie wollte sagen: Mann war, unterdrückte aber diese Worte, um den Pharao nicht zu erzürnen.

Doch Ramses hörte kaum hin. In ihm regte sich der Zorn über diesen Störenfried, der jetzt imstande war, ihm sein Sed-Fest zu vergällen. Merit hatte recht! Kein Mensch mit blutbefleckten Händen durfte an einem so heiligen Fest teilnehmen.

Ramses befragte den Wesir, fand alles bestätigt und befahl:

»Ich will den Burschen nie mehr sehen, er hat mich zu sehr enttäuscht. Geht hin und erschlägt unseren besten Bildhauer wegen einiger Gerüchte! Seti muß weg von hier, muß mir aus den Augen. Du weißt ja, daß ich damals den Bau eines Schiffes befohlen habe, auf dem Montu dann ... Nun, auch das ist vorbei. So soll jetzt Prinz Seti die ägyptische Gesandtschaft nach Keftiu führen. Statte ihn mit allem aus, was er dazu braucht. Sollte er jemals zurückkehren, werde ich ihn vielleicht empfangen. Außerdem wird seine Ehe mit Merit aufgehoben. Aus diesen beiden wird niemals ein Paar, die Götter haben sie nicht füreinander geschaffen, das weiß ich jetzt. Ich führe also nur den Willen der Götter aus.«

»Alles geschieht nach deinem Wunsch, Majestät. Soll Prinz Seti noch am Sed-Fest ...«

Ramses sprang auf:

»Nein, Parahotep, das soll er nicht! Der Mann hat Blut an den Händen, das würde nur den Zorn der Götter auf uns ziehen. Er soll abreisen, so schnell es geht!«

Die Prinzessin Merit konnte zufrieden sein, denn der Pharao hatte in seinem Ärger ganz vergessen, sie nach dem Grund für Setis Rache zu fragen, und dieser hatte keine Gelegenheit mehr, sich zu rechtfertigen.

17

Der große Tag war gekommen. Von den Türmen der Stadt, von den Dächern und Pylonen der Tempel kündigten helle Fanfarenstöße dem Volk von Piramesse an, daß heute das Sed-Fest des Guten Gottes gefeiert würde. Vom eigentlichen Fest aber bekamen die Bewohner der Residenzstadt nichts zu sehen, denn die über einen ganzen Tag sich erstreckenden Zeremonien fanden ausschließlich hinter den Palastmauern statt. Das dreißigjährige Thronjubiläum war ein Fest für den König, doch Ramses hatte beschlossen, auch das Volk daran teilhaben zu lassen. In Piramesse und Memphis ruhte für zehn Tage die Arbeit, und während dieser Zeit sollte jedermann so viel essen und trinken können, wie er konnte und wollte. Die Gaukler, Akrobaten und Straßenmusikanten wurden angehalten, ihre Künste von früh bis spät zu zeigen – überall sollte Frohsinn und Freude herrschen, denn das Land bekam einen »neuen«, magisch verjüngten König.

Der Tag im Palastviertel begann mit dem Errichten einer kleinen hölzernen Kapelle mit zwei Thronsitzen, die sich den Rücken zukehrten. Dabei wurde die Erde aufgegraben, um zu zeigen, daß dieser Thron fest und unverrückbar im Boden – also im Land – verankert war. Unterdessen brachten festlich gekleidete Priester die Opfergaben heran: Rinder, Ziegen, Schafe, Enten, Gänse, Tauben – ausgesucht schöne Tiere und immer ein Paar. Andere Priester trugen die Götterstandarten herbei, lange goldene Stangen, auf denen die Symbole aller ägyptischen Gottheiten in der Morgensonne leuchteten. Doch nicht der gewaltige Amun oder der mächtige Ptah führte das »Horusgeleit« an, sondern Upwaut, der göttliche Hund, der Wegeöffner jeder großen Götterprozession.

Die ägyptischen Götter zeigten sich auf den Spitzen der Standarten meist in ihrer Tiergestalt oder nur als Symbol. So erschien der Gott Chons als silberner Halbmond, Horus als Falke, Thot als Ibis, Seth in seiner rätselhaften Tiergestalt mit dem Körper eines Windhundes, der langen, gekrümmten Schnauze, den tückisch geschlitzten Augen und den eckig zugestutzten Ohren. Ptah aber, der alte Schöpfergott und Herr von Memphis, für den es kein Tiersymbol gab, stand starr und aufrecht in seinem enganliegenden Gewand und stützte sich auf sein Szepter.

Am Rande des großen Hofes saß die königliche Familie auf überdachten Tribünen und beobachtete das Schauspiel. Außer Prinz Seti waren sie alle versammelt: Nefertari mit ihren Kindern, der Kronprinz Jonam, Isis-nefert mit Merenptah und der hübschen Bent-Anta, auch Merit-Amun mit der kleinen Neferure.

Die Auflösung ihrer Ehe und Setis Bestrafung hatten ihren Schmerz nicht lindern können. Unablässig dachte sie an das Grab in der Wüste bei Memphis, wo nun der Geliebte in seiner Osirisgestalt ruhte und jenes geheimnisvolle andere Dasein führte, das sich – wie die Priester sagten – gar nicht so sehr vom irdischen Leben unterschied und doch so unvorstellbar anders war. Merit begann sich nach diesem anderen Leben zu sehnen, sie wollte als unsterblicher Ba-Vogel mit buntem Gefieder an seiner Seite sitzen und im ewig strahlenden Licht des Re die jenseitigen Freuden genießen. Mit regungslosem Gesicht, in ihrem Schmerz erstarrt, in ihre Trauer versunken, verfolgte sie die Vorbereitung der Zeremonien, während der König im Innern des Palastes seine Wiedergeburt erlebte.

Die beiden Hohenpriester des Ptah und des Amun entkleideten Ramses bis auf einen schmalen Lendenschurz und berührten ihn mit einer kleinen goldenen Keule am Kopf und mit einem Dolch am Herzen. Nun war der alte König tot, und sie legten ihn auf einen schmalen Einbalsamierungstisch. Ein als Anubis verkleideter Priester trat heran, zückte ein altertümliches Steinmesser und tat, als öffne er den Leib des Königs.

Ramses lag mit geschlossenen Augen, ganz in sich versunken.

Er befand sich nun in einem Zwischenbereich, war nicht tot und auch nicht lebendig, harrte seiner Wiederbelebung. Diese erfolgte durch seinen Sohn Chamwese, den Hohenpriester des Ptah. Der strich mit einem handgroßen goldenen Anch-Zeichen über Körper und Gesicht des Pharao, sprach einige magische Worte und befahl:

»Öffne die Augen, junger König auf dem Horusthron, Ptah hat dich neu geschaffen, Amun deinen Leib beseelt, und jetzt tritt hinaus in den goldenen Glanz des Re, besteige deine beiden Throne, opfere den Göttern, errichte den Djed-Pfeiler, spanne den Bogen, zeige im Lauf deine neue Kraft und lasse dich bejubeln vom glücklichen Volk des Landes Kemi.«

Der Amun-Priester hatte inzwischen einer mit Löwenköpfen verzierten Truhe das Sed-Gewand entnommen, einen einfachen, ärmellosen und bis zu den Knien reichenden Mantel. So gekleidet trat Ramses hinaus ins Licht der Sonne, und sogleich setzte sich die Götterprozession in Bewegung. Jeder Priester senkte die Gotresstandarte vor dem Pharao. Ramses stand da, in seinem seltsamen kurzen Mantel, ohne Krone, ohne Szepter, ohne jeden Schmuck, und wirkte doch so hoheitsvoll und königlich, überragte an Gestalt wie an Majestät jeden der festlich gekleideten Priester.

Als das Horusgeleit sich wieder entfernt hatte, reichte Kronprinz Jonam seinem Vater einen mächtigen Bogen. Der König nahm ihn auf, setzte den Pfeil an und spannte die Sehne so kraftvoll, daß man fürchtete, der Bogen könne zerbrechen. Er zielte nach Norden, wo die feindlichen Fremdländer lagen, und der Pfeil sauste sirrend in das Himmelsblau, und zwar so hoch, daß man ihn aus den Augen verlor. Ein Sängerchor stimmte den Hymnus auf die Kraft des unbesiegbaren Königs an, vor dem die Feinde niedersinken wie Halme unter dem Streich der Sichel, der das elende Kusch und das niederträchtige Chatti unter seinen Füßen zertritt.

Allein der langsame Vorbeizug der Götterprozession hatte schon einige Stunden gedauert, so daß die Barke des Re schon hoch am Himmel stand. Jetzt mußte zu Ehren des Gottes Ptah der Djed-Pfeiler aufgerichtet werden. Das war ein buntbemalter Holzpfahl, der an seiner Oberseite vierfach gekerbt und mit tiefen Rillen versehen war. Dieser Pfeiler symbolisierte die Dauer, und dies bezog sich auf alle Bereiche. Damit war die dauernde Wiederkehr der Nilschwelle genauso angesprochen wie das Dauern des Königtums und aller anderen göttlichen Einrichtungen, die den Menschen Glück und Leben sichern.

Der Pfahl lag am Boden und war mit einem Strick umwunden, dessen Ende der König nun in die Hand nahm. Zwei kräftige Priester stützten den Pfeiler von beiden Seiten, damit er nicht wegkippen konnte, und der König richtete ihn mit schnellen und kräftigen Zügen auf.

Ramses trat zurück, verneigte sich vor dem Djed-Pfeiler und begann den Kultlauf in einem weiten Bogen um die Sed-Kapelle herum. Er rannte schnell wie ein Jüngling, seine kräftige, große Gestalt flog an den Sänften seiner Gemahlinnen vorbei, und sogar Isis-nefert konnte sich eine mürrische Bewunderung nicht versagen. Nur Prinz Merire war traurig, denn mit seiner gebrochenen Hüfte würde er nie wieder laufen können, aber – so dachte er – ich muß ja auch kein König werden.

Jetzt nahte der bedeutsamste Teil der Zeremonie, wenn der verjüngte König von den beiden Ländern Besitz ergriff. Dazu nahm Ramses in dem kleinen Pavillon auf einem der Throne Platz, und der Hohepriester des Ptah überreichte ihm die rote Krone Unterägyptens. Der König setzte sich die Krone auf, und alle Götterstandarten des Bienenlandes zogen herbei und huldigten ihm. Dann erhob er sich und setzte sich auf die andere Seite des Doppelthrones. Jetzt erhielt er die weiße Krone Oberägyptens, und die Götter des Binsenlandes huldigten ihm. Dabei wurden ihm die Opfertiere gezeigt und gleich danach zur Schlachtung weggeführt.

Ramses spürte, wie die Zauberkraft des Sed-Festes auf ihn zu wirken begann. Neue Kraft strömte ihm von allen Seiten zu, er spürte, wie die Götter ihm wohlwollten, ihn als Freund anerkannten und ihm – davon war er jetzt überzeugt – mit diesem Fest für alle Zeiten die Unsterblichkeit verliehen.

Es war bei den Sed-Festen alter Brauch, daß ganz zum Schluß der König als siegreicher Krieger auftrat und ihm dabei die unterworfenen Völker in Form einiger Gefangener vorgeführt wurden.

Der König stand auf, ließ sich Keule und Krummschwert reichen und vertauschte die Doppelkrone mit dem blaugoldenen Kriegshelm. Dann wurden ihm die gefesselten »Feinde« vorgeführt, in Wirklichkeit friedliche Männer, die schon lange in Kemi lebten. Man hatte sie in ihre heimatlichen Gewänder gekleidet, damit sie recht fremdländisch aussahen, und diese Männer warfen sich nun vor dem siegreichen Pharao zu Boden, während Diener eroberte Feldzeichen und Tribute aus den besiegten Ländern am Thron des Königs niederlegten.

So war der Tradition Genüge getan, und der Tag endete mit einem großen Gelage, zu dem hohe Beamte und vornehme Familien aus Memphis und Piramesse geladen waren.

Am dritten Tag nach dem Fest – das hatte der Gute Gott durch Herolde verkünden lassen – würde er sich dem Volk als magisch verjüngter König zeigen.

Nefertaris Krankheit hatte sich wieder verschlimmert, nun erschien mit dem Husten auch etwas Blut, und die Ärzte rieten ihr dringend, für einige Zeit die heiße und trockene Wüstenluft auf sich wirken zu lassen. Doch beim Sed-Fest wollte und mußte sie zugegen sein, und wenn es sie das Leben kostete. Zwar drehte sich das Fest allein um den König, aber sie wollte Ramses nicht enttäuschen, und so atmete sie mehrmals täglich den von den Ärzten verschriebenen Kräuterdampf ein, was ihr aber nur für kurze Zeit Erleichterung brachte.

Isis-nefert sah es mit Genugtuung. Nefertaris Krankheit war ernster Natur, da gab es keinen Zweifel, und die Zweite Gemahlin schöpfte neue Hoffnung. Doch als sich Ramses am dritten Tag nach dem Sed-Fest dem Volk von Piramesse zeigte, wurde sie wieder einmal schwer enttäuscht: Der Pharao schwebte zusammen mit Nefertari auf dem Doppelthron über den Köpfen einer laut jubelnden Menge, während sie und ihre Kinder in unscheinbaren Sänften hinterhergetragen wurden. Isis-nefert gewann den Eindruck, daß niemand aus der Menge auf sie achtete, als sei sie nur irgendeine Frau aus einem finsteren Haremswinkel.

Nefertari aber hatte den rechten Arm mit zärtlicher Geste um die Schulter ihres Gemahls gelegt. Auf ihrem Kopf funkelte die gefiederte Geierhaube, die linke Hand hielt lässig den Wedel, das

Zeichen königlicher Macht. Der Pharao trug die Doppelkrone, hielt in den Händen Heka-Szepter und Peitsche und wirkte so kraftvoll und jung, als habe er gerade sein hohes Amt angetreten.

Die Leute waren satt und zufrieden, an jeder Ecke wurden Wein, Bier, Milch und Wasser ausgeschenkt, und zweimal am Tag gab es auf den großen Plätzen Fleisch, Brot, Kuchen, Gemüse und Früchte, so viel man wollte. So riß der Jubel nicht ab, und das Volk pries unermüdlich sein Königspaar.

Nefertari hielt sich nur mit Mühe aufrecht. Sie war so schwach und hinfällig geworden, daß sie kaum noch wußte, wie sie den Tag überstehen sollte. Für sie hatte das Sed-Fest keine Erneuerung bedeutet. Eigentlich, so dachte sie, müßte der verjüngte Pharao nun auch eine jugendfrische Frau zur Gemahlin nehmen.

Die Gesandtschaft von König Hattusili war zum Sed-Fest erwartet worden, doch sie hatte sich offenbar verspätet. Der Chatti-König hatte angekündigt, daß er die Freundesbande mit dem Pharao durch eine zweite Heirat festigen wolle, und er sich von einer seiner »klügsten und lieblichsten Töchter« – wenn auch schweren Herzens trennen würde.

Da hat er dann gleich die neue Gemahlin, überlegte Nefertari, und ich werde mich in mein schönes Haus der Ewigkeit bei Theben zurückziehen. Ganz ohne Bitterkeit dachte sie diesen Gedanken zu Ende, denn sie fühlte, daß ihre Lebenskraft am Erlöschen war. Auch wenn die Ärzte ihr versicherten, daß sie in der Wüstenluft wieder gesunden würde – Nefertari wußte es besser. Wie von ferne vernahm sie die tosenden Jubelrufe, wieder einmal hatte sie die Empfindung, sie gälten nicht ihr, sondern der Geierhaube, die immer schwerer auf ihrem Haupt lastete.

Die Königinmutter Tuja hatte gleich nach dem Sed-Fest die Hauptstadt verlassen. Sie hielt die Trennung von ihrem Gut nicht lange aus.

Auch Merit wollte nicht mehr am Königshof bleiben und fragte Tuja, ob sie auf eine Weile zu ihr ziehen könne. Das alte, breitflächige und ein wenig bäurische Gesicht belebte sich.

»Aber gerne, Merit, du weißt ja, wie ich dich mag. Von den

Töchtern bist du dem König am ehesten nachgeraten. Bleibe, so lange du willst, und auch Neferure wird es guttun, das Landleben kennenzulernen.«

Niemand konnte und mochte Merit zurückhalten; ihre Trauer war zu offenkundig, so daß man ihren Wünschen nachgab.

Ja, es war tatsächlich ein »Fest ohnegleichen« geworden, von dem zu erwarten war, daß es für einige Menschenalter im Gedächtnis des Volkes blieb. Das Glück des Königs wäre vollkommen gewesen, hätten ihn nicht die Hofärzte behutsam auf den schlechten Gesundheitszustand seiner Ersten Gemahlin hingewiesen.

»Wüstenluft soll sie gesund machen? Das trifft sich gut, denn die Priester aus Theben bitten mich inständig, dort eine Art Nachfeier zu veranstalten. Nefertari kann dann gleich ihr prachtvolles Haus der Ewigkeit besichtigen, von dem Chamwese mir berichtete, es sei das schönste Grab, das er je gesehen habe. Die Luft dort ist so heiß und trocken, daß sie ihre Wirkung nicht verfehlen wird.«

Ramses hatte mehr zu sich als zu dem Arzt gesprochen, doch er machte sich jetzt wirklich Sorgen um Nefertari und setzte die Reise so schnell wie möglich an.

Merit lebte sich auf dem Landgut schnell ein. Seit Piay nach Westen gegangen war, konnte sie keine Menschen mehr sehen. Das ewige Herumdienern der Hofbeamten versetzte sie in eine unerklärliche Wut, alles schien ihr so unwichtig und belanglos, wenn sie daran dachte, daß der Geliebte in seinem Grab eingeschlossen war, und seine Seelen Ka und Ba in einer andern, ihr vorerst nicht zugänglichen Welt weiterlebten. Bei nächster Gelegenheit wollte sie Piays »Ewige Wohnung« aufsuchen, um dort mit dem Geliebten Zwiesprache zu halten. Sie fühlte sich jetzt dazu noch nicht bereit, wollte ihren Schmerz etwas abklingen und ihre Hoffnung wachsen lassen – die Hoffnung nämlich, eines Tages in Piays Welt einzutreten, den Geliebten zu treffen und in seinen furchtlosen grauen Augen ihr Selbst, das er mit sich genommen hatte, wie in einem Spiegel wiederzufinden.

Epilog

Der Pharao User-Maat-Re setep-en-Re Meri-Amun-Ramses, der Gute Gott, Sohn der Sonne und Herr beider Länder, sah in den Jahren nach seinem Sed-Fest einen großen Teil der königlichen Familie nach Westen gehen. Er, der Unsterbliche, nahm die Todesfälle mit Gleichmut hin, einen einzigen ausgenommen.

Zwölf Tage nach dem großen Fest reiste Ramses mit Nefertari nach Theben, und die Königin konnte dort im Palast beim Totentempel ihres Gemahls die heiße, trockene Wüstenluft atmen. Ihr Zustand besserte sich etwas, sie hustete nur noch selten, doch ihr Körper blieb schwach, und es fiel ihr von Tag zu Tag schwerer, das Bett zu verlassen oder die Mahlzeiten einzunehmen. Trotzdem blieb sie heiter und gelassen, empfing Ramses mit dem vertrauten Lächeln, und er sah, wie die Grübchen auf ihren Wangen tanzten, und er liebte sie wie in den ersten Tagen ihrer Ehe. Heimlich ließ er sämtlichen Göttern ganze Wagenladungen von Opfergaben zukommen, um die Gesundung seiner Allerschönsten zu erflehen, doch Nefertari schwand dahin, konnte ihr Bett nicht mehr verlassen, und Ramses ließ sein Lager neben dem ihren aufschlagen. Eines Morgens weckte ihn ihr leiser Ruf, er stand auf und fragte benommen:

»Soll ich den Arzt kommen lassen?«

»Ich brauche keinen Arzt«, sagte sie mit schwacher Stimme, »ich brauche nur dich.«

Ramses schlüpfte zu Nefertari ins Bett und legte die Arme um sie. Nur ganz schwach sah er in der Morgendämmerung ihr blasses Gesicht. Ihr Atem ging schwer und unruhig, und Ramses versuchte, etwas von seiner Lebenskraft auf sie zu übertragen.

»Es war schön mit dir, Geliebter, ich gebe dir jetzt dein Herz – dein Herz –«

So starb Nefertari in den Armen ihres Gemahls, und Ramses sagte leise:

»Du mußt mir mein Herz nicht zurückgeben, du nimmst es mit dir.«

Nachdem die Große Königliche Gemahlin in ihr prächtiges Haus der Ewigkeit eingezogen war, reiste der König in seine Residenzstadt zurück.

Bald darauf starb die alte Königinmutter Tuja. Wenige Tage vor ihrem Tod hatte sie ihr Landgut auf Merit und deren Tochter übertragen.

Die Tochter des Chatti-Königs war mit Verspätung eingetroffen. Sie war ein kluges, eher schüchternes Mädchen, das schon vorher Ägyptisch gelernt hatte und ausgezeichnet Harfe und Flöte spielte. Ramses nahm sie zur Frau und gab ihr den Namen Maaneferu-Re.

Von nun an feierte der König in jedem dritten Jahr ein weiteres Sed-Fest, und jedesmal gab es weniger Zuschauer aus seiner Familie. Der Kronprinz Jonam, Isis-nefert, die beiden Söhne Nefertaris – sie alle starben in den folgenden Jahren dahin. Chamwese war nun der Kronprinz, er, der als einziger nicht den Wunsch hatte, seinem Vater auf den Thron zu folgen. So triumphierte Isisnefert noch aus dem Grab heraus, doch schließlich bezog auch Chamwese seine Ewige Wohnung neben den Gräbern der Apisstiere. Nun war Merenptah der Kronprinz, Isis-neferts Letztgeborener. Seine Schwester Bent-Anta war zu einem schönen, fröhlichen Mädchen herangewachsen, und Ramses machte sie kurzentschlossen zu seiner Gemahlin. Es war ungewöhnlich, daß ein Pharao seine eigene Tochter heiratete, doch der Gute Gott bewegte sich außerhalb der Gesetze, und niemand nahm daran Anstoß.

General Seti, der von seiner Gemahlin getrennte und aus Piramesse verbannte Prinz, hatte die Befehle des Pharaos getreulich erfüllt. Er überwachte die Fertigstellung des Schiffes, heuerte erfahrene Seeleute an und segelte zur Sommerszeit nach Keftiu. Er trat als Gesandter des Pharao auf und bat durch die Dolmetscher, dem König seine Ankunft zu melden.

»Welchem König?« wurden sie gefragt, und so kamen sie bald dahinter, daß die ganze Insel in einen mörderischen Bürgerkrieg verstrickt war. In den Städten Knossos, Ammsos, Kydonia, Lyktos und Sitia hatten sich adlige Herren auf ihren Burgen verschanzt, und wenigstens drei davon bezeichneten sich als rechtmäßige Könige von Keftiu.

Prinz Seti, der ägyptische Gesandte, verhandelte mit diesem und jenem, und jeder der »Könige« versuchte durch ihn den Beistand Kemis zu erlangen, um die anderen endlich besiegen zu können. Das ganze Land lag brach, die Bauern verhungerten auf ihrem eigenen Boden, weil man ihnen das Vieh weggetrieben und das Getreide verbrannt hatte.

Ohne etwas davon zu ahnen, geriet Seti in den Zwist zweier Adelsherren, von denen jeder glaubte, der andere habe den Gesandten und damit die ägyptische Hilfe für sich gewonnen. So wurde Prinz Seti, der seinem Vater so ähnliche Sohn, eines Nachts in seinem Bett erschlagen; seine Leute endeten als Sklaven. In Kemi erfuhr man davon nichts. Seti war schnell vergessen, nur die Soldaten erinnerten sich manchmal an den beliebten General.

Nach Nefertaris Tod wollte Ramses seine Tochter Merit dazu bewegen, wieder an den Hof zurückzukehren. Sie aber führte nun das Landgut ihrer Großmutter, mochte keine Menschen mehr sehen und lebte ganz ihrer Erinnerung. So schlug sie die Bitte ihres Vaters ab. Doch der hatte sich nun einmal vorgenommen, ihr etwas Gutes zu tun, und ernannte sie zur Königin. Merit dankte ihm in höflichen Worten, nahm im Schmuck der Uräen-Krone an einem Sed-Fest teil und mied von da an die Residenz, solange sie lebte. Zum Hauptinhalt ihres Daseins wurde die Fahrt an Piays Grab, das sie zweimal im Jahr aufsuchte. Einmal an seinem Todestag und einmal beim »Schönen Fest an den Gräbern«, wenn die Bewohner von Memphis ihre Toten besuchten, die Häuser der Ewigkeit mit Wein und Milch besprengten und vor ihren offenen Eingängen fröhliche Feste feierten, an denen – wie man glaubte – die Ka-Seelen der Verstorbenen teilnahmen.

Mit Hilfe ihres Halbbruders, des Hohenpriesters Chamwese,

hatte Merit ihr eigenes Grab unmittelbar neben dem von Piay anlegen lassen. Die beiden Sargkammern stießen im rechten Winkel aneinander, und Merit ließ sie durch einen schmalen Schacht verbinden, damit ihre Ba-Seelen sich einstmals ungehindert besuchen konnten.

Beim »Schönen Fest an den Gräbern« ließ sie einen Tisch vor Piays Grabeingang stellen, und hier speiste sie zusammen mit Takka und den Kindern, und beide waren überzeugt, daß Piays Ka mit ihnen am Tisch saß. Takka hatte bald die Scheu vor der Prinzessin verloren, und sie bezeichneten sich ganz selbstverständlich als die beiden Gemahlinnen des Osiris Piay. Die kleine, dunkle Nubierin hatte dem Verstorbenen noch eine Tochter geboren, und so waren es drei Kinder und zwei Frauen, die alljährlich seiner gedachten und auch das ganze Jahr über dafür sorgten, daß sein Ka in den Genuß reichlicher Opfergaben kam. Von einem tüchtigen Maler hatte Merit das Grab fertigstellen lassen, so daß Piay ihr nicht mehr als Schatten gegenübersitzen mußte, sondern in den fröhlichen Farben des Lebens prangte.

An seinem Todestag erschien Merit immer allein, ließ sich im Grab einschließen und hielt Zwiesprache mit ihrem Geliebten. Sie legte eine Hand auf den Sarkophag aus grauem Granit und sagte:

»Da bin ich wieder, Geliebter, deine Majt-scherit besucht dich. Wie verbringst du deine Tage, hast du alles, was du brauchst? Fällt dir das Warten schon schwer? Du mußt Geduld haben, Piay, ich komme bald nach. Was sind schon ein paar Jahre in der Ewigkeit? Für dich ist es nichts, doch mir wird die Zeit sehr lang ...«

Notwendiges Nachwort

Die in diesem historischen Roman aus der Zeit Ramses' II., des Großen (um 1315–1224 v. Chr.) erwähnten Personen haben fast alle gelebt. Neben Ramses, seinen Frauen Nefertari und Isis-nefert, seinen zahlreichen Töchtern und Söhnen sind auch der Wagenlenker Menna, der Bildhauer Piay und die meisten der erwähnten Priester und Beamten historisch belegte Personen.

Die sehr komplexe altägyptische Religion mußte ich aus verständlichen Gründen äußerst vereinfacht darstellen. Die Götter sind auf ihre Hauptfunktionen beschränkt, und nur die wichtigsten werden genannt. In Wirklichkeit waren sie eingebunden in ein ungeheuer kompliziertes System wechselseitiger Beziehungen, das freilich im Lauf der dreitausendjährigen ägyptischen Geschichte einigen Veränderungen ausgesetzt war. Dazu nur ein Beispiel. Aus der ursprünglich nur den heiligen Thron des Pharao symbolisierenden Göttin Isis (ägyptisch Eset = Thron) wurde im Laufe der Zeit die Gattin und Retterin des Osiris, die Mutter des Horus und somit symbolisch die Mutter des Königs. Im neuen Reich verschmolz sie mit der Göttin Hathor, später wurde sie zur Universalgöttin schlechthin, die in Rom nicht weniger verehrt wurde als in Alexandria oder Memphis. Das Christentum übernahm ikonographisch die beliebte Darstellung der Isis mit dem Horusknaben, und viele dieser kleinen Kultfiguren wurden im frühen Christentum einfach zu »Maria mit Kind« umgedeutet.

Die unsterblichen Seelenkräfte des Menschen, von den alten Ägyptern in die Hauptwesenheiten Ka, Ba und Ach aufgegliedert, habe ich auf die wohl am häufigsten genannten Ka und Ba reduziert.

Die in dem Roman zitierten Legenden, Gebete, Hymnen, Anrufungen und Titel sind manchmal vereinfacht oder zusammengezogen, aber immer historisch; die vorkommenden Koseformen wie Sessi und Beki für Ramses und Bekenchons sind nicht erfunden, sondern überliefert.

Obwohl dieser Roman in einer sehr fernen Vergangenheit spielt – inzwischen sind rund 3300 Jahre vergangen –, ist vieles aus jener Epoche auf uns gekommen. Dies gilt für die Mumie Ramses' II., seinen hölzernen Mumiensarg und zahllose andere Relikte aus der Zeit seiner Herrschaft, die im Ägyptischen Museum zu Kairo aufbewahrt werden. Dort ist auch die vielfach publizierte, höchst reizvolle Büste (Statuenfragment) einer »Prinzessin aus der Zeit Ramses' II.« zu sehen, die erst vor kurzem – durch den Fund einer ähnlichen, aber beschrifteten Figur – als unsere Merit-Amun identifiziert werden konnte. Sie ist als Königin mit einer Uräen-Krone dargestellt, was ihrem späteren Rang nach Nefertaris Tod entsprach. Mutter und Tochter finden wir zusammen am Kleinen Tempel in Abu Simbel, wo Merit neben dem rechten Bein von Nefertaris Kolossalstatue steht.

Die Große Königliche Gemahlin Nefertari, die Haupt- und Lieblingsfrau Ramses' II., ist so oft in Bild, Relief und Figur dargestellt, daß es sich erübrigt, etwas Besonders hervorzuheben – mit einer Ausnahme: ihr wunderschönes Grab im Tal der Königinnen. Es ist leider seit Jahren nicht zugänglich, aber selbst der einfachste Ägyptenführer zeigt Bilder daraus, deren Zauber sich niemand entziehen kann.

Die Bauten Ramses' II. befinden sich fast alle in einem relativ guten Zustand, wie z. B. die beiden Felsentempel in Abu Simbel – hier steht Piays Name unter dem Relief der Schlacht von Kadesch –, der große Säulensaal im Amun-Tempel zu Karnak, der Anbau am Luxor-Tempel, das Ramesseum in Theben-West und vieles andere.

Eine besondere Rarität hat das Münchner Ägyptische Museum aufzuweisen, nämlich den schweren, goldenen Siegelring Ramses' II. Im selben Raum steht der »Würfelhocker« des Priesters Bekenchons (Beki), mit einer ausführlichen Inschrift, die seine Karriere schildert.

Was die Gegnerschaft Ramses' II. zu den Amun-Priestern von

Theben betrifft, so ist sie keine Romanerfindung, sondern hat tatsächlich bestanden. Daß Ramses trotzdem den Amun-Tempel in Karnak prächtig ausbaute, seinen eigenen Totentempel und auch den Großen Felsentempel dem Gott Amun-Re weihte, entsprach einem politischen Programm, denn es wäre unklug gewesen, den alten Reichsgott zu mißachten.

Mein besonderer Dank gilt Professor Dr. Dietrich Wildung, dem Direktor der Ägyptischen Sammlung in München. Meine zahlreichen Besuche und Telefonate haben ihn nie ungeduldig werden lassen, und sein immenses Wissen als Fachägyptologe hat mir viele zeitraubende Recherchen erspart.

Hauptpersonen

Seti (Men-Maat-Re Ptah-Meri-en-Seti	Sethos I. (reg. 1303–1290) König von Ägypten, Vater Ramses' II.
Ramses II. (User-Maat-Re setep-en-Re Meri-Amun-Ramessu)	Ramses II. (reg. 1290–1224)
Nefertari	Haupt- und Lieblingsfrau Ramses' II.
Amunherchopsef (Amani) Raherunemef (Jonam) Merire Meri-Atum	ihre Söhne
Merit-Amun Henut-ta-ui	ihre Töchter
Seti und Montu	Söhne von Nebenfrauen Ramses' II.
Isis-nefert	Zweite Gemahlin Ramses' II.
Ramose Chamwese Merenptah (Nachfolger Ramses' II.)	ihre Söhne
Bent-Anta	ihre Tochter, später Gemahlin Ramses' II.
Merit-Anta (Gutana)	Hethitische Prinzessin Dritte Gemahlin Ramses' II.

Piay	Bildhauer und Architekt
Tuja	Mutter Ramses' II.
Meru (»Sobek«)	Räuberkönig
Gebu	Priester des Sobek
Ptahmose	Bürgermeister von Theben, Wesir des Südens
Nebunef	Hoherpriester des Amun von Theben
Menna	Offizier und Vertrauter Ramses' II.
Hori	Barbier des Königs
Iramun	Bildhauer
Parahotep	Wesir des Nordens
Nes-Amun	Vorlesepriester und Haushofmeister der Isis-nefert
Hotep	Gehilfe des Piay
Biket	Vertraute Dienerin der Merit-Amun

Verzeichnis altägyptischer Namen und Begriffe

Aa-cheperu-Re	König Amenophis II. (reg. 1439–1413 v. Chr.)
Achenaten	König Amenophis IV. der »Ketzerkönig« Echnaton (reg. ca. 1365–1348 v. Chr.)
Achet	Jahreszeit »Überschwemmung« Juni–September
Amun	Widdergestaltiger Gott, als Amun-Re Reichsgott von Ägypten, Hauptkultort Theben
Anch (☥)	Glückszeichen, Symbol für (ewiges) Leben
Anubis	Schakalköpfiger Totengott, v. a. für die Einbalsamierung zuständig
Ba	Unsterbliche Menschenseele, als Vogel mit Menschenkopf dargestellt
Bastet	Katzengestaltige Göttin der Liebe, des Tanzes und der Musik
Bienenland	Unterägypten
Binsenland	Oberägypten
Chabiru	Hebräer, Juden
Cha-kau-Re	König Sesostris III. (reg. 1878 – ca. 1840 v. Chr.)
Chamasin, Chamsin	Heißer, oft tagelang andauernder Sandsturm, meist im März/April
Chatti	Hethiter
Chnum	Widderköpfiger Schöpfergott
Chons	Mondgott, Sohn von Amun und Mut
Chufu	König Cheops, Erbauer der Großen Pyramide von Gizeh (reg. um 2570–2545 v. Chr.)
Deben	91 g Festgewicht
Djed-Pfeiler	Glückssymbol, häufig als Amulett getragen
Elektron	Legierung aus Gold und Silber

Elle	0,523 m
Felsentempel im Süden	Die beiden Tempel von Abu Simbel
Gerechtfertigt	Der Tote hat vor Osiris bestanden und geht in das Ewige Leben ein
Gottessiegler	Einbalsamierer
Grünes Meer	Mittelmeer
Hapi	Fruchtbarkeitsgott, Verkörperung des Nils, als Zwitter dargestellt
Hathor	Menschen- oder kuhgestaltige Göttin, Schutzpatronin der Könige, auch zuständig für Tanz und Musik
Haus der Ewigkeit	Grab
Haus der Verehrung	Königspalast
Heka-Szepter	Krummszepter des Pharao
Hekat	4,5 l, Flüssiggewicht
Horus	Falkengestaltiger Gott, Sohn der Isis und des Osiris, Symbol des Königtums
Isis	Menschengestaltige Göttin, Schwester und Gemahlin des Osiris
Isis-Knoten	Glückssymbol
Iter, Iteru	Längenmaß, etwa 10 km
Jeb	Insel Elephantine bei Assuan (Suenet)
Ka	Unsterblicher Körperschatten des Menschen
Kanopen	Krüge für die Bestattung der Eingeweide
Keftiu	Kreta
Kemi, Kemet	Alter Name für Ägypten
Kusch	Nubien und ein Teil des heutigen Sudans
Maat	Göttin der Wahrheit, des Rechts und der Weltordnung (Symbol: eine Feder)
Men-Kau-Re	König Mykerinos (um 2485–2457 v. Chr.)
Men-Spiel	beliebtes Brettspiel
Min	Gott der Fruchtbarkeit (dargestellt als Mann mit erigiertem Phallus)

Month	Gott des Krieges
Mundöffnung	Magische Wiederbelebung der Mumie
Mut	Geiergestaltige Göttin, Gemahlin des Amun
Nebmare	König Amenophis III. (reg. ca. 1403–1365 v. Chr.)
Nefer	Schön
Nefertem	Gott des Wohlgeruchs, Sohn von Ptah und Sachmet, auch als Lotosblume verkörpert
Nephtys	Gattin und Schwester des Gottes Seth
Nimare	König Amenemhet III. (reg. 1842–1798/95)
On	Heilige Stadt des Sonnengottes, später als Heliopolis bekannt
Opet-Fest	Großes Fest in Theben, mystische Vereinigung des Gottes Amun, mit seiner Gemahlin Mut
Osiris	Gott der Unterwelt, Totenrichter, Gemahl der Isis (vor den Namen eines Menschen gesetzt bedeutet Osiris: verstorben)
Peret	Saatzeit, Oktober–Januar
Per-Bastet	Bubastis, heilige Stadt der Göttin Bastet
Piramesse	Per-Ramses-Meri-Amun, die im Alten Testament erwähnte »Stadt des Ramses«
Ptah	Mumiengestaltiger Schöpfergott hauptsächlich in Memphis verehrt
Pylon	Hohe Mauer am Tempeleingang
Re, Ra	Die göttliche Sonne
Sachmet	Löwenköpfige Göttin der Vernichtung und der Krankheiten, Schutzpatronin der Ärzte
Schasu	Wüstenvölker, Beduinen
Schemu	Erntezeit, Februar–Mai
Schendit	Gefältelter Königsschurz
Schilfmeer	Rotes Meer
Schirdanu	Aus fremdländischen Söldnern gebildete Leibtruppe des Königs
Schmunu, Eschmun	Hermopolis, heilige Stadt des Gottes Thot
Sed-Fest	30jähriges Regierungsjubiläum der Pharaonen, mystische Verjüngung des Königs

Seth	Tierköpfiger Gott der Wüsten und der Fremdländer, Mörder seines Bruders Osiris
Sistrum	Musikinstrument, Attribut der Göttinnen Hathor, Bastet und Isis
Skarabäus	Als Symbol des Sonnengottes verehrter Mistkäfer
Sokar	Im Delta verehrter Gott mit ähnlicher Funktion wie Osiris
Spanne	1/7 Elle
Sobek	Krokodilgestaltiger Gott v. a. im Fajum verehrt
Suenet	Assuan
Symbole für Oberägypten	Seth, Geier, Binse, Lotos, Weiße Krone
Symbole für Unterägypten	Horus, Utoschlange, Biene, Papyrus, Rote Krone
Thot	Gott der Schreibkunst, Wissenschaft, Magie etc. (oft als Affe oder Ibis dargestellt)
Uas-Szepter	Glückssymbol
Udjat-Auge	Glückssymbol, häufig als Amulett
Upwaut	Heiliger Hund, der als »Wegeöffner« die Götterprozessionen anführte
Uräusschlange	Nur von Mitgliedern des Königshauses an der Stirn getragene goldene Schlange, als unheilabwehrendes Symbol
Westen	Ort der Toten, »nach Westen gehen«: sterben

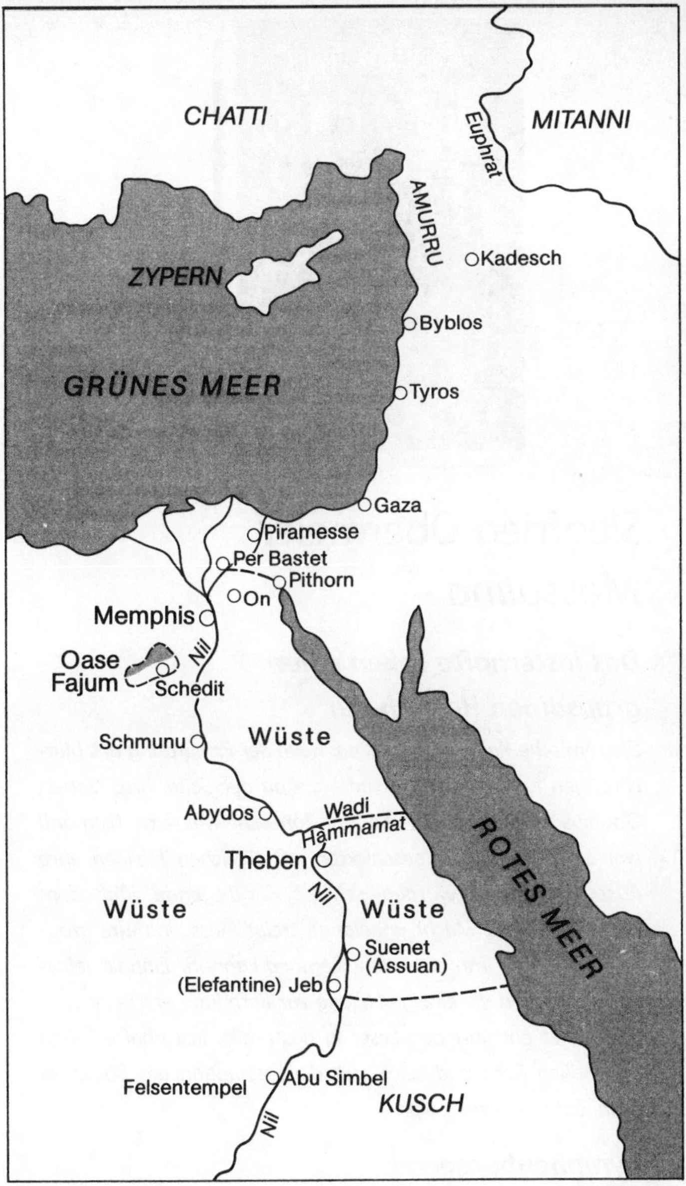
CHATTI
MITANNI
Euphrat
AMURRU
Kadesch
ZYPERN
Byblos
GRÜNES MEER
Tyros
Gaza
Piramesse
Per Bastet
Pithorn
On
Memphis
Oase
Fajum
Schedit
Nil
Schmunu
Wüste
Abydos
Wadi
Hammamat
Theben
Nil
Wüste
Wüste
ROTES MEER
Suenet
(Assuan)
(Elefantine) Jeb
Felsentempel
Abu Simbel
KUSCH
Nil